中國經典典故大全

◉張企榮 編著

商務印書館

本書典故出處由商務印書館編輯部收集整理。

中國經典典故大全

編　　著：張企榮
責任編輯：譚　玉　徐昕宇
封面設計：張　毅
出　　版：商務印書館（香港）有限公司
香港筲箕灣耀興道3號東滙廣場8樓
http://www.commercialpress.com.hk
發　　行：香港聯合書刊物流有限公司
香港新界荃灣德士古道 220-248 號荃灣工業中心 16 樓
印　　刷：中華商務彩色印刷有限公司
香港新界大埔汀麗路 36 號中華商務印刷大廈
版　　次：2021 年 6 月第 1 版第 5 次印刷

ISBN 978 962 07 4455 6

Printed in Hong Kong

目錄

六畫

七畫

八畫

九畫

十畫

十一畫

十二畫

十三畫

十四畫

十五畫

十六畫

十七畫以上

一斗得涼州

孟他，漢靈帝時扶風人。孟他非常想做官，但通過正當渠道又無法得到官位，於是便打算傾盡家產來行賄，以換取官職。

當時，宮中宦官中常侍張讓由於善於拍馬逢迎，所以很得靈帝的寵信。張讓不僅獨攬朝政，而且張讓家中的監奴們狗仗人勢，也有權有威。孟他敏銳地看出了這一點。他無法直接接觸到重權在握的張讓，便跟張讓家的監奴們拉上了關係，以家中的財產賄賂他們，與他們結為親友。

幾年下來，孟他將家中的財產都用於賄賂張讓家的監奴了。監奴們也都過意不去，問孟他有甚麼要求。此時已傾家蕩產的孟他見時機到了，便對這些監奴說："沒甚麼奢望，只想讓你們拜一拜我。"由於長期接受孟他的賄賂，監奴們爽快地答應了孟他的要求。

當時，由於張讓的地位和權勢，來求見張讓的賓客很多，門外車馬絡繹不絕，每天都有幾百輛車在等待。但監奴們常常好幾天也不稟報給張讓，只讓他們乾等。

這天，正當求見張讓的人們等得焦急的時候，孟他乘車姍姍而來。眾監奴見孟他來了，都紛紛按照事先的約定，對着孟他的車子拜倒在地，並馬上讓孟他的車子進去。

眾多受到冷遇的賓客見張讓家的監奴們如此敬重孟他，都認為孟他一定與張讓交誼不一般，是張讓的親信，於是爭先恐後地送貴重的禮物給孟他。

孟他收了這些人送的厚禮，把這些禮物全都轉送給張讓，張讓十分高興。葡萄酒在當時是皇親國戚、達官貴人享用的珍品，孟他送給張讓一斗葡萄美酒，張讓喜不自禁，便封孟他為涼州刺史。

釋義 "一斗得涼州"，用來比喻以行賄謀取官職。

出處 西晉・陳壽《三國志・魏書・明帝紀》裴松之註引《三輔決錄》："眾悉驚，謂他與讓善，爭以珍物遺他。他得之，盡以賂讓，讓大喜。他又以蒲桃酒一斛遺讓，即拜涼州刺史。"

一言九鼎

戰國時，秦國出兵攻打趙國。趙王派相國平原君去楚國謀求聯合抗秦。平原君在門客中選中了文武兼備的十九名隨員，離預定的二十名還差一員。平日並不受重視的門客毛遂經過自薦，被平原君批准隨行。

起先，隨行的另外十九人都很瞧不起毛遂，暗中譏笑他。但到了楚國，在交談的過程中，他們逐漸覺得毛遂是個很了不起的人，對他都很欽佩。平原君去和楚王商談聯合抗秦之事，毛遂等隨行人員便都在台下等候。

可是，平原君和楚王從早上談到中午，還是沒有結果。隨行的另外十九人便慫恿毛遂上台去說服楚王。

毛遂無所畏懼，按住劍，順着台階走上台去，對平原君說："趙國和楚國聯合起來抵禦秦國，兩句話就能說明其利害關係，為甚麼從早上到中午，還沒談出個結果來？"

楚王問平原君說："他是甚麼人？"

平原君回答說："他是我的門客毛遂。"

楚王聽說毛遂只是個門客，怒氣沖沖地喊道："你這是幹甚麼？我在和你的主人說話，你快退下去！"

毛遂按着劍走上前去，對楚王說："大王之所以敢當眾斥責我，是因為楚國人多勢眾。但現在大王離我不過十步，楚國再強大，大王也倚仗不着，因為我手中有劍，你的性命掌握在我的手裏。而且我的主人就在這裏，我和主人說話，你憑甚麼斥責我呢？"

楚王見毛遂一副大義凜然的樣子，一時驚呆了，不知怎麼辦。毛遂又繼續說："楚國是個大國，地方五千里，雄師百萬，按理說應該稱霸天下。可是令人失望的是，強大的楚國在秦國面前，竟然膽小如鼠，以前秦將白起只帶幾萬軍隊攻打楚國，一舉就攻下了你們的國都郢城，再戰就燒毀了你們的祖墳。這種奇恥大辱，連我們趙國都為你們感到羞恥，可是大王竟然對此無動於衷！所以，楚、趙聯合抗秦，不僅僅是為了趙國，也是為了楚國！利害關係是如此簡單，大土竟然在我主人面前斥責我，不是太沒道理了嗎？"

毛遂一席話，使楚王茅塞頓開，連連點頭說："先生的話很有道理，我一定傾全國之力與趙國聯合，共同抗秦！”於是，趙、楚兩國歃血為盟。

楚、趙結盟後，平原君帶着毛遂等回到趙都邯鄲。平原君感歎地說：“我手下的門客多時逾千，少時也有百數，自以為識盡趙國的賢士。這次毛遂的事給了我很大的震動。毛先生在我府中三年，我竟沒有發現他是個難得的人才。他的三寸之舌，勝過百萬強兵，他一到楚國，只用了一席話，便使趙國的威望重於九鼎、大呂，他真是一個了不起的人！”

釋義 “一言九鼎”，常用來形容言辭有分量；有時也用來表示說到做到，信守諾言。

出處 西漢・司馬遷《史記・平原君虞卿列傳》：“毛先生一至楚而使趙重于九鼎大呂。毛先生以三寸之舌，強于百萬之師。勝不敢復相士。”

一笑千金

漢武帝與寵妃麗娟一起賞花。

花園中，薔薇花蓓蕾初綻，在微風中輕輕擺動，似乎是在羞澀、多情地笑着。

“你看，花在笑呢！”漢武帝說。

麗娟問漢武帝：“花笑，固然是好看的。但難道能比美人的笑還要好看嗎？”

漢武帝說：“花的笑容，當然勝過美人的笑容。”

麗娟聽了，開玩笑地說：“那麼，這花的笑容，也是可以用錢來買的嗎？”

“當然可以。”漢武帝輕鬆地答道。

麗娟聽了漢武帝的話，立即讓侍者取來黃金一百斤，作為買笑的錢，讓漢武帝高興了一天。

釋義 “一笑千金”，用來形容美女之笑，或用以比喻買笑追歡。

出處 元・無名氏《賈氏説林》："麗娟乃命侍者，取黃金百斤，作買笑錢奉帝，為一日之歡。"

一飯三遺矢

廉頗是戰國時趙國著名的大將。趙惠文王時，他屢次戰勝齊、魏等國，被拜為上卿；趙孝成王時，他因戰勝燕國，被任命為相國，封為信平君。趙孝成王死後，趙悼襄王聽信大夫郭開的讒言，派樂乘取代廉頗為將，廉頗一時忿忿不平，把樂乘趕了回去。事後，他怕趙王治罪，出逃到魏國。

過了八九年，秦國派兵進攻趙國，趙軍連連敗北。趙王和羣臣商議對策，羣臣説："當年只有廉頗能抵擋秦兵，現在他住在魏國，大王如能召他回國領兵，一定能打敗秦兵。"

郭開怕廉頗回朝後受到重用，便建議趙王先派人去探視一下，如果廉頗還沒有老朽，再召他回來。趙王聽了，便派內侍唐玖帶了一副上等盔甲和四匹好馬作禮物，到魏國去探視廉頗。

唐玖臨行前，郭開把他請到自己家中，設宴為他餞行，並送給他四百兩黃金，説："廉頗和我有仇。你到魏國見到他，如他確已老朽，那就不必説甚麼；如果他仍很健壯，望你回朝稟報時也説他已老而無用，那大王就不會召回他了！"

唐玖接受了郭開的賄賂，不久便到魏國來見廉頗，送上趙王給廉頗的禮物。廉頗收下禮物，説："我在魏國住了這麼多年，趙王從未派人來問候過我，現在趙王突然派你送來禮物，想來一定是趙國遇到了危難，趙王想召我回國效力吧？"

唐玖聽了，説："將軍猜得不錯。秦軍進犯，國內無人能敵，趙王有意召將軍回國，派我來看看將軍的身體情況如何？"

廉頗聽了很高興，便請唐玖吃飯。他為了顯示自己年紀雖老，但精力未衰，一頓飯吃掉了一斗米，十斤肉。飯後，他又穿上盔甲，騎上戰馬，演示自己的武藝，以此説明他勇武不減當年。

操演結束後，廉頗説："你看我與年輕時相比怎麼樣？我認為自己老當益壯，趙王如召我回國，我一定為他效命疆場！"

唐玖當面對廉頗恭維了一番，但他回到邯鄲後卻向趙王稟報說："廉將軍年紀雖然老了，但飯量仍很好，體魄也很健壯，武藝也不比從前差。只是他跟我坐了沒多少時間，竟上了三次廁所。"

趙王聽了，搖頭歎息說："看來，廉頗確實老了，召他回來也沒甚麼用了。"從此，趙王便不再提召回廉頗的事了。

釋義 "一飯三遺矢"，用來形容年老體弱或年老無用。

出處 西漢・司馬遷《史記・廉頗藺相如列傳》："趙使還報王曰：'廉將軍雖老，尚善飯，然與臣坐，頃之三遺矢矣。'趙王以為老，遂不召。"

一錢太守

劉寵是東漢時著名的清官。他是漢高祖劉邦的直系後代。他的父親劉丕，博學多才，被時人稱為"通儒"，劉寵小時候就跟隨父親讀書，學得滿腹經綸，成年後，他被舉為孝廉，出任東平縣令。

在東平縣令任上，劉寵愛護百姓，處事公正廉明，受到東平百姓的一致擁戴。後來他因母親生病，棄官辭歸，東平百姓得知後，紛紛擁上街頭為他送行，道路也為之阻塞。他所乘的車無法行駛，他只得輕裝簡從，悄悄地離開東平。

母親病癒後，他又被朝廷任命為豫章太守和會稽太守。在會稽太守任上，他嚴於律己，約束下屬，打擊豪強，懲治不法行為，獲得全郡百姓的稱譽。由於他政績卓著，不久後，朝廷徵召他進京，準備授予他更高的官職。

劉寵離任那天，會稽郡的老百姓紛紛趕來為他送行。在送行的人羣中，有五六個七八十歲的老人，他們的眉毛、鬍鬚、頭髮都已雪白，這幾個老人都是會稽郡下屬山陰縣的老農，他們是從離城幾十里的山鄉特地趕來的。他們每人手裏都拿着一百個銅錢，要把銅錢送給劉寵。

劉寵見了這些老人，心中十分感動，說："父老們這麼大年紀，從這麼遠的山鄉趕來，真令人感動，也讓我心中不安。”

老人們滿臉笑容地說：“我們幾個是平日只知種地的山野村民，一生中從來沒進過城。從前官吏們下鄉徵收租稅，常常弄得雞飛狗跳，老百姓怨聲載道，不得安寧。自從老爺到任以後，減輕了我們的賦稅，我們的生活也一點點好起來。我們老百姓能過太平日子，都是老爺所賜。如今聽說老爺離任高升，我們結伴前來為你送行，並表達一下我們微薄的心意。”

說罷，他們一起把手中的一百個銅錢遞給劉寵，要他收下。劉寵推辭說：“我在這裏只做了一些我應該做的事，沒有像你們說的那樣好。父老們的心意我領了，但這錢我不能收。”

老人們不依，非要劉寵把錢收下。劉寵見父老們的盛情難卻，便從每個老人手裏收了一文錢。父老們對劉寵的舉動十分欽佩，譽稱他為“一錢太守”。

劉寵到京城後，曾歷任宗正大鴻臚、司空、司徒、太尉等重要官職，但他仍保持着“一錢太守”的清譽，雖官居高位，卻家無餘財，因此被時人稱為長者，受到人們的敬重和讚頌。

釋義 “一錢太守”，用來稱譽清廉的地方官。

出處 南朝宋・范曄《後漢書・劉寵傳》：“寵曰：‘吾政何能及公言邪？勤苦父老！’為人選一大錢受之。”

一點靈犀

李商隱是唐朝晚期的著名詩人。唐文宗太和年間，李商隱參加嶺南節度使王茂元舉行的宴會，認識了王茂元的小女兒朝雲。朝雲長得端莊秀麗，李商隱對她一見傾心。

席終人散，李商隱回到寓所。這短暫的相遇，使他難以忘懷。他多次情不自禁地託人傳遞詩箋，向朝雲傾吐自己的愛意。但使他遺憾的是，朝雲卻始終沒有給他任何回音。

不久以後，朝雲隨家從洛陽遷居長安。李商隱得知這一消息，也將寓所搬到長安，希冀能再見到朝雲。

第二年春天，李商隱獨自去郊外曲江池風景區踏青遊玩，碰巧朝雲帶着侍女秋玉也來到曲江池畔春遊。兩人重逢，李商隱不由喜出望外，而在上次的宴會上，李商隱的才華和品貌，早已使朝雲傾心。李商隱給她的幾封傳情的詩箋，她也一直珍藏着。雖然她也能寫詩，卻不敢用同樣的方法來表達自己的情意。

這次重逢，終於使兩人有機會相互表白愛意。朝雲含情脈脈地對李商隱說："我是父親最疼愛的小女兒，我的終身大事必須得到父親的同意，希望你能及早託人前來說媒……"

李商隱回到寓所，興奮的心情難以平靜。他想馬上託人前去做媒，但考慮到自己至今還是個白衣秀才，怕遭到王茂元拒絕，十分躊躇。他思慮再三，想到大比之年即在眼前，便決定等自己功成名就，再託人前去求婚。

第二年，李商隱憑着自己的學識才華，果然應試及第，中了進士。這時，王茂元已調任為涓原節度使，駐紮在離長安不遠的涇州。王茂元的大女婿韓畏之和李商隱是同榜進士，由於韓畏之的推薦，王茂元請李商隱到涓原幕府擔任書記之職。

朝雲得知李商隱中了進士，並且來到涓原任職，便約他晚上到內宅相會。約會的地點是在她閨房附近的一處幽靜的水軒，西面是一座畫樓，東面是一幢桂堂。李商隱依約而來，兩人相見，暢敍相思之情。

兩人依依惜別後，李商隱回到自己的住所。天亮時，昨夜幽會的情景仍歷歷在目，他不由詩興勃發，寫下了一首七言詩："昨夜星辰昨夜風，畫樓西畔桂堂東。身無彩鳳雙飛翼，心有靈犀一點通。"

第二天，他便請韓畏之出面向王茂元提親。王茂元早就知道朝雲和李商隱的感情，當然一口答應。於是這對"心有靈犀一點通"的有情人終成眷屬。

釋義 "犀"是指犀牛，傳說角中心有一線白紋，從角尖直通大腦，感應靈敏，因此被稱為靈犀。"一點靈犀"，用來比喻心靈相通，心心相印。

出處 唐·李商隱《李義山詩集·無題二首》其一：“身無彩鳳雙飛翼，心有靈犀一點通。”

一顧傾城

漢武帝時，宮中有位宮廷樂師名叫李延年。他不但精通各種樂器，能够奏出各種動聽的樂曲，而且能够創作各種新曲，因此得到漢武帝的賞識，把他調到內殿侍候。

李延年的妹妹原是一位民間歌女，長得十分美貌。由於李延年的關係，她也被召進宮中充當歌伎。她雖然有意要憑自己的美色去博得漢武帝的青睞，但宮中歌伎、樂伎人數眾多，她想脱穎而出也並非是一件容易的事。但她並不灰心，轉而去博得漢武帝之姐平陽公主的歡心，希望平陽公主有一日能向漢武帝推薦自己。

平陽公主見李延年的妹妹長得貌若天仙，確實人間少有，漢武帝所有的嬪妃都及不上她，便說：“你確是人間絕色，等有機會，我一定把你薦給皇上。”李延年妹妹聽了，趕緊向平陽公主謝恩。

過了不久，機會來了。一天，漢武帝在內殿和平陽公主等幾位兄弟姐妹歡宴，命李延年即席獻上一支新曲。李延年已知道平陽公主答應把妹妹薦給漢武帝的事，便輕吐樂音，唱起一支特地準備的新曲：“北方有佳人，絕世而獨立。一顧傾人城，再顧傾人國。寧不知傾城與傾國，佳人難再得。”

歌聲剛落，餘音還在縈繞。漢武帝癡迷地放下酒杯，感歎地說：“你唱得太好了！難道世上真有這樣傾城傾國的佳人嗎？”

李延年剛想答話，平陽公主笑着站起來對漢武帝說：“陛下有所不知，延年的妹妹就是這樣一位難得的佳人呀！”

漢武帝聽了，立即傳令內侍宣延年妹妹進殿。漢武帝舉目一看，只見李延年妹妹果然長得沉魚落雁、美貌無雙，心中不由大喜。於是，漢武帝命李延年用洞簫伴奏，要美人歌舞一曲。延年的妹妹隨着樂聲，邊歌邊舞，她那輕盈的身姿，招魂的眼波，使漢武帝心醉神迷。

當天，漢武帝就把李延年妹妹留在宮中侍寢，封她為妃子，史稱李夫人。從此，李夫人便成為漢武帝最寵倖的妃子。而李延年也因此而加官晉爵，被封為協律都尉。

不幸的是好景不長，李夫人在生下一個兒子後就患了絕症，容顏日益憔悴。每當漢武帝來探望她時，她都要用絲巾蒙住臉，不管漢武帝怎樣懇求，她都不肯讓漢武帝揭開絲巾再看自己的臉。她身邊的宮女對此感到不可理解，李夫人對她們説："我因年輕美貌，才得到皇上的寵愛。現在病得形銷骨立，三分像人，七分像鬼，皇上見了，必定心生厭惡，今後便會忘記我原來的容顏而記住我現在的容顏，那我死後，皇上便再也不會想起我了。"

不久，李夫人便因病去世。由於她生前美麗的形象在漢武帝的心目中沒有受到破壞，在此後很長的一段時間裏，漢武帝仍深情地懷念着她，把她的畫像掛在宮中，並親自寫了一篇《李夫人賦》，以寄託無盡的哀思。

釋義 "一顧傾城"，用來形容女子的容貌十分美麗。

出處 東漢・班固《漢書・孝武李夫人傳》："延年侍上起舞，歌曰：'北方有佳人，絕世而獨立，一顧傾人城，再顧傾人國。寧不知傾城與傾國，佳人難再得！'"

丁公鑿井

春秋時，宋國有個姓丁的人，因為他年齡大，人們都稱他為丁公。

丁公是個農夫，家中以耕地為生。當地沒有河流，澆地都用井水，但丁公家中沒有井，到莊稼需要灌溉澆水的時候，必須到其他人家的井中汲水，然後一擔一擔地挑到自己的地中灌澆。為了能及時地汲水澆地，丁家家中經常派一個人在外面，專門負責汲水澆地之事。

這樣過了好幾年，丁公覺得自己家中沒有井十分不便。在別人家井中汲水澆地，往往要比別人家晚幾天，因此收成也沒人家好。而且得有一個人專司澆地之職，家中其他農活有時也來不及做。於是，丁公下了決心，在自己家中的田頭鑿了一口井。看着井水從溝渠流向自己耕種的地中，丁公全家都高興得笑了。

從這以後，丁公家中用不着再派一個人在外面專門負責汲水澆地了。丁公便告訴人家說：“我家鑿了一口井，等於挖到了一個人。”

其中有的人沒聽清楚，把丁公的話傳成：“丁公家挖井挖到了一個人！”這樣一傳十，十傳百，傳遍了整個宋國。有人還把這件事向宋國國君作了稟報。

宋國國君聽說丁公竟從井中挖出一個人來，十分驚奇，便派官員去向丁公詢問這件事。丁公回答說：“我說的是我家鑿了一口井，等於家中多了一個能勞動的人，而不是在井中挖到一個人。”

那官員回去向宋國國君如實作了稟報。宋國國君笑着說：“我想，井中怎麼可能挖出人來呢？原來是這麼回事。”

釋義 “丁公鑿井’，用來比喻語言輾轉相傳而與事實相去甚遠。

出處 東漢・王充《論衡・書虛》：“俗傳言曰，丁公鑿井，得一人於井中。夫人生於人，非生於土也。”

丁蘭刻木

從前，河內郡有個人叫丁蘭，他年少時失去了父母，成了孤兒，一些親戚和鄰居見他可憐，常給他些冷飯吃。就這樣靠別人的施捨，飢一頓飽一頓，丁蘭長大成人，還娶了妻子。

雖然日子還過得去，但丁蘭心中仍有缺憾，看見別人早上出門去，父母諄諄叮囑；晚上未回家，父母已倚門盼望，心中十分羨慕。想起自己從小父母雙亡，現在想侍奉父母也來不及了，心中又十分悲苦。

這一天，他想出了一個好主意：找來上好的木料，依照記憶中父母的形象，請人刻了一對木人供奉在堂上。這一下，他有了精神寄託，把木人當作親生父母一樣侍奉。每天早晚都向木人請安，甚麼事都向木人請示。木人好像也有了靈性，見他請安，就很高興。見他有時回家晚了點，就會有不高興的表情。

有一次，鄰居張叔的妻子來向丁蘭的妻子借一樣東西，丁妻連忙向木人稟告，木人聽了神色不悅，丁妻就沒敢把東西借給張家。

張妻回家把木人不肯借東西的事告訴張叔。張叔一聽大怒，剛好又喝了點酒，他就藉着酒勁衝進丁蘭家，指着木人破口大罵。罵完了還不解氣，又操起一根木棒，在木人頭上敲了幾下，這才離去。

等到晚上，丁蘭回到家，照例先拜見木人，看見木人神色不對，知道一定發生了甚麼事，就找來妻子詢問。丁妻就把白天發生的事一五一十地告訴他。丁蘭聽了一聲不吭，提起寶劍就出了家門，闖進張家把張叔殺了。

地方官聽說出了人命，趕緊派人捉拿丁蘭。丁蘭表示願意伏法，只要求向木人告別。木人見他被捕，眼中居然流下淚來。

當地人聽說此事後，無不欽佩丁蘭的孝行。

釋義 “丁蘭刻木”，用來稱稱讚兒女孝敬父母。

出處 東晉・孫盛《逸人傳》：“少喪考妣，不及供養，乃刻木為人，彷彿親形，事之若生，朝夕定省。”

人彘

戚夫人是漢高祖劉邦的寵妃，漢高祖十年，劉邦看到太子劉盈天資平庸，而戚夫人所生的兒子趙王如意聰明伶俐，便打算廢了太子劉盈，立趙王如意為太子。

皇后呂雉得知劉邦想廢長立幼，十分驚駭。一旦太子被廢，她的皇后地位也可能要保不住。她不由對戚夫人恨之入骨，但劉邦正寵愛着戚夫人，她也無計可施，只得時刻提防，準備想盡一切辦法來阻止劉邦廢長立幼。

一天，劉邦召集羣臣商議廢掉太子的事，羣臣一起力爭，認為太子沒有甚麼過失，不能無端廢掉。御史大夫周昌更是冒死相諫，劉邦見了，只得作罷。

劉邦回到內宮，把羣臣反對廢長立幼的事告訴了戚夫人，戚夫人哭着說：“陛下，我並不是要廢去太子，我害怕的是皇后。我們母子的性命都捏在她的手裏，她將來一定會設法害死我們母子的。”

劉邦安慰戚夫人說：“你不要着急，我會想出辦法來的，一定不使你們母子吃虧。”

不久，劉邦終於想出了一個辦法，他委派御史大夫周昌為趙相，讓他保護趙王如意。於是，周昌便帶着十歲的趙王如意上趙國去了。

過了兩年，漢高祖病逝，太子劉盈繼位當了皇帝，歷史上稱為漢惠帝，皇后呂雉便成了皇太后。於是，她立即把戚夫人罰做奴隸，關入後宮關押犯罪嬪妃和宮女的永巷，勒令戚夫人每天舂米。

戚夫人一向被漢高祖養得挺嬌的，哪兒幹過這種苦活。她一面舂米，一面哭着唱：“兒子做了王，母親做奴隸，相隔三千里，誰能告訴你！”

這歌傳到呂后耳中，如同火上澆油。呂后惡狠狠地說：“你想靠你兒子來救你，我先把他殺了，慢慢再來折磨你！”

於是，呂后三次派人去召趙王還朝，周昌知道呂后不懷好意，不讓趙王回去。後來，呂后用調虎離山之計，先召周昌回朝，然後把趙王騙回朝來。

這時，漢惠帝已十七歲，仁厚愛人。他看到戚夫人受罪舂米，已經感到母后這樣做不對。趙王還朝後，他怕趙王遭害，把趙王如意接到自己宮中，同吃同睡，時時加以防範。

一天早晨，惠帝要去打獵。他看到天氣很冷，趙王熟睡未醒，不忍叫醒他，便獨自前去。呂后見有機可乘，便派人把趙王毒死。等惠帝打獵回來，趙王已經死了。惠帝抱着屍首大哭一場。他雖然知道是母后幹的，但他生性軟弱，怎敢說母后的不是，只好吩咐手下人把屍首用王禮安葬了。

呂后殺了趙王，還不解恨。她毫無人性地下令把戚夫人的手腳砍得跟豬的四蹄一樣短，挖去雙眼，燻聾兩耳，藥啞喉嚨，弄成豬的模樣，扔在豬圈裏，起了個名字叫“人彘”。呂后對自己的傑作很得意，派人請惠帝前來觀看。惠帝看到戚夫人的慘狀，滿腔悲憤，卻又無可奈何，當天便害起病來。

後來，惠帝經過御醫診治，病雖然好了，但他每每想起趙王母子，便又嗚咽不止。他派人對呂后說：“這不是人幹的。我雖然做了皇帝，但沒有能力治理天下，以後請母后自行主裁吧！”

呂后聽了，並不後悔殺了趙王母子，只是對讓惠帝去看“人彘”略有一些後悔而已。

釋義 “人彘”，用來指遭受殘酷迫害的人，或者指不被當作人看待的婦女。

出處 西漢・司馬遷《史記・呂太后本紀》：“高祖死，呂后斷戚夫人手足，去眼煇耳，飲瘖藥，使居廁中，名曰‘人彘’”

八月浮槎

古時候有個傳說：天河與海是相通的。

晉朝時，有個住在海邊的人，每年八月，總會看見一隻木筏從海上漂來（即浮槎）。多少年過去了，木筏來而復回，從來不誤日期。

這個人覺得很怪異，不明白這木筏從哪裏而來，往哪裏而去。有一回，他突發奇想：何不乘上木筏去看看究竟是怎麼回事？於是，他就打造了一個小閣子，安置在這個按時漂來的木筏上，作為棲身之處；帶足一年的糧食，登上了木筏，任隨它漂流。

木筏在海上漂了十幾天，不曉得到了甚麼地方。這十幾天裏，還能看見日月星辰。可是到後來，就渺渺茫茫，看不清東西了，也不知道是白天還是夜晚。

大約又過了十幾天，木筏漂到一個地方，頓時天朗日麗。縱目望去，可見到城郭，還有嚴整的宮室，那些屋子裏有很多織婦在忙着織錦……再過一段，又看見一條河，一個男人正牽着牛韁繩，牛在河裏悠閒地喝水。

牽牛人忽然發現了木筏上的陌生人，驚奇地問：“你是甚麼人？怎麼來到此地？”

這人回答：“我是住在海邊的，只因每年看見木筏來而復去，想探探究竟。”又問牽牛人：“這裏是甚麼地方？”

牽牛人說：“你回去以後，到蜀郡去問嚴君平吧，他會告訴你的。”

這個人點點頭，木筏繼續漂浮。第二年八月，木筏如期漂到了海邊。

後來，這人跑到蜀郡去找嚴君平詢問，嚴君平說：“某年某月某日，有一顆客星進入牽牛星座。”一算時間，正是此人到天河見到牽牛人的時候。

釋義 “八月浮槎”，用來形容乘船遠航，也用於形容上天遨遊等。

出處 西晉・張華《博物志》卷十：“舊說云：天河與海通，近世有人居海濱者，年年八月有浮槎去來，不失期。”

九方皋相馬

伯樂，本名孫陽，他是秦穆公時的相馬能手。因為在我國神話傳說中掌管天馬的星官名叫伯樂，而孫陽也有一套奇特的識馬本領，所以人們都稱他為伯樂。

一天，秦穆公召見伯樂，對他說：“你的年紀已經很老了，你的子孫中有沒有可以派出去找千里馬的人呢？”

伯樂回答說：“我的子孫們才能低下，但我有一個曾一起擔柴挑菜的朋友，名叫九方皋。他的相馬本領，不在我之下，大王可以召見他，派他出去為大王找尋千里馬。”

秦穆公聽了很高興，馬上派人把九方皋召來，讓他去訪求千里馬。

僅僅過了三天，九方皋就回來向秦穆公覆命說：“大王，千里馬已經找到。”

“在甚麼地方找到的？”秦穆公問。

“在一個名叫沙丘的地方。”九方皋回答說。

秦穆公欣喜異常，又問：“那是一匹甚麼樣的馬？”

“是一匹黃顏色的公馬。”九方皋回答。

穆公馬上派人到沙丘去把馬取來。不料取回來的卻是一匹純黑色的母馬。

秦穆公聞報，十分生氣，把伯樂召來，責備說：“伯樂，你所推薦的那個甚麼九方皋，把一匹黑色的母馬說成是黃色的公馬，他連馬的顏色和雌雄都分不清楚，又怎麼能識別千里馬呢？”

伯樂聽了，長歎一聲說：“難道他竟達到這樣的境界了嗎？這正是他勝過我千萬倍的原因呀！他對馬的觀察，已達到只看他所應當看到的，而不看他不需要看到的。而他看到的是馬的本質，忽視的是馬的表象。像九方臯這樣相馬的人，才是真正有本領的人呀！”

秦穆公聽伯樂這樣一說，便立刻吩咐手下人把那匹黑色的母馬牽來。大家一看，果真是一匹天下少有的千里馬。

釋義 “九方臯相馬”，用來比喻善於識別良馬、識別人才的人，或比喻看問題能捨棄表面現象，抓住事物的本質。

出處 《列子·說符》：“若臯之所觀，天機也。得其精而忘其粗，在其內而忘其外。見其所見，不見其所不見；視其所視，而遺其所不視。若臯之相馬，乃有貴乎馬者也。”

力士脫靴

李白是唐朝最著名的偉大詩人之一。唐玄宗天寶初年，他被玄宗封為翰林供奉。

李白是個十分豪放的人，他常常在醉酒後蔑視權貴。當時，唐玄宗身邊有兩個最有權勢的人：一個是楊貴妃的弟弟楊國忠，一個是唐玄宗的近臣高力士。

有一次，北方一個番邦來向唐玄宗進獻國書，用的是番邦的文字，朝中無人能識。朝中有人向玄宗推薦李白，李白進宮後譯讀了番文。唐玄宗十分高興，令李白當場撰寫回書。李白說自己只有喝醉了酒才寫得出，玄宗立即賜酒讓李白暢飲。

李白喝得醉醺醺的，又提出要讓楊國忠為他磨墨，高力士為他脫靴，他才能寫得出。玄宗對李白十分遷就，當即命楊國忠為李白磨墨，高力士為李白脫靴。楊國忠和高力士見是玄宗所命，不敢不從，只得乖乖遵命。

李白乘醉一揮而就，寫好了“嚇蠻書”，那番邦使節見大唐有如此人才，驚為天人。

釋義 “力士脱靴”，用來形容文人任性放縱，不畏權貴。

出處 北宋・歐陽修、宋祁等《新唐書・李白傳》：“帝愛其才，數宴見。白嘗侍帝，醉，使高力士脱靴。”

三十六計，走為上計

檀道濟是南朝宋的著名將領。東晉末年，他隨宋武帝劉裕進攻後秦，被宋武帝任命為前鋒，攻克洛陽。宋武帝平定中原後，檀道濟因軍功封為永修縣公，任職丹陽府尹，護軍將軍。

宋文帝時，檀道濟又因功升遷為征南大將軍、江州刺史。元嘉八年（公元 429 年），檀道濟奉命率軍和北魏開戰。當時，北魏在太武帝拓跋燾的領導下，先後攻滅了夏、西秦、北燕、北涼等，結束了五胡十六國的割據，統一了黃河流域，和南朝宋形成了對峙局面。

儘管北魏的兵力大於南朝宋的兵力，但檀道濟以寡敵眾，和北魏的軍隊接連打了三十多仗。他打一仗，勝一仗，打得北魏軍隊聞風喪膽。

不久，檀道濟率軍來到歷城，由於後勤供應跟不上，軍營中的糧米將盡，軍心惶惶。檀道濟知道，自己的兵力和北魏相比，兵寡勢弱，之所以能每戰必勝，靠的是將士高昂的士氣。如果將士們知道真的糧盡，必將士氣低落，後果不堪設想。於是，他決定“三十六計，走為上計”，必須立即退兵。

但他考慮到，手下的將士如果知道糧盡退兵，必然影響軍心；而如果北魏軍隊知道己方糧盡退兵，必將率兵追擊。於是，他讓人運來大批白沙，只用少量的米覆蓋在上面，故意在晚上以沙充米，以斗量之，給人以糧米仍很充足的假象。

這樣一來，軍心穩定了，而北魏的探子以為檀道濟量的真是米，便向北魏將領稟報檀道濟軍中並不缺糧。第二天，檀道濟命令全體將士穿着整齊的盔甲，乘着戰車，慢慢地退走。北魏軍隊怕有伏兵，竟然不敢追趕。

檀道濟此次出征，雖然沒有一舉平定河南，但他在全軍糧盡之時，仍能不傷一兵一卒，全軍而返，威名大震，使北魏將士聽到他的名字就感到害怕。

釋義 “三十六計，走為上計”，用來形容出路和辦法雖多，但只有離去最佳。

出處 南朝梁・蕭子顯《南齊書・王敬則傳》：“檀公三十六策，走是上計。”

三刀夢

王濬是西晉時的著名將領，他出身名門，文武雙全。年輕時，他有一次在家鄉興建住宅，讓工匠把門前的石路開拓成幾十步寬的大道。

工匠十分奇怪，問道：“少爺，你為甚麼要把路築得這樣寬呢？”

王濬笑了一笑，回答說：“我想要讓這路上容得下皇上的儀仗隊，說不定將來皇上會親臨的。”

旁邊的人聽了，都不禁笑了起來。王濬卻一本正經地說：“你們笑甚麼？。從前陳勝曾說過，燕雀不會知道鴻鵠的志向，你們怎麼又知道我的志向呢？”

後來，王濬果然實現了自己的志向，歷任巴郡太守、廣漢太守等職。他在任上實行讓老百姓休養生息的政策，使農業和商業都得到了恢復和發展，受到當地百姓的愛戴。

在廣漢太守任上，王濬有一天做了一個怪夢，夢見自己臥室中的屋樑上懸掛着三把刀，他正在驚疑，突然刀又增加了一把，變成了四把刀。他從睡夢中驚醒過來，剛才的情景還歷歷在目，心中不由忐忑不安，認為這夢一定是個凶兆。

第二天，王濬把自己做夢的事告訴了主簿李毅，並說：“我看這夢一定不是甚麼好兆頭，你能不能替我解析一下。”

李毅聽了，想了一想，笑容可掬地向王濬祝賀說：“這是一個吉兆。三把刀是一個‘州’（古‘州’字寫作‘刕’）字，後又多一把，就是在‘州’上再增加的意思。這等於讓你猜個燈謎，謎底便是‘益州’，因為‘益’就是增加的意思。這預示着皇上不久以後會讓大人升任益州刺史了。”

王濬聽了，將信將疑。不料過了不久，益州牙門將張弘發動叛亂，殺害了益州刺史皇甫晏。王濬得到消息，迅速出兵討伐張弘，平定了叛亂。晉武帝知道後十分高興，果然任命他為益州刺史。

李毅的預言被證實了，但這並不是夢呈吉兆，或李毅有甚麼先見之明，而是一種偶然的巧合罷了。

釋義 “三刀”指代益州，“三刀夢”用來稱官吏的調遷高升。

出處 唐・房玄齡等《晉書・王濬傳》：“濬夜夢懸三刀於卧屋樑上，須臾又益一刀，濬驚覺，意甚惡之。”

三戶亡秦

秦朝末年，陳勝、吳廣領導的農民起義爆發後，楚將項燕的後代項梁和他的姪子項羽也在會稽起兵伐秦。各地農民起義此起彼伏，秦王朝的統治搖搖欲墜。

不久，陳勝領導的農民起義軍戰鬥失利，陳勝戰死。而項梁率領的起義軍在戰爭中勢力發展很快，並逐步匯集各路起義軍，屢破秦朝的城池，聲威大振。

這時，年過七旬的居鄛（今安徽省銅城）人范增也投入了項梁的起義軍，成為項梁的得力謀士。范增平時深居簡出，喜好研讀兵書，很有計謀。他給項梁分析了當時的形勢，認為秦朝大勢已去，推翻秦朝的統治，奪取天下的日子已經不遠。

他對項梁説：“最近陳勝率領的起義軍遭到大敗，是理所當然的。因為他不擁立楚王的後代，卻自立為王，所以他的事業不能長久。當初秦國滅掉六國，楚國最無辜。自從楚懷王訪問秦國被扣留客死他鄉後，楚國人至今仍深深地思念他，時刻都想為他報仇雪恨。所以陰陽家楚南公説：‘楚雖三戶，亡秦必楚！’這句話的意思是説，楚國人即使只剩下三戶人家，也還是要報仇雪恨的，將來推翻秦朝的一定是楚國人。如今你在江東舉起反秦義旗，楚國人蜂擁而來歸附你，就是因為你們項氏世世代代都是楚國的將領，能夠再立楚王的後代為王，重建楚國。”

項梁覺得范增言之有理，聽從了范增的計策，在民間找到了楚懷王的孫子昭心。當時，昭心正在為別人放牛，項梁便擁立他為楚王，仍然稱他為“楚懷王”，以順應老百姓的願望，藉以獲得其他起義軍和廣大民眾的擁護。

項梁死後，項羽成為這支義軍的首領，自稱西楚霸王，范增成為項羽的謀士，項羽稱范增為“亞父”。范增為項羽出謀劃策，擊敗了秦軍主力，為滅亡秦朝出了大力，“楚雖三戶，亡秦必楚”的預言得到了應驗。

釋義 “三戶亡秦”，用來形容報仇雪恨、抗暴復國的堅強決心和意志。

出處 西漢・司馬遷《史記・項羽本紀》：“夫秦滅六國，楚最無罪。自懷王入秦不反，楚人憐之至今，故楚南公曰‘楚雖三户，亡秦必楚’也。”

三生石

唐代大歷末年，洛陽惠林寺有個叫圓觀的和尚，精通佛學，還懂得音律。他把寺中的田產管理得很好，財富很多，人們都稱他為富僧。

當時，諫議大夫李源因為避亂，借住寺中。他把家財都捐給了寺廟，寺中的和尚每天供他吃飯。李源不問世事，只和圓觀交談，兩人成了知心朋友，這樣度過了三十年。

有一次，兩人同遊蜀州，來到了青城、峨眉兩山，訪道採藥。這以後，圓觀想出斜谷，上長安去；李源卻想出三峽，上荊州去，商量了半天，也沒有能定下來。最後，李源說：“我已和世事斷絕往來，怎能上京城長安呢？”

圓觀說：“既然這樣，我就跟你出三峽吧。”

於是，兩人就一道乘船到三峽去。他們走到一個叫南泊的地方，停船在山腳下，見幾個婦女背着甕罐來打水。圓觀看到後，哭泣着說："我不想到這裏來，就是怕見到那幾個婦女呀！"

李源驚訝地問道："自從到了三峽，一路上看到了不少婦女，為甚麼見到這幾個人便哭泣呢？"圓觀告訴李源說："其中有個姓王的孕婦，就是我託身的人。她懷孕已三年，因為我一直投有來，所以還沒分娩。如今我看到了她，就該轉生了，這就是佛教徒所說的輪迴。"

圓觀停了一下，又對李源說："船在這裏停留一下，我死後，把我葬在山下。等孩子出生後三天，你去看望，如果那孩子對你一笑，就表示認識你了。再過十二年，到中秋那天夜裏，到杭州天竺寺門口，我還會和你相見。"

李源聽了，後悔這次到三峽來，也忍不住哭泣起來。他就去找那個孕婦，告訴她馬上要生產了。就在這天晚上，圓觀死了，孕婦生了一個男孩。過了三天，李源去看望新生的嬰兒，那個嬰兒果然對着李源笑了一笑。

十二年後，李源特地趕到杭州赴約。中秋那天夜裏，雨後初晴，月明如畫，李源走到天竺寺門口東張西望，不知向何處尋訪。這時，他忽然聽到葛洪川畔，有個牧童在唱《竹枝詞》。一會兒，那個牧童騎着牛，用手指敲着牛角，頭上梳着雙髻，身上披着短衣，來到寺廟門口，口中唱着自編的《竹枝詞》：

三生石上舊精魂，
賞月吟風不要論。
慚愧情人遠相訪，
此身雖異性長存。

李源知道這牧童就是圓觀的後身，上前拜了拜，說："圓觀公身體健康嗎？"

那個牧童對李源說："你真是一個守信的人。我和你隔了一世，走的路不同，不能再相互親近了。你塵世的緣分還沒了結，要好好修煉，還可相見。"

李源見無法交談，看着牧童，不覺流下了眼淚。那個牧童又口唱《竹枝詞》，趕着牛，慢慢地走遠了。

釋義 “三生石”，用來形容交情深厚，歷時長久，有時候也用來指因緣前定。

出處 北宋・李昉等《太平廣記・圓觀》：“三生石上舊精魂，賞月吟風不要論。慚愧情人遠相訪，此身雖異性長存。”

三字獄

岳飛，字鵬舉，是南宋時期的抗金名將。他在北宋末年投軍，擔任一名下級軍官，後來隨宗澤鎮守開封，因軍功被封統制之職。

宋高宗南遷後，金國統帥金兀术率軍渡江南侵，岳飛率軍北上迎擊，將金軍打得大敗，收復了建康（今南京）。岳飛所部的軍隊也被稱為岳家軍。

1140 年，金兀术又領兵南侵，大片南宋國土又淪入金兵之手。宋高宗眼見南宋王朝岌岌可危，派岳飛統率大軍前去抵禦金兵。岳飛出兵後，經過幾次與金兀术的交鋒，把金兀术逼得步步後退，岳家軍乘勝收復了鄭州、洛陽等地。岳飛又率軍北進，準備一舉直搗金國的首都黃龍府，以絕永患。

但是，在朝廷中掌握實權的奸相秦檜，卻是一個和金國暗中勾結的賣國賊。金兀术在兵敗之時，派密使給秦檜送了一封信，要他暗中害死岳飛，以實現暗地裏為金國效忠的諾言。

秦檜接信後，便攛掇高宗，力主和金國議和。於是，高宗下旨，將岳飛召回臨安，撤除了他的兵權，任命他為樞密副使。接着，南宋便和金國達成了和議。但秦檜並不以此為滿足，他想方設法偽造了岳飛的兒子岳雲和部將張憲的謀反信，誣陷岳飛謀反，將岳飛、岳雲、張憲一起關進獄中，並判處他們死罪。

這時，南宋朝廷中另一抗金名將韓世忠對此十分氣憤，他責問秦檜：“岳飛率軍屢次擊敗金兵，戰功卓著，你們有甚麼證據説他謀反？”

秦檜詭辯説：“岳雲給張憲的謀反信雖然沒有得到證實，但謀反的事‘莫須有’（也許有），就可以定罪。”

韓世忠聽了，憤慨地說：“以這種‘莫須有’的罪名殺害忠良，你們一定會落得萬世罵名。”

公元 1142 年一月，秦檜終於以“莫須有”的罪名，用毒酒將岳飛毒死在大理寺監獄中。岳雲和張憲也在同一天被害。

釋義 “三字獄”，用來形容無罪被冤枉關進監獄，用“莫須有”這三個字來表示憑空捏造罪名，陷害別人。

出處 元・脱脱等《宋史・岳飛傳》：“檜曰‘飛子雲與張憲書雖不明，其事體莫須有。’世忠曰：‘莫須有三字何以服天下！’”

三良殉秦

春秋時，秦國國君秦穆公是一位具有雄才大略的諸侯。在他的治理下，地處西部邊陲的秦國經濟和軍事力量日益強大，成為各諸侯國中的強國。

秦穆公在位的時間是公元前 659 年至 621 年，在位的三十九年中，他廣泛羅致人才，任用百里奚、蹇叔、由餘等謀臣，孟明、白乙、公孫枝為武將，在一大批賢才的輔佐下，攻滅了鄰近十二個小國，稱霸西戎。

到了穆公晚年，百里奚等賢臣相繼去世，大將孟明向穆公推薦了大夫子車氏的三個兒子：奄息、仲行、鍼虎，説他們人才出眾，文武雙全，被國人稱為“三良”。

穆公聽了，立即把奄息等三人召來，交談之後，覺得他們確實學識淵博，精於治國之道，便把他們三人全都封作大夫。從此，秦穆公經常把他們兄弟三人召進宮中，詢問國政。三兄弟侃侃而談，提出各種富國強兵之策。穆公對他們言聽計從，君臣關係十分融洽。

有一天，秦穆公在內殿宴請子車氏三兄弟，酒過三巡，他略帶醉意地説：“寡人與爾等三兄弟情投意合，十分相得，但願我們能生同此樂，死同此哀。”

子車氏兄弟受寵若驚，馬上離席謝恩，説：“我等兄弟蒙大王如此厚恩，無以為報，一定生死相從。”

不料剛過了一年，穆公就不幸病逝。他臨死時，給繼位的秦康王留下遺囑，要子車氏三兄弟實現“生死相隨”的諾言。

秦康王把奄息等三兄弟召來，向他們宣佈穆公的遺言，徵詢他們的意見。奄息等三兄弟都表示願意以身相殉。於是，在秦穆公下葬的時候，奄息等三兄弟也同時被活埋在秦穆公的墓中。

秦國的老百姓對子車氏三兄弟的死十分悲痛，有人寫了一首名叫《黃鳥》的詩，在詩中反覆詠歎：“彼蒼者天，殲我良人！如可贖兮，人百其身。”這首詩後被收入《詩經・秦風》，一直流傳至今。

釋義 “三良殉秦”，用來指責獨夫的殘暴，頌揚善良的美德，表達對愚忠的譴責。

出處 春秋・左丘明《左傳・文公六年》：“秦伯任好卒，以子車氏之三子奄息、仲行、鍼虎為殉，皆秦之良也，國人哀之，為之賦《黃鳥》。”

三語椽

阮修是東晉時的名士，對儒家學說和道家學說都有較深的研究。他曾經把《莊子・逍遙遊》的內容加以發揮，寫了一篇《大鵬讚》，把自己比作在九天翱翔的大鵬，從中寄託了自己遠大的志向。

當時，東晉的讀書人中盛行清談的風氣，阮修也常常和一些隱居山林的朋友討論《周易》、《論語》、《老子》、《莊子》等各種問題。阮修知識淵博，談吐不凡，往往很快就能把別人說得心服口服，因此贏得了“清談家”的美名。

有一次，阮修同一位朋友進行“人變鬼”的辯論。他的朋友認為人死後，靈魂就變成了鬼，所以才有鬼魂的出現。阮修反駁說：“現在一些自稱見過鬼的人，都說鬼身上穿的是鬼生前穿的衣服。如果說人死後變成了鬼，那麼難道衣服也有鬼的嗎？”他的朋友聽了，無言以對。

當時，太尉王衍也是一位很有名的清談家，他對《周易》作了較為深透的研究，但仍有很多的地方沒弄清楚。一次，他問自己的姪子王敦說：“不知道有沒有人比我更精通玄學？”

“有呀！阮修對玄學很有研究，你不妨找他談談。”王敦回答說。

不久，王衍在一次名士聚會上遇到了阮修，問他說：“老莊的道家學說和孔子的儒家學說有甚麼相同的地方，有甚麼不同的地方？”

“將無同。”阮修隨口回答說。

“將無同”就是大概差不多，沒有甚麼大的不同，王衍聽了，非常滿意，當即聘請阮修做自己的椽吏（幕僚）。這件事傳開以後，人們就把阮修稱為“三語椽”。

釋義 “三語椽”，用來讚美學識淵博、應對得體的幕府官員。

出處 南朝宋・劉義慶《世説新語・文學》：“阮宣子有令聞，太尉王夷甫見而問曰：‘老莊與聖教同乎？’對曰：‘將無同。’太尉善其言，辟之為椽，世謂‘三語椽’。”

干將莫邪

春秋時，吳邑有一對善於鑄劍的夫婦，男的叫干將，女的叫莫邪。干將曾經在越國鑄過劍，和越國有名的鑄劍師歐冶子共拜一師，因此他在吳國鑄劍很有名氣。

當時，吳國的國王名叫闔閭，他是一個崇尚武藝的人，因此也十分喜愛寶劍。一次，越國派使者獻給他三把寶劍，一把叫“除奸”，一把叫“斬邪”，一把叫“魚藏”，吳王十分高興，把這三把寶劍當作寶貝，收藏起來。

然而，有了越國出產的寶劍，吳王並不滿足。他想擁有吳國劍匠自己鑄造的寶劍。他聽説干將、莫邪夫婦是鑄劍高手，就把他倆召來，對他們說：“聽説你們的鑄劍術十分高明，我要你們鑄造兩把比越國寶劍還要好的劍。”

“好的。”干將、莫邪回答說。

於是，干將、莫邪建造了一個鑄劍插，並從山上採來精鐵，開始鑄劍，還請吳王徵調了三百個童男童女專門為鑄劍的爐子裝炭鼓風。

干將接連鑄了好幾把劍，呈送給吳王。但吳王經過試驗，都不滿意，説這些劍都比不上他所擁有的“除奸”等三把寶劍。干將辯解說：“大王，鑄煉寶劍，一定要有質地好的精鐵、合適的火候和高超的冶煉術，三者缺一不可。但我現在所有的精鐵比不上越國的精鐵，所以雖有高超的技術也無可奈何。”

吳王說：“我吳國怎麼會沒有上好的精鐵，限你三個月，採集上等精鐵，煉出比越國還要好的寶劍來；不然，提頭來見。”

干將回到鑄劍場，將吳王的旨意對莫邪說了。夫婦倆跋山涉水，終於採到了一塊上好的精鐵，又開始鑄劍。但是，經過兩個月的煅燒，爐中的精鐵一點也沒有熔化。夫婦倆十分着急。莫邪說：“看來這是一塊神鐵，要神鐵熔化，一定要有人獻身才行。沒有人獻身，寶劍是鑄不成的。”

干將聽了，說：“我想起來了。我師父最後一次鑄劍時，神鐵不化，師父和師母一起跳入爐中，才煉成了寶劍。”

“他們為甚麼要捨命煉劍呢？”莫邪問。

“鑄不出好劍，越王一樣要處死他。”

莫邪想了想，說：“師父和師母為鑄寶劍而獻身，做出了榜樣，為了鑄出寶劍，我也勇於獻身。”於是，莫邪剪了頭髮，修理了指甲，縱身跳進了熊熊的爐火中。干將含着熱淚，讓三百個童男童女加緊鼓風、燃起熊熊的烈火。很快，那精鐵漸漸熔化，流入槽中，成了劍坯。

干將又反覆將劍坯煅燒、錘打，終於鑄成了一對舉世無雙的寶劍，雄劍起名“干將”，雌劍起名“莫邪”。干將把雄劍藏起，把雌劍獻給了吳王，但吳國滅亡後，這兩把寶劍也都失傳了。

釋義 “干將莫邪”，用來指代著名的寶劍。

出處 東漢·趙曄《吳越春秋·闔閭內傳》：“干將妻乃斷髮剪爪，投於爐中。使童男童女三百人鼓風裝炭，金鐵刀濡，遂以成劍。陽曰干將、陰曰莫邪。”

下里巴人

戰國時，楚國有個著名的文學家名叫宋玉，他寫的《風賦》、《高唐賦》、《登徒子好色賦》等都十分有名。楚襄王很欣賞宋玉的才能，經常和他一起談論各種問題。有些人見楚襄王如此賞識宋玉，便常常在楚襄王面前說他的壞話。

有一次楚襄王對宋玉說："現在有些人對你很不滿意，他們在背後議論你，說你高傲、目中無人、不合羣等等，我想，你大概一定有甚麼不檢點的地方，他們才會說你的壞話吧？"

宋玉聽了，不以為然地說："大王，像我這樣的人，背後有人說壞話，那是不足為奇的事。"

楚襄王聽了，問："這是為甚麼呢？"

宋玉回答說："大王，請允許我先講一個故事吧！前不久，有個著名的歌唱家來到我們郢城。他在郢城街頭表演自己的歌技。剛開始時，他唱的是很通俗的《下里》和《巴人》，城裏跟着他唱的有好幾千人；接着，他又唱了還算通俗的《陽阿》和《薤露》，城裏跟着他唱的人就少多了；後來他唱比較高雅的《陽春》和《白雪》，城裏跟他唱的人只有幾十個；最後，他唱格調更高雅的曲調，城裏跟他唱的人就少得可憐了！由此可見，曲高和寡，大王你說對嗎？"

楚王聽了，點點頭說："對！"

宋玉接着又說："這就說明，在我們楚國，高雅的人是很少的，而人又是善妒的，愈高雅的人，就愈不合羣，也就愈易受妒。而像我這樣的人，自感可入高雅之列，那妒我之人絕不會少，背後有人說我壞話，也就不足為奇了。"

釋義 "下里巴人"，用來形容作品或言論的俚俗，才能的低下，或用作自謙之詞。

出處 楚・宋玉《答楚王問》："客有歌於郢中者，其始曰：《下里》、《巴人》，國中屬而和者數千人。"

大王雄風

楚襄王由宋玉和大夫景差陪同在蘭台宮中遊玩，忽然一陣風吹來，讓人覺得神清氣爽。

楚襄王敞開衣襟迎着風說："真舒服啊！這風百姓們能和我一起享受到嗎？"

宋玉回答説：“這只是大王的風，百姓們怎能和大王共享呢？”

楚襄王奇怪地説：“風嘛，人人都能吹到，你為甚麼説這只是我的風呢？”

宋玉説：“人所處的環境不同，感受到的風自然也不同。”

楚襄王説：“那麼風是從哪裏來的呢？”

宋玉説：“這風是從平地上升起，它吹過池塘上的浮萍，逐漸進入溪流山谷，在山洞口聚集呼嘯，沿着大山的山坳，在松柏林中穿行。這時風勢更加猛烈，發出雷鳴般的聲音，以飛砂走石、折枝斷木的力量在林中左衝右突；到了風勢漸漸衰弱的時候，風力向四面分散，只剩下鑽越小孔、衝動門栓的力量了。隨後風繼續向四方飄散，在天地間飄盪；忽而上升，忽而下降，飄進都市，飄進深宮。這風兒觸動花草的枝葉，散發出香氣，在桂花林中、荷塘水上徘徊，然後才穿過廳堂內室，透過帷幕，吹到大王身邊。所以這風吹來，讓人遍體清涼，甚至酒醉或身體不適的時候，只要吹到這風，頓時會讓人覺得身心安寧，耳聰目明，這樣的風就叫做大王雄風啊！”

釋義 “大王雄風”，用來形容清涼舒爽的風，也用以稱頌君王。

出處 楚・宋玉《風賦》：“故其風中人……清清泠泠，愈病析酲，發明耳目，寧體便人，此所謂大王之雄風也。”

大夫松

公元前 221 年，秦王嬴政滅掉了韓、趙、魏、燕、齊、楚等六國，建立了中國歷史上第一個中央集權的封建帝國，歷史上稱他為秦始皇。

秦始皇在執政期間，曾多次大規模出巡，到處刻石立碑，頌揚自己統一華夏、開拓疆域的豐功偉績。

公元前 219 年，秦始皇帶着大批隨侍人員來到山東巡視。一天，他登臨層巒疊嶂的嶧山覽勝，望見北方有一座更為雄偉高峻的大山，心中疑是著名的泰山，便問：“那北方的高山，就是東嶽泰山嗎？”

“是的。”丞相李斯回答説。

秦始皇躊躇滿志地說："我聽說古代的三皇五帝，都曾登臨泰山舉行過祭祀天地的封禪大典。我現在是始皇帝，理所當然也應該去泰山封禪！"

李斯立即遵照秦始皇的旨意，徵召上萬民工，很快修築了一條從山麓直達山崖的山路。

李斯向秦始皇稟報路已築成，秦始皇便興致勃勃地登上泰山之巔，舉行了規模盛大的封禪大典，並刻石以資紀念。

封禪儀式結束後，秦始皇鑾駕下山。他們剛行到半山腰，突然，天色漸漸暗了下來，不一會，便下起雨來。

恰巧，半山腰有五棵巨大的松樹，一棵棵枝葉繁茂，亭亭如蓋。侍從們急忙把秦始皇的鑾駕抬到一棵最大的松樹下避雨，羣臣也紛紛到其他四棵松樹下避雨。

他們剛躲入松樹下，豆大的雨點便傾盆而下。但由於樹的枝葉十分濃密，像五把天然的大雨傘替他們遮住了雨。

不一會，風停雨息，天又放晴。秦始皇看到下了這麼大的雨，自己身上的衣服只是微有沾濕，心中不由十分高興。他覺得這五棵大松樹護駕有功，於是當即封五棵大松樹為"五大夫"，稱這些松樹為"大夫松"。

後人在秦始皇避雨的五棵大松樹旁修造了一座涼亭，起名為"五松亭"，成了泰山的著名景觀。

釋義 "大夫松"，用來表達受了知遇之恩，或藉此指代古松、松樹。

出處 西漢・司馬遷《史記・秦始皇本紀》："（始皇）乃遂上泰山，立石，封，祠祀。下，風雨暴至，休於樹下，因封其樹為五大夫。"

大手筆

王珣是東晉時名相王導的孫子，他年輕有為，才思敏捷，膽量過人，能寫一手好文章。因此，他在二十歲那年，就被大司馬桓溫聘為主簿。

有一次，桓溫為了試試王珣的膽量，在大司馬府議事的時候，故意騎着一匹馬直衝堂上。其他的幕僚見了，有的嚇得渾身瑟瑟發抖，有的乾脆鑽到桌子底下躲起來，只有王珣端坐不動，像沒有發生甚麼事一樣。桓溫勒住馬，環視了一下堂上的情況，感歎地說："王珣能面對奔馬，處驚不變，將來一定能大有作為！"

又有一次，桓溫為了試試王珣的才學，趁王珣不注意的時候，在議事時悄悄拿走了王珣的發言稿。王珣想發言時，發覺稿子沒了，但他一點也不在意，仍舊口若懸河，滔滔不絕。桓溫見了，不由從內心感到欽佩。

經過一段時間的了解和考察，桓溫對自己的這位年輕主簿十分信賴。桓溫帶兵出征的時候，便把軍中往來文書等事務全部委託給王珣，軍中的文武官員對王珣也十分敬重。

由於王珣確實很有才能，再加上受到桓溫的器重和賞識，王珣很快得到升遷，被任命為中軍長史，封為東亭侯。不久以後，又被朝廷任命為給事黃門侍郎。

公元 396 年秋的一天晚上，王珣做了一個夢，夢見有人送給他一支比普通毛筆大幾十倍的大筆。醒來後，他自言自語地說："看來，朝廷中要發生甚麼大事，又有大手筆的事要我做了。"

王珣的猜測沒有錯。當天上午，晉武帝死了，朝廷急召王珣入朝，讓他起草訃告、哀策、謚議等各種文件。王珣以自己的才華，在極短的時間裏，揮筆立就，體現了"大手筆"的風範。

釋義 "大手筆"，用來稱譽著名的作家和作品，或稱譽寫作才能極高，又引申為一種大的規劃的成功。

出處 唐・房玄齡等《晉書・王珣傳》："珣夢人以大筆如椽與之，既覺，語人云：'此當有大手筆事。'俄而帝崩，哀冊謚議，皆珣所草。"

大兒孔文舉

禰衡，字正平，是東漢末年的文學家。他年輕時才華橫溢，但很狂傲任性，目空一切，不把別人放在眼裏，惟獨與孔融（字文舉）和楊修（字德祖）兩人關係很好。

當時，漢獻帝已把都城遷往許昌，許多人為求官職，紛紛來到許昌，投靠權貴。禰衡這時候也到了許昌。但是，過了好幾天，還沒有找到可以投靠的人。

一天，禰衡在街上遇到一位朋友。朋友問他："你現在在哪裏做事？"

禰衡回答："還沒有事做。"

朋友建議："你可以去找陳羣或司馬郎。"

禰衡一聽，就搖頭說："我怎麼能跟這些出身低賤的人打交道呢？"

朋友又說："那你還可以去投靠荀彧和趙稚長。"

禰衡滿臉不屑地說："荀彧長得倒是很漂亮，可是只能借他的臉去弔喪；趙稚長喜歡吃肉，長着一個大肚子，只配做伙房的監廚！"

其實，朋友提到的幾個人都是曹操的謀士和將軍，禰衡這樣評價他們，可見其狂傲。

後來，朋友問他："你既然瞧不起他們，那你心目中到底還有誰呢？"

禰衡說："我的大兒子孔文舉，小兒子楊德祖，除此以外，其他的人都是庸碌之輩，不值一提。"

孔融（孔文舉）、楊修（楊德祖），確是當時數一數二的人物，但兩人都比禰衡年長，禰衡竟稱他們為兒子，可見他自視甚高，狂傲至極。

最後，禰衡因狂妄不羈，先冒犯了曹操，又冒犯了劉表，劉表把他轉送給江夏太守黃祖。沒多久，他又對黃祖出言不遜，被黃祖殺了，年僅二十六歲。

釋義 "大兒孔文舉"，用來形容人狂傲自大，也用以指有才學的人。

出處 南朝宋・范曄《後漢書・禰衡傳》："唯善魯國孔融及弘農楊脩。常稱曰：'大兒孔文舉，小兒楊德祖。餘子碌碌，莫足數也。'"

大風歌

漢高祖劉邦晚年的時候，先後遇到彭越、英布等異姓諸侯發動叛亂，但都被他果斷地鎮壓下去。公元前 196 年初冬，他在平定淮南王英布武裝叛亂的回軍途中，路過家鄉沛縣（今屬江蘇省）。

沛縣的官吏聽説當今皇上要來，趕緊設下行宮，準備好各種供應。待高祖到來，全體出城跪接。劉邦當年任亭長的時候，時常判斷里人訴訟，遇到大事，就詳報縣中，所以與一班官吏互相往來，比較熟悉。現在見到他們，也就另眼相看，在馬上答禮，命他們起身，引他入城。

城裏的老百姓也扶老攜幼前來歡迎。他們又是提着彩燈、又是散着香花。高祖看了非常高興。一進行宮，馬上傳父老子弟進見，並且囑咐他們不必多禮，還賜他們兩旁坐下。

過了一會，沛縣的官吏們讓人擺開宴席。高祖上座後，吩咐父老子弟入席一起飲酒，同時還選了一百二十個兒童，讓他們唱歌助興。兒童們滿口鄉音地歌唱了一番。高祖酒喝得很暢快，歌也聽得很歡快，索性命人取過筑（一種用竹打擊的樂器）來，親自打擊。他一面擊打，一面唱道：

大風起兮雲飛揚，
威加海內兮歸故鄉，
安得猛士兮守四方！

這首詩名叫《大風歌》，全詩表達了劉邦在離鄉十多年來轉戰南北，打敗項羽，重新統一中國，粉碎叛亂，鞏固漢王朝政權之後，與故鄉父老兄弟歡聚的興奮心情，同時也表達了他渴求賢才，治理宇內，保衛邊疆的寬廣胸懷和殷切願望；全詩雖然只有三句，但情調高昂，氣勢磅礴，語言簡樸，富有感染力。

劉邦唱完《大風歌》，命兒童學習，同聲唱和。經過幾次練習，他們就唱得抑揚頓挫，婉轉可聽，引得高祖喜笑顏開，走下座位跳起舞來。

劉邦走後，沛縣父老在行宮前築了一座台，稱為“歌風台”。

釋義 “大風歌”，用來比喻慷慨激昂的悲歌和治國安邦的豪情壯懷。

出處 西漢·司馬遷《史記·高祖本紀》：“酒酣，高祖擊筑，自為歌詩曰：‘大風起兮雲飛揚，威加海內兮歸故鄉，安得猛士兮守四方！’”

上行下效

賈曾是唐代洛陽人。他的父親賈言忠，在高宗李治朝任侍御史、吏部員外郎，官階很高。賈曾年少時，受父母的影響，好讀書，尚氣節，工文辭，頗有名氣。

景雲年間，賈曾被封為吏部員外郎。睿宗李旦立三子李隆基為太子後，選派他為太子舍人。李隆基即位後，任命他為諫議大夫、知制誥（相職），朝令文告，多出其手。

賈曾之所以受到李隆基器重，是因為他敢於直言進諫。李隆基做太子時，多好女伎，經常命手下人四處訪求美貌的女子，教她們學習音樂，供自己玩樂。賈曾直言進諫說：

“從前魯國重用孔子，幾乎稱霸於世。齊國懼怕魯國，就向魯君進獻美貌的女伎，以迷惑魯君。魯君接受了，孔子就離開了魯國。西戎重用由餘治理國家，兵強國富。秦人施行反間計，送上女伎蠱惑戎王，由餘就逃離戎地。這都是聖賢名士所忌諱的。

那些經常拿女人尋歡作樂的王孫們，必然會被女伎妖艷的容顏所蠱惑，就會喪失志氣，不務正業。上邊這麼做，下邊也就仿效去做，這樣淫風惡習就將形成。敗壞國家，惑亂人倫，實實在在是從這兒開始的啊。

希望太子能够下令摒除樂伎，敦正教化，傾聽德音，使雅、頌之樂發揚光大，不要再令臣下訪求女樂了。這樣一來，朝野內外的人都知道殿下您遠離聲色佞臣，就會忠心擁戴您。”

李隆基聽了他的忠告，便禁絕了女樂。

另外，《白虎通義・三教》中也有“教者，效也，上為之，下效之”這樣的話，意思是說，上級做出一個樣子，下邊就仿效去做。

釋義 “上行下效”，用來比喻領導喜好甚麼，羣眾就學習甚麼。

出處 五代・劉昫等《舊唐書・文苑傳・賈曾》：“上行下效，淫慾將成，敗國亂人，實由茲起。”

東漢・班固《白虎通義・三教》：“教者，效也，上為之，下效之。”

小冠杜子夏

漢代的杜欽，字子夏。

杜欽家中富有，自小刻苦讀書，因此知識淵博。但遺憾的是他有一隻眼睛失明了。由於這個原因，杜欽不願意做官，以免拋頭露面，受人譏笑。

茂陵的杜鄴，與杜欽同姓，恰好字也是子夏。杜鄴也飽讀詩書，其才華不亞於杜欽，在京城也非常有名。這樣，便同時有了兩個知名度很高的杜子夏。有人為了區別兩個子夏，便管杜欽叫“盲杜子夏”。

杜欽聽說以後，心中很不愉快。他覺得別人這樣以他的生理缺陷來稱呼他是極不禮貌的，對他來說是一種侮辱。於是，便思索怎樣來解決這個問題。

最終，杜欽別出心裁地為自己製了一頂帽子（冠）。這頂帽子只有三寸高，自然與眾不同，便於區分。

這樣，人們就漸漸稱杜欽為“小冠杜子夏”，而稱杜鄴為“大冠杜子夏”。

釋義 “小冠杜子夏”，用來比喻人才學相當或名字相同。

出處 東漢・班固《漢書・杜欽傳》：“欽惡以疾見詆，乃為小冠，高廣財二寸，由是京師更謂欽為‘小冠杜子夏’。”

小憐惑主

南北朝時期，北齊出了位十分聰明、美麗、多情、溫柔的女子，名叫小憐。小憐後來當了大穆后的侍女。不久，大穆后將小憐送給了北齊後主高緯。

小憐不僅有沉魚落雁的容貌，而且十分聰慧，歌唱得好，舞跳得美，彈起琵琶也十分動聽。如此才藝雙佳的美女，使後主寵愛不已，封為淑妃。

後主自從得到了小憐，便完全被小憐迷住了。他不僅每夜與小憐同牀共枕，而且白天也都與小憐呆在一起。在宮中，同席而坐，外出時，也要與小憐騎着馬並排而行。天長日久，朝政都漸漸被後主忘到腦後去了。

“但願我們永遠相親相愛，生死都在一起！”後主常常忘情地對小憐發誓。

不久，北周發兵攻打北齊，晉州告急。兵臨城下，軍情如火，而北齊後主高緯此時卻還正帶着小憐及一幫侍從在外地打獵。晉州守將千方百計派人將緊急情報送到了後主的手中。

後主一見情報，有點着急，準備立即返回。而小憐這時獵興正濃。她嬌滴滴地抓住後主的衣袖，說：“我還沒有盡興哪，現在走，讓我多掃興啊！咱們多打一圍再回去，好嗎？”

情況如此危急，國家的存亡已到了關鍵時刻，但後主望望哀求着的小憐，實在不忍心讓她失望。於是，下令繼續打獵，把敵軍圍城的事丟在了一邊。

釋義 “小憐惑主”，用來指女色誤國。

出處 唐·李延壽《北史·齊馮淑妃傳》：“馮淑妃名小憐，大穆后從婢也，……慧黠能彈琵琶，工歌舞。後主惑之，坐則同席，出則並馬，願得生死一處。”

山公啟事

西晉時，原是“竹林七賢”之一的隱士山濤，因與司馬氏有親戚關係，被晉武帝司馬炎任命為吏部尚書。

山濤對選拔官員十分認真負責。每當一個官位有了空缺，他總是根據這一官位所擔負的職責，衡量有哪些人能夠作為候選人，然後擬定一張幾個人的候選名單，提供給晉武帝選用。晉武帝選用的，有時候並不是名單上的第一候選人，別的大臣不知內情，以為山濤憑着個人的好惡任用官吏，就到晉武帝那兒說山濤的壞話。

晉武帝聽了，不由也疑惑起來，召見山濤說："愛卿負責吏部，責任重大。現在有人說你授職不公，你可有甚麼辯詞？"

山濤回答說："我向皇上推薦官員的原則是惟才是用，既不考慮他們同我的關係是親是疏，也不考慮他們是出身名門，還是出身微賤。每一官位空缺，我都將能勝任這個官位的人列選，讓皇上選擇。前些時好幾個重要職位空缺，皇上所選擇的恰巧都是和我關係比較親密的人。這樣，在朝廷中引起一些微詞是不足為奇的。"

晉武帝聽了山濤的解釋，便放了心。於是，山濤在以後的薦舉中，仍舊依照以前的辦法。久而久之，大家都覺得山濤在薦舉官員時確實沒有私心，各種各樣的議論也就平息下去了。

山濤任吏部尚書之職有十數年之久，經他推薦任職的官員有二百多名。由於山濤在薦舉時對每個被推薦人的品行、才能都有一個總的評價，而且將這一評價概括出一個標題，以使晉武帝能一目瞭然地了解這個人的特點，因此時人把山濤上奏給晉武帝的薦書稱之為"山公啟事"。

後來山濤年紀老了，一再要求退休還鄉，但晉武帝卻一再挽留，對他說："我正要依靠您的榜樣，使民風變得淳厚，您怎麼可以告老還鄉呢？"

山濤見晉武帝如此挽留自己，只得繼續留任。

釋義 "山公啟事"，用來稱譽那些薦賢舉能、知人明鑒的行為，或指代薦舉書。

出處 唐・房玄齡等《晉書・山濤傳》："濤再居選職十有餘年，每一官缺，輒啟擬數人，詔旨有所向，然後顯奏，隨帝意所欲為先。……濤所奏甄拔人物，各為題目，時稱山公啟事。"

山雞獻楚

戰國時候，有個楚國人，挑着擔子，在野外趕路。他的擔子上放着一隻山雞，用繩子縛着，這隻山雞羽毛美麗，非常討人喜愛。

這時，有個過路人迎面走來。他從未見過山雞，就問楚國人說："這是甚麼鳥？"

楚國人停下擔子，見那個過路人模樣老實，故意欺騙他說："這是鳳凰。"

過路人高興得跳了起來，說："我早就聽說有鳳凰，今天真的見到了！"

他將山雞仔細看了一番，問："這隻鳳凰是不是賣的？"

楚國人毫不猶豫地說："當然是賣的。"

過路人又問道："十兩金子賣不賣？"

楚國人搖搖頭，說："太便宜了，不賣！"

過路人想了想，說："那就加你一倍，算二十兩吧。

說罷，他打開布囊，對楚國人說："我只有二十兩金子，再多也拿不出來了。"

楚國人又故意裝出無可奈何的樣子說："既然這樣，那就讓你拾個便宜貨，買了去吧。"於是，一個付錢，一個交貨，一筆生意馬上成交了。

過路人拿了山雞，決計去獻給楚王。不料過了一夜，山雞死掉了。他非常懊惱，逢人就說："我好不容易買到一隻鳳凰，一心獻給楚王，想不到死去了。我並不可惜這點金子，只恨沒有能獻上去。"

楚國的老百姓到處都在講這故事，以為死去的真是鳳凰。這件事很快傳到了楚王的耳朵裏，楚王很是感動。他下令把這個過路人召來，一下子賞給他二百兩黃金，是買山雞金價的十倍。

釋義 "山雞獻楚"，用來形容不辨真偽，以假為真。

出處 《尹文子・大道上》："楚人擔山雉者，路人問：'何鳥也？'擔雉者欺之曰：'鳳凰也。'路人曰：'我聞有鳳凰，今直見之。汝販之乎？'曰：'然。'則十金，弗與。請加倍，乃與之。將欲獻楚王，經宿而鳥死。路人不遑惜金，惟恨不得以獻楚王。"

千里蒓羹

張翰是西晉時吳郡吳縣人，他才思敏捷，辭賦文章都寫得很好，但他不熱衷於做官，把功名利祿看得很淡。

吳縣鄰近太湖，是一個物產豐富的江南水鄉，盛產蒓菜和鱸魚。平時，張翰經常和朋友一起喝酒聊天，他最喜歡吃的兩個菜，一個是紅燴鱸魚，一個是蒓菜羹。

有個朋友見他如此落拓不羈，問他說："你只圖喝酒時喝得痛快，難道就不考慮身後的功名嗎？"

"在我看來，那些所謂的功名利祿，還不如眼前的一杯酒呢！"張翰回答說。

有一年，武康令賀循接到朝廷徵召的命令，從家鄉山陰（今浙江紹興）前往洛陽任職。船到吳縣閶門時，他坐在艙中彈琴消閒。正巧張翰路過，循聲上船拜訪。兩人雖然並不相識，卻一見如故。張翰聽說賀循要去洛陽，興致所至，便搭船同賀循一起去了洛陽。

張翰到了洛陽不久，被掌握朝政的齊王司馬冏召入大司馬府，擔任了東曹掾的小官。但張翰看到西晉諸王之間互相傾軋，朝政一片混亂，心中很不是滋味，知道這種地方不是自己久留之地，便想回家去。

一天，張翰正在庭院中閒步，一陣秋風吹來，身上不由起了一陣涼意，想起了家鄉的蒓菜羹和紅燴鱸魚，湧起了強烈的思鄉愁緒，賦了一首詩："秋風起兮木葉飛，吳江水兮鱸魚肥。三千里兮家未歸，恨難禁兮仰天悲！"

賦完詩後，他又長長地歎息了一聲，說："人活着就要活得自由自在一些，我怎麼能為了做官而一直住在數千里之外的異鄉客地呢？"

於是，他脫了官服，僱了一隻船，悄悄離開洛陽，返回家鄉去了。

釋義 “千里蒓羹”，用來比喻不慕名利，追求自由自在的生活，亦常作思鄉之辭。

出處 南朝宋·劉義慶《世說新語·識鑒》：“張季鷹辟齊王東曹掾，在洛，見秋風起，因思吳中菰菜羹、鱸魚膾，曰：‘人生貴得適意爾，何能羈宦數千里以要名爵？’遂命駕便歸。”

千金不垂堂

袁盎，字絲，是西漢時一位敢於向皇帝直言進諫的臣子。漢孝文帝時，他被任命為中郎。

袁盎善於辭令，胸有謀略，為人耿直，他曾經勸誡孝文帝在驕傲的功臣諸侯面前要保持君主的尊嚴；及時制止孝文帝與宦官趙同共乘一輛車這一不合禮儀的行為；還妥善地協助孝文帝解決了淮南王驕縱的棘手問題。因此，他在當時名重朝野。

有一次，漢文帝從霸陵乘車上山。這座山高萬仞，陡峭險峻。從山腳向上看，直衝雲霄，如同一根擎天的柱子挺拔、直立。西邊一條山路曲曲彎彎地延伸着，山路兩邊是峭壁懸崖，令人不寒而慄。

漢文帝上山時所走的山路較平坦，很安全。下山時，卻想從這陡峭的山路上乘車而下。文帝乘車正想下山，袁盎騎馬趕上漢文帝的車，抓住了韁繩，說：“陛下，請等一下，臣有話奏上。”

文帝很詫異，不知袁盎此舉是甚麼意思。問道：“你這是何意？難道你害怕了嗎？”

“不，”袁盎泰然自若地答道：“陛下，並非我害怕，我是為您着想啊！我聽說擁有千金的人不坐在廳堂的屋簷下，因為這樣可以避免屋簷上的瓦掉落下來砸到身上。我還聽說擁有百金的人不冒險跨到樓閣殿堂的欄杆上，這樣就可以避免墜樓的事情發生。他們是富有的人，生命很寶貴，自己知道珍惜，所以做事謹慎。陛下是最尊貴的人，是聖明的君主，萬金之體更該去珍惜，不該存冒險僥倖之心。可如今陛下您乘坐六匹馬拉的車，要沿這麼陡峭的山坡疾馳飛奔而下，萬一馬驚車翻，後果將不堪設想。如果發生危險，即使陛下自己不在乎，那高帝、太后怎麼辦？我們如何回奏他們？”

袁盎的一番話說得有理有據，文帝聽後如夢方醒，於是，放棄馳馬。

釋義 “千金不垂堂”，用來形容做事謹慎自愛，不冒風險。

出處 西漢・司馬遷《史記・袁盎晁錯列傳》：“臣聞千金之子，坐不垂堂，百金之子不騎衡。”

乞漿見女

唐代詩人崔護到京城參加進士考試，結果沒有考中。於是，他在城中借了間房子，刻苦攻讀，準備第二年再考。到了清明時分，人們紛紛去郊外踏青。崔護也暫時忘了考試落榜的不快，興致勃勃地往城南遊覽。

崔護一邊走，一邊欣賞沿途的美景。他遊玩了大半天，覺得口乾舌燥，看到附近花木叢中有一幢房子，就上前敲門，想討杯水喝。可是等了很久，卻沒有人開門。崔護心中不免很失望，正想離開，只見一個年輕的姑娘打開了門，瞧了崔護一眼，問：“你是誰呀！幹嗎敲我家的門？”

崔護拱手說：“我是來長安應試的舉子，名叫崔護。今天偶出踏青，口渴了，想討杯水喝。”

姑娘見崔護長得一表人材，舉止彬彬有禮，便利索地搬了張椅子，請崔護坐下休息，然後端來一杯清茶遞給崔護。

這戶人家的庭院中種着不少桃樹，桃花盛開，那姑娘倚在一棵桃樹下，羞怯地注視着崔護。在桃花的映襯下，姑娘美麗的俏臉更顯得嫵媚動人。崔護見了，頓生愛慕之心，與姑娘拉起了家常，向她表達了自己的愛慕之心。姑娘沒正面回答他，但從她那含情脈脈的眼神中，崔護知道姑娘也很喜歡自己。

不知不覺，太陽快下山了，崔護見時光不早，便告別姑娘，動身回城。

這以後，崔護忙於讀書應考，沒有再去。直到第二年清明節，他又去尋訪自己心愛的姑娘。他來到姑娘家的庭院前，不料鐵鎖把門，不見人影。他非常失望，就在門上題了一首詩：“去年今日此門中，人面桃花相映紅。人面不知何處去，桃花依舊笑春風。”並在最後署上崔護之名，戀戀不捨地離去。

那麼，這一天姑娘哪兒去了呢？原來，清明那天，姑娘跟她父親到親戚家去了。幾天後，姑娘回到家中，看到了崔護的題詩，才知道崔護來訪不遇。她感到再也見不到崔護了，不由失聲痛哭。一連幾天，她臥牀不起，茶飯不思，精神恍惚，最後竟昏死過去。

過了幾天，崔護又到南郊尋訪。他剛來到姑娘家的門外，就聽到門內有老人的哭聲，不由非常驚異，忙上前敲門。一個老翁出來開門，問清他就是崔護，便把自己女兒因為思念他而死去的消息說了。

崔護悲慟欲絕，請求再見姑娘一面。老翁同意了，崔護便來到姑娘房中，哭着說：“姑娘，崔護來遲了！來遲了！”

他抱起姑娘的頭，枕在自己的臂上，眼淚落到姑娘的臉上。突然，姑娘慢慢醒了過來。原來，她只是暫時昏迷，並未真正死去。崔護和老翁都喜出望外，老翁就把自己的女兒嫁給了崔護。一對有情人終成眷屬。

釋義 “乞漿見女”，用來指艷遇或遇艷之人，又表示未遇的惆悵和感歎；而用“人面桃花”來形容女子的美麗。

出處 唐・孟棨《本事詩》：“（崔護）及來歲清明日，忽思之，情不可抑，徑往尋之。門牆如故，而已鎖扃之。因題詩於左扉曰：‘去年今日此門中，人面桃花相映紅。人面不知何處去，桃花依舊笑春風。’”

子路負米

子路是春秋時魯國人，孔子的學生。他少年時，家中十分貧困，平常吃的是粗劣的飯菜，有時候甚至連飯也吃不上，只能用野菜充飢。為了供養父母，子路常常到一百里外的山林去砍柴，然後把柴賣了，買了米回來。左鄰右舍都稱讚子路是個孝順的兒子。

過了一些年，子路的父母相繼亡故，子路便來到孔子所在的曲阜拜孔子為師。子路有志於政治，希冀將來做一番大事業，便向孔子學習政治。

公元前 496 年，孔子帶了一批弟子離開魯國，去周遊列國。他們周遊了陳、衛、宋、蔡、齊等國後，最後到達楚國。楚昭王很欽慕孔子，當孔子一行到達楚國的負函（今河南信陽）時，便派人帶來了豐厚的禮物，並讓負函的郡守沈諸梁送給孔子一百多輛隨從的車子、一萬鍾粟米，邀孔子前往楚國國都郢城。

路上，子路感歎地對孔子説："挑重的東西走路，不能選擇休息的地方，吃力了，就要停下來休息一下；家境貧困，雙親年老，不能選擇出外做官的道路，因為出外做官，雙親就沒人奉養了。從前我在家中侍奉雙親的時候，常常吃的是粗劣的飯菜，到百里外去打柴賣，買了米回家。雙親亡故以後，我才來向老師求學。現在跟着老師周遊列國，楚王送的隨從車輛有一百多輛，供給的粟米有一萬鍾，坐的時候鋪設錦墊，吃的時候鳴鐘列鼎。現在我即使再願意吃野菜，願意為雙親背米，也已經不可能了。"

孔子聽了，讚揚他説："你侍奉雙親，在父母活着的時候盡了最大的孝心；父母亡故後，你又能時時懷念他們，你真可以稱得上是個大孝子了！"

釋義 "子路負米"，用來表示奉養父母，或者為奉養父母而在外謀求祿米。

出處 西漢・劉向《説苑・建本》："仲由，字子路，孔子弟子。家貧，食藜藿之食，為親負米百里之外。"

女媧補天

相傳遠古時候，地球上沒有人類。天上下來名叫女媧的大神，用泥土和水捏了許多"人"。這些"人"來到世界上，結為夫妻，生兒育女，使天地間充滿了生氣。

後來過了不知多少年，宇宙間爆發了一場戰爭。水神共工和火神祝融各領部族激烈交戰，結果共工戰敗，逃到不周山，猛地撞在山腰上。

這不周山是傳說中的天柱。天柱一倒，天露出了一個大窟窿。天河中的水順着窟窿傾瀉下來，地面上頓時洪水成災，無數的人類遭受滅頂之災，倖存的人們也過着地獄般的生活。

女媧看到自己創造的人類遭此浩劫，心中十分難過，決定立即煉石補天，拯救整個人類。她找來紅、黃、藍、白、黑五種顏色的石子，又燃起熊熊的烈火來燒煉。

大火燒了九天九夜，五色石子被燒成黏稠的液體。女媧立即動手，用這五色石液去補天。她不顧烈火燒炙的疼痛，經過了無數個日日夜夜的努力，終於將大窟窿一點點補好。

但是，僅補好了天還不行，還必須用另外的支撐物來代替被共工觸斷的天柱不周山。女媧想起東海中的大鼇，鼇的爪子既堅固又有韌性，可用來做天柱，便去抓了一隻大鼇，斬下牠的四隻爪子，做了四根新的天柱，將天撐住。

從此，天柱再也不會斷裂，人類也就在地球上安居樂業地一直生活下去。

釋義 "女媧補天"，被用來比喻戰天鬥地的豐功偉績。

出處 《列子・湯問》："昔者女媧氏煉五色石以補其（天）闕，斷鼇之足以立四極。"

王子喬騎鶴

王子喬是西周時周靈王的太子晉。他愛好吹笙，能夠用笙吹出鳳凰鳴叫的聲音，引來百鳥朝鳳。

他一心學道，不想繼承王位，也不想在王宮中享樂，於是他離開王宮，到伊水和洛水之間遊覽，希望能遇見一個得道的高人，帶他去學道成仙。

王子喬的願望沒有落空。一天傍晚，夕陽西下，他正在洛水邊散步，只見一位鶴髮童顏，身穿淡黃八卦衣的道人飄然而來。王子喬急忙上前問道："道長高姓大名，在甚麼山修行？"

"我是嵩高山道士，名叫浮丘公。"那道士回答說。

王子喬十分高興，提出要拜浮丘公為師，上山去學道。浮丘公打量了他一下，說："你還有些根基，跟我走吧！"

於是，王子喬向浮丘公叩了頭，拜他為師，跟他上了嵩高山。

來到嵩高山後，王子喬潛心修煉，一晃便過了三十餘年，他的道術也修煉得很高明了。這時，他的父親周靈王已經死了，繼位的周景王是王子喬的弟弟。周景王很想念自己的兄長，派大臣桓良來到嵩高山。王子喬見到桓良，說："請你告訴我的家人，如果他們想見我的話，七月七日，在緱氏山等我。"

桓良回去向周景王轉達了王子喬的話，到了七月七日這天，周景王帶着家人一起來到緱氏山，只見王子喬披着鶴氅，騎着白鶴，停立在緱氏山的山巔，用拂塵頻頻向家人致意。

這樣一連幾天，他們看得到王子喬，卻無法走到他的身邊。又過了一天，只見王子喬座下白鶴一聲鳴叫，王子喬騎鶴冉冉飛起，慢慢地消失在天際。

釋義　"王子喬騎鶴"，用來描寫悠然自得的仙道生活。

出處　西漢・劉向《列仙傳・王子喬》："至時果乘白鶴駐山頭，望之不得到，舉手謝時人，數日而去。"

王母仙桃

王母娘娘是中國古代傳說中的仙人，住在崑崙山的層城、瑤池之間。

一日深夜，漢武帝忽然看見西南方向有浩瀚的白色雲海，直向皇宮飄來，不一會就到了宮前。雲中的簫、鼓和人、馬的聲音清晰可辨，原來是王母娘娘降臨了。漢武帝慌忙恭迎，請王母娘娘上殿。

王母娘娘上了金殿，面向東而坐。漢武帝見她着金戴銀，腰懸寶劍，真是衣冠華貴，光彩照人，容顏絕世，氣度非凡，看上去最多只有三十來歲。

漢武帝用豐盛的筵席款待王母娘娘。

宴會在進行中，王母娘娘命自己的隨身侍女將帶來的仙桃端上來品嚐。不一會，侍女端來一玉做成的盤子，盤子中盛着七枚仙桃。每隻仙桃大約有鴨蛋那麼大，是圓形的，顏色青青的。侍女將仙桃奉呈到王母娘娘面前，王母娘娘自己留下三枚，讓侍女將剩下的四枚送給漢武帝。

漢武帝遵照王母娘娘的旨意，把仙桃吃了。只覺得這桃子甘美異常，吃完後嘴裏的餘味仍然濃郁不絕。漢武帝便把四枚桃核放進衣袖裏。

"你收起這桃核作甚麼用呢？"王母娘娘發覺了漢武帝的動作，疑惑不解地問。

"這仙桃真好吃，"漢武帝說，"我想，留下桃核，種下長出桃樹來，結出仙桃。"

"這不可能。"王母娘娘聽了漢武帝的話，微微一笑，對漢武帝說："這種桃三千年才會結一次果，而且只能生長在天宮之中，人間的土地太貧瘠，種下了也不會存活。"

漢武帝聽了王母娘娘的話，只好帶着滿腹遺憾，把仙桃核丟棄了。

釋義 "王母仙桃"，用來比喻帝王與仙家的事；也用來比喻仙道、長生的事。

出處 北宋・李昉等《太平廣記・漢武帝內傳》："又命侍女更索桃果，須臾，以玉盤盛仙桃七顆……母曰：'此桃三千年一生實，中夏地薄，種之不生。'"

王猛賣畚

晉代的王猛，字景略，北海人，家住在魏郡。王猛年輕的時候，家境十分貧寒，不得不在洛陽以賣畚來維持生活。

畚，就是用竹、木、鐵片等做成的類似簸箕的器具，專門用於盛垃圾之類的東西。王猛每天到街上賣畚，很被人瞧不起。

一天，有一人來買畚，主動出了很高的價錢。王猛見狀，心中十分高興。

“可是，我沒有帶錢，”買畚的人説，“我家住得離這兒不遠，你要是真想賣，就跟我到家去取錢。”

王猛本不情願，但又考慮到那人出的價很高，自己會有大利可圖，便答應了。

“請跟我走吧。”買畚的人説。

王猛跟着那人，並未覺得走了多遠，但卻進入了深山之中。突然，王猛見一位老翁，頭髮和鬍鬚全白，端坐在椅子上，有十多人侍立在他兩側。

王猛正在發愣，有人來引王猛前去拜見。王猛連忙上前叩拜。

老翁見了，勸阻道：“王公何必要拜呢？”

老翁説畢，給了王猛十倍的畚錢。王猛見老翁給了這麼多的錢，正準備推辭，但老翁卻派人送王猛回去。

王猛告辭了老翁，出了門。待他回頭一看，發現自己原來是身在巍峨高山之中。

釋義 “王猛賣畚”，用來形容人未得志時，生活寒賤。

出處 唐・房玄齡等《晉書・王猛傳》：“少貧賤，以鬻畚為業，嘗貨畚於洛陽。”

王澄絕倒

王澄是晉代琅玡人，字平子。王澄生得一表人材，而且學富五車，極有才華。被眾人所推崇。久而久之，王澄便因此十分自傲起來，誰都看不起。

衛玠也是晉代人。衛玠很年輕，但卻博覽羣書，才華橫溢，事理通達，特別是對老子、莊子的道家學説理解得特別深透，因此享有很高的聲望。

一天，衛玠正在眾人面前高談闊論，宣傳道家思想，王澄到了。王澄是極少佩服別人的，但衛玠的談吐卻吸引了他；王澄不由自主地坐下來聽。

王澄聽着衛玠的談論，漸漸地入了迷，越發覺得衛玠的話精妙無比。衛玠剛講到最精彩之處，王澄對衛玠的欽佩之情油然而生。突然，忽的一聲響，眾人一看，原來王澄因為被衛玠所折服，竟然控制不住自己，倒在了地上。

王澄回家後，前思後想，更加覺得衛玠的清談玄論妙不可言。衛玠再次談論的時候，他又前去傾聽。像上一次一樣，王澄越聽越入迷，對衛玠越來越佩服。衛玠講到高潮時，王澄又激動得難以自持，倒在了地上。

第三次，王澄又去聽衛玠演說。這一次，王澄又一次因欽佩衛玠而不由自主地倒在了地上。

人們都說："衛君談道，平子三倒。"

釋義 "王澄絕倒"，用來比喻議論精妙，使人折服。

出處 南朝宋・劉義慶《世説新語・賞譽》："（王澄）有高名，少所推許，每聞玠言，輒歎息絕倒。故時為之語曰：'衛玠談道，平子絕倒。'"

天上石麒麟

徐陵是南朝陳著名學者，官至尚書。他文才很高，文章優美，陳代皇帝的許多誥命之文都出自他手。

徐陵文章風格華麗，與當世的庾信齊名，世稱"徐庾體"。他編錄的《玉台新詠》是一部詩歌集子，收入了許多民歌，優秀民歌《孔雀東南飛》即藉此而流傳下來。

相傳徐陵的母親臧氏，曾夢見五彩雲霞化為鳳，飛停在她的左肩上，因而孕育了徐陵。

當時有一個高僧名寶志上人，洞察世事。徐陵幼小時，其家人就帶去見他，寶志上人用手摸徐陵的頭頂，說："這是天上的石麒麟啊！"

釋義 "天上石麒麟"，用來祝福人生了兒子，或稱譽他人之子。

出處 唐・姚思廉《陳書・徐陵傳》："陵年數歲，家人攜以候之，寶志手摩其頂，曰：'天上石麒麟也。'"

天女散花

古代印度是佛教的發源地。傳說在古代印度的崑耶離城中，有位佛教大乘教義的傳播者名叫維摩詰，又叫維摩居士，他的《維摩詰所説經》是著名的佛教經典。

維摩詰和佛祖釋迦牟尼一樣，能够隨眾生現出種種身形現身説法，他常常以自己患病為由，向人們宣揚佛法，勸人向善。

有一次，維摩詰又以患病為由，進行現身説法。釋迦牟尼知道了，便派自己的左侍者文殊菩薩、右侍者普賢菩薩前去向維摩詰問候。

當時，維摩詰室內有一位天上的神女，她看到聽維摩詰説法的人很多，便想用撒天花的辦法來驗證各位菩薩和正在聽講的那些大弟子的向道之心。如果天花附身，説明修煉不到家，佛心不堅；如果天花不附身，便説明他們悉心向道，已經到了六根清淨的境地。

於是，天女立即現身，將無數的天花撒落。只見天花落到文殊、普賢等菩薩身上，便紛紛墜地；而天花落到那些大弟子身上，天花就像黏住一般，着身不落。

天女對大弟子們説："看來，你們俗緣未盡，所以天花着身。"大弟子們十分羞慚。

維摩詰説："普賢、文殊跟着釋迦修行了多少年，才能花不着身。你們只要努力修行，一定也會達到這種境界的！"

釋義 "天女散花"，用來形容花朵、花片紛紛墜落；用"散花天女"指佛家仙女。

出處 維摩詰《維摩詰經・觀眾生品》："時維摩詰室有一天女，見諸大人聞所説説法，便現其身，即以天華散諸菩薩、大弟子上，華至諸菩薩即皆墮落，至大弟子便着不墮。一切弟子神力去華，不能令去。"

天未喪斯文

孔子一生的不少時間用在帶領學生周遊列國上，意在向諸侯國君推銷他的思想。但在紛爭不息的時代，他的那一套主張是無法實行的，因此到處受冷遇，甚至遇到危險。

一次，孔子離開衛國到陳國，途經匡城，隨從顏刻用馬鞭指着破損的城牆說："以前我進匡城，就是從那個缺口進去的。"

不想這句話被匡人聽見，以為是仇敵陽虎又回來了，陽虎暴戾恣睢，城牆就是被他攻破的，匡人對他恨之入骨。

匡人圍住孔子一行，由於孔子的容貌與陽虎頗相似，匡人更是嚴加防範。這樣被圍困了五天，弟子們很害怕，而孔子泰然自若，他輕鬆地對弟子們說："周文王已死，斯文（文化）不都在我這裏嗎？上天如果要滅絕這一文化，後人就無緣再見到了；上天如果要保留這一文化，匡人又能對我怎麼樣呢？"

釋義 "天未喪斯文"，用來指文化或文人遭浩劫、困苦後而倖存下來。

出處 西漢・司馬遷《史記・孔子世家》："子畏於匡。曰：'文王既沒，文不在茲乎？天之將喪斯文也，後死者不得與於斯文也；天之未喪斯文也，匡人其如予何？'"

五車書

惠施是戰國時諸子百家中名家的代表人物，像孔子、莊子一樣，被稱為惠子。有一天，惠子得到魏國相國死了的消息，便匆匆前往魏國，準備毛遂自薦。

半路上，他遇到了一條大河，便乘上了一艘渡船。他因為焦急不安，一不小心，跌入河中。艄公忙把他救上船來，並問："你看上去十分焦急，大概有甚麼十分重要的事情要辦吧！"

"魏國的相國死了，我準備到魏國去向魏王自薦，由我來當魏相。"惠子說。

艄公聽了，笑了起來，說："瞧你這副模樣，連船也坐不穩，怎麼能有資格去當甚麼相國呢？”

“坐船，我當然不如你！但我腹中有五車藏書，怎麼治理國家，怎麼安定社會，那我比你懂多了！坐不穩船又有甚麼關係呢？”惠子回答說。

幾天後，惠子到了魏國，他的能言善辯，遠見卓識，得到了惠王的賞識，惠王果真任命他當了魏國的相國。

惠子當了魏相後，提出了聯合齊國、楚國，發展生產，安定國家的主張，也被惠王所採納。但是不久之後，秦國的相國張儀前來遊說惠王聯合秦國和韓國，討伐齊國和楚國。惠王被張儀的花言巧語所打動，答應了。惠子十分着急，反覆規勸惠王，但魏國的另外一些大臣看惠王的臉色行事，紛紛贊同張儀的意見。於是惠王說：“攻打齊國、楚國，對我國有利，所以大家都贊成呀！”

惠子據理力辯，說：“大王，凡事要商量，是因為存在疑難，有疑難，就會產生有些人認為可以，有些人認為不可以的情況。那麼，現在為甚麼那些原來認為不可以的人都認為可以了呢？那是因為他們順着大王的意向，並不是真正認為可以呀！望大王再仔細地考慮一下。”

惠王聽了，終於醒悟過來，於是不再聯合秦、韓去攻打齊、楚，而由惠子陪同他出訪了齊國，和齊國訂立了盟約，互結友好。

惠子的老朋友莊子很佩服惠子的才華，他曾經寫文章稱譽惠子，說“惠施多方，其書五車”。“五車書”這一典故演化成“學富五車”的成語。

釋義 “五車書”，用來指書多，而“學富五車”形容讀書多，學問深。

出處 《莊子・天下》：“惠施多方，其書五車。”

五羖大夫

春秋時，晉獻公用假途滅虢之計，在回軍途中滅了虞國，俘虜了虞國的國君和大夫百里奚。晉獻公要重用百里奚，但百里奚寧可做俘虜，堅決不願在晉國做官。

不久，秦晉通婚。晉獻公把自己的大女兒嫁給秦繆公為妻，就把百里奚作為陪嫁的奴僕。百里奚不想到秦國去，就在半路上偷偷地逃跑了。百里奚慌不擇路，不知不覺逃到了楚國，被當作奸細抓了起來。百里奚說自己是虞國的難民，原先是個放牛的。楚國人便放了他，讓他去放牛。

秦繆公結了婚，發現夫人的陪嫁名單上少了個百里奚。他知道百里奚是個很有才能的人，打聽到百里奚已逃亡到楚國，便想用重金把百里奚贖回秦國，但又怕楚成王不肯，便故意依照一般奴隸的價錢，派人帶了五張公羊（羖）皮去見楚成王，說；“我國有個陪嫁的奴僕叫百里奚，逃到了貴國。我們想用五張羊皮贖他回去，辦他的罪，以免別人學他的樣，不知大王願否成全？”

楚成王聽說是個奴僕，便答應了。

百里奚被贖回後，秦繆公親自把他迎進宮中，跟他促膝長談。當時，百里奚已經七十歲，頭髮也全白了，但他老當益壯，給秦繆公談了很多富國強兵之道。兩人談了三天三夜，越談越投機。秦繆公要拜百里奚為相國，掌管全國的國政，百里奚不肯就任相國之職，秦繆公便封百里奚為大夫，人們稱他為“五羖大夫”。

接着，百里奚又向秦繆公推薦了能人蹇叔，秦繆公便把蹇叔也封作大夫。從此，秦國在百里奚和蹇叔的輔佐下，日益強盛起來。

釋義 “五羖大夫”，用來形容君王能禮賢下士；有時也用來指代沒有機會施展自己的才能的賢士。

出處 西漢・司馬遷《史記・秦本紀》：“（繆公）乃使人謂楚曰：‘吾媵臣百里奚在焉，請以五羖羊皮贖之。’……繆公大說，授之國政，號曰五羖大夫。”

不言溫樹

孔光是西漢時人，字子夏。他為人謹慎，行事恪守法度，從來不做出格的事。他自幼熟讀經史，對漢朝的制度法令也很熟悉，歷仕成帝、哀帝、平帝三朝，官至御史大夫。

成帝時，孔光任博士、尚書令，掌管機樞十多年。當時中書省又叫溫室省，是孔光辦公的衙門。孔光每次休假回家時，與兄弟妻子言笑甚歡，無話不談，但從不提及朝廷政事。

有一次，有人問他："溫室省院中都有些甚麼樹？"孔光默然不答，像沒聽見一樣，轉而説起其他事，岔開話頭。

孔光連溫室省衙門裏種些甚麼樹都不告訴別人，可見他居官謹慎。孔光的謹慎後來也救了他一次。

漢末，王莽篡位自立新朝。為了鞏固自己的勢力，王莽努力扶植黨羽，排除異己，許多與他意見相左的大臣都被害死。其餘的大臣也惴惴不安，生怕遭到王莽的猜忌，丟了性命。孔光仍用他的老辦法，謹默自守、終日清談、不理政務。王莽看這個人不像有甚麼野心，對自己沒甚麼威脅，也就顧不上理會他。孔光因此得以保持祿位。

釋義　"不言溫樹"，用來指居官謹言慎行。

出處　東漢・班固《漢書・孔光傳》："沐日歸休，兄弟妻子燕語，終不及朝省政事。或問光：'溫室省中樹，皆何木也？'光嘿不應，更答以他語，其不泄如是。"

不知所措

諸葛恪是三國時東吳大臣諸葛瑾的長子。他年少時就很有才名，年方弱冠時便拜為騎都尉，後逐步升遷為左輔都尉。三十二歲時，諸葛恪被孫權封為撫越將軍，官拜丹陽太守。

在丹陽太守任上，諸葛恪因安撫吳郡、會稽、新都、鄱陽四郡有功，孫權又升遷他為威北將軍，封為都鄉侯。那時，東吳名將周瑜、魯肅、呂蒙等皆已死，東吳丞相是統領天下兵馬的大都督陸遜。陸遜和諸葛恪關係並不和睦，諸葛恪為求自保，經常説一些讚揚陸遜的話。

陸遜死後，諸葛恪升遷為大將軍。當時，孫權的太子孫亮尚年幼，孫權又任命諸葛恪為太子太傅，任命中書令孫弘為太子少傅。

孫權臨死前，將太子託付給諸葛恪、孫弘以及侍中孫峻等人。

第二天，孫權駕崩。孫弘一向和諸葛恪關係不好，害怕遭諸葛恪暗害，便和孫峻商量，想假傳孫權遺詔，除去諸葛恪。不料孫峻向諸葛恪告了密，諸葛恪便以商量為孫權發喪之事為由請孫弘前來議事。孫弘不知機密已洩，欣然前來，結果為諸葛恪所殺。諸葛恪隨即為孫權發喪，並扶持孫亮繼位。

同時，諸葛恪給弟弟諸葛融寫了封信，說了孫權駕崩前後的一些情況，信中還說：“皇太子孫亮繼承帝位，哀喜交並，不知所措。”他自己“受孫權遺命，輔助幼主孫亮，當不負先帝之託，竭力盡忠”，並希望諸葛融在駐地公安縣整頓軍備，嚴守疆界，以防外敵乘機入侵。

孫亮繼位後，東吳大權都落在諸葛恪手中。後孫亮稍長，憎惡諸葛恪專權，便和孫峻一起設計以召宴為名，預伏甲士，將諸葛恪殺死。

釋義 “不知所措”，用來形容對突然而來的事不知道該怎麼辦。

出處 西晉・陳壽《三國志・吳書・諸葛恪傳》：“哀喜交並，不知所措。”

不龜藥

莊子和惠子都是戰國時著名的哲學家，兩人非常要好。

有一次，惠子對莊子說：“我有一個可裝五石東西的大葫蘆，想用它裝水，不够堅固；想剖開做瓢，又太大。這葫蘆實在大而無用，所以想砸碎它算了。”

莊子聽了，不以為然地說：“你難道不能從大處着想嗎？”

惠子滿臉迷惘，說：“這葫蘆在大處還能派甚麼用場呢？”

於是，莊子給惠子講了下面這個故事：

從前，宋國有一戶人家，世代以漂洗絲綿為業。因為漂洗絲綿時手極易龜裂，所以他們發明了一種可以防止手龜裂的藥物。

那時候，吳國和越國經常打仗。令吳王頭疼的是，將士們在冬天時打仗，他們的手經常龜裂，極大地影響戰鬥力。有個吳國人來到宋國，得悉這漂洗絲綿的人家有一種能防止龜裂的藥物，就找上門去，表示願用一百兩金子購買這一藥方。那戶人家經過商量，認為十分合算，就把藥方賣給了那個吳國人。

那個吳國人回到吳國，便去叩見吳王，獻上藥方，說明其效用。吳王正為將士冬天手龜裂的事發愁，不由十分高興，立即依照藥方製造了大量不龜手之藥。

這年冬天，吳越又發生戰事。吳王命那吳國人攜藥隨軍，吳國將士每人都敷上不龜手之藥，手便不再龜裂，戰鬥力大大提高，結果把越軍打得大敗。戰爭結束後，吳王因功論賞，那個獻不龜手之藥的人被封了官職，還得到了很大的一塊封地。

莊子講完這個故事，說："老朋友，你看，同樣是一種不龜手之藥，從小處着想，只能用來漂洗絲綿，從大處着想，卻能決定戰爭的勝負，並因此而封官受爵。"

惠子聽了，覺得莊子講得很有道理，不由連連點頭。

莊子最後回到本題，說："如今你有一個五石容量的大葫蘆，如從大處着眼，可以繫在腰上，利用它的浮力，橫渡江河，為甚麼要愁它大而無用，想砸碎它呢？"

釋義 "不龜藥"，用來比喻任何事物的用處都可大可小，一些平常的東西，只要使用得當，也能發揮大的功用。

出處 《莊子·逍遙遊》："冬，與越人水戰，大敗越人，裂地而封之。能不龜手一也，或以封，或不免於洴澼絖所用之異也。"

太乙燃藜

西漢成帝時，朝廷通過各種途徑徵集了大量文獻，因當時文獻皆為竹簡、木牘，以竹、木為材料連綴而成。這樣，時間一長，文獻的錯亂蟲蛀等現象十分嚴重，需要進行大規模的整理。於是漢成帝命令著名學者劉向負責其事。

劉向具體負責六藝（儒家經典）、諸子、詩賦的校勘，步兵校尉任宏校兵書，侍醫李柱國校方技，太史令尹咸校術數。他們都是各方面學有專長的學者，分工負責能確保校書的質量。因為工程量十分巨大，劉向耗費了全部精力，他不分日夜地辛勤工作着。

一天深夜，有一位穿着黃衣的老人拄着青藜杖走進劉向屋內，見劉向在昏暗的燈光下仍獨自誦讀，便輕輕一吹藜杖的頂端，藜杖頂端忽然冒出火光來，以給劉向照明。老人坐下後，與劉向促膝而談，講述開天闢地以來的史事，並傳授《洪範五行傳》等稀世文獻。

劉向聽了老人的言談，不覺被他迷住了，認為老人所談都是極為珍貴的史料。他擔心記憶有遺漏，便撕下衣裳、衣帶，記下老人的談話。

不知不覺間天已放明，老人起身欲離去。劉向這才想起問老人姓名，老人說："我是太乙之精，天帝聽說劉姓家之子博學多才，廣校羣書，派我下來察看。"

說完之後，老人從懷中取出天文地圖之書，授給劉向。

釋義 "太乙燃藜"，用來形容夜讀或勤學，也用以形容得高人傳授。

出處 東晉・王嘉《拾遺記》："夜，有老人着黃衣，植青藜杖，登閣而進，見向暗中獨坐誦書。老父乃吹杖端，煙然，因以見向，説開闢已前。"

太公屠釣

太公本姓姜，名尚，因封於呂地，從其封地姓呂，稱呂尚，字子牙。

呂尚有曠世之才，能治國安邦。他生活於商代末年，時紂王無道，天下民怨沸騰。處於今陝西一帶的周部族逐漸強大起來，其首領姬昌（即周文王）懷有統一天下的雄心，呂尚等待時機，希望能遇上姬昌這樣有作為的人物，以一展他的才能。

相傳呂尚在貧困抑鬱中度過一生中的大部分時光，七十歲時垂釣於渭水之濱，但所用魚鈎直而無鈎，並且不用餌，以期引起姬昌的注意。果然，姬昌出獵遇見呂尚，經過交談，姬昌大喜過望，興奮地說："我的先人曾經說：'一定會有聖賢的人輔佐周部族，周將興盛強大起來。'你一定就是那位聖賢的人了，我盼望太公已經很久了。"因此，又稱呂尚為"太公望"。

姜太公輔佐文王之子姬發（武王）滅了商朝，建立周朝。武王即位後，實行分封制，把功臣、宗室封到各地做諸侯，呂尚被封齊國為諸侯。

釋義 “太公屠釣”，用來表示賢士隱居，待時而動。

出處 西漢・司馬遷《史記・齊太公世家》：“太公望呂尚者，東海上人。……呂尚蓋嘗窮困，年老矣，以漁釣干周西伯。”

太平無象

唐文宗時，唐王朝已呈衰敗之勢，政治混濁，奸佞小人開始得志，議論朝政，干預時事，弄得朝野上下議論紛紛。

針對這種情況，文宗召宰相詢問應對策略。這時的宰相是牛僧孺，他與另一名權臣李德裕矛盾很深，且形成相對立的兩個派別，“牛李黨爭”成為唐後期政治的一項重要內容。

文宗在延英殿召見牛僧孺，問道：“天下怎樣才能太平呢？你們認為應該採取怎樣的策略呢？”

牛僧孺回答說：“我們盡心盡力輔佐朝政，仍不能讓你感到滿意。但是我想，太平並無一定的標準（太平無象），自古以來就是如此。如今大唐王朝周邊無四夷入侵的禍患，百姓都安居樂業，無遷徙流寓之苦；官府無嚴酷之政，百姓也無怨憤；地方沒有為霸一方的豪強，言路也很暢通，天子與百姓關係融洽。目前雖然稱不上是理想的治世，但也可稱為小康之世了。陛下如果還不滿足，我等無能為力了。”

牛僧孺的一番話，意在以所謂太平的表象掩蓋危機四伏的實質，以此表露自己的功績。太平固然沒有一定的標準，但太平表象下的危機必然使這種虛幻的太平不會長久。

釋義 “太平無象”，用來說明太平景象並無一定的標準。

出處 五代・劉昫等《舊唐書・牛僧孺傳》：“僧孺對曰：‘太平無象。今四夷不至交侵，百姓不至流散，雖非至理，亦謂小康。陛下若別求太平，非臣等所及。’”

太阿倒持

太阿，也稱泰阿，相傳為春秋時期名匠歐冶子所鑄的寶劍名稱。

西漢時代，政治制度都因襲秦制而來，所謂“漢承秦制”，同時也繼承了秦的法家政治。

秦因行嚴酷的法家政治而亡，漢興而不更改法治，當時敏銳的知識分子都看清了這個現實，於是紛紛上疏，以秦的滅亡作為鏡鑒，勸告當世統治者改弦易轍，除害興利。

如梅福上書說：“秦行法治，虐待天下百姓，弄得民怨沸騰，終於被漢取代。就好比倒拿着太阿之劍，自己的手握在劍刃上，而將劍柄給了他人。只要劍柄握在自己手中，雖然有這樣或那樣的問題，還是無關大局的。”

釋義 “太阿倒持”，用來比喻喪失權力，為人所制。

出處 東漢・班固《漢書・梅福傳》：“至秦則不然，張誹謗之罔，以為漢敺除，倒持泰阿，授楚其柄。”

日食萬錢

何曾是西晉時的大臣，字穎考。他在曹魏國曾經擔任司徒之職。司馬懿與曹爽爭權時，他支持司馬懿，後來，司馬炎代魏稱帝，他又積極參與其事，成為司馬氏的功臣，因此西晉建立後，晉武帝司馬炎任命他為丞相。

何曾高官厚祿，生活窮奢極慾，極力追求華貴奢靡。他的帷帳、車馬和服飾，綺麗異常。他吃盡天下山珍海味，比帝王還會享受。每次到皇宮參加宮廷宴會，他都不吃御廚製作的膳食，嫌那些食物太不合口味。晉武帝竟也允許他從府上自帶廚師，從自己家裏取餚饌自食。

何曾在飲食上十分講究，蒸餅上沒有裂成的十字形就不吃。他一日數餐，每次只零星地挑着吃一點，有時嫌做得不好，就大發雷霆，罵廚師們是一羣廢物。

何曾府上的廚師被換掉了一批又一批，廚師們為博得何曾的歡心，絞盡腦汁為他搜尋天下奇禽異獸，變着花樣來滿足他。這樣，他每天光飲食就要花費一萬錢，但他還說吃得不好，沒有可以下筷子的地方。由此可見，何曾可算得上歷史上享樂型官僚的典型。

釋義　“日食萬錢”，用來形容達官顯貴奢靡無度。

出處　唐・房玄齡等《晉書・何曾傳》：“（何曾）性奢豪，務在華侈。帷帳車服，窮極綺麗，廚膳滋味，過於王者……食日萬錢，猶曰無下箸處。”

毛錐子

五代十國時期，後漢有一員大將叫史弘肇，字化元，鄭州滎澤人。史弘肇為人驍勇，跑起來腳底生風，能追上狂奔的野馬。

梁朝末年，朝廷在民間招兵買馬，規定每七戶人家必須出一名士兵，史弘肇因其勇猛被選為禁兵，從此開始了他的戎馬生涯。後漢高祖時，因為他功勞卓著，被朝廷拜為忠武軍節度使、侍衛步軍都指揮使。

史弘肇擅長領兵打仗，但不學無術，生性兇殘好殺，下屬稍有過錯，立即杖殺，令屬下們整日心驚膽戰。所以在高祖起事之初，史弘肇率領的軍隊紀律嚴明，戰鬥力較強，軍隊過處，對老百姓秋毫無犯。

史弘肇作為一員武將，習慣了戰場上的拼殺和腥風血雨，特別不喜歡不從事生產勞動又手無縛雞之力的文人門客。他曾經說：“那班文人，真叫我不可忍耐。”

有一次，滿朝文武大臣在一塊飲酒，一些文臣在酒席上高談闊論，並且為評論誰作的書畫最好而爭論不休。史弘肇聽了很不耐煩地說：“安定朝廷，平息叛亂，惟獨需要長槍大劍，像‘毛錐子’（毛筆）這樣的東西，有甚麼用處呢？”

三司使王章反唇相譏說：“如果沒有‘毛錐子’，怎麼來籌集軍糧軍款呢？”

史弘肇聽了，無言以對。

釋義 “毛錐子”，用來借指毛筆，也用以指文事，常用於與武事相對。

出處 北宋・歐陽修《新五代史・史弘肇傳》：“弘肇又厲聲言曰：‘安朝廷，定禍亂，直須長槍大劍，至如毛錐子，焉足用哉！’三司使王章曰：‘雖有長槍大劍，若無毛錐子，贍軍財富，自何而集？’”

刈蓍遺簪

春秋時，孔子帶着一批學生周遊列國。一天，他們路過一個名叫少源的地方，看到有不少人正在割蓍草。蓍草是一種多年生的草本植物，可入藥，用來治療風濕疼痛及毒蛇咬傷；婦女們也用蓍草製成簪子，作為髮飾。

在一條寬寬的河邊，一位割蓍草的女子哭得十分傷心。孔子見到，覺得十分奇怪，停下來對隨行的學生說：“這女子哭得太傷心了，你們誰上前去問問她為甚麼哭？”

一個學生聽了，便上前詢問說：“姑娘，甚麼事使你哭得這樣傷心？”

那女人見有人詢問，擦了擦眼淚，抬頭回答：“我剛才割蓍草時，不小心把頭上的一根蓍草簪子丟了，因此傷心得哭了起來。”

那名弟子回去向孔子說了，孔子身邊的其他弟子紛紛說道：“原來是丟了一根蓍草簪子，我還以為發生了甚麼大事呢！”“為這麼一點小事竟哭得這樣傷心，太不值得了！”

另一名弟子上前安慰她說：“姑娘，你割了這麼多蓍草，不過只丟了一根蓍草簪子而已，別再哭了，回家再做一根不就好了。”

那姑娘說：“這根蓍草簪子，是我丈夫做了送給我的，我已戴了很久。現在卻丟了，即使我自己再做一根新的，又怎能替代得了呢？”

孔子聽了，對弟子們說：“她哭得很有道理。有些事情，僅僅從表象上看，是不能辨別出本意的呀！”

釋義 “刈蓍遺簪”，用來形容懷念故人，不忘舊情。

出處 西漢・韓嬰《韓詩外傳》：“孔子出遊少源之野。有婦人中澤而哭，其音甚哀。孔子使弟子問焉，曰：‘夫人何哭之哀？’婦人曰：‘向者刈蓍薪，亡吾蓍簪，吾是以哀也。’弟子曰：‘刈蓍薪而亡蓍簪，有何悲焉？’婦人曰：‘非傷亡簪也，蓋不忘故也。’”

介推焚死

春秋時，晉公子重耳在成為晉國國君之前，曾在國外流亡了十九年，他手下的趙衰、狐毛、介子推等謀士、侍從也隨他歷盡了艱辛。

重耳流亡到衛國的時候，在一個名叫五鹿的地方，餓得再也走不動了。介子推見重耳再不吃東西要餓出事來，便悄悄離開大家，在自己的大腿上割了一塊肉，煮了端給重耳。

重耳餓慌了，見這肉的味道很好，便狼吞虎嚥，把肉吃得精光。吃完了，他似乎想起了甚麼，問：“你這肉是哪裏弄來的？”介子推見無法掩蓋，便如實回答說：“是我從大腿上割下來的。”左右的人聽了，都十分敬佩介子推為主人勇於犧牲的精神。重耳聽了，流着眼淚說：“這……我怎麼對得起你呢？”介子推說：“但願公子能回國，做一番事業就是了。我這點疼算得了甚麼呢？”

後來，重耳在秦穆公的幫助下，終於回晉國做了國君，史稱晉文公。晉文公把跟他一起流亡的人都封了大官，可就是忘了介子推。介子推是一個賢人，他不去向晉文公爭功求賞，而是帶着母親回家鄉隱居去了。介子推手下的人很為他不平，就在宮門上貼了一首詩：有一條龍，奔西逃東；好幾條蛇，幫他成功。龍飛上天，蛇鑽入洞；剩下一條，流落山中。

晉文公看到這首詩後，後悔自己忘恩負義，趕緊派人召介子推受封，才知道他已隱入綿山。晉文公便親帶人馬前往綿山尋訪。誰知那綿山重巒疊嶂，谷深林密，竟無法可尋。晉文公求人心切，就下令三面燒山，期望介子推能逃出來。沒料到大火燒了三天，介子推的影子也沒見。後來有人在一棵枯柳下發現了介子推母子的屍骨，晉文公悲痛萬分，命人葬之於綿山，並改綿山為介山。

傳說晉文公為哀悼介子推，下令他被焚的三月五日為火禁日，全國禁止煙火，僅食寒食，從此形成了中國古代一個著名的節日“寒食節”。

釋義 “介推焚死”，用來感歎賢人愛惜名節，不肯輕易求取封賞。

出處 西漢・劉向《新序・節士》：“文公待之不肯出，求之不能得，以謂焚其山宜出，及焚其山，遂不出而焚死。”

分香賣履

曹操是三國時的一代梟雄。他叱咤風雲，挾天子以令諸侯，縱橫天下三十餘年，削平羣雄，統一了北方，晉爵為魏王。

曹操晚年，患有嚴重的頭疼病，且經常發作。發作的時候，頭痛得像要裂開一樣。雖經太醫無數次診療，但毫不見效。後來他把名醫華佗請來診治，華佗認為曹操的病灶在大腦，需打開腦殼，取出病灶，才能治癒。曹操認為華佗想謀害他，竟下令將華佗殺死。

華佗死後，曹操的頭疼病無人能醫，病情一天比一天嚴重起來。臨終之前，他把曹洪、司馬懿等召到病牀前，囑咐將長子曹丕立為繼承者。又把自己的侍妾都叫來，吩咐近侍把平日所藏的名香分賜給她們，並囑咐她們說：“我死以後，你們要勤習女紅，學會做絲鞋的本領，以便將來生活困難的時候，可以賣了自給自足，維持起碼的生計。”諸侍妾都淚流滿面，哭着答應。

曹操又留下遺言，令眾多侍妾全部遷往銅雀台居住，讓她們每天在台中設祭。他又怕自己死後有人盜掘他的墳墓，吩咐在彰德府講武城外，設立七十二處疑塚。曹操一一囑咐完畢，長歎一聲，氣絕而死。

釋義 "分香賣履"，用來形容一個人臨死前對妻兒的留戀、關愛之情。

出處 三國魏・曹操《遺令》："吾死之後，葬於鄴之西崗上，與西門豹祠相近，無藏金玉珠寶。餘香可分與諸夫人，不命祭。吾婢妾與伎人皆勤苦，使著銅雀台，善待之。……汝等時時登台，望吾西陵墓田。……諸舍中無所為，可學作組履賣也。"

公車上書

漢武帝時的東方朔，學識淵博，見多識廣，天文地理無不通曉，而且為人幽默風趣，行為不拘禮節。武帝召他談話，他旁徵博引，令武帝非常滿意。到了吃飯時間，武帝與他一同進餐，他把所剩酒肉全部帶走，以致弄得衣服髒污不堪。武帝賜他絲帛，他也毫不推辭地接受下來。他還用武帝所賜財富娶長安美女為妻，而且不到一年就更換一個，當時人都稱他為"狂人"。但東方朔說："我是在朝廷中避世，聰明人避世於朝廷，而不必隱居於深山之中。"

東方朔以此作為自己持身處世的策略，反映了他的智慧。伴君如伴虎，帝王身邊為是非之地，稍有不慎就會捲入政治鬥爭的漩渦之中，罹上大禍。東方朔以"狂人"的形象處武帝之側，表現出他對世事、形勢的洞若觀火，與歷代文人"大隱隱於朝，中隱隱於市，小隱隱於野"的處世哲學也相一致。

當初，東方朔入長安以博取武帝的注意，就採取了與眾不同的方式。按照當時的規定，上書朝廷要經公車（官名）轉交。東方朔初到長安上書，用了三千塊奏牘（木板），公車派兩名精壯之士才能勉強搬動，武帝讀了兩個月才讀完。此舉果然引起武帝的注意，並委任其為郎官。

釋義 “公車上書”，用來指向帝王上書，以求得任用。

出處 西漢・司馬遷《史記・滑稽列傳》：“朔初入長安，至公車上書，凡用三千奏牘。公車令兩人共持舉其書，僅然能勝之。”

月老

唐朝時，有個出身官宦之家的年輕書生名叫韋固，長得英俊瀟灑。他一心想找一位才貌雙全的女子為妻，但一直沒有如願。

一年春天，韋固來到宋城相親。女方是當地一個潘姓大戶的女兒，據介紹長得很漂亮，韋固十分心儀。相親前夜，天氣很好，月白風清。韋固到旅店外散步，看到一位老人倚坐在一棵大樹下，身旁放着一個青布囊，正藉着月光翻閱一本書。韋固十分好奇，走上前去湊近看，不料書上的字他一個也不認識，便問道：“老人家，你這看的是甚麼書，書上的字我怎麼一個也不認得呢？”

老人笑笑說：“我是天上的神仙月老，看的是天書，你怎麼會認得呢？”

“那這本天書上寫的是甚麼呢？”韋固又問。

“我是專管人間婚姻大事的。這書中所記，便是誰家公子該配誰家小姐，老朽只是照章行事而已。”說着，月老從青布囊中取出一根紅繩，說：“這根紅繩，是專為天下夫婦做媒的。老朽將這紅繩的一頭繫在男的腳上，一頭繫在女的腳上，任他們相隔千山萬水，任他們曾經是世代仇家，只要一繫紅繩，他們便最終要結成夫妻。”

韋固聽了，便問月老自己這次來相親能否成功。月老翻了翻姻緣簿，說：“不可能成功，你的妻子今年才三歲。”

“她住在哪裏，家裏有甚麼人？”韋固又問。

“你的妻子就住在這城裏。這城北有個賣菜的陳婆，她每天背着一個小女孩上街賣菜，這小女孩就是你未來的妻子。”

韋固似信非信，正要再問，月老突然失去了蹤影。韋固悻悻回到旅店，第二天前往潘家相親，果然沒有成功。

他又來到菜市場，果然看到一個名叫陳婆的中年女子背着一個小女孩在賣菜。韋固心中很生氣，想自己怎麼會娶這樣一個賣菜婆的女兒為妻，便拿起一把小刀，趁陳婆不備，一刀向小女孩刺去。刀中眉間，血流如注，女孩哇哇大哭，菜市場一片混亂。韋固心慌，趁亂逃之夭夭。

這以後，韋固曾多次向人求婚，卻一直沒有成功。十四年後，韋固中了進士，做了官。有個同僚見韋固尚未成親，就把自己十七歲的姪女嫁給了他。新娘子長得非常美麗，琴棋書畫也樣樣在行，韋固十分滿意。

一天，韋固看着妻子梳妝，發現她眉間有一條淡淡的疤痕，心中一動，想起十四年前的往事，便問她原因。妻子說："我本是官家小姐，後來父母病故，叔叔在遠方做官，便寄養在奶媽陳婆家中。三歲那年，陳婆帶我上街賣菜，不料莫名其妙地被人刺了一刀。幸好刺得不深，醫治及時，才只留下淡淡的疤痕。後來叔叔回京，把我接了回來，嫁給了你。"

韋固聽後，歉疚地說："這刺你一刀的人就是我呀！"於是，韋固把當年碰到月老等事情的經過告訴了妻子。兩人更相信他們是姻緣天定，也更相親相愛了。

釋義 "月老"用來指主管婚姻的神仙，或用作媒人的代稱。

出處 唐・李復言《續玄怪錄・定婚店》："斜月尚明，有老人倚巾囊，坐於階上，向月檢書。……固曰：'然則君何主？'曰：'天下之婚牘耳。'"

丹書鐵券

劉邦統一天下，登上帝位後，一面命蕭何等人制定律法、完善禮儀制度；一面下詔大封功臣，功高至偉者為王，次者為侯，再次者為吏。為王、侯者都有食邑，可以自置屬吏，在食邑徵收賦稅。

與此同時，劉邦又命人製造了一批丹書鐵券（用硃筆在鐵板上書寫皇帝的赦免書），分發給貢獻最大的幾位功臣，讓他們藏在家族的宗廟中，作為自己及子孫後代免罪的憑證。但劉邦又對功臣們說："你們都是朕的開國功臣，朕給你們封王封侯，賜予種種特權，並賜給丹書鐵券，福及你們子孫後代，也算不負你們了。但你們之中如有人妄圖背叛謀反，朕一定加以討伐誅殺！”

劉邦雖以丹書鐵券賜予功臣，信誓旦旦地保證與他們共富貴，但從史實來看，他是歷史上第一個殺戮功臣的君主。韓信等人相繼被他殺死，蕭何也曾入獄，連留侯張良也深感危險，請求歸隱。由此可見，劉邦賜給功臣的丹書鐵券不過是一項空頭保證而已。但“丹書鐵券”這一形式倒被歷代王朝保存下來。

釋義 “丹書鐵券”，用來指帝王頒賜功臣，使其世代享受免罪特權的象徵。

出處 東漢・班固《漢書・高帝紀》：“天下既定，命蕭何次律令，韓信申軍法，張蒼定章程，叔孫通制禮儀，陸賈造《新語》。又與功臣剖符作誓，丹書鐵契，金匱石室，藏之宗廟。”

六月飛霜

戰國時，齊國臨淄有個人名叫鄒衍，他很有學問和才幹，是“陰陽家”的代表人物，但一直得不到施展才幹的機會。

公元前 311 年，燕昭王為報齊國殺父之仇，廣納四方賢士，鄒衍便從齊國來到燕國求見燕昭王。燕昭王早聞鄒衍之名，便拜他為客卿。隨後，燕昭王又接納了趙國人樂毅、劇辛等人，並都封為客卿。一時之間，燕昭王手下人才濟濟，文臣武將各司其職。

燕昭王聽從鄒衍的富國強兵之策，經過數年休養生息，終於使國力逐漸強盛起來。於是，燕昭王以樂毅為大將，聯合韓、趙、魏、秦四國的軍隊，殺奔齊國。

樂毅大軍一路勢如破竹，不到半年，攻破了齊國都城在內的七十餘城，只有莒和即墨兩城未破。樂毅認為兩城都是彈丸之地，早晚可以攻破，想結以恩義，讓他們自動投降。

這時，燕國的另一位將領騎劫因覬覦燕國的兵權、妒忌樂毅而向燕太子樂資進讒，說樂毅不攻下莒和即墨，是為了使齊國民心歸附於他，以在適當的時候自立為齊王。樂資把這些話告訴燕昭王，燕昭王大怒說：“我先王之仇，依仗樂毅而報。憑他的功勞，就是做齊王，又有甚麼不可以呢？”說完，他餘怒未息，下令將樂資打了二十大板，並馬上派人到臨淄，拜樂毅為齊王。樂毅十分感動，但堅決不接受齊王的封號。

不久，燕昭王病死，太子樂資繼位，是為燕惠王。燕惠王想起因樂毅而捱打之事，立即派騎劫去替代樂毅為將。鄒衍知道後，極力勸諫惠王，說如以騎劫代樂毅，不但將前功盡棄，而且將給燕國帶來危害。燕惠王當時寵信騎劫，便召騎劫商議。騎劫說：“鄒衍原本是齊國人，他當然不願齊國被燕國所滅。再說他和樂毅同是客卿，說不定兩人早有密約，一旦樂毅做了齊王，他就可做齊的相國了。”

燕惠王大怒，立即下令將鄒衍打入大牢。鄒衍想到自己忠心耿耿為燕國效力，最後竟落得如此下場，不禁仰天大哭。這時正值六月盛夏，天上忽然下起了重霜，好像老天也在為他的蒙冤而痛感不平。

釋義 “六月飛霜”用來指稱冤獄，或指冤情感動天地。

出處 南朝梁・蕭統《昭明文選・江淹〈詣建平王上書〉》：“昔者賤臣叩心，飛霜擊於燕地。”李善註引《淮南子》：“鄒衍盡忠於燕惠王，惠王信譖而繫之。鄒子仰天而哭，正夏而天為之降霜。”

尺璧寸陰

陶侃是東晉初期的重臣，他很懂得一寸光陰一寸金的道理。擔任荊州刺史的時候，公務繁忙。但他能抓緊一點一滴的時間，把所有的事情都辦得十分妥貼。

他每天都要收到所轄各地發來的各種公函。對這些公函，他每件都親自批覆，批覆時，往往手不停書，寫得飛快，一行字一下子就寫好了，就像水流過去一樣。看到的人沒有一個不驚奇的。如果有人來訪，他談話往往簡單扼要，回答客人的問題簡潔明晰，事情一談好，他就下逐客令，因此府衙門口從來沒有停留的客人。

陶侃不但自己時間觀念強，辦事效率高，而且經常教育下屬："西漢時有部書叫《淮南子》，書中說，'日月一刻不停地運轉，時間從不等人，所以古代的聖人把片刻的光陰看得比直徑一尺的玉璧還要貴重。因為玉璧還可再得，而失去的光陰卻再也不會回來了。'古代的聖人尚且珍惜光陰，我們這些凡夫俗子，當然更應該懂得一寸光陰一寸金的道理，不要浪費光陰。如果虛度時光，那簡直是一種犯罪。"

有一天，陶侃看到有幾個官吏在玩賭博的遊戲，耽誤了公事，十分憤怒，說："這難道應該是你們玩的嗎？快把這些賭具全部丟進長江，以絕後患。"接着，他又對每個參與賭博的官吏進行了處理。從此，那些官吏不敢再把寶貴的時間浪費在玩樂上了。

釋義 "尺璧寸陰"用來形容時間寶貴，應該努力珍惜，不要浪費。

出處 西漢・劉安《淮南子・原道訓》："時之反側，間不容息；先之則太過，後之則不逮。夫日回而月周，時不與人遊，故聖人不貴尺之璧而重寸之陰，時難得而易失也。禹之趨時也，履遺而弗取，冠掛而弗顧，非爭其先也，而爭其得時也。"

孔融薦禰衡

孔融是東漢末年著名的文士，孔子的二十世孫。因曾在北海（今山東昌樂）做過官，後人又稱他為孔北海。他才高八斗，學富五車，為"建安七子"之一，是當時文壇的領軍人物。

孔融自恃是孔子後裔，高門望族，在士人當中聲譽很高，故與權臣曹操不睦，多次公開反對和違抗曹操的法令，終被曹操藉故殺害。

值得一提的是，孔融沒有文人相輕的惡習，他非常愛惜人才，並且鼎力相薦。禰衡頗有才學，與孔融相識時還不到二十歲，而此時孔融已四十餘歲，但孔融不以前輩自居，與禰衡結為忘年之交。

交往時間一長，孔融對禰衡更為讚賞，於是向皇帝上疏推薦說："禰衡品質端正，英才煥發，雖然讀書時間不長，但學問淵深，智力超出常人，他只要看一遍，就能背誦；聽一遍，就能牢記於心。德才兼備，若有神助。這樣的人才十分難得，讓他在朝廷之上，一定會有所建樹。”但當時曹操掌握朝政，禰衡又恃才傲世，不為曹操所喜，最終沒有得到重用。

釋義 “孔融薦禰衡”多被用來指推薦人才。

出處 南朝宋・范曄《後漢書・文苑列傳・禰衡》：“唯善魯國孔融及弘農楊修。融亦深愛其才。衡始弱冠，而融年四十，遂與為交友。上疏薦之。融既愛衡才，數稱述於曹操。操欲見之，而衡素相輕疾，自稱狂病，不肯往，而數有恣言。操懷忿，而以其才名，不欲殺之。”

孔壁遺經

孔子是春秋時代偉大的思想家、教育家、儒家學派的創始人。但他畢生在政治上不得志，只在魯國做過短暫的司寇（刑獄之官），周遊列國推銷他的政治學說，始終不被人採納，並多次遇到危險，陷入困境。

孔子晚年，帶領弟子回到魯國，整理、刪訂當世書籍，並將其學術、理論貫穿其中。這些書籍，成為儒家思想的代表作，被後世奉為經典，即《詩》、《書》、《禮》、《樂》、《易》、《春秋》，號稱“六經”。由於《樂》散佚較早，後世一般稱“五經”。另外，《論語》記述孔子及其弟子的言論，後來也被列入經書。

秦王朝建立以後，秦始皇為鞏固統治，採納丞相李斯的建議，推行極端的法家政治，壓制、消滅法家以外的各種學說，實行“焚書坑儒”的政策。由於儒家學說影響較大，其文獻系統因此在重點打擊、禁毀之列。秦始皇下令民間上交所有的儒家文獻，集中焚毀，不得議論儒家學說，不得私藏儒家文獻，一旦違反將殘酷鎮壓。

秦始皇的嚴苛法令遭到人們暗中抵抗，當時的儒生冒着生命的危險通過各種途徑將儒家經書收藏起來。孔子的後代就把儒家文獻藏於壁縫中，這樣就得以保存下來一批珍貴的先秦儒家文獻。

劉邦建立漢朝後，他和他的繼承者文帝、景帝等均不器重儒家，而重道家學說。但一些儒生們已經可以將自己保存的儒家著作重新整理，並加以宣講。到漢武帝時，情形發生了變化，他為了維護大一統的局面，樹立皇帝的絕對權威，任用董仲舒，採納其“罷黜百家、獨尊儒術”的建議，儒家思想確定了至尊的地位，儒家的文獻被稱為“經”，得到大力宣揚與推廣。

武帝末年，身為皇室宗親的魯恭王劉餘為擴建宮室，準備拆除位於曲阜的孔子舊宅，結果從壁縫中發現《尚書》、《論語》、《孝經》等儒家文獻幾十篇，此即“孔壁遺經”。他又到孔宅正堂，依稀聽到金石絲竹之音，就不敢再拆除孔子舊宅，並把“孔壁遺經”全部呈獻給了朝廷。

由於這些經書都是用先秦古文字寫成的，人們便稱之為“古文經”，並把用當時通行的隸書所寫成的經書稱為“今文經”。以此為濫觴，後世產生了“古文經學”和“今文經學”兩大學術流派。

釋義 “孔壁遺經”後世多用來指古代典籍。

出處 東漢·班固《漢書·魯恭王劉餘傳》：“魯恭王初好治宮室，壞孔子舊宅以廣其宮，聞鐘磬琴瑟之聲，遂不敢復壞，於其壁中得古文經傳。”

孔鯉過庭

孔鯉是孔子的兒子，跟着孔子的弟子們一起學習。一天，孔子獨自一個人站在庭院裏，正好孔鯉走過來，孔子便問道：

“鯉兒，你學了《詩經》沒有？”

“還沒有。”孔鯉回答。

“那你應該好好去學，不學好《詩經》，就不知道如何表達自己的思想。”孔子說。

孔鯉聽了，就回去苦讀《詩經》。

又有一天，孔鯉又碰到獨自一人站在庭院中的父親。孔子問：

“鯉兒，你學《禮記》了嗎？”

“還沒有。”孔鯉老老實實地回答。

“那你回去好好地讀《禮記》，不學好《禮記》，就不懂得立身做人的道理。”孔子說。

於是，孔鯉又回去認真地研讀《禮記》。

孔子有個名叫陳亢的弟子，兩次都看到孔鯉和孔子單獨在一起的情形，懷疑孔子對兒子有些甚麼特別的傳授，便問孔鯉說：“你在你父親那兒，得到過甚麼別人不知道的教導嗎？”

“沒有。我兩次單獨遇到父親，一次要我好好讀《詩經》，一次要我好好學《禮記》。”孔鯉回答說。

陳亢聽了，高興地說：“我問你一件事，卻知道了三件事。一是要讀《詩經》；二是要學《禮記》；三是君子對自己的兒子並沒有甚麼偏愛。”

釋義 “孔鯉過庭”用來指子女、學生接受家長、老師的教誨；用“鯉庭”表示教育的場所。

出處 《論語・季氏》陳亢問於伯魚曰：“子亦有異聞乎？”對曰：“未也。嘗獨立，鯉趨而過庭。曰：‘學詩乎？’對曰：‘未也。’‘不學詩，無以言。’鯉退而學詩。他日，又獨立，鯉趨而過庭。曰：‘學禮乎？’對曰：‘未也。’‘不學禮，無以立。’鯉退而學禮。聞斯二者。”陳亢退而喜曰：“問一得三，聞詩，聞禮，又聞君子之遠其子也。”

玉山傾倒

嵇康是魏晉之際的著名文學家，也是魏晉玄學的代表人物之一。他長得很高大，風姿秀美，當時的人們都認為他是一個美男子。嵇康和魏宗室聯姻，曾經做過中散大夫。後來因為不滿司馬氏的專權，棄官歸隱，和山濤、阮籍等人一起遨遊於竹林中，被稱為“竹林七賢”。

有一次，山濤邀請嵇康和阮籍到家裏做客，山濤的妻子端出豐盛的酒菜招待他們。三人從中午一直吃到晚上，越喝越痛快，時而高歌長吟，時而奮袖起舞，放浪形骸，不拘禮法，最後一起醉倒在屋中。

第二天，嵇康和阮籍告辭走後，山濤的妻子說：“嵇、阮二人果然名不虛傳。尤其是嵇康的風度，恐怕天下很少有人及得上他。”山濤聽了，說：“你說得不錯。嵇康的為人，就像山巖上獨立的孤松；他就是喝醉了酒，也像一座巍峨的玉山即將崩坍。”

山濤和司馬懿有親戚關係，他看到司馬懿和曹爽爭權，不想禍及己身，才加入隱士的行列。後來，司馬師執掌朝政，他就出山做了官，並力薦嵇康出仕。嵇康自此深惡山濤的為人，便與之絕交，還寫下了千古名篇《與山巨源絕交書》。

嵇康種種不合作的舉動，終於引起當權者的不滿，公元263年，嵇康被受過自己奚落的司隸校尉鍾會誣陷，被司馬昭殺害，年僅三十九歲。

釋義 “玉山傾倒”用來形容醉態；“玉山”用來形容偉男佳姿。

出處 南朝宋・劉義慶《世說新語・容止》：“嵇康身長七尺八寸，風姿特秀。見者歎曰：‘蕭蕭肅肅，爽朗清舉。’或云：‘肅肅如松下風，高而徐引。’山公曰：‘嵇叔夜之為人也，巖巖若孤松之獨立；其醉也，傀俄若玉山之將崩。’”

玉女投壺

相傳上古時代，在東極的大荒山中，有一座巨大的石室。石室中，住着一位神仙名叫東王公。東王公的身形像人，臉像鳥，屁股上長着一根老虎尾巴。他經常騎着黑熊在大荒山中奔馳，十分威風。

在神話傳說中，天帝是主宰一切的。而東王公接受天帝的分派，主管人間萬物的生長。當他心情好的時候，天下便風調雨順，萬物都茁壯成長，五穀豐登，百姓都能安居樂業；而一旦他發起怒來，人世間不是乾旱，便是洪水泛濫，災禍不斷，百姓流離失所，困苦不堪。

東王公除定期到天宮去朝拜天帝以外，平日在大荒山的石室中十分寂寞。他有一位侍妾名叫玉女，長得十分漂亮，東王公也很喜歡她。為了消遣，他經常同玉女一起做投壺的遊戲。

這種投壺的遊戲，當時在人間十分流行。在一般貴族宴請賓客的時候，設一把特別的壺，主人和客人輪流拿着箭投向壺中，誰投中多，誰就獲勝；誰投中少，就被罰酒認輸。但是，東王公的投壺遊戲，要比人間壯麗得多。石室中安放着一把巨大的酒壺，他和玉女手中各拿着一千二百支箭，每擲一次，一千二百支箭同時向壺口飛去。如果這些箭全部投中，天就保持沉默；如果有一支箭沒投中，天就會發出嗤笑，這時，人們在下界看到的，便是閃電。

釋義 "玉女投壺"，用來借指閃電，或者稱雨、雷等。

出處 南朝・佚名《神異經・東方經》："東荒山中有大石室，東王公居焉。長一丈，頭髮皓白，人形鳥面而虎尾。載一黑熊，左右顧望，恆與一玉女投壺。每投千二百矯。設有入不出者，天為之唏噓。矯出而脫誤不接者，天為之笑。"

玉壺紅淚

曹魏時，常山郡有一個叫薛鄴的人，在當地做亭長的小官。他娶妻陳氏，生有一女，姓薛名靈芸，一家三口都靠薛鄴微薄的俸祿生活，日子過得十分清苦。薛靈芸自小就聰明美麗，長到十五歲時，已是姿容絕世，美艷無比。

咸熙元年（264 年），谷習任常山郡太守，恰值魏元帝廣選良家美女入宮。谷習聽說薛鄴家中有絕色美女，但家境貧寒，便用重金得到了靈芸。他將薛靈芸打扮一番，使之更加嬌艷動人，準備獻給魏帝，以邀功請賞。

靈芸知道自己即將與父母永別，而且到了深宮之中，吉凶難卜，命運無法靠自己來掌握，因此，心中十分悲傷，天天哭泣不止。到了登車上路的日子，薛靈芸仍然流淚不止。於是，只好用玉唾壺來接眼淚。

一路上，靈芸思前想後，越發傷心，但又抗拒不了，只有不住地啼哭流淚。淚水流到玉唾壺裏，那壺頓時變成了紅色。從常山到京城後，玉唾壺中的淚水都凝成了血塊。

釋義 “玉壺紅淚”，用來形容女子別離時悲泣，或泛指女子的眼淚。

出處 東晉・王嘉《拾遺記》卷七：“靈芸聞別父母，歔欷累日，淚下沾衣。至升車就路之時，以玉唾壺承淚，壺則紅色。既發常山，及至京師，壺中淚凝如血。”

玉樹後庭花

南朝陳後主陳叔寶，是陳的末代皇帝，也是南朝的最後一位帝王。他是一个只知風花雪月、詠詩作賦，而無心於朝政的皇帝。

陳後主喜歡美女，酷愛詞賦，即使是批閱奏章的時候，也必須有美人在身旁陪伴才行。他還經常在後宮大擺筵席，廣請賓客。並讓被請來的文人雅士與宮中嬪妃作詞吟詩，相互唱和。這些文人雅客所寫的詩詞，大部分是讚美陳後主所寵愛的張貴妃、孔貴嬪的姿色，詞藻十分艷麗。

那時，陳朝的內憂外患已十分嚴重，特別是北方，隋朝已經積極準備南征，統一天下了，但陳後主卻全然不顧，而是醉心於選擇這些詩詞中優美的，譜成曲子；並且從宮女中選出千百名長得漂亮的，演唱這些曲子。在這些冶艷的曲子中，最有代表性的是《玉樹後庭花》、《臨春樂》等。

公元 589 年，隋軍發起滅陳攻勢，陳軍毫無鬥志，一觸即潰，陳朝很快就滅亡了。當隋軍攻入都城時，陳後主和嬪妃們慌忙躲進宮中的水井裏避難，最後都做了俘虜，受盡了屈辱。

釋義 “玉樹後庭花”，用來比喻亡國之曲，或詠亡國之恨。

出處 唐・姚思廉《陳書・皇后傳論》：“後主每引賓客對貴妃等遊宴，則使諸貴人及女學士與狎客共賦新詩，互相贈答，採其尤艷麗者以為曲詞，被以新聲，選宮女有容色者以千百數，令習而歌之，分部迭進，持以相樂。其曲有《玉樹後庭花》、《臨春樂》等，大指所歸，皆美張貴妃、孔貴嬪之容色也。”

甘羅年少

甘羅，秦國名相甘茂之孫。甘羅十二歲時，就在丞相呂不韋府中當差。

戰國時，秦與趙毗鄰，秦國採取遠交近攻的戰略，欲結交東面的燕國共同伐趙，以取得趙國與秦國相鄰的大片土地。於是，秦與燕結盟，燕派太子丹到秦作人質，秦派張唐為人質出使燕國，但張唐不願出使，藉故拖延。這就打亂了秦的戰略部署，也使丞相呂不韋左右為難。

正在這時，甘羅毛遂自薦，對呂不韋說他願意前往燕國，但遭到呂不韋的斥責，以為他少不更事。甘羅對呂不韋說："你只需給我五輛車，讓我為張唐打前站。"呂不韋報告秦王，秦王同意了。意想不到的是，甘羅不是到燕國，而是到了趙國，趙襄王迎接並召見了他。

甘羅對趙王說："你聽說燕太子丹到秦作人質的事了嗎？"

趙王說："已聽說了。"

甘羅又問趙王："你聽說秦派張唐到燕作人質了嗎？"

趙王回答也已聽說了。

甘羅分析說："燕太子入秦，秦張唐入燕，說明秦、燕兩國已經結盟。秦、燕結盟，趙處中間，兩國如果共同伐趙，那趙就凶多吉少了。秦、燕結盟沒有別的目的，就是想取得趙與秦毗鄰的一片地方。為目前計，您不如把這片地方獻給秦國，如此，秦就讓燕太子丹回去，轉而與趙結盟，共同對付燕國。這樣，對秦、趙兩國都非常有利。"

趙王迫於眼前嚴峻的形勢，覺得甘羅的話非常有道理，於是就採納了他的建議，把與秦國毗鄰的大片地方給予秦國，以換得暫時的安寧。

甘羅使趙，不費一兵一卒，就取得了趙國的大片土地，贏得秦國上下的普遍稱讚。秦王認為他不愧名門之後，拜他為上卿。

釋義　"甘羅年少"用來稱人年少有為。

出處　西漢・司馬遷《史記・甘茂列傳》："甘羅說趙王曰：'王聞燕太子丹入質秦歟？'曰：'聞之。'曰：'聞張唐相燕歟？'

曰：'聞之。''燕太子丹入秦者，燕不欺秦也。張唐相燕者，秦不欺燕也。燕、秦不相欺者，伐趙，危矣。燕、秦不相欺無異故，欲攻趙而廣河間。王不如齎臣五城。'趙王立自割五城以廣河間。甘羅還報秦，乃封甘羅以為上卿。"

右軍書扇

王羲之是東晉時人，他擅長書法，是中國歷史上著名的書法家，後代人尊稱他為書聖。因為他曾擔任過右軍將軍，人們又稱他為"王右軍"。

不但現在王羲之的真跡是無價之寶，即使在當時，人們要得到王羲之的字也很不容易。因為他名氣極大，不肯輕易為人書寫。但有一天，王羲之上街閒逛，看到一個老婆婆正在市場上叫賣摺扇，那摺扇竹骨光滑，絹面雪白，看上去十分精緻。王羲之上前問："老婆婆，你這摺扇賣多少錢一把？""十文錢。"老婆婆回答說。王羲之取出十文錢買了一把。老婆婆感激地說："我叫賣了半天，就只賣掉您這一把，真謝謝您了。沒這十文錢，我的小孫子今天就要餓肚子了。"

王羲之聽了，便向老婆婆了解她的家境。得知老婆婆祖孫倆相依為命，家境十分窘迫，同情之心油然而生，說："老人家，我有辦法讓你賣掉扇子，並使你發一點小財，把日子過得好一些。"

王羲之把她帶到自己的住處，在每把摺扇的扇面上各題了一首詩。老婆婆不解地說："你在這扇面上寫了字，就會有人買嗎？"王羲之點點頭說："肯定有人買，而且不是賣十文錢一把，而是十兩銀子一把。客人不給十兩銀子，你千萬別賣！"老婆婆聽了，不由將信將疑，說："十兩銀子，夠我和孫子過一年了。這十幾把扇子，便能賣到一百幾十兩銀子，你不是騙我吧！"王羲之笑笑說："我不會騙你。你拿了扇子，上街高喊，說這是王右軍題字的扇子，十兩銀子一把，肯定有人買！"

老婆婆等王羲之全部寫好，拿着扇子上街喊賣："王右軍題過字的扇子，每把白銀十兩……"有幾個書生模樣的人路過聽了，說："這老婆婆說是王右軍題過字的扇子，我們過去看看。"他們上前一看，果真扇面上有王羲之的題詩，墨跡淋漓，字體遒勁，落款印章，一樣不缺。他們認得是王羲之的真跡，便爭相而買。不一會，老婆婆就把扇子全部賣光了。

從此，老婆婆家的生活好了起來，她為了感激王羲之的恩德，做了幾把極為精緻的摺扇送給王羲之。而中國的扇面畫、扇面書法也從這以後盛行起來。

釋義 “右軍書扇”，用來比喻樂意扶貧；也用來形容高超的書法，價值無限。

出處 唐・房玄齡等《晉書・王羲之傳》：“嘗在蕺山見一老姥，持六角竹扇賣之。羲之書其扇，各為五字。姥初有慍色。因謂姥曰：‘但言是王右軍書，以求百錢邪。’姥如其言，人競買之。”

石崇豪侈

西晉時有個大富豪，名叫石崇。起初他當縣令，後來升到侍中（皇帝的侍從），五十一歲出任荊州刺史。在任期間，他縱使官兵劫掠客商，奪取財寶，從而迅速發達，富可敵國。

石崇的錢財多得數不清，過着極為奢侈的生活。他把蠟燭當柴燒，廁所裏也有穿着華麗服飾的婢女伺候，如廁的人出來都要換新衣。石崇每次請客設宴，總要讓美女來斟酒。客人如果飲酒不盡的，就命令在旁的僕人把美女殺掉。

有一次，丞相王導和他的兄長大將軍王敦，一起去拜訪石崇，石崇擺開宴席請他倆喝酒。王導向來不能喝酒，但怕石崇殺人，當美女行酒時只好勉強飲下。王敦卻不買賬，他原本倒是能喝酒，卻硬拗着偏不喝。結果石崇連斬了三個美人，他仍是不喝。王導責備王敦說：“你不喝酒，他還要殺人，怎麼辦？”王敦冷冷地說：“他殺自己家裏的人，跟你有甚麼關係！”

當時的後軍將軍王愷，是晉武帝司馬炎的舅舅，也是個大富豪，石崇就與他比賽誰富有。於是，彼此都竭力把最華麗貴重的東西拿來炫耀比試。晉武帝時常幫助王愷，曾把一株二尺多高的珊瑚樹賜給他。

這株珊瑚樹枝條繁茂，稀罕無比。王愷得意非凡，以為靠它一定可以贏過石崇。

一天，王愷故意把這株珊瑚樹給石崇看，並不斷地誇獎它的稀罕。不料石崇觀看後，隨手拿起一隻鐵如意，對着它就敲下去，那株珍貴的珊瑚樹頓時化為碎片。王愷既惋惜，又認為石崇是嫉妒自己這稀世之寶才敲碎它的，臉色一變，厲聲喊道："這是幹甚麼？看你怎樣還我這寶物！"石崇不以為然地冷笑道："根本就不值得這樣惱恨，我馬上還你。"説罷，他命左右把家裏所有的珊瑚樹都取來，讓王愷開開眼界。王愷看後大吃一驚。原來，石崇家中所藏高三尺、四尺，枝條世間罕見，光彩奪目的珊瑚樹，竟有六、七株之多；至於像他帶來二尺多高的，那就更多了。王愷看後惘然若失，甚麼話都講不出來了。

釋義 "石崇豪侈"多用來形容驕奢淫逸，揮霍無度。

出處 南朝宋·劉義慶《世説新語·侈汰》："石崇每要客燕集，常令美人行酒。客飲酒不盡者，使黃門交斬美人。王丞相與大將軍嘗共詣崇。丞相素不能飲，輒自勉強，至於沉醉。每至大將軍，固不飲，以觀其變。已斬三人，顏色如故，尚不肯飲。丞相讓之，大將軍曰：'自殺伊家人，何預卿事！'"

石鼎聯句

韓愈是唐代傑出的散文家、詩人和哲學家。他年少而孤，家境貧寒，由嫂子撫養長大。

韓愈從小時候就很有志向，刻苦攻讀詩書，二十四歲就考中了進士。但韓愈的仕途並不順利，他品性耿直，體恤老百姓的疾苦，曾因上書而激怒皇帝，屢次被貶。在被貶期間，他寫了許多針砭時弊的優秀作品。

韓愈曾作過一篇《石鼎聯句詩》，他在詩序中這樣講：隱居衡山的道士軒轅彌明，上通天文，下通地理，熟悉陰陽道術，與當朝進士劉師服相識。元和七年十二月四日，出去雲遊的軒轅彌明路過京城，就去拜訪劉師服，故人相見，甚是親切。軒轅彌明拗不過劉師服的執意挽留，晚上就在劉家歇息。

事有湊巧，校書郎侯喜當天晚上也來拜訪劉師服，與他談詩論賦。侯喜是一位詩壇新秀，小有文采，但此人恃才自傲，目空一切。侯喜見一旁的軒轅彌明面貌醜陋，説話盡是楚地方言，很是看不起他，言語中不免有冒犯之詞。孰不知軒轅彌明的學問更是高深，只是平時不表現在外而已。

軒轅彌明見侯喜如此驕傲自大，以貌取人，就想教訓他一下，於是他起身指着火爐中的石鼎謙恭地對侯喜説："聽説先生擅長作詩，是否可以賞臉讓我們二人與你一起以石鼎為題聯句呢？"侯喜心中暗想，一個窮鄉僻壤來的道士，竟然也敢與我賦詩聯句，看我怎麼出句捉弄他一下。

於是三人開始聯句賦詩，儘管侯喜出的上聯都很刁鑽古怪，但軒轅彌明都能馬上接續，詩句多神奇巧思，並且暗含譏諷。到了三更天的時候，侯喜與劉師服所賦十餘韻，都被軒轅彌明對上，二人文思枯竭不能再作，侯喜只好起身服輸説："尊師簡直是神人，我心悦誠服，願拜您為師，今後不敢再隨便談論詩了，剛才對老師多有不恭，望老師不予怪罪。"

一般認為，軒轅彌明為韓愈假託，這些詩實際上是韓愈自己作的。

釋義 "石鼎聯句"，用來指文人聚會吟詩聯句。

出處 唐・韓愈《〈石鼎聯句詩〉序》："有校書郎侯喜，新有能詩聲，夜與劉説詩，彌明在其側，貌極醜，白鬚黑面，長頸而高結，喉中又作楚語。喜視之若無人。彌明忽軒衣張眉，指爐中石鼎謂喜曰：'子云能詩！能與我賦此乎？'……夜盡三更，二子思竭不能續，因起謝曰：'尊師非世人也，某伏矣。願為弟子，不敢更論詩。'"

平原十日飲

戰國時，魏國人范雎，原先在魏國中大夫須賈手下做幕僚。一次，他隨須賈出使齊國，因齊襄王很看重他的才能，想留他在齊國任客卿，所以回國後便受到誣陷，差點被魏相魏齊處死。因此，范雎對魏齊恨之入骨。後來，范雎改名張祿，逃到秦國，被秦昭王封為相國。

范雎成為秦相後，便準備發兵伐魏，向魏齊報當年之仇。魏齊很害怕，逃到趙國，藏到了趙相平原君的家中。秦昭王也想替范雎報仇，聽說魏齊已經逃到趙國平原君家，於是假意寫信給平原君說：“我聽說您的高義，願與您結為布衣百姓那樣的好朋友。請您光臨我這裏，我要與您暢飲十天。”

平原君既害怕秦國，又把秦昭王的話當真，就來到秦國見昭王。昭王果然熱情款待，與平原君暢飲了許多天。他對平原君說：“昔日周王文以姜尚為太公，齊桓公以管仲為仲父，現在范雎也是我的仲父。范雎的仇人魏齊在您家中，希望您派人回去取回他的人頭，不然，我不會放您回去的。”

平原君說：“地位高貴的人結交朋友，是因為自己也有貧賤的時候；經濟富有的人結交朋友，是因為自己也有窮困的時候。魏齊是我的朋友，他投奔我是有求於我。若在我家，我也不會將他獻出來的；況且他現在不在我那裏。”

秦昭王無法說服平原君，就寫信給趙王說：“平原君在我國，范雎的仇人魏齊在平原君家。你趕快派人持魏齊的頭來見我。不然，我就要發兵伐趙，也不會放平原君出關。”

趙孝成王急忙派兵包圍平原君家。魏齊得知消息後，連夜逃走，到趙相虞卿家。虞卿知道趙王不會放過魏齊，就和魏齊逃到大梁，投奔魏公子信陵君。信陵君害怕秦國，猶豫不敢收留魏齊，魏齊憤而自殺。趙王派人取了魏齊之頭交與秦王，平原君才得以回國。

“平原十日飲”，被引申形容賓朋相聚盡歡。

西漢・司馬遷《史記・范雎蔡澤列傳》：“秦昭王聞魏齊在平原君所，欲為范雎必報其仇，乃詳為好書遺平原君曰：‘寡人聞君之高義，原與君為布衣之友，君幸過寡人，寡人原與君為十日之飲。’平原君畏秦，且以為然，而入秦見昭王。”

北窗高臥

陶淵明是東晉著名的文學家，他的祖上是東晉開國重臣陶侃，但傳到他這裏，已是家道中落。經別人推薦，陶淵明從二十九歲起到四十歲，陸續做過縣令之類的小官，聊以謀生。由於當時官場腐敗黑暗，他不願與之同流合污，不屑為五斗米折腰，最終棄官歸隱，過起躬耕自養的田園生活。

由於他家只有幾十畝薄田，家中人口頗多，又連遭荒年，生活不由越來越窘困。在他五十多歲的時候，生了一場大病。他以為自己將不久於人世，便把五個兒子叫到病榻前，對他們說："我年輕時家境貧寒，不得不奔波謀生。可是我性情剛直，不會阿諛逢迎，如果留戀官場，一定會招災惹禍，因此十多年前，我便棄官歸隱。我的歸隱，使你們小小年紀就要打柴擔水，下田勞作，我的心中確實也很不好受，但我沒有後悔。"

他的兒子陶儼、陶俟、陶份、陶佚、陶佟圍在病榻邊，靜靜地聽着。陶淵明問："你們知道東漢時的王霸嗎？""不知道！"陶儼等一起說。"王霸是東漢時的隱士，他高風亮節，一生不願做官。有一次，他的老朋友子伯派兒子給他送來一封信。王霸看到朋友的兒子衣着華麗，舉止文雅，而自己的兒子卻蓬髮赤腳，舉止粗俗，心中不由產生了羞愧感，王霸的妻子見了，說：'你既然已立志歸隱，躬耕自養，那麼你兒子蓬髮赤腳也是必然的。子伯雖然做了官，生活條件優裕，但怎麼比得上你的清高呢？你既然不羨慕榮華富貴，自己身上蓋一件破衣都沒感到難為情，那麼兒子蓬頭赤腳又有甚麼好羞愧的呢？'王霸聽了妻子的話，很是感動，後來終身隱居，一直沒有出去做官。"

陶淵明講完王霸的故事，又接着說："我隱居在這兒，生活雖然艱辛，但心情還是舒暢的。閒時候讀書，有了收穫，可以高興得忘了吃飯。尤其在五六月間，高臥在北窗之下，涼風習習，鳥蟬鳴叫，簡直像神仙一樣。我多麼希望能再有機會躺到北窗下去乘涼呀！但我現在快要死了，只怕以後再也享受不到這種樂趣了！"最後，陶淵明告誡兒子們要團結友愛，做一個道德高尚的人。

陶淵明本來以為自己不久於人世，所以才掙扎着在病榻上教子。不料，這次談話以後，他的病奇蹟般地好了起來。病好後，他把這次談話的內容寫成了《與子儼等疏》。這是他留給兒子們，也是留給後人的一份寶貴的精神財富。

釋義 “北窗高臥”，用來表示悠閒自適的狀態。

出處 東晉·陶潛《與子儼等疏》：“少學琴書，偶愛閒靜，開卷有得，便欣然忘食。見樹木交蔭，時鳥變聲，亦復歡然有喜。常言：五六月中，北窗下臥，遇涼風暫至，自謂是羲皇上人。意淺識罕，謂斯言可保。日月遂往，機巧好疏，緬求在昔，眇然如何！”

田橫五百士

田橫是戰國時齊國王族的後代，在齊地很有威望和影響。陳勝、吳廣起兵反秦後，他和兄長田儋、田榮一起投入反秦大軍，田儋自立為齊王，被秦軍所殺。在漢楚相爭時，田榮自立為齊王，被項羽擊殺。田橫率兵收復齊地，立田榮之子田廣為齊王，自任國相，國中事無巨細，都由田橫決斷。田橫在齊地招納賢士，賢士都樂於為他所用。

漢王劉邦為聯合齊王抗擊項羽，派酈生去遊說田橫。不料漢軍大將韓信同時又出兵討伐齊國，田橫以為劉邦在要弄陰謀，下令將酈生殺了。不久，韓信攻破齊地，田廣敗亡，田橫自立為齊王，後逃到梁地，依附梁王彭越。

劉邦建立漢朝後，田橫怕劉邦對他進行報復，便帶領忠於自己的部屬五百餘人一起東渡入海，在一所小島上避難。劉邦得知田橫的消息，認為如果讓他們留在海島上，恐怕將來會對朝廷不利。於是，他便派使者來到海島上，赦免了田橫的罪，並召他入朝做官。田橫辭謝說：“我曾經殺了陛下的使者酈生，現在聽說他的弟弟酈商在朝廷中做將軍，而且很有才能。因此我很害怕酈商會對自己有所不利。所以請你回稟陛下，說我不敢奉詔入朝，希望能得到陛下的恩典，讓我留在海島上做一個普通的老百姓吧。”

使者回朝向劉邦作了稟報，劉邦馬上下了一道詔令給都尉酈商：“我即將召田橫入朝，誰敢動他和他的人馬，我就滅他的全族。”劉邦又派使者來見田橫，使者把劉邦已下詔給酈商的事說了，又說："陛下要我告訴你，你如奉詔而入朝，大者封王，小者封侯。如果不應召，將立即出兵征討！"田橫知道無法再推辭，便帶了兩個門客隨同使者一起前往洛陽。

到了離洛陽三十里的偃師的驛館，田橫對使者說："我當年和漢王一起南面稱王。如今漢王做了皇帝，我卻成了亡國的俘虜，北面稱臣，這已是一種極大的恥辱。再說我殺了酈商之兄長，如今卻要和他同殿為臣，我怎會不感到羞愧呢？陛下所以要見我，是要看看我的相貌。現在他在洛陽，離此地只三十里，如果斬下我的頭，快馬送去，形貌還不會腐壞，同樣還可一看。"說完，田橫拔劍自刎。兩個門客拿了他的頭隨使者飛馳去見劉邦。

劉邦見到田橫的頭顱後，歎氣說："唉！田橫曾平定齊國，手下賢人雲集，他自己也是個了不起的人呀！"說着，還流下了眼淚，下令以王侯的禮節安葬了田橫，又下令封兩個門客為都尉。但兩個門客不願接受封官，在田橫安葬後，雙雙自殺身死。劉邦聽了，更加吃驚，認為田橫的門客都是賢人，說："田橫的門客都是賢人，聽說他還有五百多個門客留在海島上，應派人把他們召來。"於是劉邦派使者到海島去召請。那五百人聽到田橫已死，全部自殺以殉。人們這才知道，田橫兄弟確能招納賢士，受到賢士的擁戴。

釋義 "田橫五百士"，用來形容士人重視節義，能夠以死相從。

出處 西漢・司馬遷《史記・田儋列傳》："田橫乃與其客二人乘傳詣洛陽。未至三十里，至屍鄉廄置。……遂自剄，令客奉其頭，從使者馳奏之高帝。……既葬，二客穿其塚旁孔，皆自剄。（高帝）聞其餘尚五百人在海中，使使召之。至則聞田橫死，亦皆自殺。"

叱石成羊

古時候，丹溪（今浙江義烏）有個十五歲的少年，名叫黃初平。他天天放牧羊羣，責任心很強，從未走失過一隻羊。

一個道士見他品德良好，謹慎忠厚，便把他帶到金華山的一個石室裏去修道。黃初平雖然年少，但秉性愛靜，很快就消除雜念，不去想家，靜心修行。年復一年，就這樣習慣了修道的生活。

他的哥哥黃初起不見弟弟回家，先到附近山裏去尋找，沒有找到。後來擴大了尋找範圍，還是沒有找到。就這樣找了幾年，連個影子也不見。儘管如此，他尋找兄弟的想法還是沒有消失。

四十多年過去了，黃初起仍然掛念着自己的弟弟。一天，他在集市上見到一個道士，不由快走幾步上前拱手行禮，恭順地說："道長請了。在下有一事詢問，不知道長肯否指點？"那道士邊還禮，邊問黃初起要詢問何事。黃初起把他請到一邊，悲傷地說："我弟弟放羊時失蹤，至今已有四十多年了。我各處尋找，均無下落。我看道長鶴髮仙骨，定然知曉凡人不知的事。特此請道長為我占卜，我弟弟是生是死，現在何處？"說罷，老淚縱橫，朝那道士跪了下去。

道士趕緊將他拉起，說："金華山中有一個牧羊兒，姓黃，名初平，一定是你的弟弟吧？""正是，正是！"黃初起驚奇地喊道。"請道長帶我去見他。"

在道士的帶領下，黃初起果然在金華山的石室裏，找到了闊別了四十多年的黃初平。黃初平失蹤時，還是一個少年，如今已經是白髮老道了。黃初起見到弟弟悲喜交集，失聲痛哭。心情平穩下來後，問弟弟道："你離走後，羊羣到哪裏去了？"黃初平答道："那些羊就在山的東面呀。"

黃初起聽了，便到山東面去，但見那裏都是白石，哪裏有甚麼羊羣？回來後對黃初平說："那裏沒有羊羣呀！"黃初平笑道："羊羣就在那裏呀！哥哥你看不見罷了。"說罷，他領黃初起到那裏去。黃初起見到的仍然是一片白石。但見他弟弟大聲叱道："羊，起來！"話音剛落，那片白石竟全變成了羊，共有幾萬隻之多。

釋義 "叱石成羊"，用來指得道成仙，或是比喻點鐵成金、化腐朽為神奇。

出處 東晉・葛洪《神仙傳》："初起聞之即隨道士去求弟，遂得相見。悲喜語畢，問初平：'羊在何？'曰：'近在山東爾。'初起往視之，不見，但見白石而還。謂初平曰：'山東無羊也。'初平曰：'羊在爾。兄但自不見之。'初平與初起俱往看之。初平乃叱曰：'羊起。'於是白石皆變為羊數萬頭。"

生子當如孫仲謀

孫權，字仲謀，他是三國時吳國的建立者，被稱為吳大帝。東漢末年，他隨父孫堅、兄孫策起兵，父兄過世後，他繼承家族的事業，據有江東地區。公元 208 年，他和劉備聯合，大敗曹操於赤壁，這一年，孫權才二十六歲。

五年後，曹操為報赤壁之仇，率領四十萬大軍討伐東吳。曹軍聲勢浩大，很快打到濡鬚口，攻破了東吳水軍的一座大營，還俘虜了一個東吳大將。孫權得到消息，親自帶領七萬人馬前往救援。孫權利用曹軍的麻痹輕敵，派出一支水軍，將駐紮在江心島上的一支曹軍擊潰，俘獲三千餘人，淹死數千人。

曹操吃了大虧，閉營堅守。孫權一再派兵挑戰，曹軍始終不肯應戰。孫權看到曹軍堅守不出，便親自乘船去觀察曹軍的動靜。他率領一支水軍，輕裝而進，從濡鬚口駛入曹軍控制的水域。曹操手下的將領們以為孫權親自前來挑戰，準備上前迎擊。曹操說："這一定是孫權親自前來觀察我軍的情形，你們要嚴陣以待，不要胡亂發箭。"

孫權的船隻前進了五六里，不再前行，只在水面上吹奏軍樂，回還行駛，向曹軍顯示自己的軍威。曹操帶領眾將登上江邊的一座山坡，遠遠向孫權的戰船望去，只見旗幟鮮明，隊形整齊，將士們士氣高昂，戰船在江中遊弋，有條不紊。當中大船的青羅傘下，坐着年方三十一歲的孫權，一派王者之相。曹操想起上次出征荊州，荊州牧劉表的兒子劉琮向自己束手投降的情景，不由感歎地說："生子當如孫仲謀，相比而言，劉表的兒子不過像豬犬罷了。"

釋義 "生子當如孫仲謀"，用來形容生養後代就要生像孫權這樣才能出眾的英雄人物。

出處　西晉·陳壽《三國志·吳書·吳主傳》：“十八年正月，曹公攻濡鬚，權與相拒月餘。曹公望權軍，歎其齊肅，乃退。”裴註：《吳曆》曰：“……權行五六里，回還作鼓吹。公見舟船器仗軍伍整肅，謂然歎曰：‘生子當如孫仲謀，劉景升兒子若豚犬耳。’”

生芻致祭

徐穉是東漢末年的名士，他年輕時曾在經學家黃瓊門下學習過《尚書》，兩人往來很密切。後來，黃瓊應漢順帝之召進京做了官，徐穉就不再同他來往。漢桓帝時，黃瓊曾派人召徐穉進京，準備加以重用，但他不想做官，婉言謝絕了。

黃瓊入仕之後，曾做過司空、司徒、太尉等高官，但因為人剛正清高，與權臣梁冀、掌權宦官集團不睦，不斷受到打擊，幾度沉浮。到延熹四年（161 年），黃瓊終被免了職。又過了兩年多，便因病去世了。他的靈柩被運回故鄉江夏安陸（今湖北安陸西北）安葬，四方名士前來送殯的有六七千人。

徐穉得知噩耗，立刻背着乾糧，趕了數百里路來到安陸，來到黃瓊墳上祭奠。哭弔之後，徐穉跟誰也沒說話，就獨自走了。守墓家人問他，他連姓名也不肯留下。當時，在黃瓊家參加喪禮的有太原名士郭林宗等好幾十人，聽到守墓家人的稟報後，郭林宗說：“這個怪人一定是南昌高士徐穉。”郭林宗的學生茅容聽了，自告奮勇說：“錯不了，一定是他。我追上去請他回來見見面。”

茅容騎快馬追了幾里路，終於追上了徐穉。他在路邊的酒店請徐穉喝酒，兩人海闊天空地聊了一會兒，茅容說郭林宗等四方名士請他去見見面。徐穉雖然久聞郭林宗的名聲，也知道他是一位賢士，但仍不願回來。分手時，徐穉對茅容說：“請你替我問候郭林宗，並告訴他，現在的局勢，就好比大樹將要倒下來，不是一條繩子拉得住的。何必忙忙碌碌地各處奔走呢？勸他靜觀其變吧！”

這樣，徐穉和郭林宗雖然沒見面，但已是神交的朋友了。過了一年多，郭林宗的母親因病去世，徐穉聽到這個消息，趕到郭林宗母親的墓前弔唁。他從田裏採了一束鮮嫩的青草放在郭母的墳墓前，恭恭敬敬地作揖致哀後就匆匆地走了。

郭林宗和幾個親朋聽到有人在墳上祭奠，急忙趕去，徐穉早已離去了。看到墳上只有一束青草，大家都感到很奇怪，郭林宗說："我知道了！前來祭奠的一定是徐穉。《詩經》上不是有'生芻一束，其人如玉'的句子嗎，徐穉用這樣美好的禮品來讚美我的母親，憑我的德行實在擔當不起啊！"

釋義 "生芻致祭"，用來指對死者的祭奠，表示讚美死者的德行。

出處 南朝宋・范曄《後漢書・徐穉傳》："及林宗有母憂，穉往弔之，置生芻一束於廬前而去。眾怪，不知其故。林宗曰：'此必南州高士徐孺子也。《詩》不云乎：'生芻一束，其人如玉。'吾無德以堪之。'"

失旦雞

三國時，吳國大都督周瑜膝下有兩男一女。女兒許配給太子孫登。大兒子周循娶公主為妻，拜騎都尉，有周瑜年輕時的風度，但是去世很早。二兒子周胤，開始被拜為興業都尉，娶吳宗室的女兒為妻，領兵千人，屯住在公安。後來，又被封為都鄉侯。

周胤因父親周瑜的功勞，得到了孫權的提拔，封為高官。但是他不盡心輔佐孫權，而是整天吃喝玩樂、不理政事，最後因為犯罪被貶到廬陵郡。

後來，諸葛瑾、步騭連名向孫權上疏，請求赦免周胤。疏中說："已故將軍周瑜的兒子周胤，昔日蒙主公的恩惠，受封為將。但他不能將您的恩惠當作福分，立功報效國家，而是盡情縱慾，恣意妄為，結果被降官。周瑜是我們東吳的開國功臣，受到全國上下的一致愛戴，但是周瑜去世不久，您就把他兒子周胤貶為百姓，這不是使人傷心嗎？我們希望陛下能看在周瑜對國家的貢獻上，給周胤施以恩惠，赦免他的罪過，恢復他的職位。讓誤了報曉的雄雞，還能重新啼鳴報曉，有改過的機會。"

看了二人的奏疏，孫權感慨地對他們說："你們二位所說與我所想不謀而合。公瑾的功勳，我怎能忘記呢？當年周胤年輕，沒有功勞，我給他精兵，封他官職，就是念及公瑾的功勞啊！可是周胤仰仗父親的權勢，恣意妄為，我曾幾次苦口婆心地規勸，他總是不改。所以周胤犯了罪，不便很快放他回來，我想先讓他吃一些苦，自己就知道改過自新了。”

繼諸葛瑾、步騭之後，朱然、全琮等人又請求赦還周胤，孫權看在眾臣的面子上，答應赦免周胤。可是不久，周胤病死了。

釋義 “失旦雞”，用來指人失職，或指失去時機。

出處 西晉·陳壽《三國志·吳書·周瑜傳》：“赤烏二年，諸葛瑾、步騭連名上疏曰：‘……況於瑜身沒未久，而其子胤降為匹夫，益可悼傷。竊惟陛下欽明稽古，隆於興繼，為胤歸訴，乞匄餘罪，還兵復爵，使失旦之雞，復得一鳴，抱罪之臣，展其後效。’”

仙侶同舟

東漢後期，有位名士叫郭泰，字林宗，山西太原人。他學識淵博，風流倜儻。一次，郭泰到洛陽去遊學會友，認識了當時在洛陽擔任河南尹的李膺。李膺也是當時的名士，聲望極高。初次見面，二人便覺十分投緣，李膺被郭泰的學識和氣質所折服。同樣，郭泰也非常欽佩李膺。二人一見如故，成為莫逆之交。郭泰也因此而名震京城。

過了一段時間，郭泰思家心切，準備返回家鄉。他把自己的想法告訴了李膺，說自己實在無法排遣思鄉之情，不得不走了。李膺捨不得郭泰離開，但又苦留不住，只好答應了郭泰的要求。

郭泰離開洛陽的那天，很多得知了消息的文人雅士紛紛前來送行，車子絡繹不絕，竟有數千輛。但郭泰只邀請李膺一同上船，送他渡過黃河。郭泰與李膺攜手並肩，佇立船頭，目視遠方，談笑風生，腳下小船乘風破浪，飄然而去。送行的人們遠遠望去，覺得他們二人猶如神仙一般。

釋義 “仙侶同舟”，用來比喻知己好友同遊。

出處 南朝宋・范曄《後漢書・郭太傳》：“（郭太）就成皋屈伯彥學，三年業畢，博通墳籍。善談論，美音制。乃遊於洛陽。始見河南尹李膺，膺大奇之，遂相友善，於是名震京師。後歸鄉里，衣冠諸儒送至河上，車數千輛。林宗唯與李膺同舟共濟，眾賓望之，以為神仙焉。”

白雲親舍

狄仁傑是唐朝名臣。唐高宗時，他考取進士，被任命為汴州參軍。狄仁傑為官清正，對待下屬要求十分嚴格。

一次，黜陟使（唐時官名，代表皇帝巡視各州，考察地方官）閻立本來到汴州巡視，曾受到狄仁傑處罰的一個下屬便在閻立本面前誣告狄仁傑濫用職權，虐待下屬。閻立本聽了，立即把狄仁傑召來詢問。狄仁傑坦然而來，侃侃而談，説明對下屬嚴格要求是政府官員的職責，一個官員如果連下屬也管不好，就無法管理好一個州郡。由於對下屬嚴，下屬對上司有怨言是很正常的，勸閻立本明辨是非，不要聽信下屬的誣告。

閻立本聽了，十分感動，歎息説：“你是一個了不起的人才，我回朝以後，一定要舉薦你。”閻立本回京以後，果然立刻向唐高宗推薦狄仁傑，説他很有才能。高宗聽了，便任命狄仁傑為并州法曹。狄仁傑接到任命，立即起程。他路過洛陽，住在驛館裏，他的父母就住在離洛陽不遠的河陽，但行期匆匆，沒時間回去探望雙親，心中十分遺憾。

第二天，狄仁傑帶了隨從，離了洛陽，繼續前行，不久便到了太行山。狄仁傑策馬上山，想起此去就要被這大山遮隔通往家鄉的道路，不由立馬南望，十分感歎。

正在這時，他忽然望見一片白雲從頭頂飄過，往南而去，瞬息之間，似乎已飄到了河陽上空。狄仁傑歎了一口氣，揚鞭指着白雲，對隨從説：“我的父母親人，就住在那片白雲的下面。”他在山上佇立了很久，一直等到那片白雲飛得看不見了，才重新啟程。

由於狄仁傑才幹突出，此後又相繼擔任大理丞、侍御史、豫州刺史等職。武則天即位後，他曾兩次出任宰相，並以不畏權勢著稱於世。

釋義 “白雲親舍”，用來形容遊子思念父母之情。

出處 唐・劉肅《大唐新語・舉賢》：“（狄仁傑）薦授并州法曹參軍。親在河陽，仁傑登太行山，反顧，見白雲孤飛，謂左右曰：‘吾親舍其下。’瞻悵久之，雲移乃得去。”

白石先生

傳說，從前有位白石先生，是大仙中黃丈人的弟子。這位白石先生很長壽，到夏代時，他已經有兩千多歲了。

據說，白石先生從師學道時，中黃丈人曾問他：“想學點甚麼呢？”白石回答道：“只求修得長生不死，心願已足。”中黃丈人說：“跟我學道修煉的人，都想得道升天，去做神仙。你為甚麼不這樣？”白石答道：“神仙寂寞，不及人間快樂。”

從那以後，他便跟隨中黃丈人在白石山中潛心修煉，從此不食人間煙火。白石山中多有白色沙石，他就地取材，每每找些米粒大小的沙石，煮半個時辰，當糧食吃，當地人見了都非常奇怪，認為不可思議，於是大家都叫他白石先生。他的真名實姓，反而無人知道了。不過，白石先生偶爾也喝酒吃肉，吃一點穀米做的飯食，好像是重溫人間生活，但是他的主食，卻一直是白石。

不知過了多少年，到了晉朝時，白石先生已經將近三千歲了，但他看上去最多像是四十來歲的人，面色紅潤，行動靈便，每天可以走幾百里路，根本看不到一點兒老人的衰容和龍鍾之態。人們都說，白石先生已經修煉成仙了。

釋義 “白石先生”，用來形容仙道或山林隱逸生活。

出處 東晉・葛洪《神仙傳》：“白石生者，中黃丈人弟子也。至彭祖之時，已年二千餘歲矣。不肯修升仙之道，但取於不死而己，不失人間之樂，……常煮白石為糧，因就白石山居，時人號曰白石生。亦時食脯飲酒，亦時食穀。”

白虹貫日

戰國末期，秦國將滅六國，燕國危在旦夕。燕國的太子丹極為恐懼，千方百計營謀救國之策。最後，他想出了一個愚蠢的辦法：選一位勇士行刺秦王。

太傅鞠武認為太子丹的設想並不可行，但又無法勸阻，便向他推薦了燕國一位智謀深遠的處士田光，建議太子同田光詳細討論之後再決定是否採取行動。誰知田光年老昏聵，聽完太子丹敍述的計劃後，表示首肯，還向他推薦了勇士荊軻。

太子丹找到荊軻，向他坦陳了自己的設想：“我準備派一位勇士出使秦國，給秦王獻上豐厚的禮物。一件是燕國督亢地區的地圖；另一件是逃亡至燕國的秦將樊於期的人頭。有了這兩樣禮物，秦王一定會接見使者。這時，就可伺機挾持秦王，迫使他答應把侵佔各國的土地全數歸還，撤退軍隊。如能有這樣的結果，再好不過了。如果秦王不答應，就馬上殺了他。望壯士為我出力。”最終，荊軻同意了太子丹的請求，決定去刺殺秦王。

荊軻走後，太子丹命人觀看天象，天上有一道白虹，但沒有貫穿太陽。（古人認為虹象徵臣，日象徵君，白虹貫日，預示臣行刺君得以成功。）太子丹憂心如焚，喪氣地說：“看來我的計劃不能成功了。”

在秦國的朝堂之上，荊軻獻上樊於期的人頭和地圖，趁秦王展開地圖之時，奪過藏在地圖中的匕首，向秦王刺去，結果沒能刺中秦王，反被秦王的護衛亂劍斬死。

釋義 “白虹貫日”，用來形容義士抗擊暴君的壯舉。

出處 西漢・劉向《列士傳》：“荊軻發後，太子自相氣，見虹貫日不徹，曰：‘吾事不成矣。’後聞軻死，事不立，曰：‘吾知其然也。’”

白首同歸

西晉時，有位文學家叫潘岳，因為他字安仁，所以又被稱為潘安，是當時出名的美男子。有個叫孫秀的人，原是潘岳父親潘芘手下的一名小吏。潘岳曾多次因事鞭打過孫秀，孫秀一直懷恨在心。

晉武帝死後不久，西晉王朝發生八王之亂，八位宗室親王相繼掌權，國家大亂。在趙王司馬倫執政時，孫秀因投靠司馬倫，當上了中書令，權勢顯赫一時，而潘家已然失勢，孫秀便決定尋找機會，報復潘岳。

不久，孫秀便以亂黨的名義逮捕了潘岳。與潘岳同時被捕的，還有當時著名的大富豪石崇。原來，石崇有一個愛妾名叫綠珠，是當時第一美人。孫秀早就對綠珠垂涎三尺，但早先他官低職小，無法一親芳澤。大權在握後，他便向石崇討取綠珠。石崇此時雖已失勢，但他不買孫秀的賬，嚴詞拒絕，孫秀老羞成怒，索性把石崇也作為亂黨抓起來，將他的家產全部充公。綠珠也因此墮樓自盡。

石崇和潘岳被押到刑場處斬。兩人相見，石崇問潘岳說：“安仁，你怎麼也落到這個地步？”潘岳苦笑着說：“你還記得我贈給你的詩嗎？‘投分寄石友，白首同所歸’，今天，我倆可真‘白首同歸’了。”

釋義 “白首同歸”，用來形容同時而死。

出處 南朝宋・劉義慶《世說新語・仇隙》：（孫秀）後收石崇、歐陽堅石，同日收岳。石先送市，亦不相知。潘後至，石謂潘曰：“安仁，卿亦復爾邪？”潘曰：“可謂‘白首同所歸’。”潘金穀集詩云：“投分寄石友，白首同所歸。”乃成其讖。

白頭吟

西漢時，臨邛（今四川邛崍）富商卓王孫有個女兒名叫卓文君。她聰明美麗，精通音樂詩賦，但不幸的是結婚不久便死了丈夫，只好守寡在家。後來，她在一次家中的宴會上見到了才名卓著的司馬相如，頓生愛慕之心。而司馬相如看到了卓文君，也深深愛上了她。但是，當時司馬相如很窮，卓文君知道父親不會同意這門親事，便毅然拋卻富裕的生活，和司馬相如私奔了。

婚後的生活雖然艱苦，但他們相親相愛，日子過得很幸福。為了謀生，他們在臨邛開了一家酒店，文君親自站櫃台賣酒，司馬相如則親自跑堂，招待顧客。見此情景，卓王孫感到文君和司馬相如的婚事木已成舟，便送給他們一大筆錢，這才改善了他們夫妻的境遇。

幾年以後，司馬相如因寫《子虛賦》得到漢武帝的賞識，被召到京城長安做官，但他官運並不亨通，沒多久，便被免職。此後，司馬相如和卓文君把家搬到長安附近的茂陵。在茂陵，司馬相如結識了一位年輕絕色的女子，起先，他一直背着卓文君和這個女子幽會，後來，他竟公開地表示要娶這個女子為妾。

文君對丈夫的所作所為十分痛心，但她秉性剛強，感到丈夫既然移情別戀，那麼他們夫妻之間也已恩斷愛絕。於是，她寫了一首《白頭吟》的詩送給相如："皚如山上雪，皎若雲間月。聞君有兩意，故來相決絕。……願得一心人，白頭不相離。……"卓文君用這首《白頭吟》表明自己對愛情的態度：一心一意，白頭相守，同時譴責司馬相如的負心，決定從此和他一刀兩斷！

司馬相如讀了《白頭吟》，想起文君當年不嫌貧窮，以身相許，甚至當街賣酒的情景，良心受到強烈的譴責。於是，他打消了娶妾的念頭，回到文君身邊，請求她的寬恕。文君看到司馬相如確實是真心改悔，便原諒了他，夫妻終於重歸於好。

釋義 "白頭吟"，用來表示失去別人的歡心，或者失寵後的哀怨之情。

出處 東晉・佚名《西京雜記》："相如將聘茂陵人女為妾。卓文君作《白頭吟》以自絕。相如乃止。"

冬青樹

元朝時，會稽山陰有個叫唐珏的教書先生，他家境貧寒，只靠教幾個學生苦度光陰，奉養老母。但他自幼苦讀詩書，是個深明大義的人。

當時，總管江南僧侶的番僧楊璉真伽恃恩仗勢，殘虐淫暴，無惡不作。他為了攫取南宋皇帝陵墓中的財富，決定掘墓盜寶。一年冬天，他帶領一幫徒子徒孫，來到蕭山，開始挖掘皇帝陵寢。打開陵墓後，他們將墓中珍寶洗劫一空，將南宋皇帝的遺體亂砍亂扔，肆意褻瀆，甚至放火焚燒，弄得狼藉遍地。

唐珏聽說後，義憤填膺，立即變賣家產，又向人借貸，好容易湊了二百多兩銀子，作為安葬先帝遺骨的費用。唐珏擺了酒席，邀請家鄉一些年輕人來飽餐一頓，然後乘天黑來到蕭山，收集零落的遺骨。他把收集來的遺骨用黃絹製的袋子裝好，再放進木匣，上面分別註明某陵某陵，然後按原先陵墓的排列順序葬在蘭亭山後，又去原來的宋宮大殿前挖來一棵冬青樹，種在墳上作為標記。事後，唐珏又把剩餘的銀兩分給眾人作為酬謝，並告誡他們不要說出去。這一年，唐珏年僅三十二歲。

釋義　“冬青樹”，用來形容緬懷舊朝遺事。

出處　元・陶宗儀《南村輟耕錄》：“乃斲文木為匱，復黃絹為囊，各署其表曰，某陵某陵，分委而散遣之，蘊地以藏，為文而告。詰旦，事訖，來集，出白金羨餘酬，戒勿洩。……唐葬骨後，又於宋常朝殿掘冬青樹，植於所函土堆上。”

半面之識

東漢時，有一個人名叫應奉，他十分聰明，並且有一個特別的本事，那就是他的記性非常好，能過目不忘。這一年，應奉已經二十歲了，想出門遊歷一番，藉此增長見識。

應奉有個朋友名叫袁賀，家住彭城，應奉便前去拜訪。來到袁賀家，誰知他卻不在。原來，袁賀因為經常要出門，需要一輛馬車，就請了一位造車匠，在家中造車。這馬車還沒完工，袁賀又有急事要出去。就囑咐造車匠說：“我要出去幾天，你就在家中接着幹活。如果有人來找我，你幫我打個招呼。”

這天應奉來訪，造車匠就打開門，露出半個臉說：“主人出門去了，過幾天才回來，我是在他家造馬車的工匠。”應奉沒辦法，只好怏怏離去。

時間過得很快，幾十年過去了，應奉已年過半百。這天他出門散步，走到集市上，忽然看見一個老者十分面熟，仔細一想，原來是當年在袁賀家造馬車的工匠。為了證實一下，應奉上前打招呼說：“你不是當年在袁賀家造馬車的匠人嗎？”老者一臉茫然，說：“我是造車匠不錯，當年好像是有這麼回事，可你怎麼知道的呢？”原來老者已經忘了當年的事，而應奉只見過那工匠半個臉，過了幾十年還能認出他來，可見記憶力多麼驚人。

釋義 “半面之識”，用來形容人記憶力好，或形容相交不深。

出處 南朝宋・范曄《後漢書・應奉列傳》：“奉少聰明，自為童兒及長，凡所經履，莫不暗記。讀書五行並下。奉年二十時，嘗詣彭城相袁賀。賀時出行閉門，造車匠於內開扇出半面視奉，奉即委去。後數十年於路見車匠，識而呼之。”

司馬青衫

唐憲宗元和十年（815 年），白居易被貶為九江郡司馬。次年秋天的一個夜晚，白居易送客至潯陽江（今九江）畔。秋風蕭瑟，萬物凋零，只有江水無盡地東流而去。白居易身處異鄉，送客遠行，不禁百感交集，萬千思念齊上心頭。

正在這時，忽聽得一陣琵琶聲從舟中隱約傳來，側耳傾聽，白居易覺得其聲清脆，有京師長安的韻味。尋聲而去，登上小舟，見一年老色衰的老婦撫弄着琵琶。進一步詢問得知，她原本長安的樂伎，曾向當時長安彈琵琶的高手學藝，故身手不凡，曾有過一段輝煌的時光。但隨着時光的流逝，她的青春也隨風而逝，不能再在長安達官貴人的高門深院裏彈琴度日了，不得已嫁作商人婦。商人重利輕別離，一月之前就去販茶了，她在寂寞無聊之中，再拾起舊琴，撥弄琴弦，彈起一首舊曲，豈料愁緒揮之不去，欲理還亂。

聽了琵琶女的淒婉敘述，白居易讓人斟酒，讓她又彈了幾曲。曲罷，她又憶及幼時歡樂時光，但現在憔悴不堪，流落江湖，命運真是捉摸不定。同是天涯淪落人，相逢何必曾相識。白居易聽了琵琶女的一番話，也不覺悲從中來。他被貶出京，遠離帝都，身處僻遠之地，愁緒滿懷，感慨不已，於是寫下了傳誦千古的《琵琶行》。

《琵琶行》詩很長，但通俗易懂，情感真摯，詩的最後四句是："淒淒不似向前聲，滿座重聞皆掩泣，座中泣下誰最多？江州司馬青衫濕。"大意是說，雖是同一曲子，但音調已大不如前，滿座的人聽了都掩面哭泣。這其中誰的淚最多呢？江州司馬的青衫已濕了一片（江州司馬，即白居易自稱）。

釋義　"司馬青衫"，用來比喻命運坎坷，身世漂泊，抑鬱苦悶。

出處　唐・白居易《琵琶行》："今夜聞君琵琶語，如聽仙樂耳暫明。莫辭更坐彈一曲，為君翻作琵琶行。感我此言良久立，卻坐促弦弦轉急。淒淒不似向前聲，滿座重聞皆掩泣。座中泣下誰最多？江州司馬青衫濕。"

召公棠

召公，姓姬，名奭，他是西周時周武王的同姓貴族，和周公旦一起輔佐武王伐紂，是周王朝的開國功臣。武王滅商以後，把召公封在燕地（今河北北部和遼寧西端），建都於薊（今北京城西南）。召公讓嫡長子前往封國，自己則繼續留在鎬京輔佐武王。

周朝建立後不久，周武王患了重病。他在臨終的時候，把召公奭和周公旦叫到病榻前，指着年幼的兒子誦說："我不行了。我的兒子年紀還小，望你們兩人盡力輔佐他。"召公奭和周公旦聽了，一起含淚答應。

周武王病逝後，太子誦繼位，便是周成王。周成王任命召公奭為太保，周公旦為太師。周成王對召公和周公十分信賴，把王城以東交給周公治理，王城以西交給召公治理。

召公在治地推行仁政，經常到鄉間巡行，體察民情，深受人民的愛戴和擁護。他很喜愛一種叫甘棠的樹木，巡行時，經常在一棵高大的甘棠樹下聽訟斷獄，辦理政事，公正無私，使官民都各得其所，天下大治。

召公死了以後，人們為了紀念他，便把這棵甘棠樹稱為“召公棠”，並悉心呵護，不少人還經常來這棵甘棠樹下憑弔，寄託對召公的哀思。

釋義 “召公棠”，用來稱頌惠政及管理的惠施惠行。

出處 西漢・司馬遷《史記・燕召公世家》：“召公之治西方，甚得兆民和。召公巡行鄉邑，有棠樹，決獄政事其下，自侯伯至庶人各得其所，無失職者。召公卒，而民人思召公之政，懷棠樹不敢伐，歌詠之，作甘棠之詩。”

扣舷而歌

西晉時，浙江會稽有個隱士名叫夏統，以孝行著稱於世。這年春天，他因母親生病，乘船來到京城洛陽買藥。由於不少新鮮的中草藥必須曬乾後才能入藥，他就把船停在洛水邊，把藥材攤在船上曬。

這天，恰逢是三月初三。按照習俗，人們紛紛到洛陽城外的洛水兩岸踏青遊春，其中有不少京城中的顯貴人物。一時間，洛水兩岸冠蓋如雲，車馬不絕，熱鬧非凡，連權傾朝野的太尉賈充也加入了遊春的隊伍。賈充的排場十分豪華，前有衛隊，後有女樂，引得不少人羨慕不已。

賈充滿懷得意，舉目四顧，發現了夏統，只見他端坐船頭，對岸上的熱鬧景象熟視無睹。賈充十分奇怪，上前詢問，並和夏統交談了一會。賈充見夏統學識豐富，是個人才，想薦舉他到朝廷做官。但夏統説自己不想做官，加以拒絕。

賈充説：“聽説越地的人都擅長唱歌，你能唱幾首你家鄉的歌曲嗎？”夏統説：“能！我們那兒有三首著名的歌曲，一首是歌頌聖人大禹治水的《慕歌》；一首是讚頌孝女曹娥的《河女》；另一首讚譽忠臣伍子胥的《小海》，我就來唱一唱這三首歌吧！”

這時，岸上已圍滿了無數的遊人，他們見太尉邀夏統唱歌，紛紛駐足聆聽。夏統本就多才多藝，對音樂也極有造詣。於是，他以足扣舷，擊打節拍，放聲高歌。三首歌，一首慷慨激昂，令人精神為之振奮；一首哀怨委婉，令人傷心落淚；一首悲壯高亢，令人驚心動魄。

賈充和岸上所有的遊人都為歌聲所陶醉。等夏統唱完，大家不由齊聲叫好，並沉浸在歌聲所表達的境界中。賈充本想重賞夏統，但知道夏統這樣的人是不會接受的，便告辭率隊離去，其餘遊人也各自散去。

釋義 “扣舷而歌”，用來指自己打拍子唱歌且歌唱得很好；也用來形容文人散漫放蕩的自在行為。

出處 唐·房玄齡等《晉書·夏統傳》：“統於是以足叩船，引聲喉囀，清激慷慨。”

老桑烹龜

三國時，東吳永康縣有個農夫在山中捉到一隻百年老龜，農夫知道這百年老龜是一種延年益壽的神物，就用繩子把牠捆起來，準備帶回家去烹了吃。

在回家的路上，老龜忽然開口說話：“唉！今天我太倒霉了，沒有算準出行的時間，竟成了你的甕中之鱉。”農夫見老龜竟然會說人話，十分吃驚。只聽老龜又說：“你想回家烹了我吃，那是辦不到的，因為我的龜殼堅硬如鐵，你無法烹爛，也就無法吃我。”

農夫斷定這是一隻神龜，便改變了主意，決定把這隻老龜進獻給吳王孫權。於是，他立即僱了一條船，向吳國都城駛去。一天傍晚，船行駛到一個名叫越里的地方。船夫把船拴在岸邊的一棵老桑樹上，停在這兒過夜。夜半時分，農夫在恍惚中，聽到那棵老桑樹和烏龜在說話。

老桑樹說：“龜兄，你一向很有道行，怎麼會被人捉住的呢？”

老龜回答說：“我出行沒挑好時間，才不幸被捉，看來逃不掉被烹殺的命運。不過，即使把南山的大樹全部砍了燒光，也休想煮爛我，更別想吃我的肉了。”

老桑樹不以為然地說：“看樣子這農夫要去把你獻給吳王，吳王手下有個諸葛恪，見多識廣，知識淵博，他肯定會有辦法對付你的。如果他懂得像我這樣的老傢伙是你的剋星，那你只能聽天由命了。”

老龜連忙阻止老桑樹說：“你別再多說了，如果諸葛恪不知道這一點，你說的被農夫聽到，稟告吳王，不但是我，連你也要受到禍害了。”

老桑樹聽了，不再說話，農夫也迷迷糊糊地睡着了。

過了幾天，農夫來到吳國都城，把百年老龜進獻給吳王孫權。孫權十分高興，命人將老龜煮爛了吃。煮龜的人把老龜放在鐵鍋中煮，可燒了上萬車柴，老龜卻沒煮爛，還從鍋中伸出頭來，神氣活現地說：“你們再燒掉上萬車柴，也休想煮爛我。”煮龜的人無法可想，只得把情況向孫權稟告。

孫權向大臣們徵詢辦法，諸葛恪果然見多識廣，說：“這很容易，老桑樹是這種老龜的剋星。只要砍幾棵老桑樹來，一定可把牠煮爛。”農夫也想起了恍惚中聽到的老桑樹和老龜的對話，向孫權作了稟告。孫權馬上派人把越里河邊那棵老桑樹砍來，又另外砍了幾棵老桑樹，用它們的樹幹來燒煮老龜，老龜便很快被煮爛了。

釋義　“老桑烹龜”，用來指因事受到牽連，使自己也一起遭害。

出處　南朝宋·劉敬叔《異苑》卷三：“吳孫權時，永康縣有人入山，遇一大龜，即束之以歸。龜便言曰：‘遊不量時，為君所得。’人甚怪之，擔出欲上吳王。……既至建業，權命煮之。焚柴萬車，語猶如故。諸葛恪曰：‘燃以老桑樹，乃熟。’獻者乃說龜樹共言。權使人伐桑樹煮之，龜乃立爛。”

共工觸不周

遠古時代，在今黃河中下游地區有兩大部落，其首領分別是共工和顓頊，顓頊就是後世所稱的黃帝。這兩大部落之間為了爭奪權力，發生激烈戰鬥，甚至調用了熊、虎等兇猛的動物，雙方殺得天昏地暗，難解難分。

共工力大無比，脾氣暴躁；而顓項多謀善斷，所以逐漸佔上風。在這種形勢下，共工見敗局已定，一怒之下以頭撞擊不周山。不周山是天柱，支撐天的平衡，被共工撞斷之後，整個大地向東南傾斜，因此中國的地勢自古以來西高東低，長江、黃河等主要水系東流入海。

這是一個充滿了我們祖先智慧的神話故事。由於認識的局限，古人無法認清日月經天、江河行地這些自然現象產生的原因，於是發揮自己的智慧，通過神奇的想像來解釋所生存世界的各種自然現象。類似這樣的神話、寓言還有很多，充分反映了我們祖先渴望認識自然、了解自然的美好願望與聰明才智。

釋義 "共工觸不周"，用來形容時局混亂，朝政無主；或用以形容自然界某些奇異景觀。

出處 西漢・劉安《淮南子・天文訓》："昔者共工與顓頊爭為帝，怒而觸不周之山，天柱折，地維絕。天傾西北，故日月星辰移焉；地不滿東南，故水潦塵埃歸焉。"

西施傾吳

春秋時，越國被吳國打敗，越王勾踐也作了吳國的俘虜。勾踐在吳國給吳王夫差作僕人，忍辱負重，百般討好吳王，三年之後，才被放回越國。

回到越國以後，勾踐決心復仇，為此卧薪嘗膽，殫精竭慮。他對大臣文種說："我聽說吳王夫差非常愛好女色，常因此而不理朝政。可以從這個方面下手嗎？"

文種說："可以。吳王荒淫好色，宰相伯嚭又是個惟利是圖的奸臣。大王只要進獻美女，吳王必然接受。再利用伯嚭的貪婪，我們就會有辦法復仇了。"

為了完成復仇大業，勾踐派人在越國範圍內廣選美女。不久，選中了浣紗女西施、鄭旦。勾踐讓她們來到宮中，給她們穿上華美的衣服，教她們學各種禮儀。三年後，西施和鄭旦越發美麗優雅。

勾踐派范蠡出使吳國，將二美女進獻給吳王。范蠡帶着西施和鄭旦來到吳國，拜見了吳王夫差。范蠡畢恭畢敬地說："越國有這兩個女子，我王勾踐因為本國國小地微，不敢擅自留下她們，而派我將她們敬獻給大王。懇請大王不嫌她們醜陋，收下做侍妾吧。"

夫差仔細一看，見越國送來的兩個女子如此美貌，特別是西施，簡直美艷得無與倫比。不禁大喜，說："越國能夠主動把如此美貌的女子進貢給我，這足以證明勾踐對我是忠誠的。"吳國大將伍子胥見狀，連忙勸夫差不要上當。他告誡吳王夫差，勾踐復仇之心不死，千萬不可中了勾踐的美人計。但吳王留戀美色，已聽不進伍子胥的忠言。

吳王留下了西施和鄭旦，十分寵愛她們，和她們日夜遊樂，漸漸荒廢了國事。對西施和鄭旦二人的要求，吳王也幾乎是言聽計從，有求必應。他耗費巨資，修建了館娃宮、採香徑等宮室，供二美女居住、遊樂。甚至聽從西施的要求，修築了一條直通越國的大道。

豪華的建築耗空了國力，而且由於西施用計，使吳國上層因爭奪權力而矛盾激化、自相殘殺。甚至連伍子胥也被逼死。這樣，吳國開始從經濟、政治、軍事上全面走向衰落。

經過多年休養生息，越王勾踐終於羽翼豐滿，起兵復仇，沿着吳王為西施修建的大道長驅直入，打敗了吳國。吳王夫差被迫自殺。

釋義 "西施傾吳"，用來指君主耽於女色，導致國亡身敗，或用以抒發朝代興亡的懷古幽情。

出處 東漢·趙曄《吳越春秋》卷九："越王乃使相者國中得苧蘿山鬻薪之女，曰西施、鄭旦。飾以羅縠，教以容步，習於土城，臨於都巷。三年學服而獻於吳。"

西席

桓榮是橫跨西漢、東漢兩朝的著名學者。他十多歲時從家鄉沛郡（今安徽濉溪縣一帶）到京師長安拜博士朱普為師，苦學十五年，終於學有所成，成了一個十分博學的人。

朱普死後，桓榮在朱普家鄉江西九江代師設館授徒。他學識淵博，教導有方，最多時學生多達數百人，培養出了不少優秀人才，東漢光武帝手下的虎賁中郎將何湯便是其中一個。

劉秀建立東漢政權後，派何湯教授太子劉莊讀書。當劉秀聽何湯說他的老師桓榮還健在，馬上派人把桓榮召進宮中，任命他為太子少傅，讓他教授太子劉莊學習《尚書》等各種典籍。

公元 57 年，光武帝劉秀駕崩，太子劉莊即位，史稱漢明帝。這時，桓榮已經八十多歲。漢明帝對桓榮十分尊重，處處以師禮待之。在桓榮面前，明帝從不擺皇帝的架子。在處理國事之餘，明帝還經常到桓榮府上去向老師請教學問。當時敬老的習俗是讓老人坐西朝東，漢明帝也每次讓桓榮坐西朝東，自己側坐，執弟子之禮，開口說話也必稱“老師”。桓榮說話，漢明帝必說“老師高見，弟子領教”。桓榮稍有疾病，漢明帝便立刻派御醫前來診治，並親往問候。後桓榮年老體衰，病情日重，明帝見了，忍不住淚滿衣襟，足見師生情深。桓榮死後，明帝悲哀不止，乃身穿素服，親臨弔唁送葬。

漢明帝開一代尊師風氣之先，從這以後，教師備受尊敬。因為古人席地而坐，漢明帝尊桓榮坐西朝東，故後稱老師為“西席”。

釋義　“西席”，被用來指代家庭或私塾的教師。

出處　清・梁章鉅《稱謂錄》卷八：“漢明帝尊桓榮以師禮，上幸太常府，令榮坐東面，設几。故師曰西席。”

百日至三公

東漢後期，有個人叫荀爽，自幼勤奮好學，酷愛讀書，十二歲就能通讀《春秋》、《論語》。成年後，他終日鑽研前人著作，經、史、子、集無不涉獵，才名遠播。

朝廷聽說荀爽的才學後，幾次想徵召他出仕做官，都被荀爽以各種藉口推辭。為逃避朝廷徵召，他還多次隱居。就這樣過了十幾年，東漢王朝已走向末路，當時的漢獻帝有名無實，朝政已落入董卓之手。董卓極有野心，千方百計籠絡人心為己所用，他聽說荀爽學識才華俱佳，就想派人徵召，但又聽説此前他幾次不應徵召，怕他仍然逃避，就先命當地官員看住荀爽，再派使者徵召。

果然，荀爽聽到消息，想逃到別處隱居。但地方官看得很緊，不讓他走。僵持了幾天，皇帝詔書頒下，任命他為平原相。荀爽無可奈何，只好答應，他收拾東西，前去赴任。半路上走到一個叫宛陵（今安徽宣城）的地方，又傳來詔書，給他加拜了光祿勳。等他到了平原郡，上任才三天，居然又下了一道詔書，又加拜他為司空，這已是三公之一的極高職位。

從一個不願為官的平民，僅過了九十五天時間，荀爽竟然成了朝廷重臣，可見董卓為了收買人心，真是挖空心思，使盡手段。

釋義　“百日至三公”，後被用來形容官員升遷迅速。

出處　南朝宋・范曄《後漢書・荀韓鍾陳列傳》：“獻帝即立，董卓輔政，復徵之。爽欲遁命，吏持之急，不得去，因復就拜平原相。行至宛陵，復追為光祿勳。視事三日，進拜司空。爽自被徵命及登台司，九十五日。因從遷都長安。”

因人成事

公元前 257 年，秦昭王出兵攻打趙國，用重兵包圍了趙國都城邯鄲，趙孝成王十分焦慮，便派相國平原君趙勝到楚國去，請求楚王發兵解邯鄲之圍。

平原君出發前，要相府千餘食客從中挑選出文武兼備、智勇雙全的二十個隨行人員。但經過認真、反覆挑選，只挑出十九個合適的，還差一個是無論如何也選不出了。這時，食客毛遂自薦。平原君見毛遂還不錯，而時間已很緊急，不允許另選他人，就同意毛遂作為第二十個隨行人員。

平原君帶着毛遂等人來到楚國，得到楚王接見。平原君和楚王進行了商談，但談了整整一個上午，毫無結果。時間緊迫，毛遂在另外十九個人的慫恿下，按着劍走上談判的大殿，用他的三寸不爛之舌和大無畏的英雄氣概，説服楚王同意和平原君歃血為盟。

楚王同意後，毛遂對楚王的手下說："取雞、狗、馬的血來。"楚王的手下將血取來，毛遂手持銅盤，跪着對楚王說："大王先歃血，以定盟約。然後是我的主人，再接下來是我。"於是，楚王與平原君歃血結盟，聯合抗秦。毛遂手持血盤，向另外十九人招呼說："你們就在殿下歃血吧！你們是一批碌碌之輩，因人成事的人罷了。"

平原君完成使命，回到趙國，對毛遂大加讚賞，拜他為上客。不久，楚王派春申君出兵救趙，魏國信陵君也率魏軍前來相救，秦軍就撤了邯鄲之圍。

釋義 "因人成事"用來指稱無用之輩，或者形容依賴他人而辦成事情。

出處 西漢・司馬遷《史記・平原君虞卿列傳》："毛遂謂楚王之左右曰：'取雞狗馬之血來。'毛遂奉銅盤。而跪進之楚王曰：'王當歃血而定從，次者吾君，次者遂。'遂定從於殿上。毛遂左手持槃血而右手招十九人曰：'公相與歃此血於堂下。公等碌碌。所謂因人成事者也。'"

肉屏風

楊國忠是唐玄宗時的權臣，他本名叫楊釗，是蒲州永樂人，武則天寵倖的朝臣張易之是他的舅舅，玄宗寵愛的楊貴妃是他的堂妹，也是他仰仗的靠山。

楊國忠不學無術，生性好飲酒，放蕩無德行，被宗族內的人鄙視。於是他發憤從軍，在蜀師中做事，後升遷為新都尉、金吾衛兵曹參軍。楊貴妃得寵後，楊國忠便青雲直上，擢升為監察御史。李林甫死後，楊國忠代他為右丞相，權傾朝野，橫行一世。

楊國忠在朝把持朝政，在家生活豪奢，縱情聲色。他家中有寵姬侍女數百人，供其玩樂。冬天，他常常挑選婢妾中身體肥胖的人，排在他面前，為他遮風，稱為肉陣、肉屏風。

玄宗自從專寵楊貴妃後，不理朝政，大權掌握在楊國忠等人手中，終於導致了"安史之亂"的爆發。在隨玄宗逃難途中，軍士嘩變，楊貴妃被縊死在馬嵬坡，楊國忠被軍士亂刀砍殺，楊氏一族的顯貴煙消雲散。

釋義 “肉屏風”用來形容豪門之家生活奢侈，姬妾眾多。

出處 五代・王仁裕《開元天寶遺事》卷三：“楊國忠，於冬月常選婢妾肥大者，行列於前，令遮風，蓋借人之氣相暖，故謂之‘肉陣’。”

朱衣點頭

宋仁宗嘉祐二年（1057 年），歐陽修與端明殿學士韓子華等人一起主持科舉考試中的禮部的大考。考畢，歐陽修住在考試院，日以繼夜地閱卷。閱着閱着，他看到一篇佳作，不由擊節叫好，這時，他似乎覺得身後有個穿紅衣的人也在點頭對試卷表示讚賞。

令人奇怪的是，他連續閱到的幾份佳作，都感到身後有個穿紅衣的人在點頭。他起先以為是旁邊的侍吏在點頭，但當他回頭去看時，並沒有侍吏的身影。這樣連續幾次，歐陽修對自己的感覺也懷疑起來。

為了弄清楚究竟是怎麼回事，他悄悄取來一面銅鏡，放在自己的案頭。一天，當他又發現一篇佳作時，趕緊朝鏡中望去，只見鏡中果然有一個穿紅衣的老人在頷首點頭。但他回身望去，卻仍杳無人影。歐陽修把自己所見到的景象告訴給一起閱卷的同僚，同僚們也都驚異不已，懷疑有神仙相助。

這次發榜時，後來名列“唐宋八大家”的蘇軾、蘇轍兄弟以及曾鞏等青年文學家均名列前茅，為朝廷選拔了一大批優秀的人才。

釋義 “朱衣點頭”用來指科舉考試中選，或者形容被考官看中。

出處 明・陳耀文《天中記》：“歐陽修知貢舉日，每遇考試卷，坐後嘗覺一朱衣人時復點頭，然後其文入格……始疑侍吏，及回顧之，一無所見。因語其事於同列，為之三歎。”

朱幡護花

唐玄宗天寶年間，處士崔玄微住宅邊有一花苑，春日百花盛開，姹紫嫣紅，爭奇鬥妍。在一個春夜，有幾位美女要求在他的宅中借宿，這些美女中有楊氏、李氏、陶氏及石醋醋，她們相約次日到封十八姨處。

沒想到過不多久，封十八姨也來到宅中，諸女子一起飲酒賦詩，熱鬧非凡。嬉鬧之中，封十八姨不慎把酒打翻，弄髒了石醋醋的衣衫，石醋醋頗為不悦，聚會不歡而散。

第二天夜裏，眾美女又來到崔玄微宅中，商議去封十八姨處，石醋醋表示反對。崔玄微此時方知，眾美女所居地每年都受到風的侵害，為此要求助封十八姨，讓其庇護。因前夜與封十八姨的聚會弄得不愉快，她們就決定不去她那裏，央求崔玄微每年春季做一朱幡（紅色的旗子），上繪日月五星圖案，以庇護諸女。

崔玄微應諸女的要求很快做好朱幡，不幾日，狂風大作，但崔玄霞宅邊的花苑中繁花安然無恙。崔玄微這才領悟到，諸美女是花神。分別為楊花、李花、桃花、石榴花等，而封十八姨是風神（封與風同音）。他所做朱幡庇護了苑中花，故不受絲毫影響。

釋義 "朱幡護花"用來形容惜花、護花，並引申指愛憐、庇護美女，而用"封姨作惡"用來形容風的肆虐。

出處 唐・谷神子《博異志》："只求處士每歲元旦，作一朱幡，上圖日月五星之文，立於苑東，吾輩則安然無恙矣。"

舌捲齊城

酈食其是秦漢之際陳留高陽（今河南杞縣）人。他本是一個負責看守監門的小吏，劉邦起兵反秦，他即歸附劉邦，獻計攻克陳留，成為劉邦的主要謀士之一。

漢楚相爭之時，漢王劉邦派大將韓信率軍討伐歸附楚王項羽的齊王田廣。田廣擁有齊地七十餘城，有相當的實力。漢軍要攻克齊地，要付出一定的代價。這時，酈食其對劉邦說：“齊王田廣和他的相國田橫都是吃軟不吃硬的好漢，用武力征服他們並不容易。我願憑三寸不爛之舌，不費一兵一卒，去說服齊王歸順。”劉邦聽了十分高興，便同意了，要酈食其趁韓信尚未到達齊地，馬上啟程，出使齊國。

酈食其到了齊國，見到了齊王田廣，說：“如今雖然漢楚相爭，連年未解，但天意屬漢，今後天下歸漢是毫無疑問的。”齊王問：“你憑甚麼這樣說呢？”酈食其侃侃而談：“當初漢王劉邦和楚王項羽同時起兵反秦，楚強而漢弱。當時義帝（楚懷王）相約各路軍馬，先入咸陽者為王。後來漢王先入咸陽，百姓擁戴，天下歸心，英雄豪傑相率投奔；而項羽則相反，他既有背盟約，失信於天下，又殺了義帝，以至於部將紛紛倒戈，眾叛親離。由此可見，將來得天下的必是漢王。大王若能率先歸順漢王，則可保齊國無恙。否則，韓信已率三十萬大軍向齊國而來，齊國危在旦夕了。”

齊王田廣認為酈食其說得有道理，就命撤去守備，對漢王稱臣，齊國七十餘城於是全歸漢王。可是，韓信藉口漢王沒有命令他停止進軍，趁齊軍無備，橫掃齊地，連下數十城。齊王田廣認為酈食其是故意欺騙他，就把他殺了。

劉邦建立漢朝以後，念及酈食其的功勞，封他的兒子酈疥為高梁侯。

釋義　“舌捲齊城”，用來形容一個人的辯才，以及雄辯所取得的巨大成功。

出處　西漢・司馬遷《史記・淮陰侯列傳》：“（韓）信引兵東，未渡平原。聞漢王使酈食其已說下齊，韓信欲止。范陽辯士蒯通說信曰：‘將軍受詔擊齊，而漢獨發間使下齊，寧有詔止將軍乎？何以得毋行也！且酈生一士，伏軾掉三寸之舌，下齊七十餘城，將軍將數萬眾，歲餘乃下趙五十餘，為將數歲，反不如一豎儒之功乎？’於是信然之，從其計，遂渡河。”

印龜左顧

晉代的孔愉，有一次路過余不亭，見許多人在道邊圍觀。孔愉上前一看，見地上有個籠子，裏面裝着一隻烏龜。原來，是有人捉了這隻龜在賣。孔愉覺得這隻龜很可憐，説不定會被誰買去殺了吃，便掏錢將這隻烏龜買了下來放生。

孔愉將買來的龜拿到溪邊，放入水中。龜慢慢向水的深處游去。然而，每游一點，都向左轉過頭來，戀戀不捨般地望着孔愉。

後來，孔愉因為戰功卓越，被封為余不亭侯。既然被封了侯，就要鑄一枚侯印。那時，印的上方大都鑄上一隻龜作鈕。印工為孔愉製印的時候，也按慣例鑄了一隻龜在印頂上。奇怪的是，鑄出的龜頭向左偏。製印工以為是自己沒有做好，便重鑄了一枚。但龜頭依然向左偏。一連鑄了三次，次次都是如此。

製印工既驚奇又無奈，只好把印呈給孔愉，並把情況如實報告給孔愉。孔愉聽了，也頗覺得奇怪。他想了半天，終於記憶當年買龜放生時，那龜從左邊偏頭望他時的情景。孔愉如有所悟，知道這是那隻龜報恩的結果，遂高興地將印佩戴在身上。

“印龜左顧”，用來比喻知恩必報。

唐・房玄齡等《晉書・孔愉傳》：“愉以討華軼功，封余不亭侯。愉嘗行經余不亭，見籠龜於路者，愉買而放之溪中，龜中流左顧者數四。及是，鑄侯印，而印龜左顧，三鑄如初。印工以告，愉乃悟，遂佩焉。”

伍員鞭屍

伍員，字子胥，春秋時楚國人，是個文武雙全的勇將。當時，楚國的國君楚平王是個殘暴無道的昏君，他聽信讒言，殺害了伍子胥的父親伍奢和兄長伍尚。伍子胥歷盡艱辛，逃脱了平王的追捕，最後逃到了吳國。

伍子胥立誓要為父兄報仇。在吳國，他取得了吳王僚的信任，被封為大夫。但吳王僚不肯發兵伐楚，伍子胥就幫助吳王僚的姪子闔閭奪取了王位。吳王闔閭十分信任伍子胥，封他做了相國。

經過精心準備，公元前506年，吳王闔閭拜孫武為大將，伍子胥為副將，率軍六萬伐楚。強大的吳軍一路勢如破竹，把楚軍打得一敗塗地。這時，楚平王已死，在位的楚昭王眼見情況不妙，逃離都城郢，到隨國避難去了。孫武、伍子胥等護衛着闔閭進入郢都，慶賀勝利。吳王闔閭下令拆除了楚國的廟堂，在古代禮法中，這就象徵楚國滅亡了。

打敗了楚國，眾人都十分高興，只有伍子胥悶悶不樂。闔閭奇怪地問："寡人不是為你報仇了嗎？你為甚麼還那麼不高興呢？"伍子胥回答說："平王已死，昭王出逃。臣父兄之仇還沒有真正得報。臣請求准許掘平王之墓，鞭平王之屍，以洩臣心頭之恨。"闔閭認為這是小事一樁，當即准其所請。

伍子胥找到了楚平王之墓。讓人掘開墳墓，打開石槨，將棺中的楚平王屍體拖出棺外，抄起銅鞭，一連鞭屍三百下，把平王的屍體打得骨折肉爛，才出了心頭的怨氣。

伍子胥雖然依靠吳國為自己報了父兄之仇，但他這種鞭屍報仇的做法，也引起了很大爭議。伍子胥的故友申包胥對他說："您這樣報仇，太過分了！您原來是平王的臣子，親自稱臣侍奉過他，如今卻開棺鞭屍，這難道不是傷天害理到極點了嗎！"伍子胥說："我就像一個趕路之人，太陽已要落山，但路途還很遙遠。所以，我要逆情背理地行動。"

後來，吳王闔閭病逝，夫差即位，對伍子胥產生猜忌，最終迫使伍子胥自殺身亡。

釋義　"伍員鞭屍"，用來形容報仇雪恨。

出處　西漢・司馬遷《史記・伍子胥列傳》："吳兵入郢，伍子胥求昭王。既不得，乃掘楚平王墓，出其屍，鞭之三百，然後已。"

任公釣東海

傳說在上古時期，東方有一個任國，任國的公子是一個神人，人們稱他為任公子。任公子為人行俠仗義，勇猛無比，老百姓有甚麼事情求他幫忙，他沒有不答應的。

有一次，他聽說東海出了一隻怪物，出現時惡浪滔天，只露出黑色的脊背，常常撞翻入海打魚的船隻，人落到水裏，就被牠活活地吞吃掉。

任公子懷疑那怪物是一條大魚，為了保護老百姓不受傷害，他決心要除掉怪物。他製作了巨大的釣鈎和又粗又長的黑繩索，用五十頭牛的肉作釣餌，蹲在會稽山上，把魚竿投入東海，天天在那裏垂釣。但奇怪的是，整整一年過去了，那怪物竟然一直沒有出現。

任公子是一個十分有耐心的人，仍然堅持在山上等待。直到有一天，忽而有大魚來吞食魚餌，牠牽動巨鈎，一會兒潛入海裏，一會兒又抬頭揚鰭躍上水面，翻攪得海上白浪滔天，轟鳴震盪，聲音宛如鬼神吼叫，千里之外的人聽見了，都感到心驚膽戰。任公子緊緊握住釣竿，與大魚拚命周旋。幾天以後，那大魚終於精疲力竭，海水逐漸恢復了平靜，吼叫的聲音也漸漸地消失。

任公子釣到這條巨魚後，把牠切開來臘乾，讓浙江以東、蒼梧山以北的老百姓都飽飽地吃了一頓魚肉。

據傳說，這條魚的骨頭粗如樹幹，有人就用巨魚的骨頭搭建成一座宏偉壯觀的廟宇，命名為“魚樑廟”，用來紀念任公子為民除害。

釋義 “任公釣東海”即用來形容氣魄宏大，舉動驚人；也用以形容漁釣之事。

出處 《莊子・外物》：“任公子為大鈎巨緇，五十犗以為餌，蹲乎會稽，投竿東海，旦旦而釣，期年不得魚。已而大魚食之，牽巨鈎，錎沒而下，騖揚而奮鬐，白波若山，海水震盪，聲侔鬼神，憚赫千里。任公子得若魚，離而臘之，自制河以東，蒼梧以北，莫不厭若魚者。”

自壞長城

檀道濟是南朝劉宋的著名將領。他跟隨宋武帝劉裕南征北戰，為劉宋的建立立下了汗馬功勞，被封為護軍將軍。

宋武帝死後，少帝繼位，不久朝臣又廢少帝，擁立文帝繼位，政局動盪。此時，北魏強大，趁機派兵侵擾宋國，宋文帝便派檀道濟率軍抵禦。當時，北魏兵多而宋兵少。檀道濟以寡敵眾，連續取得三十多次戰役的勝利，打得北魏軍隊心驚膽戰。從此，檀道濟的威名震懾北魏，使北魏不敢貿然南侵。

宋文帝見檀道濟戰功卓著，加封他為司空，讓他鎮守尋陽。但在宋文帝內心，對檀道濟十分猜忌，害怕他功高震主，對自己構成威脅。另外，朝中的一些大臣也妒忌檀道濟，常在宋文帝面前說檀道濟的壞話，有人還把他比作三國時篡魏奪權的司馬懿，弄得宋文帝整天提心吊膽，生怕有朝一日帝位被奪。

宋文帝身體不好，經常生病，有時還病得不輕。朝廷上掌權的是宋文帝的兄弟彭城王劉義康。劉義康一向把檀道濟視作心腹之患，欲置之死地而後快。一次，劉義康趁宋文帝病重，假傳聖旨，要檀道濟進京商量國事。

檀道濟到了京城，就被劉義康以私入京城、圖謀不軌為由給抓了起來。檀道濟怒斥道："北魏因我檀道濟在，才數年不敢南侵。現在天下太平，你們要殺我，這是自毀長城！"劉義康哪裏會顧及到以後的事，他又下令收捕了檀道濟的幾個兒子和心腹大將，將他們一起殺了。

後來，宋軍幾度與北魏軍隊交鋒，皆處於下風。宋文帝組織的元嘉北伐，宋軍更是潰敗，北魏軍隊一直打到長江北岸，對岸便是宋都建康（今南京）。這時，宋文帝後悔地說："要是檀道濟還在，怎會讓敵人如此猖狂？"

釋義　"自壞長城"，用來形容殺害朝中名將；也用來形容自毀保家衛國的中流砥柱。

出處　唐・李延壽《南史・檀道濟傳》："道濟見收，憤怒氣盛，目光如炬，俄爾間引飲一斛。乃脫幘投地，曰：'乃壞汝萬里長城。'魏人聞之，皆曰：'道濟已死，吳子輩不足復憚。'自是頻歲南伐，有飲馬長江之志。"

后羿射日

傳說上古時期，在堯帝統治的時代，天下太平，人們安居樂業。但有一天，天空中突然出現了十個太陽。頓時，整個大地熱浪滾滾，地表滾燙，莊稼被曬枯，草木被烤死，人類處於巨大的災難之中。

天空中怎麼會同時出現十個太陽呢？原來這十個太陽都是天帝的兒子，千百年以來，天帝的十個兒子每人輪值一天，週而復始，所以每天天空都只有一個太陽。而現在他們不守規矩，竟相約一起跑到空中玩耍，於是天空中出現了十個太陽的奇觀，也給人類帶來無窮的災禍。

堯帝為了解除人民的苦難，每天向天帝禱告。天帝覺得再不能容忍兒子們胡鬧下去了，便決定派天神后羿到人間去。天帝把后羿召來，賜給他一張紅色的弓，十支白色的箭，說："你帶着弓箭到人間去，我的太陽兒子們認識這種弓箭。知道這種弓箭是他們的剋星。你彎弓搭箭，嚇唬嚇唬他們，叫他們按規矩辦事，別再在空中胡鬧下去。"

后羿接受了天帝的使命來到人間，先去拜見堯，說明下界緣由。堯見了后羿，十分高興，帶着后羿出外巡視。后羿見到人間的悲慘景象，心中怒不可遏。他來到一片曠野上，彎弓搭箭，朝十個太陽大喊，要他們別在空中胡鬧，除了該在空中輪值的外，其餘的統統回到天宮中去。但是，天帝的十個兒子不理睬后羿，照樣在空中追逐戲耍。

后羿見他們不聽勸告，憤怒至極，對準十兄弟中的一個，"颼"的一箭射去。頃刻之間，只見一團火球無聲地爆烈，流火亂飛，金色的羽毛紛紛飛散，一隻碩大無比的金黃色三足烏鴉掉落到地上。后羿知道，這金色的三足烏鴉是天帝太陽兒子的精魂，他這一箭，已經射死了天帝的一個兒子。

后羿心想："天帝叫我嚇嚇他的兒子，沒想到我一時怒起，竟殺了一個。我闖了禍，看來已無法回去向天帝覆命了。不如乾脆為人間做件好事，把天帝的所有太陽兒子都殺死算了。"於是，他向天空中正想逃走的另外九個太陽不停地發箭。剎時間，只見滿天流火，數不清的金色羽毛在空中飛散，三足烏鴉一隻隻墜落下來。

后羿正要向最後一個太陽射箭時，堯攔住他說："留下一個吧！

人類的生存是不能沒有太陽的。沒有了太陽，人類將永遠處於黑暗之中。”后羿聽了，將最後一支箭插回壺中。從此以後，天空中便永遠只有一個太陽了。后羿除去了為害人類的九個太陽，但他也因此被天帝革除了神職，只能永駐人間了。

釋義 “后羿射日”，用來比喻為民除害，也用來形容勇猛善戰。

出處 西漢・劉安《淮南子・本經訓》：“逮至堯之時，十日並出，焦禾稼，殺草木，而民無所食。……堯乃使羿誅鑿齒於疇華之野，殺九嬰於兇水之上，繳大風於青丘之澤，上射十日。”

冰山難倚

唐玄宗在位的前期，親政愛民，任用有才幹的姚崇、宋璟先後為相，天下大治，國力強盛，呈現出一片繁榮景象，因此時年號是開元，故被稱為“開元盛世”。

唐玄宗在位的後期，安於現狀，日益怠於政務，貪圖享樂，任用了李林甫等小人為宰相，國家開始走下坡路。天寶四年（745 年），唐玄宗看上了自己兒子李瑁的妃子楊玉環，便千方百計把她弄進宮來，封為貴妃，對她十分寵愛，大加賞賜。愛屋及烏，楊玉環的家人也沾了光，雞犬升天。楊國忠是楊玉環的堂兄，本來叫楊釗，玄宗賜名為國忠，委以重任，一時平步青雲，無人能比。

天寶十一年（752 年），李林甫病死，楊國忠更是勢焰薰天，一度身兼四十多個職務，獨攬大權，把持朝政，賣官鬻爵，拚命搜刮錢財。那些想謀得官職，尋找靠山的人爭相登門送禮。楊府門前終日人喧馬沸，熱鬧非常。

當時有位進士叫張彖，是陝西人，他學識淵博，遠近知名。別人去楊府拜謁，他冷眼旁觀，自己從來不去。有人勸他說：“別看你是進士，要想得到好的職位，不去楊府燒香是不行的。沒有楊丞相點頭，你甚麼官也做不成。”張彖志向高遠，從來不向權貴低頭獻媚，對這些趨炎附勢的小人十分厭惡，他冷冷地說：“你們以為楊國忠地位顯赫，投靠他就像倚靠泰山一樣安穩，是嗎？照我看來，他頂多算是一座冰山，別看他現在一手遮天，一旦太陽出來，冰山就會融化。到那時，我看你們這些人去倚靠誰。”於是，張彖離開京城，前往嵩山隱居。

張彖的話，不久就應驗了。天寶十四年（755 年），安祿山以討伐楊國忠為名起兵叛亂，攻入長安，唐玄宗倉皇逃出京城，護駕的士兵怨聲載道。到了馬嵬坡，憤怒的士兵發生嘩變，殺死了楊國忠，楊貴妃被賜自盡。楊家這座冰山，頃刻間崩塌。

釋義 “冰山難倚”，用來形容權勢不能持久，難以倚恃。

出處 五代・王仁裕《開元天寶遺事》：“楊國忠權傾天下，四方之士爭詣其門。進士張彖者，陝州人也，方學有文名，志氣高大，未嘗干謁權貴。或有勸彖令修謁國忠，可圖顯榮。彖曰：‘爾輩以謂右相之勢，倚靠如泰山，以吾所見乃冰山也。或皎日大明之際，則此山當誤人爾。’後果如其言。”

衣錦還鄉

秦末，隨着陳勝、吳廣起義的爆發，全國各地反抗秦二世暴政的抵抗運動風起雲湧。楚人項羽領導的隊伍，是其中實力最強的一支。

經過艱苦戰鬥，項羽率軍打敗了秦軍主力，進入秦都咸陽，但他沒有深謀遠慮，縱兵洗劫咸陽城，殺死了已經投降的秦王子嬰。還舉火焚燒秦朝宮室，大火熊熊燃燒，三月不滅。

項羽自以為大功告成，便打算帶着劫掠的財寶美女，撤軍回到江東。這時，有識之士勸告項羽說：“關中地區依恃山河，四面都是要塞，而且土地肥沃，足可以在此建都稱霸，何必要回去呢？”

項羽聽了，覺得有理。但他見秦宮皇殿都已被燒得慘不忍睹，就覺得此地不怎麼樣。再加上他思念家鄉心切，便決定回江東老家。他說：“人得到富貴了，如果不回家鄉，就如同穿着錦繡衣服在黑夜中行走，誰能看得見呢？”

項羽不聽有識之士的金玉良言，輕而易舉地失去了稱霸關中，進而一統全國的最佳機遇。最終，他被勁敵劉邦打敗，自殺於烏江。

釋義 “衣錦還鄉”，用來比喻富貴還鄉，誇耀故里，或指回本地當官。

出處 西漢・司馬遷《史記・項羽本紀》：“項羽引兵西屠咸陽，殺秦降王子嬰，燒秦宮室，火三月不滅；收其貨寶婦女而東。人或說項王曰：‘關中阻山河四塞，地肥饒，可都以霸。’項王見秦宮皆以燒殘破，又心懷思欲東歸，曰：‘富貴不歸故鄉，如衣繡夜行，誰知之者！’”

羊車望倖

西晉開國皇帝晉武帝司馬炎非常好色，身邊的宮女、嬪妃數量很多。晉滅吳以後，聽說吳國皇宮內美女很多，武帝又把吳主宮內的數千美人選入自己的宮中，這樣，晉武帝內宮的美人已是數以萬計。

這麼多的美女如雲似錦，爭奇鬥艷，晉武帝個個喜愛。但每到晚上，他便犯難了，因為他無法決定究竟在哪個嬪妃處過夜為好。後來，晉武帝終於有了一個辦法：他坐在一輛輕巧的車子上，用羊拉着這車子在宮中隨意走。羊走累了，停在誰的門前，晉武帝就到誰的房中飲酒作樂，然後就寢。

宮中的嬪妃誰不希冀得到皇帝的寵倖呢？於是，誰都期盼羊車停在自己的門前。但這畢竟是可遇不可求的事。誰能知道拉車的羊在哪兒停下呢？有個妃子比較聰明，知道羊愛吃鮮嫩的竹枝和鹽。便取竹葉插門間，以吸引羊來吃，以鹽汁灑地，吸引羊舔食不走，使得皇帝羊車留在自己這裏。

這個方法果然有效。拉車的羊見了竹枝和鹽水，便停下來貪吃，以至天天如此。這個妃子因此連續得到皇帝的寵倖，引得其他嬪妃艷羨不已而又非常妒忌。後來，其他嬪妃經過仔細觀察，終於發覺了其中的秘密，於是，紛紛仿效這種做法。

釋義 “羊車望倖”，用來詠宮闈、宮女之事，表現嬪妃期盼皇上寵倖的心情。

出處 唐·房玄齡等《晉書·后妃傳》："時帝多內寵，平吳之後復納孫皓宮人數千，自此掖庭殆將萬人，而並寵者甚眾，帝莫知所適，常乘羊車，恣其所之，至便宴寢。宮人乃取竹葉插戶，以鹽汁灑地，而引帝車。"

江淹夢筆

江淹，字文通，南朝時歷仕宋、齊、梁三代，曾擔任侍中、光祿大夫等高官。他在文學上也很有成就，是當時著名的文學家。

江淹少年時，家裏很窮，十三歲那年，父親死了，他靠上山砍柴來供養母親。但他讀書十分刻苦，二十歲時便學有所成，文采卓著，寫下了《恨賦》、《別賦》等不朽名篇。在為劉宋建平王劉景素幕僚時，他少年氣盛，恃才傲物，引起同僚的妒忌，被誣陷入獄。江淹在獄中寫下了一篇情真意切的《詣建平王上書》，為自己申辯，深深打動了劉景素，將江淹釋放。

由於江淹的文章寫得精彩，下筆如有神助，於是有人傳說，江淹在二十一歲那年，曾經做了一個夢。在夢中，他見到了一個名叫郭璞的仙人，送給他一支五彩筆。從此，江淹的詩、文、賦便越寫越好，每每提起筆來，文思有似潮湧，寫出的文章也更加文采煥發。

江淹年輕時文采卓著，但晚年才思微退，大不如前。據說，他晚年時，有一次夢到一人自稱張景陽，對他說："我曾寄存在你這裏一疋錦緞，現在該還我了。"江淹便將錦緞奉還。後來，他又夢到郭璞，對他說："我那一支五色筆，放在你那裏多年了，現在該還給我了。"江淹又從懷中拿出五色筆奉還。此後，他就再也寫不出絕美的文章詩句了。

釋義 "江淹夢筆"，用來比喻文才卓著，筆力不凡。

出處 唐·李延壽《南史·江淹傳》："淹少以文章顯，晚節才思微退，云為宣城太守時罷歸，始泊禪靈寺渚，夜夢一人自稱張景陽，謂曰：'前以一疋錦相寄，今可見還。'淹探懷中得數尺與之……自爾淹文章躓矣。又嘗宿於冶亭，夢一丈夫自稱郭璞，謂淹曰：‘吾有筆在卿處多年，可以見還。’淹乃探懷中得五色筆一以授之。爾後為詩絕無美句，時人謂之才盡。”

汝南月旦

許劭，字子將，汝南平與人，他是東漢末期的名士。許劭有個堂兄弟名叫許靖，也是個名士。在他們周圍聚集了一批名士，平時都喜歡高談闊論，議論鄉黨人物。他們每個月都改換議論的人物和題目，因此被稱為“汝南月旦評”。

當時的名士文人，多希望得到許劭的評論，以提高自己的聲譽。據說，曹操也曾請許劭評價自己，許劭乃評價說：“你若在清平之世，便是國家的奸臣賊子；若在亂世，則必為英雄人物。”曹操對此評價非常高興，滿意而去。

後來，許靖和許劭發生矛盾，這種品評才逐漸少了下去。

釋義 “汝南月旦”，用來形容對人物或事件、作品的評論、鑒定。

出處 南朝宋・范曄《後漢書・許劭傳》：“曹操微時，常卑辭厚禮，求為己目。劭鄙其人而不肯對，操乃伺隙脅劭，劭不得已，曰：‘君清平之奸賊，亂世之英雄。’操大悅而去。……初，劭與靖俱有高名，好共核論鄉黨人物，每月輒更其品題，故汝南俗有‘月旦評’焉。”

安樂窩

北宋著名哲學家邵雍，字堯夫，原先是范陽人，三十歲那年，他舉家搬到河南洛陽居住，從此成為河南人。

邵雍年少時，自認為才華無人能比，立志要取得功名，做一番事業，因此刻苦學習，無書不讀，並刻意磨煉自己的意志。夏天汗流浹背也不搖扇子，冬天滴水成冰也不生爐子取暖，甚至夜裏常常不躺下來睡，實在睏得吃不消時就趴在桌上打個盹。

就這樣過了幾年，他覺得書本上得來的知識有很大的局限性，有些問題還需要自己親自去體驗、去感受。他曾經感歎道：“古人尚能尋幽訪古，以古為友，以彌補學識的不足，而我卻甚麼地方都沒有去過。”於是，他打點行裝，跋山涉水，探訪古蹟，足跡踏遍大江南北。終於有一天，他幡然醒悟，明白了自己應該做甚麼。

他回到家中，將自己在外遊歷取得的一些體會記錄下來。用自己的見聞與書上的敍述互相印證，一些在家中百思不得其解的問題現在終於有了答案。他非常高興，覺得自己的學識又進了一大步。

當時，北海人李之才任芝城縣令，聽說邵雍刻苦好學，就到他家中造訪，對邵雍說：“你聽說過天地造化之說嗎？”邵雍說：“我願意聽您指教。”於是，邵雍跟隨李之才學習了河圖、洛書、伏羲八卦六十四象等奇門異術，加上邵雍自己努力鑽研，探究了其中的奧妙。從此，邵雍的學識突飛猛進，變得像大海一樣浩瀚博大。

當初剛到洛陽時，邵雍不為人所知，他搭了個草房，簡陋得不能遮擋風雨，他還親自砍柴燒飯侍奉父母，雖然生活貧苦，但怡然自樂。後來他學識淵博，名聲遠揚，得到許多人的尊敬，連一些當朝的公卿大臣如富弼、司馬光、呂公著等人也十分尊敬他，常隨他一同出遊，並為他買了房屋宅地。但邵雍沒有忘記在草房中過的日子，仍然親自耕種，衣食自給自足，並將他的住處命名為“安樂窩”，自稱“安樂先生”。

在那一段日子裏，往來洛陽的名士才子，不去官府拜訪的也許有，但不去邵雍“安樂窩”拜訪的人卻是一定沒有的。

釋義 “安樂窩”，用來借指安閒舒適的住處。

出處 元・脱脱等《宋史・邵雍傳》：“邵雍初至洛，蓬蓽環堵，不庇風雨，躬樵爨以事父母，雖平居屢空，而怡然有所甚樂，人莫能窺也。及執親喪，哀毀盡禮。富弼、司馬光、呂公著諸賢退居洛中，雅敬雍，恆相從遊，為市園宅。雍歲時耕稼，僅給衣食。名其居曰‘安樂窩’，因自號‘安樂先生’。”

如皋射雉

春秋時，有一個姓賈的大夫，他武藝高強，但長相很難看，所以很久娶不到妻子。後來，他經人做媒，娶到一位年輕美貌的姑娘做妻子，高興極了。

可是，他的妻子從新婚之夜起，看到賈大夫相貌醜陋，滿心不高興，從不與他說一句話，更不用說露出一點笑容了。賈大夫想方設法逗她，妻子依舊冷若冰霜，一點也不起作用。就這樣，夫妻倆形同陌路，一起生活了三年，賈大夫心中不由十分苦惱。

有一天，賈大夫心中很煩悶，便背起弓箭，備了馬車，準備到附近山林去散散心。他的妻子見了，也不說話，上了車子，跟他一起出發。

馬車向着山林馳去。一路上，青山綠水，風景如畫，賈大夫的心情不由開朗起來。而他的妻子仍然板着臉一言不發。賈大夫想逗她說話，她也不理不睬。正在這時，路邊樹叢中突然飛出一隻美麗的野雞。賈大夫停下車，張弓搭箭，直朝野雞射去，野雞頓時落地。

“啊！好箭法！”他的妻子見了，笑着喝起彩來。賈大夫沒想到自己一箭射中了野雞，竟使三年不說不笑的妻子笑着喝起彩來，他看着妻子的臉，高興地連野雞也忘了去拾，笑着問：“愛妻三年來不說不笑，今天怎麼會這樣高興？”

“三年來，我一直嫌你長得難看。但今天看到你箭術這樣高明，武藝如此出眾，我嫁給你也不冤枉了。”妻子回答說。

賈大夫聽了，感歎地說：“嗨！才能真是不可缺少的呀！如果我箭術不高明，我的妻子大概一輩子也不說不笑了。”

釋義 “如皋射雉”，用來表示以才華來博得女子的歡心。

出處 春秋・左丘明《左傳・昭公二八年》：“昔賈大夫惡，娶妻而美，三年不言不笑，禦以如皋，射雉，獲之。其妻始笑而言。賈大夫曰：‘才之不可以已，我不能射，女遂不言不笑夫！’”

赤米白鹽

周顒，字彥倫，南朝宋、齊時汝南安城人。他的祖父曾做過東晉的光祿大夫，所以他自幼家境富足，飽讀詩文，才學過人。周顒口才極好，出口成章，又因飽覽羣書，各種學派的著作都有所涉獵，所以他説起話來滿口新鮮詞語，常令聽者傾心動容。宋明帝平時愛好談論義理，聽説周顒能言善辯，總有新穎的話題，就將他召入殿內，讓他跟隨左右，以便隨時談論。

周顒信奉佛教，清心寡慾，主張素食。他在鍾山西側修了一座隱蔽的小屋，每逢休假、年節就到那裏去住些日子，讓自己煩亂浮躁的心情平靜下來。

有時，他會邀請幾位好友，到小屋聚會。他妙語如珠，詞韻如流，讓人聽了消除疲倦，樂而忘返。其中有一位名叫張融的朋友，也頗通佛理，兩人用佛經裏的禪語對答，可以談整整一天。

到了南齊時，權臣王儉見周顒在城裏生活富足，衣食無憂，卻老是拋下妻兒，一個人跑到山裏去住，感到大惑不解。有一次遇見他時就問：“你在山裏吃些甚麼呢？”周顒回答説：“有紅的米，白的鹽，綠的葵菜，紫的野蓼。”周顒就是樂意過這樣清貧的日子。

釋義 “赤米白鹽”，用來指人生活清貧，只有粗茶淡飯。

出處 南朝梁・蕭子顯《南齊書・周顒傳》：“顒於鍾山西立隱舍，休沐則歸之。……雖有妻子，獨處山舍。衛將軍王儉謂顒曰：‘卿山中何所食？’顒曰：‘赤米白鹽，綠葵紫蓼。’”

折五鹿角

自漢武帝罷黜百家，獨尊儒術以後，儒學的地位至高無上，儒家文獻被稱為經書，是不刊之論。為了研讀儒家經典，國家特設立五經博士，即由專人講解、傳授《詩》、《書》、《禮》、《易》、《春秋》五經，又招收博士弟子以跟從博士讀經。

由於不同人對經書的理解不同，甚至經書的版本都不一樣，就形成了眾多的派別，各派之間論辯不休，以爭正統。當然，皇帝喜歡哪一派，哪一派就佔上風。

到了漢元帝時，五鹿充宗（姓五鹿，名充宗）傳梁丘氏《易》。宣帝、元帝都很喜歡梁丘氏《易》，元帝尤甚，因此，他對五鹿充宗寵倖有加。但是，元帝在喜梁丘氏《易》的同時，也想了解其他各家《易》的狀況，比較各家《易》的異同，便號召天下儒士與五鹿充宗論辯，希望藉此達到全面了解的目的。可是，元帝忽略了一點，五鹿充宗受自己的寵信，其人又能言善辯，如此，還有誰敢駁倒他呢。

當時有一個縣令名朱雲，性格耿直，體形魁梧。他原本是一介武夫，曾殺人獲罪，但後來潛心經學，對《易》尤下功夫，學識淵博。他見無人能駁倒五鹿充宗，便自告奮勇前來應戰。朱雲器宇軒昂，撩衣登堂入室，向五鹿充宗昂首發問，聲若洪鐘，旁徵博引，步步進逼，直至五鹿充宗無言以對。

朱雲駁倒了五鹿充宗，在儒士中震動很大，大家互相傳誦說："五鹿嶽嶽，朱雲折其角。"（五鹿的犄角又大又長，但被朱雲折斷了。）朱雲由此被任為博士。

釋義 "折五鹿角"，用來形容人很有辯才，駁倒對手。

出處 東漢・班固《漢書・朱雲傳》："是時，少府五鹿充宗貴倖，為《梁丘易》。自宣帝時善梁丘氏說，元帝好之，欲考其異同，令充宗與諸《易》家論。充宗乘貴辯口，諸儒莫能與抗，皆稱疾不敢會。有薦雲者，召入，攝齋登堂，抗首而請，音動左右。既論難，連拄五鹿君，故諸儒為之語曰："五鹿嶽嶽，朱雲折其角。"由是為博士。

折臂三公

羊祜歷仕曹魏、西晉二朝，為人有才幹，是西晉前期的重臣，在晉滅吳的過程中發揮了重要作用。

一天，有個相命者為羊祜相命，提出要看羊祜父親的墳墓。相命者看了墓後對羊祜說："你家是個大富大貴之家，將來一定會出皇帝。"誰知羊祜從未有過如此的非分之想，非常厭惡相命者之言，於是就把父親墓後的土圍掘斷了，故意破壞風水。相命者看了一看，故作高深地說："風水破壞了，雖然不出皇帝，還可以出個折臂（斷臂）的三公。"羊祜對此不以為然。

後來，羊祜任襄陽都督時，騎馬不慎墜地，摔斷了手臂。而在斷臂後不久，羊祜果然被晉武帝任命為尚書右僕射，位至三公。

釋義 "折臂三公"，用來指人墜馬、傷臂等。

出處 南朝宋・劉義慶《世說新語・術解》："人有相羊祜父墓，後應出受命君。祜惡其言，遂掘斷墓後，以壞其勢。相者立視之，曰：'猶應出折臂三公。'俄而祜墜馬折臂，位果至公。"

投梭折齒

西晉時，有個名士叫謝鯤，字幼輿，他少年時就很有名氣，學識高遠，對《老子》、《周易》尤為愛好，被當時人認為是個奇才。成年後，謝鯤曾在左將軍王敦手下擔任長史，因有功，封咸亭侯。

謝鯤平時不修威儀，善於鼓琴，歌唱得很好。他年輕時，任性放達，鄰居高氏有美女，他利用一切機會唱情歌去挑逗。一次，高氏女正在織布，謝鯤又去挑逗她，引得高氏女惱怒不已，拿織布的梭子打他，結果把他的兩枚牙齒打掉了。

這件事在當時士人間傳為笑話，人們取笑謝鯤說："任達不已，幼輿折齒。"（輕佻沒個完，被人打落牙齒。）謝鯤聽說後，傲然長嘯說："少了兩顆牙，有甚麼了不起？我照樣能長嘯高歌！"

釋義 "投梭折齒"，用來比喻男女之間的情事。

出處 唐・房玄齡等《晉書・謝鯤傳》："鄰家高氏女有美色，鯤嘗挑之，女投梭，折其兩齒。時人為之語曰：'任達不已，幼輿折齒。'鯤聞之，敖然長嘯曰：'猶不廢我嘯歌。'"

杖頭錢

阮修是西晉名士阮籍的姪子，字宣之。他平時喜讀《周易》和《老子》，善於清談，喜歡喝酒。阮修是古代難得的無神論者，不信鬼神之説。

當時人們大都認為人死後會變成鬼，只有阮修認為人死後不會變成鬼。他説：“現在一些見到鬼的人都説鬼穿的是他活着時穿的衣服，如果説人死後變成了鬼，難道這些衣服也變成了鬼嗎？”和他論辯的人無法反駁，只得認輸。

阮修為人落拓不羈，不喜歡和那些渾身銅臭味的俗人交往，看到有這種人在場，他便遠遠避開；碰到和自己志同道合的人，即使有時無話可説，但仍欣然陪坐，不計時間。

他常常把一百文錢掛在自己的竹杖上，步行前往路邊的小酒店，獨自叫了酒菜，慢慢地享用。雖然酒質並不好，菜也是幾碟粗疏的小菜，但他吃得津津有味，樂而忘返。然而，即使是當世的達官富豪，準備了豐盛的酒宴，請他前去赴宴，他都嗤之以鼻，不肯光顧。

釋義 “杖頭錢”，用來比喻飲酒之錢，也用以表示閒居的生活。

出處 唐・房玄齡等《晉書・阮修傳》：“性簡任，不修人事。絕不喜見俗人，遇便舍去。意有所思，率爾褰裳，不避晨夕，至或無言，但欣然相對。常步行，以百錢掛杖頭，至酒店，便獨酣暢。雖當世富貴而不肯顧，家無儋石之儲，宴如也。與兄弟同志，常自得於林皐之間。”

巫山神女

戰國時期，楚襄王有一次與當時極負盛名的詞賦家宋玉一同遊雲夢台。極目望去，萬里天空雲氣飄拂，變幻無窮，壯觀無比。

楚襄王問宋玉：“這是甚麼雲呢？”

宋玉回答道：“這是朝雲。”

楚襄王又問：“甚麼是朝雲呢？”

宋玉説："先懷王曾常到高唐觀遊玩。有一次，先王玩得累了，就在此小睡。於是就有了一個故事。"

楚襄王非常感興趣，要宋玉講下去。宋玉便乘興講了一個美麗的傳説：楚懷王遊玩睏倦，大白天睡着了。夢中，一位婦人向他走來。那婦人有閉花羞月之貌，沉魚落雁之容。"你是誰？"楚懷王驚異地問。婦人説："我是天帝的小女兒，名叫瑤姬。尚未出嫁就亡故了，葬在巫山之南。精魂依附草木，被稱為巫山神女、高唐之客。我平素久聞大王的英名，聽説大王來高唐一遊，特來拜見，並願與大王同寢。"

懷王一聽，興奮地答應了。二人如膠似漆，情意綿綿。分手的時候，神女告訴懷王："我就在巫山之南、高丘之巔。我早晨為雲，傍晚為雨，朝朝暮暮，都在陽台之下。"

對於瑤姬的話，楚懷王將信將疑，第二天一早便趕到巫山之南、高丘之巔去驗證。一看，果然如此。於是，楚懷王就在那兒為神女建了一座廟，廟名為朝雲。

楚襄王聽了宋玉講的故事，不禁浮想聯翩。當天夜裏，楚襄王也在睡夢中見到了巫山神女，真的美麗異常。

釋義 "巫山神女"，用來比喻男女之間的艷情之事，也用以形容女子的容態。

出處 南朝梁・蕭統《昭明文選・宋玉〈神女賦〉序》："楚襄王與宋玉遊於雲夢之浦，使玉賦高唐之事。其夜王寢，果夢與神女遇，其狀甚麗。"

杞妻哭城

傳説杞良是秦朝的一個百姓，秦始皇修築長城時把他抓去服勞役。修築長城十分辛苦，杞良不堪勞苦，乘機逃了出來。因後面有差役追趕，杞良在萬般無奈的情況下，急中生智，躲到了一戶人家後院的樹上。

這戶人家主人叫孟超，他有一個女兒叫孟仲姿，長得很俊秀。杞良躲到她家樹上時，仲姿正在池中洗浴，無意中仰頭，看見了樹上的杞良。仲姿大吃一驚，急忙穿好衣服，生氣地問：“你是甚麼人？為甚麼躲在樹上？如果不實言相告，我就去稟告我父親，讓他治你的罪。”

杞良忙從樹上下來，給仲姿賠禮道歉，說：“我並不是有心窺視小姐洗浴，請你原諒。我姓杞名良，是燕地人氏。官府抓我修築長城，我不堪其苦逃了出來。因有追兵，所以躲在樹上。”

仲姿見杞良很誠實，又看見了自己的身體，就請求做他的妻子，杞良答應了。仲姿把事情的經過告訴了父親孟超，孟超應允他們的婚事，二人就結成夫妻。

後來，杞良又被抓去築城，主管的官吏惱恨他逃走，狠狠地責打他，結果把杞良打死了，官吏令人把他的屍體築在城內。

孟超不忍看女婿受勞役之苦，派僕人去替換杞良，才知杞良已死。仲姿聞知後，十分傷心，趕到長城腳下向着城牆放聲痛哭，悲痛欲絕。她對杞良的真摯感情和對官吏的憎恨之情通過淒厲悲憤的哭聲表達出來，最後將長城哭崩，現出了杞良的屍骨。

這一故事經歷代不斷演化，最後演變為孟姜女哭其夫范喜良，而哭倒長城的故事。

釋義 “杞妻哭城”，用來形容人悲憤哀傷，情意真摯，感發出驚人壯舉。

出處 西漢・劉向《列女傳》：“杞梁戰死，其妻收喪，齊莊道弔，避不敢當，哭夫於城，城為之崩，自以無親，赴淄而薨。”

李廣難封

李廣是西漢名將，歷仕文帝、景帝、武帝三朝。漢文帝時，他擔任文帝的侍從武官，跟隨文帝出行時，每逢衝過深溝，破除障礙，乃至和猛獸搏鬥，總是奮勇當先。漢文帝十分佩服他的勇武，慨歎地說：“真可惜，你生得不是時候。如果你生在高祖打天下時，封個萬戶侯算得了甚麼！”

漢景帝即位後，李廣被任命為上谷太守、上郡太守等職，在抗擊北方匈奴的戰爭中，屢立戰功，升遷為將軍，但仍一直沒能封侯。

到了漢武帝時，他調任右北平太守，威震匈奴，使匈奴數年中不敢南下，並稱他為“飛將軍”。在此後的數年中，李廣曾隨大將軍衛青出擊過匈奴，也曾和博望侯張騫一起率軍圍剿匈奴。這兩次戰役雖然都取得了勝利，李廣也殺敵有功，但由於自己的部隊損失太大，功過相抵，李廣仍舊沒能封為侯爵。

漢武帝元狩四年（前 119 年），漢武帝派大將軍衛青和驃騎將軍霍去病各率五萬騎兵向匈奴發動一次主動的攻擊，已經六十多歲的李廣在衛青帳下擔任前鋒。

大軍出長城後，很快偵知匈奴主力的所在位置。照理，李廣所率的前鋒部隊應該首先正面和敵人接戰，但衛青卻讓李廣從東路迂迴和大軍會合，而由自己親自率軍發動正面攻擊。李廣雖然不樂意，但他不得不執行命令，率軍繞道從東路出發。

東路崎嶇曲折，不熟悉路徑的人十分容易迷路，而且一路上缺乏水源，因此李廣率軍到達指定會合地點時，已比規定時間遲了好幾天。而那時，衛青已率軍把匈奴打得大敗。

按理，李廣應該立即去向衛青稟告迷路的情況，陳述沒能及時趕到的原因。但李廣對自己身為前鋒卻名不符實滿肚怨氣，便故意不去。衛青立即派人前來傳令，說李廣貽誤軍機，要他帶幾員副將前往大營去接受詢問，以便向漢武帝報告。

李廣見來人氣焰囂張，視他們彷彿罪犯一般。再想到自己本是前鋒，可以正面殺敵立功，實現封侯之願，沒想到竟受命從東路迂迴，落得這個下場，便氣憤地說：“我的部下沒有罪，誤期遲到的責任全在我一人身上。我已經六十多歲了，一生身經七十餘戰，殺敵無數，也算對得起朝廷了。當年文帝說，像我這樣的人，封個萬戶侯算甚麼。可我戰功赫赫，竟無封侯之份。如今還要被辦失機之罪，老天對我太不公平了！”說到這裏，李廣悲憤欲絕，拔劍自刎而死。

釋義 “李廣難封”常與“馮唐易老”並用，用來形容功高而得不到應有的封賞。

出處 西漢・司馬遷《史記・李將軍列傳》："廣謂其麾下曰；'廣結髮與匈奴大小七十餘戰，今幸從大將軍出接單于兵，而大將軍又徙廣部行回遠，而又迷失道，豈非天哉！且廣年六十餘矣，終不能復對刀筆之吏。'遂引刀自剄。"

李膺門

李膺，字元禮，東漢潁川襄城（今屬河南）人，他是東漢後期一位秉性正直、疾惡如仇的官員，在當時士人中有着極高的聲望。

公元 165 年，漢桓帝任命李膺做了司隸校尉。當時，朝中以張讓為首的宦官集團專權，他們貪婪殘暴，胡作非為，打擊正直的官吏，欺壓百姓，氣焰囂張。但李膺並不懼怕他們，以渾身正氣，與他們抗爭。

擔任司隸校尉不久，就有人向李膺告發張讓的兄弟張朔。張朔當時擔任野王縣令，他貪污、勒索，無惡不作，甚至無故殺害懷孕的婦女。張朔得知有人向李膺告了他，就逃離了野王縣，來到京城，躲在哥哥張讓家中，想藉哥哥的威勢，與李膺抗衡。

李膺得到張朔的消息，親自帶人到張讓家搜查。可搜查了半天，沒搜到。李膺不死心，再一次仔細地檢搜，發現了複壁。他吩咐手下人打破複壁，果然見到張朔躲在裏面，就下令把他逮走，關入監獄。為防節外生枝，李膺回到衙署後，馬上對張朔進行審訊，待其招認畫供，立即下令將其處決。等張讓派人去說情時，李膺說："罪證確鑿，已經殺了，請回吧！"

張讓氣極了，去向漢桓帝哭訴。漢桓帝知道張朔有罪，沒有難為李膺。但張讓卻忌恨在心，伺機報復。

當時朝廷風氣很亂，綱紀頹廢，而李膺能不畏權貴，堅持法紀，大義凜然地懲辦惡吏，贏得了當時太學生們的一致讚揚。他們把李膺稱為："天下楷模李元禮。"讀書人中有登門拜訪李膺者，只要一被李膺接納，身價便大大提高，受到世人的尊敬。以至人們都稱拜訪李膺為"登龍門"，所謂"一登龍門，身價百倍"。

但是，由於漢桓帝十分信任宦官。不久，侯覽、張讓等宦官誣陷李膺、陳宴等官員結黨誹謗朝廷，以“黨人”之罪將李膺逮捕入獄。

漢桓帝死後，漢靈帝繼位，李膺又被任命為長樂少府。但漢靈帝也十分信任宦官，李膺和陳蕃等謀誅宦官失敗，最後死於獄中。

釋義 “李膺門”，用來形容官居高位而品德端正的高門望第。

出處 南朝宋・范曄《後漢書・李膺傳》：“時，張讓弟朔為野王令，貪殘無道，至乃殺孕婦，聞膺厲威嚴，懼罪逃還京師，因匿兄讓弟舍，藏於合柱中。膺知其狀，率將吏卒破柱取朔，付洛陽獄。受辭畢，即殺之。……是時，朝廷日亂，綱紀穨弛，膺獨持風裁，以聲名自高。士有被其容接者，名為登龍門。”

車胤囊螢

晉代時，福建南平有個勤奮好學的少年名叫車胤。他的曾祖父車浚，在三國時曾是吳國孫權的屬下，擔任過會稽太守。後因轄地發生災荒，他上書請求開倉賑災，結果遭到懷疑，被吳王孫皓所殺。從此，車家家道便逐漸衰落，到了車胤父親這一輩，家中幾乎一貧如洗了。

車胤從小就喜愛讀書，他父親雖然沒做過官，但也是個很有學問的人。車胤在父親的指導下，學業進步很快。

有一次，車胤父親的一位朋友來到他們家中。這位朋友見了車胤，又考查了一下他的學問，對他的父親說：“這孩子天資聰明，又這麼愛讀書，將來一定很有出息。”

車胤的父親很高興，更盡心盡力地指點。就這樣，車胤所讀的書越來越多，學識越來越豐富，也越來越覺得時間不够用。當時，車胤家中因為窮，晚上連點燈的油也買不起，因此無法利用晚上的時間繼續攻讀，他只能將白天學得的東西背誦溫習。

有一個夏夜，他正在屋外一邊散步，一邊背誦，忽然有幾隻螢火蟲在他眼前飛過，那一閃一閃的亮光突然觸動了他：“螢火蟲能發光，如果多抓一些螢火蟲放在一起，那不是可以利用牠們的光亮看書了嗎？”

於是，他立即回屋找了一隻白色的布囊，捉了好多螢火蟲放在布囊中，紥緊囊口，在一張桌子上方一試，果然，螢光竟能照出書本上的字，他便藉着螢光讀了起來。

從這以後，車胤便天天晚上先去抓螢火蟲，然後利用螢光在夜間繼續苦讀。

車胤成年後，學富五車，遠近聞名，終於被朝廷徵召進京，一直官至吏部尚書。

釋義 “車胤囊螢”，用來形容克服困難，刻苦學習。

出處 唐・房玄齡等《晉書・車胤傳》：“胤恭勤不倦，博學多通。家貧不常得油，夏月則練囊盛數十螢火以照書，以夜繼日焉。”

步兵酒廚

魏晉時期，曹操手下有一個文才出眾的書記官，他有個兒子叫阮籍，後來成為著名的“竹林七賢”之一。阮籍是歷史上少見的不拘禮法，活得瀟脱自在的人。

阮籍生活於司馬氏政權取代曹魏的亂世，親眼目睹了政治鬥爭的殘酷。當時的許多文人名士各為對立的政治集團所利用，一旦政治鬥爭激烈時，這些人就紛紛成為刀下之鬼。

血的事實使阮籍決定採取一種新的生存方式：絕不輕易地為任何一個政治集團所爭取，儘量躲避官職的任命，而躲避的最適當方式就是縱酒沉醉。但阮籍躲得並不徹底，在司馬氏政權比較穩定之後，他有時心血來潮，也會要個官做做。

有一次，阮籍突然提出願意擔任北軍的步兵校尉。正好此官空缺，司馬昭便立刻答應了。其實，阮籍要擔任這一職務的重要原因是聽説兵營的廚師擅長釀酒，而且打聽到兵營的廚中還存有許多美酒。

求得此官後，阮籍每天喝得醉醺醺的，根本不去管事。古代的官員貪杯的不少，但像阮籍那樣純粹為了美酒來做官，可以說是絕無僅有的。

釋義 “步兵酒廚”用來借指飲酒消極避世；以“步兵廚”指美酒或釀酒之所。

出處 唐・房玄齡等《晉書・阮籍傳》：“籍本有濟世志，屬魏、晉之際，天下多故，名士少有全者，籍由是不與世事，遂酣飲為常。……聞步兵廚營人善釀，有貯酒三百斛，乃求為步兵校尉。”

呂安題鳳

三國時，魏國有位隱士名叫呂安，他與“竹林七賢”之一的嵇康是摯友，每逢思念之時，即使是遠隔千里，也會不管路途遙遠，前去拜訪。

當時，司馬氏掌握着魏國的軍政大權，與司馬氏有着親戚關係的山濤（字巨源，也是“竹林七賢”之一），為避免捲入司馬氏與曹氏的政治鬥爭，隱入山林。山濤與嵇康也十分相好。但司馬昭死後，司馬師執政時，曹魏氣數已盡，山濤遂應司馬師之召，出任了吏部尚書。他希望嵇康也能出來和他一起做官，便找到呂安，要呂安去把嵇康找到京城來。呂安不滿山濤出仕做官，拂袖而去。

呂安來到嵇康家中，想把山濤召他出仕的事告訴他，不料嵇康正巧出遊未歸，只遇到嵇康的兄長嵇喜。嵇喜是個很庸俗的人，一心想攀龍附鳳，踏上仕途。他聽說呂安從京城山濤那兒來，喜形於色地說：“你從京城來，一定是山濤請我弟弟去做官吧？如果我弟弟做了大官，我以後也可以為朝廷出力了。”

呂安沒想到嵇康的弟弟竟是這樣的人，心中十分反感，連門也不願進，說：“嵇康不在家，我就不進府了。請借我筆墨，讓我題個字，他回來就知道怎麼回事了。”嵇喜連忙命人取來筆墨。呂安接過，在大門上題了一個大大的“鳳”字，便與嵇喜告別，揚長而去。嵇喜以為呂安誇讚自己是隻鳳凰，滿心歡喜。

過了些日子，嵇康出遊回來，看到大門上的“鳳”字，問嵇喜是怎麼回事。嵇喜説了當時的情形，嵇康聽了，對嵇喜説：“你理解錯了！‘鳳’字拆開來是‘凡鳥’兩個字，呂安説你是隻凡鳥，卻又含蓄不露，真難為他了。”

嵇喜聽了，這才知道自己受了諷刺還作補藥吃，不由羞慚滿面。嵇康説：“山濤做了官，已經不是我的朋友了，我要和他絕交。”於是，嵇康揮筆寫下了《與山巨源絕交書》，嵇喜見了，不由更為羞慚。

釋義 “呂安題鳳”，用來表示對庸才的諷刺；用“凡鳥”來比喻庸才。

出處 南朝宋・劉義慶《世説新語・簡傲》：“嵇康與呂安善，每一相思千里命駕。安後來，值康不在，喜出户延之，不入，題門上作‘鳳’字而去。喜不覺，猶以為欣，故作。‘鳳’字，凡鳥也。”

吳下阿蒙

呂蒙，字子明，三國時汝南富陂（今安徽阜南）人。孫權掌管江東地方的大權以後，他隨孫權轉戰各地，因功封為橫野中郎將。同年，他又隨周瑜、程普大破曹操於赤壁，被拜為偏將軍，領潯陽令。

呂蒙年輕時很少讀書。擔任要職後，每每陳述大事，也常常口述讓書吏記錄。有一天，孫權對他説：“你如今身居要職，掌管國事，應該多讀書來使自己不斷進步。”呂蒙聽了，回答説：“在軍營中事務繁多，沒時間讀書。”

孫權笑笑，開導他説：“我又不是要你研究經書去當博士，可是過去的歷史和成敗的道理多少該看看。你説軍務繁忙，但你難道比我的事務還忙嗎？我年輕時讀過《詩經》、《尚書》、《禮記》、《左傳》、《國語》，只是沒讀過《周易》。自從掌管政務和軍事以來，又擠出時間，閱讀了各種史書和兵書，覺得讀書對自己幫助很大。你秉性開朗，天資聰明，為甚麼藉故推託，不願讀書呢？”

呂蒙聽了孫權的話，下決心博覽羣書，先後讀了《孫子》、《六韜》、《左傳》、《國語》等經籍，學問大有長進。

後來，魯肅奉命去陸口接替周瑜擔任大都督之職，路過呂蒙的駐地，便進營去探望。呂蒙置酒相待，席間談論軍政事務，呂蒙問魯肅說："老兄現在替代周瑜，重任在身，又與關羽為鄰，不知你將採取何種策略，以備不虞？"魯肅說："臨時應變而已，沒有甚麼策略。"

呂蒙說："關羽年紀雖大，卻十分好學，讀《左傳》幾乎可以全部背下來。他為人剛直忠誠而又雄心勃勃，但個性驕傲，盛氣淩人。如今你和他做對手，應當有明、暗兩手來對付他。"

接着，呂蒙又給魯肅密陳了三條對付關羽的計策。魯肅聽了，大為讚賞，上前拍拍呂蒙的肩膀，說："我本來以為老弟只懂武略罷了，直到今天，我才知道你學問淵博，見識高明，不再是那個吳下阿蒙了。"呂蒙笑着說："士別三日，當刮目相看。老兄你不該小看人哪。"

不久，呂蒙隨孫權在濡鬚口抗擊曹兵，數進奇計，均被孫權採納。接着他奉命西取長沙、零陵、桂陽三郡。魯肅死後，他又奉命代魯肅領兵，設計襲破關羽駐守的荊州，生俘關羽父子，立下赫赫戰功。

孫權後來曾這樣評價呂蒙："籌略奇至，僅次於周瑜"而"圖取關羽，勝於子敬（魯肅）"。昔日不讀書的"吳下阿蒙"，成長為一代名將，確實是該令人刮目相看的。

釋義 "吳下阿蒙"，用來比喻學識淺薄的人。

出處 西晉・陳壽《三國志・吳書・呂蒙傳》註引《江表傳》："蒙始就學，篤志不倦，其所覽見，舊儒不勝。後魯肅上代周瑜，過蒙言議，常欲受屈。肅拊蒙背曰：'吾謂大弟但有武略耳，至於今者，學識英博，非復吳下阿蒙。'蒙曰：'士別三日，即更刮目相待。'"

吳起泣魏

吳起是戰國時魏國的著名將領，深得魏王的信任。魏王命吳起治理毗鄰秦國的西河地區。吳起到任後，兢兢業業，與士卒同甘苦，體恤百姓，得到了百姓和官兵的一致稱讚，威望越來越高。

朝中有幾個奸臣，對吳起又妒忌又害怕。他們串通起來，到魏王面前誣告吳起，說吳起擁兵自重，有反叛之心，遲早會背叛魏國。魏王起初不太在意，不相信吳起真的會有異心。但誣告的話聽得多了，魏王便對吳起開始將信將疑。為了防患於未然，魏王下令將吳起調回來。

接到王命，吳起不得不離開西河。到了岸門，吳起命令停車。吳起下車，望着西河，百感交集，淚水縱橫。吳起的僕人見狀，不解地問："我看您心胸廣闊，把天下大事都看得像流水一樣，為甚麼今天離開西河卻會傷心而哭呢？"

吳起擦乾眼淚，回答說："你不知道，我並不是為自己離開西河而哭。以往，魏王由於信賴我，讓我在西河盡力施展才能，他將來可以稱霸。而現在，他聽信了奸人的讒言，不相信我了。這樣，西河不久將會被秦國奪取，魏國從此也將走向衰敗了。"

釋義 "吳起泣魏"，用來比喻忠臣受陷害而離去。

出處 戰國秦・呂不韋《呂氏春秋・長見》："吳起治西河之外，王錯譖之於魏武侯，武侯使人召之。吳起至於岸門，止車而休，望西河，泣數行而下。……吳起果去魏入荊，而西河畢入秦，魏日以削，秦日益大。此吳起之所以先見而泣也。"

吳越同舟

春秋時，吳國和越國作為鄰國，彼此之間經常因為一些糾紛而發生戰爭。

有一天，在吳越交界江面的一艘渡船上，乘坐着幾個乘客，其中吳人和越人各佔一半，分坐在船的兩頭，雙方誰也不搭理誰，氣氛顯得十分沉悶。

船向南岸駛去，剛到江心，突然天氣驟變，一陣狂風颳來，霎時間滿天烏雲，暴雨傾盆而下，洶湧的巨浪一個接着一個向渡船撲來。

兩個吳國孩子嚇得哇哇大哭起來，一個越國老太一個踉蹌，跌倒在船艙裏。

掌舵的老艄公一面竭力把住船舵，一面高聲招呼大家躲進船艙裏去。這時，另外兩個年輕的船工奔向桅杆去解繩索，想把篷帆迅速降下來。但由於船身在風浪中劇烈顛簸，兩個船工用不上力，怎麼也解不開。如果解不開繩索，降不下帆，船就有翻掉的可能。

就在這千鈞一髮之際，幾個年輕的乘客，不管是吳國人，還是越國人，都爭先恐後地衝向桅杆，頂着狂風惡浪，一起去解繩索。不一會，渡船上的篷帆終於降了下來。

又過了一會，風浪過去了，江面上又重新恢復了平靜。那些頂着風浪卸篷的壯士們，已經不分吳越，相互握緊雙手，共同慶賀渡船戰勝了風浪。船靠岸後，兩國乘客一起登岸，紛紛互道珍重，拱手告別。

幾十年來看慣了兩岸戰爭烽火的老艄公，望着風雨同舟、共渡危難的人們，感慨地說："吳越兩國如果能永遠和睦相處，該有多好啊！"

釋義 "吳越同舟"，用來比喻雙方在患難中同心協力，共渡難關。

出處 春秋·孫武《孫子兵法·九地》："吳越之人，同舟濟江，中流遇風波，其相救如左右手者，所患同也。"

吳鈎

鈎，是一種似劍但帶彎的兵器。春秋時期，吳王闔閭下令讓吳國的工匠製鈎。並聲稱：凡能製出鋒利的好鈎的，賞黃金百兩。於是，吳國會製鈎的能工巧匠們都紛紛竭盡全力，精心製作，進獻給吳王。

有一個工匠，特別貪心，把金錢看得重於一切。他有兩個兒子，一個叫吳鴻，一個叫扈稽。為了能夠做出最好的鈎，得到重賞，他竟然把自己的兩個兒子殺了，用兒子的鮮血塗在金屬上，製成了兩把鋒利無比的好鈎。

這個工匠把這兩把用兒子的生命換來的鈎獻給了吳王，然後在宮門外求賞。此時，已有許多工匠把自己精心製作的鈎都獻來了。這麼多的鈎放在一起，從外表上看都差不多。吳王分不出不同來。於是，他問求賞的這位工匠：

“做鈎的人這麼多，而只有你來求賞。難道你的鈎有甚麼不同之處嗎？”

工匠說：“為了製這兩把鈎，我不惜殺掉了我兩個兒子，把他們的血塗於鈎上，自然與眾不同了。”

吳王將信將疑，指着成堆的鈎，說：“你說哪兩把是你做的？”

這位工匠一看，這麼多的鈎放在一起，外表非常相像，連自己也真的找不出究竟哪兩把是自己製的。他急中生智，對着那些鈎高聲喊道：“吳鴻，扈稽！父親在此。大王不知道你們的神功，你們趕快出來吧！”

喊聲剛落，成堆的鈎中有兩把突然飛了出來，緊緊地貼在了工匠的胸上。吳王見了，大吃一驚，方知那位工匠所言不虛。他說：“呀，我差點委屈了你！”

吳王重賞了工匠，並且對這兩把鈎珍愛之至，時刻隨身佩帶。

釋義 “吳鈎”，用來指寶貴、鋒利的刀劍。

出處 東漢・趙曄《吳越春秋・闔閭內傳》：“闔閭復命於國中作金鈎。令曰：‘能為善鈎者，賞之百金。’吳作鈎者甚眾。而有人貪王之重賞也，殺其二子，以血釁金，遂成二鈎，獻於闔閭，詣宮門而求賞。王曰：‘為鈎者眾而子獨求賞，何以異於眾夫子之鈎乎？’作鈎者曰：‘吾之作鈎也，貪而殺二子，釁成二鈎。’……於是鈎師向鈎而呼二子之名：‘吳鴻，扈稽，我在於此，王不知汝之神也。’聲絕於口，兩鈎俱飛着父之胸。吳王大驚，曰：‘嗟乎！寡人誠負於子。’乃賞百金。遂服而不離身。”

伯雍種玉

相傳，古時候洛陽有個名叫楊伯雍的人，極為孝順，也很善良。他的父母死後，葬在無終山上，他便在父母的墳前結廬而居。

無終山很高，山上沒有水，楊伯雍便每天到山下去挑水。他挑來的水除自己飲用外，還在山路口設了一個供水站，讓過路人飲用，從不收取他們的錢。

這樣過了三年。一天，他的供水站前來了一位仙人，仙人喝了楊伯雍的水，說："你連續三年挑水供路人飲用，真不簡單，我送給你一斗石子吧。你只要把石子種在地勢高而平坦的地方，石頭中就會長出白玉的。"說完，仙人便送給楊伯雍一斗石子。楊伯雍看到這石子的確和一般石子不同，便收下了。那仙人朝楊伯雍看了看，問："你還沒娶妻子吧？""沒有。"楊伯雍回答說。仙人笑了一笑，說："你的心地這麼善良，一定會娶到一位好妻子的。"說完便隱身而去。

楊伯雍聽了仙人的話，便挑了一塊高而平坦的山地，把一斗石子全都種了下去。在這以後的幾年中，他經常到那塊地裏去觀察，看看是否長出玉來，終於有一天，他看到地裏長出了很多白玉，不由非常高興。

當時，右北平一位姓徐的大戶人家，有一個女兒長得美麗而又賢惠，慕名前去求婚的人很多，徐家都不肯答應。楊伯雍聽說了這位姑娘後，心生愛慕，便抱着試一試的心理，也前去求婚。徐家見他穿着粗布短衫，一副窮困潦倒的樣子，以為他發了狂，便開玩笑地說："你拿一雙白璧來，我就把女兒嫁給你。""一雙白璧。小事一件，我明天多送幾雙來。"楊伯雍笑着告辭。

他回到無終山上，在自己所種的玉田中採下五雙白璧。第二天，他又來到徐家，徐家見楊伯雍竟送來五雙白璧，而且每雙白璧都晶瑩潔白，毫無瑕疵，價值連城，不由驚呆了。於是，他很高興地把女兒嫁給了楊伯雍。

釋義 "伯雍種玉"，用來形容男女姻緣，也用來描寫仙道生活。

出處 東晉・干寶《搜神記》："楊公伯雍，性篤孝，父母亡，葬無終山，遂家焉。山高八十里，上無水，公汲水作義漿於阪頭，行者皆飲之。三年，有一人就飲，以一斗石子與之，使至高平好地有石處種之，云：'玉當生其中，'楊公未娶，又語云：'汝後當得好婦。'語畢，不見。乃種其石，數歲，時時往視，見玉子生石上，人莫知也。"

宋人燕石

春秋時，宋國有個愚夫在梧台東面撿到一塊形狀渾圓、色澤光潤的燕石，認為這是一塊十分珍貴的寶玉，就拿到家中，作為寶貝珍藏起來。

不久後，一位來自周地的客商得到消息，立即找來，請他把撿到的寶玉拿出來給自己看看。起初，宋國愚夫不肯，但經不起客商的再三懇求，終於答應了。但他對客商說："這寶玉不是尋常的玉石，必須先齋戒七日，然後才能讓你看。"

客商聽了，只得答應。於是宋國愚夫用香湯沐浴後開始了為期七天的齋戒。七天後，客商再次來到宋國愚夫家中，只見他頭戴高帽，身穿黑布袍，正在庭院中指揮僕人把捆好的羊和豬抬進來放在祭台上。台的正中放着一隻很大的皮箱，接着便殺豬宰羊，將溫熱的牲血塗在皮箱上，他打開箱蓋，從裏面取出一隻略小的箱子，這樣箱子套箱子，到最裏面的一隻小箱子，一共竟有十層。

他打開最小的一隻皮箱，小心翼翼地取出一個紅色絲巾裹着的小包，一層一層地解開，一直解到第十層，那顆"寶玉"才露了出來。那客商一看，不由啞然失笑。宋國愚夫見了，不解地問："你笑甚麼？"

"這是燕石，就像普通的磚瓦一樣，根本一錢不值。"

宋國愚夫聽了，怒氣沖沖地罵道："你這個壞商人，不懷好心，你滾吧！我以後再也不給別人看了！"

從此，他把這塊燕石藏得更好，再也沒給別人看過。

釋義 "宋人燕石"，用來指稱自己的東西微不足道；用"燕石"作為謙詞。

出處 南朝宋・范曄《後漢書・應劭傳》："宋愚夫亦寶燕石，緹十重。"

尾生抱柱

春秋時，魯國曲阜有個青年人名叫尾生。他為人正直，樂於助人，和朋友交往很守信用，在鄉里受到鄉親們普遍讚譽。

有一次，住在他家不遠的一個親戚因為家裏的醋用完了，來向尾生借，尾生正好家中也用完了，但他並不回絕，說：“你稍等一下，我裏屋還有，我進去拿給你。”尾生悄悄從後門出去，向鄰居借了一罐醋，謊說是自己的，送給了那位親戚。

過了不久，尾生遷居梁地。他在那兒認識了一位年輕美麗的姑娘。兩人一見鍾情，私訂了婚約，但是姑娘的父母卻堅決反對這門親事。為了追求幸福的生活，姑娘決定背着父母私奔，跟隨尾生回到曲阜去。

這天，兩人約定在城外的一座木橋邊會面，雙雙遠走高飛。黃昏時分，尾生來到橋上等候。不料，老天突然變臉，霎時間狂風怒吼，雷電交加，一場大雨傾盆而下。沒多少時間，山洪暴發，直朝尾生所在的那座橋席捲而來。不一會，滔滔的洪水很快就淹沒了橋面，漫過了尾生的膝蓋。

尾生在橋上東張西望，盼望姑娘到來，但卻不見姑娘的蹤影，他決心堅守信約，不見姑娘決不離開。洪水越來越大，越漫越高，尾生緊緊地抱住橋柱，寧死不走。半夜，風停雨歇，方圓幾十里的地方成了一片水鄉澤國，尾生就活活地淹死在橋上。

幾天後，洪水退去。姑娘來到城外，發現了緊抱橋柱而死的尾生，悲慟欲絕。她抱住尾生的屍體號啕大哭，哭完後，便縱身跳入河中，為尾生殉情。

釋義 “尾生抱柱”，用來形容堅守信約；用“尾生”來指稱堅守信約的人。

出處 《莊子‧盜蹠》：“尾生與女子期於樑下，女子不來，水至，不去，抱樑柱而死。”

青牛紫氣

老子，楚國苦縣厲鄉曲仁里（今河南鹿邑縣）人，長得膀大腰圓，長耳垂肩，本是周朝時管理書冊的史官。

傳說孔子到洛陽去遊玩的時候，向老子請教。老子比孔子年長，見識豐富。他聽說孔子前來，便親自去城外守候。孔子以當時最隆重的禮節，手捧大雁送給老子。

孔子在洛陽住了好些日子，時常向老子請教，並詢問禮儀方面的知識。老子告誡他："執行禮儀的人已經死了，剩下的只是一些形式，沒甚麼可說的。你應該去掉驕氣和慾望，做到才德不外露。"

孔子走後，老子覺得社會上的各種矛盾還很多，諸侯之間的戰爭連年不斷，周王朝搖搖欲墜，長待在洛陽也不是辦法，就騎了一頭青牛，西行而去。

某一天的早晨，散關的守令尹喜，發現大片大片的紫色霧氣在關口飄盪，久久不散。他十分高興，因為在當時，紫氣被認為是一種吉祥的象徵。

不一會兒，尹喜看到一個人騎着青牛而來，他凝神細看，發現是德高望重的老子，十分高興，便上前與老子互致問候。

尹喜勸老子說："您是一位很有智慧的人，又精通哲理，應該寫一本書來宣傳您的思想，循導後人。"

老子覺得他說得很有道理，就接受了他的建議，在關上住了下來，專心編著《道德經》。

《道德經》分上下兩篇，老子在書中宣揚"無為而治"，要求人們保持"柔弱"的操守，認為"柔能勝剛"，並揭示了客觀事物之間相互依存、相互轉化的辯證關係。

釋義 "青牛紫氣"，用來描寫仙道及隱逸生活，或表示吉祥來臨。

出處 西漢・司馬遷《史記・老子韓非列傳》司馬貞索隱引劉向《列仙傳》："老子西遊，關令尹喜望見有紫氣浮關，而老子果乘青牛而過也。"

青白眼

阮籍是建安作家阮瑀的兒子，他和嵇康、向秀、山濤、阮咸、王戎、劉伶等是好朋友。他們經常在山陽竹林之間遊玩，人們把他們稱為“竹林七賢”。

阮籍對世俗禮教十分憎惡，對待母親卻十分孝順，但又與眾不同。他母親病死的時候，阮籍正在和別人下圍棋。對手得知他母親去世的消息，就勸他終止棋局。他卻非要把棋下完為止。

阮籍回到家中，一口氣喝下了兩斗酒，之後便放聲痛哭，吐血不止。服孝期間，阮籍日漸憔悴。裴楷前來弔喪，看見阮籍髮如亂草，匍匐於地，一臉的醉意。於是，便自顧自走入靈堂，在靈前哭祭。

裴楷走的時候，沒有和阮籍打招呼。於是有人就問他：“弔喪的人總是等主人開始哭泣後才行哭拜的祭禮，然而現在阮籍都不哭，你為甚麼要哭？”

裴楷回答說：“阮籍厭惡名教禮法，而我卻不然，自然要遵守世俗的禮儀。”

第二天，嵇喜來弔喪的時候，阮籍不但不打招呼，反而白眼相加。嵇喜見阮籍蔑視自己，心中不悅，在亡者靈前拜了一拜就走了。

嵇喜回到家中，將此事告訴弟弟嵇康，認為阮籍太傲慢無禮。嵇康安慰他說：“阮籍這個人就是這樣，看不起那些熱衷於功名利祿的人，凡是這種人，他都以白眼相對，你也不必放在心上。”

然後，嵇康便帶着一罎酒和一張琴，前往阮籍家中弔唁。阮籍看到嵇康來了，神色緩和了很多，以青眼相對。

嵇康看到阮籍骨瘦如柴，面色蠟黃，知道他是因為喪母之痛而哀傷過度，但卻並不忙着安慰他，只是和他對飲撫琴，以此來緩解阮籍心中的悲痛。

由於阮籍常常白眼相對，因此遵從禮法的人十分厭惡他。幸虧他常用喝醉的辦法避開衝突，才得以善終。

釋義 人們用“青眼、垂青”表示對人的尊重或喜愛，用“白眼”表示對人的輕視或憎惡。

出處　唐・房玄齡等《晉書・阮籍傳》："籍又能為青白眼。見禮俗之士，以白眼對之。常言'禮豈為我設耶？'時有喪母，嵇喜來弔，阮作白眼，喜不懌而去；喜弟康聞之，乃備酒挾琴造焉，阮大悅，遂相與善。"

青氈舊物

王獻之（344–386）是大書法家王羲之的第七個兒子，七八歲時就跟着父親學書法。

一天，王獻之正在練字，王羲之悄悄地從背後走近，猛地捏住筆桿，想把筆從王獻之的手中抽出來。不料，王獻之的筆握得緊緊的，怎麼也拔不出。王羲之見兒子握筆如此有力，不由暗暗稱讚："這孩子今後必有大出息。"

王獻之成年後，果然如他父親所料，不僅書法非常出色，而且畫也畫得很好。他的書法在繼承父親王羲之風格的基礎上，進一步改變了當時古拙的書風而獨樹一幟，人們將他與王羲之並稱為"二王"。

一天晚上，夜深人靜，王獻之正在書齋中睡覺。三個小偷潛入書齋，將所有的東西一偷而光。他們見王獻之仍在酣睡，便想再偷一些東西，就跑到廚房去。

其實，王獻之並沒有睡着，他大聲叫道："偷兒們，廚房裏的青氈，是我們家的舊物，能不能手下留情，把它留給我？"

小偷們見主人並未睡着，不由嚇得魂飛魄散，丟下所偷的東西，落荒而逃。

釋義　"青氈舊物"，用來指先代遺留之物，或引申為舊業。

出處　東晉・裴啟《語林》："王子敬在齋中臥，偷人取物，一室之內略盡。子敬臥而不動，偷遂登榻，欲有所覓。子敬因呼曰：'石染青氈是我家舊物，可特置否？'於是羣偷置物驚走。"

青鳥使者

漢武帝對求神拜佛、長生不老等仙道活動非常熱衷，雖然多次受到方士們的欺騙，但仍然樂此不疲。

有一年的七月七日，漢武帝獨自一人在承華殿齋戒（古人在祭祀前，沐浴更衣，不喝酒，不吃葷，來表示自己的虔誠）。當日頭正中的時候，他看到兩隻青鳥正從遠處向承華殿緩緩飛來，在承華殿上方盤旋了一會兒後，落在殿前。

漢武帝定睛一看，這兩隻青鳥長得像鳳凰一樣，脖子上的羽毛鮮紅如火，兩隻黑眼睛像兩顆黑珍珠，在太陽下熠熠生輝，身體和尾巴上的毛翠綠欲滴。

漢武帝何曾見過這麼漂亮的鳥兒，不由得目瞪口呆。他忙問身邊的侍臣東方朔："這是甚麼鳥？怎麼我從沒見過？牠象徵着甚麼？"

東方朔回答說："這兩隻鳥叫青鳥，是西王母的使者。到了傍晚時分，西王母肯定會降臨。請陛下派內侍們把宮院打掃乾淨。"

漢武帝聽說西王母要親臨承華殿，高興萬分，立即命令內侍們把宮院打掃得一塵不染。

過了一會兒，東方朔指着雲層說："陛下，您看，那片紫氣正浮動着向承華殿飄來呢！那一定是西王母降臨了！"

漢武帝抬頭一看，只見一輛紫色的車子從天而降，八對玉女分列兩旁，兩隻青鳥分立車後。車裏坐着一位端莊秀麗、風華絕代的女神。

漢武帝看得目眩神迷，一時不知該如何是好。西王母拿出一枚三千年結一次果的蟠桃送給漢武帝，祝他長生不老。然後，她帶着玉女們和青鳥飄然而去。

釋義　"青鳥使者"，用來指代仙道或愛情的特使。

東漢・班固《漢武故事》："七月七日，上於承華殿齋，日正中，忽見有青鳥從西方來，集殿前。上問東方朔，朔對曰：'西王母暮必降尊象，上宜灑掃以待之。'"

青箱家學

南朝宋的王淮之，字元曾，是琅砑臨沂人。他家幾代人在朝廷任高官。他的高祖父王彬，任尚書僕射。曾祖王彪之，官居尚書令。祖父王臨之、父親王訥之都做過御史中丞。

王彪之知識淵博，見多識廣，很熟悉朝中的典儀掌故。一家世代相傳，都熟諳朝廷舊事，並將這些知識寫下來，藏到青色的書箱裏，世人稱之為“王氏青箱學”。

王淮之精通禮傳，擅長文辭。早年當過右常侍、尚書禮部郎。義熙年間，又為尚書中兵郎、丹陽丞、中軍太尉主簿等官。他有理政之才，辦事效率高，處理政事井井有條，政績突出，被封為都亭侯。後來，又被提升為尚書左丞、御史中丞，同僚們都對他敬畏三分。

宋高祖即位後，拜王淮之為黃門侍郎。王淮之認為朝廷實行的一些制度不合乎禮儀，應該以鄭玄所註的禮為標準，沿用舊制。於是上書高祖，請求更改。高祖知道王淮之家學底子深厚，深諳歷朝舊事，他的建議一定有理有據，符合先王定制，於是就答應了他的請求。

王淮之繼承父祖的學問，又深入研究儒家經典和歷代禮儀制度，撰寫了《儀註》一書。當時的許多名士都很欽佩他，經常登門求教。王淮之有問必答，引經據典，令人歎服。

當時的大將軍彭城王義康十分欣賞佩服王淮之，經常感歎說：“治理國家何須高深玄虛的理論，得到兩三個像王淮之這樣的人就夠了。”

釋義 “青箱家學”，用來指有家學淵源。

出處 南朝梁・沈約《宋書・王淮之傳》：“博聞多識，練悉朝儀，自是家世相傳，並諳江左舊事，緘之青箱，世人謂之‘王氏青箱學’。”

青蠅報赦

前秦是魏晉南北朝時五胡十六國之一。公元354年，前秦的東海王苻堅和清河王苻法聯手，殺了在位的厲王苻生，登上了國君的寶座，稱大秦天王，改年號為永興，這年，苻堅才十八歲。

永興五年，京城長安中突然飛來一隻鳳凰，停棲在苻堅的宮殿東閣之上。鳳凰是傳說中的百鳥之王，鳳凰的出現是一種祥瑞，苻堅非常高興，便決定大赦天下，所有的文武百官都各升一級。

苻堅把他的弟弟苻融和宰相王猛找來，在內殿商議這件事。他讓左右的侍從全部退出，對苻融和王猛說："有鳳來儀，這是少有的祥瑞。所以我想大赦天下，百官各升一級，你們以為如何？"

苻融和王猛都十分贊成。苻堅說："那好，由我親自來寫大赦天下的文告。"

苻融和王猛為苻堅取來錦箋和筆墨，苻堅便興致勃勃地寫了起來。

這時，一隻異乎尋常的大蒼蠅突然從窗外飛了進來，牠嗡嗡地叫着，繞屋內飛了一圈，停在筆桿上。苻堅把這蒼蠅驅走，但牠飛了一圈，又飛回來停在筆桿上。一直到赦文寫好，牠才又飛出窗外。

可是，苻堅大赦天下的文告還沒公佈，消息已經傳遍全城了。

有官員把這情況向苻堅作了稟告。苻堅感到非常吃驚，對苻融和王猛說："我們在內殿商議這件事，應該沒有人聽到，這事怎麼會洩漏出去呢？"

苻融和王猛也感到有點不可思議。於是苻堅下令京兆尹負責追查。京兆尹派差役上街追查，人們都說："有一個穿黑衣服的小人，在街上不停地大喊官府要大赦了！可這小人喊完，很快就不見了。而不一會，這穿黑衣服的小人又出現在另一條大街上……"

京兆尹把追查的情況向苻堅稟報，苻堅想了想，歎口氣說："這穿黑衣服的小人看來是那隻大蒼蠅變的。那天我就感到那隻蒼蠅與眾不同。看來冥冥之中另有神靈，俗語說：'若要人不知，除非己莫為'，這話看來一點不錯。"

釋義 "青蠅報赦"，用來形容儘管事情做得十分秘密，但世間沒有不透風的牆，秘密最終會被戳穿。

出處 唐・房玄齡等《晉書・苻堅傳》："苻堅屏人作赦文，有蠅入室，驅之復來，俄而人知有赦。詰其所自，皆云有青衣童子呼於街中。堅曰：'是前青蠅也。'"

長平坑趙

戰國七雄之中，秦國最為強大。秦王有意掃平六國，統一天下。趙國當然也在被掃滅之列。

公元前 262 年，秦國派大將王齕率軍攻打趙國，趙孝成王派老將廉頗為主帥，領兵抵禦。

廉頗深知秦兵勇悍，善於野戰而不善攻堅，於是在長平深溝高壘，修築堅固的防禦工事，長期堅守。雙方相持了三年，秦軍仍無法攻克長平。

秦王把廉頗視作眼中釘，於是他使用反間計，派奸細到趙國都城邯鄲去散佈謠言，說廉頗年老怯戰，趙王如果任命趙括為大將，統領趙軍，一定會將秦軍打得大敗。

趙孝成王果然中計，派趙括前往長平，取代廉頗。

趙括是趙國名將趙奢之子。他雖然從小就學習兵法，談起兵法來頭頭是道，但卻只會紙上談兵，毫無實際作戰經驗。趙括一到長平，立即改變了廉頗多年來堅守陣地的策略，率軍和秦兵正面交鋒。

而秦王得知趙國中計，立即派名將白起為上將軍，帶了大量增援部隊開往長平，並讓王齕做白起的副手，原來的部隊也全由白起調度指揮。而秦軍的這些情況，趙括毫無所覺。直到兩軍交戰，白起率大量人馬從半路殺出，趙括才知道中計，但已經遲了。

趙軍遭到前後夾擊，進退無路，被秦軍圍困了四十餘天。趙軍糧盡，兵無鬥志，趙括在最後的交戰中被亂箭射死，四十餘萬趙軍全被秦軍俘虜。白起怕投降的趙軍造反，便使用最殘忍的手段，在長平挖了無數大坑，他除了讓二百四十名年齡最小的趙兵回國報喪外，將其餘的趙軍全部活埋。這就是歷史上有名的"長平坑趙"。

趙國經此一戰，元氣大傷，便再也沒恢復過來。過了幾年，趙國終被秦國所滅。

釋義 “長平坑趙”，用來形容戰爭失利，犧牲慘重；也用來形容戰爭殘酷，主將殘忍。

出處 西漢・司馬遷《史記・白起列傳》：“括軍敗，卒四十萬人降武安君。武安君計曰：‘前秦已拔上黨，上黨民不樂為秦而歸趙。趙卒反覆，非盡殺之，恐為亂。’乃挾詐而盡坑殺之，遺其小者二百四十人歸趙。”

長門買賦

漢武帝小時候，常到姑媽長公主家去玩。長公主有個女兒名叫阿嬌，長得楚楚動人。表兄妹倆青梅竹馬，兩小無猜，常在一起玩耍，感情很好。漢武帝成年後，便娶阿嬌為妻。漢武帝做了皇帝後，立阿嬌為皇后。因為阿嬌姓陳，歷史上便稱她為陳皇后。

陳皇后原先很得漢武帝寵倖，但她性格甚妒，容不得漢武帝寵愛其他的妃子，常常為此與漢武帝大吵大鬧，甚至請女巫施行巫術，詛咒漢武帝寵愛的衛夫人，弄得內宮很不安寧。漢武帝對此非常惱怒，一氣之下，下詔收回了皇后的玉璽，廢除了她的封號，把她貶入長門宮。

長門宮是一處冷宮，與皇后原來住的宮殿有天壤之別。陳皇后住在這樣的宮中。終日以淚洗面，日夜愁苦，心中懊悔莫及。

一天，有人給她出主意說：“聽說蜀郡成都有個名叫司馬相如的才子，文章寫得十分漂亮，辭賦尤其出色，任何人看了都會感動。他寫的《子虛賦》，連皇上都拍案叫絕。你為甚麼不把自己過去與皇上的恩愛以及目前的境遇告訴司馬相如，請他寫一篇賦，以此來讓皇上回心轉意呢？”

陳皇后覺得這個主意不錯，就親自寫了封信敍述了情況，派人帶了一千六百兩黃金來到成都，懇請司馬相如為自己寫一篇賦。

司馬相如看了陳皇后的信，見她信中言詞懇切，不由十分同情她的遭遇，便一口答應。

因為陳皇后貶居長門宮，司馬相如便將所寫之賦擬題為《長門賦》。在賦中，他以淋漓盡致的筆墨，以一個失寵後妃的口氣，將陳皇后如何懷念當日的恩愛，以及幽居冷宮後的寂寞、淒涼的心情繪聲繪色地表現出來。

《長門賦》寫好後，陳皇后讀了，不由熱淚盈眶。陳皇后又設法將《長門賦》呈交給漢武帝。漢武帝讀了，也不由勾起了與陳皇后的青梅竹馬之情，想起當日“金屋藏嬌”之言，不由產生了內疚之情。於是，他將陳皇后從長門宮召回，陳皇后復又得寵。

釋義 “長門買賦”，用來形容失寵婦女力求恢復寵倖，或者形容文人的作品受人賞識，價值很高。

出處 西漢·司馬相如《長門賦·序》：“孝武皇帝陳皇后時得倖，頗妒，別在長門宮，愁悶悲思。聞蜀郡成都司馬相如天下工為文，奉黃金百斤，為相如、文君取酒，因於解悲愁之辭。而相如為文以悟主上，陳皇后復得親倖。”

拔山扛鼎

項羽是楚國下相人，他從小跟隨叔父項梁生活。項家世代為楚將，項羽的祖父就是楚國名將項燕。

項羽年少時曾讀過書，但沒甚麼進展，後又去學劍，仍然不行。叔父項梁生氣了，問他到底要學甚麼。項羽說：“讀書只要能寫自己的名字就足夠了，學劍只能對付一個人，我要學能對付萬人的本領。”項梁只好教他兵法。項羽這才高興起來。

後來項梁殺了人，為了躲避仇家報復，他帶着項羽到吳中居住。

有一次，秦始皇到會稽巡遊，很多百姓在路邊觀看，項梁帶着項羽也在人羣中。項羽指着秦始皇說：“這個人，我可以取代他。”項梁急忙捂住他的嘴說：“不要胡說，要誅滅九族的。”但心中暗暗稱奇，覺得項羽不平常。

這時項羽已長得很高大，大約有八尺多高，力氣大得能舉起青銅鼎，當地的年輕人已沒人是他的對手，大家對他非常敬畏。

後來，陳勝吳廣起義，隨後各地義軍蜂擁而起，項羽也隨着叔父項梁率軍起義。他憑着自己的勇氣和兵法在戰爭中逐步擴大勢力，並成為重要的義軍首領。

他和劉邦率領的另一支強大的義軍共同推翻了秦朝的統治。隨後又同劉邦展開了爭奪天下的楚漢戰爭。

項羽在戰爭中失利，被劉邦包圍在垓下。由於項羽部下大部分是楚國人，劉邦命人在四周唱起楚國歌謠，項羽以為自己的老家已被劉邦佔領，心中驚慌。軍士們也都無心戀戰。

項羽預感到自己大勢已去，就作了一首《垓下歌》，歌中唱道："我力能拔山英雄蓋世，但天時不利連駿馬也不肯走了。駿馬不走我還有辦法，虞姬我可拿你怎麼辦呢？"

不久之後，戰敗的項羽在烏江自刎而死。

釋義 "拔山扛鼎"，用來形容人力大無窮；或用來借稱項羽。

出處 西漢・司馬遷《史記・項羽本紀》："籍長八尺餘，力能扛鼎。"

直搗黃龍

宋代著名愛國將領岳飛在朱仙鎮（今屬河南）大敗金兀術後，又派人與黃河、淮陽一帶的抗金義軍聯絡。各路義軍紛紛響應，爭先恐後地與岳家軍聯繫，打出"岳"字號大旗，期待着與岳家軍會師。

在聯合抗金的形勢感召下，深受金兵淩辱的中原百姓更是羣情振奮，拉着車牽着牛，滿載糧食送給義軍。義軍所到之處，百姓焚香迎接，欣喜異常。

燕山以南的中原大地，金的號令失效了，兀術想糾集軍隊抵抗岳飛，也沒有一處聽他的。收復中原的宿願很快就要實現了，岳飛也興奮不已，迫切希望精忠報國化為現實，他高興地鼓勵將領說："我們直抵黃龍府（金的大本營），開懷暢飲！"

但是，岳飛最後功敗垂成，打敗金人、收復失地的願望終究未能實現。宋徽宗聽信奸臣秦檜等人的讒言，連下十二道金牌把岳飛急召回京，然後以“莫須有”罪名將其殺害，留下千古奇冤、千古遺憾。

釋義 “直搗黃龍”，用來形容打敗侵略者，收復失地。

出處 元・脱脱等《宋史・岳飛傳》：“飛大喜，語其下曰：‘直抵黃龍府，與諸君痛飲爾！’”

林宗巾

郭泰是東漢人，字林宗。在他很小的時候，父親就去世了，家裏很窮，他和母親相依為命。

林宗長大後，母親託人替他在縣府找了個差事，林宗卻不肯去，他說：“大丈夫豈能為幾斗米屈膝？”

於是，林宗告別了相依為命的母親，到成臯（今河南滎陽）拜屈伯彥為師。三年後，林宗盡得屈伯彥真傳，他不但學識淵博，而且對音律也十分精通。

後來，林宗到京都洛陽遊學，結識了河南府尹李膺。李膺在當時很有名望，一般的書生能和他結交，就好像登了龍門。李膺認為林宗是一個奇才，很樂意和他交往。李膺和林宗的密切來往頓時震動了京師。

然而林宗對做官卻沒有甚麼興趣，不久就返回故鄉。臨行那天，許多士人送他到黃河邊。李膺和林宗手拉手上船，駛向黃河對岸。岸上的人們看着他倆，好像是兩位神仙一般。

林宗身材高大，相貌堂堂，經常穿着一件大袍子。因為他每到一地，都顯示出他的智慧過人，所以不少人都暗中仿效他的言談舉止。

一日，林宗在陳梁等地遊學，天上下雨，又沒有地方躲雨。林宗就摘下頭巾，摺起一角蓋在頭上，希望能擋住一些雨水。不料，這一無意之間的舉動，竟引來無數人的仿效。不管下不下雨，總有很多人把頭巾摺起一角戴在頭上，並稱之為“林宗巾”，可見人們對林宗的喜愛。

不久以後，李膺因為得罪了宦官，遭到滅門之禍，林宗就閉門不出，開了個學館，學生有幾千人。建寧二年（公元 169 年）春天，林宗在家中去世，時年四十二歲。

釋義 “林宗巾”，用來指文士名重，或借指風流倜儻之士。

出處 南朝宋・范曄《後漢書・郭太傳》：“嘗於陳梁間行遇雨，巾一角墊，時人乃故摺巾一角，以為‘林宗巾’。”

東山攜伎

東晉名臣謝安，出身於名門望族。他自幼聰明多智，天資過人，被許多長者、名士認為將來定成大器，這使得謝安年紀輕輕，就已經有了很大名氣，甚至連丞相王導都知道他。

當時，朝廷選拔官吏，實行的是察舉徵辟制度，讀書人名聲在外，就成了官府徵召的對象。謝安出身名門，聲譽遠播，當然也多次被徵召。謝安先在司徒府任過職，做過佐著作郎，但不久，他就藉口身體有病，辭職不幹。揚州刺史庾冰聽說謝安的名氣，數次敦請，謝安不得已而去應召，但只過了一個多月又辭官回家。吏部尚書范汪推舉謝安當吏部郎，謝安乾脆寫封信拒絕。應當說，謝安做官的機會非常多，可他一直不想幹，以至有些官吏奏報朝廷說，像謝安這樣狂悖，不肯替國家出力，應以終身不再錄用作為懲罰。

此時的謝安年輕氣盛，家境又富足，不去做官，正樂得縱情山水。他在風景秀麗的會稽東山築室隱居，經常與三五朋友一起，遊賞山水，吟詠詩文。而且他每次出遊，必定帶了歌伎隨侍，完全是風流富家子弟的作派。這段日子，謝安過得逍遙快樂。那時，謝家許多人已在朝為官，謝安的弟弟謝萬已經是西中郎將，手中握有兵權，而謝安雖隱居東山，他的名聲卻遠遠超過謝萬。人們推測謝安肯定會有做大官的希望。

不久，謝萬被罷官，而北方的前秦對東晉虎視眈眈，四十多歲的謝安為了家族的利益，也為東晉政權，決定放棄東山隱居生活，投身仕途。東山再起後，謝安一路做到尚書僕射、征討大都督、宰相。而他一生中最輝煌的時刻，就是復出之後，運籌帷幄，取得了“淝水之戰”

的大捷，保住了東晉半壁江山。

釋義　“東山攜伎”，用來形容人寓居遊賞，縱情山水。

出處　唐・房玄齡等《晉書・謝安傳》：“有司奏安被召，歷年不至，禁錮終身，遂棲遲東土。嘗往臨安山中，坐石室，臨浚谷，悠然歎曰：‘此去伯夷何遠！’……安雖放情丘壑，然每遊賞，必以妓女從。”

東牀

東晉大書法家王羲之出身於世家大族，他的叔父王導、王敦都是朝廷重臣，地位顯赫。

王羲之年輕時長得一表人材，風流倜儻。當時在王氏宗族中，有不少與王羲之同輩的年輕人，王導的兒子王悅、王恬、王洽、王承等都與王羲之年齡相仿，尤其是王悅、王承，也是長得十分英俊，且很有才學。他倆與王羲之被時人合稱“王氏三少”。

王羲之雖然極具才華，但性格卻放蕩不羈，淡薄名利，年少時尤甚。有一年，太傅郗鑒要為自己的女兒擇婿。他聽說王家的子弟都很俊秀傑出，便特地派了一個門生去見王導，要求在王家的子弟中挑選一個女婿。王導見是郗太傅派人登門求婚，便一口答應，並讓郗鑒派人在自己的子姪輩中任選一個。

門生回去把王導的意見告訴郗鑒。郗鑒聽了，對門生說：“那就請你再去跑一趟，把王家子弟逐個審視一下，把看到的情況回來告訴我。”於是，這個門生又來到王家。王導讓自己所有的子姪全部集中到東廂房去，並對他們說：“郗太傅要在你們中間挑選一位乘龍佳婿，你們各自好好準備一下。”

王家子弟早就聽說郗太傅有個花容月貌的女兒，如今郗太傅要在他們之中選一個女婿，不由得十分興奮。他們都穿上漂亮的衣服，打扮一番，在東廂房中端坐，希望這好運能降臨到自己頭上。只有王羲之對這事抱着無所謂的態度，他穿着隨意，懶散地躺靠在東牆旁的竹牀上，手中還拿了一個餅，若無其事地吃着。

郗鑒的門生來到東廂房，王家子弟都一一作了自我介紹。那門生也記不住他們的名字，便回去把情況告訴郗鑒，說：“王家的子弟確實都很俊秀，我也分不出高下。他們大都拘謹地端坐，希望能被選中。只有一個人無所謂地躺在東邊的牀上，袒露肚腹，一口一口地吃餅，對太傅派我去擇婿之事無動於衷。”郗鑒聽了，高興地說：“好！這個人可以做我的女婿。”

於是，郗鑒親自登門，對王導說他選中的是躺在東牀上吃餅的那個子弟，王導聽了，稱頌說：“太傅果然好眼力！他是我的姪兒羲之。是我們王家子弟中最優秀的！”郗鑒聽了非常高興，不久，便把女兒嫁給了王羲之。

釋義 “東牀”或“東牀快婿”，多被用來指代女婿。

出處 唐・房玄齡等《晉書・王羲之傳》：“時太尉郗鑒使門生求女婿於導，導令就東廂遍觀子弟。門生歸，謂鑒曰：‘王氏諸少並佳，然聞信至，咸自矜持。惟一人在東牀坦腹食，獨若不聞。’鑒曰：‘正此佳婿邪！’訪之，乃羲之也，遂以女妻之。”

東海孝婦

西漢時，東海郡有一位婦女，年輕時丈夫就死了，也沒有兒子，只與婆婆相依為命。由於家中沒有男子，她們的日子過得非常艱難。但這位婦女仍努力維持生計，奉養婆婆，十分孝順。

婆婆見她每日辛苦勞作，心中不忍，好幾次對她說：“孩子啊，你還年輕，又沒有子女，為我這把老骨頭累死累活的，實在不值得，反正我老了，活不了幾天了，你趕緊改嫁吧！”這位孝順的媳婦堅決不肯改嫁。婆婆見不能說服她，又不忍繼續拖累她，就找了個機會，趁她不在家時上吊死了。

婆婆的女兒已出嫁在外，聽說母親死了，認為是這位孝婦害死的。就去官府狀告孝婦，說她逼死了婆婆。官府就把孝婦捉去，但她分辯說自己沒有罪，官吏就用刑拷問，孝婦受刑不過，只得屈打成招。

案卷送到太守府。當時于定國在郡衙為官，主管刑事案件。他翻閱了卷宗，認為孝婦奉養婆婆十幾年，左鄰右舍都知道她的孝行，肯定不會逼死婆婆。於是為孝婦據理力爭，但太守不聽他的意見。于定國明知孝婦冤枉卻無法幫她，感到非常失望，抱着獄具在大堂上痛哭一場，然後憤而辭職。

太守將孝婦按殺人罪處死後，東海郡出現異常天象，整整三年沒有下雨。人們都説，這是老天在為孝婦鳴冤。新太守上任後，聽從了于定國的意見，為孝婦平反，並隆重祭祀她，東海郡才普降大雨，解除了旱情。

此後，于定國為孝婦昭雪的名聲也傳播開來，被人們所敬重。到漢宣帝時，他官至丞相，封西平侯，成為中國歷史上的一代名臣。

釋義 "東海孝婦"，用來指無辜者遭受冤屈、被人誣陷。

出處 東漢·班固《漢書·于定國傳》："東海有孝婦，少寡，亡子，養姑甚謹，姑欲嫁之，終不肯。姑謂鄰人曰：'孝婦事我勤苦，哀其亡子守寡。我老，久累丁壯，奈何？'其後姑自經死，姑女告吏：'婦殺我母'。吏捕孝婦，孝婦辭不殺姑。吏驗治，孝婦自誣服。……太守竟論殺孝婦。郡中枯旱三年。"

東塗西抹

唐朝時，有個名叫薛逢的人，頗有些文才。朝廷開科取士之時，鄉親們都勸他前去應試。於是，薛逢抖擻精神進了考場，文章做得得心應手，待發榜時，赫然金榜題名。此後，薛逢仕途一帆風順，曾任侍御史、巴州刺史、蓬州刺史、太常少卿等職。

這樣幾十年過去了，薛逢屢經宦海沉浮，對於官場的勾心鬥角、爾虞我詐，感到十分厭倦。於是，他決定退出權力爭奪的中心，丟棄名利之心，過起悠閒自在的生活。晚年時，他擔任掌管圖書著作的秘書監的虛職，生活十分平靜，怡然自適。

一天，薛逢像往常一樣，騎一匹瘦馬，前去上朝。這天，正逢進士發榜，數十名新科進士魚貫而出，由前導官引導，披紅掛綵地行進在街市，引來許多人駐足圍觀。薛逢看着這些年輕的進士們一個個躊躊滿志、意氣昂揚的樣子，不禁回憶起自己當年得中進士的情景。這時，隊伍來到薛逢的馬前，前導官見薛逢的隨從不多，料想他不是甚麼大官，就神氣活現地喝斥道：“迴避新進士！”

薛逢見他這副模樣，不覺失笑。他讓到路旁，派一名家丁上前去對那前導官說：“不用這樣高聲大氣的，老婆婆年少時也曾在臉上東塗西抹，打扮過呢。”意思是說，自己當年也曾中過進士。

釋義 “東塗西抹”主要被用來指少年得意的時光，或用以謙稱自己寫詩著文。

出處 五代・王定保《唐摭言》：“薛監晚年厄於宦途，嘗策羸赴朝，值新進士榜下，綴行而出。時進士團所由輩數十人，見逢行李蕭條，前導曰：‘迴避新郎君！’逢囅然，因遣一介語之曰：‘報道莫貧相，阿婆三五少年時，也曾東塗西抹來。’”

東閣待賢

公孫弘是西漢時人，年輕時，他雖有才學，但由於出身貧寒，沒人薦舉，所以懷才不遇，只當了一個小小的獄吏。

漢武帝即位後，很想有一番作為，於是在全國搜羅有才能的人。公孫弘在應試中得到漢武帝的賞識，被聘為博士。這時，公孫弘已經六十多歲了。不久，武帝看到公孫弘學識淵博，為人淳厚，熟習典章制度，又能言善辯，就把他升為左內史。這樣，在幾年中公孫弘又陸續升遷，一直升到宰相，並封平津侯。

公孫弘做了宰相，望重一時，但他並沒有忘記自己年輕時的遭遇，於是他特意設立東館，招納各地有才能的人，尤其是有才能的年輕人作為賓客，並用自己的俸祿供給這些賓客的衣食，以致家無餘財，自己平常所吃，也只是一份肉和一碗糙米飯。

由於公孫弘廣開賢路，接納人才，一時之間，朝廷中人才濟濟，再加上武帝的雄才大略，最終締造了西漢歷史上最為鼎盛的時期。

釋義 “東閣待賢”，用來指款待、招納賢才。

出處 東漢・班固《漢書・公孫弘傳》：“上方興功業，屢舉賢良。弘自見為舉首，起徒步，數年至宰相封侯，於是起客館，開東閣以延賢人，與參謀議。弘身食一肉，脱粟飯，故人賓客仰衣食，奉祿皆以給之，家無所餘。”

卧理淮陽

汲黯是西漢濮陽（今河南濮陽西南）人。漢武帝時，他擔任東海太守。

汲黯身體比較虛弱，常常躺在內房中。然而，他用人得當，把東海治理得井井有條。漢武帝聽説他很有才能，就召他為主爵都尉，列於九卿。

當時，漢武帝只尊崇儒學，排斥其他百家，但口頭上卻常説要推行仁義。汲黯在上朝時毫不留情地給予批評，漢武帝很生氣，罷朝而去。事後，漢武帝在談到汲黯的為人時，仍然客觀地稱讚他是“社稷之臣”。但汲黯仍常常當面批評武帝，弄得武帝下不了台，終於在擔任“右內史”的時候，被罷了官。

公元前 118 年，漢武帝改革幣制，改三銖錢為五銖錢。不料，在民間卻出現了私鑄五銖錢的情況。這種現象在淮陽特別嚴重。這時，漢武帝又想起了汲黯，任命他為淮陽太守。但汲黯卻不肯接受。

漢武帝連下了幾道詔書，汲黯實在無法推脱，只好隨使者來到京都長安。見到漢武帝，汲黯非常激動，説：“臣以為將終老一生，再也見不到陛下了。沒想到陛下又來啟用臣，但臣體弱多病，恐怕難以令陛下滿意。”

武帝對汲黯説：“我知道你絕對能勝任淮陽太守。現在，那兒的官吏和百姓的矛盾已經非常深了。如果身體不好，你可以躺在牀上，我相信你一定能治理好淮陽。”

汲黯告別武帝，到淮陽上任。他用和在東海一樣的治理方法，只用了一年，淮陽就沒有人再私鑄五銖錢了，官吏和百姓的關係也很融洽。

釋義 “卧理淮陽”形容治政有方，無為而治。

出處 西漢・司馬遷《史記・汲鄭列傳》："乃拜（汲）黯為淮陽太守，黯伏謝不受，詔數強予，然後奉詔。……上曰：'君薄淮陰邪？吾今召君矣。顧淮陽吏民不相得，吾徒得君之重，卧而治之。'"

卧榻之側

北宋天寶八年，早已黃袍加身的宋太祖趙匡胤急欲完成統一全國的大業。當時，南唐還佔着長江以南地區，都城設在金陵（今南京）。宋太祖派重兵渡過長江，包圍了金陵。

南唐後主李煜，實際上是個擅長寫詩填詞，喜歡風花雪月的皇帝。長期以來，李煜過着紙醉金迷的生活，不理朝政，導致南唐經濟衰敗，國力空虛。

面對大兵壓境的緊急形勢，李煜才如夢方醒，慌忙召集文武大臣商量怎麼辦。大家一致認為，憑南唐軍隊的數量和質量，實在無法抵抗住氣勢洶洶的宋朝大軍。惟一的辦法就是派人去向趙匡胤說好話，求他手下留情。派誰去好呢？文武大臣們推三阻四，最後重任落到了徐鉉的身上。

徐鉉奉命來見趙匡胤。趙匡胤當然明白南唐的意思，就在便殿接見了徐鉉。

"你來何事？"見了面，待徐鉉行過大禮後，趙匡胤傲慢、冷淡地問徐鉉。

徐鉉畢恭畢敬地說："聽說宋朝大軍開到了金陵，不知是為了甚麼？"

趙匡胤說："我乃大宋王朝的皇帝，李煜竟然久久不來晉見，違抗聖命，因此才發天兵征討。"

"我主歷來對朝廷非常恭順。"徐鉉連忙誠惶誠恐地解釋："我主因長期身體欠安，所以不能長途跋涉前去拜謁，決不是有意抗拒皇上的詔命。現在能否請聖上退兵，我主自然也會奉詔宋朝廷晉謁。"

趙匡胤聽了徐鉉的話，覺得沒有必要再拐彎抹角了，便淡然一笑，對徐鉉說：“你不需要再多說了！其實，你們並沒有甚麼錯。只是，大宋的天下，如何容得你們小朝廷存在？正如自己的卧榻旁邊，怎麼能容許別人鼾睡呢？”

聽了趙匡胤的話，徐鉉已經明白了對方一統天下的心思，求和自然毫無指望了。

釋義 “卧榻之側”，用來比喻自己的勢力範圍之內不允許別人染指。

出處 南宋・岳珂《桯史》：“江南亦何罪，但天下一家，卧榻之側，豈容他人安睡耶？”

刺史天

蘇章，字孺文，東漢時扶風平陵（今咸陽市西北）人。他在少年時勤奮學習，博覽經書，文章寫得很好。安帝時，他被舉為賢良方正，就任議郎之職。

在任上，蘇章數次直言，議論朝廷得失，結果被貶職外放，擔任武原縣令。這年武原縣發生災荒，顆粒無收。蘇章立即下令開倉濟荒，三千餘戶飢民獲救。武原的老百姓都稱讚他是個難得的好縣令。

順帝時，蘇章被任命為冀州刺史，冀州屬下有個清河太守是蘇章的老熟人。這清河太守是個貪官，平日貪贓枉法，老百姓對他恨之入骨。他們得知蘇章清正廉明，紛紛向蘇章告發清河太守的罪行。蘇章立案偵查，見清河太守罪證確鑿，決心懲辦他。

但蘇章考慮到清河太守是自己熟識的朋友，自己既不能因私廢公，也不能因公廢私。於是，他先設酒宴請清河太守。席間，兩人大談私誼，並說了清河太守過去做過的不少好事及其優點，清河太守非常高興，說：“每個人頭上都有一片天，而只有我有兩片天。”

蘇章說：“老兄，你錯了。今天我蘇孺文與老朋友歡飲，這是我們私人之間的交情；明天冀州刺史升堂問事，執行的將是國家的律法。”

第二天，蘇章便依法將清河太守革職治罪。冀州境內的貪官污吏、豪強大族知道蘇章正直無私，有的聞風而逃，有的畏懼縮手，冀州的風氣很快得到整肅，冀州百姓都稱譽蘇章是個好刺史。

釋義 “刺史天”，用來作為對地方官的稱頌之詞。

出處 南朝宋・范曄《後漢書・蘇章傳》：“有故人為清河太守，（蘇章）按得其好貨，乃請太守，設酒，按以溫顏。太守喜曰：‘人皆有一天，獨有二天。’章曰：‘今日蘇孺文與故人歡飲，私恩也；明日冀州刺史白奏事，公法也。’遂舉正其罪。”

叔敖埋蛇

孫叔敖是春秋時楚國人。他六七歲的時候，楚國發生動亂，他母親帶着他住到名叫夢澤的鄉下地方避難。

一天，孫叔敖出外玩耍。突然，他看到一條蛇在路上爬行，不由嚇了一跳，再仔細一看，只見這條蛇有兩個頭，是條兩頭蛇。

孫叔敖想：“前些日子我聽大人說過，誰遇見了兩頭蛇，誰就活不了。現在我看到了兩頭蛇，看來我要死了。”想到這裏，他心裏一酸，不禁簌簌地落下淚來。然而他又想道：“我看到兩頭蛇要死，那要是別人看到牠不也要死嗎？我不能讓牠再害人！”

於是，他尋來一把鐵鍬，用盡全身力氣，猛砸幾下，把兩頭蛇砸死。接着，他又在地上挖了個坑，把兩頭蛇埋在地下。

他埋好蛇後，急急忙忙地跑回家中，“哇”地一聲，撲在他母親的懷裏大哭起來。母親問他出了甚麼事，他擦了擦眼淚，說：“我剛才看到了一條兩頭蛇。聽大人說，看到兩頭蛇的人會死掉的。我馬上會死的！娘！我捨不得離開你呀！”

母親聽了，嚇得臉色都變了，忙問：“那兩頭蛇在哪裏？”

“我怕別人看見了牠也會死，就把牠打死了！”孫叔敖一面哭，一面回答。

母親聽了，讚揚地說：“好孩子，你別怕！蛇沒咬着你，你怎麼會死呢？再說，像你這樣一個心腸好，替別人着想的孩子，上天一定會保佑你的，你不會死的！”

孫叔敖聽了母親的話，擦乾眼淚，笑了。後來，孫叔敖不但活得很好，而且成了楚國的國相呢！

釋義 “叔敖埋蛇”，用來形容人德行高尚，能夠除害利人。

出處 西漢・劉向《新序・雜事一》：“孫叔敖為嬰兒之時，出遊見兩頭蛇，殺而埋之。”

虎項金鈴

在金陵城（今江蘇南京）的西面，有一座石頭山，山勢很陡峭。在山上有座清涼寺，寺中有好幾百個和尚，香客絡繹不絕，香火十分旺盛。

在清涼寺中有一位法燈禪師，性情非常豪爽，在寺內從不做任何事。因此，其他和尚都瞧不起他，只有寺裏的方丈法眼禪師對他另眼相看。

一天，法眼禪師在向寺裏的和尚們講完佛經後，就和大家聊天，他問大家：“如果一隻老虎的脖子上繫着一個金鈴，你們說說，誰能把它解開？”

和尚們聽到這個問題，瞠目結舌，面面相覷，沉默了很久，還是沒有人回答出來。

這時，法燈禪師正好從殿前經過，法眼禪師叫住他，問：“老虎的脖子上繫着一個金鈴，誰能把它解開？”

法燈禪師微微一笑，很從容地回答：“只有那個把金鈴繫上去的人才能解開。”說完，法燈禪師就頭也不回地走了。

法眼禪師滿意地點了點頭，對和尚們說：“他這個人很有才氣，你們可千萬不能小看他呀！”

釋義 “虎項金鈴”，用來比喻誰惹出來的問題，仍由誰去解決。

出處 明・瞿汝稷《指月錄》：“（法）眼一日問眾：‘虎項金鈴，是誰解得’？眾無對。師（法燈）適至，（法）眼舉前語問。師（法燈）曰：‘繫者解得。’”

虎頭三絕

晉代著名畫家顧愷之，小名“虎頭”。顧愷之的畫在當世就很有名氣，受到宰相謝安的重視。

顧愷之善於畫人物，他所畫的人物風韻神采畢現。但他有一個習慣，一幅人物畫成後數年都不點睛。人們向他詢問其中緣故，他說：“人的肢體都相差無幾，繪畫上難以體現出其特色。最能體現人物神韻的是眼睛。”因此，即使在數年之後點上眼睛，所畫的人物也如新成一般，氣韻生動。

顧愷之的繪畫藝術之所以取得如此高的成就，得益於他的“癡”，即對繪畫的癡迷。這份癡迷表現在勤奮上：他着迷地觀察事物，對繪畫技術精益求精。

因為這個緣故，世傳顧愷之有“三絕”，即：才絕、畫絕、癡絕。這“三絕”正點出了顧愷之成功的奧秘，對後人富有啟發意義。

釋義 “虎頭三絕”，用來形容人書畫神妙、奇絕。

出處 唐·房玄齡等《晉書·顧愷之傳》：“俗傳愷之有三絕：才絕、畫絕、癡絕。”

呵壁問天

屈原是我國古代的大詩人。他是戰國楚王的宗族，楚懷王時，他起初很受楚懷王的信任，擔任左徒之職，負責為朝廷起草法令，接待外賓，辦理外交事務等。不久又調任三閭大夫，負責管理屈、昭、景這三個楚國公族。

不久，屈原遭到了令尹子椒和大夫靳尚的讒害，楚懷王開始疏遠屈原；接着，讒害加劇，屈原被楚懷王放逐。屈原在萬般憂愁中，創作了著名的長詩《離騷》，自敍了他為堅持正確的政治主張而遭到的迫害，以及自己不甘妥協、不願屈服的意志，表現了他對楚國國事的深切憂慮和願為理想獻出一切的精神。

懷王死後，繼位的楚襄王將屈原逐出郢都（今湖北省江陵西北），流放到南方去。當時的南方，包括今湖北省南部和湖南省北部一帶。這一帶有許多地方是無邊無際的山野林莽，人跡稀少。屈原從郢都出發，順大江（今長江）東下，在洞庭湖和湘水、沅水流域的廣大地區，走着艱難而曲折的道路，過着貧病交加的生活。

三年過去了，朝廷還沒有下達結束屈原放逐生活的命令。屈原心情煩亂異常，不知道自己該怎麼辦，不住地仰天長歎，並到先王宗廟和公卿祠堂，去寄託自己的哀思。

這些廟堂的壁上，繪有天地山川、神靈怪物和古代聖賢人物的圖畫。屈原他熟讀過各種書籍，具有淵博的知識，富於想像，愛思考各種問題。他仰頭看完這些壁畫，感慨萬分，浮想聯翩，頓時有一連串疑問湧上心頭。於是他把這些疑問寫在壁上呵責上天。

屈原一下子向天提出了一百七十多個問題。他從宇宙的發現，天體的構造，地理的變化，一直問到神話傳說和歷史事件的本末由來。在呵壁問天中，又表現了他憤激的情緒。這就是氣勢磅礴、構思奇特的長詩《天問》。

屈原呵壁問天，不僅顯示了這位詩人淵博精深的知識、開闊活躍的思想和極其豐富的想像力，而且表達了他憤世嫉俗、悲愴滿腔的思想感情，以及對陳陳相因的傳統觀念的懷疑。

釋義　“呵壁問天”，用來形容文人騷客失意時的牢騷和不滿。

出處　東漢・王逸《天問序》：“屈原放逐，彷徨山澤。見楚有先王之廟及公卿祠堂，圖畫天地山川神靈，琦瑋僪佹，及古賢聖怪物行事，因書其壁，呵而問之，以渫憤懣。”

延賓置驛

鄭當時，字莊，是西漢陳縣人。他喜歡行俠仗義，結交天下名士，在當時很有名氣。漢景帝時，鄭莊為太子舍人。按那時的制度，官吏們每五天可以休假一次。每逢過五天一次的休假，鄭莊都在長安城郊外設置馬匹和驛站，用來招待過往的賓朋。賓朋們聽說此事後，紛至沓來，晝夜不息。

儘管如此，鄭莊還惟恐對客人照顧得不夠周到。他常告誡守門人說：“客人到來，要立刻請進，無論是尊貴還是貧賤，都不要讓客人在門口等候。”

鄭莊非常廉潔，又不置私產，靠俸祿和所得的賞賜來招待諸位友人。因此，他送人的禮物，不過是用竹籃子裝的少量食品而已，從不奢侈。到鄭莊過世時，家中一點多餘的財產都沒留下。

釋義 “延賓置驛”，用來稱頌人喜賢好士，禮敬賓客。

出處 西漢・司馬遷《史記・汲鄭列傳》：“鄭莊以任俠自喜，……聲聞梁楚之間。孝景時，為太子舍人。每五日洗沐，常置驛馬安諸郊，存諸故人，請謝賓客，夜以繼日，至其明旦，常恐不遍。”

舍肉懷歸

春秋時，鄭莊公寤生有個弟弟名叫段。鄭莊公的母親姜氏不喜歡鄭莊公而寵愛小兒子段。她先讓鄭莊公把京城封給了段，後來又幫助段發動叛亂，想讓段當國君。

鄭莊公平定了叛亂，就把母親姜氏安置在一個叫潁城的地方，並發誓說：“不到黃泉，我們就再也別見面了！”可是過了不久，他又想念起自己的母親來。他想去跟母親見面，但已立下誓言，一個國君怎麼能説話不算數呢？

鄭莊公正在為難，潁城地方有個小官叫潁考叔的，給鄭莊公進言來了。鄭莊公就留潁考叔一起吃飯，還夾了好些羊肉給他。潁考叔故意把幾塊最好的羊肉捨棄在一旁，留着不吃。鄭莊公見了，奇怪地問：“你為甚麼把最好的羊肉擱在一旁不吃？”

潁考叔回答說：“我家中有個老母親。我們家從來沒有吃到過味道這麼好的羊肉，所以我想挑幾塊最好的，帶回去給老母親嚐嚐！”

鄭莊公聽了，歎了口氣說：“唉！你真是個孝子！我做了諸侯，卻不能像你一樣為母親盡孝！”

穎考叔裝着挺納悶的樣子説："王太后不是好好地在宮中享着福嗎？"

鄭莊公又歎了口氣，把自己立誓的事告訴了穎考叔，並説："現在我非常後悔，但又不能違背誓言，真是左右為難。"

穎考叔聽了，笑笑説："這有甚麼為難的，大王不必為起過誓而擔憂，因為人不一定死了才到黃泉。黃泉就是地下。只要在地下挖一條地道，在地底下蓋一所房子，請王太后坐在裏面，大王從地道中到那地下的房子中去，你們母子不是可以見面了嗎？"

鄭莊公覺得這倒是個遵守誓言的好法子，就派穎考叔去辦。穎考叔用了五百個人，連挖地道帶蓋地下的房子，不多日子就辦好了。他一面接姜氏到地底下的房子裏，一面請鄭莊公從地道裏進去。

鄭莊公見了母親，跪在地下，説："兒子不孝，請母親原諒！"説着，他就像孩子似地咧嘴哭了。姜氏又害臊又傷心，趕緊挽起鄭莊公説："是我不好，哪兒能怪你！"娘兒倆抱着頭，哭了一頓。鄭莊公才扶着他母親，走出地道，上了車，回宮而去。鄭莊公因穎考叔有功，拜他為大夫。

釋義　"舍肉懷歸"，用來形容人們對父母的孝順之心。

出處　春秋・左丘明《左傳・隱公元年》："（潁考叔）有獻於公，公賜之食，食舍肉。公問之，對曰：'小人有母，皆嘗小人之食矣；未嘗君之羹，請以遺之。'"

金谷墮樓

石崇是晉朝時期渤海南皮人，二十多歲便踏入仕途，後來因平吳有功，晉封安陽鄉侯。惠帝元康年間（291–299年），石崇被調離京城，到荊州擔任刺史。

荊州原是吳國的領土，吳國滅亡後，局勢很不太平。石崇就指使手下的差役打扮成強盜，在官道上打劫來往客商的財物，很快成為了一個腰纏萬貫的富翁。

在南方的雙角山下（今廣西博白附近）住着一位姓梁的姑娘，她不但天生麗質，而且能歌善舞。當地的居民歷來以珍珠為最珍貴的寶物，他們都把這位姑娘稱為綠珠。有一年，石崇到南方巡察，在雙角山下發現了這位絕代佳人，被她的美麗所深深吸引，當即用三十斗珍珠把她買下來充當自己的歌伎。

不久，石崇被免去官職，回到了京城。他在洛陽西北的金谷澗旁興建了一處規模很大的園林，這就是著名的金谷園。他在金谷園中養了幾十個美麗的歌伎，其中最寵愛的就是綠珠，他還親自譜寫了《明君》、《懊惱》等歌曲送給她。

為了重新做官，石崇投靠賈皇后的姪子賈謐，極盡溜鬚拍馬之能事，常常選送美女和珍寶上門，還親自寫文章歌頌賈謐。不久，石崇就當上了衛尉。

永康元年（300 年）四月，右軍將軍司馬倫在心腹謀士孫秀的策劃下，攻進了皇宮，殺死了皇后、賈謐和張華等大臣，掌握了朝廷大權。他還進一步排除異己，濫殺無辜，京城洛陽陷入一片恐怖之中。

孫秀是個貪財好色的陰險之徒，他早就對石崇的財富和那羣美麗的歌伎虎視眈眈，一心想佔為己有。於是，他特地派了一名使者到金谷園去，要石崇將綠珠送給自己當小妾。

石崇怎肯答應，説："綠珠是我最寵愛的人，孫大人為甚麼一定要奪人所愛呢？"

孫秀聽了使者的回報，大怒，立即在趙王司馬倫面前誣告石崇和其外甥歐陽建等人密謀造反，並假傳聖旨，派軍隊前往河陽捉拿石崇。

當全副武裝的士兵衝到金谷園時，石崇正和綠珠一起在清涼台上飲酒作樂。石崇聽見士兵們的喊聲後，明白噩運將至，便放下酒杯，對綠珠説："我是為了你才得罪孫秀的。"

綠珠眼含熱淚，説："妾不願被賊奴抓去後受辱，今日將為你而死。"

綠珠説完，就從十丈多高的清涼台上縱身往下一躍。等那些士兵驚呼着奔到她身邊，這位紅顏薄命的佳人早已香消玉殞。

釋義 "金谷墮樓"，用來比喻色藝絕世而薄命的美人。

出處 唐・房玄齡等《晉書・石崇傳》："崇有妓曰綠珠，美而艷，善吹笛。孫秀使人求之。"石崇不予，孫秀怒，遂矯詔收崇，"崇正宴於樓上，介士到門。崇謂綠珠曰：'我今為爾得罪。'綠珠泣曰：'當效死於官前。'因自投於樓下而死。"

金貂換酒

西晉和東晉時期，一方面，由於漢代儒學的控制鬆弛，玄學興起，人們思想進入相對解放的時期，不拘禮數、率性而為成為一時風氣；另一方面，由於晉政權是司馬氏篡奪曹魏而建立的，從正統觀念看來名不正言不順，為防止天下人尤其是讀書人的反對，西晉建立後實行高壓政策，對讀書人實行十分嚴格的控制和嚴厲的打擊。

這樣一來，晉代讀書人就以一種特殊的形象——名士面目出現，其基本特點是逃避現實，不問世事，不拘禮節，任性放蕩，飲酒服藥，追求感官刺激。

這種風氣不僅僅限於當世的士大夫階層，官僚中仿效者也不乏其人。如阮孚，整日飲酒，官竟做到丞相從事中郎。在丞相府內當差後，仍然成天酣醉，被監察官員告到皇帝處，皇帝竟也寬容了他。

其實這並非阮孚的愚昧和皇帝的大度，對阮孚來說，飲酒不問政事是一種明智的處世方式；對皇帝來說，需要的就是讀書人的這種狀態，對阮孚的寬恕也就是對名士風範的提倡。

阮孚後來做到皇帝的侍從官，故態未改。一次外出，酒癮發作，因未帶銀兩，就解下佩戴的金貂（一種昂貴的飾物）換酒，被有關部門發現後又遭到彈劾，但皇帝仍舊赦免了他。

釋義 "金貂換酒"，用來形容縱情酣飲，不拘禮數，率性放任；也指瀟灑慷慨。

出處 唐・房玄齡等《晉書・阮孚傳》："遷黃門侍郎、散騎常侍。嘗以金貂換酒，復為所司彈劾，帝宥之。"

金甌覆名

唐玄宗李隆基是唐代較為聖明的君主。他誦讀經書，知人善任，還通曉樂律。他在位時唐王朝達到鼎盛，並非偶然。

玄宗還善書法，尤其擅長隸書。據説他每次任命宰相時，都先以毛筆工整地寫上欲任命者姓名，置於案几之上。

一次，玄宗已寫好即將任命的宰相的姓名，恰逢太子李亨入內，玄宗隨即用金甌（金製成的容器）蓋上姓名，對太子説："這是我即將任命宰相的姓名，你知道是誰嗎？如果猜中了，我賜酒給你喝。"

太子（即後來的肅宗）拜了一拜，説："莫不是崔琳、盧從願吧？"

玄宗説："你猜中了。"説着，玄宗移開金甌，露出二者姓名，並賜給太子美酒。

崔、盧是唐代的大姓，唐王朝憑藉河北這些世家大姓而建立。且崔琳、盧從願二人聲譽頗佳，也有才幹，做宰相乃眾望所歸，所以太子能猜中。

釋義　"金甌覆名"，用來指人德高望重，眾望所歸。

出處　北宋·歐陽修、宋祁等《新唐書·崔琳傳》："初，玄宗每命相，皆先書其名，一日書琳等名，覆以金甌，會太子入，帝謂曰：'此宰相名，若自意之，誰乎？即中，且賜酒。'"

周公吐哺

周公，姓姬名旦，是周武王的弟弟。因為他的采邑在周（今陝西岐山北），因此被稱為周公。他的父親周文王在世時，他就以孝行著稱，在兄弟中顯得十分突出。文王死後，武王姬發即位，他又盡心竭力輔佐武王，完成了滅商興周的大業。

周武王把魯地封給周公，但他沒有去魯地就封，而是留在朝中繼續輔佐武王。武王死後，武王的兒子成王繼位。當時，成王的年齡很小，無法執掌國政，加上天下剛剛平定，周公怕有人發動叛亂，對周朝產生威脅，就和召公一起總攝國政，管理朝廷中的一切事務。

周公為了代成王管理好國家，勵精圖治，兢兢業業，國家也一天天強盛起來。然而，勞苦功高的周公卻受到其他兄弟的猜忌。受封於殷地的管叔和蔡叔散佈流言，說周公將不利於成王。

周公對召公和太公望姜子牙說：“我之所以不避嫌疑，代成王管理國政，是因為成王年紀還小。我決無異心。不然，我如何向先王交代。再過幾年，成王成年，我便會還政於成王。”於是，周公不顧流言蜚語，繼續攝政，而讓自己的兒子伯禽代自己去魯國就封。

伯禽臨行前，周公告誡他說：“我是文王的兒子，武王的弟弟，成王的叔叔，受命輔政，可以說是天下舉足輕重的人物了，可是，我卻常常在洗頭時，三次握起頭髮；吃飯時，一頓飯有時要三次吐出吃在口中的飯食，匆忙起身，去接待來訪的人，生怕錯過了天下的賢士，因為人才是治國的根本。你到了魯國以後，一切都要謹慎，不要因為自己擁有封國，就傲慢而不尊重人才。”伯禽連連答應，動身而去。

不久，管叔、蔡叔勾結武庚，發動叛亂。周公興兵伐罪，平定了叛亂。七年後，周公實踐自己的諾言，還政於成王。

釋義 “周公吐哺”，用來形容執政大臣求賢若渴，招請人才。

出處 西漢・司馬遷《史記・魯周公世家》：“然我一沐三捉髮，一飯三吐哺，起以待士，猶恐失天下之賢人。”

周處斬蛟

周處是西晉時期義興陽羨（今江蘇宜興南）人，他從小身體就很強壯，喜歡舞刀弄槍，家裏人見他這樣喜愛學武，就特地為他請了武師。

有了武師的指導，周處的武藝有了很大的長進，跟他一般大的孩子都不是他的對手，周處不免洋洋得意。到了二十多歲的時候，周處的武藝越來越好，便把任何人都不放在眼裏。他在鄉里橫行霸道，無惡不作，以為靠自己的雙拳就能打遍天下。鄉里人看到他都頭疼，誰也管教不了他。

當時，宜興一帶，水裏出了一條蛟龍，山裏又有一隻兇猛的惡虎，對當地百姓的生活造成了極大的危害。當地人便把周處、蛟龍、猛虎並稱為“三害”，其中以周處的危害最大。

一天，有個人對周處說：“你這麼好的武藝，為甚麼不去把蛟龍和猛虎殺了，也好顯出你的本事呀！”說這話的人是想讓周處把蛟龍和猛虎都殺了，那麼三害就只剩下一害了。

周處聽了覺得很有道理，他沒用多大的力量就把猛虎殺死了。然後他又下水去斬蛟龍。蛟龍在水中忽上忽下，游出去幾十里路，周處緊緊追趕，與牠搏鬥。

很快，三天三夜過去了，水面上沒有任何動靜。大家都以為周處和蛟龍同歸於盡了，不禁高聲歡呼：“這下太好了！三害一起除掉了！”

就在此時，周處殺死了蛟龍從水中鑽了出來。他看見鄉親們都以為他死了而高興，這才明白原來自己這麼遭人討厭，心裏又是難過，又是後悔。

周處一夜未睡，第二天，他來到吳郡華亭去找當時著名的文學家陸機、陸雲。不巧陸機外出，只有陸雲在家。周處把自己的處境原原本本地告訴了陸雲，說完後心痛地說：“我現在只想改過自新，取得鄉親們的諒解，但我的年紀已經不小了，恐怕不會有甚麼結果了。”

陸雲開導他說：“做學問、走正道是沒有年齡的限制的。古人說得好，早上明白了一個道理，晚上死了也不會覺得可惜。何況你年紀還輕，前面的路還很長。只要自己努力，還怕沒出息嗎？”周處聽了，受到很大鼓舞。他閉門讀書，再也不遊手好閒，惹事生非了。

數年後，周處當上了東關左丞的官，後來又升為御史中丞。周處為官十分正直，剛正不阿，受到人們的景仰，後來不幸在平定叛亂中以身殉國。

釋義 “周處斬蛟”表示勇於除害、自新的行動。

出處 南朝宋·劉義慶《世說新語·自新》：“處即刺殺虎，又入水擊蛟，蛟或浮或沒，行數十里，處與之俱，經三日三夜，鄉里皆謂已死，更相慶，竟殺蛟而出。聞里人相慶，始知為人情所患，有自改意。”

怪哉冤蟲

西漢時，漢武帝有一次乘車前往甘泉宮，衛隊看見路上有從未見過的怪異的蟲，全身呈紅色，頭、目、口、齒都有。報告武帝後，武帝也不認識，無可奈何。

武帝有一個臣子名東方朔，此人見多識廣，尤其思維敏捷，談吐詼諧，是一個著名的滑稽人物。此時東方朔也在車隊之中，武帝想起東方朔，馬上召他來辨認。

東方朔看後對武帝說："秦代法令苛嚴，政治殘暴，無端拘捕、監禁無辜的百姓，當時百姓憂愁滿懷，憤懣地說：'怪哉！'（意思是說真是奇怪，感歎自己不知為何受如此大的苦難。）這條蟲的名字就叫怪哉。路上之所以有怪哉蟲，這裏原來一定是秦王朝的監獄，有許多冤魂。"

東方朔又對武帝說："凡是憂愁都可以酒化解，用酒澆蟲，蟲就會化去。"果然以酒澆蟲，蟲就消失得無蹤無影。

其實，東方朔並非認識甚麼怪哉蟲，但他知道所經之處原為秦代監獄之地，他藉此機會批評秦代的暴政，提醒武帝以秦為前車之鑒，寬政厚民。

武帝好事興作，對外頻繁用兵，對內經濟政策多變，其本人又好神仙之術，到處巡遊，弄得勞民傷財，天下疲憊不堪。東方朔"怪哉蟲"之說，實際上是對武帝政治一種隱晦、委婉的批評。

釋義　"怪哉冤蟲"，用來形容人有冤憤，鬱結難消。

出處　北宋·李昉等《太平廣記》卷四七三引《東方朔傳》："帝乃使東方朔視之；還對曰：'此蟲名怪哉。'昔時拘繫無辜，眾庶愁怨，咸仰首歎曰：'怪哉！怪哉！'蓋感動上天，憤所生也，故名'怪哉'。"

空弦落雁

戰國末期，位於西部邊陲的秦國經過幾代人的努力，實力漸漸強大起來，一心想滅掉其餘六國，一統華夏。而趙、楚、燕、韓、魏、齊等六國不甘被秦國各個擊破，於是聯合起來，抗擊秦國的侵略。

一天，趙國派使臣魏加來到楚國，和楚相春申君一起商議抗秦主將的人選。春申君說："我想讓臨武君作主將，你看怎麼樣？"

魏加不置可否，說："我先給你說個故事，怎麼樣？"

春申君說："好吧！"

於是，魏加就講了下面這個故事：

從前，魏國有個神箭手名叫更羸，他的箭術十分高明，有一次，他和魏王一起在一個高台上散步。這時，有一羣大雁鳴叫着從空中飛過，另有一隻大雁遠遠地落在後面。

更羸對魏王說："大王，我只要拉開弓，虛發一箭，就能把離隊的那隻大雁射下來。"

魏王聽了，驚奇地說："你的箭術已經到了這種神奇莫測的地步了嗎？"

更羸神秘地笑笑，說："大王看着就知道了。"

不一會，那隻離隊的大雁飛近了。更羸拉滿弓，並不搭箭，空弦一拉，一聲弦響，那隻大雁果真從空中摔了下來。

魏王不由十分欽佩，讚歎說："你的箭術出神入化，令人擊節讚歎！"

更羸笑了一笑，說："大王，你真的以為這隻大雁是我空弦射下來的嗎？其實，這是一隻受了傷的大雁，牠離了隊，飛得低而慢，叫聲淒厲。飛得低而慢，是因為牠受了箭傷；叫聲淒厲，是因為失羣而驚慌。當牠聽到我的弓弦響，便想飛高逃命。而這樣一來，牠必定傷口盡裂，掉下地了。而我，也正好表演了一套空弦落雁的把戲。"

魏加說完故事，接着說："臨武君和秦軍交戰剛吃過敗仗，就像那隻受傷的大雁一樣，怎麼能擔當起抗秦主將的重任呢？"

聽了魏加的話，春申君便打消了用臨武君作主將的打算。

釋義 "空弦落雁"，用來比喻判斷正確或箭術高明。

出處 《戰國策・楚策四》："雁從東方來，更羸以虛發而下之。"

孟公驚坐

漢代的陳遵，字孟公，杜陵人氏，是當時著名的俠義之士。他身材高大，曾涉獵經史書籍，又有一身好武藝，可謂文武雙全。他曾擔任太原太守、京兆尹等職，因平定槐里趙朋、霍鴻叛亂有功，被封為嘉威侯，一時名重京師。

當時列侯中有一個與陳遵同姓同字的人，但是沒有陳遵那樣的才能。為了抬高自己的身價，他常常見人就說自己是陳孟公。許多沒見過陳遵的人被他蒙騙，對他十分尊敬。

有一次，這個列侯去參加一個宴會，到了門口，十分傲氣地對家人說："你去告訴眾位賓客，就說陳孟公來了。"

家人聽說大名鼎鼎的陳遵到了，急忙跑到廳堂向客人們報告。聽了家人的報告，賓客們都很激動，認為可以親眼看到這位大人物了。有的人高興地站了起來，還有的人準備離座去迎接"陳遵"。

正在這時，那位列侯大搖大擺地踱着方步走進了客廳，故意作出瀟灑豪放的樣子。一邊走一邊向人們揮手致意，說："眾位朋友，大家好，我陳孟公這廂有禮了。"

有些沒見過陳遵的人，認為這個列侯就是名滿京都的大人物，急忙迎上前去，恭敬地施禮問安，表現出一副虔誠的樣子。那列侯搖頭晃腦，與眾人寒暄。大廳內一時熱鬧非常。

正在這時，突然聽見一個人大聲說道："大家請安靜，這個人不是陳遵。我見過真陳遵，他長得相貌堂堂，身材偉岸，哪像這個人？我們不要受他蒙騙。"

這個人的話好像晴朗的天空中打了一個驚雷，驚得在坐的人目瞪口呆，一齊把眼光投向了那個列侯。

列侯的騙局被當眾揭穿，羞得面紅耳赤，趕忙解釋說："大家誤會了，我不是陳遵，但我叫陳孟公，與他同名同字。"聽了他的話，人們如夢方醒，大笑起來，有人戲稱他為"陳驚坐"。

釋義 "孟公驚坐"，用來形容人有盛名，受人仰慕；也用來形容人徒有虛名。

出處 東漢·班固《漢書·陳遵傳》："時列侯有與遵同姓字者，每至入門，曰陳孟公，坐中莫不震動，既至而非，因號其人曰陳驚坐云。"

孟母擇鄰

戰國時期著名的思想家、教育家孟子，曾系統地學習了孔子的學問。但他小時候卻很貪玩。孟軻三歲時失去了父親，是他的母親把他撫養長大。孟母很重視教育，一心想把孟軻培養成有學問的人。

孟家附近有一塊墓地，會經常有出殯、送葬的人羣，不是吹吹打打，就是哭哭啼啼。因為貪玩，孟軻經常與夥伴們一起模仿他們。

孟母見了很生氣，對兒子說："你父親是一位有學問的人，但他英年早逝不能來教你。我們家境又不好，若你不認真讀好書，將來怎會有出息？"

為了孩子的學習，孟母把家遷到城裏。她以為這下孟軻可以專心讀書了。但孟軻的新家離鬧市很近，嘈雜的聲音使孟軻無法認真讀書。孟軻和他的新夥伴模仿起賣貨的、打鐵的、殺豬的。孟母見了更為生氣，於是決心再次搬家。

這一次，孟母把家遷到了學宮附近。學宮是讀書勝地，許多讀書人在那裏學習，還在那裏演練禮儀。孟軻受到了感染，每日在家中專心讀書，也漸漸模仿起宮中演練禮儀的舉止來。

不久，孟母把孟軻送入了學宮，使孟軻受益匪淺。也為他今後的成功奠定了基礎。

釋義 "孟母擇鄰"，用來表示慈母希望子女成才，選擇良好的學習環境，教育有方；也借指遷居不定。

出處 西漢·劉向《列女傳·母儀·鄒孟軻母傳》："孟子之少也，嬉遊為墓間之事，踴躍築埋。孟母曰：'此非吾所以居處子。'乃去。舍市傍，其嬉戲為賈人炫賣之事。孟母又曰：'此非吾所以居處子也。'復徙舍學宮之旁，其嬉遊乃設俎豆揖讓進退。孟母曰：'真可以居吾子矣。'遂居。"

孟宗泣筍

孟宗是三國時期江夏人，是一個出名的孝子。他年少的時候，在南陽名儒李肅的門下求學。孟宗日夜苦讀、孜孜不倦的精神令李肅感到十分驚訝，認為他將來是當宰相的材料。

孟宗的母親十分賢惠，兒子在外求學，她就特地趕縫了一條很大的被子，給兒子送去。人們看到這麼大的一條被子，都覺得很奇怪。孟宗的母親卻說："小兒拿不出其他的好東西與學子們交朋友。學子們大都家境貧寒，這條大被子正好給他們一起遮身禦寒，這樣大家相處起來就更覺得溫暖親切。"

孟宗學成之後，擔任了東吳的鹽城司馬，主要掌管漁鹽。他自己結網，自己捕魚，醃製後託人帶回家鄉，孝敬自己的母親。但母親並不接受，叫人帶話說："你自己擔任漁官，為甚麼不避嫌呢？"孟宗見母親怪罪，連忙伏地謝罪，把裝魚的罐子沉入池中。

孟宗對母親非常孝順，每當母親生病，他都要趕回家中，親自給老母煎藥，服侍母親。

一次，孟宗的母親病後初癒。老人家很喜歡吃竹筍，想要幾根嫩筍嚐嚐鮮。孟宗便挎着籃子、拿着鋤頭到竹林找筍。當時正是冬天，竹林裏怎麼也找不到竹筍。孟宗焦急萬分，想到不能遂了母親的心願，不由對着竹林傷心地哭泣。

傳說經他這樣一哭，那些深埋在土裏的筍芽紛紛破土而出。孟宗破涕為笑，剷了數支嫩筍，回家孝敬母親。

這件事很快就傳開了，人們都說這是孟宗盡心盡孝，感動了天地。元朝人郭居敬所著的《二十四孝》一書也記載了孟宗泣筍的故事。

後來，孟宗的母親年邁而終，孟宗不顧朝廷的禁令，辭去官職，回家奔喪，盡自己的一片孝心。

釋義 "孟宗泣筍"，用來比喻孝敬父母，事親盡孝，至誠動天。

西晉・陳壽《三國志・吳書・孫皓傳》裴松之註引《楚國先賢傳》："母老病篤。冬月思筍煮羹食。宗無計可得。乃往竹林中。抱竹而泣。孝感天地。須臾地裂。出筍數莖。"

孟嘉落帽

孟嘉是西晉時期江夏人，是前吳國司空孟宗的曾孫。他年輕的時候就才華出眾，德才兼備。太尉庾亮鎮守江州時，就徵召他擔任從事，管理公務。

幾年後，征西大將軍桓溫接替庾亮執掌長江上游的兵權。他授予孟嘉參軍的職務，擔任重要幕僚。

這年九月初九，按民間的風俗習慣應該登高飲酒。桓溫也召集了一班幕僚到龍山宴飲。

山上的風很大，一陣山風颳過，把孟嘉的帽子吹落在地，而他自己卻渾然不覺。桓溫示意其他賓客不要提醒孟嘉，看他的言行舉止。孟嘉依然談笑風生，風度翩翩。

過了一會兒，孟嘉離座去廁所整衣，桓溫就命人把帽子拾起來放在孟嘉的座位上，另外請廷尉孫盛寫了一張嘲諷他的字條，和帽子放在一起。

孟嘉回到自己的座位上時，才知道自己的帽子落地，失禮了。他不動聲色地戴好帽子，看了看那張字條，便要求借紙筆作答。

只見孟嘉思如泉湧，一揮而就，並當着眾多賓客的面琅琅讀出。這篇答辭寫得詼諧但又不是開玩笑，顯示了孟嘉卓越的文采，滿座賓客無不被其才華所折服。

釋義 “孟嘉落帽”，用來稱揚人的氣度寬宏，才華橫溢，風流倜儻。

出處 唐・房玄齡等《晉書・孟嘉傳》：“九月九日，温燕龍山，僚佐畢集。時佐吏並着戎服。有風至，吹嘉帽墮落，嘉不之覺。”

孤鸞悲鏡

相傳遠古時代，有一個國王外出打獵，捕獲到一隻鸞鳥。此鳥絕非一般的鳥類，不僅形狀雄偉，羽毛艷麗，而且在山林之中的鳴叫聲清脆悦耳，非常動聽。

國王捕到這樣一隻珍貴的動物自然喜不自禁，以為不但可以天天觀賞到鳥的優美儀態，而且時時可以聽到鳥動聽的鳴叫聲。可事與願違，該鳥被捕獲後，精神萎靡不振，無精打采，形狀自然不同往昔，更讓國王掃興的是，這鳥自被捕獲後一聲不吭，每天以沉默相對。

為讓鸞鳥鳴叫，國王可謂絞盡腦汁，想盡了辦法，他讓人用金子製作了一個華麗珍貴的鳥籠，把鸞鳥置於其中，並且每日玉食珍饈，讓鸞鳥吃遍美味佳餚。但一切作為都是徒勞的，鸞鳥硬是金口不開，這樣一過就是三年。

國王夫人見國王無計可施，便對國王說："聽說鳥見到同類就會鳴叫，何不掛個鏡子讓鳥照照自己呢？或許見了鏡中的自己會叫起來的。"不料，鸞鳥見到鏡中自己的形象悲鳴不已，聲音淒厲，響徹雲霄，叫了一會兒，鸞鳥便氣絕而亡。

釋義 "孤鸞悲鏡"，用來形容夫婦、情侶被阻隔分離，孤獨悲傷。

出處 南朝宋·范泰《鸞鳥詩序》："鸞睹形感契，慨然悲鳴，哀響中霄，一奮而絕。"

封侯萬里

班超，字仲升，東漢時扶風平陵（今陝西興平東南）人。他從小就有大志，但既不拘小節也不修邊幅。他為人至孝，在家中不辭辛勞，奉侍雙親。他讀過不少書，也很有辯才。

漢明帝永平五年（公元 62 年），班超的哥哥班固被朝廷徵召為校書郎，班超和他母親隨同遷往京都洛陽。由於家貧，他只得替宮府抄寫書籍，取得一些微薄的收入來維持生活。但他內心對這種抄寫非常厭煩。

有一次，他曾扔下筆，感歎地說："一個大丈夫，即使不能出將入相，也應該像傅介子、張騫一樣，出使西域，建功立業，以獲得封侯之賞。"

一天，班超碰到一個看相的人，就請他為自己看相。那個看相的端詳了班超的面相，說："你長得虎頭燕頷，是萬里侯之相。"

班超聽了，問："甚麼叫萬里侯之相？"

看相的回答說："客官雖貴可封侯，但所封之地，在萬里之外。"

班超並不相信，付了相金，一笑了之。

過了十年，班超有幸得到大將軍竇固的賞識，被任命為假司馬（相當於副參謀長），隨軍出擊匈奴，立下不少軍功。

不久以後，班超奉命出使西域，先後和鄯善、于闐、龜茲、疏勒、車師、焉耆等十數個西域國家建立了友好關係，使他們都歸順漢朝，而不再做北方匈奴的附庸，從而使漢朝的邊境不再受到匈奴的侵擾。

班超出使西域的時間長達三十一年，因他功勳卓著，被漢和帝封為定遠侯，果然封侯在萬里之外，成了名副其實的萬里侯。

釋義 “封侯萬里”，用來形容立功於邊遠之地而得到封官。

出處 東漢・班固《漢書・班超傳》：“祭酒，布衣諸生耳，而當封侯萬里之外。”

封狼居胥

漢朝建立之初，北方遊牧民族匈奴日益強大，為了奪取陰山南麓的一片水草肥美的沃野，他們不斷襲擊陰山峪口的漢朝守軍，以便越過沙漠，佔領沃野。

到了漢武帝時，匈奴更為強大，侵擾也越演越烈。北部邊患，成了漢武帝日夜憂心的嚴重問題。

漢武帝派人在陰山以北建築城障和列亭（烽火台），幾乎步步為營，嚴加防守。同時又遣將調兵，出擊匈奴，以保衛北方邊境安寧。

當時，在眾多抗擊匈奴的傑出將領中，冠軍侯、驃騎將軍霍去病的功績是十分突出的。他先後六次奉命出征匈奴，殲敵十萬多人，為掃清邊患立下赫赫戰功。

元狩四年，霍去病奉命率軍五萬，出代城北征匈奴。行軍一千多里，與匈奴經過無數次交戰，俘獲了匈奴單于的近臣，誅殺了比車耆王；轉而向左大將發起攻擊，將其打得大敗而逃。

他又率軍渡過闔河，活捉了屯頭王、韓王等三人，將軍、相國、當戶、多尉等八十三人，斬殺匈奴七萬餘人，並在狼居胥山築土為壇，舉行封禪大禮，祭拜天地，以示慶祝。

霍去病率軍勝利班師，漢武帝十分高興，為了獎賞霍去病，又增封他食邑五千八百戶。

釋義 “封狼居胥”，用來形容建樹邊功。

出處 東漢・班固《漢書・霍去病傳》：“驃騎將軍去病率師躬將所獲葷允之士，約輕齎，絕大幕，……封狼居胥山，禪於姑衍，登臨翰海。”

英雄入彀

唐太宗李世民登上皇位以後，深知武能安邦，文能定國。而今天下已經平定，治國主要靠文治，因此非常重視人才。

那時，科舉制度非常盛行，許多出身不等的才子通過科舉考試顯露才華，金榜題名。

發榜的時候，唐太宗多次悄悄登上皇宮的端門（正門），察看新錄取的進士的情況。

那些金榜高中的士子們，在這春風得意的時候，個個精神煥發，神采飛揚。眾人如花團錦簇，魚貫而行，給人以棟樑之材濟濟一堂之感。

唐太宗目睹此情此景，喜不自禁，說：“天下的英雄，都進入我的彀中（圈子）了！”

釋義 “英雄入彀”，用來借指有才能的人進牢籠、入圈套。

出處 五代・王定保《唐摭言》卷一：“文皇帝修文偃武，天贊神授，嘗私幸端門，見新進士綴行而出，喜曰：‘天下英雄入吾彀中矣！’”

范蠡泛五湖

周敬王二十六年，吳王夫差為了報越軍殺死自己父親的刻骨仇恨，出兵大舉進攻越國。越軍根本不是吳軍的對手，越王勾踐只得投降，和謀臣范蠡一起被越軍俘虜。

越王在吳國阿諛奉承，極力討吳王的歡心，使吳王最終放他回國。勾踐回到會稽後，臥薪嘗膽，發憤圖強。范蠡的老師計然向勾踐獻了富國強民的七條計策，越王採納後，國力日益強盛。

公元前 475 年，越軍出兵吳國。經過兩年多的鏖戰，吳王夫差無路可逃，只得自殺。吳國滅亡後，越國成為諸侯中的霸主。

勾踐凱旋，在吳王宮殿中舉行慶功會。羣臣都笑逐顏開，喜氣洋洋，而勾踐卻面無喜色。范蠡很了解勾踐的為人，知道與越王勾踐只可共患難，不可共安樂，大事成功後，勾踐必定要懷疑功臣。他打定主意，決心終老於江湖。

第二天，他就向勾踐辭行。勾踐裝出一副很依依不捨的樣子，說："寡人靠着你和你老師的計謀，才會有今天。我正要報答你們的功績，你怎麼忍心走呢？"

范蠡說："國仇已報，大王和臣的願望都已經實現。臣願意終老於江湖，請大王恩准。"

這天晚上，范蠡坐上小船，出齊女門，涉三江，入五湖，怡然自得地盪槳於青山綠水中。然後，他從太湖進入東海，到了齊國的都城臨淄，改名為鴟夷子皮，謀了一個官職。

不久，他又棄官而去，在陶邑定居下來，他根據時令的要求，做起了買賣，賺了不少錢。賺錢後，他把錢都分給了貧窮的百姓，贏得了大家的稱讚。

釋義 "范蠡泛五湖"，用來描寫功成身退，避禍遠難；或用以描寫悠閒泛舟，歸隱江湖。

出處 西漢・司馬遷《史記・貨殖列傳》："（范蠡）乃乘扁舟浮於江湖，變名易姓，適齊為鴟夷子皮，之陶為朱公。"

故劍君心

西漢宣帝年幼時，由於宮廷內亂，流落民間，並娶許氏女為妻。

後來，宣帝回到皇宮，被立為皇帝，自然要冊封皇后。這時，大將軍霍光輔政，宣帝之立也是霍光的功勞。於是羣臣都想立霍光之女為皇后。

但是，宣帝頗有政治敏鋭性，他考慮到如果立霍光女為皇后，霍光權勢更重，連他本人也得受霍光的控制，後果是極為不妙的。

這種形勢，羣臣也都看在眼裏。宣帝因怕與霍光衝突，於是下詔尋求舊時之劍，羣臣揣摩宣帝的心意，於是上奏請立許氏為皇后。

釋義 “故劍君心”，用來指舊妻、舊人等。

出處 東漢・班固《漢書・孝宣許皇后傳》：“是時公卿議更立皇后，亦未有言，上乃詔求微時故劍，大臣知指，白立許婕妤為皇后。”

南冠楚囚

春秋後期，諸侯各國中以楚國和晉國最為強大。這兩個國家為了稱霸天下，經常進行戰爭，結果受苦的是介於兩國之間的鄭、宋、蔡、衛等小國，依附於楚、晉中的任何一個，都會招致另一個國家的攻擊。

周簡王二年（公元前 584 年），楚國興兵討伐鄭國。晉景公為了自己國家的利益，聯合了齊、魯、宋、衛、曹等共同出兵救鄭。楚軍寡不敵眾，節節敗退，鄖公鍾儀也被鄭軍活捉，送給了晉軍。晉軍班師回朝，把鍾儀也帶回了晉國，關在存放兵器的庫房內，這一關就是兩年。

一天，晉景公視察武器庫的時候看到鍾儀，就問管倉庫的官吏：“這個帶着楚國帽子的是甚麼人？”

“他就是鄭國人所獻的楚國的俘虜鍾儀。”官吏回答説。

景公叫人把鍾儀身上的刑具除去，並且安慰了他幾句。鍾儀再拜稽首，表示對晉景公的感謝。

景公問鍾儀：“你們這個家族在楚國是幹甚麼的？”

“我的祖上是做樂官的。”鍾儀回答。

景公又問："那麼你能演奏樂曲嗎？"

鍾儀回答說："奏樂是我們祖先的職業，我們怎敢放棄不幹，去做別的事呢？"

景公便叫人拿來樂器，鍾儀當着景公的面演奏了一段楚國的樂曲。演奏完後，景公問鍾儀楚王為人怎樣。鍾儀說："這不是我應該知道的，我只知道他做太子的時候，對令尹公子嬰齊和司馬公子側很尊敬，其他的我就不知道了。"

上卿范文子知道這件事後，對景公說："從鍾儀的言行看，這個人是個君子。您不如送他回國，請他促成楚、晉兩國化干戈為玉帛，以結束連年的戰爭，造福於民。"

景公聽從了范文子的話，對鍾儀以禮相待，請他回國後促成兩國和好。果然，鍾儀回國後不久，楚王就派使者來到晉國，請修兩國之好。

釋義 "南冠楚囚"，用來表示被囚異國，不忘故國，鬱鬱寡歡一類的意思。

出處 春秋・左丘明《左傳・成公九年》："晉侯觀於軍府，見鍾儀，問之曰：'南冠而縶者，誰也？'有司對曰：'鄭人所獻楚囚也。'"

南郭吹竽

戰國時，齊宣王很愛聽吹竽。（竽是古代的一種用竹子製成的多管樂器，類似笙。）但是，他不愛聽獨奏，認為許多人在一起吹奏出來的樂曲才優美動聽。所以，每回都要三百個樂師齊奏，他聽起來才過癮。

齊宣王的這個嗜好很快傳到百姓當中。有一位南郭先生，根本不會吹竽，但他到處冒充能手，誇耀自己。當他聽到齊宣王喜歡聽齊奏的消息後，十分高興，心想："我可以混到王宮中為大王吹竽，不會被人察覺。可以享受優厚待遇，又不費力氣，何樂而不為？"

於是，南郭先生來到宮殿見齊宣王。他拍着胸脯，胸有成竹地説："聽説大王喜愛聽吹竽，我願為大王效力。我吹的竽美妙動聽，大王一定會滿意的。"齊宣王聽後很高興，讓他加入吹竽的樂隊中，給他的待遇同數百人一樣。

從此以後，南郭先生便混跡於三百人的樂隊之中，每回都參加演奏。演奏時，他裝模作樣，雙手捧着竽，嘴唇微微地動。別人看來，他好像在吹，其實並沒有吹出聲來。這個冒充的樂師，就這樣混了許多年，而且同其他樂師一樣享受很高的待遇。

後來，齊宣王死了，他的兒子繼承了王位，就是齊湣王。這個新任的國君，也愛聽吹竽。但與他父親不同的是，他愛聽獨奏，不喜歡聽合奏。每次總是讓三百個樂師一個一個地演奏。

真正有演奏技能的樂師們獨奏時，鎮定自若，奏出優美的樂曲，受到國君的讚賞。而此時的南郭先生開始心虛害怕了。他渾身瑟瑟發抖，心裏七上八下。

他想："這下可不好了。湣王好聽獨奏，樂師們一個一個地吹竽。若叫到我，豈不要露馬腳？我本來就不會吹竽呀！以前可以哄騙齊宣王，現在恐怕無法蒙混過關了。一旦大王發現我不會吹竽，定會懲罰我的。不如趁早溜之大吉。"

南郭先生知道自己沒法繼續混下去了，只得悄悄溜走了。

釋義 "南郭吹竽"，用來形容沒有真才實學，不稱其職；或用來形容以次充好，假冒充數。

出處 《韓非子・內儲説上》："齊宣王使人吹竽，必三百人，南郭處士請為王吹竽，宣王説之，廩食以數百人。宣王死，湣王立，好一一聽之，處士逃。"

柯爛忘歸

西晉時，信安（今浙江衢縣）有個樵夫名叫王質。郡中有座石室山，山勢高峻，山上草木葱葱，王質天天上山砍柴，然後把柴挑到城裏賣了，維持生活。

一天，秋高氣爽，王質帶了一柄柯木柄斧頭，又上石室山去砍柴。

但近處的柴都給他砍光了，他只好向杳無人跡的深山走去，希望能多砍到一些好柴。

他走呀走，山路越來越崎嶇。終於，他來到一大片松林前，見到松林中枯枝不少，便揮斧砍了起來。他砍着砍着，來到松林深處，見到一個巨大的石室。石室前，有幾個童子正一面下棋，一面唱歌，十分逍遙自在。

王質沒想到深山中會有人居住，十分驚奇。他對下棋一向也很有興趣，平時村中鄰居下棋，他也常去觀戰。於是，他把斧頭放在地上，潛心地觀看起來。那幾個童子下的棋十分高明，王質被深深吸引住了。他一站就站了很長時間，甚至忘了腹中的飢餓。

過了一會，一個童子笑嘻嘻走到他面前，說："你大概是山外來的稀客吧！你肚子餓了吧，我給你吃一枚棗子充飢吧！"於是，這個童子取出一枚大棗，遞給王質。王質吃了，果然馬上就不覺得餓了。

等兩個童子把一局棋下完，又有一個童子朝王質看了一眼，說："山中方七日，世間數千年，你看我們下棋已有一個多時辰了，快回去吧！"

王質聽了，想取斧下山，可一看，柯木做的斧柄已經爛盡，鐵斧也銹跡斑斑。他再看那幾個童子，那些童子已全部隱入石室不見了。

王質這才知道自己碰到了傳說中的神仙。他下山回到村裏，村裏已沒人認識他了。不要說與他同一輩，就是比他小一輩的人也都全去世了。

釋義 "柯爛忘歸"，用來形容世事變遷或時代久遠；也用來形容凡人遇仙，忘歸家鄉。

出處 南朝梁・任昉《述異記》："信安郡石室山，晉時王質伐木至，見童子數人，棋而歌。質因聽之。童子以一物與質，如棗核，質含之，不覺飢。俄頃，童子謂曰：'何不去？'質起，視斧柯爛盡。既歸，無復時人。"

相如求凰

漢景帝時，司馬相如曾做過景帝的衛士，後又成為梁王劉武的門客。劉武死後，司馬相如無可奈何地回到了成都。

司馬相如在成都無事可做，就到臨邛縣去投靠好朋友王吉。王吉當時任臨邛縣令，為抬高司馬相如的身價，王吉天天去驛館拜訪司馬相如。

臨邛有個大財主名叫卓王孫，他見縣令大人來了貴客，便大擺宴席，宴請司馬相如。司馬相如早就聽說卓王孫有個寡居在家的女兒名叫卓文君。她不但人長得美貌，而且棋琴書畫無所不通，是當地出名的才女，便和王吉一起商議，準備用自己高超的琴藝向卓文君求愛。

於是，司馬相如欣然赴宴。出席宴會的都是臨邛的頭面人物，司馬相如被安排在客位首席，縣令王吉坐在次席，卓王孫坐在主席相陪。

大家吃得正高興的時候，王吉提議說："司馬公彈琴是出名的，我們請他彈一曲，以助酒興，怎麼樣？"縣令的提議當然沒人反對。於是，司馬相如命人從車上取來了自己的琴，隨意地彈了一曲，便博了個滿堂彩。

但司馬相如醉翁之意不在酒，他關心的是卓文君是否被他的琴聲吸引出來。在準備彈第二曲時，他偷偷朝屏風那邊望了一眼，正好見到卓文君轉出屏風，兩人打了個照面。卓文君見司馬相如也正望着自己，心頭一陣劇跳，馬上又轉到屏風後，靜靜地站着，想再聽聽司馬相如的琴藝。

司馬相如見屏風後露出一片衣襟，知道卓文君還在那裏，這正是他求之不得的，便調好琴弦，大膽地彈了一曲男子向女子求愛的情歌《鳳求凰》。一個個音符飛向屏風後，都落在卓文君的心坎上。卓文君為司馬相如的琴聲所感動，兩人就這麼彼此相愛了。

隨即，司馬相如得到縣令王吉的幫助，買通了卓文君的丫頭，轉達了與卓文君結為夫婦的意願。卓文君怕父親不答應，就在半夜私奔到司馬相如住的驛館。兩人又連夜逃回了成都。

釋義 "相如求凰"，用來形容男子向心愛的姑娘大膽求愛；有時也用來形容琴藝的高超。

出處 西漢・司馬遷《史記・司馬相如列傳》：“是時卓王孫有女文君新寡，好音，故相如繆與令相重，而以琴心挑之。相如之臨邛，從車騎，雍容閒雅甚都；及飲卓氏，弄琴，文君竊從户窺之，心悦而好之。”

星郎

東漢初年，光武帝為了防止外戚專權，定下了后妃家族不得封侯和參與朝政的制度。

光武帝死後，太子劉莊繼位，便是漢明帝。漢明帝遵奉光武帝定下的制度，親自理政。他為了避封賞外戚的嫌疑，甚至不把自己的丈人、著名的中興功臣、伏波將軍馬援列入受封賞的雲台二十八將之列。

當時，馬援的女兒是漢明帝的皇后，她聰明美麗，知書達理，自覺地執行光武帝定下的制度，從來不拿自己家裏的事去麻煩明帝，更不去干預朝廷上的事。明帝的母親陰太后也很明理，從不干涉兒子的政務。太后和皇后的支持，使明帝對這一制度能嚴格執行。

有一天，明帝的大妹妹館陶公主進宮求見。兄妹相見，明帝問起外甥的情況，館陶公主説：“皇上，我那兒子已經長成一個小伙子啦！今天我特意進宮，想為你那外甥討個郎官做做，好讓他以後侍奉皇上，能有點兒長進！”

明帝聽了，皺了皺眉頭，但馬上又和顏悦色地説：“公主，這事我可不能辦！不是做哥哥的捨不得個把郎官的官職，只是父王有遺訓，我可不能不遵循呀！我看，我還是賜給他一千萬錢吧！”

館陶公主心中很不高興，但也無可奈何，只得離宮而去。

過後，明帝跟大臣們談起這件事，説：“郎官是和天上的星宿相應的，他們中有的在朝廷中供職，有的出任地方長官，身上擔負着重任。如果不應該做郎官的人做了郎官，那麼老百姓就要遭殃了。所以，館陶公主請求我給她兒子一個郎官的職位，我沒有答應。”

釋義 “星郎”，用來作為郎官的美稱。

出處 南朝宋・范曄《後漢書・明帝紀》："館陶公主為子求郎，不許，而賜錢千萬。謂羣臣曰：'郎官上應列宿，出宰百里，苟非其人，則民受殃，是以難之。'"

昭君出塞

西漢元帝時，後宮佳麗很多，元帝不能一一召見，於是派畫工毛延壽為宮女畫像，擇其美者召見。宮女為能見到皇帝，紛紛賄賂毛延壽，數額巨大，多的達十萬，少的也有五萬。

在眾多宮女之中，王嬙（字昭君）來自三峽巫山。也許稟賦了山水的靈韻，美貌異常，且受到良好的文化教育，落落大方。正因如此，王嬙不願意賄賂毛延壽。毛延壽心懷不滿，就把她畫得很醜，以報復她。果然，王昭君一直未得到元帝的召見。

這時，匈奴與漢王朝修好，單于呼韓邪到長安見元帝，願意通婚以表示關係密切。元帝不願把貌美的宮女嫁給單于，於是想起畫像醜陋的王昭君，召他上殿，許給單于。誰知昭君貌若天仙，舉止皆有法度，元帝見了憐愛萬分，但已有言在先，不好食言，還是把昭君嫁給了單于。王昭君隨單于出塞，遠涉大漠。

事後，元帝對此事嚴加追究，發現是畫工毛延壽所為，震怒不已，將其處死，並抄沒其家。

匈奴生活在蒙古草原上，以遊牧的方式逐水草而居，生活方式、文化水平與漢王朝都差別很大。王昭君單身出塞，遠離故土，受盡煎熬，滿懷怨憤，在鬱鬱寡歡中度過淒苦的一生。

但昭君出塞有着重要的政治意義，為匈奴與漢關係的穩定做出了貢獻。昭君出塞也成為歷代文人演繹不盡的永恆話題，把她與東漢末被匈奴擄去的蔡琰（文姬）相提並論。

傳說昭君墓草色常青，人稱"青塚"，在現今的蒙古草原，有着好幾座昭君墓，反映了後人對她的深切懷念。

釋義 "昭君出塞"，用來形容遠離故土，心境哀怨。

出處 東漢・班固《漢書・匈奴傳》："呼韓邪臨辭大會，帝召五女以示之，昭君豐容靚飾，光明漢宮，顧景斐回，竦動左右。帝見大驚，意欲留之，然難於失信，遂與匈奴。”

後主入井

南朝陳的最後一位君主陳後主（叔寶），是歷史上有名的昏君。他只顧貪圖享樂，從不問政事，成日沉溺於聲色犬馬之中。他還勞民傷財，大興土木，建起臨春、結綺、望仙三閣，與寵妃佞臣在此飲酒作樂，荒淫無度。

與他形成鮮明對比的是，在北方，楊堅建立隋朝，勵精圖治，開始了統一全國的大業。公元589年年初，楊堅派大將賀若弼、韓擒虎等攻陳，很快攻陷陳的國都建康（今南京）。隋軍攻入皇宮，陳後主慌不擇路，攜二寵妃跳入後宮枯井中，被隋軍發現，收捕帶到長安。其狼狽的醜態，成為千古笑談。

釋義 “後主入井”，用來指君主荒政亡國。

出處 唐・李延壽《南史・陳本紀下》：“後主曰：‘鋒刃之下，未可及當，吾自有計。’乃逃於井。……既而軍人窺井而呼之，後主不應。欲下石，乃聞叫聲。以繩引之，驚其太重，及出，乃與張貴妃、孔貴人三人同乘而上。”

風雪度藍關

唐朝的憲宗皇帝迷信佛法，是一個極其虔誠的佛教信徒。元和十四年（819年）正月，憲宗下令從鳳翔法門寺迎佛骨（相傳佛骨即釋迦牟尼圓寂後遺留的骨骼）到京城長安，並抬進皇宮，皇帝親率皇族及百官頂禮膜拜。然後，又下令各寺廟依次迎接佛骨到廟內，以香火供養。一時間，佛事大興，舉國若狂。

刑部侍郎韓愈看到這事鬧得實在不像話，就寫了一篇《論佛骨表》呈交給唐憲宗。文中嚴斥佛教迷信，指出這事如果不加禁止而上行下效，必然造成“傷風敗俗，傳笑四方”的惡劣影響，這簡直是國家的災難。

唐憲宗看了這篇表章，勃然大怒，認為韓愈竟敢出語大不敬，冒犯佛祖，指責皇帝，當即要將韓愈處以極刑。幸虧羣臣紛紛上疏營救，憲宗才改將韓愈貶為潮州刺史，但必須“當日奔馳上道，不許遷延”。在憲宗看來，這樣一個不敬佛的悍臣，決不容許他在京城再停留片刻。

韓愈滿懷怨憤，當天就離開了長安。時值寒冬，韓愈獨自騎馬南行，途經陝西藍關時，遇到大雪紛紛，漫天飛舞，馬蹄跌滑，裹足不前。正在韓愈疲憊不堪、萬分淒苦的時候，他的姪孫韓湘冒着大雪匆匆趕來了。

韓愈見了姪孫，心中一陣酸楚，禁不住流下眼淚。韓湘連忙安慰道：“叔祖，你別太傷心。您老這次被貶潮州，是命運早就安排好的。”

韓愈不解地問：“這早在你預料之中嗎？”

韓湘說：“您還記得花上之句嗎？您現在被貶往潮州，竟是應驗了呢。”

韓愈略想了一會，說：“我也還記得的。”

原來，這韓湘是韓愈的姪子十二郎之子，也是傳說中八仙之一的韓湘子，年紀很小時便已得道成仙。他曾在初冬季節讓牡丹開放，且花色各異，每朵花上各有一聯詩。其中有一朵花片上寫有“雲橫秦嶺家何在，雪擁藍關馬不前”的句子，韓湘曾指給韓愈看，當時韓愈也不解其中含意。現在韓湘提起這件往事，竟然正應眼前景物。

風雪滿天，前途艱難，對此情景，韓愈感慨萬千，寫下了一首有名的《左遷至藍關示姪孫湘》的詩篇，其中就用了“雲橫秦嶺家何在，雪擁藍關馬不前”這聯詩句。

釋義 “風雪度藍關”，或用來詠雪，或用來形容處境艱難。

出處 北宋・劉斧《青瑣高議》：“公以言佛骨事，貶潮州。一日途中，公方悽倦，俄有一人冒雪而來。既見，乃湘也。公喜曰：‘汝何久舍吾乎？’因泣下。湘曰：‘公憶向日花上之句子乎？乃今日之驗也。’公思少頃曰：‘亦記憶。’因詢問地名，即藍關也。”

風樹之歎

春秋時的一天，孔子帶着弟子們出外巡遊，忽然聽到遠處傳來陣陣悲哀的哭聲。孔子聽了，便急切地對車夫說：“把車趕得快一點！快一點！前面那個在哭的人是一個賢人，我要去和他談談，領受教益！”

不一會兒，車停了。孔子和弟子們見到了那個正哭得傷心的人。只見他穿着一身褐色的粗布衣服，手裏拿着一把鐮刀，站在田頭。

孔子下了車，上前問：“請問你的尊姓大名？看上去你不像有甚麼喪事，為甚麼哭得這樣傷心呢？”

那人一面哭，一面回答說：“我叫皐魚。我是痛心我自己有三個不可挽回的過失，才如此傷心。”

“哪三個過失？能不能說給我們聽聽？”孔子說。

“當然可以。”皐魚說：“我年輕的時候，愛好遊學，曾經周遊列國。但我忘記了‘父母在，不遠遊’的古訓，等我回到家中，父母都已過世。父母含辛茹苦把我撫養長大，我卻沒能好好地奉養他們，這是第一大過失。”

“第二個過失是我自視清高，不肯去侍奉昏君，好幾次拒絕了朝廷的徵召，結果現在年紀老了，回頭看看自己走過的路，卻一事無成。”

“第三個過失是我原來有幾個相當要好的朋友，但我卻沒有能珍視與他們的友誼，草率地和他們絕了交。”

皐魚說完自己的三個過失，又深深歎了口氣說：“樹想安靜下來，可是風卻吹個不停。往而不可追回的是已流逝的歲月，去而不得再見的是已死的雙親。現在我老了，快要死了，但願別的人不要重犯我的錯誤！”

皐魚說完，彷彿已用完了全身的力氣，倒地而死。

孔子見了，對弟子們說：“皐魚在臨死前的一番話，對大家應該很有教益，你們要吸取他的教訓。”

孔子的弟子們聽了，確實深受教育，當天，便有十三個弟子向孔子辭別，回家奉養父母去了。

釋義 “風樹之歎”，用來形容未能對父母雙親盡孝。

出處　西漢・韓嬰《韓詩外傳》："樹欲靜而風不止，子欲養而親不待也。往而不可追者，年也；去而不可得見者，親也。"

郊寒島瘦

唐代詩人孟郊（751–814 年），少時隱居嵩山，與大詩人韓愈結為至交。後舉進士，任溧陽尉。他尤其喜歡吟詩，並常因吟詩荒廢公務。現存詩四百餘首，以樂府古詩為多。

孟郊的詩大都傾訴窮愁孤苦，離別、思鄉、想念親朋等是他筆下常見的題材，感情真摯動人。如《遊子吟》就為其中代表作，寫遊子離別以及母子間的真摯情感，成為傳誦千古的名篇："慈母手中線，遊子身上衣。臨行密密縫，意恐遲遲歸。誰言寸草心，報得三春暉。"

另一詩人賈島（779–843 年），詩的題材、風格與孟郊極為相似，如《雪晴晚望》寫雪晴傍晚的空曠、寂寥，讓人如臨其境，富有感染力："倚仗望晴雪，溪雲幾萬重。樵人歸白屋，寒日下危峰。野火燒岡草，斷煙生石松。卻回山寺路，聞打暮天鐘。"

賈島作詩十分注重錘煉語句，以"苦吟"著稱，號稱"兩句三年得，一吟雙淚流"。他本為僧人，名無本，後還俗，屢試不第，只做過無足輕重的小官。

孟郊和賈島的性格、人生際遇，作詩的風格、體裁以及作詩的方式都十分相似。二人都十分喜愛作詩，仕途不得志，詩的內容多為窮愁悲苦，格調悲涼，哀怨清切；二人作詩刻意追求詩的格調，不喜浮艷，搜索枯腸，窮思冥想，沉重凝滯。因此，宋代文學家蘇軾評論他們說"郊寒島瘦"，意謂二人詩風清峭瘦硬，低沉苦澀。

釋義　"郊寒島瘦"，用來形容詩人苦吟；或指詩人命運多舛，窮困潦倒。

出處　北宋・蘇軾《祭柳子玉文》："元輕白俗，郊寒島瘦。嘹然一吟，衆作卑陋。"

帝衣濺血

公元 280 年，晉武帝滅掉東吳，統一了天下，大封同姓子弟為王。這些藩王都握有軍政實權，這就為他們後來發動叛亂提供了條件。

晉武帝死後，晉惠帝即位。惠帝是個著名的癡呆，朝政由皇后賈南風掌握。賈后先殺了輔政大臣楊駿，任命汝南王司馬亮為輔政大臣。

誰知汝南王與楊駿是一路貨色，賈后又想殺他，但他是同姓藩王，地位尊貴，一時拿他沒辦法，賈后就悄悄地命楚王司馬瑋殺了司馬亮。不久，為了殺人滅口，她又找藉口殺了司馬瑋。

賈后連殺二王，引起其他一些藩王的不滿，他們起兵要殺了賈后，廢掉晉惠帝。而一些忠於惠帝的藩王也起兵要幫助惠帝平叛。於是兵戈四起，天下大亂。

侍中嵇紹見形勢危急，連夜向惠帝的行宮趕去。正碰上惠帝的兵馬在蕩陰打了大敗仗，叛軍已經追趕過來。這時，文武百官和侍衛都已經逃散，只有嵇紹身穿朝服，以身體護衛惠帝，高聲斥責叛軍。叛軍一擁而上，將嵇紹殺死在惠帝身旁，鮮血都濺到惠帝身上。

幸好這時，擁護惠帝的兵馬殺來，趕走了叛軍。等局勢暫時平定後，手下人伺候惠帝換了衣服，想洗去衣服上的血跡，惠帝制止說："這是嵇侍中的血，不要洗掉。"

釋義　"帝衣濺血"，用來形容臣子誓死衛君的義烈行為。

出處　唐・房玄齡等《晉書・嵇紹傳》："唯紹儼然端冕，以身捍衛，兵交御輦，飛箭雨集，紹遂被害於帝側，血濺御服，天子深哀歎之。及事定，左右欲浣衣，帝曰：'此嵇侍中血，勿去。'"

姜肱共被

漢代"獨尊儒術"以後，儒家的道德標準成為最高準則。東漢尤其重"孝"，因為臣忠與子孝是統一的，從孝道得出為臣之道。所以在東漢時代，“孝”成了顯身揚名、沽名釣譽的重要途徑，為了達到世俗的目的，“孝”甚至被弄到不近情理的地步。

彭城人姜肱，是世家望族，為了維護家族的地位與名聲，他很重孝道。

姜肱的母親早死，繼母十分嚴厲，但他與兩個弟弟對繼母仍克盡孝道。尤其是兄弟之間友愛備至，三人共蓋一牀被子，起臥同時。以至三人長大成人、娶有妻室時，仍保留着共寢一被的習慣，不願分開。

後來考慮到“不孝有三，無後為大”，每人都要生子接代，那也是很重要的孝道，於是兄弟三人才不得不分開就寢。

釋義 “姜肱共被”，用來形容兄弟友愛和睦。

出處 南朝宋·范曄《後漢書·姜肱傳》：“肱與二弟仲海、季江，俱以孝行著聞。其友愛天至，常共臥起。及各娶妻，兄弟相戀，不能別寢，以系嗣當立，乃遷往就室。”

染指

春秋時，鄭國的大夫子公和子家有一次一起去上朝。路上，子公的食指忽然跳動起來，他一面把手指伸過去給子家看，一面得意地說：“以前我這食指跳動的時候，一定會吃到一種山珍海味。看來，今天進宮，一定又能吃到甚麼好東西了。”

子家聽了，將信將疑地說：“哪裏會有這樣的事情。我看你是信口開河，吹吹牛皮，今天決不會應驗。”

兩人走進宮中，正巧遇到宮中的廚師拎着幾隻大鼈去宰殺，一問，知道這是南方的楚國派人送來的禮物，鄭靈公今天準備以此招待大臣們。子公得意地說：“怎麼樣？我沒有瞎說吧？”子家不由不信，兩人便一起哈哈大笑起來。

正在這時，鄭靈公走了出來，見兩人笑得前仰後俯的，便問：“你倆為甚麼事笑得這麼痛快？”

子家指了指子公，回答說：“剛才他的手指頭直跳，說有美味到嘴，我還不信。剛才瞧見廚師拎着幾隻大甲魚，又聽說是大王賞給臣下吃的，才相信他的手指頭真靈，所以笑了起來。”

鄭靈公平時有些小孩子脾氣，而且和子公關係挺好，便故意開玩笑地說：“依我看，手指頭靈不靈還不一定呢！”

當天晚宴，鄭靈公用甲魚羹招待大臣們。鄭靈公說：“今天南方的楚國派人送來幾隻大甲魚，以示友好。我吩咐宮廚做成了甲魚羹，請大家一起來品嚐這難得的美味。”大臣們聽了，都向鄭靈公表示了謝意。

不一會，廚子端上了甲魚羹，每人一份，惟獨子公沒有。子公正感到奇怪，只聽鄭靈公對羣臣說：“今天子公告訴我，只要他的食指一動，就會吃到山珍海味。今天他的食指又動了，正巧楚王派人送來了罕見的大鼈，看來似乎很靈驗。但我剛才吩咐廚子，讓他別盛甲魚羹給子公，這樣，他就吃不到甲魚羹了，他的手指跳動豈不是又不靈了嗎？”

子公聽了，這才知道自己席上沒有甲魚羹的原因。他平常跟鄭靈公挺熱乎，可算是鄭靈公最親近的大臣，沒想到鄭靈公竟會如此對待自己，使自己在眾多同僚面前大失面子，不由憋得滿臉通紅，心中充滿了憤怒。

他猛地跳起來，衝到鄭靈公的桌前，把手指頭戳到鄭靈公的鼎裏，蘸了一蘸，一邊放在嘴裏咂，一面大聲說：“誰說我的手指頭不靈驗？現在我已染指鼎中，嚐到了甲魚羹的味道，這就證明它是靈的！”說完，子公拂袖離席而去。

鄭靈公氣得半死，大罵子公，揚言要對子公進行懲治。宴席不歡而散。

子公得到鄭靈公要懲治自己的消息，便和子家合謀，將鄭靈公殺了，另立公子堅為國君。鄭靈公開了一次不應該開的玩笑，釀成了殺身之禍。他只當了一年國君，這是他自食惡果。

釋義 “染指”，用來形容沾取非所應得的利益。

出處 春秋・左丘明《左傳・宣公四年》：“及食大夫鼈，召子公而弗與也。子公怒，染指於鼎，嘗之而出。”

郎潛白髮

顏駟是漢朝江都（今江蘇揚州西南）人，他從小就長得膀大腰圓，對讀書一點也不感興趣，只喜歡舞刀弄棍。當時雖然漢朝已經一統天下，但北方的匈奴還是經常騷擾漢朝的邊境，顏駟希望將來有一天能憑藉自己的武藝報效祖國，光宗耀祖。

到了漢文帝的時候，顏駟已經長大成人。他離開家鄉，來到京城長安，在朝廷當了一名郎官。郎官是一個職位較低的職務，平時只是在宮中擔任警戒。顏駟兢兢業業，忠於職守，在他當值的二十多年中，從未發生任何差錯。

但由於文帝是信奉黃（黃帝）老（老子）思想，主張以德治國的，不喜歡與武夫接近，因此顏駟雖然長期保護着他的安全，卻仍然得不到升遷的機會。

文帝去世後，他的兒子景帝即位。顏駟又把希望寄託在這位新君身上。但景帝十分相信德高望重的老臣，顏駟當時才四十多歲，自然又得不到重用。

好不容易又捱了十五年，顏駟已經年近花甲。正當他急切地盼望景帝能對自己予以重用的時候，景帝卻不幸因病去世。即位的新君是年方十七歲的武帝劉徹。他與父親的做法正好相反，喜歡起用有進取心的年輕人，很少提拔碌碌無為的老臣。這對於顏駟來說，無疑又是一個沉重的打擊。從此，顏駟心灰意冷，對自己的晉升不再抱甚麼希望了。

有一天，武帝退朝後，偶然來到郎中令官署，看到裏面坐了一位鬚髮皆白的老郎官，不由奇怪地問："你是甚麼時候擔任郎官的？為甚麼年紀這麼大了還沒有得到升遷？"

"臣姓顏名駟，在文帝的時候就入宮為郎，至今已經經歷了三個朝代了。因為文帝喜歡文而臣喜歡武，景帝愛用老臣而當時臣還年輕，陛下又喜歡起用年輕後生，而臣年已遲暮，所以臣只好終老於郎官了，這恐怕就是命中注定的吧！"

武帝聽了顏駟一番心酸的陳述，不由對他抱以深深地同情。武帝又了解到顏駟這幾十年來一直恪盡職守，盡心盡職，就特地下詔提拔他為會稽都尉，表示對他的關懷和嘉獎。

釋義 “郎潛白髮”，用來慨歎命途多舛，仕途不順，至老不遇。

出處 東漢・班固《漢武故事》：“上嘗輦至郎署，見一老翁，鬚鬢皓白，衣服不整。上問曰：‘公何時為郎，何其老也？’對曰：‘臣姓顏名駟，江都人也，以文帝時為郎。’”

祖鞭先著

劉琨和祖逖都是西晉時的著名將領。年輕時，他倆志趣相投，情同手足，經常在一起探討兵法，練習武藝，準備用自己的才幹為國家效力。

不久，兩人一起被徵聘為司州主簿。他倆朝夕相處，友情更篤，晚上共被而眠，清晨聞雞起舞，練劍一直練到東方發白為止。

過了些時候，西晉王朝爆發了“八王之亂”，掌握重兵的諸侯王之間展開了激烈的內戰，北方的匈奴族領袖劉淵乘虛大舉南侵，廣大的中原地區陷於一片混亂，出現了“白骨蔽原野，千里無人煙”的悲慘景象。劉琨和祖逖看到國家出現這樣艱危的局面，感到無比痛心。他們互相勉勵，要儘快投入到殺敵報國的鬥爭中去。

公元 306 年，劉琨被朝廷任命為并州刺史，加振威將軍。他沿途招募了一千多人，冒着極大的風險，北上轉戰到晉陽，擴充兵員，安撫百姓，加固晉陽城牆，終於站住了腳跟。但并州畢竟遠離京城洛陽，得不到朝廷在人力、物力上的接濟，而匈奴大將劉聰和石勒經常率重兵前來襲擊。劉琨寡不敵眾，只能堅守不出以保存實力，因此在很長一段時間裏，無法向外發展。

而祖逖自從與劉琨分手以後，曾隨軍轉戰各地，後因母親去世回家守喪。公元 311 年，匈奴軍隊突然長驅南下，攻佔西晉京城洛陽，晉懷帝被俘。祖逖在家鄉率領親屬退避到江南，被琅玡王、左丞相司馬睿任命為徐州刺史。

祖逖不忍看到北方大片國土淪於敵手，向司馬睿請求渡江北伐。司馬睿任命他為豫州刺史，給了他一千人的糧食，三千疋布，讓他自己去招募軍隊，籌集武器。

祖逖受命後，立即率自己一百多部屬渡江北上，並迅速招募到兩千多人，壯大了隊伍，收復了不少失地。祖逖誓師北伐的消息傳到晉陽，劉琨聽了非常激動。他在寫給親友的信中說："我每夜枕戈待旦，立志消滅入侵之敵，收復失地，常恐祖生先吾着鞭！"

從晉朝的歷史來看，劉琨和祖逖在抗擊外敵入侵的鬥爭中，都曾做出過重大的貢獻。

釋義 "祖鞭先著"，用來形容佔先一着，首先建功立業。

出處 唐・房玄齡等《晉書・劉琨傳》："劉琨與親舊書曰：'吾枕戈待旦，志梟逆虜，常恐祖生先吾著鞭耳。'"

韋郎玉環

唐代人韋皐曾在江夏一帶遊學。在此期間，曾住在江夏的姜使君家裏。姜使君有個兒子，名叫荊寶。韋皐就按姜使君的意思，教荊寶讀書。

荊寶有一位侍女，叫玉簫，那時年方十歲。荊寶因為與韋皐以兄弟相稱，便常讓玉簫專門服侍韋皐。玉簫也盡心盡意地應奉韋皐，對韋皐照顧得無微不至。

過了兩年，姜使君到內地求官了，韋皐仍住姜家很不方便，於是便搬到頭陀寺居住。韋皐搬出姜家後，荊寶仍不時派玉蕭去服侍韋皐。

隨着時光的流逝，玉簫漸漸長大了，變得懂事了。在長期的接觸、相處中，對韋皐產生了越來越濃烈的感情。韋皐也很喜歡玉簫，二人情投意合。

後來，韋皐急需回家探親。上船前，韋皐含淚寫了一封信派人送給荊寶。一會兒，荊寶與玉簫都趕來了。三人重聚，但馬上又要分離，不禁又喜又悲。

荊寶早已察顏觀色，明白了韋皐與玉簫二人的心思，此時便趁機對韋皐說："您一路上一定會很辛苦，就讓玉簫與您一起走，也好途中照料你。好嗎？"

韋皐雖然也想讓玉簫同行，但考慮到此一去時間很長，不知何日才能返回，便堅定地謝絕了。

馬上要開船了，玉簫望着韋皐，含情脈脈，雙眼淚垂。韋皐也很留戀，對玉簫說："請你放心地等待我，我回去以後，少則五年，多則七年，一定來迎娶你。"玉簫點頭答應。韋皐又留下一枚玉指環，並寫了一首詩，交給玉簫，算作定情的信物。

分別以後，玉簫在江夏望眼欲穿地等啊等啊。一個又一個春天過去了，五年了，韋皐沒來娶她，又是二年過去了，韋皐仍然是音信皆無。

到了第八年春天，玉簫終於絕望了。她十分傷心地說："韋家郎君一別七年，看來是再也不會來了。"於是，玉簫絕食，直至死去。

姜家人被玉簫的節操所感動，在埋葬玉簫的時候，將韋皐留下的玉指環戴在了玉簫的中指上。

釋義 "韋朗玉環"中的韋郎泛指有情的男子或女子的意中人，以玉簫比喻癡情的女子，而以"玉環"作定情的信物。

出處 唐・范攄《雲溪友議》卷三："玉簫年稍長大，因而有情。……(韋皐)遂為言約，少則五載，多則七年，取玉簫。因留玉指環一枚，並詩一首。"

紅葉題詩

唐朝宣宗時，年輕書生盧渥到京城參加科舉考試後，帶着僕人外出遊玩。經過後宮外面的一條小河時，盧渥發現小河中有一片漂浮的紅葉，葉上隱隱有字，頓時產生了興趣，馬上讓僕人把那片紅葉撈了上來。

僕人把紅葉交給盧渥，盧渥一看，紅葉上題了一首五言絕句："水流何太急，深宮盡日閒。慇懃謝紅葉，好去到人間。"盧渥讀完詩，心中暗想："這紅葉一定是宮中一位很有才氣的宮女題詩後順水漂出來的。這些年紀輕輕的宮女一定很寂寞。"他回到客棧，把紅葉珍藏在衣箱裏。不久，發榜了，盧渥高中進士，隨即被派到范陽去做地方官。

過了一段時間，唐宣宗看到後宮宮女太多，決定放出一部分宮女嫁人。盧渥也獲准到長安挑選一個宮女做自己的妻子。他趕到長安，挑選了一個文靜而秀麗的宮女。他雖然很喜歡她，但又不免想到那個在紅葉上題詩的宮女。

回到范陽後的當天，盧渥就和那宮女成了親。洞房花燭之夜，盧渥又情不自禁地拿出那片紅葉，想對妻子講述紅葉上的詩以及當時撈到紅葉的情況。不料他妻子一見到紅葉，萬分驚異，吟道：“水流何太急，深宮盡日閒。慇懃謝紅葉，好去到人間。”盧渥一聽，上前握住妻子的手，激動地說：“你就是那個題詩的宮女？真是太巧了！”“當時我偶然在紅葉上題了首詩，放在河中，沒有想到被郎君撿到，還一直珍藏着，這真是太巧了！”宮女也很驚訝地說。“這是我們的緣分呀！”盧渥說。兩人四目相對，無比激動興奮。

第二天，盧渥的親友都知道了這件事，他們簡直不相信這是真的。有人讓盧渥妻子當場題詩一首驗看筆跡，結果筆跡一模一樣。

釋義 “紅葉題詩”，用來描寫情思、閨怨，也用來描寫良緣巧合。

出處 唐・范攄《雲溪友議》：“盧渥舍人應舉之歲，偶臨御溝，見一紅葉，命僕搴來。葉上乃有一絕句，置於巾箱，或呈於同志。及宣宗既省宮人，初下詔，許從百官司吏……渥後亦一任范陽，獲其退宮人，紅葉而籲怨久之，曰：‘當時偶題隨流，不謂郎君收藏巾篋。’驗其書，無不訝焉。詩曰：‘水流何太急，深宮盡日閒。慇懃謝紅葉，好去到人間。’”

紀渻木雞

春秋時，齊國盛行鬥雞。從王公貴族到平民百姓，到處是鬥雞的人羣，到處是鬥雞的熱鬧場面。齊王也熱衷於此，為了能在鬥雞中取得勝利，他聘請了一位名叫紀渻子的馴養鬥雞的能手，來到王宮為自己馴養鬥雞。

紀渻子來到王宮，看到齊王養着一羣未經馴化的雞，那些雞一隻隻昂着頭，鼓着眼，神氣十足，野性也十足。於是，紀渻子便開始對這些雞進行馴養。過了十天，齊王問紀渻子：“鬥雞訓練好了嗎？”“沒有，這些雞跟過去差不多，牠們虛浮放縱，自負之氣正盛。”紀渻子回答説。

又過了十天，齊王又問他説：“雞馴化好了嗎？”紀渻子回答説：“還沒有。牠們聽到一點聲音，或者是看到一點形影，就顯得很急躁。”

又過了十天，齊王又去問他。紀渻子回答説：“沒有。牠們還是急躁地東張西望，盛氣淩人，不可一世。”

到第四十天的時候，齊王再去時，紀渻子説：“大王，鬥雞已經訓練好了。牠們雖然有的偶爾還會啼叫幾聲，但是再也不變化無常了。看上去，牠們呆笨得像木雕的一樣，但沉着冷靜，敢於拼搏的精神已全部具備，沒有甚麼雞能夠戰勝牠們了。”

齊王十分高興，命人組織了大規模的鬥雞遊戲。當齊王把紀渻子馴好的雞放進鬥雞場，其他的那些雞一隻隻嚇得掉頭而逃，沒有一隻敢應戰。齊王不戰而勝，給了紀渻子一大筆賞金。

釋義 “紀渻木雞”，用來形容修養到家，或者用來描寫呆笨發愣。

出處 《莊子・達生》：“紀渻子為王養鬥雞。十日而問：‘雞已乎？’曰：‘未也，方虛驕而恃氣。’十日又問，曰：‘未也，猶應向景。’十日又問，曰：‘未也，猶疾視而盛氣。’十日又問，曰：‘幾矣，雞雖有鳴者，已無變矣，望之似木雞矣，其德全矣。異雞無敢應者，反走矣。’”

秦嘉明鏡

後漢的秦嘉，字士會，是隴西人，在外地作郡掾（屬官）。他的妻子叫徐淑，長得端莊秀麗，溫柔賢惠。夫婦兩人感情很好，夫唱婦隨。

有一次秦嘉去外地辦事，徐淑生病回家鄉休息，兩個人沒有來得及當面告別。徐淑走後，秦嘉十分思念她，擔心她的病情，於是給妻子寫信，表達自己的相思之情。

當時他得到一面精美漂亮的鏡子，愛不釋手。他認為這是一件很珍貴的禮物，就把它寄給自己的妻子，另外還寄去許多東西。

他在信中寫道：“你離開的時候，不巧我出外辦事，沒能見到你，心中非常失望，遠別之情，使我惆悵悲怨，日日夜夜思念你。現在我得到一面明鏡，明亮美好，文彩也很瑰麗，我十分喜愛它，特贈給你，讓它陪伴在你的妝台前，時刻照見你美麗的姿容。另外，我還給你寄去寶釵、好香、素琴等，供你玩賞使用。我的禮物沒有你對我的情意重，僅用此表達我對你的一片深情吧！”

徐淑接到了秦嘉的信，為自己丈夫的深情厚意所感動。她回憶着二人婚後的幸福生活，丈夫體貼關愛自己，一往情深，人生最快樂幸福的事莫過於此。她沉醉在甜蜜的回憶中。看到秦嘉寄來的明鏡、寶釵等物品，更增添了對他的思念。

於是，徐淑提筆給秦嘉寫了一封感人肺腑、蘊涵濃情蜜意的回信。信上說：“得到你的音信，又收到你送我的各種物品，這種深切的情意，使我感動極了。自從我們離別後，我無時無刻不在思念你，思念我們以前的幸福生活。明鏡、寶釵等都很精美。不是尋常之物，感謝你對我的真摯感情。每當我拿着寶釵對明鏡梳妝時，就會想到你在我身旁的情景；撫琴詠詩，越發勾起我的思念之情。你囑咐我把芳香擦在身上，告訴我照鏡子梳妝，但是你人不在，我哪有心思修飾打扮呢？等你回來時，我才能使用鏡、釵，打扮得美麗動人來迎接你。”

釋義 “秦嘉明鏡”，用來形容夫妻情意深厚，互相思念，體貼。

出處 唐·歐陽詢等《藝文類聚》卷三十二引秦嘉《重報妻書》：“兼敍遠別，恨恨之情，顧有悵然。間得此鏡，既明且好，形觀文采，世所稀有。意甚愛之，故以相與。”

秦鑄金人

秦始皇名嬴政，是戰國時期秦莊襄王的兒子，也是秦王朝的第一位皇帝。他在位時統一了六國，結束了春秋戰國分裂割據的局面，建立了中國歷史上第一個統一的多民族的中央集權國家。

公元前 246 年，秦王朝建立。嬴政自稱始皇帝，後世以數計，稱為二世三世直到萬世。在皇帝之下，設置了三公九卿制這一完整的官僚系統來治理國家。

在地方行政機構上，秦始皇把戰國後期已實行的郡縣制推行到全國，把全國分為三十六個郡。又制定了《秦律》，統一文字、貨幣和度量衡。

秦始皇二十六年（公元前221年），經過與大臣們商議，決定將天下的兵器全部收起來，集中到都城咸陽。在咸陽把它們熔化，鑄成樂器和十二尊銅人。銅人每個重千斤，刻畫得栩栩如生，身姿威武挺拔，表情莊嚴肅穆。鑄成後放置於秦王朝的宮廷之中，如同真正的衛士一樣鎮守着宮殿。

秦始皇將天下百姓手中的兵器收集熔鑄，目的是為了鞏固統一，防止人民起來反抗他的統治。但是他以及他的兒子秦二世在位期間，對人民進行殘酷的壓迫。向農民徵收沉重的賦稅，強迫人民服徭役，為其修築豪華的宮殿阿房宮和同樣豪華的墳墓驪山陵墓。

另外，他還徵發人民修長城，修馳道。男子還要服兵役，從軍打仗。女子也被徵發服勞役，搞運輸。大興土木與軍事戰爭耗費了無數的財力物力人力，弄得民不聊生。同時，秦王朝的嚴刑酷法更使人民陷於水深火熱的苦難深淵中。

秦王朝的殘暴統治終於激起了人民的反抗，人民紛紛揭竿而起，爆發了全國性大規模的農民起義，最終推翻了秦朝的統治。

釋義 “秦鑄金人”，用來詠秦始皇統一這件事。

出處 西漢·司馬遷《史記·秦始皇本紀》：“收天下兵，聚之咸陽，銷以為鐘鐻，金人十二，重各千石，置廷宮中。”

班女之才

班昭，字惠班，是東漢時扶風郡曹世叔的妻子，著名史學家班彪的女兒。班昭從小受家庭的影響，博覽羣書，才華過人，父兄都不敢小看她。

班昭的父親班彪曾著《續史記》，她的哥哥班固奉和帝之命修撰

《漢書》，《漢書》未修完，班固便勞累而死。

和帝見班固去世，十分惋惜，覺得不能讓這部巨著從此埋沒，就命人去尋找博學之士，準備把它寫完。有人就向和帝推薦班昭，說她的才華不亞於父兄。

和帝非常高興，連忙下詔命班昭進宮繼續修撰《漢書》，同時為她創造了很好的寫作環境，還把東觀藏書閣的藏書供她查閱。不久，班昭終於完成了這一工作，史學巨著《漢書》終於問世。

和帝非常欣賞她的才華，幾次召她入宮，命她做皇后和諸位嬪妃貴人的師傅，並賜她一個尊號："大家（gū）。"後來，鄧太后臨朝，也請她參與政事，時常召入內宮，並封她的兒子為關內侯。

當時，《漢書》才問世不久，由於書中引用了大量典故，文詞深奧，許多人都看不懂。班昭親自向扶風郡人馬融及其兄傳授講解，並逐漸推廣，《漢書》才流傳開來。

釋義 "班女之才"，用來稱有才學的女子。

出處 南朝宋・范曄《後漢書・列女傳》："兄固著《漢書》，其八表及《天文志》未及竟而卒，和帝詔昭就東觀藏書閣踵而成之。帝數召入宮，令皇后諸貴人師事焉，號曰大家。"

班姬辭輦

西漢成帝時，越騎校尉班況的女兒被選入後宮，起初擔任女官少使，掌管後宮的供奉使用之物。不久，漢成帝發現她長得很美，且聰明能幹，就臨倖了她，並封她為婕妤。

漢成帝對班婕妤寵倖了有一年多時間。班婕妤是個很有教養的女子，因此她在宮中特別注意自己的一言一行，不敢超越禮數。

有一次，天氣放晴，春光正好，漢成帝要去遊玩後宮的花園，便邀班婕妤同車而行。這是很大的恩寵。但班婕妤略加思索，覺得還是推辭為好。

她謝過皇帝後，說："陛下，我看古代圖畫，凡是賢聖的君王總有賢明的大臣在身邊，只有夏、商、周三代末世的昏君才總讓寵姬圍繞着，今天您讓我同輦，不有些像他們嗎？”

漢成帝很讚許她的話，就不再讓她同輦而行。

漢帝的母親聽說這事後，很高興地說：“古代有個賢女樊姬，今天也有個賢女是班姬。”

釋義 “班姬辭輦”，用來稱頌后妃賢德識禮。

出處 東漢・班固《漢書・外戚傳》：“成帝遊於後庭，嘗欲與婕妤同輦載，婕妤辭曰：‘觀古圖畫，聖賢之君皆有名臣在側，三代末主乃有嬖女，今欲同輦，得無近似之乎？’上善其言而止。”

馬上得天下

漢朝初年，有一個人叫陸賈，是漢高祖劉邦身邊的謀士。在西漢建立之前，他以門客的身份跟隨劉邦征戰天下。

陸賈口才很好，能言善辯，成為當時有名的“舌辯之士”。劉邦十分欣賞其才能，經常派他出使各諸侯國，並且讓他常居於自己左右，一起討論一些國家大事。陸賈勇於直諫，敢對一些問題發表自己的見解。

陸賈和劉邦在一起交談時，經常引用《詩經》、《尚書》等典籍中的話。一次兩次劉邦還不在意，次數多了，劉邦就有些反感了。有一次，陸賈又一次在劉邦面前提起《詩經》、《尚書》的作用，劉邦不耐煩地揮揮手，責罵他說：“老子的天下是騎在馬上征戰得來的，哪還用得着談甚麼《詩經》、《尚書》呢？”

陸賈聽了劉邦的責罵，不急不慌，沉着冷靜地回答說：“陛下騎在馬上得來的天下，難道還要騎在馬上治理它嗎？商湯周武都是以武力奪得天下而以文治來管理天下，文武並用，才是長治久安的策略。秦朝濫用殘酷的刑法，導致了人民起義而滅亡。假使秦在統一天下之後，推行仁政，以道義來規範臣民的行為，效法先聖們的統治政策，寬厚地對待老百姓，那麼秦朝的江山就一定會很牢固，那陛下您還怎麼能推翻秦朝而奪得天下呢？”

劉邦聽了陸賈的這番話，面帶愧色，對陸賈說："我要你為我寫些文章，論述一下秦為甚麼失去天下，我為甚麼能奪取天下，以及古往今來各個國家成敗得失的經驗教訓。"

於是，陸賈寫了十二篇文章，試圖闡明古今政權存亡之道。他每奏上一篇，劉邦都讚不絕口，並把陸賈寫的書命名為《新語》。

漢初統治者一直奉行與民休息的統治政策，這與陸賈向劉邦所提的建議是分不開的。

釋義　"馬上得天下"，用來表示通過征戰、拼殺奪得國家政權。

出處　西漢・司馬遷《史記・酈生陸賈列傳》："陸生時時前說稱《詩》《書》，高帝罵之曰：'迺公居馬上而得之，安事《詩》《書》？'陸生曰：'居馬上得之，寧可以馬上治之乎？'"

馬價十倍

春秋時，有個馬販子從北方的草原上弄來幾匹駿馬，來到集市上賣。但不管馬販子怎麼說馬好，也沒人掏錢買。

這樣一連三天，馬販子牽着馬來來回回，一匹馬也沒賣掉。他心中很氣不過，就帶了馬去找相馬能手伯樂，說："伯樂先生，我這幾匹馬都是從北方販來的駿馬，可市場上買馬的人都不識貨。你看看這幾匹馬是不是好馬？"

伯樂看了看說："唔！這幾匹馬都不錯！"

馬販子聽了，懇求伯樂說："伯樂先生，我想請您幫個忙，請您明天到市上去轉一轉，經過我賣馬的地方，您只要站住朝我的馬看幾眼，我就把馬價的百分之十給您作酬金。"

伯樂感到這幾匹馬確實都是駿馬，就同意了。第二天，他應約來到市上，路過馬販子面前時，站住朝這幾匹馬看了幾眼，走過去後，他又回頭朝這幾匹馬望了望。

伯樂的相馬技術當時聞名天下。伯樂走後，立刻有好幾個人過來買馬。不多時候，三天無人問津的幾匹馬都以比原來高出十倍的價錢賣掉了。

釋義 “馬價十倍”，用來形容受到名家的推薦和賞識，身價便大大提高。

出處 《戰國策・燕策二》：“人有賣駿馬者，比三旦立市，人莫之知……伯樂乃還而視之，去而顧之，一旦而馬價十倍。”

荊棘銅駝

晉武帝時，索靖被舉為賢良方正，經過金殿對策，被放為外任戎邊。後經太子僕張勃推薦，晉武帝將索靖召回朝廷，擔任尚書郎。索靖很有才能，晉武帝很賞識他。

晉武帝死後，他的兒子司馬衷即位，是為晉惠帝。晉惠帝是個低能兒，根本不懂朝政。晉惠帝即位後，由皇太后楊氏執政，太后之父楊駿輔政，國事日非，索靖非常擔憂。

一天，他經過洛陽宮門，見了宮門前的銅駝，歎氣說：“唉！天下將要大亂，銅駝呀銅駝，我再看到你時，你恐怕已掩沒在荒草荊棘中了。”

晉惠帝雖然是個白癡，但他的皇后賈南風卻是個十分厲害的女人。賈南風不滿楊駿專權，與汝南王司馬亮、楚王司馬瑋合謀，殺了楊駿，並把皇太后楊氏廢為庶人。接着，她又將司馬亮和司馬瑋殺死。她自己沒有生育，擔心大權旁落，又設計毒死了太子，導致了“八王之亂”。

北方的生產因此遭到極大的摧殘，人民遭受了極大的痛苦。賈皇后最終在混戰中被殺，晉惠帝也被毒死。

過了兩年，北方邊境的匈奴貴族劉淵在平陽稱帝，隨即派兵攻打洛陽。晉懷帝出逃被俘，繁華的都城洛陽被洗劫一空。昔日威武地站在宮門口的銅駝便掩沒在荒草荊棘之中了。

釋義 “荊棘銅駝”，用來形容亡國後的悲涼景象；或表示對時事不安定的憂傷感歎。

出處 唐・房玄齡等《晉書・索靖傳》：“靖有先識遠量，知天下將亂，指洛陽宮門銅駝，歎曰：‘會見汝在荊棘中耳？’”

捉刀人

東漢建安二十一年（公元 216 年），曹操晉爵為魏王。恰巧在這一年，南匈奴派使臣前來朝見。

曹操決定接見南匈奴使臣，可是他覺得自己雖然很威武，但相貌比較一般，無法顯出中原人物的風采，而南匈奴的使臣從未見過自己，何不找一個人來頂替自己呢？

於是，他想到了自己的部屬崔琰。崔琰是個文官，長得身材魁梧，眉清目秀，說起話來聲音洪亮，而且一把長鬚一直拖到腹部，很有氣派。用崔琰來做自己的替身，是再合適不過了。他立即命人將崔琰找來，要他在接見南匈奴使臣時扮作魏王。崔琰見是魏王所命，當然一口答應。

第二天，南匈奴使臣來拜見時，崔琰這個假魏王接見了他，曹操則扮作魏王的侍從，手持一把大刀，站在崔琰的身側。曹操雖然扮作了持刀的侍從，但他頤指氣使的威勢還在。他兩眼一直緊盯住南匈奴使臣，南匈奴使者一接觸曹操的眼神，總感到有一種震撼的威勢，心中有些忐忑。

會見結束後，曹操想了解一下今天讓崔琰假扮自己的效果，便派人去問南匈奴使臣："你看魏王這個人怎麼樣？"

南匈奴使臣想了想，回答說："魏王氣度恢宏，風采絕世，確是大國人物，非我小邦之人可比。可不知為甚麼，在我的感覺中，魏王身旁的捉刀人（持刀之人）身上有一股懾人的氣勢，他才是一個真正的英雄。"

曹操聽了稟報，心中非常後悔。他覺得這個南匈奴使臣很有眼光，似乎已看穿了自己找替身接見的事。曹操怕授人話柄，就在使臣回南匈奴的路上，派人把他殺了。

釋義 "捉刀人"，用來借指很有威懾力的英雄人物；但現在更多用於指代替別人寫作文字的人。

出處 南朝宋・劉義慶《世說新語・容止》："魏王雅量非常，然牀頭捉刀人，此乃英雄也。"

郝隆曬書

郝隆是晉朝時期汲郡（今河南新鄉、汲縣一帶）人。他家境貧寒，但卻好學不倦，以善於應對而小有名氣。

按照晉朝時期的習俗，每逢七月七日，每家每戶都要曝曬衣物，驅除衣物內的潮氣和蛀蟲，以便冬天可以使用。

郝隆見鄰居有錢人家曬出了許多綾羅綢緞，突然產生了與他比一比的念頭。於是，郝隆從家中搬出竹榻放在庭中，在正午烈日當頭的時候仰卧在榻上，解開自己的上衣，袒胸露腹，在烈日之下曝曬。

那位有錢的鄰居見郝隆這般光景，不禁大為奇怪，便上前問他為何要如此。郝隆傲然回答："你曬你家中的衣帛，我曬我肚子裏的書本！"

釋義 "郝隆曬書"，用來比喻人腹中裝書，富有學問。

出處 南朝宋・劉義慶《世說新語・排調》："郝隆七月七日出日中仰卧。人問其故，答曰：'我曬書。'"

桓公歎柳

西晉定都洛陽，但此時北方少數民族迅速發展起來，軍事勢力強大，迫使晉王朝南遷。司馬氏只得南渡至建康（今南京）建立東晉王朝，形成南北對峙的政治局面。

東晉建立後，常思進軍中原，恢復舊都，但大都無功而返。桓溫（312–373 年）是東晉大將軍，曾數次率軍北伐。

一次，桓溫率軍北伐，看到自己以前任琅玡內史時所種的柳樹，已皆有十圍（兩手拇指和食指相合為一圍）粗，濃蔭覆蓋，枝葉婆娑，不禁感慨萬分，喟然長歎說："樹都長成這樣，人怎麼不會老呢？"邊說邊攀折枝條，淒然涕下。

釋義 "桓公歎柳"，用來慨歎光陰易逝，人生短促。

出處 南朝宋・劉義慶《世說新語・語言》："桓温北征，經金城，見年輕時所種之柳皆已十圍，慨然曰：‘樹猶如此，人何以堪！’”

桐葉封弟

西周時，周武王平定天下後不久就去世了。他的兒子姬誦即位，史稱周成王。當時，周成王還是個小孩子，朝政大事暫由他的叔叔周公掌管。

一天，成王和他的弟弟叔虞在一起玩耍。周成王在梧桐樹上摘了一片梧桐葉子，削成一個上尖下方的玉珪之狀，把它授給叔虞說：“我拿這玉珪授你。”

玉珪是古代帝王、諸侯舉行隆重儀式時所用的一種玉製禮器。周成王將玉珪授給弟弟叔虞，就意味着封叔虞為侯。但他們兄弟倆都還小，並不懂得這一點，以為不過是鬧着玩玩而已。

玩耍結束後，叔虞拿着桐葉剪的玉珪蹦蹦跳跳地走了。路上，叔虞正巧碰到輔政的周公，就將桐葉珪給周公看，高興地說：“剛才我和天子哥哥一起玩耍，他將這桐葉做的玉珪授給了我。”

周公除了輔政外，還負責管教成王，教授他各種帝王應有的禮儀。於是，他就去見成王，說：“天子把桐葉玉珪授給叔虞，是封叔虞為侯，不知您準備把甚麼地方封給他？”

周成王驚奇地說：“這是我和弟弟叔虞玩耍時，一時好玩，摘下桐葉做成玉珪的樣子授給他的，怎麼能當真呢？”

周公聽了，嚴肅地說：“您雖是個孩子，卻是一國之君。要知道君無戲言，國君一旦說話，就有史官記錄下來，是不能不作數的。”

於是，周成王就按周公的教導，正式把方圓百里的唐地封給了叔虞。所以後來人們便把叔虞稱為唐叔虞。唐叔虞也成了晉國的始祖。

人們知道這件事後，稱讚周公說：“周公如此循循善誘、教導成王，使成王知道君無戲言。他真是個忠心耿耿的輔政大臣呀！”

釋義 “桐葉封弟”，用來形容皇帝金口，言出必踐；有時也用來詠頌桐葉。

出處　西漢・司馬遷《史記・晉世家》："成王與叔虞戲，削桐葉為珪以與叔虞，曰：'以此封若。'史佚因請擇日立叔虞。"

桃李成蔭

戰國魏文侯時，子質做官獲罪，不得不離開國都大梁往北方去。臨行前，他對好友簡主說："從今以後，我再也不做培植人才之事了。"

簡主說："你這是為甚麼呢？"

子質說："我培植、舉薦的人才不可謂少，在士階層中佔了一半，朝廷的大夫中佔了一半，邊境的武將中也佔了一半。但現在卻落得這樣的結果：士在君主面前詆毀我，大夫用法律恐嚇我，邊境的人手持兵器威脅我，像這樣，我還能薦舉人麼？"

簡主聽了他的話，勸慰說："你言過了。春天種桃樹、李樹，夏天可在樹下納涼，秋天可以採摘果食；春天種蒺藜，夏天不可摘葉子，秋天只有刺而已。由此看來，關鍵在於你種甚麼樹。聰明的人先看準對象再予薦舉，看來你看人不準，舉錯人了。"

子質聽了簡主的話，若有所悟，但為時已晚。

釋義　"桃李成蔭"，用來形容栽培的門生多；也以"桃李"借指所培養的人，如教師所教的學生等。

出處　西漢・韓嬰《韓詩外傳》卷七："夫春樹桃李，夏得陰其下，秋得食其實。"

索米長安

西漢時，漢武帝即位不久，便下令徵召天下有才能的人。這時，有個名叫東方朔的人應召前往，對漢武帝自薦，說他自己才能出眾，可以做大臣。漢武帝非常驚奇，便派他待詔公車。

公車是個掌管殿廷司馬門的官署。待詔公車就是上書給皇帝時必須經過公車官署，不能直接去朝見。當時，待詔公車的俸祿非常微薄，東方朔懷才不遇，心中很不滿，便想了個辦法，設法來改變自己的處境。

一天，他看到宮中幾個矮人嘻嘻哈哈地走了過來，便向他們招招手，故作神秘地說："喂！你們這些人大難臨頭，還這麼高興呀！"

這些矮人本是陪皇帝消愁解悶的玩物，儘管心內很悲苦，但表面不得不裝出很高興的樣子。他們聽了東方朔的話，不由大吃一驚，七嘴八舌地問："東方朔先生，究竟發生了甚麼事呀？"

東方朔一本正經地說："你們難道真的不知道嗎？皇上認為你們這些人既不會種田，又不會做官，打仗更是不行，對國家沒有半點用處，只是白白地浪費錢糧，因此準備把你們統統殺掉！"

矮人們聽了，信以為真，嚇得號啕大哭。他們拉住東方朔，哀求說："先生，你能有甚麼辦法救救我們嗎？"

東方朔心中暗暗高興，假裝想了一會，說："辦法倒有一個。不一會兒，皇上就要從這裏經過。你們見了皇上，就攔住他叩頭謝罪，皇上說不定會饒恕你們的。"

矮人們轉悲為喜，站在那裏等待皇上經過。不一會，漢武帝果真來了。矮人們見了漢武帝，一起放聲大哭，並叩頭如搗蒜，嘴裏紛紛亂嚷："皇上饒命！饒命！"

漢武帝見狀，被弄得莫名其妙，大聲問："你們這是幹甚麼！"

一個膽子大的矮子抽泣着把東方朔的話重複了一遍。漢武帝聽了，不由得又好笑，又好氣，立即讓人把東方朔找來，問："東方朔，你為甚麼要恐嚇這些矮人？"

"皇上，我身高九尺，而他們不足三尺，而我們的俸錢和祿米卻都是一袋粟和二百四十錢，他們飽得要死，我卻餓得發昏，這難道公平嗎？皇上如果認為我說得對，就應該區別對待；如果嫌我不中用，就趕我走，不要讓我在長安城裏做討米的乞丐！"

漢武帝聽了，哈哈大笑，認為東方朔很有才氣，立即下令提高了他的待遇。那些矮人們這才知道東方朔是和他們開玩笑，一個個露出了笑臉。

不久，漢武帝又任命東方朔為太中大夫，大大提高了他的待遇。

釋義　"索米長安"，用來指薪俸微薄。

出處　東漢·班固《漢書·東方朔傳》："臣朔飢欲死。臣言可用，幸異其禮；不可用，罷之，無令但索長安米也。"

軒轅黃帝

黃帝是上古時代中國黃河中下游地區部落聯盟的首領。他是少典氏的後代，姓公孫，名軒轅。軒轅小時候就很聰明，成年以後更是誠實勤敏、見聞廣博、明辨是非。因為他即位時，有象徵黃色土地之德的吉祥之兆，故稱為黃帝。

當時，各部落之間不斷地相互征伐，戰禍頻繁，百姓飽受兵災之苦，顛沛流離，怨聲載道。黃帝實行征討，平定了各個部落，消除了戰爭，使百姓得以安居。

黃帝勤於政事。他帶領百姓劈山開路，日夜操勞，從沒有過過安逸的日子。他遍訪民間疾苦，向東到達大海，向西到達崆峒，向南到達長江，向北到達涿鹿。走遍了統治區域內的每個地方。

黃帝順應天地四季運行的規律，預測陰陽的變化，研究養生送死的制度，考究國家存亡的道理。他還指導百姓，按季節種植百穀草木，馴養鳥獸蠶蛾，廣泛地研究日月星辰的運行和水流、金玉、土石的性能。

他不間斷地用心思考，用眼觀察，用耳傾聽，用力實行，有節度地使用山川林澤的物產。黃帝還發明了車、船。

黃帝去世後，葬於陝西的橋山。

釋義　"軒轅黃帝"，用來稱遠古帝王，或用以稱讚有功德的君主。

出處　西漢·司馬遷《史記·五帝本紀》："黃帝者，少典之子，姓公孫，名曰軒轅。"

乘軒鶴

春秋時代，衛國的國君衛懿公非常喜歡養鶴。他不但專門派了幾十名宮人來照料所養的鶴，而且自己經常不上朝去處理朝政，而是待在內宮的後花園裏，觀賞自己所養的鶴羣。他看着羣鶴啄魚戲水，聽着牠們引頸長鳴，樂而忘記其他的一切。

有時候，衛懿公外出遊玩，便讓養鶴的宮人抱着白鶴，乘坐大夫以上的官員才能乘坐的軒車，跟在衛懿公乘坐的王輦後面。盛大的場面和此起彼落的鶴鳴聲，引得無數百姓紛紛前來觀看。

當時，衛國老百姓的生活還相當貧苦，沉重的徭役和賦税壓得他們喘不過氣來。大家看到羣鶴乘軒出遊的情景，不由得憋得一肚子火，有的人竟忍不住罵出聲來。

公元前 660 年的冬天，位於衛國西北的少數民族赤狄突然向衛國發動進攻，赤狄軍隊一下子攻佔了衛國的不少土地。衛懿公得到赤狄入侵的消息，立即下令徵調國內的青壯年入伍，把武器和衣甲發給他們。但他們氣憤地說："讓大王派那些鶴去打仗吧！牠們都享受着大夫的食祿，而我們窮得連飯都吃不飽，哪裏有力氣去打仗呢？"

衛懿公帶着這樣一支軍隊，在熒澤與赤狄軍隊遭遇，雙方剛一交戰，衛軍就大敗潰退，衛懿公也在這次戰鬥中慘死在亂刀之下。這個愛鶴而不愛老百姓的昏君，落得個國破身亡的下場。

釋義　"乘軒鶴"，用來形容濫予官爵，無功受祿，或者借指不能做事而受到寵倖的人物。

出處　春秋・左丘明《左傳・閔公二年》："衛懿公好鶴，鶴有乘軒者。"

倩女離魂

唐天授三年，有一位官員叫張鎰。他原籍清河，在衡州做官，所以定居衡州。張鎰生性簡素雅靜，知心的朋友不多。他沒有兒子，只有兩個女兒。長女早亡，幼女名倩娘，生得端莊秀麗，風姿綽約。張鎰對倩娘十分鍾愛，視如掌上明珠。

張鎰有一個外甥名王宙，長得儒雅俊秀，風流瀟灑。小時候就很聰明，悟性高。張鎰很器重他，常常對他說："王宙，你要勤學奮進，將來成就一番大事業。以後我將倩娘嫁給你。"

王宙與倩娘小時候經常在一起玩耍讀書，青梅竹馬，兩小無猜。時光飛逝，歲月如梭，王宙和倩娘到了談婚論嫁的年齡。由於倩娘風采迷人，美麗端莊，所以求婚的人絡繹不絕。經過仔細挑選後，張鎰將倩娘許配給他人，沒有履行當初的諾言。

王宙知道此事後，很傷心。割捨不下對倩娘的愛，但又無法使張鎰回心轉意。最後，只好忍痛割愛，流着眼淚拜別張鎰，坐船離去。

夜幕降臨，到睡覺的時候了，而坐在船上的王宙卻夜不能寐，輾轉反側。他乾脆起身披衣，來到船頭。突然，王宙發現遠處有一個黑影急匆匆地向岸邊走來，是誰呢？一問才知道，來人正是自己朝思暮想的倩娘。王宙十分感動，暗暗稱讚倩娘是一個癡情女子。於是，二人連夜乘船趕路，一直到蜀地住下。

王宙和倩娘在蜀安家，恩恩愛愛地生活了五年。在此期間，二人生了兩個兒子，但與張鎰也斷絕了音信。

時間長了，倩娘思念父母，經常暗自淚下。王宙看在眼裏，疼在心上。心想："倩娘是因為我才拋家捨父的，五年沒見父母面，怎能不想念他們呢？我不如陪她回家探望父母，了卻她的心願。"王宙對倩娘講了自己的想法，倩娘很高興。於是他們整頓行裝，回到衡州。

到了衡州後，王宙先來到張家，向張鎰賠罪。張鎰很奇怪，不知王宙在說些甚麼。便問道："倩娘一直在家中，她病了幾年，怎麼可能跟你成婚，生兒育女呢？你說的這是怎麼回事？"

王宙也糊塗了，說："倩娘就在船上，岳父大人去一看便知。"於是張鎰派人去看，果然倩娘在船中端坐，和從前一樣美麗，沒有一絲病容。家人驚訝極了，趕忙回去報告張鎰。一家人不知如何是好，議論紛紛，驚歎不已。

外面的嘈雜聲傳到內室，室中的倩娘聽說後，起牀梳妝更衣，面帶微笑，卻沒有說話。當她走到門口時，正好與外邊來的倩娘相遇，兩者合為一體，連衣裳也合而為一。

原來，倩娘為了愛情，魂魄出竅，追隨王宙。回到家中，魂體合一，一家人皆大歡喜。

釋義 "倩女離魂"，用來形容男女愛戀，尤指少女為情而死。

出處 唐‧陳玄祐《離魂記》："後同歸寧，鎰大驚，以其女病臥閨中未嘗外出。病女得訊出迎，與宙妻合為一體。鎰乃知出奔之女即倩娘精魂所化。"

倚門倚閭

戰國時，齊閔王有個侍臣名叫王孫賈，他是齊王的宗族，十五歲就被徵召入宮。他的母親很寵愛他，每當他入朝應差時，總要再三叮囑他早些回來。如果王孫賈回來得遲了，他母親就會焦急地倚在門外等候。有時候，甚至跑到閭巷的門口去等候。

公元前 284 年，燕昭王派上將軍樂毅率兵討伐齊國，並很快攻下了齊國的國都臨淄，齊閔王倉皇出逃，逃到了莒城。這天，王孫賈剛好不在閔王身邊侍奉，他聽到閔王出逃的消息，急忙前去追尋，但到處找不到閔王的蹤影。無奈之中，只得神情沮喪地回家去。

他的母親見了，問："燕軍攻破了城，你不跟着大王保護他，回來幹甚麼？"

"我沒在大王身邊，現在大王不知跑到甚麼地方去了！"王孫賈回答說。

他的母親聽了，十分生氣，責怪他說："孩子，你每天早出晚歸，我倚門而望；你晚上回來得遲了，我到閭巷口去等你。現在你是大王的侍臣，他走了，你竟不知道他去了哪裏，你還回來幹甚麼？"

王孫賈聽了母親的話，感到十分慚愧，馬上離家再去打聽閔王的下落。當他知道閔王已逃往莒城，急忙趕去。他剛到莒城，正好應閔王請求前來援助齊國的一支楚軍，在將軍淖齒的率領下來到莒城，但淖齒非但不幫助齊國，反而乘機殺掉了閔王。

王孫賈滿腔怒火，在市中心登高振臂高呼："淖齒亂我齊國，殺我君王，此仇不共戴天！願意和我一起去殺掉淖齒的，袒開右臂跟我來！"

莒城的軍民聽了，紛紛袒開右臂，拿起武器，在王孫賈的率領下，衝進楚營，殺了淖齒。不久，他們在城中找到閔王的太子法章，擁戴他為君王。王孫賈因為有功，被新君齊襄王封為大臣。

釋義 “倚門倚閭”，用來表示慈母、長輩對子女的盼望和懷念。

出處 《戰國策・齊策六》：“汝朝出而晚來，則吾倚門而望；汝暮出而不還，則吾倚閭而望。”

倒履迎賓

後漢時，肅宗皇帝效法古代賢君，離開國都到境內四方巡行一段時間，重點視察地方官員的政績。與班固齊名的崔駰寫了一篇《四巡頌》來稱頌這件事。

《四巡頌》上奏到肅宗手裏，肅宗讀後讚歎不已，非常佩服崔駰的才學。一次，肅宗見到侍中竇憲，就問他：“你知道崔駰這個人嗎？”

竇憲說：“班固幾次對我說起過這個人，只是我還沒有機會與他見過面。”

肅宗說：“你喜愛班固而忽視崔駰，真可以說是葉公好龍了，你應該和崔駰見見面。”竇憲見肅宗對崔駰評價頗高，也很想見見這個人。

不久，崔駰去拜訪竇憲，竇憲聽說是崔駰來訪，倒拖着鞋子急忙出迎，情急之下連鞋子都來不及穿好，就跑出去，可見主人迎客的熱情，不同一般。

無獨有偶，三國時也有過一個類似的故事。

那時，有個叫王粲的人，年紀很小時就才華出眾，遠近知名。當時的著名學者蔡邕很賞識他。

蔡邕身為中郎將，才學超卓，德高望重。但他不乏愛才惜才之心，家中常常賓客盈門，絡繹不絕。有一次，守門人進來報告說，王粲求見。蔡邕顧不得招呼別的客人，趕快出來迎接，急急忙忙地連鞋也穿倒了。

釋義 “倒履迎賓”，用來形容主人熱情待客，賓主情意相投。

出處 南朝宋・范曄《後漢書・崔駰列傳》：“駰由此候憲。憲屣履迎門。”

西晉・陳壽《三國志・魏書・王粲傳》：“時邕才學顯著，貴重朝廷，常車騎填巷，賓客盈坐。聞粲在門，倒屣迎之。”

俯拾青紫

孔子有句名言：“學而優則仕。”多少年來，驅動着無數學子勤奮攻讀的積極性。

到了西漢年間，從漢高祖劉邦起，幾代皇帝都曾下詔令，要求各地舉薦“賢良方正”（有才識的士人）來協助管理國家大事。只要具備公認的才識，皇帝就會派“公車特徵”，馬上就可以做官。這樣，讀書人的熱情又進一步得到了激發。

夏侯勝少年時跟隨夏侯始昌學習《尚書》，又曾向管卿及歐陽生請教學問，因此他通曉經學，被徵拜為博士。

到漢宣帝時，夏侯勝又擔任了太子太傅，負責教導太子。因為他的學問精深，曾接受詔令，撰寫《尚書說》、《論語說》，在當時，無人能替代他完成這些著作。

夏侯勝在當博士的時候，曾向學生們講授經學。他對學生的要求非常嚴格，不允許絲毫的浮躁馬虎。他常說：“讀書人的毛病在於不通經書，如果學通了經書，取得青紫（漢代三公等高官的官印綬帶的顏色）就如同俯身拾起一根小草一般容易。”

就是說，學習在於融會貫通，透徹理解，做到這一點，經書的奧秘並不難掌握，將來的仕途也會暢通無阻。

釋義 “俯拾青紫”，用來指以文章學術求取官職。

出處 東漢・班固《漢書・夏侯勝傳》：“士病不明經術，經術苟明，其取青紫，猶俯拾地芥耳。”

烏盜吏肉

西漢宣帝時，黃霸被任命為潁川太守。在任期間，他非常重視通暢言路，了解民情。一次，為了體察民間的真實情況，他派了一名年齡大、比較廉潔的官吏悄悄外出巡察。黃霸再三叮囑這位官吏：一定要秘密行動，千萬不可聲張，以免驚動地方官吏。只有這樣，才可能察看到真情實況。回來後務必要如實稟報。

這位官吏奉命而行。為了不驚動地方官，晚上不敢在驛館裏休息；

餓了，就在路旁吃飯。一天，這位官吏正在路邊吃飯，突然飛來一隻烏鴉，把他手中的一塊肉叼走了。這個官吏歎了口氣，只能自認倒霉。然而，這時正好有一個老百姓，因為聽説黃太守非常體恤民情，便決定去太守府反映一些事情。恰巧路過這兒，這一幕被他看得清清楚楚。

這個老百姓來到太守府，與黃霸談完了正事以後，又把他看到的趣事告訴了黃霸："太守府的一個老官在路邊吃飯，天上忽然來了一隻烏鴉，搶了他手中的肉就飛跑了。"

三天以後，那位官吏秘密視察完畢，回到潁川，到太守府見了黃霸。

"啊，你回來了，這幾天一定辛苦得很！"黃霸熱情地説，算是表示慰問。

"不辛苦，不辛苦。"官吏説。

"怎麼不辛苦？"黃霸笑着説："你夜裏不住驛館吧？吃飯就在路邊湊合，連肉都被烏鴉給搶走了。這些事我都清清楚楚。"

官吏聽了，不禁大吃一驚：原來太守派人在悄悄監視我呀，連我的一舉一動都知道得一清二楚！於是，在回答黃霸提出的詢問時，這位官吏絲毫不敢隱瞞，將所了解到的情況如實地報告給太守。

釋義 "烏盜吏肉"用來稱頌地方官吏洞察細微，善於治事；有時也用來指所攫取的非分利益。

出處 東漢・班固《漢書・循吏列傳》："（黃霸）嘗欲有所司察，擇長年廉吏遣行，屬令周密。吏出，不敢舍郵亭，食於道旁，烏攫其肉。民有欲詣府口言事者適見之，霸與語，道此。後日吏還謁霸，霸見迎勞之，曰：'甚苦！食於道旁乃為烏所盜肉。'吏大驚，以霸具知其起居，所問豪氂不敢有所隱。"

烏頭白

戰國末年，燕國與趙國不和。燕王為了對付趙國，想和秦國結盟，就讓太子丹到秦國去做人質。可是，太子丹到了秦國以後，秦王嬴政非但沒有和燕國結盟，反而和趙國聯合起來，支持趙國攻佔了燕國的很多城池。趙國為了報答秦王，把從燕國奪來的好幾個城池送給了秦國。

太子丹看到這些情況，心急如焚，他不想再留在秦國做人質，便求見秦王，請秦王放他回國。秦王故意刁難說："你要回國嗎？可以！不過，一定要等烏鴉的頭變白，馬生出角來才行。"

太子丹聽了，非常失望。他滿腹惆悵地回到自己的住處，看看庭院樹上的烏鴉和馬廄中的馬，仰天長歎說："老天啊！如果天意要讓我回到燕國，就讓烏鴉的頭變白，馬兒也生出角來吧！"

太子丹的誠心感動了蒼天。過了幾天，奇怪的事情發生了，樹上烏鴉的頭真的變白了，馬廄中的馬也真的生出角來了。太子丹高興極了，馬上去向秦王報告。秦王不相信，親自到太子丹的住處去察看，發現果然不假。他不能食言，只得答應放太子丹回國。

秦王雖然答應放太子丹回燕國，但還不甘心這麼輕易放走他。於是，他下令給邊關的官員，不准放太子丹出關。太子丹也知道秦王不會輕易放他出關，就換了一身破衣服，臉上抹了好些泥，終於混出了函谷關，回到了燕國。

釋義　"烏頭白"用來指不可能發生的事情，或者用來比喻歷盡困境，苦熬出頭。

出處　秦・佚名《燕丹子》："燕太子丹質於秦，秦王遇之無禮，不得意，欲求歸。秦王不聽，謬言曰令烏白頭、馬生角，乃可許耳。丹仰天歎，烏即白頭，馬生角。秦王不得已而遣之。"

烏鵲填橋

在傳說中，織女是玉皇大帝的女兒，住在天河的東岸。她不但長得花容月貌，美麗非凡，而且心靈手巧，能夠織出各式各樣、色彩絢麗的錦緞。

玉帝把這些錦緞賜給天上的各路神仙，神仙們都十分喜歡。黃昏時，玉帝把其中質地最好的雲錦掛在西天，在人間看上去就是美麗的晚霞。

織女天天從早織到晚，生活單調而乏味，隨着年齡的增長，她不由因辛勞寂寞而憔悴起來。有一天，玉帝來到織機房中，見到女兒十分辛苦，心中很是不忍。於是，他與王母娘娘商量說：“織女這孩子太辛勞了。咱們給她找一個如意郎君，讓她過幾天神仙伴侶的日子才好。”王母娘娘便提議把織女許配給天河西岸的牛郎。於是，玉帝頒下旨意，讓織女和牛郎即日成婚。

婚後，小兩口甜甜蜜蜜，如膠似漆，整天卿卿我我，形影不離。兩人有時候在岸邊飲牛；有時候在河中泛舟；有時去瑤池攬勝；有時去蓬萊訪友。這樣過了半年，織女忘記了自己的職責，再也沒織出過一疋錦緞。

天上沒了雲錦，天空變得灰暗起來。玉帝不時派人催討，但織女沉湎於愛情之中，不想再織錦緞了。玉帝不由大怒，他下令將織女抓回河東，關在機房織錦。沒有他的同意，不准她再和丈夫牛郎見面。

織女含着眼淚，上機織錦。淚珠滴在雲錦上，化成顆顆珍珠，閃閃發光。玉帝看到帶珠的雲錦，知道這是女兒淚珠所化，也有所感動。於是，他下令每年七月七日讓織女和牛郎在天河上相會一次，其餘的時間仍分居河東河西，各司其職。

天河波濤滾滾，在河上怎麼相會呢？牛朗和織女知道後都十分憂愁。這事讓百鳥仙子知道了，於是在七月七日那天，召來成千上萬隻喜鵲，搭成一座鵲橋，讓牛郎和織女在橋上相會。

從這以後，每年七月七日晚上，喜鵲們都會飛來，搭起鵲橋。而在這一天，在凡間的人們仰觀夜空，就能看到牛郎星和織女星靠得很近很近。

釋義 “烏鵲填橋”，又被簡化為“鵲橋”，用來形容幫助男女結合、夫妻團聚的善行。

出處 明・馮應京《月令廣義》引《殷芸小說》：“天河之東有織女，天帝之子也，年年機杼勞役，織成雲錦天衣，容貌不暇整。帝憐其獨處，許嫁河西牽牛郎。嫁後廢織紝，天帝怒，責令歸河西，許一年一度相會。”

師丹多忘

西漢的師丹，字仲公，琅玡東武（今山東諸城）人。他博學多才，品行高尚，深為鄉里稱道，被舉薦為孝廉。後來又被舉薦為博士，做了東平王太傅。

師丹思維縝密，分析問題切中要害，論議深博，為官清廉公正，辦事遵循國家法令制度，不徇私枉法，因此受到時人的尊重。成帝末年，立定陶王劉欣為太子，他被任命為太子太傅。成帝死後，太子即位，即漢哀帝。師丹被任命為左將軍、大司馬、大司空，並被封為關內侯，位高權顯，名重一時。

出任高官，師丹仍勤於政事，克己奉公，忠心耿耿，敢於直言進諫。他主張限制貴族、官僚、豪富佔有土地和奴婢的數目，以緩和當時激化的社會矛盾，但由於貴族、官僚的反對，未能實行。

師丹進入老年後，記憶力減退，有時對自己說過的話或承諾的事，也會忘得一乾二淨。一次，有人向哀帝上書說，古代以龜、貝為貨幣，現今以銅錢代替，所以百姓多貧困，應該改革這一弊政。哀帝向師丹詢問此事，師丹說可以更改，試行仍用龜、貝作為錢幣。

哀帝又令有關官員商議，眾人都認為使用銅錢交易已經實行了很長時間，難以在短期內變革更易。官員們又去和師丹商議，誰知師丹早已忘記自己說過可試行用龜、貝作錢幣的話，同意眾官員不對錢幣交易進行變革的意見。眾官員離開大司空府，紛紛搖頭，認為師丹連幾天前說過的話也已經忘了，的確是老了。

哀帝知道這件事後，也看到師丹年老多忘，辦事考慮已不周密，便下令免去了他的職務。

釋義 "師丹多忘"，用來指人老多忘事。

出處 東漢・班固《漢書・師丹傳》："會有上書言古者以龜貝為貨，今以錢易之，民以故貧，宜可改幣。上以問丹，丹對言可改。章下有司議，皆以為行錢以來久，難卒變易。丹老人，忘其前語，後從公卿議。"

師雄遇梅

傳說在隋文帝開皇年間，有一個叫趙師雄的人，為了一件十分緊要的事情，必須從長安趕赴外地。一路上他跋山涉水，風餐露宿，十分辛苦。

有一天，天氣非常寒冷，趙師雄匆忙趕路，不覺天已黃昏。此時他已飢腸轆轆，便來到路邊的松林間休息。這時，從松林酒肆的屋舍裏，走出來一位淡妝素衣的漂亮女子，來到師雄的身邊，邀請他到酒肆內休息。當時天色已晚，月亮剛剛升起，照在松林間尚未消融的殘雪上，恰似人間仙境。趙師雄非常愉快地接受了邀請。

在酒肆內，師雄坐在女子的旁邊，能聞到從她身上散發出來的淡雅香氣。偷偷地望去，只見她生得端莊秀麗，面容嬌美，說起話來細聲脆語，甚是招人喜愛。師雄覺得有如此良辰美景，應該有美酒歌舞相伴才好，於是鼓了鼓勇氣問那女子："姑娘可否與我共飲幾杯？"那女子不語，只是點了點頭。二人便舉杯共飲，似多年故交。不久，又有一個綠衣童子走了進來，步履輕緩，在他們面前載歌載舞，甚是動人。師雄邊飲酒邊欣賞，覺得自己如騰雲駕霧一般，飄飄欲仙，進入了極樂世界。

師雄飲了許多酒，頃刻間就醉臥在酒桌旁，矇矓中覺得風寒襲人。過了很長時間，天大亮，師雄醒來，揉了揉眼，十分驚異地發現美女、酒肆全不見了，自己躺在一棵大梅花樹下，樹上仍有綠羽小鳥在啼鳴，還能聞到淡淡的香味。趙師雄努力回憶昨天晚上奇特的經歷，懷疑自己是遇到了梅花仙子。他爬起來向梅花樹作揖行禮，以表恭敬之意。然後，他又繼續趕路了。

釋義　"師雄遇梅"，後多被用來詠梅。

出處　唐・柳宗元《龍城錄》："隋開皇中，趙師雄遷羅浮，一日天寒日暮，在醉醒間，因憩僕車於松林間酒肆傍舍。見一女子淡妝素服出迎師雄，時已昏黑，殘雪對月色微明，師雄喜之與之語，但覺芳香襲人，語言極清麗，因與之扣酒家門，得數杯相與飲，少頃有一綠衣童來，笑歌戲舞亦自可觀，頃醉

寢，師雄亦懵然，但覺風寒相襲久之，時東方已白，師雄起視乃在大梅花樹下，上有翠羽啾嘈相顧。”

徐妃半面妝

蕭繹是南朝梁武帝的第七個兒子，小字七符，字世誠。由於他生下不久就患了眼病，雖經醫治，但沒有治好，一隻眼睛便失了明，成了一隻眼。但蕭繹並沒有自暴自棄，他憑着聰明的天資，好學不倦，不但練就了一身武藝，而且工書善畫，很受時人的推崇。

梁武帝也十分愛憐蕭繹，在蕭繹七歲時便封他為湘東王，在十歲時就為他娶了信武將軍徐緄的女兒徐昭佩，並冊封她為湘東王妃。

在迎娶徐妃的那天晚上，迎親的花轎遇到了狂風雨雪，蕭繹雖然只有十歲，但已很懂事，他認為新婚之夜遇到這種惡劣的天氣，是個不祥的預兆，因此雖然徐昭佩長得十分漂亮，他卻一點也不喜歡她。而徐昭佩看到蕭繹瞎了一隻眼睛，十分難看，心中也很不是滋味。

這樣過了幾年以後，蕭繹長大成人，但因為他對徐妃一直沒有好感，所以很少到徐妃房中去，有時甚至一年也不進徐妃的房中一次。

徐妃出身名門，生性高傲，她雖然對蕭繹的相貌不中意，但她仍希望得到蕭繹的寵愛。蕭繹對她如此冷待，心中便十分怨恨，決心進行報復。

一次，她得知蕭繹將到她房裏來，便刻意把半邊的臉化妝了一番等候蕭繹的到來。傍晚，蕭繹來到徐妃房中，看到徐妃半面濃妝艷抹，半面一點脂粉也沒有，不由十分奇怪，問：“你為甚麼只化半面妝？”

徐妃冷笑着說：“殿下向來只用一隻眼睛看人，而且根本不把我放在眼裏，所以我只要化半面妝就可以了！”

蕭繹受到徐妃的嘲弄，氣得臉色發白。但徐妃是他的原配王妃，而且受過冊封，他當着宮人的面，不便大發雷霆，便悻悻離去。從此以後，他再也沒進徐妃的房中。

釋義 “徐妃半面妝”，用來表示沒有看到全貌，僅僅看到一半或一部分。

出處 唐・李延壽《南史・梁元帝徐妃傳》："徐妃以帝眇一目，每知帝將至，必為半面妝以俟，帝見則怒目而出。"

徐福求藥

秦王嬴政滅掉六國，統一了中國，做了中國的第一個皇帝，稱秦始皇。

秦始皇隨心所欲，享盡了富貴榮華，但卻有一件心事未能遂願：榮華富貴享之不盡，但人的壽命卻有限，一旦死去，便萬事皆空。他朝思暮想，希望自己能長生不死，但長生不死暫時未能做到。

秦始皇聽說，有一種仙藥，吃了便能夠長生不死。於是，秦始皇派了許多大臣奔赴各地，去尋找吃了可以長生不死的藥。可世界上哪裏有這種藥呢？大臣們只能空手而回。秦始皇大怒，把他們都殺了。

秦始皇身邊，有一位原來的齊國人，叫徐福。他見了秦始皇的所作所為，便對秦始皇說："陛下，大海之中有三座山，一座叫做蓬萊，一座叫做方丈，一座叫做瀛洲。那三座山是神仙住的地方。陛下所要的長生不老之藥，普通地方是找不到的，只有那三座山上才有。我願意去那三座山上為陛下取藥。"

秦始皇很高興，馬上命徐福前去那三座山，不管如何艱難，務必取到長生不死藥。

徐福說："我一個人去不行。必須先沐浴、齋戒，然後帶些童男童女一齊去，才能取得。"

秦始皇立即同意，撥給徐福童男童女各半，共數千人，由徐福率領去找仙人長生不老之藥。徐福帶領這些童男童女，到了海邊，登船揚帆而去，從此再也沒有回來。

據傳說，徐福帶着這些童男童女到了茫茫大海之中的一個島上，將男女一一婚配，繁衍生息，這個島現在日本國境內，故日本至今仍有徐福墓的古蹟。

釋義 "徐福求藥"，用來比喻帝王、方士求仙等荒誕之事。

出處 西漢・司馬遷《史記・秦始皇本紀》："齊人徐市等上書，言海中有三神山，名曰蓬萊、方丈、瀛洲，仙人居之。請得齋戒，與童男女求之。”

郤詵折桂

郤詵是西晉時濟陰單父（今山東單縣）人，他熟讀經書，博學多才，在家鄉很有些名氣。

晉武帝司馬炎當了皇帝後，下令各地推舉有才能的賢士入朝應選，郤詵便被州郡推薦來到京城參加了朝廷舉行的考試。結果，郤詵獨佔鼇頭，名列第一。晉武帝很賞識他的才能，拜他為議郎。

當時的吏部尚書崔洪，為人十分正直。他選拔人才，賢明公正，從來不徇私情。他看到郤詵確實很有才能，便提拔郤詵做了吏部左丞。

郤詵到任後不久，有一次崔洪無意中犯了錯誤，郤詵就向晉武帝上書彈劾。崔洪知道後很不高興，說：“郤詵是我提拔他到吏部的，可他現在竟彈劾我，他真是忘恩負義。我很懊悔，竟搬起石頭砸了自己的腳。”

郤詵聽說後，就前去拜見崔洪，說：“春秋時，晉國的趙宣子任命韓厥為司馬。有一次，宣子的僕人違反了軍法，韓厥便毫不留情地把那個僕人抓了起來，判了他死刑。但是，趙宣子並沒有因此而怨恨韓厥，相反，他對手下的大夫們說：‘你們應該向我表示祝賀，我提拔的那個韓厥是個很稱職的官員呀！’”崔洪聽了，明白了郤詵話中的意思，不禁紅了臉。從此，他更看重郤詵了。

不久，晉武帝任命郤詵為雍州刺史，晉武帝在接見他時問：“你自己認為自己怎麼樣？”

郤詵回答說：“我在應試時得了第一名，好比是桂花林中一枝芬芳的仙桂，崑崙山上的一塊美玉！”

武帝看到他對自己這麼自信，比喻得也很得體，便高興地笑了。這時，有一位平時和郤詵不很合得來的大臣啟奏說：“陛下，郤詵口出狂言，應當罷免他的官職。”

晉武帝瞪了那大臣一眼說：“我和郤詵說說笑話，何必大驚小怪？”

郤詵到任以後，把雍州治理得很好，受到晉武帝的稱讚。

釋義 “郤詵折桂”，用來指考試時奪得第一名，或者表示科舉及第。

出處 唐・房玄齡等《晉書・郤詵傳》：“武帝於東堂會送，問詵曰：‘卿自以為何如？’詵對曰：‘臣舉賢良對策，為天下第一，猶桂林之一枝，崑山之片玉。’”

胯下之辱

韓信，秦末淮陰（今江蘇淮陰市西南部）人。他小時候讀過書，拜過老師，學得文武雙全。後來，他父母雙亡，家中越來越窮，只好流落街頭。

他雖然很窮，但也像武士、俠客一樣，身上總佩着一柄寶劍。淮陰城裏的一班少年看了很不順眼，常取笑他，他也不跟他們計較。一次，他們又在街上相遇，這班少年要捉弄一下韓信，攔住他說：“韓信，你文不文、武不武的，像個甚麼呀？我們看你還是把身上的劍摘下來扔了吧！”

這班少年中，有個屠夫的兒子特別刻薄，衝着韓信說：“你身上老是帶着劍，好像很有兩下子似的。但我知道你是個膽小鬼。你敢跟我拼一下嗎？敢，就拿劍來刺我；不敢，就在我的褲襠下鑽過去！”說着，這屠夫的兒子撐開兩條腿，在大街上來個騎馬蹲。

韓信盯着他看了一會，趴下去，從他的褲襠底下爬了過去。這班少年見了，一個個笑歪了嘴，給韓信起了個外號叫“鑽褲襠的”（文言叫胯夫），認為韓信是個無用的懦夫。

可就是這個胯夫韓信，在楚漢戰爭中被劉邦拜為大將，立下了赫赫戰功。西漢王朝建立後，韓信被漢高祖劉邦封為楚王，以下邳（今江蘇睢寧西北）為都城。韓信便捧着楚王大印，衣錦還鄉。

淮陰也屬楚地。韓信到了下邳，就派人到淮陰把那個屠夫的兒子找來。那屠夫的兒子嚇得直打哆嗦，以為韓信要報“胯下之辱”的仇，不料韓信對他說：“你不必害怕，鬧着玩的事有的是，何必這麼認真呢？你當時倒是挺勇敢的，就在我這兒做個校尉吧！”

那屠夫的兒子沒想到韓信這麼寬大，不由連連叩謝。韓信對手下的將士說：“他也算是個勇士。當初他侮辱我的時候，我難道不能把他殺了嗎？可那有甚麼意思？就因為我能忍辱負重，才有今天。因此，也可以說他是督促我上進，去建功立業的人。”手下的將士聽了，都十分欽佩。

釋義 “胯下之辱”，用來形容有才能的人未顯達時被人鄙視、嘲笑，遭到羞辱。

出處 西漢・司馬遷《史記・淮陰侯列傳》：“眾辱之曰：‘信能死，刺我；不能死，出我褲下。’於是信孰視之，俛出褲下，蒲伏。”

卿言復佳

東漢末的名士司馬徽是潁川陽翟人，字德操，人稱水鏡先生。他學識淵博，具有遠見卓識，善於認識、鑒別和發現人才。劉備曾向他訪求人才，他向劉備推薦了諸葛亮、龐統，這兩位曠世奇才後來成了劉備的重要謀士。

司馬徽善於知人的聲名遠播，許多名士都想與他結交，聽他品評人物，談論時事。

司馬徽住在荊州時，他知道荊州的刺史劉表生性狡詐陰毒，嫉妒心極強，一定會因忌恨而殘害有才能的人，於是對當時的任何人才都不加以評論。有人來向他諮詢某個人物如何時，司馬徽總是不分辨那人品行德操的高低，也不談論他的學識淵博與否，只是一概地說“好”。

久而久之，司馬徽的妻子感到這樣做不好，客人滿懷希望來請教他，得到的卻只是這一個字，就如同甚麼也沒有得到一樣。於是，她勸司馬徽說：“人家有不明白的地方，才來向你請教，希望聽聽你的見解看法，以作參考，這也是看得起你。你就應該根據自己的看法，區分一下他們所提到的人物的優劣、高下，並加以分析評論，也不枉人家登門一回。可是，不論談到誰，你總是一味地說“好”，這豈不辜負了人家的一片美意嗎？”

聽了妻子的話，司馬徽沒有直接回答，而是用婉轉的措詞，巧妙地迴避了這個問題。他笑了笑，慢條斯理而又謙遜地說：“賢妻所說的這番話，也很好。”

司馬徽就是採取這種處事之道，才得以在亂世中明哲保身。他待人寬厚，有容人之量，對小事從不斤斤計較。

一次，一個人的豬丟了，錯認為司馬徽家的豬就是自己的。他氣沖沖地來到司馬徽家，說了許多難聽的話。司馬徽的妻子剛要辯駁，司馬徽制止了她，並且讓那個人牽走了自己家的豬。他的妻子對此十分不理解。

後來，那人的豬找到了，覺得很對不起司馬徽，就登門還豬，叩頭謝罪，深表歉意。司馬徽不但沒有抱怨他，反而說了許多好話表示感謝。那人對司馬徽的人品欽佩不已。

釋義 “卿言復佳”，用來指人韜光養晦，全身避禍；也用以指人一味迎合他人意見。

出處 南朝宋・劉義慶《世說新語・言語》註引《司馬徽別傳》：“有以人物問徽者，初不辨其高下，每輒言佳。其婦諫曰：‘人質所疑，君宜辨論，而一皆言佳，豈人所以諮君之意乎？’徽曰：‘如君所言，亦復佳。’”

卿卿

王戎年輕時是著名的西晉“竹林七賢”之一，和嵇康、劉伶等名士一起遊於竹林之中，縱酒自娛，十分清高。可是步入中年以後，他卻一反初衷，踏上仕途。晉惠帝時，他官至尚書令、司徒，位列三公，而且變得十分貪財。

王戎在任期間，積累了大量的財富，在當時可以稱得上是數一數二的大富豪。但他的性格吝嗇刻薄，許多士大夫都看不起他。

有一年，王戎的女兒出嫁，向父親借了幾萬兩銀子，一下子沒有力量歸還。過了些日子，女兒回娘家探望父母，王戎居然板着臉，對女兒十分冷淡，直到女兒還清了銀子，王戎才對女兒有了笑臉。

又有一次，他的姪兒結婚，王戎竟然只送了一件單衣作為賀禮，而且等姪兒婚事完後，竟又去把單衣討回。洛陽的士大夫知道了，都紛紛譏笑他。

當時，人們只知道他有無數的田宅，成羣的奴僕，數不清的錢財，但誰也不知道他究竟有多少錢。王戎最信任的是他的妻子，他上朝回來，就和妻子關上房門，拿着牙籌，一起計算家裏擁有的錢財。有時白天數不完，晚上就點了燈繼續數。兩人數到高興的時候，他的妻子就稱他為卿，王戎聽了，說："女人把自己的丈夫稱為卿，這是不合禮法的。請你以後不要這樣稱呼我！"

王戎的妻子聽了很不高興，板着臉說："我因為親你愛你，所以才稱你為卿。如果我不能稱你為卿，那麼誰還能稱你為卿呢！"

王戎見妻子生氣了，賠笑着說："好！好！別生氣了！你喜歡稱我為卿，那你以後儘管叫好了！"

妻子聽了，轉怒為喜。從此，她經常稱王戎為卿了。

釋義 "卿卿"，用來表示夫妻或好友之間的親暱稱呼；有時也含有戲謔、嘲弄的意思。

出處 南朝宋・劉義慶《世說新語・惑溺》："王安豐婦常卿安豐，安豐曰：'婦人卿婿，於禮為不敬，後勿復爾。'婦曰：'親卿愛卿，是以卿卿；我不卿卿，誰當卿卿？'遂恆聽之。"

高臥東山

謝安（320–385 年），東晉人，少時就很有才能，朝廷屢次徵召，他堅拒不仕。在東山隱居，而且帶着歌伎，與友人飲酒作詩，往來唱和，全然不問天下政事。

一次，謝安與友人出海泛舟，突遇大風浪，風急浪高，小舟顛簸不已，驚險萬分，友人大驚失色，要求儘快回去。而此時謝安神情自若，泰然處之。同舟的友人看到謝安這副神態，也不好堅持回去。

過了一會兒，風浪更大，友人不敢坐下。謝安慢悠悠地說："像你們這樣喧動不已，我們真的回不去了。"友人只好端坐下來，果然安全回家。這下友人佩服謝安的氣魄與膽略，知道他能安定朝野。

四十歲後謝安才出山做官，一直做到尚書僕射及大將軍，掌管東晉王朝軍政大事，當時人把他比之於西晉名相王導。

公元 382 年，北方的前秦首領苻堅，統兵百萬，聲稱投下馬鞭可使黃河水斷流，氣勢浩盪地南下，要一舉滅掉東晉。從實力上看，東晉比苻堅要弱小得多，而謝安沉着應付，憑着機智與膽略，任用其姪謝玄等大破苻堅之兵。

據傳，謝玄與苻堅在淝水大戰時，謝安與人下圍棋。下至中盤，前線送捷報來，謝安看了一眼之後置於一邊，繼續弈棋。對方詢問前方戰況，謝安不經意地回答說：“兒輩已破苻堅軍。”弈至終盤。表現出謝安舉重若輕的大將風範。

由於謝安功勳卓著，他成為歷史上的名相，謝氏家族也成了東晉顯赫的世家大族。唐詩人劉禹錫有詩：“朱雀橋邊野草花，烏衣巷口夕陽斜。舊時王謝堂前燕，飛入尋常百姓家。”王、謝分別指西晉的王導與東晉的謝安。

釋義 “高卧東山”，用來形容隱居山林不仕；以“東山起”表示不再隱居，幹一番事業。

出處 唐・房玄齡等《晉書・謝安傳》：“卿累違朝旨，高卧東山，諸人每相與言，安石不肯出，將如蒼生何！”

疾惡如風

東漢後期，尤其是桓帝、靈帝朝，政治非常黑暗。皇帝廢立頻繁，大多年齡不大就死去。

皇帝年幼時，朝政掌握在外戚手中；等到皇帝長大成人，不甘心再受外戚的擺佈，於是利用身邊的宦官除掉外戚，這樣宦官又掌握朝綱。這就形成東漢後期外戚與宦官交替專權的奇特現象。

漢桓帝時，桓帝利用單超、徐璜、唐衡等五名宦官消滅了外戚梁冀，因為他們有功，桓帝封他們為侯，世稱“五侯”。五侯也居功自傲，呼風喚雨，為所欲為。

宦官的為非作歹，引起天下正直知識分子的反對，這些深受儒家思想薰陶的知識分子，以天下為己任，同宦官展開殊死鬥爭。

單超的弟弟單匡任濟陰太守，貪贓枉法，民憤極大，在州中任從事的河南陳留人朱震（字伯厚）不畏宦官的淫威，毅然向桓帝彈劾單匡，結果桓帝迫於形勢，治了單匡的罪，並連及單超，一時天下大快。

朱震不懼強暴的行為，贏得天下人的廣泛尊重，以至當時民間流行諺語稱讚朱震說："車如雞棲馬如狗，疾惡如風朱伯厚。"

"車如雞棲馬如狗"是說當時宦官勢力強大，車、馬像雞、狗一樣的多，但即使如此，朱震仍與他們鬥爭，反映出他的膽略和氣魄。

釋義 "疾惡如風"，用來稱譽人剛直不阿，憎恨邪惡，無所畏懼，正氣凜然。

出處 南朝宋·范曄《後漢書·陳蕃傳》："三府諺曰：'車如雞棲馬如狗，疾惡如風朱伯厚。'"

酒澆壘塊

東晉時，王恭和王忱同為名士，兩人十分友好，並經常在一起評論古今人物。

有一次，王恭問王忱說："司馬相如是西漢時的才子，而阮籍是當世的才子，你看他們兩人有何不同之處？"

王忱想了一下，回答說："兩人不同之處在於，司馬相如仕途雖不是一帆風順，卻也風光過一陣。他因《子虛賦》而得到漢武帝的賞識，拜為郎中；後又官拜中郎將，撫平了西南少數民族的動亂，受到褒獎。後來雖遭讒被貶，卻還能終老於茂陵。而阮籍雖有才學，但胸中卻鬱積着巨大的壘塊。他本是著名的'竹林七賢'之一，眼見七賢中有的成了朝廷高官，有的卻慘遭殺害，心中不平之氣積聚成塊，無法自解，只得整日以酒澆愁，不問世事。從這一點來說，兩人的差異還是很大的。"

當時，王恭是東晉孝武帝皇后的兄長。東晉孝武帝還是司馬氏，因此王忱還不敢直言司馬氏的不是。

而從史實來看，阮籍生活的年代，正是司馬昭把持魏國朝政和司馬炎篡魏建立晉朝這一段時間，阮籍所以整日酒澆壘塊，喝得昏昏沉沉，是對司馬氏的專權跋扈心懷不平。但他為了防止招來殺身之禍，才採取這種特殊的明哲保身之法。也正因為如此，他才能在那時複雜的政治鬥爭中保全了自己，活到五十四歲，"善終"而亡。

王恭聽了王忱的回答，認為王忱分析得很對。司馬相如和阮籍的差異正在這裏。

釋義 "酒澆壘塊"，用來形容有才不得施展，無可奈何，以酒澆愁；而以"壘塊"來形容胸中鬱積不平之氣。

出處 南朝宋・劉義慶《世說新語・任誕》："阮籍胸中壘塊，故須酒澆之。"

海棠睡

唐玄宗對他的妃子楊貴妃寵愛異常，為此他甚至改變早朝的制度。楊貴妃的哥哥楊國忠也得到重用，權傾朝野。

相傳楊貴妃非常美貌，玄宗一刻也離不開她。一天，快近中午時分，玄宗到後花園的沉香亭遊玩，時值春光明媚，百花吐艷，和風拂面，玄宗不禁興致大增，心想這樣的良辰美景應與愛妃共賞。於是，玄宗命手下人召楊貴妃到沉香亭來。

不料楊貴妃由於頭天晚上飲酒過量，此時正沉睡未醒。因為是皇帝召見，宦官高力士不敢怠慢，匆忙叫醒貴妃，貴妃也顧不得盥洗化妝，由高力士和眾侍女扶她到沉香亭。

楊貴妃仍醉意朦朧，面帶睡意，殘妝尚存，未曾梳妝，見到玄宗也不好下拜。玄宗見她這副模樣，覺得別具風情，更加憐愛，不但不責備她，還打趣地說："這哪是妃子醉了呀，簡直是海棠未睡足的樣子。"

海棠是植物，本是不需要睡覺的，這裏玄宗以海棠的形狀形容楊貴妃的醉態，一方面點出楊貴妃的雍容華貴，另一方面反映出玄宗對貴妃醉態的憐愛。

釋義 “海棠睡”，用來指女子的醉態、睡態。

出處 北宋・惠洪《冷齋夜話》：“明皇笑曰：‘豈妃子醉，直海棠睡未足耳！’”

浮以大白

戰國時，魏文侯還算是一個很有作為的國君。有一次，他設宴招待大夫們。魏文侯自己很愛好喝酒，就要大夫們一起陪他喝。他還讓一個最善於喝酒的大臣公乘不仁監酒。

他對公乘不仁說：“你看到誰沒把杯中的酒喝完，就罰他浮以大白（滿飲一杯），不管是對誰，絕對不能手軟！”

公乘不仁說：“遵命！”

於是，宴席上一片乾杯之聲，熱鬧非凡。所有出席宴會的官員都酒到杯乾，沒有一個人肯違反酒令，讓公乘不仁罰酒。這樣一杯一杯乾下去，不少酒量小的人有些醉了，但他們都硬撐着，情願喝醉，也不願吃罰酒。

魏文侯也飲了不少酒。他雖愛好喝酒，酒量卻並不很大。宴會快結束時，魏文侯喝了大半杯，還有一小半杯酒在杯中。公乘不仁見了，就倒了滿滿一大杯酒，端到魏文侯跟前說：“請大王浮以大白。”

魏文侯已有些醉了，他看着那一大杯酒，默不作聲。公乘不仁又大聲說：“監酒官公乘不仁，請大王浮以大白。”

這時，魏文侯的侍從上前說：“大王已經喝醉了，不能再喝了，你退下去吧！”

公乘不仁卻毫不退讓，說：“從前有些國家所以滅亡，就是因為法令無法貫徹。做臣子的不容易，做國君也不容易。現在大王設置了命令，命臣子執行，而大王卻帶頭不執行，大王又何以服眾呢？”

魏文侯聽公乘不仁說得有理，說：“說得好！我立即浮以大白。”於是，魏文侯端起那一大杯酒，一飲而盡。出席宴會的羣臣見了，都大聲叫好，魏文侯在羣臣中的威望也更高了。

宴會後，魏文侯要獎勵公乘不仁。公乘不仁推辭說：“大王讓我做監酒官，我不過秉公執行而已。”

釋義 “浮以大白”，用來指罰酒；或指滿飲杯中酒。

出處 西漢・劉向《説苑・善説》：“魏文侯與大夫飲酒，使公乘不仁為觴政，曰：‘飲不釂者，浮以大白。’”

宰予晝寢

宰予是孔子的一個弟子。一次，孔子在白天給弟子講課，而宰予打瞌睡，看到這種情況，孔子很惱火，嚴厲地批評説：“腐朽的木頭是不能夠雕刻的，泥土的牆也不能粉刷。對於宰予，我是沒有必要再説甚麼了。”

孔子告誡弟子要舉一反三，他自己更是這樣，從這件事中，他悟出了新的道理。

孔子説：“以往我對於人，聽了他的話就相信他一定能行動；現在不一樣了，聽了他的話，還要觀察其行動。這種改變是從宰予這件事開始的。”

宰予結束學業後，到齊國擔任大夫，因為和田常一起叛亂，被殺。孔子以此為恥。

釋義 “宰予晝寢”，用來指不可救藥，也指白天睡覺。

出處 《論語・公治長》：“宰予晝寢。子曰：朽木不可雕也，糞土之牆不可污也！於予與何誅？”

退筆塚

晉代王羲之是我國歷史上著名的書法家，他的作品如《蘭亭集序》成為古代文化的瑰寶。不僅如此，王家還形成了善書的家風，世代都以書法藝術高妙著稱於世，其子王獻之也是屈指可數的書法家。

王羲之的孫子出家為僧，法號智永禪師，以書法精絕一時。他練習十分勤奮，住在吳興（今屬江蘇）永福寺，長年苦練，不長的時間就把筆寫禿了。這樣日積月累，禿筆頭達十甕之多，而且每甕有數十斤。

遠近人都前來向他求字，以至車水馬龍一般，熱鬧非凡。

後來，智永禪師把積累起來的禿筆頭集中起來，掘一穴埋起來，稱為“退筆塚”，並親寫銘文以記其事，在文人中傳為佳話。

無獨有偶。唐代有一個著名僧人書法家，法號懷素。懷素書法特點突出，就是以狂草著稱於世，號稱“草聖”。高超的書法技藝源於辛勤艱苦的磨練，他的棄筆堆積如山，掘穴埋藏，也稱為“筆塚”。

釋義 “退筆塚”，用來形容人練習書法勤奮刻苦。

出處 唐・張懷瓘《書斷・僧智永》：“（智永）住吳興永欣寺，積年學書，後有禿筆頭十甕，每甕皆數石……後取筆頭瘞之，號為‘退筆塚。’”

唐・李肇《唐國史補》卷中：“長沙僧懷素好草書，自言得草聖三昧，棄筆堆積，埋於山下，號曰‘筆塚’。”

桑榆晚景

馮異，字公孫，潁川父城人。他自幼喜好讀書，通曉《左氏春秋》、《孫子兵法》。

漢光武帝劉秀起兵時，馮異便追隨劉秀，成為劉秀手下一員大將。馮異統領的軍隊紀律嚴整，作戰勇敢，屢打勝仗。而他為人謙恭，從不居功自傲，人稱“大樹將軍”。

當時，另一支義軍——赤眉軍的勢力很大，成為劉秀奪取天下的最大障礙。有一年，赤眉軍奪取長安後因缺少軍糧，放棄長安東進。劉秀任命馮異為征西將軍，與鄧禹、鄧弘一起率軍前往阻擊。馮異與赤眉軍在華陰相遇，雙方抗衡了六十多天，激戰數十次。

但由於鄧弘私自草率出擊，被赤眉軍打得大敗。馮異和鄧禹急忙合兵往救，赤眉軍才稍稍退卻。馮異見士兵都很飢餓疲倦，建議休整一下。但是鄧禹沒有採納他的建議，又命軍士與赤眉軍作戰，結果大敗，死傷三千餘人。

這次戰鬥失敗後，馮異總結教訓，重整旗鼓。招回散兵敗將數萬人，和赤眉軍約好日期再次會戰。

馮異命精壯的士兵穿上與赤眉軍相同的衣服，事先埋伏在道路兩旁。會戰那日，赤眉軍派出一萬多人攻打馮異軍隊的前鋒，馮異派兵支援。赤眉軍見馮異本部兵馬勢力減弱，便率重兵攻打，馮異率軍還擊，雙方展開激戰。

到了中午，赤眉軍士氣衰退，馮異設下的伏兵四起，衣服混亂，赤眉軍不能辨別敵我，驚慌失措，軍隊立即潰散。馮異領兵追擊，在崤底大敗赤眉軍，俘獲八萬餘人。赤眉軍餘眾十萬多人向東逃去，到宜陽後投降漢軍。

漢光武帝得知馮異軍隊獲勝的消息後，派使臣慰勞眾將士，並稱讚馮異說："赤眉軍被平定，眾將士勞苦功高。你能夠在先前失敗、士氣低下的情況下，總結經驗教訓，重振雄風，打此勝仗，可謂失之東隅，收之桑榆呀！"

古代以太陽西下，日光照在樹端上，稱為桑榆。漢光武帝的意思就是說馮異先敗後勝，如同早晨失去的，到日暮時又收回來。

釋義 "桑榆"比喻事情的後階段，"桑榆晚景"，用來指晚年、晚景。

出處 南朝宋・范曄《後漢書・馮異列傳》："始雖垂翅回谿，終能奮翼黽池，可謂失之東隅，收之桑榆。"

掛冠

逢萌，字子慶，西漢時北海都昌（今山東昌濰）人。西漢末年，他在都昌縣擔任亭長之職。

有一天，縣裏的都尉來到他管理的都亭巡視。這都尉是個得志的小人，對逢萌橫加指責。逢萌不甘無端受辱，氣呼呼地把亭長之印丟棄在地，說："大丈夫怎能如此受人奴役！"

於是，逢萌離開家鄉，來到京城長安。經過一段時間的刻苦學習，他博通《禮記》、《春秋》、《左傳》等經書，在朋友的介紹下，在京城中做了一名小官。

當時，漢平帝年幼無知，由大司馬王莽把持朝政。王莽的兒子王宇不滿父親的所作所為，尤其不滿王莽不讓漢平帝的生母衛姬進宮來照顧年幼的漢平帝。王莽知道後，竟把王宇下獄毒死。

蓬萌聽說這件事後，對友人說："君臣、父子、夫婦之間的倫理關係全遭到了破壞，再不離開，就會遭到災禍了！"於是，蓬萌向友人辭別後，將官帽掛在宮門外，帶着妻兒出了長安；僱了一隻小船離去。他怕有人知道自己的行蹤，又渡海來到遼東隱居。

不久，王莽篡漢，建立新朝。王莽殺了許多反對他的各級官員，蓬萌因有先見之明，躲過了這場災難。

光武帝劉秀建立東漢王朝以後，蓬萌回到嶗山隱居，朝廷曾數次徵召他出山為官，他均以年老體弱、無力從政為由推辭。但他在隱居的嶗山有很高的威望，當地人士都像敬重父親一樣敬重他。

蓬萌最後壽終正寢於嶗山，可謂是東漢的一代大隱。

釋義　"掛冠"，用來形容辭官或辭官歸隱。

出處　南朝宋・范曄《後漢書・逢盟傳》："時王莽殺其子，萌謂友人曰：'三綱絕矣！不去，禍將及人。'即解冠掛東都城門。歸，將家屬浮海，客於遼東。"

掩鼻工讒

有人進獻一名魏國美女給楚王。那美女姿色絕世，楚王十分寵愛。

楚王夫人鄭袖十分嫉妒那名美女，恨不得殺了她。但鄭袖知道，如果自己把這種心情表現出來，不僅沒有作用，反而會惹怒楚王，適得其反。工於心計的鄭袖，一天到晚與魏國美女親親熱熱，使楚王相信她也喜歡魏國美女。

一天，鄭袖乘楚王不在，悄悄對美女說："你長得這麼美，大王多麼喜歡您呀！可是惟一的美中不足，是他討厭你的鼻子，嫌你的鼻子長得太難看。"

"那怎麼辦呢？"美女着急起來。

鄭袖說："這個不難。以後你每次見到大王，就用衣袖把鼻子遮掩一下，讓大王看不到你的鼻子就行了。"

美女覺得這個建議不錯，便採納了。每次見楚王時，她都用袖子將鼻子遮掩起來。對於美女的這個動作，楚王大惑不解。

“美人每次見到我，都用衣袖遮住自己的鼻子，這是為甚麼呢？”一天，楚王終於忍不住了，問鄭袖。

鄭袖笑了笑，說：“大王，美女說您甚麼都好，但就是身上的氣味實在難聞，所以她不得不把鼻子遮掩起來。”

楚王一聽，立刻勃然大怒，拍案而起，喝令衛士立即將美女的鼻子割掉。從此，美女沒了鼻子，再也不美了。當然，更不可能得到楚王的寵愛了。鄭袖終於遂了心願。

釋義 “掩鼻工讒”，用來比喻嫉妒他人，設計讒害。

出處 《韓非子・內儲說下》：“（鄭袖）因謂新人曰：‘王甚悅愛子，然惡子之鼻。子見王，常掩鼻，則王長幸子矣。’於是新人從之。每見王，常掩鼻。”

莊周夢蝶

戰國時期的諸子百家之中，道家的代表人物是莊周，他學識淵博，才思敏捷，卻只擔任了漆園吏這樣的小官。

楚國當時在位的是楚威王，他聽說莊周是個十分有才能的人，就派使者帶了重金禮聘莊周到楚國去擔任卿相。但一連兩次都被莊周拒絕了。威王不明白莊周拒絕的真意，認為莊周是怕當卿相有危險，就派使者第三次去請莊周，並要使者告訴莊周，莊周應聘來朝做官，他將絕對保證莊周的高位和安全。

這次，莊周正在午睡，使者便站在一旁等他醒來。過了一個時辰，莊周終於醒來了。莊周見到了使者，伸了一下懶腰，說：“剛才我做了一個夢，夢見自己變成了一隻蝴蝶，在空中自由地飛來飛去，真是自在極了。”使者知道莊周又要藉故拒絕，忙說：“那是夢，夢中你變成了蝴蝶，可醒來你還是莊周呀！大王又派我來請你去做高官呢！”莊周起身後，哈哈大笑說：“你怎麼知道是我莊周做夢變成了蝴蝶呢，還是我本來就是蝴蝶，做夢變成了莊周？也許我們都是在做夢呢！”

使者聽了，被莊周的玄學搞糊塗了，心想："要是莊周是隻蝴蝶，那大王請他去有甚麼用呢？"

使者回去後，把莊周關於夢中化蝶的對話向威王作了稟報。威王終於懂得了莊周不肯入朝為官的原因，似有所悟地說："莊周認為，高官、厚祿、朝廷、國王，所有的一切都像是做夢化成蝴蝶一樣是空的，他看穿了人生如夢的真諦，怪不得不肯來做官了！"

釋義 "莊周夢蝶"，用來形容睡夢中的虛幻之景；有時也用來描寫蝴蝶。

出處 《莊子・齊物論》："昔者莊周夢為蝴蝶，栩栩然蝴蝶也，自喻適志與！不知周也。俄然覺，則蘧蘧然周也。不知周之夢為蝴蝶與，蝴蝶之夢為周與？周與蝴蝶，則必有分矣。此之謂物化。"

推敲

唐朝有個詩人叫賈島，早年因家境貧寒，出家當了和尚。他有個朋友，名叫李凝。這李凝是個隱士，住在長安城外的一個偏僻幽靜的鄉村裏。

一天，賈島去拜訪李凝，因路上有事耽擱了一會，到達李凝家中的時候已經是夜深人靜了。就在這天晚上，賈島寫了《題李凝幽居》的詩送給李凝。

第二天，賈島告辭了李凝，騎着毛驢回到長安城裏。突然，他想起昨晚詩中"鳥宿池邊樹，僧推月下門"這一聯似乎不很確切，因為昨夜他到李凝家中時，李凝早已歇息，大門也緊關着，於是，他想把"推"字改成"敲"字："鳥宿池邊樹，僧敲月下門。"

賈島騎着毛驢，一邊吟哦，一邊伸出手作推門和敲門兩種姿勢。他似乎覺得"敲"字比"推"字更為確切。大街上熙熙攘攘的人羣，看到一個和尚騎着毛驢那副自言自語、手舞足蹈的樣子，都感到十分驚訝。

正在這時，代理京兆尹（京城行政長官）、大文學家韓愈在浩浩蕩蕩的儀仗隊簇擁下，經過大街。行人和車輛都紛紛迴避，賈島在驢上出神地推敲，一會兒推門，一會兒敲門，不知不覺闖進儀仗隊中。

突然，賈島覺得他被人拉下了毛驢。他定神一看，才知道自己闖了大禍，衝撞了京兆尹的儀仗。

賈島被兩個差役帶到韓愈的轎子前。韓愈見是一個和尚，便問："和尚，你為甚麼衝撞我的儀仗？"

賈島回答說："我寫了兩句詩，'推'字和'敲'字還沒有寫定下來，不知用哪一個好，結果走了神，冒犯了大駕，請你原諒。"

接着，賈島就把自己作的詩告訴了韓愈。韓愈也十分愛好詩歌，看到賈島因作詩而衝撞了他的儀仗隊，就不但沒有處罰他，而且很有興致地和賈島一起商討起來。

韓愈說："我看，敲字佳。月夜訪友，即使友人家門未閂，也應先敲門以示禮貌；再說，用敲字有益於詩音節的抑揚頓挫。"接着，韓愈就讓賈島和他並馬而行，邊走邊談詩。兩人談得十分投機。

從此，賈島和韓愈成了好朋友，賈島在韓愈的鼓勵下還了俗，還曾去考過進士，但由於出身卑微，未被錄取。但"推、敲"兩字，卻成了中國文學史上反覆修改、字斟句酌的一則佳話。

釋義 "推敲"，用來形容反覆研究措詞，斟酌字句；又引申為對某一情狀、思想意圖或問題的分析和研究。

出處 五代・何光遠《鑒戒錄・賈忤旨》："忽一日於驢上吟得：'鳥宿池中樹，僧敲月下門。'初欲著'推'字，或欲著'敲'字，煉之未定，遂於驢上作'推'字手勢，又作'敲'字手勢。"

堊鼻運斤

莊周和惠施是戰國時兩位著名的思想家，兩人是好朋友，但兩人也常常辯論不休。

後來，惠施去世了。莊周到惠施的墓地憑弔，不禁百感交集，對隨行的弟子講了一個故事：

楚國郢都有個人把石灰抹在鼻尖上，只有蟬翼那樣薄薄的一層，然後他對一個叫匠石的人說："你來把這點石灰削掉。"

別人以為這不可能做到。誰知匠石不慌不忙，舉起斧子，"呼"的一聲就劈了下去，果然把石灰全都削去而沒有傷到鼻子。而那位郢都人也很了不起，他站在那裏面不改色，眼睛都沒有眨一下。

不久事情傳到宋元君那裏，他非常好奇，就派人把那個匠石找來，對他說："你在郢都削石灰的事我聽說了，你能為我再表演一下嗎？"

匠石回答說："我倒是還可以表演，但那位郢都人已經去世了，現在沒有人敢讓我削了。"

莊周說完這個故事，又感慨地說："自從惠施去世後，再也沒有人能和我辯論了。"

釋義 "堊鼻運斤"，用來形容技藝、才能卓越、得心應手。人們也用"斧正"來形容友人互相切磋，或用以尊稱別人的指正。

出處 《莊子・徐無鬼》："郢人堊慢其鼻端若蠅翼，使匠石斲之。匠石運斤成風，聽而斲之，盡堊而鼻不傷，郢人立不失容。"

帶經而鋤

常林，字伯槐，漢末河內郡溫縣人。他年幼時，就表現出超過常人的機智沉穩。

有一次，父親的一位朋友來訪，一進門看見常林，就問："伯先（常林父親的名字）在家嗎？你這孩子見了長輩怎麼不下拜？"

常林說："你是客人，應當尊敬，但你當着別人兒子的面直呼其父的名諱，這樣不懂禮貌的人我為甚麼要下拜呢？"

別人聽說後，都認為這孩子不平常，以後一定有出息。

後來，常林因家境貧寒，就搬到上黨郡的山野間居住，自己開墾荒地耕種。他非常好學，下地幹活還帶着經書，幹活的間隙，就拿起書來讀，十分用功。

有一年，上黨郡正逢大旱，蝗蟲成災，鄰居的莊稼都被蝗蟲吃光了，惟獨常林的地裏未受損失，獲得豐收。他就把所有的鄰居都喊來，把收穫的糧食全都分給眾人。

過了幾年，并州刺史梁習推薦常林及一批賢士任各縣縣令。常林任南和縣令，因政績突出，治理有方，逐步升遷為博陵太守、幽州刺史，後一直在朝為官，直到八十三歲去世。

釋義 “帶經而鋤”，用來稱譽人貧而好學。

出處 西晉・陳壽《三國志・魏書・常林傳》：“林少單貧。雖貧，自非手力，不取之於人。性好學，漢末為諸生，帶經耕鉏。”

梅妻鶴子

宋朝時，臨安（今杭州）有個詩人名叫林逋。他幼年時死了父親，家境十分貧寒，但他讀書十分用功。

林逋成年後，以學識淵博聞名於世，但他不慕名利，不願為官，在西湖旁的小孤山蓋了幾間茅屋隱居起來。雖然小孤山離臨安不遠，但他一連二十多年沒進過城。

林逋一生有三個愛好：詩、梅花和鶴。他覺得梅花高雅，傲霜鬥雪，和自己的性格很像，因此他在房前屋後，遍植梅樹，待到臘梅開放之時，陣陣花香，沁人心脾，令他十分陶醉。

而他愛鶴就像愛自己的兒子一樣。在他的家裏，養了好幾隻白鶴。他常常把白鶴放出去，任牠們在雲霄間翻騰盤旋，林逋就坐在屋前仰頭欣賞。白鶴飛累了，或餓了，就會再飛回來。

天長日久，白鶴和林逋結下了深厚的感情，有時林逋出遊，家裏的童子將白鶴放出，白鶴在飛翔中看到林逋，就會到他的身邊盤旋，久久不肯離去。

林逋常常駕着小舟到西湖的各個寺廟去玩，而在他出遊的時候家中卻經常有客人來。林逋就給家裏的童子講好，待有客來，就把白鶴放出，讓白鶴來叫他回家。

一天，林逋正在西湖中盪舟，家裏來了兩個客人。童子開門迎客，請客人略坐片刻，說：“我叫白鶴去叫主人回來。”說完，他喚來兩隻白鶴，說：“快去找主人，說有貴客到。”

白鶴聽了，振翅飛去。兩個客人正將信將疑，林逋划着小船回來了，兩隻白鶴也不停地在他的船邊盤旋。兩個客人見了，稱讚這兩隻白鶴是鶴仙。

其實，這倒不是白鶴有靈，而是鶴跟林逋產生了感情，喜歡追蹤林逋的足跡，如此而已。

釋義 “梅妻鶴子”，用來表示隱居或清高。

出處 清・呂留良《宋詩鈔・林和靖詩鈔序》：“逋不娶，無子，所居多植梅畜鶴，泛舟湖中，客至則放鶴致之，因謂梅妻鶴子。”

斬樓蘭

樓蘭是今河西走廊上的古國，漢代屬西域，為西域三十六國之一。這些小國與漢政權的關係或好或壞，其中相當部分受匈奴的牽制，與漢王朝對抗。所以，處理好與西域諸國的關係，成為漢王朝外交的一個重要內容。

西漢昭帝時，西域樓蘭等國與漢王朝為敵，殺害漢使臣，盜走符節、財物等。在這種形勢下，漢昭帝派傅介子出使西域，懲罰樓蘭。傅介子帶着大量黃金珠寶，遍賜諸國。

他到樓蘭後，樓蘭王對他很冷漠，傅介子也不與樓蘭王理論，率領隨從離境。傅介子一行繼續西行，快越樓蘭境時，傅介子讓隨隊翻譯傳話給樓蘭王說：“我們奉漢廷之命，帶有大量金銀財寶，遍賜諸國，樓蘭王如不來接受，我們就離境西去了。”

話傳到樓蘭王耳裏，樓蘭王貪圖財物，立即趕上傅介子。傅介子見樓蘭王來，大設酒宴盛情款待。席間，傅介子假裝有秘密的話要對樓蘭王說，引他至內帳。樓蘭王剛入內帳，就被早已埋伏在此的兩名武士從背後刺死。傅介子殺死樓蘭王後，取其頭回漢向昭帝覆命。

釋義 “斬樓蘭”，用來表示建功異域。

出處 東漢・班固《漢書・傅介子傳》：“王貪漢物，來見使者。介子與坐飲，陳物示之。飲酒皆醉，介子謂王曰：'天子使我私報王。'王起隨介子入帳中，屏語，壯士二人從後刺之，刃交胸，立死。"

連璧

魏晉時代，由於政治思想上的控制相對鬆弛，知識分子追求個性，他們不再以國家大政、道德倫理作為主要關注對象，而是轉向自身，轉向主觀感受。因此，對儀表的重視就成了這一時期知識分子的普遍特徵。

在當時人看來，膚色白皙、容貌清秀、舉止斯文是最美的，也就是以女性化的標準作為衡量的準則。潘安（即潘岳）即美男子的典型代表，相傳他面容清秀，臉如敷白粉，身材勻稱窈窕，時人以為他很美，"潘安貌"後來成為美貌的代稱。

與潘安同時的夏侯湛也以貌美著稱於世，而且他們二人關係極為融洽，經常一同乘車，招搖過市，引起人們駐足觀看。人們羡慕不已，稱他們二人為"連璧"（兩塊相連的美玉）。

釋義 "連璧"用來稱譽兩件同樣美好的事物，或兩位同樣優秀的人物。

出處 南朝宋・劉義慶《世説新語・容止》："潘安仁、夏侯湛並有美容，喜同行，時人謂之'連璧'。"

曹沖稱象

曹沖，字倉舒，他是三國時魏王曹操的小兒子，天資聰慧，思維敏捷，五六歲時的智力已和成年人不相上下。

大約在曹沖十歲的時候，有一次，吳王孫權派人給曹操送來一頭大象。大象生長在南方的叢林裏，北方人極少看到。因此，曹操帶着兒子們和文武官員一起前往觀看。

大夥兒看着這龐然大物，紛紛議論。誰都想知道牠的重量，但哪兒有那麼大的秤呢？

曹操也很想知道大象的重量，就問文武百官說："你們誰能想辦法稱出牠的重量？"

文武大臣你看看我，我看看你，一個個束手無策。這時，曹沖上前對曹操說："父王，我有一個辦法，可以稱出大象的重量。"

曹操知道曹沖一向聰明過人，平常也很喜歡他，就說："你說說看，用甚麼辦法？"

曹沖說："用一隻大船，先把大象安置在大船上，在大船吃水的深度刻上一個記號，然後把大象牽上岸。再把一些石塊裝到船上，讓船沉到原來刻上記號的深度。只要稱一稱石塊的重量，就可以知道大象的重量了。"

曹操聽了，連聲稱讚說："好！這個辦法好！"於是，曹操馬上讓人準備船隻和石塊，果然很快就稱出了大象的重量。

釋義　"曹沖稱象"，用來稱頌人年幼聰穎，才智過人。

出處　西晉・陳壽《三國志・魏書・曹沖傳》："時孫權曾致巨象，太祖欲知其斤重，訪之羣下，咸莫能出其理。沖曰：'置象大船之上，而刻其水痕所至，稱物以載之，則校可知矣。'"

造化小兒

杜審言是唐代著名大詩人杜甫的祖父。唐朝初年，與蘇味道、李嶠、崔融一起被稱為"文章四友"。他是進士出身，曾在朝廷擔任集判之職，恃才傲物，認為自己的文章比得上屈原、宋玉，書法比得上王羲之。

不久後，他被任命為洛陽丞，因被吉州司戶周季重、司戶郭若訥誣陷，被捕入獄。杜審言十三歲的兒子杜並憤而刺殺周季重，杜並也被侍衛殺死，引起轟動。杜審言因此而被釋放，免官回到洛陽。

武則天時，武則天因喜愛杜審言的文章，拜他為著作佐郎，不久又升遷為膳部員外郎。

有一次，杜審言生了一場重病，宋之問、武平一等後輩前去探望他。杜審言說："我為造化小兒（指造物主，世間的主宰）折騰得很苦，還有甚麼可說的呢？因我在世，壓住了你們的文名，現在我快要死了，心中大慰，但遺憾的是還沒有人能接替我。"

過了不久，杜審言病亡。武則天追封他為著作郎。

釋義 "造化小兒"，用來戲指萬物的主宰。

出處 北宋・歐陽修、宋祁等《新唐書・杜審言傳》："審言病甚，宋之問、武平一等省候何如，答曰：'甚為造化小兒相苦，尚何言？'"

停餐訓子

西漢時期，雋不疑的母親非常賢惠，遠近聞名。她教子有方，對雋不疑寵愛又嚴格。在她的訓導下，雋不疑也很有出息，後來做了京兆尹（掌管京師行政事務的官）。

雋不疑也不負母望，上任後嚴肅行政，體恤民情。他的母親在這時仍一如既往，時時不忘訓導他。雋不疑每次巡視各縣詢問囚犯歸來，母親問他："有沒有替人平反冤案？又挽救了幾個人的性命？"

如果雋不疑平反的冤案多、挽救的人多，母親就高興，吃飯、說話都比平時多；反之，如果沒有平反冤獄，母親就很生氣，不說話，甚至連飯也不吃。因此，雋不疑在職期間，雖然嚴厲，但不殘暴，深得百姓的讚譽。

釋義 "停餐訓子"，用來比喻婦女有德行，賢惠仁愛。

出處 東漢・班固《漢書・雋不疑傳》："雋不疑每行縣錄囚徒，還，其母輒問不疑：'有何平反？活幾何人？'即不疑言多有所平反，母喜笑，飲食言語異於他時；或亡所出，母怒，為之不食。"

釣鼇客

唐朝會昌四年，李紳任淮南節度使。他出身高貴，平日結交的也都是公侯富貴之人，因此他很輕視布衣平民。平時，如果沒有皇親國戚或朝廷重臣的介紹引見，一般人根本見不着他。

當時，有個秀才叫張祐，也住在淮南，他的詩作得很好，前幾任節度使都敬重他的詩名，對他禮敬有加。只有李紳見他身份低微，只是個秀才，所以不見他。

張祐於是遞名片拜見李紳，署名是釣鼇客。李紳將人請進來一看，原來是張祐，於是對他的狂放十分生氣，想用言語壓一壓他的狂氣。就說："秀才自稱釣鼇客，想必確能釣鼇，不知你平日用甚麼做釣竿呢？"

張祐不慌不忙，從容答道："我用長虹做為釣竿。"

李紳又問："那麼你用甚麼做釣鈎呢？"

張祐說："我用天上的新月做釣鈎。"

李紳又問："你用甚麼做釣餌呢？"

張祐說："就用李相公您做釣餌。"

李紳聽了一怔，一時沒明白過來，仔細想想，發覺自己果然中了計，上了張祐的鈎，被他成功地見到了自己。就解嘲地說："用我作釣餌，倒也不難釣到。"

於是兩人相視一笑，李紳對張祐的機智很佩服，就吩咐下人擺酒，與張祐對酌起來，兩人談了整整一天，十分投機，後來成為詩酒之交。

釋義 "釣鼇客"，用來指人有才能抱負，欲求取功名。

出處 五代・何光遠《鑒戒錄》："張祐遂修刺謁之，詩題銜'釣鼇客'，將俟便呈之。"

魚上竹竿

宋代梅堯臣在詩的方面造詣很深，頗負盛名。但是，幾十年來，卻連一點官職都沒有得到。直到晚年，多年來一直官運不佳的梅堯臣才得以被召，參加編寫《唐書》。

領了重命以後，梅堯臣回到家裏，將此事告訴了其妻子刁氏。他自我解嘲地說："現在讓我參與編這部書，我感到自己就像猴子被裝進布袋裏差不多。"

其妻深知梅堯臣的為人，對他說："的確如此。在仕途上，你這樣的人要想當官，就像鮎魚爬上竹竿那麼難。"

梅堯臣為編《唐書》傾注了大量心血。《唐書》終於大功告成了。正待啟奏皇上，獲得皇上嘉獎的時候，梅堯臣卻身患重病去世了。人們對梅堯臣，無不歎惜。

釋義 "魚上竹竿"，用來比喻人在仕途上難以升遷。

出處 北宋・歐陽修《歸田錄》卷二："其初受敕修《唐書》，語其妻刁氏曰：'吾之修書，可謂猢猻入布袋矣。'刁氏對曰：'君於仕宦，亦何異鮎魚上竹竿耶！'"

許由洗耳

堯是中國上古時代的部落聯盟首領。這一年，中原連遭水災，堯為此憂心如焚。他感到自己無力治理天下，便想把首領之位禪讓給有才能的賢德之士。於是，他向自己的老師尹壽請教，請尹壽舉薦賢人。

尹壽向帝堯舉薦了許由等人，於是，堯派人四處去尋找他們，可過了好長時間，卻一個也沒有找到。

又過了一段時間，堯打聽到許由隱居在箕山，就派使者帶着玉璽來到箕山找到許由，對他說："我們大王聽說你的賢名，讓我拿來帝王的玉璽，要把天下禪讓給你，請你不要推辭。"

許由聽了，長長歎了口氣說："一個人立下了志向，就會堅如磐石，不可動搖。我志不在天下，而在山水之中。餓了，就上山採些果子充飢；渴了，就捧幾口河水喝。我這樣悠然自得，在這清幽的環境中修身養性，真是其樂無窮。哪裏想求得甚麼官職呢？現在你們大王竟想把天下禪讓給我，我怎麼會接受呢？"

使者聽了，知道許由這樣的隱士是決不肯接受禪讓的，就回去向堯稟告。堯聽了，也只好作罷。

許由等使者走後，來到山下的潁水邊上，自言自語地說："水清如此，而我偏要受這股濁氣，聽這種濁話，我的兩耳，不免污濁了。不如用這清水來洗它一洗吧！"於是，許由俯身用清水來濯洗兩耳。

釋義 "許由洗耳"，用來形容以接觸塵俗的東西為恥辱，心性曠達於名利之外。

出處 西漢・蔡邕《琴操・河間雜歌・箕山操》："許由以清節聞於堯，堯大其志，乃遣使以符璽禪為天子。於是許由喟然歎曰：'匹夫結志，固如磐石。採山飲河，所以養性，非以求祿位也；放髮優遊，所以安已不懼，非以貪天下也。'使者還，以狀報堯。堯知由不可動，亦已矣。於是許由以使者言為不善，乃臨河洗耳。"

麻姑搔背

漢桓帝時，有位神仙叫王遠，字方平。他時常駕着祥雲周遊四方，欣賞人間美景，有時還要下降到凡人中間，體察他們的生活，了解他們的想法。

一次，王遠下降到蔡經家，與蔡經及其家人攀談。過了兩個多時辰，聽到門外有人馬簫鼓的嘈雜聲音，同時伴有一陣陣銀鈴般的女子笑聲。原來來人是神仙麻姑。

麻姑年紀大約十八九歲，長得十分美貌：面若桃花，眉似遠山含翠，烏黑的頭髮在頭頂正中盤了一個髻，餘髮垂到腰間；穿着一身華麗的衣裙，走起路來環珮叮噹，裙帶隨風擺動，更顯得飄逸俊秀。蔡經見了嘖嘖讚歎："多麼美麗的一位仙子呀！"

麻姑與王遠、蔡經談了一會兒話，提出想見見蔡經的母親及其他親屬。當時，蔡經的弟媳婦剛剛生產幾十天，麻姑就不讓她近前，只與其他人見面。

麻姑向蔡經要了一些米，撒在地上。蔡經一家不知麻姑要幹甚麼，面面相覷。等他們低下頭再看時，發現地上的米變成了一顆顆晶瑩閃亮的珍珠，星星點點地散在地上，發出眩目的光彩。

眾人大吃一驚，被麻姑的仙法驚呆了。只有王遠不為所惑，他手捋鬚髯，笑道："姑娘還是年輕，我已經老了，不再愛弄這種遊戲變化了。"

麻姑衝王遠一笑，說："王仙長過謙了，我只不過玩玩罷了。"

麻姑的指甲很長，如同鳥爪一樣。蔡經見了，心想："麻姑的指甲這麼尖利，如果後背作癢，讓這樣的手搔一搔，一定會很舒服。"

蔡經心中默想，並沒有叨唸出來，但他的想法立即被王遠知道了。王遠很生氣，認為蔡經這樣想是對麻姑不尊敬。他怒氣沖沖地說："蔡經，麻姑是仙子，你怎麼可以想用她的手來搔背呢？這是罪過的，我要讓人鞭打你以示懲罰。"

於是，王遠叫人拉過蔡經，用鞭子打他。奇怪的是，在場眾人只看見鞭子打在蔡經的背上，留下一條條血痕，卻看不見有人拿鞭子。人們驚異萬分，竊竊私語，對仙家神秘莫測的法術既詫異又羨慕。

蔡經捱過鞭打，背上十分疼痛。他深知仙家仙法的厲害，急忙搶步上前，向麻姑王遠賠罪。王遠用手拍了拍蔡經，笑道："蔡經，不要多想這件事了，我的仙鞭也不是隨便可以捱到的，這是你的福分呀！"

釋義 "麻姑搔背"，用來形容仙家神通變化；或以"癢處搔"指觸到有興趣處，感到舒服痛快。

出處 東晉·葛洪《神仙傳·麻姑》："蔡經見麻姑手指纖細似鳥爪，自唸：'背大癢時，得此爪以爬背，當佳。'"

商山四皓

西漢時，漢高祖劉邦登基以後就立皇后呂雉所生之子劉盈為太子。但是過了不久，劉邦因寵愛戚夫人，便想廢掉太子，改立戚夫人所生之子趙王如意。但在廷議時，眾多大臣均多反對廢長立幼，所以劉邦一時無法將此事確定下來。

呂后知道後心中非常憂慮，不知該怎麼辦才好。最後讓呂澤找到留侯張良，請他想辦法。

張良因太子劉盈忠厚仁孝，本也反對劉邦廢長立幼，想了想說："這件事是很難用口舌去說服皇上的。當今天下有四個德高望重的老人，皇上一向非常敬重他們，想邀他們出來做官。但他們認為皇上待人傲慢，好侮辱人，因此一直拒絕，逃到商山隱居起來。因為他們四人都已高齡，滿頭白髮，所以人們稱之為商山四皓。如果太子能寫封言詞懇切的信，多花些金玉財帛，誠心誠意地把他們請來，待為上賓，讓他們始終隨侍太子。皇上如果看到他們，知道太子竟能請到他所請不到的四位賢人輔助，一定會十分驚詫。這樣，對於穩定太子的地位，會起到很大的作用。"

呂澤聽了，問："這商山四皓可有姓名？"

張良說："當然有。這四人的姓名是東園公庾宣明、夏黃公崔廣、角里先生周術，另一個有號無名，叫綺里季。"

呂澤很高興，回去把張良的話轉告呂后。呂后就讓太子寫了信，讓呂澤帶着信及極豐厚的禮品，恭恭敬敬地把"商山四皓"請了來，讓他們做了太子劉盈的門客。

有一天，宮中舉行宴會，太子劉盈就帶着他們一起前去。劉邦見他們年齡都在八十歲以上，頭髮、鬍鬚、眉毛全部雪白，詢問之下，十分驚訝地說："我多年相請諸位入朝，你們卻避入深山，不願入仕。現在為甚麼竟跟隨着我兒子呢？"

商山四皓回答說："太子為人仁慈，敬賢愛才，天下的賢士都願為太子效勞，所以我們就來了。"

劉邦聽了，既高興又有些遺憾。高興的是太子竟能請到自己請不到的人來輔佐；有些遺憾的是，自己本想廢立太子，但太子羽翼已成，已經無法辦到了。於是，劉邦帶着一種無可奈何的口氣說："諸位既然如此信賴太子，那就請你們好好地輔佐太子吧！"

從這以後，劉邦打消了廢立太子的念頭。劉邦死後，太子劉盈即位，史稱漢惠帝。

釋義　"商山四皓"，用來形容年高望重、才識過人的隱士。

出處 西漢·司馬遷《史記·留侯世家》："秦末東園公、綺里季、夏黃公、角里先生，避秦亂，隱商山，年皆八十有餘，鬚眉皓白，時稱商山四皓。"

望帝啼鵑

上古時代，我國四川地區有位蜀王名叫杜宇。杜宇是個很開明的部落領袖，他教百姓耕田務農，深受百姓愛戴，被百姓尊為望帝。

這時，在巴蜀東面的荊州，有個名叫鱉靈的人，他因犯了罪，被判了死罪。他不甘心束手就死，一天晚上逃出了監獄，駕着一葉小舟，逆流而上，來到了蜀國。

鱉靈是個很有政治才能的人。他來到蜀國後便去求見望帝，望帝看到他確實是個難得的人才，非常賞識他，立即任命他為蜀國的宰相。

過了幾年，由於天氣突然變得炎熱起來，位於蜀國都城西北的玉壘山上的積雪融化，洪水泛濫，蜀國的大部分地區成了一片汪洋。望帝見了如此巨大的水患，非常着急，束手無策。

鱉靈說："大王不要着急。昔年中原也曾發生過特大洪水，經大禹率人治理，十幾年後終於平息了水患。我也願意領人前去治水，排除水患。"

望帝聽了，便十分高興地同意了。於是，鱉靈帶領幾萬民工，開山鑿石，疏浚河道；修堤築壩，經過幾年的艱苦奮鬥，終於平息了水患。

望帝為凱旋回都的宰相慶功，並感到鱉靈對蜀國的人民有功，便下了禪讓帝位的決心。但他怕鱉靈不肯繼任帝位，便在一天晚上悄悄離開了宮殿，隱居到西山的一所道觀中學習修道去了。臨離開時，他留下了一道命令，把君位讓給鱉靈，號開明氏，希望老百姓不要再以他為念。

於是，鱉靈便繼位為蜀王。他當了蜀王後，卻一反故態，在蜀國實施暴政，弄得百姓苦不堪言。望帝知道後，十分懊悔，一病身亡。死後，他化成了杜鵑鳥，叫聲十分哀怨而淒苦。每到仲春二月，那一聲聲悲啼傳來，蜀國的人民就會感傷地說：“這是我們的望帝，他現在是多麼的懊悔呀！”

釋義 “望帝啼鵑”，用來比喻冤魂的悲鳴。

出處 東晉・常璩《華陽國志・蜀志》：“帝升西山隱焉。時適二月，子鵑鳥鳴，故蜀人悲子鵑鳥鳴也。”

常棣之華

商朝末年，周武王姬發在周公旦、召公奭、太公望等大臣的輔佐下，出兵滅掉了商朝，建立了周朝。他為了安撫商朝的遺民，把商紂王的兒子武庚封在朝歌，讓他繼續統治那裏的百姓，同時，又把自己的弟弟叔鮮封在管邑，叔度封在蔡邑，監視武庚。

而周公旦由於在滅商開國的鬥爭中功勞最大，被封於魯，同時擔任周相，協助處理朝政，地位在各兄弟和大臣之上。周武王死後，他的兒子姬誦即位，是為周成王。當時周成王年紀還很小，便由周公旦攝政。

周公旦忠心耿耿，勤勤懇懇，但是管叔和蔡叔卻猜疑周公旦有篡位的野心，他們串通起來，散佈謠言，說：“周公攝政，是為了自己做皇帝，成王一定會遭到謀害！”

謠言傳到京城，人心惶惶。周公旦十分憂慮，前去拜望召公，說：“過去我們兄弟同心協作，打下了天下。現在天下打下來了，兄弟們反倒互相不信任起來，你看怎麼辦？”

召公深知周公的為人，知道周公一片赤誠，絕無篡位之心，說：“你放心吧！我設法勸勸管叔和蔡叔。”

於是，召公就寫了一首《常棣》詩，託人送給管、蔡二叔。詩的開頭是“常棣之華（花），鄂不韡韡（wěi 美麗而茂盛）。凡今之人，莫如兄弟。”

但是，這首情真意摯的詩沒有起到勸告的作用。不久，管叔和蔡叔勾結武庚起兵叛亂。周公在成王和其他大臣的支持下，率軍東征，終於平定了叛亂。

釋義 “常棣之華”，用來形容兄弟間的友愛。

出處 《詩・小雅・常棣》：“常棣之花，鄂不韡韡，凡今之人，莫如兄弟。”

涸轍之鮒

莊周是宋國蒙（今河南商丘東北）人，曾做過蒙地漆園吏，家中十分貧窮。有一次，他因家中斷糧，就到他認識的監河侯家中去借糧。

監河侯是個十分吝嗇的人，但莊子來向他借糧，他又不好意思開口拒絕，於是裝出一副慷慨的樣子，說：“行呀！等我把地方上的稅收上來以後，借給你三百兩銀子，怎麼樣？”

莊子聽了，心中十分氣忿，寒着臉說：“我昨天到你這兒來的時候，途中聽到有呼救的聲音。我回頭一看，見到在一條車轍壓出的乾溝中有一條垂死掙扎的鯽魚。

我問：‘鯽魚，你怎麼會躺在這乾溝裏的呢？’

鯽魚回答說：‘唉！時運不濟！我是東海水族中的一個小臣，前些日子發大水時，我暢游到這兒。大水退時，我陷入了這個水潭，沒能游回去。誰知潭水日乾，我竟弄到如此窘地。你能不能弄個一斗，甚至一升水來救救我呢？’

我回答說：‘行呀！我正巧要去南方的吳越之地，我到了那裏，就把長江之水引來救你，怎麼樣？’

那鯽魚十分憤怒，說：‘我失去了常態，才來向你求救。我只要一斗或一升水就能活下去，可你這樣說，等你從吳越之地回來，我早成了魚乾了。你不如早些到賣乾魚的店舖中去找我！’”

莊子說完，拂袖離去。

釋義 “涸轍之鮒”，用來形容處於生死攸關的困難境地。

出處 《莊子・外物》：“周昨來，有中道而呼者。周顧視車轍中，有鮒魚焉。”

情鍾我輩

晉代的王戎是著名的“竹林七賢”之一。晉惠帝時，曾官至尚書令、司徒。但他為人既貪財又吝嗇，廣積財貨，且晝夜計籌，為時人所譏笑。但他又是個性情中人，很重感情，因此時人又對他有所讚揚。

王戎有個兒子叫王萬，不僅長得高大健壯，而且仁義孝順，性情溫和，王戎十分喜歡他。但王萬卻在十九歲時得病死亡，王戎為此悲痛不已。

大臣山簡得到消息後，來探望王戎。看到王戎後，山簡很吃驚。只見幾天之內王戎瘦了一圈，眼睛深陷，而且紅腫混濁，一看就知道由於連日啼哭造成的。

王戎悲傷地對簡子說：“小兒夭折，我十分傷心。每當看見他生前用過的東西，想起他的音容笑貌，我就禁不住老淚縱橫。這幾天茶不思，飯不想，整日思念他。”

山簡安慰王戎說：“王大人不必過於悲傷。您的公子不過是一個小孩子，何至於如此？您是一個名揚四海的大人物，應該做一些驚天動地的大事情，不應該為親情所累。”

聽了這話，王戎搖搖頭，感慨地說：“您這話說得不對。聖人能夠超脱世俗，放棄世間一切，達到忘情的地步；再往下的人太卑微，談不到感情；真正重感情的，正是我們這些人啊！”說完，又掩面而泣。

釋義 “情鍾我輩”，用來形容人重視感情，易於傷感。

出處 南朝宋・劉義慶《世説新語・傷逝》：“王戎喪兒萬子，山簡往省之。王悲不自勝。簡曰：‘孩抱中物，何至於此！’王曰：‘聖人忘情，最下不及情；情之所鍾，正在我輩。’”

寄當歸

三國時期，魏、蜀、吳三國為統一天下而征戰不休，其中魏國據有中原之地，兵多將廣，勢力最為強大。而處於長江中下游地區的吳國孫權，憑藉得天獨厚的自然條件，與曹魏抗衡。

魏和吳在江淮地區展開激烈的戰爭，因為這一地區是東吳的門戶，一旦失去，國將不保。

孫權帳下也有許多著名的將領，其中太史慈驍勇善戰，屢敗曹軍。曹操見軍事上不能取得優勢，又愛惜太史慈之才，於是想招撫他，派人給太史慈送去一封信，太史慈打開信封，見其中別無他物，只有藥草當歸，意思是"應當歸順於我！"

類似的事也發生在蜀國的姜維身上。姜維是蜀國後期的大將，投奔蜀國後與母親多年失去聯繫，後來忽然得到母親的來信，讓他尋求藥草當歸，意思讓他速速歸去。

姜維在蜀受諸葛亮重用，當然不會離開，他給母親的回信也很有意思："只要有遠志（一種藥草名，表示遠大的志向），不一定要當歸。"

釋義 "寄當歸"，用來表示企盼回歸。

出處 西晉・陳壽《三國志・吳書・太史慈傳》："曹公聞其名，遺慈書，以篋封之。發省無所道，而但貯當歸。"

唐・房玄齡等《晉書・五行志》："姜維歸蜀，失其母。魏人使其母手書呼維令反，並送當歸以譬之。維報書曰：'良田百頃，不計一畝，但見遠志，無有當歸。'"

問鼎

在遠古時代，中國的地域被劃分為青州、徐州、冀州、雍州等九個州。九州的部落組成聯盟，堯、舜等先後擔任聯盟的首領。舜年老時，大禹因治水成功的業績而被推舉為部落聯盟的首領。他主持鑄造了九座鼎，以象徵九州。因此，九鼎既是中國的代名詞，又是象徵一統天下的傳國之寶。被夏、商、周三代小心呵護保存。

到了春秋戰國時期，已經是"禮崩樂壞"，天下紛爭，戰事頻繁，羣雄爭霸。曾經是天下共主的周天子此時已經衰落，僅能控制都城附近地區，無法向諸侯發號施令了。“九鼎”因其象徵性，便成為眾多諸侯覬覦的目標。

周定王時，楚國在楚莊王的治理下日益強大，楚莊王決定北伐陸渾，並想借這個機會，向周王室示威。楚莊王率軍北上，抵達周都洛邑郊外，在洛水岸邊駐紮下來。

周定王自然明白楚莊王的真實用意，知道伐陸渾只是一個藉口而已，其真正的目的是向天子示威。他內心又氣又怕，但又自知無法對楚莊王使用強力。於是，周定王面對楚莊王的恃強無理，只好裝聾作啞，並且派大夫王孫滿帶着禮物去慰勞楚莊王及其軍隊。

王孫滿與楚莊王見了面，寒暄了一陣。王孫滿說：“天子知道你北伐陸渾很辛苦，所以派我代表他來慰勞你。不知你還需要甚麼嗎？”楚莊王知道周定王害怕他，於是越發狂橫起來。“我很想知道，”楚莊王傲慢地說，“周王室的九隻鼎到底有多重？”

面對驕橫的楚莊王，王孫滿嚴肅地說：“想得到天下，在於德而不在於鼎。古時候禹道德高尚，各地都把地圖獻來。禹因此鑄了九鼎，將各地的地形、物產鑄在上面。到後來夏桀昏亂無德，國亡，鼎歸商朝，傳世六百多年。商紂王殘暴無德，鼎又歸周朝。這說明，如果有德，鼎雖小也重；如果無德，鼎雖大也輕。周成王定鼎，算出將傳三十位君主，共七百年。天命如此。周現在雖然漸漸衰弱了，但天命還沒有改變。因此，鼎的輕重，是不可以隨便問的。”

釋義 “問鼎”，用來借指圖謀奪取王位、政權。

出處 春秋・左丘明《左傳・宣公三年》：“楚子伐陸渾之戎，遂至於洛，觀兵於周疆。定王使王孫滿勞楚子。楚子問鼎之大小輕重焉。對曰：‘在德不在鼎。……周德雖衰，天命未改，鼎之輕重，未可問也。’”

閉關卻掃

東漢時，有個讀書人名叫趙壹。他不但學富五車，知識淵博，而且為人正直，品格端方，疾惡如仇，平素和他交往的，也是一些品行高尚的人。

當地郡守袁逢是個很有名氣的人。但他十分偽善，表面上裝得很清高，喜歡和一些名士結交，為政也很清廉，但暗中卻和朝中的奸臣相勾結，做下了許多不法之事。

起先，趙壹被袁逢偽善的清高所迷惑，認為袁逢是一個值得結交的人。因此，在一次袁逢招聘主管時前去應聘。袁逢知道趙壹是個名士，為了給自己裝潢門面，便把趙壹聘為主管。袁逢為了表示禮賢下士，還常常屈尊到趙壹家中去拜訪。

為了表示對袁逢的尊敬，每次袁逢前來，趙壹都事先讓人把庭園中的通道打掃得乾乾淨淨，然後敞開大門，親自迎接。但是，一次偶然的機會，趙壹發現了袁逢和奸臣勾結的事。趙壹沒想到自己所尊敬的人竟是一個表面清高、實則無恥的小人，心中既惱怒又懊悔。他給袁逢留下一封辭職信，信中也沒有說明理由，便告辭走了。

袁逢看了趙壹的辭職信，不知道趙壹已認清自己的偽善面目，趕去趙壹家拜訪，想挽留趙壹。可他來到趙壹家門口，只見大門緊閉，門前的通道上一片狼藉，一點也沒打掃過。袁逢對守門人說："請通報，說袁逢前來拜訪。"守門人進內稟報後，出來對袁逢說："主人說他已向您辭職，並不再和您這種表裏不一的小人交往，您走吧！"袁逢聽了，悻悻然地走了。

釋義　"閉關卻掃"，用來形容閉門謝客。

出處　元・郝經《續後漢書》："趙壹閉關卻掃，非德不交。"

屠龍手

古時候，有個叫朱泙漫的青年，聽說支離益是個世上有名的屠宰能手，便告別了妻子兒女，找到了支離益，要求拜他為師，學習屠宰的技術。

支離益說："年輕人，我們屠宰這一行業，一向是被人看不起的。粗魯一點的，稱我們是殺豬的，文雅些的，稱我們為屠夫。我看你也是窮人家出身，為甚麼要來拜我為師呢？"

朱泙漫回答說：“我知道，任何一門技藝，都有低級、高級之分。以屠宰來說，殺雞要比殺豬容易，殺豬要比殺牛容易，殺牛要比殺龍容易。我向你拜師學藝，是要學習最高級的殺龍之技，使自己成為一個舉世聞名的屠龍手！”

支離益聽了，很高興地說：“說得好，年輕人！你很有志氣，我就收你為徒弟，教你殺龍的技藝吧！不過，這種技藝不是短時間能學好的，需要三年時間才能學好，成為一個屠龍手。”

朱泙漫說：“老師，我有耐心，能吃苦，一定能學好。”

支離益又說：“另外，學習屠龍，學費很貴，三年時間大約需一千兩銀子。”

朱泙漫說：“一千兩銀子，我家中還湊得出來。”

於是，支離益開始教授朱泙漫屠龍的本領。朱泙漫學習認真、刻苦，很快掌握了屠龍的全套本領，成為一個屠龍手。

朱泙漫學成回到家中，他的家人和鄰居們都對他能成為一個屠龍手而表示祝賀。然而，一年一年過去了，屠龍手卻英雄無用武之地，因為他無法捉到傳說中的龍，更談不上屠龍了。

釋義 “屠龍手”，用來形容有真才實學卻不為世人所用之人。

出處 《莊子·列禦寇》：“朱泙漫學屠龍於支離益，單千金之家，三年技成，而無所用其巧。”

張禹後堂

張禹，字子文，是西漢著名經學大師。漢成帝還是皇太子時，張禹因為博學多才，尤其精通經學，被漢元帝拜為太子太傅，負責教授太子《論語》。成帝即位後，封張禹為給事中、錄尚書事，賜爵關內侯。

當時，朝廷由成帝的母舅、大將軍王鳳輔政。王鳳在朝專橫跋扈，張禹為自保計，稱病辭職。漢成帝雖然軟弱無能，但尊敬自己的老師，便讓張禹享受丞相的待遇，並賜給他幾千萬錢。因此，張禹廣置田宅，過着十分富裕的生活。

張禹有不少門生，在這些門生中有兩個最為突出，職位頗高，一個是彭宣，官至大司空；另一個是戴崇，官至少府九卿。彭宣和戴崇二人的性格相差頗大。彭宣為人恭謹質樸，言行有板有眼，講究章法節度；而戴崇卻相反，聰明機警，性格隨和、豁達，容易和別人相處。張禹內心喜歡戴崇，與他親近而對彭宣疏遠。

戴崇每次到張禹家，張禹在後堂接待戴崇，玉食珍饈，奢華無比，並有女樂助興，每次至深夜才罷。而彭宣到他家時，他則在前堂相見，不苟言笑，與彭宣講論經義，吃飯也非常簡單，用一碗肉、一壺酒來招待他。

後來，戴崇和彭宣得知各自受到張禹招待的情況，也各自相宜，認為各得其所。

釋義 "張禹後堂"，用來形容為人虛偽，道貌岸然。

出處 東漢・班固《漢書・張禹傳》："禹將崇入後堂飲食，婦女相對，優人管弦鏗鏘極樂，昏夜乃罷。而宣之來也，禹見之於便坐，講論經義，日晏賜食，不過一肉卮酒相對。宣未嘗得至後堂。"

張敞畫眉

張敞，字子高，西漢河東平陽（今山西臨汾西南）人。漢宣帝時曾擔任太中大夫等職。後因得罪了大將軍霍光，被貶為函谷關都尉。霍光病逝後，他又被調回京城，擔任都城長安的最高行政長官——京兆尹。

張敞疾惡如仇，賞罰分明，他做了九年京兆尹，政績斐然。但他為人謙和，沒有官員應有的威儀。回到自己家中，那就更恣意而為。他的夫人長得年輕美貌，每天夫人對鏡梳妝後，張敞便親自動手，為夫人輕描細勾，畫出兩道"曲曲纖纖、不濃不淡"的秀眉。

張夫人出外應酬時，其他女子見了她的兩道秀眉都十分驚歎。於是，名媛淑女紛紛仿效。她們都知道張夫人的秀眉是她丈夫畫的，於是把這種眉毛稱為"張京兆眉"。

有幾個平時和張敞不很友好的官員以為抓住了甚麼把柄，上書漢宣帝，指責張敞行為風流，舉止輕浮，有失朝官的威嚴，在百姓中造成不好的影響。漢宣帝聽了，召見張敞，問："有人告你替妻子畫眉毛，有沒有這件事？"

張敞從容地回答說："有。不過我聽說，閨房之中，夫妻之間，比畫眉毛更風流的事多得很，畫畫眉毛又算得了甚麼呢？"

漢宣帝聽了，覺得張敞講得很有道理，便沒有再責備他。

釋義 "張敞畫眉"，用來形容夫妻間的恩愛之情，或用來形容女子的秀眉。

出處 東漢・班固《漢書・張敞傳》："然敞無威儀，時罷朝會，過走馬章台街，使御吏驅，自以便面拊馬。又為婦畫眉，長安中傳張京兆眉嫵。有司以奏敞。上問之，對曰：'臣聞閨房之內，夫婦之私，有過於畫眉者。'"

張湯劾鼠

在《史記》、《漢書》、《後漢書》等史籍中，都設有《酷吏列傳》。所謂"酷吏"，專指那些用法嚴酷的官吏，他們主張刑名之道，對待犯人不講情面，嚴施刑罰，是受法家思想影響的結果，與儒生迥然有別。

在西漢的酷吏中，張湯是最為著名的一位。張湯自幼就表現出治獄理刑的特殊才能。其父在京師長安任官，一次，因有公務外出，臨行前交待張湯在家看管屋舍。待其父回家後，發現家裏的肉被老鼠偷吃了，非常惱怒，嚴厲斥責張湯。

張湯遭父親斥責後覺得十分委屈，下決心將老鼠及所盜的肉找出來，於是他把房前屋後的鼠洞徹底地掘了一遍，將鼠全部活捉。然後，張湯設立公堂，傳喚文書，審訊判決，將老鼠一一治罪，處死在大堂之下。

其父自衙署回家後，見張湯審訊老鼠的判案文書寫得老練周到，就像治案多年的老獄吏一樣，於是讓他協助自己辦理刑獄文書。後來，張湯一直做到廷尉（主管刑獄的官）。

釋義 "張湯劾鼠"，用來形容官吏治獄，嚴厲老練。

出處 西漢・司馬遷《史記・酷吏列傳》："其父為長安丞，出，湯為兒守舍。還而鼠盜肉，其父怒，笞湯。湯掘窟得盜鼠及餘肉，劾鼠掠治，傳爰書，訊鞫論報，並取鼠與肉，具獄磔堂下。其父見之，視其文辭如老獄吏，大驚，遂使書獄。"

張儀舌

戰國時，魏國有個人名叫張儀，是當時著名的策士。張儀家中很窮，為了生存，年輕時，他曾經和蘇秦一起，拜鬼谷子為師，學習政治、外交等各種學説。張儀學成後，就想到各國去進行遊説，希望能學有所用。

他先回到魏國求見魏惠王，但魏惠王沒有用他。於是，他帶着家小來到楚國。楚國的令尹昭陽見張儀能説會道，很有才能，就把他留下來做了門客。

不久，楚威王把楚國的無價之寶和氏璧賞給了昭陽，昭陽十分高興。有一天，昭陽宴請賓客，讓張儀等門客也出席作陪。席間，昭陽一時高興，把和氏璧拿出來給大家觀賞。客人和門客們一個個地傳看，都對這和氏璧讚不絕口。

正在傳看的時候，突然廳前的池塘裏"撲楞"一下子，蹦起一條大魚來。大夥兒都被吸引住了，到窗前去觀看，池塘裏又有幾條大魚蹦起來，客人們看得興高采烈。

這時，天空突然昏暗起來，眼看大雨將臨，昭陽怕客人們被雨截住，就趕緊散席。他想把那和氏璧收回，但和氏璧卻不知傳到了誰手裏，沒了。大夥亂了一陣子，沒找到。昭陽非常不高興，又不好意思得罪客人，只得讓客人們回去。

客人走後，昭陽對自己的門客就不那麼客氣了，叫手下的人一個個地搜，但也沒搜到。門客們見張儀這麼窮，就説："張儀是個窮光蛋，如果有人偷和氏璧，那這個人一定是他。"昭陽對張儀也有所懷疑，就叫手下人拿鞭子抽打張儀，逼他招認。可張儀確實沒偷，怎肯招認。結果，張儀被打得遍體鱗傷，死去活來，仍然沒有屈打成招。昭陽見打到這個份上，張儀也沒承認，也就算了。

門客中有同情張儀的，知道他受了冤枉，把他送回家中。張儀的妻子見丈夫被打得這般模樣，哭着說："你不聽我的話，如今被人家欺侮到這個地步，要是不想去做官，哪會被人家打得這樣？"

張儀哼哼着問她："你瞧一瞧，我的舌頭還在嗎？"

他妻子啐他一口，說："你被人家打成這樣，還逗樂呐！舌頭當然還在。"

張儀說："只要舌頭還在，我就不怕。總有一天，我會憑我三寸不爛之舌，出人頭地，高官厚祿。"

後來，張儀來到趙國，拜會已當上國相的老同學蘇秦。蘇秦用"激將法"把張儀激往秦國。張儀憑着他的三寸不爛之舌，果然使秦惠文王信任他、重用他，拜他做了國相。

釋義 "張儀舌"，用來形容能說會道；也用來形容雖然沒有發跡，但本錢還在。

出處 西漢・司馬遷《史記・張儀列傳》："嘗從楚相飲，已而楚相亡璧，門下意張儀，曰：'儀貧無行，必此盜相君之璧。'共執張儀，掠笞數百，不服，釋之。其妻曰：'嘻！子毋讀書遊說，安得此辱乎？'張儀謂其妻曰：'視吾舌尚在不？'其妻笑曰：'舌在也。'儀曰：'足矣。'"

張騫乘槎

張騫是漢代著名外交家。

漢代，今甘肅玉門關以西的河西走廊、新疆地區稱西域，在廣大的區域內散佈着大小三十六國。在當時的北方，即今蒙古草原上生活着匈奴族。匈奴屬遊牧民族，逐水草而居，善騎射，性格剽悍，常南下騷擾，並控制着西域的部分小國。西域小國懼怕匈奴的威脅，不得不與其結盟。

西漢武帝時，國力鼎盛，一面派衛青、霍去病等名將出擊匈奴；一面派使者出使西域，聯合西域諸國，以削弱匈奴在西域的影響。武帝派張騫出使鄯善、高昌、樓蘭等國。張騫在極其艱苦危險的環境裏，在西域活動三十餘年，成功聯合了西域諸國，打壓了匈奴的勢力，為加強西域諸國與漢王朝的聯繫，作出了很大的貢獻。張騫回漢後，因為有功，被封為博望侯。

張騫因為出使西域，建立殊功，以至後人對他予以神化。傳說武帝派張騫去尋黃河源頭，張騫乘槎（木筏）溯水而上，經過很長一段時間，穿過荒無人煙的地帶，到達一座人煙稠密的集鎮。這裏男耕女織，秩序井然。他走進一戶人家，見這家的女主人正在織布，其丈夫牽牛飲水。張騫很詫異，向他們詢問："這是甚麼地方呢？"

男主人指着牛正飲水的河流說："這是天河。"女主人把支撐織機的一塊石頭送給張騫，張騫帶回後，被見多識廣的東方朔認出，說這是天上織女織機下的填石，稱為"支機石"。

釋義 "張騫乘槎"，用來比喻出使遠行。

出處 南宋・胡仔《苕溪漁隱叢話》："漢武帝令張騫窮河源，乘槎經月而去，至一處，見城郭如官府，室內有一女織，又見一丈夫牽牛飲河，騫問云：此是何處，答曰：可問嚴君平。織女取榰機石與騫而還。"

通家孔李

東漢末期的孔融是孔子後裔，天賦極高，能言善辯。他十歲時到京師洛陽，去見當時名滿天下的李膺。

李膺為人剛直，有膽略、氣魄。在宦官、外戚橫行霸道的時代，他無所畏懼，與腐朽勢力作堅決的鬥爭，由此在士人中獲得很高的名聲，士人都以與他結交為榮。李膺不輕易見人，能被他接見者稱為"跳龍門"，榮耀無比。

孔融還是一個十歲的孩童，卻想見到李膺。他來到李膺府第，對其門人說："我是你家主人的親戚，快去稟報。"李膺聽說是親戚來訪，讓孔融進去。

見面後，李膺見是一孩童，很是詫異，問道："你和我是甚麼樣的親戚呢？"

孔融回答說："你的祖先老子與我的祖先孔子是師生關係，所以我們早就是通家了。"李膺深為佩服這位少年的才華。

過了一會兒，當時另一個有名人物陳韙來見李膺，有人將剛剛發生的事告訴他。陳韙頗為不屑地說："小時聰明，長大了未必就好。"

孔融聽後，馬上回敬道："想必你小時候一定是很聰明了。"陳韙滿臉尷尬。

釋義 "通家孔李"，用來稱青少年才華出眾，反應敏捷；或指兩家世為親戚，關係密切。

出處 南朝宋・范曄《後漢書・孔融傳》："（孔融）語門者曰：'我是李君通家子弟。'"

陸賈分金

公元前 195 年，劉邦病逝，太子劉盈即位，即漢惠帝。漢惠帝是個軟弱無能之人，大權全操在太后呂氏手中。不久，呂后為擴大呂氏的權勢，大封呂家的子姪為王侯。右丞相王陵等一些忠於劉氏的官員以劉邦說過"非劉氏而王，天下共擊之"為據加以反對，都被呂后罷了官。

太中大夫陸賈也不贊成呂后封諸呂為王的做法，但知道職低言輕，無力力爭，便託病辭職，並把家搬到好畤縣（今陝西乾縣東）鄉下一處風景秀麗的地方。

陸賈把變賣物品所得的錢均分給五個兒子，讓他們各自謀生，並對他們說："今後我將隨意閒遊，逍遙林下。我和隨從到哪家，就由哪家提供食宿，十天一輪換。我死在誰家，這車馬寶劍等物，就歸誰家所有。"兒子們答應了，各自去安家謀生。陸賈則遊山玩水。他玩累了，到任何一個兒子家，兒子都待他很好。

不過，陸賈並不真正着意於山水之間，而是掩人耳目而已。沒有了官職，他可以隨意地拜訪朝廷的公卿。他先說服右丞相陳平和太尉周勃消除私見，團結起來對付諸呂，又為陳平、周勃團結了一批衛劉抗呂的朝臣。

公元前 180 年，呂后病逝，陳平、周勃馬上採取行動把呂祿、呂產等諸王剷除，迎立代王劉恆即位為孝文帝，使政權重歸劉氏手中。在剷除諸呂，迎立孝文帝的過程中，陸賈出了很多力，因此孝文帝也封陸賈為太中大夫。

釋義 "陸賈分金"多用來形容休官後安排家業；也用來形容長輩為小輩分割財產。

出處 西漢・司馬遷《史記・酈生陸賈列傳》："(陸賈) 有五男，乃出所使越得橐中裝賣千金，分其子，子二百金，令為生產。陸生常安車駟馬，從歌舞鼓琴瑟侍者十人，寶劍直百金，謂其子曰：'與汝約：過汝，汝給吾人馬酒食，極欲，十日而更。所死家，得寶劍車騎侍從者。'"

陸績懷橘

陸績是三國時吳郡吳縣（今江蘇蘇州）人。他的父親陸康在東漢末年曾因德行高尚被舉為孝廉，並擔任廬江太守。陸康孝順親長，為官清正，很重朋友情誼，對年幼的陸績有較大的影響。

陸績六歲那年，跟隨父親住在廬江。當時，出身於四世三公家庭的軍閥袁術率軍隊駐紮在九江。陸康和袁術是好朋友，有一天，陸康帶着陸績前往九江拜訪袁術。袁術見是好友前來，命僕人取出新摘的橘子來招待客人。

九江的橘子又大又甜，十分少見，陸績吃得津津有味，不由想起廬江家中的母親很少吃到這種橘子，應該讓她嚐一嚐。於是，他趁袁術和父親交談時，悄悄拿了三隻大橘子，藏在懷中。

陸康和袁術談了半天，起身告辭。陸績頗懂禮貌，深深向袁術作了一個揖。誰知懷中一鬆，三個橘子一個個滾到了地上。袁術見了，笑着説：“小郎在我這裏做客，怎麼懷藏起橘子來了呢？”陸績落落大方，跪在地上説：“這橘子很甜，所以我想帶幾隻橘子回去給母親嚐嚐。”

袁術見這六歲小兒竟有如此孝心，不由大為稱讚，説：“你真是一個有孝心的好孩子。”於是，袁術派人拿了整整一簍橘子，讓陸績帶回去。

釋義 “陸績懷橘”，用來形容孝順父母。

出處 西晉・陳壽《三國志・吳書・陸績傳》：“績年六歲，於九江見袁術。術出橘，績懷三枚，去，拜辭墮地，術謂曰：“陸郎作賓客而懷橘乎？”績跪答曰：‘欲歸遺母。’術大奇之。”

陳雷膠漆

陳重和雷義都是東漢末年豫章郡人。他們少年時就一道學習《魯詩》、《呂氏春秋》，兩人結為好友，親如兄弟。幾年後，陳、雷兩人學業有成，在家鄉一帶小有名氣。

有一年，豫章太守張雲舉薦陳重為孝廉，準備讓他做官。陳重和雷義遇到好事向來就是互相謙讓的，現在陳重有了這麼一個做官的機會，就立刻想到把孝廉讓給雷義。於是，陳重就向太守張雲寫了一封推薦信，説明雷義如何學識過人，自己不及他，孝廉應該讓雷義當才合適。先後共寫了十幾封信，可是陳重越是推讓，張雲就越覺得他人品高尚，越發不肯答應他的要求。

到了第二年，張雲也推舉雷義做了孝廉，陳重這才與雷義一同應薦，一同在郎官署供職。

過了幾年，雷義又被刺史舉為茂才。雷義也立刻想到了好友陳重，他就跑去找到刺史，請求把茂才讓給陳重，結果也未能得到允准。雷義見請求不成，就想出了一個辦法——裝瘋。不久，人們就看到了一個瘋瘋傻傻的雷義，整天披頭散髮，滿口説着瘋話，到處亂走。這樣，他自然就不能接受茂才的舉薦了。

但是他們家鄉的人對這件事的原委知道得一清二楚，當刺史派人前來了解情況時，調查雷義是否真瘋一事，鄉裏的人都說：“只要讓陳重也當茂才，雷義的病馬上就會好的。”調查的人聽了，歎息不已，對兩人的品德更加欽佩了。

鄉裏的人又說：“如今我們鄉裏流傳着這樣兩句話，膠和漆合在一起雖然黏得很牢固，但還不及陳重雷義的交情密不可分。”刺史了解到這些情況後，對他們的品行和情誼深為讚歎，就同時推舉他們兩人為茂才。

釋義 “陳雷膠漆”，用來形容友誼真摯牢固。

出處 南朝宋・范曄《後漢書・獨行列傳》：“雷義歸，舉茂才，讓於陳重，刺史不聽，義遂陽狂被髮走，不應命。鄉里為之語曰：‘膠漆自謂堅，不如雷與陳。’三府同時俱辟二人。”

陳蕃一室

陳蕃，字仲舉，是東漢時的著名大臣，正直無私，被當時的太學生們譽為“不畏強御陳仲舉”。

陳蕃的祖父曾做過河東太守，但他的父親卻功名不就，家道也逐漸衰落。到陳蕃十幾歲時，家中僕人也走得一個不剩。整理書房、打掃庭院等雜務也沒有僕人可以差遣。

陳蕃在家中獨居一室，室外是一個不小的庭院，院中生長了一些花草。少年陳蕃潛心讀書，居室中書卷堆放得亂七八糟，庭院中也花卉枯萎，雜草叢生，但他都不以為意。

一天，陳蕃父親的朋友薛勤前來看望他們。恰巧父親不在家，陳蕃就把客人帶到自己屋裏。薛勤看到屋中亂七八糟，庭院中也是一片狼藉，便責備說：“你這孩子，閒在家裏為甚麼不把庭院和屋子打掃乾淨，在這麼雜亂的地方怎麼接待客人呢？”

陳蕃笑着，滿懷豪氣地回答說：“大丈夫應當掃除天下，怎麼能去顧及清掃庭院和屋子呢？”薛勤見他小小年紀，說話口氣卻這麼大，知道他志氣不小，十分歎服。

果然，數年之後，陳蕃被舉為孝廉，繼而被拜為郎中令。漢桓帝時，他官至太尉；漢靈帝時，他任職太傅，同李膺等一起，計劃誅滅在朝廷中為非作歹的宦官集團，後因計劃洩漏而失敗，陳蕃也被宦官殺害，但他卻以自己的行動實現了年輕時"掃除天下"的夙願。

釋義 "陳蕃一室"，用來形容年輕人有志於天下。

出處 南朝宋・范曄《後漢書・陳蕃傳》："蕃年十五，嘗閒處一室，而庭宇蕪穢。父友同郡薛勤來候之，謂蕃曰：'孺子何不灑掃以待賓客？'蕃曰：'大丈夫處世，當掃除天下，安事一室乎！'勤知其有清世志，甚奇之。"

陶侃運甓

陶侃是東晉時著名的政治家、軍事家。他早年父親去世，家境貧寒，在縣裏當一名小吏。後在友人范逵的推薦下，被廬江太守張夔任命為樅陽縣令。由於他才能出眾，政績卓著，不久便升遷為江夏太守，並加給鷹揚將軍的頭銜。

幾年之後，他隨征南將軍王敦討伐在荊湘反叛的杜弢。陶侃英勇善戰，經過幾十次戰鬥，終於取得了平叛的勝利。東晉朝廷論功行賞，陶侃升任荊州刺史、南蠻校尉。

當時，中國的北方被外族所侵佔，陶侃時刻想為收復中原出力，結果受到大將軍王敦的猜忌和排擠，被調到偏僻的廣州擔任刺史。

陶侃在廣州刺史任上，政通人和，閒暇較多。於是，他每天早晨將一百塊磚（甓）從室內搬到室外，傍晚時又將磚搬回室內。人們對他這樣把磚搬進搬出很不理解，問他說："你幹嗎這樣把磚搬來搬去？"

陶侃回答說："我立志要收復江北的中原失地，像現在這樣過分悠閒安逸，一旦朝廷有重要任務交下來，恐怕難當重任，所以我每天以此來鍛煉自己的體力。"周圍的人聽了，都為之而感動。

後來，陶侃收復中原的大志雖然沒有實現，但他在平定蘇峻叛亂、保衛東晉王朝中還是功不可沒的。他一生謹慎吏職，四十年如一日，在當時還是十分難能可貴的。

釋義 “陶侃運甓”，用來形容不安於悠閒的生活，勵志勤力，磨煉自己。

出處 唐・房玄齡等《晉書・陶侃傳》：“侃在州無事，輒朝運百甓於齋外，暮運於齋內。人問其故，答曰：‘吾方致力中原，過爾優逸，恐不堪事。’”

細腰

楚靈王有個怪癖，喜歡腰特別細的人。後宮的宮女，無論長得多麼漂亮，如果腰身和普通人差不多，他就看也不看她一眼。他所寵愛的妃子，如果不注意飲食習慣，身體發福，就會被他趕出宮外。

因此，後宮的妃子和宮女為了博取楚靈王的歡心，都嚴格控制自己的飲食，有的甚至幾天不吃一點東西；每天起牀後，就用薄綢帶把自己的腰身緊緊地束縛起來。由於長時間飲食沒有規律，許多妃子和宮女的身體變得十分虛弱，走起路來搖搖晃晃，就像風中的垂柳一樣。

靈王見到這種現象很高興，對幾位腰身特別細的妃子加以重賞，以示對她們的寵愛。這就促使宮女們之間相互比細腰身之風愈演愈烈，有的人竟然十多天不吃不喝，活活餓死在牀上。

不久，這股風又在朝臣中蔓延，上至宰相，下至一般的大夫，為了使腰身變細，每天只吃一頓飯。但這樣過分的節食也嚴重地損害了他們的健康，頭重腳輕，身體非常虛弱。一年以後，所有的朝臣個個瘦得皮包骨頭，連上朝也難以堅持。

釋義 “細腰”，用來描寫女子體態輕美；或表示順應時勢，博取寵愛。

出處 《墨子・兼愛中》：“昔者，楚靈王好士細要，故靈王之臣皆以一飯為節。”

終南捷徑

唐代，有個名叫盧藏用的讀書人，他因為未考中進士，就和兄長盧徵明一起隱居在終南山（今陝西秦嶺山脈），學習氣功，練習辟穀。

古人的隱居情形頗為複雜，有不願在官場同流合污者，有官場失意者，還有一種較為突出的情形是借隱居獲取名聲，抬高身價，謀取官職。因為歸隱容易引起官府的注意，在士人中造成影響，朝廷為了表示重用人才，往往任用表面歸隱的人。

盧藏用就屬這一類人。他由於隱居，獲取了賢名，在唐中宗時被徵入朝做官，曾擔任左拾遺、修文館學士、工部侍郎等職，因為他曾隱居多年，當時人稱他為"隨駕隱士"。

當時，有個著名的道士司馬承禎與盧藏用交往多年，但在志趣上相差很大。有一次，唐睿宗召司馬承楨到長安進宮説法，返回時，盧藏用以故人身份為他送行。因他是世俗中人，也是對司馬承禎的一種暗示，指着遠處隱約可見的終南山説："此山之中有很多絕佳之處，你何必遠行歸去呢？"

司馬承禎自然領會盧藏用話的意思，從容不迫地回答説："以我看來，終南山只不過是入仕做官的捷徑而已。"聽了司馬承禎的話，盧藏用面露愧色，甚是尷尬，一時無語。

"終南捷徑"，用來指謀取官職、名利的途徑。

北宋·歐陽修、宋祁等《新唐書·盧藏用傳》："司馬承禎嘗被召，將還山，藏用指終南山曰：'此中大有嘉處。'承禎徐曰：'以僕視之，仕官之捷徑耳。'"

終軍請纓

漢武帝時，十八歲的終軍便因才學出眾入選為博士，並得到了漢武帝的賞識，被任命為謁者給事中。當時，朝廷正要派使者出使匈奴。終軍向漢武帝上表，毛遂自薦説："臣願意竭盡所能，擔任此次出行的使者，向匈奴王單于闡明利害。"

漢武帝見終軍主動要求出使，便下詔問他有甚麼打算。終軍就把如何對單于曉之以理，動之以情，説明利害關係，勸他歸順的設想，向武帝稟明。武帝對他的設想非常欣賞，提升他為諫議大夫，專門執掌議論劃策的職務，但沒派他出使匈奴。

過了不久，南越（南方的古族，也稱“南粵”，在今兩廣等地）請求與漢朝聯姻。漢武帝想説服越王歸順漢朝，但不知道該派哪位使者才能圓滿地完成使命。

終軍向武帝自薦説：“臣願意拿一根長纓，把南越王收縛漢宮門下。”武帝見終軍願意出使，就派他南下。

終軍歷經千辛萬苦，跋山涉水來到南越，憑藉自己的那張三寸不爛之舌，終於説服了越王，願意舉國歸順，在漢朝封侯。

武帝見終軍説服了越王，不由龍顏大悦，賜給南越王大臣的印綬，並在越境內用漢朝的禮法代替舊俗，還命終軍作為特使留在當地安撫民眾。

沒想到，南越的相國呂嘉居心叵測，拒絕歸順漢朝，發兵殺了越王，並且包圍了漢使館舍。漢朝的使者們寡不敵眾，全部死於越兵刀下。終軍死的時候才二十幾歲，世人稱他為“終童”。

釋義 “終軍請纓”，用來稱譽立下降服強敵、建功報國的大志，多用於投軍或出使。

出處 東漢・班固《漢書・終軍傳》：“南越與漢和親，乃遣軍使南越，説其王，欲令入朝，比內諸侯。軍自請：‘願受長纓，必羈南越王而致之闕下。’”

斑衣兒啼

春秋時，楚國有個隱士名叫老萊。他對父母非常孝順，總是想盡辦法來討取父母的歡心。

他對父母照料得無微不至，雖然他自己已是一個七十多歲的老人，但他的父親母親都還健在，因此在父母面前，他常常表現得像一個小孩一樣。

老萊的父母很喜歡鳥，老萊就買來各種各樣的鳥養着，甚麼畫眉、鸚鵡、白頭翁、金絲鳥，各種鳥都有。鳥兒既美麗，叫出的聲音又十分動聽，使二老臉上經常充滿笑容。

有一次，老萊的父親看到兒子的頭髮也已經花白了，慨歎地說："我們的兒子也這樣老了，我們活在世上的日子大概不會長了。"

老萊聽了，決心設法除了父母的這種想法。於是，他做了各種各樣五彩斑斕的衣服，每天都像小孩一樣穿着花衣服來使父母開心，把自己當作未成年的孩童。就是走起路來，他也故意一蹦一跳的，使父母見了高興。

有一天，他為父母取東西，不慎跌了一跤，摔得很痛；但他恐怕引起父母傷心，索性在地上打了個滾，口中還裝出嬰兒"嗚哇嗚哇"的哭叫聲。這樣一來，他的父母以為他是存心跌下去的，忍不住笑起來："我們的老萊真是個長不大的老小孩！"

釋義 "斑衣兒啼"，用來形容子女想盡辦法孝養長輩，使長輩活得開心。

出處 唐・歐陽詢等《藝文類聚》卷二十引《列女傳》："老萊子孝養二親，行年七十，嬰兒自娛，着五色彩衣。嘗取漿上堂，跌仆，因卧地為小兒啼，或弄烏鳥於親側。"

馮妃當熊

西漢建昭元年（前 38 年）的一天，漢元帝劉奭與妃嬪在苑囿中遊玩，欣賞野獸搏鬥。正看得有趣，一隻鬥敗的大熊在獸欄中被追得東逃西竄，無處躲藏，竟然一躍跳過獸欄，跑了出來，並且往觀殿奔過來。

元帝首當其衝，侍衛們距離太遠，急切間不能解救，這一下可亂了套，一些貴人、昭儀嚇得面無人色，四散奔逃。説時遲那時快，只見婕妤馮媛挺身而出，擋在了元帝的前面。黑熊張牙舞爪，眼看馮媛就要血濺當場。千鈞一髮之際，衛士們趕到，將黑熊擊斃，馮媛與元帝才算死裏逃生。

元帝感念馮媛的救命之恩，驚訝於她何以有這樣的勇氣，馮媛説："臣妾聽説野熊吃人，只要抓住一個就會停下。我怎麼能眼看着牠攻擊陛下呢？所以才甘願擋在您的身前。"元帝萬分感動，第二年就將她封為僅次於皇后的昭儀，並將她的兒子劉興封為中山王。

釋義 “馮妃當熊”，用來形容女子忠勇，不懼危難。

出處 東漢・班固《漢書・外戚傳》：“上倖虎圈鬥獸，後宮皆坐。熊佚出圈，攀檻欲上殿。左右貴人傅昭儀等皆驚走，馮婕妤直前當熊而立，左右格殺熊。上問：‘人情驚懼，何故前當熊？’婕妤對曰：‘猛獸得人而止，妾恐熊至御坐，故以身當之。’”

馮唐易老

馮唐是戰國時的趙國人，後隨父親遷居到代地，漢初又遷居安陵。他以孝道著稱於世，得以被文帝任命為中郎署長，侍奉漢文帝。

一天，漢文帝乘車巡視郎署，見到頭髮花白的馮唐仍沒得到升遷，十分驚奇，問：“老人家，你是甚麼時候擔任郎官的？家住在哪裏？”馮唐據實作了回答。漢文帝即位前曾做過代王，説道：“我從前在代地為王時，我的手下曾經多次向我説起趙將李齊，説他十分驍勇，是個難得的將領。你可知道李齊這個人？”馮唐回答説：“臣的祖父和父親都與李齊很有交情，所以我也認識李齊，知道他。但臣認為李齊和廉頗、李牧相比，則相差得遠了。”

漢文帝當然也知道廉頗和李牧是當年趙國的名將，不由歎息説：“唉！可惜我大漢時下沒有廉頗、李牧那樣有才能的將領。如果也有像他們那樣的將領，匈奴就不足為憂了。”馮唐説：“陛下即使得到廉頗、李牧，也不會任用他們。”

文帝聽了勃然大怒，立即下令起駕回宮。回到宮中以後，文帝的怒氣逐漸平息下來。他想馮唐肯定不會無緣無故地冒犯自己，便把馮唐召進宮來，問道：“你為甚麼當眾指責我，難道不能單獨對我説嗎？”馮唐謝罪説：“臣不知忌諱，請皇上原諒。”

這時，匈奴大舉侵犯漢朝，殺死北地都尉孫昂。漢文帝為此十分憂慮，就又一次詢問馮唐：“你怎麼知道我不能任用廉頗、李牧呢？”

馮唐回答說：“臣聽我祖父說過，李牧做大將時，他鎮守邊境所收到的租稅，全部由他支配，用來犒賞將士，趙王從不干涉。所以李牧能竭盡全力守衛邊防，擊破匈奴、東胡等外族，使秦國不敢入侵。後來繼位的趙王遷聽信郭開讒言，誅殺李牧，趙國才為秦所滅。現在陛下手下也有像李牧那樣的將領，你能夠像趙王一樣信任他嗎？”

“你所指的將領是誰呢？”文帝問。“原雲中太守魏尚。他在雲中時，也將所收租稅全部用在手下官兵身上，因此手下的官兵都聽他指揮，齊心殺敵，打得匈奴聞風喪膽，可陛下卻因為他報的斬敵數目略有出入便罷了他的官，把他關入獄中治罪。陛下刑罰太重，而賞賜太輕，所以我說陛下即使有廉頗、李牧那樣的名將也不能重用。”馮唐說。

文帝聽了馮唐的勸諫很高興，當天就讓他拿着漢節出使，前去赦免魏尚，重新讓魏尚擔任雲中郡郡守，馮唐也被任命為車騎都尉。匈奴聽說魏尚又出任雲中太守，不敢再入侵騷擾，北方邊境又暫時得到安寧。

文帝死後，漢景帝繼位，派馮唐去擔任楚國的國相，不久又免去他的職務。馮唐帶着兒子馮遂回家鄉隱居。後來漢武帝即位，在全國求賢才，馮唐又得到推舉，可這時馮唐已九十多歲，不能再做官了。漢武帝就任命他的兒子馮遂做了郎官。

釋義　“馮唐易老”，用來慨歎生不逢時，不能有所作為；或形容身已衰老，力不從心。

出處　西漢・司馬遷《史記・馮唐列傳》：“七年，景帝立，以唐為楚相，免。武帝立，求賢良，舉馮唐。唐時年九十餘，不能復為官，乃以唐子馮遂為郎。”

馮諼彈鋏

戰國時，齊國的國相孟嘗君田文是個很有名望的人。他生性豪爽，愛交朋友，收養了三千多門客，並根據他們的才能，分成上、中、下三等。上等門客吃的是魚肉，出門有車馬；

二等門客吃的也是魚肉，但出門沒有車馬；三等門客吃的是粗茶淡飯。

在三千門客中有一個叫馮諼的，因為家裏窮，雖然很有才能，卻無從施展，便託人到孟嘗君那裏做了門客。馮諼剛來時，總管把他安排在三等門客中。過了一陣子，馮諼依在門柱上彈着自己的劍唱道："長鋏啊，咱們還是回去吧！這裏吃飯的時候，連魚也沒有。"孟嘗君知道後，就吩咐把他升為二等門客。馮諼吃飯的時候，就有魚肉吃了。

過了幾天，孟嘗君想起了馮諼，問總管說："那位彈鋏說吃飯沒魚肉的馮諼這些日子滿意了嗎？"總管回答說："我想他應該滿意了吧！可是他每次吃完了飯，還是彈彈他的寶劍，唱甚麼'出門沒有車，長鋏哪，咱們還不如回去'！"孟嘗君愣了愣，心想："他原來要當上等門客，看樣子準是個有本事的。"於是對總管說："把馮先生升為上等門客，你留心他的行動，聽他還說甚麼，再來告訴我。"

又過了五六天，總管來報告孟嘗君，說："馮先生又唱歌了，這回唱的是'長鋏啊，咱們還是回去吧！待在這裏，沒錢養家'！"孟嘗君把馮諼召來，問他家裏還有甚麼人，馮諼說："我有一位老母親。"孟嘗君聽後，派人給馮諼的老母送去了吃、用的東西，使她甚麼也不缺。於是，馮諼便不再唱歌了。

馮諼從孟嘗君對自己的態度中，看出他是一個值得相交的人。所以，他決心跟隨孟嘗君，為他出力，報答他的知遇之恩。後來，他成為孟嘗君最得力也是最忠心的謀士，在孟嘗君幾次遇到困境的時候，他都盡力為其出謀劃策，使之擺脱困境。

釋義 "馮諼彈鋏"，用來比喻有才華的人暫時處於困境，有求於人；或者形容懷才卻受到冷遇，心有不平。

出處 西漢・劉向《戰國策・齊策四》："齊人有馮諼者，貧乏不能自存，使人屬孟嘗君，願寄食門下。……居有頃，倚柱彈其劍，歌曰：'長鋏歸來乎！食無魚。'……孟嘗君使人給其食用，無使乏。於是，馮諼不復歌。"

馮諼燒券

馮諼是戰國時齊國國相孟嘗君的門客。有一次，孟嘗君要派人到自己的封地薛城去收賬，問手下的總管說："這件事很重要，你看派誰去比較好？"總管想了想說："那位彈鋏唱歌的馮先生，到這兒已一年多了，還沒做過甚麼事。我看他人倒誠實可靠，不如叫他去走一趟吧！"孟嘗君同意了，把馮諼召來，派他到薛城去收賬。馮諼很樂意去薛城為孟嘗君效力，臨出發時問："可要順便買些甚麼東西回來？"孟嘗君隨口回答說："這兒缺甚麼，就買甚麼，你瞧着辦吧！"

馮諼來到了薛城。在收債的開頭幾天，一些比較富裕的家庭都自覺地付清了本金和利錢。馮諼一算計，已經收了十多萬錢，就買了好些牛肉和酒，出了一個通告，說："凡是欠孟嘗君錢的，不論能不能還，明天都來把賬對一下，大夥兒聚在一塊吃一頓。"

第二天，那些該還賬的老百姓都來了，馮諼很客氣地招待他們。當大家吃得酒足飯飽時，馮諼根據債券，一個個地詢問他們甚麼時候能償還欠債。有的百姓請求延期，馮諼就在債券上批暫緩多少日子；有的百姓說無力償還，馮諼就把這些債券擱在一邊。等到債券批完，擱在一邊的債券有一大半。那些還不起債的百姓都哭喪着臉，向馮諼訴說還不出債的各種理由，請馮諼寬恕他們。

馮諼示意讓大家安靜下來，說："孟嘗君借債給你們，原本是真心實意地救濟你們，並不圖利錢。那些有能力還的，再緩一期；而無力償還的，一概免了！"

說完，他吩咐將堆在一邊的那些債券統統燒了。那些無力還債的百姓連連叩頭，稱讚孟嘗君是他們的"恩人"和"救星"。

馮諼回來，把收賬的經過報告給孟嘗君聽。孟嘗君不悅地說："我讓你去收賬，你都幹了些甚麼呀？"馮諼說："您不是說'這兒缺甚麼，就買甚麼'嗎？我除了收了十多萬錢回來，還給你收買了薛地的民心。我敢說，薛地百姓民心的價值，是無法用錢來計算的。將來，薛地百姓一定會對你有所回報的。"

過了一年，齊王聽信了秦國散佈的不利於孟嘗君的謠言，收回了孟嘗君的相印，罷了他的官。他的三千門客見了，紛紛離去，只有馮諼沒離開，替他趕車回封地薛城。車到薛城，老百姓聽說孟嘗君回封地來了，扶老攜幼，夾道迎接他。孟嘗君見此情景，感動得流下淚來，對馮諼說："這就是先生給我買來的民心呀！在我失勢的時候，薛城百姓如此待我，這確是最好的回報。"

釋義 "馮諼燒券"，用來形容收買民心，博取民望。

出處 《戰國策・齊策四》："（馮諼）約車治裝，載券契而行，辭曰：'責畢收，以何市而反？'孟嘗君曰：'視吾家所寡有者。'驅而之薛，使吏召諸民當償者，悉來合券。券徧合，起，矯命以責賜諸民，因燒其券，民稱萬歲。

華元棄甲

華元是春秋時宋國的大臣。魯宣公二年（前607年），鄭國出兵攻打宋國，宋文公派華元和樂呂兩員將領率軍前往抵禦。

華元在出戰前，為了激勵士氣，殺羊置酒，犒賞各營的將士。但由於一時疏忽，忘記了將羊肉和酒分給為自己駕馬車的車夫羊諶，羊諶心中十分不滿，發誓要進行報復。

第二天，華元指揮軍隊上陣作戰，羊諶趁華元還沒有佈置好陣勢，怒氣沖沖地對他說："昨天吃羊、喝酒，是你做主；今天打仗，是你做主；但你乘坐的這輛戰車是我做主。"說罷，羊諶趕着載有華元的指揮車，脫離了大隊人馬，飛馳向鄭軍陣地。鄭國軍隊見華元單車衝來，立即將他包圍，沒費多少力氣，便把華元活捉，並讓華元自己解下盔甲，將他打入囚車。

這一仗，宋軍失了指揮官，大敗而歸，樂呂戰死，損失戰車四百六十輛，不少宋國士兵成了鄭國的俘虜。

釋義 "華元棄甲"，後來被引申形容作戰失敗，棄甲潰逃或被俘。

出處 春秋・左丘明《左傳・宣公二年》："將戰，華元殺羊食士，其御羊斟不與。及戰，曰：‘疇昔之羊，子為政，今日之事，我為政。’與人鄭師，故敗。”

揚州夢

杜牧，是中國晚唐時期的著名詩人。唐文宗時，牛僧孺在揚州做淮南節度使，杜牧應邀到揚州，做了牛僧孺的幕僚。

杜牧生性好動，經常獨自穿便服外出，到處遊玩。牛僧孺擔心杜牧一個人在外容易遇到麻煩，便常派人悄悄跟着杜牧，暗中保護他。大詩人杜牧來到了揚州，並且喜愛冶遊的事不徑而走，很多人都知道，傳為佳話。

後來，杜牧被朝廷召喚，到京城任職。到了京城以後，雖然在衣食住行等方面都比在揚州好得多，但杜牧仍然難以忘卻在揚州的生活，過去的一切記憶猶新，歷歷在目。感慨萬千的杜牧寫下了一首題為《遣懷》的詩，追思、紀念當年瀟灑作樂的景況：落魄江南載酒行，楚腰腸斷掌中輕。十年一覺揚州夢，贏得青樓薄倖名。

釋義 “揚州夢”，用來表示對如夢般的繁華往事的思憶和感慨。

出處 唐・杜牧《遣懷》：“十年一覺揚州夢，贏得青樓薄倖名。”

揚雄投閣

揚雄是西漢末年著名的文學家、哲學家、語言文字學家。由於他學識淵博，漢成帝時被任命為給事黃門郎。王莽篡漢建立“新”朝時，他被任命為大夫，在天祿閣校勘國家收藏的圖書典籍。

不久，王莽因自己是利用“符命”奪取西漢政權的，因此想從此禁絕符命，以防止別人利用符命來反對自己。恰在這時，大臣甄豐的兒子甄尋和劉歆的兒子劉棻又上書獻符命。王莽便來個殺一儆百，下令把甄豐、甄尋殺了，將劉棻發配邊疆充軍。同時，王莽下令說：“凡是和甄豐父子及劉棻有牽連的人，負責辦案的官員可以直接將他們逮捕歸案，不必向我稟報。”於是，督辦官員到處捕人，一時間弄得整個京城人心惶惶，和甄、劉關係密切或和他們有過交往的人，人人自危。

揚雄身為大夫，跟甄豐父子及劉棻都十分相熟，劉棻還跟揚雄學習過古文字。揚雄聽到王莽的命令，心中惴惴不安。一天，他正在天祿閣校勘書籍，抓捕他的人突然來到。揚雄認為這次是在劫難逃，決計投閣而死。於是，他奔到窗口，縱身一躍，從數丈高的天祿閣上跳了下去，希冀一死。誰知跌得巧，揚雄非但沒死，傷勢也不是很嚴重，被收入獄中。

不久，王莽得知揚雄投閣之事，問："揚雄這個人素來不問政事，為甚麼要收捕他？"

官員回答說："他曾教過劉棻古文字，關係很密切。"

王莽又問："那劉棻獻符命之事，揚雄是否知情？"

官員說："後據查問，揚雄確實不知情。"

王莽聽了，說："揚雄這個書呆子，白白從閣上跳下，吃了不少苦頭，你們將他放了，讓他回天祿閣校書去。"

於是，揚雄被釋放，總算逃過一劫。

釋義 "揚雄投閣"，用來形容文人無故受到牽連，遭受無妄之災。

出處 東漢・班固《漢書・揚雄傳》："莽誅豐父子，投棻四裔，辭所連及，便收不請。時，雄校書天祿閣上，治獄使者來，欲收雄，雄恐不能自免，乃從閣上自投下，幾死。莽聞之曰：'雄素不與事，何故在此？'間請問其故，乃劉棻嘗從雄學作奇字，雄不知情。有詔勿問。"

黃石授書

張良是戰國末期韓國相國姬平的後代，他因謀劃在博浪沙行刺秦始皇未遂而遭通緝，逃到下邳，改名張良隱匿起來。

一天，他在下邳圯橋上遇見了一位老人。那老人故意把腳上的鞋掉落橋塊下，讓張良給他拾起來穿上。老人對張良說：“五天之後天亮時，你到這裏來見我。”張良並不知道這讓他穿鞋的老人是誰，但他憑直覺知道這老人不是尋常之人，便立刻答應了。

五天後的早上，張良依約前往，不料老人已經先到。他見到張良，說：“與老人約會，年輕人應該先到，你為甚麼這時候才來？再過五天，早一點到這兒來見我。”說完，老人便揚長而去。

過了五天，張良不敢貪睡。剛聽到雄雞啼更，張良就趕往橋頭，可是老人又比他早到。老人責備說：“你為甚麼今天又比我晚到，五天後我再在這裏見你，如你再晚到，我就不會約你了。”

張良心中對這位老人充滿了好奇，說：“好！五天後我一定比你老人家早到。”

又過了五天，張良在夜半時分就來到約定之處。他在橋上站了半夜，天朦朦亮時，老人來了。老人見了張良，十分高興，說：“你這樣子，才真正像一個誠心求教的青年。”

於是，老人取出一冊《太公兵法》授予張良，說：“這是一冊《太公兵法》，乃西周軍師姜子牙所作。姜太公以此書輔文王、武王滅紂建周，你也可用來輔佐別人成帝王之業。今後十年，時局將有大變，望你擇主而從。

張良恭敬地接過《太公兵法》，跪下說：“張良今後如有所建樹，皆恩公所賜，張良願以師事之。不知恩師能否將大名告訴我？”

老人笑笑，回答說：“我無名無姓，人稱黃石老人。十三年後，你可在濟北穀城山下看到一塊巨大的黃石，這塊黃石就是我了。”黃石老人說完，便頭也不回地走了。

張良回到家中，用了幾年的時間研讀《太公兵法》，終於學有所成。後他以《太公兵法》輔佐劉邦，建立了西漢王朝，被劉邦封為留侯，世稱留侯張良。

釋義 “黃石授書”，用來表示傳授兵法。

出處 西漢・司馬遷《史記・留侯世家》：“十三年孺子見我濟北，穀城山下黃石即我矣。”

黃耳傳書

陸機，字子衡，他是三國時東吳名將陸遜的孫子。他和弟弟陸雲在西晉都以才名著稱於世，人們稱他們兩兄弟為“兩陸”。

陸機年輕的時候，曾經擔任過吳門牙將。有一次，他的一個朋友送給他一隻名叫“黃耳”的獵犬。這獵犬毛色金黃，體格雄健，陸機很喜歡牠。從此，不管陸機到哪裏，黃耳都緊緊跟隨，寸步不離。

東吳滅亡以後，陸機被晉武帝召到京城洛陽擔任平原內史，他的愛犬黃耳便也跟着一起來到了洛陽。一次，他把黃耳借給了一位要好的朋友，這個朋友離他住的地方有三百里遠。誰知只過了一天，黃耳便自己跑回來了。

陸機在京城一住幾年，和家中音訊不通，心中十分掛念，就開玩笑似地對黃耳說：“黃耳，我家裏已經好幾年沒有信來了，你能夠給我帶封信回家，並取一封家信來嗎？”黃耳搖搖尾巴，“汪、汪”地叫了兩聲，表示可以。

陸機抱着試試看的心理，寫了一封信，封在竹筒裏，繫在黃耳的頸上，說：“好了，你去吧！”

黃耳朝陸機點點頭，出門奔上驛路，一直向吳地奔去。一路上，牠餓了，就到野地裏捕捉小動物充飢；渴了，就在河溝中喝些水。到了長江北岸，牠就跟住一個要渡江的人，向他搖頭擺尾，似有所求。要渡江的人見到黃耳很可愛，就把牠帶上了船。渡船剛剛靠岸，黃耳立即騰身而上，向陸機家奔去。

黃耳來到陸機家中，把竹筒銜在嘴裏，向陸機家屬“汪汪”亂叫。陸機家屬認得黃耳，十分驚喜，忙將竹筒內的信取出看了起來。等陸機家屬看完信，黃耳又“汪汪”叫了起來，好像在說：“請你們寫封回信，讓我帶回去！”

陸機的家屬見了，當場就寫了一封回信，仍把回信裝在竹筒裏，再繫在黃耳的頸上。黃耳得了覆信，就沿着原路回到洛陽。這段路程，人走要五十天，而黃耳來回只用了半個月時間。

後來，黃耳死了，陸機很悲傷，為牠出了殯，並把牠送回家鄉，葬在村南離家二百步遠的地方，還給牠築了一個墳，當地人都稱這個墳為黃耳墳。

釋義 “黃耳傳書”，用來指傳遞書信、消息；用“黃耳犬”來指傳遞消息的人。

出處 唐・房玄齡等《晉書・陸機傳》：“初機有駿犬，名曰黃耳，甚愛之。……機乃為書以竹筩盛之而繫其頸，犬尋路南走，遂至其家，得報還洛。”

黃帝乘龍

黃帝是中華民族的祖先。相傳在上古時候，黃帝原是一個部落的首領，在和另一部落首領炎帝的爭鬥中，黃帝取得了勝利。後來，他又平定了蚩尤部落，成了部落聯盟的首領。

黃帝在首山發現了銅礦，便派人前去開採。黃帝在首山採集了大量的銅以後，就在荊山腳下建造了三口大熔爐，爐火熊熊，日夜不息，黃帝要用這三口大熔爐，鑄造象徵天、地、人的三隻青銅寶鼎，永鎮人間。

幾個月後，刻有各種風雲雷電圖案的三隻寶鼎終於鑄成了。這天，黃帝帶着妻子嫘祖和手下的羣臣一起來到寶鼎前觀賞。突然，颳起一陣大風，頓時烏雲密佈，飛沙走石，一陣陣響雷，一簇簇閃電，令人膽戰心驚。

不一會，當密集的雲霞漸漸散開時，便有一條蜿蜒的長龍從空中飛馳下來，降落在黃帝面前，朝黃帝點點頭。黃帝好像預先知道的一樣，隨手拉着龍鬚一縱身跨上了龍背；他的妻子嫘祖隨即也跨了上去，他手下的臣子也爭先恐後地跨上龍背。黃帝回頭一看，馱上龍背的已有七十多人，於是在龍頭上拍了一下。那龍昂起巨首，嘶叫一聲，口噴涎沫，霍霍地擺動長尾，準備騰空飛升。

這時，那些職位低的小官及侍從等人也都一擁而上，想跟隨黃帝乘龍升天，但整個龍身上已騎滿了人，再也沒法騎上去。轉眼之間，那長龍便飛上半空，漸去漸遠，很快消失在茫茫的雲海之中。

留在荊山腳下的小臣及侍從們，有的拔下了一兩根龍鬚，有的拉下了黃帝自佩的雕弓，更多的人甚麼也沒抓到。他們仰望高空，對着龍鬚和雕弓放聲大哭。但已經乘龍而去的黃帝不但聽不到哭聲，而且永遠也不再回人間了。

為了紀念黃帝乘龍升仙，人們便把荊山腳下一處流泉匯成的湖泊命名為鼎湖，把他留下的雕弓稱為烏號弓。有個名叫左徹的臣子，用木頭雕刻了一個黃帝像，供諸侯們前來頂禮膜拜。據說，現在軒轅黃帝墓前黃帝的造像，就是那時留下來的。

釋義 "黃帝乘龍"，用來形容帝王辭世。

出處 西漢·司馬遷《史記·封禪書》："黃帝採首山銅，鑄鼎於荊山下。鼎既成，有龍垂胡髯下迎黃帝。黃帝上騎，羣臣後宮從上者七十餘人，龍乃上去。"

黃庭換鵝

王羲之是東晉時的大書法家，曾經做過右軍將軍，會稽內史等官職，因此有人又把他稱作王右軍。公元 355 年，王羲之因為和當時的揚州刺史王述不和，辭去了官職，來到會稽山陰（今浙江紹興）定居。

山陰縣釀村有個道觀名叫玄妙觀，觀裏有個道士名叫陸靜修。他很早就欽慕王羲之的盛名，想請王羲之為觀裏抄一篇《黃庭經》。可是，他知道自己一向和王羲之沒有甚麼來往，怎麼能貿然相求呢？於是，陸靜修想方設法，打聽王羲之愛好甚麼，以便投其所好，達到請王羲之寫經的目的。

一次，他從一個老婆婆處了解到王羲之愛鵝成癖，對白鵝尤甚。於是，他買了一大羣全身羽毛潔白的白鵝，放養在王羲之經常路過的一條小溪流裏，等待時機。

一天，王羲之從小溪旁經過，看到溪裏一大羣白鵝，喜歡得如癡如呆。他在溪邊流連忘返，問："這些鵝是誰家的，賣不賣？"

有人告訴他，這些鵝是玄妙觀陸道士養的。王羲之便來到玄妙觀，找到陸靜修，問道："小溪裏的白鵝是你養的嗎？能不能賣給我？"

陸靜修故作為難地說："這些鵝倒是觀裏養的，但觀裏的東西一向是不賣的。"

“我實在太喜歡這些鵝了，我多出些錢，你賣給我吧！”王羲之懇切地說。

陸靜修乘機說：“賣是肯定不賣的。不過，如果右軍大人能為觀裏抄寫一部《黃庭經》，那我就把這羣鵝全部奉送給大人！”

王羲之一心想得到這羣大白鵝，對陸靜修的要求一口答應。於是，陸靜修便準備好筆墨紙硯，不到半天時間，王羲之就把一部《黃庭經》抄完了。

這部《黃庭經》，王羲之書寫時用的是正楷工筆，字體雄健有力，令人愛不釋手。陸靜修高興極了，便讓小道士把鵝用幾個籠子裝着，送給了王羲之。王羲之高興極了，又在溪邊的沙灘上用手杖寫了一個草體的“鵝”字，這才告辭走了。

陸靜修看到沙灘上這一筆寫成的“鵝”字縱如遊龍，橫如鳳舞，筆力雄健，意態秀拔，真是妙極了，忙叫小道士去拿來一張大薄紙，親自伏在地上，用筆把“鵝”勾描出來。接着，他又請來石匠，把這個“鵝”字刻在石碑上，供人參觀。

直到現在，王羲之的這個“鵝”字碑，還豎在浙江紹興蘭亭風景區的一個池塘前，這口池塘便被稱為“鵝池”。

釋義 “黃庭換鵝”，指用自己的高才絕技來換取心愛之物；或者用來讚揚書法的高妙。

出處 唐・房玄齡等《晉書・王羲之傳》：“又山陰有一道士，養好鵝，羲之往觀焉，意甚悅，固求市之。道士云：‘為寫《道德經》，當舉羣相贈耳。’羲之欣然寫畢，籠鵝而歸。”

朝衣東市

西漢初，有個潁川人晁錯，漢文帝賞識他博學多才，任命他為太子家令，專門教導太子。由於他的才識與雄辯，深得太子信任，在太子府中，晁錯被稱為“智囊”。

漢文帝死後，太子即位，他就是漢景帝。晁錯深得漢景帝的信任，於是他向景帝上書，提出了“削封地、改政令”的建議，漢景帝接受了這一建議，讓晁錯修改了三十章法令。這一大刀闊斧的改革方案一公佈，立即引起了諸侯王的怨恨。

晁錯的父親聽說後，急忙從潁川老家趕到京城，勸說兒子："陛下剛剛即位，你改動的法令都是削弱限制諸侯的，使諸侯們對你非常不滿，你這是幹甚麼？"

晁錯說："您說的確是實情，但是不這樣，天子沒有威望，國家不能安定。"

晁錯的父親說："你這樣做，劉家王朝安定了，我晁家可就危險了。"見勸阻無效，晁錯的父親說："我也該走了。我不忍看到災禍臨到我的身上。"於是，晁錯父親回到家中，服毒自盡。

晁錯的父親死後十幾天，吳、楚等七國諸侯，以"誅晁錯"、"清君側"為名，起兵叛亂。

這時，原來反對晁錯的袁盎、竇嬰等大臣乘機誣陷晁錯。漢景帝聽信了他們的讒言，下令斬殺晁錯。但是，漢景帝畢竟曾經倚重過晁錯，於是格外恩典，令晁錯穿着朝衣（上朝的官服），斬於東市刑場。

釋義 "朝衣東市"，用來指直臣被害。

出處 西漢・司馬遷《史記・袁盎晁錯列傳》："上令晁錯衣朝衣斬東市。"

焚書坑儒

公元前213年，秦始皇為了慶祝大將蒙恬打敗了匈奴，增添了一個朔方郡，再加上去年增添了桂林郡、象郡、南海郡，就在咸陽宮裏開了一個慶祝會，大宴羣臣。

大臣們全給他敬酒，祝他健康。其中有個大臣叫周青臣的首先起身祝賀說："從前，我們秦國只有一千里的疆界，如今靠着皇帝的英明作為，平定了海內，統一了天下；把列國諸侯都廢了，改為郡縣；邊界上的蠻夷也全轟走了；統一規定了國家的法度；車和軌有了一定的尺寸，文字有了一定的標準。天下老百姓都能安居樂業，再也不用受打仗的苦處。自古以來有哪個君王幹過這麼偉大的事業？沒有！因此，我們的皇上是亙古以來最偉大的帝王！”

秦始皇聽了，心中很得意，可那位儒生的頭兒，博士淳于越聽了卻很不是味兒，他站起來反駁說：“周王把土地分封給子弟和功臣，叫他們共同輔助朝廷，周朝享受了八百年天下。如今皇上得了天下，可是自己的子弟和功臣們連一塊土地也沒有。萬一有幾個郡縣出了事情，可怎麼辦呢？不論幹甚麼，要是不把古人當做老師，是長不了的。剛才周青臣的話全是奉承皇上，想叫皇上離開正道。這種小瞧古人，當面拍馬屁的人決不是忠臣！”

秦始皇見兩位大臣爭吵起來，就問別的大臣有甚麼意見。這時，丞相李斯站起來說：“五帝的事業各不相同，不是把前一個人的事業照樣再來一下子；夏、商、周三代的制度也不一樣，不是每一代都把前一代的制度再抄一遍。這不是說他們不願意向古人學習，偏要來一套新奇特別的花樣，完全是因為時代變了，辦法當然也就不一樣了。現在天下太平，法令統一，百姓理應好好經商、種田，儒生也要好好學習和遵守法令制度。但是，就有一些儒生不學今而專學古，他們糾集起來向百姓造謠，製造混亂，藉反對朝政以表示高明。這樣下去，國家還像個樣兒嗎？一切應當改革的事情還辦得下去嗎？”

說到這裏，李斯停頓了一下，接着他加強了語氣，說：“因此，我請皇上下令：除了秦國的歷史和那些有用處的書，像醫藥、占卜種樹等書，其餘的詩、書、百家的言論一律燒毀。誰要私藏就治罪，凡是幾個人在一起談論古書的，處以死刑；凡是引用古書來反對時政的，也一律處死！我的話完了，請皇上決定。”

秦始皇非常同意李斯的建議，馬上下令，將《詩》、《書》及百家的著作全部燒毀。這就是歷史上有名的秦始皇焚書事件。

當時，秦始皇為了自己能長生不老，正由方士盧生和侯生在為他尋找仙藥，可盧生和侯生竟私自逃走了。秦始皇十分震怒，說：“我把天下不中用的書都燒掉後，又把許多方術之士召來，讓他們尋找和製煉不死之藥。其中侯生、盧生是我最信任的兩個。可他們卻和儒生同流合污，一起說我的壞話，真是可惡極了！”

於是，秦始皇就派御史對所有的儒生進行考察審問，又讓儒生們互相檢舉揭發。哪知道這批人還沒受拷打，就直打哆嗦，東拉西扯地供出了一大批。審問下來，秦始皇把那些認為犯禁的四百六十多人都活埋了，把那些犯禁情形次一等的發配到邊疆去開荒。這就是歷史上著名的坑儒事件。

釋義 “焚書坑儒”，用來比喻殘害文人的文化專制手段，或指用野蠻手段毀滅古老文化，迫害文化人士。

出處 西漢・司馬遷《史記・秦始皇本紀》：“史官非秦記皆燒之；非博士官所職，天下敢有藏《詩》、《書》、百家語者，悉詣守，尉雜燒之”；“於是使御史悉案問諸生，諸生傳相告引，乃自除犯禁者四百六十餘人，皆坑之咸陽，使天下知之，以懲後。”

雁足傳書

漢武帝時，中郎將蘇武奉命以正使的身份出使北方的匈奴族。因那時漢朝與匈奴的關係不和，匈奴以為漢朝軟弱可欺，便藉故將蘇武等人扣留下來。

匈奴軟硬兼施，都無法使蘇武屈服。於是，便讓蘇武在北海牧羊。北海的生活艱辛，孤苦伶仃，蘇武只能靠吃野菜度日。但蘇武心念祖國，堅貞不屈。

十多年過去了。漢昭帝即位後，對匈奴實行了和親的政策，漢朝與匈奴的關係開始緩和。漢昭帝想起了蘇武等人，要求放回他們，但匈奴卻對漢朝謊稱蘇武已經死了。

後來，漢朝又有使者來到匈奴。蘇武當年的一個隨從設法見到了漢使，告訴他，蘇武並沒有死，而且日夜思念漢朝，懇請漢使想想辦法。

漢使知道了事情的真相後，決心要讓蘇武回國。於是，他對匈奴的首領單于說：“大漢天子在林苑打獵，射到了一隻大雁。這隻雁的腿上拴着一封信，明明白白地告訴天子，蘇武現在在你們這兒牧羊。請您讓他來相見，與我一起回朝吧！”

單于聽了，大吃一驚，只好承認了實情，同意放蘇武回漢。歷盡艱辛的蘇武終於回到了家鄉。

釋義 “雁足傳書”，用來指書信或信使。

出處 東漢・班固《漢書・蘇武傳》：“使者謂單于，言天子射上林中，得雁，足有繫帛書，言武等在某澤中。”

雲台畫像

漢明帝是東漢的第二代皇帝。為表彰與光武帝一起開國功臣的功績，明帝在南宮的高台——雲台上為這些功臣繪像。

被繪者有鄧禹、吳漢、王梁、馬成、劉降、邳彤、岑彭、賈復、銚期、寇恂等二十八人，稱“中興二十八將”，其中大部分任三公九卿的要職。

後來，除二十八將外，明帝又把王常、李通、竇融、卓茂四人的像繪在雲台上。這樣，雲台之上畫像者共有三十二人，這些人的後代都享有崇高的政治地位。

雲台畫像的目的在於表彰功臣，激勵後人，更好地效忠朝廷，為漢王朝服務。東漢前期的這樣一些措施，對當時培養人尤其是士人的節義、氣節起到重要作用。因此，東漢後期的士人前赴後繼地與宦官、外戚鬥爭，維護漢王朝的統治。

釋義 “雲台畫像”，用來形容功勳卓著，彪炳史冊。

出處 南朝宋・范曄《後漢書・朱景王杜馬劉傅堅馬列傳》：“永平中，顯宗追感前世功臣，乃圖畫二十八將於南宮雲台，其外又有王常、李通、竇融、卓茂合三十二人。”

雲陽刑市

雲陽，今陝西淳化縣西北，秦國的監獄、刑場所在地。

韓非和李斯皆為著名思想家荀子的學生。荀子雖為儒家，但他的思想具有法家性質，不像孔、孟那樣強調人生哲學、心性修養，而注重政治的實踐。因此，身為儒家的荀子培養出兩位法家弟子韓非和李斯，二者皆為思想家和政治家。

李斯被秦所用，他的法家思想適應了秦始皇統一天下的需要，因此受到秦始皇的重用。而韓非在韓國一直不受韓王重用。後來韓非所著《五蠹》傳入秦國，秦王十分欣賞。李斯自以為才能不及韓非，因此對韓非十分妒忌。

秦國攻韓國時，韓王派韓非出使秦國，李斯怕秦始皇重用韓非，危及自己的地位，便勸說秦王，把韓非幽禁起來。不久韓非死於雲陽獄中，

李斯在秦統一及建立政治制度的過程中確實做出過很大貢獻，因此被秦始皇任命為丞相。當初，秦準備驅逐客卿，即把東面六國來的人都趕走，李斯上《諫逐客書》，勸說秦王改變這種愚蠢的做法。秦統一後，統一度量衡及文字也是在李斯的努力下完成的，如秦統一的文字小篆相傳即為李斯所寫。

始皇死後，趙高專權，視李斯為主要對手。於是，趙高在秦二世面前讒害李斯，昏庸的秦二世果然將李斯收捕入獄，最終在雲陽受腰斬刑（一說車裂）。

釋義 “雲陽刑市’，用來指刑場或行刑地。

出處 西漢・司馬遷《史記・秦始皇本紀》：“韓非使秦，秦用李斯謀，留非，非死雲陽。”“二世二年七月，具斯五刑論，腰斬咸陽市。”

掌上舞

西漢成帝時，陽阿公主家有個歌女名叫趙宜主，長得十分漂亮。因為她長得嬌小玲瓏，身輕似燕，婀娜無比，就得了一個外號叫“飛燕”，人們便叫她“趙飛燕”。

有一次，漢成帝到陽阿公主家，公主請他喝酒，並叫趙飛燕出來跳舞助興。漢成帝是個好色之徒，便向陽阿公主索要，陽阿公主當然

答應。於是，漢成帝把趙飛燕接進宮，不久封為婕好，隨即又立為皇后，專寵十餘年，並把趙飛燕之父趙臨封為成陽侯。

成帝處西漢末期，不務政事，沉醉於聲色犬馬之中。趙飛燕又把妹妹趙合德薦進宮中，成帝封趙合德為昭儀。姐妹倆時刻不離成帝左右，輕歌曼舞，弄得成帝神魂顛倒，四十五歲時猝死在趙合德的宮中。

因為趙飛燕體態輕盈，所以後人說她能在掌中跳舞，這當然是一種誇大的形容。漢哀帝即位後，趙飛燕曾為皇太后，但漢平帝即位後，把她廢為庶人，趙飛燕經不起身份上的巨大起伏，自殺了其一生。

釋義 “掌上舞”，用來形容女子體態輕盈。

出處 東漢・班固《漢書・外戚傳》：“及壯，屬陽阿主家，學歌舞，號曰飛燕。成帝嘗微行出。過陽阿主，作樂，上見飛燕而悅之，召入宮，大倖。”

蛟龍終非池中物

三國時期，劉備與孫權結盟，在赤壁大敗曹軍，曹操在南方無法立足，退回北方。

赤壁戰後，劉備領荊州牧，終於有了自己的一方之地，結束了顛沛流離的動盪生涯。孫、劉聯盟是共同對付曹操、保全自身的一種政治和軍事選擇，但這種聯盟是暫時的和不穩固的。

當時有不少人對此看得很清楚，東吳名將周瑜覺得劉備以帝室後代自居，又有幾員武將，一旦立足之後，必是東吳的強勁對手，於是他向孫權上疏說：“劉備是一個梟雄，又有關羽、張飛兩員虎將為其羽翼，必然不會久居人下的。現在讓他掌管荊州這塊肥沃之地，劉關張三人又聚在一起，就好比蛟龍得到雲雨，恐怕不會再待在小池子中了。”

事實證明，周瑜的分析判斷是完全正確的，劉備以荊州為本，後來進取西蜀，成為蜀漢之主，終於形成了三國鼎立的局面，證明這條蛟龍確非池中物。

釋義 “蛟龍終非池中物”，形容人雖然一時狀況窘困，但不會久居人下，終將有所作為。

出處 西晉・陳壽《三國志・吳書周瑜傳》：“劉備以梟雄之姿，而有關羽、張飛熊虎之將……恐蛟龍得雲雨，終非池中物也。”

黑頭公

東晉政權是司馬氏與一同南下的北方士族共同建立的，士族構成東晉政權的政治基礎。士族之中，地位高、影響大的是王氏與謝氏。王、謝世代居朝廷高官，與司馬氏相互之間通過聯姻等方式，建立起穩固的政治集團。

王珣年僅十八歲就與謝玄在大將軍桓溫府中做官，桓溫是武將，對他們二位非常尊重。桓溫對王珣、謝玄的重視，一方面出於王、謝的家族、政治背景；另一方面，王珣、謝玄確實並非庸碌之輩，表現出了較高的政治才能。

桓溫評價他們二人說：“謝玄到四十歲時一定會得到皇帝的重用，擔負國家大事。而王珣則一定是‘黑頭公’。”

公，指三公之位，是僅次於皇帝的最高爵位。黑頭公，即在年輕時（白髮之前）就會位至三公，以此說明王珣很快會飛黃騰達。

釋義 “黑頭公”，用來指人年輕而居高位。

出處 唐・房玄齡等《晉書・王珣傳》：“弱冠與陳郡謝玄為桓溫掾，俱為溫所敬重。嘗謂之曰：‘謝掾年四十，必擁旄杖節，王掾當作黑頭公，皆未易才也。’”

悲歌燕市

戰國時，有個豪俠之士叫荊軻。

當時，秦國已經非常強盛，企圖稱霸天下。各國諸侯惶恐不安。便廣招賢士，商量對策。遊士們也積極地向各國君主出謀獻策。一旦被採納，就會受到優厚的禮遇，聲名遠播。

荊軻也懷着施展才華的抱負，周遊各國，但是他的名氣不大，一時沒有受到賞識。荊軻懷才不遇，心情鬱悶。但他在各地的活動中，結交了許多豪傑和賢能之士，彼此交情契厚。

後來，荊軻到了偏遠的燕國，與燕國擅長擊筑的高漸離成了好朋友。兩人天天在燕市上喝酒，每當喝得半醉時，來了酒興，高漸離取出筑來敲擊，荊軻就隨着那音樂的節拍放聲高歌。唱得興奮時手舞足蹈，唱到傷感處涕淚滂沱。他們旁若無人一般，完全沉浸在悲歌聲中。

荊軻雖然出入酒肆，卻並不甘心沉淪。不久，燕國有一位處士田光先生，從荊軻慷慨的歌聲中看出他決非平庸之人，就主動與他相交，成了好友，把他推薦給燕太子丹。

那時，太子丹正為秦軍逼近邊界而恐懼，便派荊軻去行刺秦王。結果，荊軻行刺失敗，被亂劍砍死。

釋義 “悲歌燕市”，用來形容俠義之士慷慨豪放的舉動。

出處 西漢・司馬遷《史記・刺客列傳》：“荊軻嗜酒，日與狗屠及高漸離飲於燕市，酒酣以往，高漸離擊筑，荊軻和而歌於市中，相樂也，已而相泣，旁若無人者。”

無愁天子

中國古代南北朝時期的北齊，出了個昏庸無能、不理朝政的君主高緯。高緯即位以後，腦子裏想的根本不是如何治理國家。他要的只是吃喝玩樂。

高緯懂得點音樂。他在玩得愉快至極之時，親自動手譜了首曲子，稱為“無愁之曲”。身旁的大臣們一齊稱讚。

高緯於是更加興奮，便命人拿來琵琶，自己親自操着，邊彈邊唱。宮中的人都跟着合唱起來。參唱的人越來越多，竟達數百人。歌唱聲越來越高，傳遍皇宮內外。這一幕，在宮中反覆上演。

那時，北齊的內憂外患日趨嚴重，國家已經岌岌可危。而一國之君主居然還這樣視而不見，無動於衷，自顧尋歡作樂，於是，民間譏諷高緯是“無愁天子”。

不幾年，北齊便滅亡了。

釋義 “無愁天子”，用來比喻昏君。

出處 唐・李延壽《北史・齊本紀下》：“（後主）乃益驕縱，盛為無愁之曲，帝自彈琵琶而唱之，侍和之者以百數，人間謂之無愁天子。”

無雙黃童

東漢年間，江夏安陸有個才智出眾、品格端方，以孝行名聞天下的少年，名叫黃香。黃香九歲時便死了母親，他和父親相依為命。因為家裏窮，用不起僕人，家中的勞務便由他一人承擔。夏天為父親扇涼枕蓆，冬天為父親焐熱被窩，極盡孝子之道。

江夏太守劉護聽到黃香的孝行，特地把他召到郡府，授他“門下孝子”的美名，那年，黃香才十二歲。而這時的黃香，已經博覽羣書，能寫出一手漂亮的文章，顯露出他過人的才華。

不久，黃香的聲名傳到了京師，人們稱譽他是“天下無雙的江夏黃童”，甚至連漢章帝也知道了黃童的大名，漢章帝派人賜給他《孟子》和《淮南子》各一部，鼓勵他繼續努力讀書。

過了不久，漢章帝又下詔召黃香進宮，詔令允許他到宮中修撰史書的東觀閣飽覽民間無法讀到的珍貴典籍。

經過一段時間的苦讀，黃香的才學突飛猛進，被漢章帝封為侍中。在漢章帝為兒子劉伉舉辦年滿二十歲的加冠禮時，黃童也應召參加。當時參加劉伉加冠禮的王爺很多，漢章帝向王爺介紹黃童，說：“他就是被人們稱譽的‘天下無雙江夏黃童’。”

王爺們和左右的大臣見漢章帝如此器重黃香，都對他十分敬慕。連皇帝也稱黃香是“無雙黃童”，於是京城中的讀書人又給黃香起了個“天下無雙國士”的尊號，因為那時黃香已經成年，不能再稱他為“黃童”了。

後來，黃香在漢安帝時出任魏郡太守。當地遭受水災，許多百姓家園被洪水沖垮，無家可歸，缺吃少穿，黃香盡其所能，散盡家財，救濟災民，受到魏郡百姓的擁戴。

在文學上，黃香也很有成就。著有《九宮賦》、《天子冠頌》等名篇，一直流傳後世。

釋義 "無雙黃童"，用來稱譽聰明敏慧、才智出眾的少年。

出處 南朝宋・范曄《後漢書・黃香傳》："香家貧，內無僕妾，躬執苦勤，盡心奉養，遂博學經典，究精道術，能文章，京師號曰'天下無雙，江夏黃童'。"

掣肘

春秋時，魯國有個大夫名叫宓子賤。一次，國君派他去治理一個名叫亶父的地方，並派兩個近臣跟他一起去，做他的助手。宓子賤知道這是國君對自己還不夠信任，兩個近臣雖然名義上是自己的助手，但由於他們和國君的親密關係，將對自己有所牽制，自己勢必不能按自己的想法，進行有效的治理。

宓子賤和兩個近臣一起來到亶父，亶父的官員都來拜見。宓子賤朝兩個近臣看了看，馬上有了主意，說："請把這些官吏的姓名記下來。"

一個近臣聽了，馬上鋪開竹簡，書寫起來。剛剛動筆，宓子賤故意扯了他一下，字寫壞了。宓子賤說："你的字太差勁，換人吧！"

另一名近臣見了，便說："我來寫吧！"

宓子賤說："好！你來寫！"

另一個近臣便動筆寫了起來，寫了沒幾個字，宓子賤趁他不備，拉了他的臂肘一下，字又寫壞了。宓子賤便大發脾氣，說："大王派你倆來給我做助手，可是你們連字都寫不好，你們能當甚麼助手？"

兩個近臣很不高興，說："我們是大王派來給你當助手的，你認為我們不夠格，那我們回去告訴大王好了！"

於是，兩個近臣氣呼呼地回到京城，把宓子賤故意搖掣他們的臂肘，使他們無法寫字，反而責怪他們的情況告訴了魯君。魯君聽了，明白了宓子賤的用意，說："我明白了！宓子賤這樣做，是提醒我當國君的要相信自己派出的官員，不要對他們進行牽制和干涉呀！"

於是，他正式召回了兩名近臣，讓宓子賤全權治理亶父。結果，宓子賤把亶父治理得很好。

"掣肘"，用來指牽制別人或者被別人牽制。

出處　《呂氏春秋・具備》："宓子賤治亶父，恐魯君之聽讒人，而令己不得行其術也，將辭而行，請近吏二人於魯君，與之俱至於亶父。邑吏皆朝，宓子賤令吏二人書。吏方將書，宓子賤從旁時掣搖其肘。吏書之不善，宓子賤為之怒。吏甚患之，辭而請歸。"

焦尾琴

東漢末年，有個很有名的人物名叫蔡邕，他不但是個文學家、書法家，而且是個著名的音樂家。

有一年，蔡邕住在陳留，一個朋友請他前去赴宴，他便應邀而去。他走到朋友家附近，便聽到朋友家中傳出一陣陣琴聲。他知道，這是他朋友在彈琴，便一邊向前走，一邊側耳細聽。聽着聽着，他聽出琴聲中竟隱隱含着殺機，不由站住了，自言自語地說："奇怪！他彈的是召請客人的曲調，樂聲中卻含着殺機，我還是不要赴宴，回去吧！"於是，蔡邕便轉身走了。

不料，他朋友看門的僕人已經看到了蔡邕，便連忙去向主人報告。蔡邕的朋友聽了，急忙追了出來，把蔡邕請到家裏，問他為甚麼來而復返，蔡邕便把從琴聲裏聽出殺聲的事說了。

朋友驚奇地說："剛才我彈琴的時候，看到一隻螳螂正在捕蟬，難道這也會在琴聲中表現出來嗎？"

"是的！正因為這一點，我才從琴聲中聽出了殺聲！"蔡邕回答說。朋友聽了，對蔡邕十分佩服。

後來，蔡邕因得罪了漢靈帝遭到流放，在江湖上亡命十多年。一次，他流亡來到吳地，偶然看到一個吳人把一段上好的桐木當柴燒，桐木在火中發出清脆的爆裂聲。

蔡邕急忙上前阻止，把那段桐木從火中搶救出來，說："這是製琴的上等桐木，你怎麼捨得把它燒掉？"

那吳人朝蔡邕看了一眼，說："我不懂製甚麼琴，你要，那就送給你好了！"

蔡邕很高興，向吳人道了謝，就把那段桐木帶回家中，製成了一張琴。琴音清越，美妙絕倫，蔡邕心中不由高興極了。因為這張琴的琴尾上有焦痕，蔡邕便把這琴命名為"焦尾琴"。

釋義 "焦尾琴"，用來指精美的琴；或者用來比喻歷盡磨難的良才，未被賞識的寶器。

出處 南朝宋・范曄《後漢書・蔡邕傳》："吳人有燒桐以爨者，邕聞火烈之聲，知其良木，因請而裁為琴，果有美音，而其尾猶焦，故時人名曰'焦尾琴'焉。"

飲醇近婦

戰國時，魏國公子無忌是魏安釐王的異母弟，被封為信陵君。他禮賢下士，才華出眾，威望很高，為戰國四公子之一。他作為魏國上將軍，曾統率五國軍隊，大敗入侵的秦國軍隊，並乘勝追擊，使秦軍不敢出函谷關。

秦王對公子無忌十分懼怕，便使用反間計。他派人以重金賄賂魏國將軍晉鄙的門客，讓他們在魏王的面前說公子的壞話。這些官員對魏王說："當年解邯鄲之圍後，公子怕您追究他盜虎符、殺晉鄙之責，曾在趙國居住了十多年。被您請回國後又擔任魏國的主將，各國的將領都歸他管。現在，各國的國君只知道魏公子，而不知道魏王。公子也想趁現在的機會自立為王，而各國國王都畏於公子的聲威，打算共同擁戴他。"

在魏王面前說公子無忌的壞話的同時，秦國又多次佯裝祝賀公子無忌立為魏王，並故意讓魏王知道。魏王天天聽到這些話，又見到公子無忌的威名震動天下，慢慢地不能不信了。於是派人取代了公子無忌的主將職位。

公子無忌明白了一切，知道自己從此將再難被重用了。於是他就推說生病，不去上朝，天天在家通宵達旦地喝烈酒，時刻與婦女混在一起。這樣內心痛苦、表面尋歡作樂地過了四年，公子終於因為酒色過度而去世。

秦王聽說信陵君死了，很快出兵攻魏，一下子攻陷魏國二十座城池。十八年後，秦國滅掉了魏國。

釋義 “飲醇近婦”，用來比喻有抱負、有才幹的人志氣消沉，沉湎於酒色。

出處 西漢·司馬遷《史記·魏公子列傳》：“秦數使反間，偽賀公子得立為魏王未也。魏王日聞其毀，不能不信，後果使人代公子將。公子自知再以毀廢，乃謝病不朝，與賓客為長夜飲，飲醇酒，多近婦女。日夜為樂飲者四歲，竟病酒而卒。”

曾母投杼

曾參是春秋末年孔子的學生，他提倡仁德，注重修身，並以孝順父母著稱，很受孔子的器重。

有一次，孔子派曾參到費邑去辦件事。曾參回到家中告別了母親，便前往費邑。恰在這時，費邑出了兇殺案，兇手正好與曾參同名同姓。費邑的縣令得到報告，連忙發出通緝令，通緝殺人犯曾參。

第二天，有人從費邑回來，告訴曾參的母親說：“曾大媽，你家的曾參在費邑殺了人啦！”曾參的母親正在家中織布，她相信兒子不會幹這種事，毫不猶豫地說：“我的兒子不會殺人。”說罷，她照常織布，根本不當一回事。

過了一會，又有一個鄉鄰跑來說：“曾大媽，你兒子在費邑打死人了，官府正在捉他呢！您老人家還不快躲一躲嗎？”曾母照常織布，連頭也不抬，說：“我兒子不會打死人的，你不要聽人胡說！”

傍晚，曾母點上油燈繼續織布，與曾參同族的一個青年急匆匆地趕來，說：“大媽，曾參哥在費邑打死人了，城門口貼着緝拿他的佈告呢！你快逃走吧！”曾母聽了，不由得害怕起來。她扔下織布用的梭子，翻過牆頭，逃到娘家去了。

過了幾天，曾參在費邑辦完了事，回到家裏，鄉鄰們才知道鬧了一場大誤會。曾參趕忙把母親從娘家接了回來。

這則故事的作者最後議論說：“曾參的德行很好，曾母對兒子也非常信任，可是，有三個人來傳告流言，就是連慈母也不能相信兒子的為人了。這說明流言是多麼的可畏！”

釋義 “曾母投杼”，用來形容流言蜚語的可畏。

出處 《戰國策・秦策二》：“昔者，曾子處費，費人有與曾子同名族者而殺人，人告曾子母曰：‘曾參殺人。’曾子之母曰：‘吾者不殺人。’織自若。有頃焉，人又曰：‘曾參殺人。’其母尚織自若也。頃之，一人又告之曰：‘曾參殺人。’其母懼，投杼踰牆而走。夫以曾參之賢，與母之信也，而三人疑之，則慈母不能信也。”

湘妃斑竹

傳說上古的時候，帝堯有兩個女兒，一個叫娥皇，一個叫女英，她倆一起愛上了帝堯手下才華出眾的大臣重華。兩人把自己的心願告訴給了父親，帝堯見兩個女兒願意共事一夫，而重華又是自己最欣賞、最得力的助手，自己正準備禪位給他，便答應了。

帝堯把兩個女兒的心願告訴了重華，而重華也早已欽慕娥皇、女英的端莊賢惠，當然一口答應。於是，帝堯便給他們舉行了隆重的婚禮，娥皇、女英便成了重華的妻子。婚後，他們相親相愛，過着十分幸福的生活。

不久之後，帝堯經過長期的考察，認為重華已完全能夠勝任治理國家的重任，而自己年紀老了，就把帝位禪讓給了他。重華當了君王，歷史上把他稱為帝舜。

帝舜繼承了帝堯的傳統，以國事為重，把百姓的疾苦放在心上。他早起晚睡，盡心盡力地治理國家。而娥皇、女英也悉心照顧丈夫，使他無後顧之憂。

過了幾年，帝舜告別了娥皇、女英，前往南方巡視。然而，天有不測風雲，人有旦夕禍福。帝舜一路巡行，風餐露宿，到了蒼梧山下，他突然得了重病。隨行的太醫急忙診治，可已來不及了。帝舜由於操勞過度，在蒼梧山下與世長辭。

噩耗傳到京城，娥皇、女英不由悲慟欲絕，她們不相信丈夫這麼快就離她們而去，馬上趕到了蒼梧山。然而，帝舜這時已長眠於地下，娥皇、女英看到的，只是一座帝舜的陵墓。陵墓四周生長着無數的青竹，蜿蜒的湘江就從陵墓的不遠處流過。娥皇、女英撲倒在帝舜的陵墓上失聲痛哭，大臣們也無不潸然淚下。

兩位夫人的眼淚灑落在竹竿上，使得原本青青的竹竿都變得斑斑點點。從此以後，蒼梧山上便出現了一種特別的竹子，有的人稱這種竹子為斑竹；因為娥皇、女英又被稱為湘夫人，因此有人把這種竹子稱為湘妃竹。

釋義 "湘妃斑竹"，用來形容憂愁悲傷的相思之情。

出處 西晉・張華《博物志》卷八："堯之二女，舜之二妃，曰湘夫人。舜崩，二妃啼，以涕揮竹，竹盡斑。"

溫柔鄉

漢成帝十分寵愛其皇后趙飛燕。趙飛燕是當時著名的美人，不僅花容月貌，鶯喉婉轉，而且翩翩起舞時體輕如燕。

一天，漢成帝在與趙飛燕玩耍的時候，興高采烈，不由地稱讚起趙飛燕的美貌和體態。

趙飛燕趁機對漢成帝説："你知道我的妹妹趙合德嗎？她比起我來，真是有過之而無不及呢！"

成帝説："是嗎？既然如此，那為甚麼不把你妹妹引進宮來讓我一見呢？"趙飛燕一聽，正中下懷。

合德奉詔進宮。漢成帝一看，真是有沉魚落雁之姿，心中大喜過望。當夜，漢成帝便與合德同牀共枕。

漢成帝緩緩撫摸着合德的身體，覺得她與趙飛燕相比，不僅更加美貌動人，尤其是身體處處溫暖柔軟，更是誘人。漢成帝喜不自禁，稱合德的身體為“溫柔鄉”。從此，漢成帝更加寵倖飛燕、合德姐妹。

一次，漢成帝深有感觸地說：“以前，武帝能夠求仙訪道，而我雖然也有這樣的心願，但卻難以做到了。看來，我不能學武帝求仙訪道，只能在這溫柔鄉裏養老待終了！”

釋義 “溫柔鄉”，用來比喻女色等使人沉迷之境。

出處 西漢・伶玄《趙飛燕外傳》：“是夜進合德，帝大悅，以輔屬體，無所不靡，謂為溫柔鄉。謂懿曰：‘吾老是鄉矣，不能效武皇帝求白雲鄉也。’”

盜泉寧渴

春秋時，在現在山東省泗水縣的東北，有一潭碧泓清冽的泉水，十分惹人喜愛，附近的百姓常到潭中挑水飲用，游泳嬉耍。

後來，有一夥強盜佔據了這個地方，他們在潭畔安營紮寨，打劫過往的客商和行人，百姓們對強盜們恨之入骨。過了些時候，魯國國君派兵趕走了強盜，人們便把這個無名的水潭稱為盜泉。

有一年夏天，驕陽似火。魯國的大學問家孔子帶着子路、宰予等幾個學生，坐着馬車，離開曲阜，外出辦事，馬車奔馳了大半天後，大概離曲阜已有一百多里路了，孔子、子路、宰予等都熱得汗流滿面，口乾舌燥。

這時，子路看到前面不遠處的山腳有一潭泉水，說：“老師，前面有一潭泉，停了車，我去打點水來給大家解解渴！”

孔子聽了，吩咐車夫停了車，說：“好吧！你拿了桶，多打一點，留着路上也可以喝！”

子路聽了，提了一個木桶下了車，來到泉邊盛了一桶泉水拎回來。他從車上拿了一個缽，先舀一缽捧給孔子。孔子見缽中的泉水清冽異常，不由問道：“這樣清冽的泉水是很少見的，你問問住在這裏的人家，知道這潭泉水叫甚麼名字嗎？”

子路笑着回答說：“我剛才碰到一個老人，他告訴我這泉水的名字叫盜泉。水這麼清，不知道為甚麼有叫這樣一個名字！”

孔子聽了，立即把缽中的水朝地上一潑，又叫子路把打來的水全部倒掉。口渴難耐的宰予對老師的舉動很不理解，問：“老師，你為甚麼要把水全倒掉呢？”

“盜泉，那就是說，這是強盜的泉水，它的名聲肯定壞透了。我們怎能因為口渴而去喝壞透了名聲的東西呢？我們寧願渴死也決不喝它！”孔子說完，吩咐車夫繼續趕路，往前駛去。

釋義 “盜泉寧渴”，用來表示寧死也不接受不義之物，決不與惡勢力同流合污。

出處 《屍子》卷下：“（孔子）過於盜泉，渴矣而不飲，惡其名也。”

渡淮橘成枳

晏嬰，字平仲，他是春秋時齊國的相國。他為人賢能，很有口才，人們都非常欽佩他。

晏子身材矮小，有一次，他奉命出使楚國。楚王知道晏子長得矮，故意讓人在城門旁邊開了一個小門，讓人帶領晏子從小門進城。晏子知道這是楚王有意羞辱他，不肯走小門，說：“我聽說出使狗國的人才從狗門進，難道我現在到的是狗國嗎？”負責帶領的人聽了，只得改道帶晏子從大門進城。

晏子進宮拜見了楚王。楚王說：“齊國難道沒有人了嗎？”

晏子回答說：“齊國的臨淄有數十萬人口，張開袖子能遮蔽天日，揮灑的汗水如同下雨，來往的人羣摩肩接踵，怎麼能說沒人呢？”

楚王聽了，說：“既然如此，那齊王為甚麼要派你這樣的人出使到楚國來呢？”

晏子回答說：“齊國派遣使臣，是分等級的。他們中賢明的人出使賢明的國家，我晏嬰最不賢了，所以只好出使楚國了。”

楚王兩次想羞辱晏子，都沒有成功，又想在宴會上設法羞辱晏子。

大家正在飲酒的時候，突然有兩個楚國官吏，押着一個被捆綁的人來見楚王。楚王故意問："這個被捆綁的是甚麼人呀！"

楚國官吏回答說："報告大王，他是一個齊國人。"

楚王又問："你們為甚麼把他抓起來？"

楚國官吏又回答說："因為他犯有盜竊罪！"

楚王朝晏子看了看，問："難道齊國人向來就愛偷東西嗎？"

晏子離開席位，回答說："我聽說，橘樹生長在淮南，結出來的是又甜又大的橘子；如果生長在淮北，結的就是又酸又小的枳（zhǐ）子了。為甚麼會這樣呢？那是因為水土不同的緣故。現在老百姓生長在齊國不做盜賊，到了楚國便成了盜賊，莫非是楚國的水土使老百姓善於偷盜嗎！"

楚王聽了，露出一臉尷尬的神色，苦笑着說："晏相國，我本想和你開幾個玩笑，想不到你是如此機智善辯，每次都是我自討沒趣，佩服，佩服！"

於是，楚王吩咐立即用最隆重的禮節來接待晏子。晏子不辱使命，出色地完成了出使楚國的任務。

釋義 "渡淮橘成枳"，用來說明水土環境等外部條件對改變人的性情的作用。

出處 《晏子春秋·內篇雜下》："晏子至，楚王賜晏子酒，酒酣，吏二縛一人詣王。王曰：'縛者何為者也？'對曰：'齊人也，坐盜。'王視晏子曰：'齊人固善盜乎？'晏子避席對曰：'嬰聞之，橘生淮南，則為橘；生於淮北，則為枳，葉徒相似，其實味不同，所以然者何？水土異也。今民生長於齊不盜，入楚則盜，得無楚之水土，使民善盜耶？'王笑曰：'聖人非所與熙也，寡人反取病焉。'"

割肉懷歸

東方朔，字曼倩，是西漢時的文學家。漢武帝時，他擔任侍郎之職，性格詼諧幽默，很受漢武帝的寵愛。

有一年的大伏天，漢武帝下了一道詔書，賞賜豬肉給經常隨侍自己的幾個侍郎。宮中負責屠宰的官員宰了一口豬，給他們送了來。但是根據當時宮中的規定，必須等候主管的大官丞根據詔命來分肉，然後才能把肉帶回去。

大伏天溫度很高，肉很容易變質。東方朔和幾個同僚一直等到天黑，負責分肉的大官丞還沒來。有個侍郎埋怨地說：“天氣這麼熱，大官丞再不來，豬肉快要發臭了。”

這時，東方朔也等得不耐煩了。他走上前去，拔出劍來，割了一塊肉，對同僚們說：“大伏天該早點回去，請轉告大官丞，我東方朔受賜了！”説罷，東方朔便帶着肉回家去了。

第二天，大官丞把東方朔私自割肉懷歸的事向漢武帝作了報告。漢武帝便召見東方朔，問他說：“昨天朕賞賜豬肉給大家，你為甚麼不等待詔命，單獨割肉而去？”

東方朔聽了，裝出誠惶誠恐的樣子，上前跪拜謝罪。漢武帝見了，說：“好了！你自我檢討一番吧！”

東方朔又向漢武帝叩了一個頭，說：“東方朔呀，東方朔！你既然已經等到天黑，為甚麼不繼續等下去，是多麼缺乏耐心呀！你怕豬肉發臭，接受賞賜不等待詔命，是多麼無禮呀！單獨拔劍割肉，這種舉動是多麼豪壯呀！割肉不多，這又是多麼謙遜呀！把肉帶回去和妻子共享，又是多麼規矩呀！”

漢武帝聽了，明白了東方朔為甚麼會自己割肉回去，不由哈哈大笑，說：“我讓你自我檢討，你倒變成自我辯解再加上自讚自誇了！”於是，漢武帝下令再賞賜東方朔一百斤豬肉，再加上一石酒，讓他帶回去交給妻子。

釋義 “割肉懷歸”，用來形容根據實際情況，衝破某種束縛；有時也用來形容人滑稽善言。

出處 東漢・班固《漢書・東方朔傳》：“伏日，詔賜從官肉。大官丞日晏不來，朔獨拔劍割肉，謂其同官曰：‘伏日當蚤歸，請受賜。’即懷肉去。”

登車攬轡

後漢時有個人，名叫范滂，字孟博，是汝南征羌人。范滂為人節氣清高、志向遠大，立志要做一番事業。當地人都對范滂的志向和為人十分敬服，大家共同舉薦他為孝廉，這樣，范滂踏上了仕途，有了更大的施展抱負的空間。

當時，朝廷的政務大權落到幾個宦官手中，各地一片混亂。有的官員對朝廷混亂的政令無所適從，也有的則乘機混水摸魚，大肆搜刮民脂民膏。

數年後，冀州出現了嚴重的饑荒，當地官員只知貪污，不知賑濟飢民，引起百姓極大不滿，幾乎激起民變，朝廷得知當地民怨沸騰，有發生動亂的可能，嚇破了膽，急忙派范滂去察看處置，希望他清廉正直的名聲可以撫慰飢民，平息事態。

范滂一直在京城做官，現在有機會去地方上做點事，了解百姓疾苦，非常興奮。起程時，范滂親自登上車轅，拉住馬韁，縱馬急馳，大有澄清天下的氣概。

到了冀州，當地官員聽說是范滂來了，自知自己貪贓枉法的醜事瞞不過去，紛紛丟下印綬，望風而逃。范滂立即着手整頓吏治，放糧濟民，親自擬定一些措施安撫飢民，眾人無不心服口服，當地的局勢很快平息下來。

"登車攬轡"，用來形容人有濟世報國的抱負。

南朝宋・范曄《後漢書》："時冀州饑荒，盜賊羣起，乃以滂為清詔使，案察之。滂登車攬轡，慨然有澄清天下之志。乃至州境，守令自知臧污，望風解印綬去。其所舉奏，莫不厭塞眾議。"

登壇拜將

韓信曾是楚霸王項羽手下的一名低級軍官，因為得不到重用，轉而投奔劉邦。劉邦起先也不肯重用他，只讓他當了個治粟都尉。韓信懷才不遇，在一個月夜逃走。

劉邦的丞相蕭何知道韓信是個奇才，將他追回，並以奪天下必須重用韓信勸說劉邦，劉邦這才決定拜韓信為大將。於是，劉邦想立即將韓信喚進中軍帳，當面封他為大將。

蕭何對劉邦說："大王一向傲慢，不大講究禮節。現在任命一位大將，就像是呼喚一個小孩子一樣，這正是韓信要逃走的原因。大王如果真心誠意地想拜韓信為大將，應當選擇一個吉日，先齋戒一番，搭起一座高壇，按照任命大將的儀式來進行，這樣才行。"

劉邦答應了。於是先派一位將領率人造起一座高壇。眾將得知劉邦要登壇拜將，任命一位大將，都引頸以待，以為自己能被拜為大將。

過了些日子，高壇造好了，劉邦登上高壇，舉行拜將儀式，眾將才知道被拜為大將的是韓信，不由都大吃一驚。

登壇拜將儀式結束。劉邦對韓信說："丞相幾次向我推薦將軍，不知將軍可有甚麼好的計策教我？"

韓信侃侃而談，分析天下大勢，然後為劉邦策劃先進兵關中，取得三秦之地作為根據地，然後率兵東進和項羽爭奪天下的大計。劉邦聽了，十分高興，只恨相遇太遲。

於是，劉邦立即聽從韓信的計策，兵出陳倉，很快平定了三秦之地。第二年，兵出關中，攻佔了魏地和河南，最後在垓下擊敗項羽，建立了漢王朝。

釋義 "登壇拜將"，用來形容以某種隆重的儀式授於人重要的職務。

出處 西漢・司馬遷《史記・淮陰侯列傳》："於是王欲召信拜之。何曰：'王素慢無禮，今拜大將如呼小兒耳，此乃信所以去也。王必欲拜之，擇良日，齋戒，設壇場，具禮，乃可耳。'王許之。諸將皆喜，人人各自以為得大將。至拜大將，乃韓信也，一軍皆驚。"

陽春白雪

春秋時，有外地人來到楚國的郢都，在郢都的鬧市區唱歌。他的歌聲很快吸引了成千上萬的楚國人來圍觀。

這人一開始唱的是《下里》、《巴人》等曲子。這些曲子非常通俗，老少咸宜。熟悉的旋律令圍觀者感到興奮、親切，於是，人們便附和着唱起來。這時，跟着唱的有好幾千人。

後來，這人唱起了《陽阿》、《薤露》等曲目。這些曲目比較高雅，圍觀的人很多不會唱，便沒有辦法附和了。能跟着唱的，只有幾百人。

再後來，這人開始唱《陽春》、《白雪》等曲目。這些曲目十分高雅，非常難唱、難懂。儘管其曲調抑揚婉轉，變化奇妙，歌唱者沉醉其中，但圍觀的人大都沉默無聲，跟着唱的，只有幾十人。

曲調越是高雅，能夠理解、應和的人越少。

釋義 "陽春白雪"用來比喻超凡脫俗、格調高雅的作品或人才；"下里巴人"則指平凡通俗的作品或人物。

出處 楚・宋玉《對楚王問》："客有歌於郢中者，其始曰下里巴人，國中屬而和者數千人；其為陽阿薤露，國中屬而和者數百人；其為陽春白雪，國中屬而和者不過數十人；引商刻羽，雜以流徵，國中屬而和者不過數人而已。是其曲彌高其和彌寡。"

絳帳授徒

馬融是東漢時著名的經學家、文學家，他年輕時曾經跟隨南山隱士摯恂學習儒家經典，刻苦努力。摯恂認為他是一個不可多得的人才，便把自己的女兒嫁給了他。

永初二年（公元 108 年），大將軍鄧騭召他去做舍人（親近的屬官），二十三歲的馬融感到去做大將軍的屬官是很沒出息的，拒絕前往。但是不久以後，由於生活困頓，他又後悔起來，自我解嘲地說："唉！活着比其他重要，餓死不是老莊的教導。"於是，他來到大將軍府，做了鄧騭的屬吏。

過了兩年，他升為校書郎，不久因為得罪了當權的鄧太后，遭到貶職。鄧太后死後，直到漢順帝陽嘉元年（公元 132 年），馬融才又被封為議郎、南郡太守等職，後辭官歸里。

馬融學問淵博，對經學極有研究。他給《周易》、《尚書》、《毛詩》、《三禮》、《論語》、《孝經》等都作了註，使古文經學達到了成熟的境地，同時又兼註《老子》、《淮南子》等。他一面作註，一面開設學堂，廣招人才。在他開辦的學堂中求學的人，前後超過千人。

他的教學方法也很特別。他常常在高堂上拉起一道絳紅色的帷幕，堂前由他給學生上課，絳帳後召請一班舞女，邊歌邊舞。那紅色帷幕很薄，從堂前能很清楚地看到帷幕後的景象，一點也沒有學堂的尊嚴。有時興之所至，甚至他自己也參加鼓琴、吹笛，與歌女和學生們共同娛樂，學生們都很喜歡他。在他的教育下，學生們進步很快，不少人成了當時著名的學者。

馬融的絳帳授徒，是對封建禮教的一次衝擊，對魏晉時期清淡家破棄禮教有着直接的影響。

釋義 "絳帳授徒"，用來指師長設立講座，傳授生徒，包含尊崇稱美的意思。

出處 南朝宋・范曄《後漢書・馬融傳》："常坐高堂，施絳紗帳，前授生徒，後列女樂，弟子以次相傳，鮮有入其室者。"

絳幔傳經

魏晉南北朝時代是我國歷史上民族大融合時期，北方的匈奴，鮮卑、羯、氐、羌等少數民族在中原地帶與漢族充分交流，並建立起各自的政權。這些政權都有一個共同特點，即充分學習、吸收漢族的先進文化，包括儒家經典、禮儀制度等。

當時十六國中的前秦是由氐族建立的少數民族政權。在前秦，韋逞的母親宋氏，世代以儒學著稱。宋氏自幼喪母，其父撫養她成人，並教她《周禮》，宋氏於是成為精通《周禮》的名家。

有一次，前秦首領苻堅到他仿效中原王朝建立的太學巡視，向博士們詢問儒家經典的傳授情況，感到禮樂的匱缺。

博士盧壺對苻堅彙報說："經過多年的努力，經過收集和整理，現在儒家經典差不多都有了，也都招收弟子進行傳授。現在惟一感到缺憾的是《周禮》還是個空白，無人傳授。在朝廷為官的韋逞的母親出自儒學世家，自幼接受儒學教育，尤其通曉《周禮》，但年已八十，只有她能夠傳授《周禮》。”

苻堅聽了以後非常重視，命令在宋氏家中設立講堂，尊稱宋氏為宣文君，招收學生一百二十人，讓宋氏隔着絳色的紗帳講授《周禮》。因為按照禮制，婦女是不能講授經典的。這樣，《周禮》之學在前秦逐漸繼承、復興起來。

釋義　“絳幔傳經”，用來稱譽婦女有才學，可為人師表。

出處　唐・房玄齡等《晉書・韋逞母宋氏傳》：“於是就宋氏家立講堂，置生員百二十人，隔絳紗幔而授業，號宋氏為宣文君。”

葛洪煉丹

晉朝是司馬氏篡奪曹魏而建立的政權。在篡位過程中，司馬氏一方面大肆屠殺曹魏王室，另一方面殘酷鎮壓擁護曹魏的天下士人。因為在儒家思想中，曾作為曹魏臣子的司馬氏代魏自立，是大逆不道、不得人心的，司馬氏只得以高壓的手段打擊士人，讓他們不得過問政治。

在這種形勢下，士人談論現實會招致殺身之禍，於是轉向自我，轉向自身，老莊思想大行其道，追求長生不老，關注練功養生，服煉仙丹。

煉丹就是把各種被認為益壽的物質摻和在一起，以火煮煉。古人以為經過長時間煮煉的物質有助於延年益壽，長期服食可長生不老。煉丹也就成了古代化學的開端。

西晉人葛洪是煉丹的著名人物。自幼家裏貧困，但勤奮好學，先學儒術，後好神仙養生之術。著有《抱朴子》一書，除講神仙外，對煉丹論述頗多。

據史書記載，葛洪的祖父學道得仙，被稱為“葛仙公”。葛洪得祖上真傳，精悉煉丹之法。做了一段時間官之後，就以年老為藉口，遠離西晉國都建康（今南京），請求做交阯（今越南北部）令。

皇帝認為交趾地處偏遠，阻止他去。葛洪說："我去交趾並無其他的想法，只是那地方有丹而已。"皇帝終於允諾了，於是葛洪攜家室南行，至交趾羅浮山煉丹，活到八十一歲，在古代也算是高壽了。

釋義 "葛洪煉丹"，用來指避世養生。

出處 唐・房玄齡等《晉書・葛洪傳》："至廣州，刺史鄧嶽留不聽去。洪乃止羅浮山煉丹。"

董生下帷

董生，即董仲舒，西漢時廣川人，專攻《春秋》之學，造詣很深。

漢景帝時，董仲舒擔任博士。他講學著書，提倡"罷黜百家，獨尊儒術"，開創了之後兩千多年封建社會以儒學為正統的局面，對於維護封建政權的穩固起到了特殊的作用。

與董仲舒同時代的另一位學《春秋》雜學的博士，名叫公孫弘。此人熟習文法吏事，用儒家學說來解釋法令，很受皇帝信任。一旦所持意見與皇帝相左，他馬上不再堅持，決不犯顏強諫。因此官運亨通，位極公卿。同時，他又外寬內深，很工心計，對與自己有私怨的人表面交好而暗中報復。

董仲舒為人廉明正直，認為公孫弘不是真正做學問的人，只是慣會諛諂的小人，所以不屑與他研討學問。後來竟遭他的暗算，幾遭殺身之禍。董仲舒既為博士，平時經常講學授徒。他在授課時，要放下帷幕，給幾個弟子講授，然後弟子們轉相傳授，所以有的弟子從來沒有見過董仲舒的面。

為了講學，董仲舒專心致志地作好準備，因潛心鑽研，三年不曾到庭園內遊賞，所以他的學問達到了非常精深的程度。

釋義 "董生下帷"，用來形容人專心治學，學問精深。

出處 西漢·司馬遷《史記·董仲舒傳》："少治《春秋》，孝景時為博士。下帷講誦，弟子傳以久次相授業，或莫見其面。蓋三年不窺園，其精如此。進退容止，非禮不行，學士皆師尊之。"

董奉杏林

傳說三國時，東吳有個名叫董奉的術士，他既懂得法術，又懂得醫術，且醫術十分高明，來找他治病的人絡繹不絕。

董奉的診所在廬山腳下，當時那兒荒山荒地很多。他替人診病，從來不收診金，連藥也是免費供應。不過他有一個獨特的規定：凡是重病人，經他治癒後，必須在荒山地裏種上五棵杏樹；輕病人治癒後，必須種一棵杏樹。這樣幾年下來，附近的荒山地裏竟種上了十多萬株杏樹，昔日的荒山林成了一大片杏林。

董奉又在杏林旁邊造了一個大穀倉，等大片的杏子成熟時，他對那些來買杏子的人說："我這杏林的杏子是不賣的，而是採用以物易物的形式。如果你要一筐杏子，就帶一筐穀子換，而且不要告訴我，只要自動地把穀子倒入穀倉就行了。但是，我要告訴你們，如果誰想佔便宜，那他就會受到懲罰。"

那些來買杏子的人良莠不齊，當然也不乏貪小便宜之輩。有一次，有個人見杏林這麼大，又沒人看管，而穀倉中也沒有專人負責量穀，就拿了半筐穀子倒進穀倉中，卻裝了滿滿一筐杏子。他正得意地想回去，突然，杏林中竄出幾隻猛虎，大聲吼叫地向他追來。那人驚恐萬分，抱着筐拚命地跑，結果被石頭絆倒在地，杏子倒翻了很多。他驚魂未定地回到家中，用秤稱了稱杏子，不多不少，正好和自己拿去的穀子一樣多。

還有一次，有個人到杏林中去偷杏子，結果遭到老虎的追逐。他嚇得飛奔回家，那老虎竟追到他的家中，把他活活咬死。他的家人知道他的杏子肯定是偷來的，才會遭到懲罰。於是，家人急忙把他偷來的杏子稱了稱，並加倍將穀子送進穀倉，再去向董奉叩頭謝罪，乞求董奉救活被老虎咬死的人。

董奉見他家中的人很有誠意，而且偷杏子的人也是偶而初犯，就來到偷杏的人家中，把那偷杏的人救活了。

董奉每年出產的杏子，可以換到二萬斛穀子。他就用這些穀子去救濟那些特別窮困的人。因此，董奉在當地有着極高的聲譽，人們既佩服他的仙術，更稱譽他的醫術和人品。

釋義 “董奉杏林”，用來形容仙人一類的事情；用“杏林春滿”、“譽滿杏林”等來稱頌醫師的高明醫術。

出處 東晉·葛洪《神仙傳》：“奉，居山不種田。日為人治病，亦不取錢，重病癒者，使栽杏五株，輕者一株，如此數年，計得十萬餘株，鬱然成林。

董宣強項

董宣是東漢初年著名的清官，他為官清正，執法如山，不畏權貴，受到朝野的讚揚，被譽為“強項令”。

有一次，光武帝劉秀的姐姐湖陽公主家的一個奴僕，仗着湖陽公主的威勢在外面殺了人。洛陽令董宣下令捉拿這個奴僕，但他躲在湖陽公主的家中，逍遙法外。董宣知道自己無權闖到湖陽公主家去抓人，就天天在湖陽公主府外等候，下定決心一定要逮住這個奴僕，加以嚴懲。

過了一些時候，那個奴僕以為事情已經過去，當湖陽公主外出的時候，又大搖大擺地跟在湖陽公主的車馬後面。董宣見了，立即帶着幾名捕快，衝上前去要將其逮捕。

湖陽公主見董宣竟敢攔住她的車馬抓人，不由豎起眉毛，沉下臉來，陰森森地說：“大膽洛陽令，你有幾顆腦袋，竟敢擋住我的路？”

董宣沒有被湖陽公主的威勢嚇倒，反而當面大聲責備公主不該放縱奴僕殺人，並讓幾個捕快立即衝上前去，逮住了那個殺人的奴僕。那奴僕拒捕，董宣立即下令將他當場格殺。這一下，幾乎把湖陽公主氣昏了。她立即驅車進宮，向光武帝哭哭啼啼地訴說董宣怎麼欺負她，要光武帝嚴辦董宣。

光武帝聽了，認為董宣這樣做確實有損皇家的威嚴，便派人把董宣召進宮來，怒氣沖沖地罵道："董宣，你竟敢衝撞公主，是準備找死嗎？"

董宣叩頭說："我是洛陽令，負責的是京都的治安，抓捕的是殺人的兇犯，一切都是按照皇上的法令行事，為甚麼要死呢？"

湖陽公主聽了，又哭又鬧，要光武帝替她討回面子，責打董宣一頓。光武帝拗不過湖陽公主，便吩咐武士取鞭子責打董宣。

董宣大聲說："用不着打，請皇上讓我說幾句話，我就死而無憾了。"

"你想說甚麼？"光武帝問他說。

董宣說："陛下是中興之主，一向注重德行。現在卻讓公主放縱奴僕殺人。如今又為了這事竟然要責打按律執法的人，這樣下去，怎樣去治理天下呢？用不着打我，我自殺就是了。"

董宣說罷，就挺着腦袋向柱子撞去，撞得頭破血流。光武帝叫內侍趕快把他拉住，對他說："你講得很有道理，我饒了你。但你冒犯了公主，去向她叩個頭，賠個不是吧！"

董宣說："我沒有錯，決不叩頭。"

光武帝命內侍把董宣拉到湖陽公主面前，強行按下他的頭，逼他叩頭，可董宣兩隻手使勁地撐在地上，挺着脖子，不讓自己的頭被摁下去。那摁董宣頭的內侍十分機靈，他明明知道光武帝不能治董宣的罪，可又得讓光武帝和湖陽公主下個台階，就大聲說："稟告皇上，董宣的脖子太硬，摁不下去！"

光武帝內心十分佩服董宣這種倔強的精神，只好笑了笑，放他走了。

釋義　"董宣強項"，用來形容執法如山，不畏強權。

出處　南朝宋·范曄《後漢書·董宣傳》："帝令小黃門持之，使宣叩頭謝主，宣不從，強使頓之，宣兩手據地，終不肯俯。……因敕強項令出。"

蓆門窮巷

漢代的陳平，小時候家裏很貧窮，但在他哥哥的幫助下，也讀過不少書，而且長得一表人材。

陳平長大了，到了該娶妻生子的年齡。但是，有錢人沒有願把女兒嫁給他的，而娶貧苦人家的女子為妻，陳平自己又覺得恥辱，不同意。因為這兩個原因，陳平的婚事拖了很長時間。

陳平因為家窮，鄉親們中有辦喪事的，他就去幫忙，早出晚回，以求得一些生活上的補助。

有個富人叫張負，他的孫女曾嫁過五個丈夫，但這五個丈夫都死了，因此沒有人敢再娶她。張負在一次喪事中認識了魁梧俊美的陳平，了解陳平的情況後，打算把孫女嫁給他，陳平也很想娶張負的孫女。

張負跟着陳平到了陳平的家。一看，原來陳平的家竟是在靠近城牆的偏僻小巷裏，門是用爛蓆子做的，但門外卻留下了很多貴人的車子停留時留下的痕跡。

張負回到家裏，對其兒子張仲說："我想把孫女嫁給陳平。"

張仲聽了父親的話，大惑不解地問："陳平家境貧寒，又不做些經營之事，全縣的人都笑他不務正業，我怎麼會願意把女兒嫁給他呢？"

張負聽了，反駁道："人世間如此俊美的陳平，會長久貧窮卑賤嗎？"

張仲終於拗不過父親，加上父親的話也的確有理，只好同意把女兒嫁給陳平。但陳平貧苦，無錢行聘禮，張負便借錢給他讓他行聘禮，買酒肉娶妻過門。

臨嫁時，張負告誡孫女："千萬不要因為陳平貧寒就怠慢他。服侍兄長和嫂子，要像服侍自己的父母一樣。"

陳平娶了張負的孫女以後，經濟上一天比一天寬裕，交遊也一天比一天廣闊。在漢楚戰爭中，陳平投奔劉邦，南征北戰，為平定天下出了大力，被封為曲逆侯。

釋義 "蓆門窮巷"，用來指人雖出身貧寒，但卻有才而受人器重；或指貧寒賢士所住的地方。

出處　西漢・司馬遷《史記・陳丞相世家》："(陳平)家乃負郭窮巷，以弊席為門，然門外多有長者車轍。"

鼓盆而歌

莊子，名周，是戰國時期著名的哲學家，諸子百家中道家的代表人物。他繼承了老子的道學思想，強調事物的自生自滅，否認有神的主宰，包含着樸素的辯證法因素。他著有《南華經》一部，為道家的經典著作。

莊子晚年時，他的老妻死了，起先，他十分悲傷，心情很不好。過了些日子，他漸漸地冷靜下來。他從道家的角度看，感到一個人的生與死是很平常的，既然有新的生命降生，那麼必然就會有死亡，用不着太多的悲傷。於是他兩腳盤起，屈膝坐在地上，一面敲着瓦盆，一面哼着讚美妻子的歌。

正在這時，他的老朋友惠子聞訊前來弔唁，他看到莊子毫無半點悲傷的樣子，責怪他說："老朋友，你妻子和你共同生活了幾十年，為你生兒育女，操勞一生。她死了，你不傷心痛哭也就罷了，竟這樣鼓盆而歌，這樣做是不是太過分了嗎？"

莊子聽了，搖頭說："老朋友，你的話錯了！起先我很傷心，但現在已想通了。人嘛，總是樂生哀死的。老妻剛死的時候，我確實也很傷心。但仔細想想，人，原來是沒有生命的；不但沒有生命，而且沒有形質；不但沒有形質，而且沒有氣。大自然在恍惚之間，凝生了陰陽二氣；陰陽二氣交合，才有了形質；有了形質，才生下了人，有了生命。現在，又從有生命變成了沒有生命，也就是從生又變成了死。這樣生死往來，就好像春夏秋冬不停地流轉一般。這就是命運。現在我的老妻從生又到了死，沉睡到天地之間。我如果號啕痛哭，那豈不是有違天意嗎？所以我停止了哭泣，鼓盆而歌了。"

惠子聽了，感到莊子講得也很有理，弔唁完後，便告辭而去。

釋義　"鼓盆而歌"，用來表示對生死的樂觀態度，也指喪妻。

出處　《莊子・至樂》："莊子妻死，惠子弔之，莊子則方箕踞鼓盆而歌。"

達摩面壁

南朝梁武帝蕭衍，是一位虔誠而狂熱的佛教信徒。他篤信佛教達到了令人難以想像的程度。他為宣揚佛法，自加苦行，一生中曾三次捨身同泰寺為奴。此外，梁武帝一生中，很重要的活動就是結交名僧高僧，聽高僧講經，還親自抄寫佛經。為此花費了大量時間和精力，而始終樂此不疲。在這種濃重的佛教氛圍中，梁武帝擁有數不清的僧友，更有一位印度僧人達摩，也不遠萬里來到中國。

達摩就是菩提達摩，本名菩提多羅。他於梁武帝普通元年（520 年）來到中國。梁武帝親自把他迎到金陵，迫不及待地向他問了幾個問題。

梁武帝問："朕自從即位以來，造寺寫經，度僧不可計數，有甚麼功德呢？"

達摩回答："無功德。"

梁武帝問："為甚麼無功德？"

達摩説："這不過是人天小果，如影隨形，雖有非實。"

在達摩看來，造寺寫經，不過是凡夫世俗之心，有了想立功德的慾望，就如同心中有了漏洞，本來有的功德也就沒有了。但是梁武帝沒有醒悟，又接着問"如何是真功德"、"如何是聖諦第一義"、"和我應對的是誰"等等問題，擺出一副天子自尊的架子，達摩不屑回答，只説了三個字"不知道"。

見梁武帝仍不領悟。達摩深感此人並非真正理解佛法，不過是沽名而已，便決定離開金陵。於是，他渡江北上，到達了北魏境內的嵩山少林寺。

達摩住在少林寺裏，面壁靜修大乘禪法，一直堅持了九年。九年之中，他面對牆壁端坐，終日默然不語，使人莫測高深，被稱為"壁觀婆羅門"。

此後，達摩將四卷《楞枷經》傳授給中國高僧神光法師等人，把禪學傳入中國，被中國禪宗奉為始祖。

釋義　"達摩面壁"，用來形容修行、攻讀勤苦不倦。

出處　北宋・僧道原《景德傳燈錄》："帝不領悟。師知機不契。是月十九日潛過江北，十一月二十三日屆於洛陽，寓止於嵩山少林寺。面壁而坐終日默然。人莫之測，謂之壁觀婆羅門。”

禁臠

西晉懷帝永嘉年間，琅玡王司馬睿在宰相王導的主謀下，以將軍的身份，都督揚州、江南諸軍事，出鎮建鄴（晉愍帝時改名建康，今江蘇南京）。

司馬睿初到建康，處境艱難，生活與在洛陽相比有天壤之別，當時能得到一頭豬已經是非常稀罕的了，被當做山珍海味。時人以為豬脖上的一塊肉味道最為鮮美，於是部下們每得一豬後都將脖子上的一塊肉進獻給司馬睿。這樣一來，司馬睿的部下沒人敢吃這塊肉，這塊肉就被稱為“禁臠”。

西晉滅亡後，司馬睿在南遷的王導、王敦等人的支持下，聯合了江南的大族，在建康稱帝，建立東晉王朝，史稱晉元帝。宮中雖然山珍海味不少，但他仍很喜歡吃這塊“禁臠”。

到了東晉孝武帝時，孝武帝囑託王珣為女兒晉陵公主求婿，王珣向他推薦謝安之子謝混。謝安是當朝宰相，為晉政權的穩定做出了很大貢獻。孝武帝非常滿意地允諾了這樁婚事。不料，婚事還沒辦，孝武帝便死了。

當時另一個世家大族袁山松為與謝氏結緊關係，也想把自己的女兒嫁給謝混，這時王珣就對袁山松開玩笑地說：“你就別打‘禁臠’的主意了。”意思是説，謝混已是皇室的乘龍快婿，別人是無法染指的。

釋義　“禁臠”，用來指女婿；也指珍貴難得，獨自佔有而不容別人分享之物。

出處　唐・房玄齡等《晉書・謝混傳》：“混字叔源。少有美譽，善屬文……帝崩，袁山松欲以女妻之，珣曰：‘卿莫近禁臠。’初，元帝始鎮建業，公私窘罄，每得一豚，以為珍膳，項上一臠尤美，輒以薦帝，羣下未嘗敢食，於時呼為‘禁臠’，故珣因以為戲。”

賈誼弔屈原

屈原是戰國時楚國的著名政治家，中國歷史上最早的一位大詩人。他曾經得到楚懷王的信任，擔任左徒、三閭大夫等官職。他學識淵博，主張彰明法度，舉賢任能，東聯齊國，西抗強秦，在楚國的內政、外交等各方面都發揮過重大作用，受到楚國老百姓的敬重和愛戴。

後來，楚懷王聽信子蘭、靳尚等人的讒言，免去了屈原的職務，屈原被流放到漢水以北。頃襄王時，他又被放逐到沅湘流域。但如此沉重的打擊，並沒有摧毀屈原九死不悔的愛國熱情，在流放期間，他寫出長詩《離騷》以及《天問》、《九章》等著名詩篇。

公元前 278 年，秦軍攻入了楚國的國都郢城，國土淪喪，山河破碎，廣大百姓離鄉背井，四處逃亡。屈原感到自己既無力挽救楚國的危亡，又深感自己的政治理想無法實現，於這年的五月初五，懷着絕望的心情，跳進汨羅江，自沉而死。

過了一百多年，到了西漢初年，二十多歲的年輕政治家賈誼受到漢文帝的賞識，起初被任命為博士。他懷着滿腔熱忱，給漢文帝提了很多建設性的建議，漢文帝在一年之中就提拔他做了太中大夫。

但是，當漢文帝想進一步重用賈誼，提拔他為公卿大臣時，遭到絳侯周勃、穎陰侯灌嬰以及御史大夫馮敬等大臣的一致反對，說賈誼年輕魯莽，不可重用。於是，漢文帝不再信任賈誼，把他貶為長沙王太傅。

賈誼帶着滿腔悲憤，啟程南下。當他到達湘江時，心中忽然想起一百多年前遭貶流放、自沉汨羅的屈原，不由心潮澎湃，思潮如湧，含着熱淚寫下了著名的《弔屈原賦》，寄託他對屈原的緬懷之情，也藉以抒發自己壯志難酬的悲憤心情。

釋義 “賈誼弔屈原”，用來表示憑弔死者，抒發憑弔人的內心悲憤，或用來描寫因命運不好而感傷自歎。

出處 東漢・班固《漢書・賈誼傳》：“誼為長沙王太傅，既以謫去，意不自得，及渡湘水，為賦以弔屈原。”

過闕下車

春秋時期，衛靈公與夫人在燈下夜坐，聽到車聲轔轔，由遠及近，但到宮門前戛然而止，悄無聲息，過了宮門後車聲重又響起，漸漸消逝在夜色之中。

衛靈公問夫人："你知道乘車的人是誰嗎？"

夫人回答說："這一定是大臣蘧伯玉。"

靈公問道："你怎麼能肯定是他呢？"

夫人說："宮廷禮儀規定，不論甚麼人、甚麼時候乘車經過宮門，都要下車，扶軾致敬，緩步通過，這是為了表示對國君的尊敬。忠臣、孝子的內心與外表是一致的，並不在稠人廣眾面前炫耀自己，也不在無人知曉的情況下放棄自己的操行。蘧伯玉是衛國的賢士，言行一致，德行高尚，恪守禮儀規範，他決不會因為在夜晚過宮門而廢棄應有的禮節。"

靈公聽了夫人的話後，立即派手下人追上去驗證，果然是蘧伯玉。

釋義 "過闕下車"，用來指人恪守禮節，注重仁義。

出處 西漢・劉向《列女傳》卷三："靈公與夫人夜坐，聞車聲轔轔，至闕而止，過闕復有聲。公問夫人曰：'知此謂誰？'夫人曰：'此必蘧伯玉也。'"

與噲為伍

韓信是漢高祖劉邦手下的一名大將。在楚漢相爭中，他曾率領漢軍滅魏、破代、克燕、取齊，立下了無數戰功。在他攻下齊國以後，劉邦便封他為齊王。接着，韓信又輔佐劉邦在垓下大破楚軍，逼得項羽在烏江自刎。劉邦眼見天下大局已定，便立即收繳了韓信的大將軍印，把他改封為楚王，都下邳。

不久，劉邦聽說項羽手下的大將鍾離昧到下邳投奔了韓信，劉邦害怕韓信造反，便假裝巡遊雲夢，通知諸侯到陳城見他。韓信知道劉邦的用意，但又不敢不去朝見，他對鍾離昧說："皇上知道您在我這兒，所以才到陳城來。咱們這樣下去，不但我不能免罪，對您也沒甚麼好處。"

鍾離昧說：“您錯了！漢帝之所以不敢輕易動您楚王，是因為我在這兒幫您。我今天一死，您也就很危險了！”

“那我也沒有辦法。”韓信說。

鍾離昧罵韓信沒有情義，接着歎了口氣，自殺了。

韓信捧着鍾離昧的人頭去見劉邦，劉邦下令把韓信抓起來裝進囚車帶回洛陽。但是，劉邦感到韓信畢竟還沒有造反，把他拿來辦罪，也許會引起大臣們的議論，便對韓信說：“你是開國元勳，我不願意辦你的罪。這麼着吧，我封你為淮陰侯，跟着我在朝廷辦事吧！”

韓信聽了，拜謝了劉邦，跟着他到了長安。當時，被封為絳侯的周勃、潁陰侯的灌嬰、舞陰侯的樊噲，無論才能、功勞都比不上韓信。韓信降為淮陰侯後，職位和周勃、灌嬰一樣。韓信羞與他們同列，不願意跟他們一塊上朝，也不願與他們交往。

有一次，韓信從樊噲的門口經過，正巧給樊噲看見了，一定請韓信進屋去坐坐。韓信不好意思拒絕，只好進去了。樊噲開口閉口稱韓信為大王，殷勤得不能再殷勤，客氣得不能再客氣，說：“大王肯光臨敝舍，臣下我真感到萬分光榮。”

韓信一向認為樊噲有勇無謀，是個平庸之輩，很瞧不起他。現在看到他對自己如此低聲下氣，越發覺得滑稽噁心。坐了一會兒，樊噲跪着送他出門。韓信出了大門，自己嘲笑自己說：“唉，我真丟人，竟跟樊噲他們一起共事。”

釋義 “與噲為伍”，用來表示與平庸無用的人共事，或者用來指平庸之輩。

出處 西漢・司馬遷《史記・淮陰侯列傳》：“信嘗過樊將軍噲，噲跪拜送迎，言稱臣，曰：‘大王乃肯臨臣！’信出門，笑曰：‘生乃與噲等為伍。’”

毀家紓難

公元前677年，楚文王熊貲因病去世，太子熊髂繼承王位，他任命文王的弟弟子元擔任令尹（宰相）。子元自恃掌握了兵權，根本不把熊髂放在眼裏，氣焰十分囂張。

子元為了取悅楚文王的遺孀息媯，輕妄地對鄰國發動戰爭，但卻無功而返。子元的為非作歹終於引起了公憤。申公調集軍隊包圍了王宮，準備將子元繩之以法。子元率軍竭力反擊，兩軍在郢都展開了激烈的戰鬥。子元下令焚燒宮室和民宅，以阻止申公的進攻。

由於不得民心，子元節節敗退，最後被徹底擊敗。申公在宣佈了子元的罪狀後，下令把他處死。

子元死後，大夫子文繼任為令尹，他很有賢名，深受楚國百姓的愛戴。

當時，郢都的民房幾乎都被戰火燒毀了，到處是一片狼藉。百姓流離失所，吃不飽、穿不暖，境況十分淒慘。國難當頭，情況十分危急。子文毅然決定毀家紓難，把自己所有的房產都捐獻出來讓難民入住。他的這一舉動使當時不安的局面得到了有效的控制。

子文在以後二十八年的政治生涯中，曾三次離開令尹的職位，再沒有給自己積蓄過一點家產。他毀家紓難的義舉，作為美談流傳至今。

釋義 “毀家紓難”，用來表示傾盡家產以解救國難。

出處 春秋・左丘明《左傳・莊公三十年》：“秋，申公鬥班殺子元，鬥穀於菟為令尹，自毀其家以紓楚國之難。”

傾蓋

孔子是中國古代的大政治家、大思想家、大教育家。有一次，孔子帶着學生子路和子思外出漫遊，師徒三人風塵僕僕，來到郯國境內。

很巧，他們在路上遇到了齊國的賢士程子。孔子和程子一向互相欽慕，兩人各自停車致意。兩人相互自我介紹後，就在路邊坐在車上無拘無束地交談起來。由於兩人越談越熱乎，越談越靠近，兩輛車的車蓋都傾斜靠攏了。子思和子路看到孔子不像馬上要走的樣子，便一起到樹蔭下休息。

過了一個多時辰，子路看到已到吃午飯的時候，便取出乾糧請孔子就餐。孔子正和程子談得起勁，擺擺手說："我不餓，等一會再吃吧！"說完，孔子又和程子交談起來，兩人談得十分投機，不知不覺，竟談了整整一天。臨別時，孔子還吩咐子路拿了一束帛贈給程子。

程子離開後，子路對孔子剛才的舉動很不理解，問："老師，你曾教導我們，讀書人不經過介紹，不同別人相見，老師今天這樣和程子相見交談，不是同自己的話相違背了嗎？"

孔子笑了一笑，回答說："程先生是天下有名的賢士，今天和我邂逅，這是十分難得的機會。今天我不抓緊機會和他結識交談，以後可能再也沒有機會了。大的禮儀規範是不能逾越的，但小節有所出入還是允許的。"

這時，子思雖在一旁沒有說話，但他對於老師對禮節隨宜而行的做法，留下了深刻的印象，並成為他以後立身處世的原則。

過了十多年，子思已成為著名的學者。一天，有一位名叫孟子車的青年前來登門求教。子思同他交談了一會，感到他博學多才，知書達禮，便吩咐自己的兒子子上侍立一旁，隨時聽候差遣。子上看到孟子車和自己年齡差不多，心中很不願意，但父命難違，只好勉強服從。

客人走後，子上問父親說："孩兒聽說，讀書人不經介紹，不和別人相見。現在孟子車沒經過別人介紹來見你，你卻對他如此禮敬，這是為甚麼呢？"

子思笑了一笑，把從前孔子在郯國和程子路遇傾蓋而談的情況說了。最後說："孟子車雖然是個青年，但他的道德學問天下少有，為甚麼要用'讀書人不經介紹不和別人相見'為理由，失去和他結交的機會呢！"

釋義 "傾蓋"，用來表示志同道合，相互之間很有交情。

出處 《孔子家語・致思》："孔子之郯，遭程子於塗，傾蓋而語終日，甚相親。"

微管左衽

管仲，字夷吾，戰國時齊國人。管仲與鮑叔牙交誼甚厚。鮑叔牙十分看重管仲的才能，並且非常理解管仲。

二人一起做生意時，管仲常常給自己多分利益，鮑叔牙不認為管仲貪心，而是因為他貧困；管仲幾次在戰鬥中逃跑，鮑叔牙不認為管仲怕死，而是因為他家中有老母需要照料；管仲幾次做官，最後都被君主驅逐，鮑叔牙不認為是管仲無能，而是因為他沒有遇上好的時勢。所以，管仲常說："生我者是父母，知我者是鮑叔牙。"

後來，齊國發生內亂，鮑叔牙跟隨了公子小白，而管仲跟隨了公子糾。在一次戰鬥中，管仲還曾一箭射中了公子小白的帶鈎，險些讓他喪命。

最終，公子小白登上了王位，世稱為齊桓公。公子糾死了，管仲被囚禁了。齊桓公打算任命鮑叔牙為宰相，並記着當年的一箭之仇，要殺管仲。

鮑叔牙挺身而出，堅決不願擔任宰相，並竭力向齊桓公稱頌管仲的治國才能，說自己至少在五個方面不如管仲。由於鮑叔牙的求情和推薦，管仲免於一死，並且被齊桓公任為宰相。

管仲從事政務時，能夠分清事物的輕重緩急，正確權衡利弊得失，善於化災禍為福利，變失敗為成功。他輔佐齊桓公，巧妙地襲擊蔡國，討伐楚國，使各國都歸自齊國。

管仲從事經濟時，能夠順應規律，因勢利導，注意加速貨物流通和資財的積累。百姓所需要的，就給予；百姓所反對的，就除去。很快，面積不大、位於海濱的齊國逐漸強盛起來。

齊國靠管仲的治理，政令暢通，經濟發達，國富兵強。齊桓公因此得以九次以盟主的身份邀集各國諸侯開同盟大會，成就了霸業，使當時各諸侯無視周天子而互相攻伐的混亂局面得到了一定程度的控制。

齊桓公對管仲越來越敬重，稱管仲為"仲父"。管仲死後，又賜給他稱號"敬"。

對於管仲的功績，孔子給予了高度評價。孔子說，管仲輔佐齊桓公成就霸業，使百姓至今仍在享受着他的恩澤。如果沒有管仲（微管），大概我們到現在還只能披頭散髮，穿着向左開襟（左衽）的衣服，成為野蠻人。

釋義 “微管左衽”，用來指受異族的統治。

出處 《論語·憲問》：“子貢曰：‘管仲非仁者與？桓公殺公子糾，不能死，又相之。’子曰：‘管仲相桓公，霸諸侯，一匡天下，民到於今受其賜。微管仲，吾其被髮左衽矣。豈若匹夫匹婦之為諒也，自經於溝瀆而莫之知也？’”

愛妾換馬

曹彰是東漢末年丞相曹操的兒子，他從小不喜歡讀書，而喜歡學習武藝。長大後，性格豪爽，膂力過人，擅長騎馬射箭。

正因為曹彰酷愛武藝，所以他十分愛好戰馬。他平常騎的是一匹從西域大宛國買來的汗血馬，奔馳起來疾如追風。一天，曹彰帶着侍從出城打獵，他們來到獵場，正想開始打獵，只見一個年輕的獵手騎着一匹渾身雪白、沒有一根雜毛的雪練白馬飛馳在獵場，那獵手“颼”的一箭，射中了一隻野兔。

獵手正下馬去拾兔時，曹彰馳馬來到他的身旁，說：“年輕人，你的箭法不錯！你騎的這匹馬更是神駿非凡，不知能否讓我騎着試試？”

那獵手也是一位貴胄子弟，但他不認識曹彰，不過看到曹彰的氣派，知道他不是平常之人，忙問：“請問公子高姓大名？”

“我叫曹彰。”曹彰說。

那獵手久聞曹彰的大名，便很客氣地遞過韁繩說：“原來是三公子。公子請吧！”

曹彰接過韁繩，縱身躍上馬背，兩腿輕輕一夾，那雪練馬頓時撒開四蹄，在光潔的大路上狂奔起來。

他在獵場奔馳一周，回到原地後讚不絕口說：“好馬！這是一匹世上難得的好馬！”接着，他用商量的口氣對獵手說：“不知你能不能割愛，把這匹雪練馬賣給我？”

“這馬是我親赴關西用重金覓來的，已經伴隨我整整兩年……”獵手面有難色地說。

曹彰聽了，決定不再打獵，盛情地邀請獵手來到自己府中，設酒相待。席間，曹彰召來一羣年輕的歌伎，一個個都長得很美，曹彰豪爽地說：“你我雖是初交，但我實在太愛你那匹馬了！我願意用我寵愛的美妾來換你的駿馬，請你自己挑選一位，怎麼樣？”

獵手看着那些美若天仙的歌伎，怦然心動。於是他挑選了一位最美的歌伎，就把自己的駿馬換給了曹彰。

從此，曹彰給這匹駿馬取名“白鵠”，並用牠取代了原來的汗血馬。他曾騎着牠北征烏桓，大勝而還。當他騎着“白鵠”凱旋時，曹操高興地說：“黃鬚兒，沒想到你竟會建立這樣的奇功！”

釋義 “愛妾換馬”，用來借指馬的名貴；或者形容人的風流倜儻；或者泛指寶物互相易換。

出處 唐・李冗《獨異記》：“後魏曹彰性倜儻，偶遇駿馬，愛之，其主所惜也。彰曰：‘彰有美妾可換，惟君所擇。’馬主因指一妓，彰遂換之。”

解語花

唐朝開元二十五年（737 年），唐玄宗最寵愛的武惠妃不幸病死。玄宗為此悲痛欲絕，常常茶飯不思，悶悶不樂。

駙馬楊洄為了討玄宗的歡心，勸皇上駕倖溫泉宮。一路上，楊洄與聖駕同行，極盡奉承之能事，還為玄宗推薦了一個絕代佳人。玄宗很高興，就派高力士奉旨前往召見。

原來這個佳人不是別人，正是武惠妃之子——壽王瑁的妃子楊玉環。高力士到了壽王的府邸，宣旨召楊玉環入宮，壽王無力違抗，只得送楊氏進宮。

楊玉環來到宮中，玄宗一看，這位絕代佳人果真是冰肌玉骨，有傾國傾城之貌，不禁龍顏大悦，立即命人設宴款待。席間，玄宗得知楊玉環擅長音樂，就命她吹笛。楊玉環吹得娓娓動聽，玄宗連連拍手叫好，親自斟酒三杯，以示賞賜。

楊氏喝過酒之後，臉上紅暈漸起，更加顯得楚楚動人。玄宗看得眼睛也直了，顧不上翁媳的名分，當天夜裏便譜成了魚水之歡的艷曲。

玄宗自從得到玉環後，視為生平第一快事。不久便立楊氏為貴妃，凡是貴妃想要的，玄宗都會為她弄來，以博取她的歡心，甚至命人從遙遠的劍南用驛馬把貴妃喜歡吃的荔枝送來，一路上不知要累死多少快馬。杜牧有詩為證："一騎紅塵妃子笑，無人知是荔枝來。"

玄宗迷戀貴妃，日夜歡娛，疏於朝政，善惡不分，日子久了，那些正直的大臣都焦急萬分。

一天，宮中的太液池開了無數雪白的蓮花，玄宗和皇親國戚們一起設宴賞花。席間，大家對這些蓮花讚不絕口。玄宗指着楊貴妃對大家說："這蓮花再美，也比不上我這會說話的名花！"

玄宗把楊貴妃比作會說話的名花，比雪白的蓮花更勝一籌，足見他對楊貴妃的寵愛。

釋義 "解語花"，用來比喻美女，或指美女溫柔體貼，善解人意。

出處 五代·王仁裕《開元天寶遺事·解語花》："明皇秋八月，太液池有千葉白蓮，數枝盛開。帝與貴戚宴賞焉，左右皆歎羨。久之，帝指貴妃，示於左右曰：'爭如我解語花。'"

詩入雞林

白居易是中唐時期偉大的現實主義詩人。他從小就聰明過人，五六歲的時候，就在母親的教導下開始學寫詩。到了八九歲，他對詩歌的聲韻格律已經初步掌握。隨着閱歷的日漸豐富，視野的逐漸開闊，他的創作興趣也越來越濃厚。

德宗貞元十九年（803 年），白居易在長安考中了進士。憲宗元和元年（806 年），白居易與朋友在終南山下的仙遊寺聚會，談到了唐明皇和楊貴妃的傳說。回來以後，白居易就寫了一篇敘事長詩《長恨歌》。這首詩人物形象鮮明，含義非常深刻，具有很高的藝術性，一直流傳至今。

元和三年（808 年），白居易調任為左拾遺（諫官）。他看到朝中宦官橫行，廣大百姓陷於水深火熱之中，就決心用詩歌來揭露時事的黑暗，反映百姓生活的疾苦，使統治者有所醒悟。

在大約三年的時間內，白居易寫了大量的揭露現實的詩歌，其中以《秦中吟》十首和《新樂府》五十首最為著名。這些詩以其深刻的諷刺意義和動人的藝術力量，被後人稱為是唐代詩歌中"空前絕後"的傑作。

為了使這些詩歌接近百姓，通俗易懂，白居易經常向人民大眾學習民間的詞彙，將這些詞彙融進自己的詩中。相傳白居易每寫一首詩，都要讀給不識字的老太太聽，然後不斷修改，直到老太太聽懂為止。廣大老百姓對這樣的詩當然非常歡迎。

為了盡可能多地收集白居易的作品，雞林國宰相不惜以一百兩金子一篇的價格廣泛收購。許多雞林商人就跑到長安來購買白居易的新作，帶回去獻給宰相，以換取重金報酬。

釋義 "詩入雞林"，用來稱讚人的作品價值很高，流傳廣泛。

出處 北宋・歐陽修、宋祁等《新唐書・白居易傳》："（白）居易於文章精切，……雞林行賈售其國相，率篇易一金。"

新亭對泣

西晉末年，中原地區戰亂頻發。晉王朝支撐不住了，不得不放棄半壁河山，南渡長江，遷都到建康（南京），靠偏居一隅來苟延殘喘，史稱東晉。

晉室南渡以後，隨來的一些官員和士人懷舊之情日益加重。他們每逢晴朗之日，便相約來到郊外長江邊的新亭，坐在芳草地上飲酒寄懷。

一日，正在飲宴中，周顗藉着酒勁，遙望長江對岸，不勝悲傷地感歎說："風景未改，而山河卻變了！"

周顗的一句話，正勾起了在座各位官吏的思鄉之情。於是，遙望失土，然後你看着我，我看着你，想到不知何日才能光復舊地，都不禁傷痛得流下淚來。

只有丞相王導沒有流淚。看着哀傷不已的同僚，王導怒容滿面，厲聲喝道：“我們應當全力扶佐王室，收復失地，何必像楚囚一樣相對而泣！”

釋義 “新亭對泣”，用來表現河山淪落之痛，或形容只知悲歎而不知振作的迂腐無能之態。

出處 南朝宋・劉義慶《世說新語・言語》：“過江諸人，每至美日，輒相邀新亭，藉卉飲宴。周侯中坐而歎曰：‘風景不殊，正自有山河之異！’皆相視流淚。唯王丞相愀然變色曰：‘當共勠力王室，克復神州，何至作楚囚相對？’”

新豐雞犬

漢高祖劉邦坐了天下以後，稱其父親為太上皇，並派人把他迎來長安居住。

太上皇從豐縣老家來到了京城，錦衣美食，富貴榮華。但他卻不習慣住在皇宮中，因為這裏沒有看慣了的家鄉的房舍，沒有了多年熟悉的鄉鄰。深宮中的生活對他來說，實在是太陌生、枯燥了。因此，太上皇每日鬱鬱不樂。

劉邦聽說了此事。他既想讓父親在家鄉的氛圍中安享晚年，又不想讓父親回遠離京城的老家豐縣。於是，他想出一個兩全其美的辦法。

劉邦下令，在長安附近選地，建造一座城池。這個城池的街道格局、房屋樣式，都按豐縣的樣子來建築。城建好以後，又將豐縣的老鄉遷移進去居住。劉邦將這城池命名為新豐縣。

太上皇也住進了新豐縣。在這裏，他能夠用家鄉話與原鄰里交談，能看到家鄉的男女老少街頭閒遛和犬羊雞鴨各回其家的景象，不禁高興起來。

釋義 “新豐雞犬”，用來表示懷念家鄉。

出處 東晉・佚名《西京雜記》卷二：“高祖乃作新豐，移諸故人實之。太上皇乃悅。……高帝既作新豐，並移舊社，衢巷棟宇物色惟舊。士女老幼相攜路首，各知其室。放犬羊雞鴨於通塗，亦競識其家。”

道旁苦李

王戎是西晉時著名的“竹林七賢”之一，他從小天資聰穎，被人譽為神童。有一次，王戎和幾個鄰居的小孩一起到大路上玩耍，玩了一會，孩子們一個個玩得滿頭大汗，口中也覺得渴了起來。

這時，一個孩子發現路旁有幾棵李樹，樹上長滿了一顆顆滾圓的、青裏帶紅的李子。一個孩子叫道：“呵！這麼多的李子，大家快去摘呀！”幾個孩子一哄而上，紛紛爭着爬上樹去摘李子。

一個孩子見王戎站着不動，叫道：“王戎，你也快來摘呀！”

王戎搖搖頭說：“你們別摘了，這些樹上的李子都是苦的，不能吃！”

鄰居的孩子不相信，一個個摘了滿滿一口袋李子下了樹。他們興高采烈地把李子往口裏送。一咬，一個個苦着臉，把李子吐了出來，叫道：“又苦又澀，上當了！上當了！”

王戎笑着對他們說：“我說這李子是苦的，你們不相信，這下相信了吧！”

一個路人正巧路過，他聽了王戎的話，問：“你怎麼知道這李子是苦的呢？”

“這大路上來往的行人和車輛很多，如果李子是甜的話，早就給人家摘完了。所以說李子是苦的。”

“你真聰明！”那個路人誇獎說。

釋義 “道旁苦李”，用來比喻無用而被拋棄的東西，或者表示因被棄置而相反得到保全。

出處 南朝宋・劉義慶《世說新語・雅量》：“王戎七歲，嘗與諸小兒遊。看道邊李樹多子折枝，諸兒競走取之，唯戎不動。人問之，答曰：'樹在道邊而多子，此必苦李。'取之，信然。"

滄海遺珠

唐朝名臣狄仁傑，字懷英，并州太原人。他年輕時，好讀書不知疲倦，除讀書之外，無所關心。

有一次，狄仁傑住處附近，有一個人被殺害了，官府派員前來勘察，找來了很多人，向他們了解情況。當時，眾人紛紛爭着回答，惟有狄仁傑一聲不響，只顧手握書卷沉迷其中。這位官員感到此人好生奇怪，似乎沒把他這個當官的放在眼裏，就問："你住在被害人附近，為甚麼一言不發？"狄仁傑說："我正在與經書中的聖賢對話，哪有工夫跟庸俗小吏囉嗦？"

這官員聽了默然不樂，暗暗懷恨。不過狄仁傑只是出言不遜，一時奈何他不得。不料數年之後，狄仁傑任汴州參軍，竟與這人成了同事。終於，這個官員尋機誣陷狄仁傑。狄仁傑被投進監獄。

這時，朝廷正巧派黜涉使閻立本巡察各地，調查官吏的行為以施賞罰。閻立本來到汴州，查到狄仁傑的案卷，便親自訊問狄仁傑。狄仁傑成功地為自己作了辯解，說明自己是受人誣陷。

閻立本從狄仁傑的辯詞中，弄清了事情的原委，同時他驚喜地發現狄仁傑神情自若，言談從容，思辨周詳，批駁有力，實是不可多得的人才。他稱讚狄仁傑說："孔子說'觀過知仁'，你可算得上是滄海中遺留的一顆珍珠了。"

於是閻立本舉薦狄仁傑為并州法曹。在任上，狄仁傑表現出非凡的政治才幹。凡是他經手審理的案件，無一不是處置恰當。由於他辦案出色，不久升任大理丞、侍御史、寧州刺史等職。到武則天時，他被拜為宰相，成為一代名臣。

釋義 "滄海遺珠"，用來形容被埋沒的人才，或形容珍貴的事物。

出處 北宋・歐陽修、宋祁等《新唐書・狄仁傑傳》："為吏誣訴，黜陟使閻立本召訊，異其才，謝曰：‘仲尼稱觀過知仁，君可謂滄海遺珠矣。’”

滄浪濯纓

戰國時楚國人屈原，是著名的詩人，他是楚國貴族，曾為三閭大夫。因奸臣讒言陷害而被流放到江南，在沅江、湘江一帶流浪。有一天，面色憔悴，身形枯瘦的屈原在江畔吟詩，一個老漁翁見到他，就問：“你不是三閭大夫嗎？怎麼流落到如此地步呢？”

屈原回答：“我之所以被流放，因為世人都骯髒只有我清白，眾人都喝醉了只有我清醒。”

漁翁說：“聖人應該不拘泥於一物，應隨事物變換而變換。既然世人都骯髒，你何不也掀起波浪，帶起泥沙？既然所有人都醉了，你何不也一醉方休？何必苦思冥想，故作清高，以至於落到今天這般田地？”

屈原回答道：“我聽說，剛洗過頭的人，一定會先把帽子上的灰塵彈掉再戴上去；剛洗完澡的人，也一定會抖乾淨衣服。我怎能讓乾淨的身體去沾染俗世的塵埃呢？我寧可投江餵魚，也不能那樣做。”

漁翁聽了笑笑，就划槳離開。邊划邊唱道：“滄浪河水清啊，可以洗我的帽纓；滄浪河水濁啊，可以洗我的腳。”

漁翁的意思仍是勸屈原不可過於清高，人應隨波逐流，適應塵世的生活。但屈原沒有聽進去，不久就投江而死。

釋義 “滄浪濯纓”，用來表示保持高風亮節，或表示避世脫俗；也用於表示隨波逐流，混同世人。

出處 楚・屈原《楚辭・漁父》：“屈原曰：‘吾聞之，新沐者必彈冠，新浴者必振衣；安能以身之察察，受物之汶汶者乎！寧赴湘流，葬於江魚之腹中。安能以皓皓之白，而蒙世俗之塵埃乎！’漁父莞爾而笑，鼓枻而去，乃歌曰：‘滄浪之水清兮，可以濯吾纓。滄浪之水濁兮，可以濯吾足。’遂去不復與言。”

墓木拱矣

春秋時期，諸侯混戰。魯僖公三十年（公元前630年）九月，秦、晉兩國聯合出兵攻打鄭國。當時，鄭國大夫燭之武說服了秦穆公，拆散了秦、晉的聯盟，結果，秦國單獨同鄭國講和。

秦國為了防止晉國單獨吞併鄭國，在秦軍撤退時，秦穆公派秦國三個大夫——杞子、逢孫、揚孫領兵留守鄭國。

杞子滅鄭之心不死。他從鄭國秘密派人報告秦穆公說："鄭國人讓我掌管他們國都北門的鑰匙，如果主公能暗中派兵前來，就可以佔領鄭國。"

秦穆公向秦國的元老、富有經驗的蹇叔徵求意見。蹇叔仔細分析了兩國的形勢，衡量了出征的利弊，對穆公說："興師動眾去襲擊遠方的國家，從未有獲得成功的。遠征軍兵馬勞頓，精力耗盡，而遠方敵國又有所戒備，這樣做恐怕是不行的。"

秦穆公聽了蹇叔的話，臉色陰沉，很不高興。蹇叔為了勸穆公改變主意，冒死進諫。但無論蹇叔怎樣勸說，穆公都不聽。他召來孟明、西乞術、白乙丙三員戰將，命令他們帶領軍隊從東門出發，去奔襲鄭國。

蹇叔十分悲傷。出征前，他顫巍巍地來到出征的軍隊前，號啕大哭，說："孟明啊，我現在看着大軍出征，可是再也看不到你們回來了！"

蹇叔出語不祥，預言秦軍必然失敗，這還了得？但因他是個資深大夫，響噹噹的元老派，秦穆公也不便把他怎麼着，就派人斥責他說："你懂甚麼？可惜你白活七八十歲了。如果你活到六七十歲就死去的話，現在你墳上的樹也該有兩臂合抱那麼粗了！"

穆王的言外之意是罵蹇叔早就該死了。蹇叔不理穆公，走到他即將出征的兒子面前，哭着送他說："晉國軍隊一定會在殽山阻擊我軍。殽山有兩個山頭：南面那個山頭，有夏王皐（夏代的君主，夏桀的祖父）的墳墓；北面那個山頭，是周文王曾經避過風雨的地方。你們必定會死在這兩個山頭之間，我等着收取你的屍骨啊！"

秦軍向東進發了，果然，在殽山陷入了晉軍的包圍圈，全軍覆沒。蹇叔的預言得到了證實。

釋義 “墓木拱矣”，用來指人死去已久。

出處 春秋・左丘明《左傳・僖公三十二年》：“（秦穆公）召孟明、西乞、白乙，使出師於東門之外。蹇叔哭之，曰：‘孟子，吾見師之出而不見其入也。’公使謂之曰：‘爾何知？中壽，爾墓之木拱矣。’”

夢惠連

謝靈運是南朝宋武帝時的著名詩人，他有個族弟名叫謝惠連，十分聰明，十歲時便能寫文章。謝靈運很喜歡他。

謝惠連年歲稍長，謝靈運便經常和他一起談詩論文。謝惠連才思敏捷，見解精闢，說起來頭頭是道，妙語連珠，謝靈運感到與惠連在一起的時候，寫起詩或文章來文思如泉湧，往往能寫出令自己大為滿意的佳句。

後來，謝靈運被任命為永嘉（今浙江溫州）太守，他不得不和惠連告別，前去赴任。在永嘉，謝靈運暢遊雁蕩山水，寫下了不少有關雁蕩山的山水詩。但他自己感到不和惠連在一起，文思枯竭多了。

一天，他在永嘉西堂寫一首《登池上樓》的詩，從早晨苦思到傍晚，想不出甚麼好的詩句。一時間，他不覺神情困倦，伏在桌上打起盹來。

突然，他似乎看到謝惠連來了，他高興之極，便和惠連談起詩來。惠連一來，謝靈運頓時觸發了靈感，想出了“池塘生春草，園柳變鳴禽”的佳句。他高興得哈哈大笑，醒了過來。

醒來後，謝靈運便把“池塘生春草，園柳變鳴禽”的詩句寫進了《登池上樓》，後人把這兩句話讚譽為寫春意的千古名句。

謝靈運和別人談起這首詩時，常常說：“這兩句話是我夢見惠連以後的神來之筆，不是我自己能寫出來的！”

釋義 “夢惠連”，用來形容詩文創作有神來之筆；或者用來描寫春意盎然，生機蓬勃。

出處 唐・李延壽《南史・謝方明傳》："(謝靈運) 嘗於永嘉西堂思詩，竟日不就，忽夢見惠連，即得'池塘生春草'，大以為工。常云：'此語有神功，非吾語也。'"

蒼鷹乳虎

郅都是西漢時人，在孝景帝時任中郎將，他為人正直，不畏權勢，敢於直諫。

當時，濟南郡有一些皇帝宗親，仗着自己特殊的身份，任意胡為，無法無天。當地太守拿他們也沒辦法。於是漢景帝拜郅都為濟南太守。郅都一到那裏就殺了宗親中的首惡分子，絲毫不理睬他的皇親身份，剩下的都嚇得發抖，再不敢胡作非為，不到一年，郡中已夜不閉戶，路不拾遺。

後來，郅都升遷為中尉，掌管京城治安。他嚴厲執法，不避權貴，一些諸侯及宗室都不敢正眼看他，給他起了個外號叫"蒼鷹"。

不僅國人怕他，甚至塞外的匈奴也怕他。郅都任雁門太守時，匈奴人立即撤走，一直到他死都不敢靠近雁門關。

當時，還有一人叫寧成，也以執法嚴酷著稱。一次，皇帝想派他做郡守，有大臣上書說："寧成治理百姓太嚴厲，好像狼在放牧羊羣一樣，不能讓他管理百姓。"於是朝廷就改派他做關東都尉，過了一年多，一些從關東調回關內的人傳出一句話："寧可碰上正在育子的母虎，也不要碰上寧成發怒。"

釋義 "蒼鷹乳虎"，用來指執法嚴酷的官吏；也泛指司法官吏。

出處 西漢・司馬遷《史記・酷吏列傳》："是時民樸，畏罪自重，而都獨先嚴酷，致行法不避貴戚，列侯宗室見都側目而視，號曰'蒼鷹'。……上乃拜成為關都尉。歲餘，關吏稅肄郡國出入關者，號曰：'寧見乳虎，無直寧成之怒。'"

蒹葭倚玉樹

蒹葭為兩種植物。蒹，即荻；葭，即蘆葦。二者皆為水草，因十分常見，古代借指微賤。玉樹，傳說中的仙樹，五彩斑斕，鮮艷奪目。

三國魏夏侯玄（209–254 年），與曹氏有親戚之誼。他才華橫溢，少年時就很有名氣，但他傲才視物，蔑視權貴公卿，具有名士風範。

曹爽輔政時，任夏侯玄為征西將軍。司馬懿殺曹爽時，他也被廢黜。後來，夏侯玄與一批曹魏舊臣謀殺司馬師，事洩被殺，臨刑時談笑自若。

少時，夏侯玄很自負，十八歲時任黃門侍郎（即皇帝的侍衛官）。有一次，他進宮見皇帝，魏明帝讓他與皇后之弟毛曾並坐。毛曾是個不學無術之輩，只因是明帝外戚而受寵倖，進出宮中。夏侯玄在明帝面前也不掩飾自己的表情，認為與毛曾同坐是奇恥大辱，一副不高興的樣子。這件事明帝看在眼裏，對夏侯玄很反感，把他官降了幾級。

魏晉時代尤其名士當中十分注重身份，注重個人外表，夏侯玄與毛曾同座的事迅即在社會上傳開，當時人評價是“蒹葭倚玉樹”，即蘆葦一類水草倚傍玉樹，説明二者反差極大。

釋義 “蒹葭倚玉樹”，用來形容二者美惡相去甚遠；也以“倚玉”等自謙與他人共事。

出處 南朝宋・劉義慶《世説新語・容止》：“魏明帝使后弟毛曾與夏侯玄共坐，時人謂‘蒹葭倚玉樹’。”

臧穀亡羊

春秋時期，有一個財主養了幾隻羊，僱了臧和穀兩個人給他牧羊。臧和穀同年，臧喜歡讀書，穀喜歡玩賭博的遊戲。

一天早上，臧和穀各自趕了幾隻羊出去放牧。臧的手中拿着一根鞭子，懷中藏着一本平時最愛讀的書；穀把鞭子插在腰間，兩手不停地玩弄着幾顆骰子。

兩人把羊趕到山腳下一塊綠油油的草地上，羊兒們便在草地上自由自在地吃起草來。臧放下鞭子，坐在一塊大青石旁，拿出書讀了起來；而穀找了塊光滑平整的山石，拿出骰子來一個人擲着玩。

臧看書看得入了迷，忘記了羊；穀擲骰子也擲得入了迷，忘記了羊。時間過得很快，那些羊吃飽了青草，毫無目的地朝遠處跑去，消失在山間的岔路上。等到日落西山，臧收起書本，穀收過骰子想趕羊回去的時候，才發現草地上連一隻羊也沒有了。

兩人在山中找到黃昏也沒見到羊的蹤影。他們垂頭喪氣地回到莊裏。財主聽說他們竟把羊丟了，氣得大發雷霆，當天就把兩人一起解僱了。

戰國時代的哲學家孟子在他寫的《駢拇》一文中記述了這個故事，並且議論說：臧和穀雖然所做的事不同，但丟掉了羊是相同的，兩人並沒有甚麼好壞之分。

釋義 "臧穀亡羊"，用來比喻不專心本業，或者不專心於本業而有所失誤。

出處 《莊子・駢拇》："臧與穀，二人相與牧羊而俱亡其羊。問臧奚事，則挾策讀書；問穀奚事，則博塞以遊。二人者，事業不同，其於亡羊均也。"

鳶肩火色

唐朝時，有一位名叫馬周的人。馬周小時候家中很貧窮。但他卻十分好學上進。

後來，馬周為了增長知識，到長安遊學，有了向皇帝唐太宗上書的機會。馬周頗有才華。他認識事理深刻，進言必中，深得唐太宗的賞識。

唐太宗說："我若一時見不到馬周，就會想念他。"馬周的境遇，讓朝中許多人都艷羨不已。

中書侍郎岑文本與馬周有接觸，並仔細觀察過馬周。岑文本對自己的親信說："我多次見到馬周論述事理。他機敏多才，能旁徵博引，簡明扼要，切中事理，準確精當，聽來讓人忘卻疲勞。過去有名的蘇秦、張儀、終軍、賈誼等人，也正是這樣的。"

誇讚了馬周一通以後，岑文本話鋒一轉，說："但我仔細觀察了，馬周的形貌不好。”

“怎麼回事呢？”親信們不解地問。

岑文本接着說：“不知你們注意到沒有，馬周的雙肩上端像老鷹，而且他臉色發紅像火。因此，他雖然官位升遷很快，但只怕不能活得長久吧。”

岑文本依據自己的觀察，判斷馬周必然是短壽的。他不幸而言中，馬周果然在四十八歲時就死了。

釋義 “鳶肩火色”，用來表示官運亨通但卻不能長久。

出處 五代·劉昫等《舊唐書·馬周傳》：“馬君論事，會文切理，無一言可損益，聽之纚纚，令人忘倦。蘇、張、終、賈正應此耳。然鳶肩火色，騰上必速，恐不能久。”

種豆南山

楊惲是著名史學家司馬遷的外孫，他的父親楊敞做過丞相。楊惲因為首先揭發霍禹謀反，被漢宣帝封為平通侯。

他居官清廉公正，恭敬嚴謹，對待別人也要求嚴格，一絲不苟。他的這種品性自然與污濁的官場不相容，終於受到誣陷，被貶為庶人。

在楊惲看來，丟了官職並不是甚麼了不得的事情。離開官場後，他回到故里，添置產業，結廬種田，過着普通的農家生活，親自耕田種地，心地坦然，與家人享受天倫之樂。

楊惲的朋友安定太守孫會宗知道後，寫信勸誡他。楊惲很不以為然，在回覆孫會宗的信中說：“種田在南山，荒蕪不去管，種了一頃豆，豆落只剩下豆秸。人生在世須及時行樂，富貴又有甚麼稀罕呢！”

楊惲的回信又得罪了孫會宗。碰巧不久發生了日食，有人對漢宣帝說日食是楊惲不肯悔過引起的。孫會宗又趁機把楊惲的信拿給宣帝看。宣帝一怒之下，下令將楊惲殺了。

釋義 “種豆南山”，用來形容唾棄富貴，安貧樂道，歸隱田園的閒適生活。

出處　東漢・班固《漢書・楊惲傳》："田彼南山，蕪穢不治，種一頃豆，落而為萁。人生行樂耳，須富貴何時！"

管寧割蓆

管寧和華歆皆為魏晉之際人，且少時為同學，但二人在性格、志趣方面差別很大。

管寧志趣高尚，一心向學，無意仕宦。在漢末兵荒馬亂的時代，避亂遼海，聚徒講學達三十七年久。魏文帝和魏明帝都召他做官，但他堅辭不就，以講學終其身。

華歆卻不同，對世俗的財、權看得很重，不講節義，漢末做到尚書令。當時曹操以外戚身份執掌朝政，勢力龐大，華歆就投靠曹操，並成為曹操的可靠爪牙，曾帶人殺了獻帝的伏皇后。華歆的賣身投靠換得了豐厚的回報：曹丕稱帝建魏後，他官至司徒；至明帝時，做到太尉，並被封侯，權勢顯赫一時。

管寧與華歆的這種差別在早年就很明顯了，華歆的品德和行為為管寧所不恥。

一次，他們二人在園中鋤菜，碰巧地上有一塊金子。管寧像沒有看到一樣，只顧鋤地，視金子如泥土；而華歆卻不同，看到金子後立即停了下來，拾起金子並珍藏起來。

他們曾共同坐在一塊蓆子上讀書，這時門外有乘車的達官貴人路過，管寧讀書如故，而華歆立即放下書出門去看，羨慕不已。管寧無法忍受華歆庸俗的行為，拿出刀來把蓆子割成兩半，分開而坐，與華歆嚴格劃清界限，對他說："你實在夠不上我的朋友。"

釋義　"管寧割蓆"，用來指志趣不同，不能為友共事。

出處　南朝宋・劉義慶《世說新語・德行》："管寧、華歆共園中鋤菜，見地有片金，管揮鋤與瓦石不異，華捉而擲去之。又嘗同蓆讀書，有乘軒冕過門者，寧讀如故，歆廢書出看。寧割蓆分坐曰：'子非吾友也。'"

管鮑之交

春秋時，管仲和鮑叔牙是一對罕見的好朋友。他倆年輕時，曾一起合夥做過買賣。鮑叔牙有錢，本錢出得多；管仲家窮，本錢出得少。賺了錢後，鮑叔牙不按本錢分配，總是多分一些錢給管仲。

後來，管仲和鮑叔牙一起踏上政治舞台，兩人分別成了齊襄公兩個兄弟公子糾和公子小白的師傅。由於齊襄公荒淫無道，公元前686年，管仲帶着公子糾到魯國避難，而鮑叔牙帶着公子小白到莒國避難。

不久，齊國發生內亂，齊襄公被殺。齊國派使臣到魯國迎請公子糾回國當國君。魯莊公便親自帶兵護送公子糾回國。管仲對魯莊公說："公子小白在莒國，離齊國不遠。萬一他先回國奪了君位，那就糟了。請讓我先帶領一支人馬去截住他吧！"魯莊公同意了。

管仲帶着幾十輛兵車趕緊往前趕。到了即墨附近，果然發現公子小白正趕往齊國去。管仲對公子小白說："你哥哥公子糾正回國去，你就別回國了。"

鮑叔牙雖然和管仲是好朋友，但這時鮑叔牙卻護着自己的主人，說："公子糾要回國，難道我的主人就不能回國嗎？還是各走各的路，各憑自己的本事吧！"

管仲見無法阻攔公子小白回國，就偷偷地拿起弓箭，對準公子小白射過去。公子小白大叫一聲，口吐鮮血，倒在車中。管仲認為小白已被射死，趕緊帶着人馬跑回公子糾身邊，不慌不忙地保護着公子糾回國去。

不料，管仲一箭射中的是公子小白的帶鈎。公子小白嚇了一跳，又怕再來一箭，就故意大叫一聲，咬破舌頭，倒了下去。管仲走後，鮑叔牙便帶着公子小白抄小路搶先回到齊國都城臨淄，並要求大臣們立即立公子小白為國君。

但大臣們猶豫不決，有的說："已經派人上魯國接公子糾去了，怎麼可以立公子小白呢？"有的說："公子糾大，應該立公子糾。"

鮑叔牙告誡大臣們說："齊國內亂以後，非立一位有能耐的公子不可。要是讓魯國立公子糾，他們準得要謝禮。而且從此以後，他們便會以齊國的恩人自居。這樣，將來齊國在各方面都要聽魯國的，這是非常不利的。”大臣們認為鮑叔牙說得對，就立公子小白為君，史稱齊桓公。

接着，齊桓公馬上派人去對魯國說，齊國已經有了國君，請他們別送公子糾來了。可是，魯莊公已送公子糾到了邊界上。兩國間就打了起來，結果魯國大敗。

齊國又打到魯國去，逼死了公子糾，又把管仲抓起來，說管仲曾箭射齊桓公，齊桓公要親手殺了他報仇，所以一定要活着把他解押回齊國。魯莊公無奈，只得答應。

管仲到了齊國，好朋友鮑叔牙先來接他，還把他介紹給齊桓公，齊桓公說：“他拿箭射過我，要我的命，你還叫我用他嗎？”

鮑叔牙回答說：“當時他是公子糾的人，自然幫着他的主子。但是論本事，他比我強多了。主公如能用他，他一定能幫你幹出一番大事業來！”

齊桓公聽了，便拜管仲為相國，而鮑叔牙則自願當管仲的副手。管仲感動地說：“生我者父母，知我者鮑叔牙啊！”

釋義 “管鮑之交”，用來形容知心好友互相信任，情誼深厚，永遠不變。

出處 《列子・力命》：“魯歸之，齊鮑叔牙郊迎，釋其囚。桓公禮之，而位於高國之上，鮑叔牙以身下之，任以國政，號曰仲父。桓公遂霸。管仲嘗歎曰：‘生我者父母，知我者鮑叔也！’此世稱管鮑善交者。”

笠簑朱字

傳說唐朝年間，李生和盧生兩個書生一起在太白山隱居讀書，並學習道家成仙得道之術。

住了幾年，李生沒有恆心，受不了山中的清苦生活。一天，他對盧生說：“我不想再在山中學道了，還是下山去闖一闖吧！”於是，李生就告別了盧生，離開了太白山。

過了幾年，李生有事到揚州去，意外地遇見了盧生。盧生熱情地邀請李生到他在城南幾十里的家中作客。李生來到盧生家中，只見他的住宅十分華麗，亭台樓閣，還有一個極大的花園，園中種滿了各種名貴的花木。

盧生在花園的一個亭子中設宴招待李生，名酒佳餚，還有十幾個非常漂亮的婢女服侍。兩人飲了一會酒，天色暗了下來，盧生說："我知道你一向愛好弦樂，特地請了一個善彈箜篌的女子來為你彈奏一曲。"說完，盧生拍拍手，一個管家模樣的人領着一個容貌出眾的年輕女子抱着一隻箜篌來到亭中。盧生命人點上蠟燭，讓那女子彈奏。那女子略一點頭，便彈奏起來。她果然彈奏得非常出色。彈奏畢，李生拿過她的箜篌，見上面有一行朱紅色的小字："天際識歸舟，雲間辨江樹。"

宴畢，盧生問李生說："這女子出身於官宦之家，容貌也很美，你願意娶她為妻嗎？"

李生說："心有所願，但我哪裏配得上呢？"

盧生聽了，哈哈大笑，說："老兄，你沒聽說姻緣是前世注定的嗎？祝你心想事成。"

兩人分別後，過了些時候，李生來到汴州，經友人介紹，他娶了當地一個官員的女兒做妻子。

新婚之夜，李生發現妻子的容貌很像他在盧生家中見過的彈箜篌的那個女子，不由十分驚奇。再一問，妻子確實也會彈箜篌。李生把她帶來的箜篌一看，上面果然有"天際識歸舟，雲間辨江樹"十個紅色小字。這樣一來，李生更加驚異，便把那天在揚州宴飲的事告訴了妻子。

妻子聽了，說："你說的事情很像我不久前做的一個夢，在夢中，我確實到過揚州，是一個仙人來帶我去的，仙人還要把我許配給他的朋友，沒想到正是相公。"

李生聽了，知道盧生已經得道成仙，連忙再去揚州拜訪盧生，但城南哪還有甚麼豪宅，只有一片荒草而已。

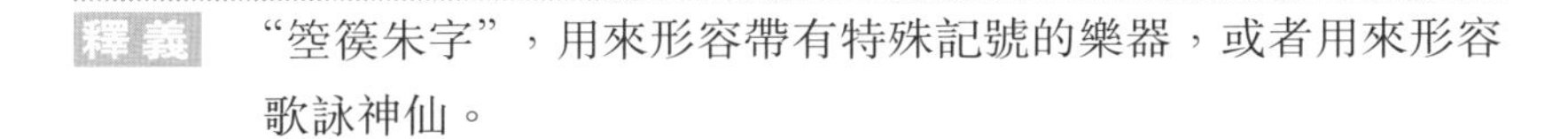

釋義　"箜篌朱字"，用來形容帶有特殊記號的樂器，或者用來形容歌詠神仙。

出處 北宋・李昉等《太平廣記》卷十七："李生視箜篌上，有朱字一行云：'天際識歸舟，雲間辨江樹。'罷酒，盧生曰：'莫願作婚姻否？此人名家，質貌若此。'李生曰：'某安敢？'盧生許為成之……。其年，往汴州，行軍陸長源以女嫁之。既婚，頗類盧生北亭子所睹者。復能箜篌，果有朱書字，視之，天際之詩兩句也。"

誤筆成蠅

三國時，吳國有個著名的大畫家名叫曹不興。他的畫色彩鮮艷，神韻兼備，在當時有很大的名氣。東吳的士大夫家中，都以掛曹不興的畫為榮。曹不興的大名甚至傳入宮殿，連吳主孫權也知道曹不興是個非常出色的畫家。

有一年，吳國的宮殿中新製了一架屏風。精美的紅木木架上配上雪白的素絹，顯得十分高雅，看到的人都讚不絕口。孫權對這屏風也十分滿意，但總感到有些甚麼美中不足。這時，宮中的太監主管對孫權說："皇上，如果能請人在素絹上配上畫，那就更好了。"

孫權聽了，十分高興，說："這主意不錯。曹不興的畫很有名氣，那就叫他來畫吧！"

曹不興被傳到了宮中。太監總管對他說："皇上仰慕你的畫名，讓你在這屏風素絹上作一幅畫，你好好畫吧！"

曹不興聽了，立刻拿起畫筆，蘸了墨，略作沉思，便準備動手。誰知墨蘸得太多，剛提起筆，一小點墨便落在潔白的素絹上。旁邊看他作畫的人都惋惜地說："素絹被墨點玷污了，叫工匠來換一塊素絹再畫吧！"

曹不興對着小墨點端詳了一會，說："不用換，就在這塊素絹上畫吧！"

於是，曹不興又東加幾筆，西添幾筆，最後又把那小墨點改畫成一隻栩栩如生、十分傳神的蒼蠅。而且蒼蠅所處的位置，正是整幅畫的畫眼之處，對整幅畫起畫龍點睛的作用。有了這隻蒼蠅，整幅畫便活了起來。

屏風畫好後，太監總管向孫權稟報。孫權興沖沖地前來看畫，一眼看到屏風的素絹上停着一隻蒼蠅，便揮手去趕。可是趕了幾次，那隻蒼蠅卻一動不動，不肯飛走。他心中十分疑惑，再仔細一看，才知道這是曹不興畫上去的，忍不住笑了起來，說："曹不興不愧是位名畫家，畫得好極了！"

於是，孫權下令重賞了曹不興。曹不興的名氣從此也更大了。

釋義 "誤筆成蠅"，用來形容畫技逼真，能夠達到以假亂真的程度。

出處 唐・張彥遠《歷代名畫記》卷四："曹不興，吳興人也。孫權使畫屏風，誤落筆點素，因就成蠅狀。權疑其真，以手彈之。"

說項 唐朝時，有個讀書人名叫項斯。他年輕時不想做官，在福建朝陽峰前修築了一間茅廬，過着與世隔絕的生活，除了過往雲遊的道士、和尚，一般不跟其他人來往。

當時的社會崇尚詩歌，讀書人都會寫詩，項斯也不例外。他很有文學才華，寫出的詩清新脫俗，很受人們讚賞。在朝陽峰隱居的三十多年中，他寫了不少好詩，到他五十多歲時，他寫的不少詩篇已在民間流傳。

於是，有些詩歌愛好者便慕名前來，以詩會友。一回生、兩回熟，他和詩友們逐漸相熟了。詩友們認為他住在山中是埋沒了自己的才能，勸他出山到長安去應試。項斯拗不過詩友們的盛情，終於答應了。

不久以後，項斯來到長安，結識了著名的前輩詩人張籍。張籍讀了項斯的詩作，感到他的作品不同凡響，特地寫了一首詩送給他，其中有"盡日吟詩坐忍飢，萬人中覓似君稀"之句，對項斯的才華十分欣賞。但是，由於項斯應考經驗不足，他第一次參加朝廷舉行的省試時名落孫山。

然而，項斯並沒有灰心喪氣，他接受了朋友的建議，把自己得意的佳作挑選出來，寫成行卷，分別去投獻給朝廷或文壇上有地位的人，希望通過他們的讚譽，提高自己的聲望，爭取在下一次的考試中名登金榜。

結果，項斯的策略獲得了成功。他把詩作投獻給國子監祭酒楊敬之，楊敬之十分欣賞他的作品，特地把項斯請到自己府中相見，傾談之下，覺得項斯的人品和氣度，比他寫的詩還好。於是，他當場寫了一首詩送給項斯："處處見詩詩總好，及觀標格過於詩。平時不解藏人善，到處相逢說項斯。"

這首詩的意思是：我在好幾個地方看到項斯寫的詩，覺得他的詩寫得最好。等到見到了他，感到他的人品比詩還好。我本來不理解人怎麼會把好的地方藏起來，見了項斯我才懂了，所以我一碰到別人，就會向別人誇讚項斯。

不久以後，這首詩便傳遍了整個長安，項斯的知名度也大為提高。項斯第二次參加朝廷舉行的省試時，終於被主考官錄取為第二名進士。

釋義　"說項"，用來表示替別人講好話，替別人說情。

出處　唐・李綽《尚書故實》："幾度見詩詩總好，及觀標格過於詩。平生不解藏人善，到處逢人說項斯。"

旗亭畫壁

唐朝開元年間，王昌齡、高適和王之渙三人寫的詩都很出色，在當時很有些名氣。

有一年冬天，天氣十分寒冷。三人來到一家名叫旗亭的酒店中，買酒小酌。他們正圍着火爐喝得高興，酒店中忽然來了十幾個女藝人，她們一個個都長得很美，衣着也十分華麗。一到店中，便圍桌而坐，點了酒菜，邊吃邊喝邊唱起來。

三位詩人聽了一會，見這些藝人唱的都是當朝一些有名的樂曲，品味很不俗，便悄悄商定：他們三人的詩，誰的詩被這些藝人唱得最多，誰的詩就作得最好。

一會兒，一個藝人唱了王昌齡的一首絕句，王昌齡就在身邊的牆壁上畫上一個記號，說："我暫時領先。"

接着，另一個藝人唱了高適的一首絕句，高適也在牆壁上畫了一個記號，說："我和你一比一。"

第三個藝人又接下去唱，她唱的是王昌齡的另一首絕句。王昌齡十分得意，又在牆壁上畫了一個記號，說："我已有兩首了。"

王之渙成名比王昌齡、高適早，見王昌齡一副得意洋洋的樣子，心中很不是味道，他想了想說："陽春白雪，曲高和寡。我們不能以多為勝。這些梨園藝人之中，氣質也有高下之分。剛才唱的三個女藝人，看上去都是演配角的，她們怎麼會唱我的高雅作品呢？"

於是，他就指着一個頭上梳着兩個環形髮髻，容貌最漂亮，氣質最高雅的女藝人說："這個女藝人是她們中的頭牌，輪到她唱時，如果她唱的是兩位的詩，而不唱我的詩，我便向兩位甘拜下風。要是她唱的是我的詩，那麼你們就得讓我先拔頭籌！"王昌齡和高適見王之渙說得有理，便也當即同意。

過了一會，輪到那個氣質高雅的女藝人唱了。三人一聽，她唱的果然是王之渙所寫的《涼州詞》："黃河遠上白雲間，一片孤城萬仞山。羌笛何須怨楊柳，春風不度玉門關。"

王之渙不由滿心高興，哈哈大笑。王昌齡和高適也大笑着說："好吧！這個頭籌就讓給你吧！"

三人的笑聲驚動了那些女藝人，跑過來問："你們為了甚麼事，竟然高興得如此模樣？"

王昌齡等把大笑的原因說了，女藝人們也都高興起來，說："原來三位都是鼎鼎大名的詩人，如不嫌棄，請和我們共桌而飲吧！"

三人當即很高興地接受了邀請，一時歡聲笑語，充斥了旗亭酒家。旗亭畫壁也作為佳話流傳了下來。

釋義 "旗亭畫壁"，用來形容文人之間互爭名次；也用來表示文人聚會，飲酒賦詩。

出處 唐・薛用弱《集異記》："開元中，詩人王昌齡、高適、王之渙齊名。一日，天寒微雪，三人共詣旗亭，貰酒小飲，忽有梨園伶官十數人，登樓會宴。三詩人因避席偎映，擁爐火以觀焉。俄有妙妓四輩，尋續而至，奢華艷曳，都冶頗極。旋則奏樂，皆當時之名部也。……昌齡則引手畫壁曰：'一絕句！'……"

齊人乞墦

戰國時，齊國有一個人，他有一妻一妾，共同住在一起。此人每次外出，都是吃得酒足飯飽方才回家，臉上露出的是一臉得意的神色。他的妻子見他一副洋洋自得的樣子，有一天終於忍不住問他說："跟你一道喝酒吃飯的是些甚麼人？"這個人回答說："跟我一起吃喝的，當然是一些有錢有勢的朋友，不然，我怎麼可能每天喝得醉醺醺地回家呢？"

他的妻子對此十分懷疑，私下對妾說："丈夫每次都說有富貴的朋友請他吃飯，但怎麼從來沒有顯貴之人登門拜訪呢？我倒要看看他每天去哪裏。"

第二天，等丈夫出門以後，妻子悄悄跟在後面。她看到丈夫急匆匆在城中走着，卻沒有一個人和他打招呼，更不用說停下來和人交談了。最後，眼見到了吃飯的時候，只見丈夫來到城東的墓地（墦），向在墳前祭祀的人乞討祭祀留下的殘酒剩菜。吃得不夠，又四處張望，到別的墳頭上去向祭祀人乞討。妻子終於明白，丈夫每天原來是這樣吃得酒足飯飽的。

妻子回到家裏，把看到的情況告訴了小妾，並說："丈夫，是我們指望依靠他一輩子的人，沒想到他竟然是這樣一個乞食者！"於是，妻妾二人在庭院裏一面相對哭泣，一面痛罵她們的丈夫。可是，她們的丈夫並不知道自己的行徑已被揭穿。他大搖大擺地回到家中，洋洋得意地說："嗨！今天又有一個富翁請我吃了一頓豐盛的酒宴！"

釋義 "齊人乞墦"，用來形容某些人不顧廉恥，乞求利益。

出處 《孟子·離婁下》："齊人有一妻一妾而處室者。其良人出，則必饜酒肉而後反。其妻問所與飲食者，則盡富貴也。其妻告其妾曰：'良人出，則必饜酒肉而後反。問其與飲食者，盡富貴也，而未嘗有顯者來。吾將瞯良人之所之也。’蚤起，施從良人之所之，遍國中無與立談者。卒之東郭墦間，之祭者乞其餘；不足，又顧而之他：此其為饜足之道也。”

齊王捨牛

戰國時，儒家的代表人物孟子曾經遊歷齊、宋、滕、魏等國，一度擔任齊宣王的客卿。

有一次，齊宣王要孟子跟自己談談春秋時齊桓公、晉文公稱霸的歷史。孟子一向主張“民貴君輕”，主張“王道”，反對“霸道”，便推說自己不太清楚。如果要談，他可以談談王道的事。

齊宣王便問：“那你說說看，國君要具備怎樣的品德，才能稱王天下呢？”

孟子說：“我認為，一個國君，只要他能安撫人民，保護人民，那麼他就可以稱王天下。”

“那麼，我是不是可以做到這一點呢？”齊宣王問。

“可以。”孟子點點頭說。

齊宣王聽了，又問道：“你怎麼知道我可以呢？”

“我是從大王的近臣和我說起過的一件事上推測的，我感到大王很有仁愛之心。”孟子說。

“甚麼事？”齊宣王又問。

孟子講了以前的一件事：有一天，齊宣王坐在朝堂上，見一個差役牽着一頭牛從堂下經過。宣王見了，問：“喂！你把牛牽到哪兒去？”差役回答道：“牽去殺了，將牠的血塗在祭祀用的鐘上，用牠的肉作為祭禮。”大王看到那頭牛似乎在發抖，很憐憫牠，說：“放了牠吧！我不忍心看到牠那恐懼顫抖的可憐樣子，就好像一個沒有罪過的人，被無辜地押上刑場一樣。”差役聽了，問：“好吧，我放了牠。那麼是不是不要再用牲畜的血塗在祭祀的鐘上了呢？祭禮要不要舉行了呢？”大王說：“祭禮怎麼能廢除呢？用隻羊來換下這頭牛吧！”

孟子說完了這件事，最後說：“大王，你連殺一頭牛都不忍心，那麼對老百姓一定是很仁愛的了。有了這種仁心，你一定可以稱王天下的。”

齊宣王雖然認為孟子講得很有道理，但他並沒有採納孟子實行“王道”的政治主張。過了不久，孟子也便離開了齊國，到別國去遊說了。

釋義 “齊王捨牛”，用來表示帝王對臣民的惻隱之情。

出處 《孟子・梁惠王上》：孟子曰：“臣聞之胡齕曰：王坐於堂上，有牽牛而過堂下者，王見之，曰：‘牛何之？’對曰：‘將以釁鐘。’王曰：‘舍之！吾不忍其觳觫，若無罪而就死地。’”

榮公三樂

孔子是春秋時期著名的思想家和教育家，儒家學說的創立者。有一次，孔子遊覽泰山後，在山下碰見一個叫榮啟期的人。榮啟期是春秋時期的一位賢人，隱居在家。

孔子看到榮啟期穿着粗陋破舊的衣服，腰裏繫着用草索做成的帶子，一邊彈琴，一邊自己高聲和唱，顯得悠然自得。

孔子見他這副模樣，很好奇地問：“先生，您如此快樂，是為甚麼呢？”

榮啟期回答：“我的快樂簡直太多了。上天孕育了人世間萬物，卻只有人最高貴，而我得生為人，這是人生第一大樂事；人生來就有男女之分，到世上又有男尊女卑之別，我能生來作為男子，這是人生的第二樂事；人生下來有的在幼年時就夭折了，不能長大成人，而我已經活了九十多歲，仍然身體健康，這是人生的第三樂事。另外，貧窮是士人的本色，死亡是人生的終點，世間有甚麼事情可憂愁的呢？世間的人煩惱太多，只是因為他們追逐名利，貪圖富貴，紛紛擾擾，終日不得安寧。”

孔子聽完榮啟期所言，深有感觸，感歎道：“好啊！先生是胸襟開闊，能自我寬解的人啊。世間有幾個人能夠達到先生這樣的思想境界呢？”

釋義 “榮公三樂”，用來形容人達觀處世，不以貧富，貴賤、生死為念。

出處 《列子・天瑞》："吾樂甚多：天生萬物，唯人為貴。而吾得為人，是一樂也。男女之別，男尊女卑，故以男為貴；吾既得為男矣，是二樂也。人生有不見日月、不免襁褓者，吾既已行年九十矣，是三樂也。"

漢篋亡書

漢武帝時名臣張安世，是酷吏張湯之子。但與其父的嚴酷刻薄恰恰相反，張安世知書識禮，且為人寬和。他曾官至尚書令，昭帝時被封為侯。後與大將軍霍光一起謀立宣帝，地位顯要。

張安世讀書廣博，而且記憶力極強。他年輕之時，在漢武帝身邊任職，一次，武帝出外巡行，遺失了三箱書籍，至於具體丟了些甚麼書，羣臣一概不知，而張安世能一一說出全部書名。後來，遺失的書被找回，與張安世所說的相對照，竟一本不差，人們對張安世更加佩服。

釋義 "漢篋亡書"，用來形容人博聞強記，也指古書、佚書等。

出處 東漢・班固《漢書・張安世傳》："安世字子孺，少以父任為郎。用善書給事尚書，精力於職，休沐未嘗出。上行幸河東，嘗亡書三篋，詔問莫能知，唯安世識之，具作其事。後購求得書，以相校無所遺失。"

漆身吞炭

春秋末期，晉國國君的權力已逐步衰弱，晉國的大權落到了范氏、中行氏、智氏、韓氏、魏氏、趙氏六個大夫的手裏。范氏、中行氏被滅以後，智、韓、魏都想奪取更大的權力、更多的土地，於是智伯便聯合韓康子、魏桓子一起討伐趙襄子。不料趙襄子策反了韓、魏兩氏，反過來滅了智伯，均分了他的封地，滅了他的宗族。

智伯有個心腹家將名叫豫讓。他原是范氏的家將，范氏被滅以後，才投奔了智伯。智伯很賞識他，對他十分信任。智伯被趙襄子殺死以後，豫讓逃到石室山中，發誓一定要殺了趙襄子，為智伯報仇。於是，他改名換姓，假扮成犯了罪的囚徒，身上藏了匕首，潛入趙襄子宅內的廁所內，準備乘趙襄子上廁所的時候，伺機刺殺他。

這天，趙襄子來上廁所，忽然聞到一股生人味，立即令左右搜查，發現了豫讓。趙襄子問："你是甚麼人？竟敢身藏匕首，前來行刺？"

"我是智伯的家將，我要為我的主人報仇！"豫讓說。

"他是個叛逆的刺客，殺了他！"趙襄子的家臣說。

趙襄子聽了，擺擺手，說："智伯沒有後代，現在豫讓來為他報仇，真是一個義士，不能殺他，放了他吧！"於是，趙襄子下令放了豫讓，問他說："我放了你，你是否能釋前仇呢？"

"你放了我，這是你對我的恩德；我為主人報仇，這是我的大義！"

趙襄子手下的人都認為豫讓十分無理，要殺了他。趙襄子說："我已答應放他，怎麼能失信呢？以後注意避開他就是了！"

豫讓回到家裏，整日想着報仇的事。他知道趙襄子會躲避自己，便決定替自己改容，讓趙襄子認不出自己。於是，他剃去了自己的鬍鬚和眉毛，又把頭、臉、身子漆成生滿癩疥瘡的樣子，到市中去乞討，他的朋友都認不出他了。

他的妻子到市中尋他，聽到乞討的聲音，驚訝地說："這是我丈夫的聲音呀！"追上前去一看，見了豫讓，說："聲音很像，怎麼人不是呢？"便離去了。

等妻子離開後，豫讓嫌自己的聲音能被妻子及熟人聽出來，又吞下燒紅的炭，使自己的聲音變啞。這樣一來，就是他的妻子見了他，也一點認不出來了。

豫讓來到趙襄子的治地晉陽，等候機會。一天，他打聽到趙襄子出行必定要經過赤橋，便又藏了匕首，伏在橋下準備行刺，不料又被趙襄子搜獲。豫讓雖然聲音、容貌都改變了，但趙襄子還是認出了他。

趙襄子罵道："上次我放了你，今天你又來行刺，我不能再放你了，左右，把他拉下去斬了！"

豫讓悲聲大哭，哭得眼睛中血都流了出來。趙襄子手下的人問他說："你哭甚麼？難道你怕死嗎？"

"不是我怕死。是我想到我死以後，再也沒人替智伯報仇了！"豫讓回答說。

趙襄子聽了，責問他說："你先前是范氏的家臣，范氏被智伯殺死，你忍恥偷生，不但不為范氏報仇，反而投靠了智伯；而我殺了智伯，你倒決心為他報仇，這是為甚麼？"

"范氏只把我當成普通人，而智伯把我當作知己。士為知己者死，我當然要為智伯報仇！"豫讓說。

趙襄子聽後頗為感動，解下佩劍，歎了口氣說："你心如鐵石，我不再赦免你，你自盡吧！"

豫讓接過劍，向趙襄子請求說："我兩次謀刺都沒有成功，憤恨之情無法宣洩。如果大夫能脫下外面的袍子讓我砍幾劍，寄託我為主人報仇的情意，那麼我死也瞑目了！"

趙襄子很讚賞豫讓的志節，當即脫下錦袍遞給豫讓。豫讓把錦袍放在地上，上前猛砍三劍，叫道："智伯，我現在可以到九泉之下來見你了！"說完，隨即揮劍自殺。

釋義 "漆身吞炭"，用來形容自變聲音和容貌；或者形容為主人捨身。

出處 《戰國策・趙策一》："豫讓欲以刺趙襄子，又漆身為厲，滅鬚去眉，自刑以變其容，為乞人而往乞，其妻不識，曰：'狀貌不似吾夫，其音何類吾夫之甚也。'又吞炭(為啞)變其音。"

漂母恩

漢朝的淮陰侯韓信，本是淮陰人。韓信年輕時，家裏很貧窮，常常連飯都吃不上。人們認為他德行不好，因此不推選他做官；他又不懂得怎樣謀生，只有投靠別人吃閒飯，弄得人們都很討厭他。

韓信無所事事，只好跑到城下釣魚。河邊，有幾位老婦在洗衣服。其中一位見到韓信飢餓的樣子，便把帶來的飯分給韓信吃。一連十幾天，天天如此。

韓信很高興，也很感動。他覺得人應該知恩必報，因此，他對那位洗衣老婦說："我決不會忘記您老人家的恩情，將來，我發達了，一定要重重地報答您老人家。"

老婦人聽了，生氣地說："我是可憐你，才給你飯吃，並不是希望得到報答。再說，像你這樣不務正業，年輕輕的連自己都養不活，又談甚麼報答我！"

韓信聽了老婦人的話，左思右想，心中非常慚愧，從那以後，開始自強起來。

後來，韓信投奔了劉邦，為劉邦攻破勁敵項羽，身經百戰，立下了赫赫功勞。劉邦當了皇帝以後，封韓信為楚王，都下邳。

韓信到了楚都，召見曾分給他飯吃的那位洗衣婦，賜給她一千兩黃金。

釋義 "漂母恩"，用來表示知恩必報；或指士人未發達時生活貧困。

出處 西漢・司馬遷《史記・淮陰侯列傳》："信釣於城下，諸母漂，有一母見信飢，飯信，竟漂數十日。信喜，謂漂母曰：'吾必有以重報母。'母怒曰：'大丈夫不能自食。吾哀王孫而進食，豈望報乎！'……漢五年正月，徙齊王信為楚王，都下邳。信至國，召所從食漂母，賜千金。"

漁陽參撾

禰衡，字正平，是東漢末年的著名才子。他恃才傲物，狂妄自負。興平年間，他在荊州避難。曹操挾持漢獻帝到許都後不久，禰衡來到許都。當時，曹操手下文臣武將，人才濟濟，但禰衡卻都不把他們放在眼中，認為他們都是庸庸碌碌之輩，不值一提。

那時，名列建安七子之一的著名文學家孔融在朝廷任少府之職，孔融也是個狂才，因此禰衡對孔融還有一分崇敬之心。儘管孔融已四十餘歲，禰衡只二十出頭，但兩人很合得來，孔融也十分欣賞禰衡的才能，兩人結為摯友。

孔融多次向丞相推薦禰衡，曹操也慕禰衡之名，便派人召見他。但禰衡一向對曹操沒甚麼好感，故意稱病不去。同時，他還在不少場合譏諷曹操。曹操得知後，十分憤怒，但因禰衡很有才名，才不想殺他。

但曹操是個十分記恨的人，他處心積慮要找機會侮辱禰衡一番。不久，他聽說禰衡打得一手好鼓，就將禰衡召為鼓吏。禰衡知道曹操不懷好意，但他有意要顯露一下自己的鼓技，竟接受了下來。

過了幾天，曹操在相府大廳大宴賓客，廳上放着一面大鼓，鼓旁放着鼓吏應穿戴的黃色衣帽。宴席中，曹操命鼓吏擊鼓助興。幾個老的鼓吏和禰衡一起奉命而入。鼓吏擊鼓前，都要換上黃色的鼓吏專用衣帽，幾個老鼓吏便都換了衣帽，擊了一通鼓。

輪到禰衡擊鼓時，禰衡穿着原來的衣服，走到鼓前，拿起鼓槌，槌落如飛，擊出鼓曲《漁陽參撾》，曲調悲壯，音節美妙，淵淵有金石之聲。參加宴會的人聽了，莫不慷慨流淚。他們早就聽說禰衡鼓技十分高超，知道這個不穿鼓吏服飾擊鼓的人一定是禰衡。

禰衡擊完鼓，走到曹操面前停了下來。主持宴會的官吏喝道："鼓吏為甚麼不換衣帽？又走到丞相面前來幹甚麼？快退回去，換好衣帽，重新擊鼓！"

禰衡說："好吧！"於是，他從容地脫下身上的舊衣，裸體對着曹操，然後慢慢地拿起鼓吏的衣帽，穿戴起來，鎮靜如常，毫無愧色，然後擊鼓三下。

曹操指責禰衡說："你在大庭廣眾之中，剛才赤身露體，太無禮了吧！"

禰衡說："欺君罔上，才是無禮。吾赤身露體，正顯示自己的清白之體。"

曹操說："你清白，那誰污濁呢？"

禰衡說："你不識賢愚，是眼濁；不讀詩書，是口濁；不納忠言，是耳濁；不通古今，是身濁；常懷篡逆，是心濁……"

曹操見禰衡口若懸河，知道自己既說不過他，又不能殺他，擔個殺害名士的惡名，便哈哈一笑，對宴會上的賓客說："我本來想羞辱禰衡一下，沒想到反被他羞辱一番。"

過了些日子，曹操把禰衡送到荊州劉表那裏。劉表也無法容忍禰衡的狂傲，但知道曹操是想借刀殺人，所以也不殺禰衡，又把他送到江夏太守黃祖那裏。黃祖是個性情很暴躁的人，一次，禰衡出言不遜，黃祖就把他殺了。

釋義 "漁陽參撾"，用來形容人的狂傲不遜；有時也用來形容擊鼓作樂。

出處 南朝宋・范曄《後漢書・禰衡傳》："衡方為《漁陽》參撾，蹀躞而前，容態有異，聲節悲壯，聽者莫不慷慨。"

嫦娥奔月

傳說堯的時候，東方同時升起十個太陽，莊稼被曬焦，草木被烤死。一個名叫后羿的人受堯的委託，用神箭射下其中的九個，為民消災。

原來，這十個太陽是東方天帝的十個兒子，而羿也是天上的神。天帝對羿射殺自己九個兒子十分惱怒，便藉口他為人世間做了許多好事，索性下到地界去過日子，再也不准返回天廷。

儘管羿為了留在天廷裏，向天帝作了許許多多的解釋，但天帝不聽，於是，他只能帶着妻子嫦娥來到人世間。從此，他們夫妻倆從永生不死的天神，變成壽命有限的凡人了。

在人世間，堯是最偉大的人物，羿也非常敬重他。羿下凡後，怕堯因為自己是上天下來的，把高位讓給自己，所以沒有下到富庶的中原地帶，而在偏僻的山中落戶。他心情十分鬱悶，只是打打獵，過着非常單調的日子。

嫦娥原是天上的女神，平時享受慣了，又因為她生得非常美麗，常有人陪伴她四處遨遊，日子過得很美滿稱心。現在一下子因為丈夫的原因，被迫過艱苦的凡間生活，連個女伴都沒有，不由感到非常委屈，也十分不滿。更為傷心的是，她失去了長生不老的能力，人會衰老下去，還要和凡人一樣死去，這是她無法忍受的。

一天，嫦娥眺望羣山，忽然想起崑崙山上的西王母煉有一種不死藥，誰吃了誰就能長生不老。於是她整天纏着羿，要他到那裏去討些來。

羿被嫦娥纏得沒有辦法，只好前去索取。他已變成凡人，無法騰雲駕霧，只能靠兩條腿不停地行走，不住地翻越高山。經過無數艱難困苦，終於來到崑崙山，見到了西王母，並向她陳述了自己的處境和苦衷。

西王母很同情羿，又想起他為民除害的功績，就給了他一些不死藥。她特地叮囑羿説："這些不死藥，正好夠你夫妻倆服用。服下後兩人都能長生不老。要是一人全服了，還能升天呢。"

羿又長途跋涉，翻山越嶺趕回到住地，把不死藥交給嫦娥，打算第二天兩人一起服用。不料，嫦娥聽説這些藥一人全服可以升天，便乘羿熟睡的時候，偷偷地獨自全服了下去。服下這些藥不久，嫦娥就感到身體輕飄飄的，一直往上騰升。前方是一輪明月，她就身不由己地向月亮奔騰而去。

到了月亮上，她發現有一座宮殿，便走了進去。這月宮太漂亮了，但冷冷清清的沒有甚麼人影，只有一隻小白兔看着她。她走遍各宮室，還是找不到一個人，不由感到孤寂和惆悵；想再回到羿那裏去，但再也無能為力了。此時，她只能獨自一人在月宮中過寂寞的生活。

羿醒來後，發現嫦娥不在身邊。再一看，放着的不死藥已不翼而飛，才知道嫦娥自私地服後升天了。他很快發現，月亮中有嫦娥隱隱約約的身影，便搭上箭想把月亮射下來。但因他已被天帝貶為凡人，神弓已經失去了以往的威力，箭射不太高就掉下來了。他只得仰天嗟歎。

釋義 "嫦娥奔月"，往往用來比喻女人求仙或成仙升天；而其中的嫦娥，又常常被比喻為美麗的月中仙女，甚至借指月亮。

出處 西漢・劉安《淮南子・覽冥劍》："羿請不死之藥於西王母，姮娥竊以奔月，悵然有喪，無以續之。何則？不知不死之藥所由生也。"

綠幘賣珠

漢武帝的姑母館陶公主號竇太主，招堂邑侯陳午為駙馬。公主五十多歲時，陳午不幸去世。公主為此很悲傷、孤獨，常常暗自垂淚。

有一個年輕人叫董偃，從前與他母親以賣珍珠為生，生活很清苦。十三歲時，他母親經人介紹到公主府中做些粗活謀生，董偃就隨母親一同進入館陶公主家。

公主聽底下的奴婢說，有一個叫董偃的小男孩兒長得很俊秀，而且聰明伶俐，於是把董偃召來，仔細觀瞧。果然，與眾人說的相差無幾。董偃年紀雖小，但長得眉清目秀，活潑可愛，且全身透着靈氣。回答公主的問話，談吐自然，恭敬大方，因此，深受公主賞識。公主就將他留在府中，讓人教他各種技藝，讀書識字。

董偃生性聰明，很快就學會了琴棋書畫樂等技藝，讀了許多經史書籍。他陪伴在公主左右，為她消愁解悶，受到公主的寵倖。

董偃長到十八歲時，出落得更加瀟灑倜儻，為公主服務也越發殷勤周到。公主出門時他趕車，公主在府中他侍候。董偃為人溫柔，又倍受公主寵愛，所以王公顯貴都爭着與他交遊，名氣很大，被人們稱為董君。

有一次，漢武帝來到館陶公主家，公主殷勤迎接。武帝忽然想起公主府中名氣很大的內侍董偃，便對公主說："我想見見主人翁，不知公主意下如何？"

聽了此話，公主羞得面紅耳赤，急忙取下首飾，叩頭謝罪，聲音顫抖着說："陛下，我做了臉面無光的事，實在有死罪。"

武帝忙赦免公主無罪。公主這才稍稍放下懸着的心，親自去東廂將董偃帶上來。董偃戴着侍役的綠頭巾，做廚子的打扮。見到武帝，急忙跪下，伏在地上不敢抬頭。

公主引見說："館陶公主廚人董偃冒死拜謁。"董偃立即叩頭謝罪。他心驚膽顫，怕武帝治罪。

誰料，武帝和言悅色地命人捧來一套衣冠，笑了笑，說道："起來吧，朕赦你無罪。穿好衣服戴好帽子上坐，咱們一同飲酒。"

董偃與公主受寵若驚，急忙謝恩。董偃換好衣服，陪武帝飲酒，殷勤備至，公主親自端菜遞酒。武帝不叫董偃的名字，而是親切地稱他為主人翁，飲宴十分歡樂。

釋義 "綠幘賣珠"這一典故，借指王公官宦家的男性內寵；或借指帝王親近的內臣。

出處 東漢・班固《漢書・東方朔傳》："始偃與母以賣珠為事，偃年十三，隨母出入主家。左右言其姣好，主召見，曰：'吾為母養之。'"

蓮幕

王儉是南朝齊的著作家、目錄學家。他剛出生就失去了父親，歸叔父王僧虔撫養。他從小聰明好學，賓客們經常當着僧虔的面稱讚他。僧虔説："我倒不擔心這孩子將來默默無聞，就怕他的名聲太盛！"

果然，王儉長大後很有出息，十八歲那年就被朝廷任命為秘書郎，後來又歷任太子舍人、秘書丞等職。右僕射兼衛將軍袁粲對他的才能十分器重，準備請他到府中擔任長史。王儉非常感激，但由於他母親突然病故，他必須守喪三年，才沒有去就職。

南朝宋末期，由於宋廢帝兇暴無道，被齊王蕭道成的部下所殺。王儉全力支持蕭道成迫使年幼的宋順帝禪位，協助蕭道成建立了南齊王朝。王儉因為有功，被齊高宗蕭道成先後任命為尚書左僕射、宰相等職務，這時他的年齡還不到三十歲。

王儉手下有一位才德出眾的部屬名叫庾杲之，擔任尚書左丞的職務。庾杲之為人清貧刻苦，平時吃飯時的菜餚只有韭菹、瀹韭、生韭三種韭菜，有人開玩笑地説："誰説庾郎貧窮？吃菜可有二十七種哪！"（韭與九諧音，三九為二十七。）王儉對庾杲之的人品和才學非常器重。

公元 483 年，王儉被封為衛將軍。他很有感觸地對別人説："從前袁公作衛將軍時，提拔我做長史，這種知遇之恩終生難忘。現在我也要向他學習，聘有才德的人作長史。"於是，王儉便任命庾杲之為他的幕府長史。

當時，人們出於對王儉的尊敬，把他的官署比作清麗脱俗的蓮花池。庾杲之被任命為長史後，安陸侯蕭緬特地給王儉寫信説："貴府的幕僚是很難入選的。庾杲之能夠在蓮花池中泛綠水，依芙蓉，這是多麼風光啊！"

釋義　“蓮幕”，人們用來指稱大吏的僚屬和幕賓。

出處　唐・李延壽《南史・庾杲之傳》：“盛府元僚，實難其選。庾景行泛淥水，依芙蓉，何其麗也。”

蔡女胡笳

東漢末年，董卓劫持漢獻帝，天下大亂。匈奴乘機入侵，百姓們紛紛逃難。逃難的人羣中有個女子名叫蔡文姬，她在路上吃盡千辛萬苦，仍被匈奴兵抓住。

蔡文姬的父親名叫蔡邕，博學多才，有許多著作。匈奴的左賢王冒頓早就仰慕蔡邕的文名，聽説蔡文姬是蔡邕的女兒，立即表示願意保護她，要帶她去匈奴。蔡文姬當時走投無路，又無法抗拒左賢王，只得答應，做了左賢王妃。

轉眼之間，文姬在匈奴過了十二年。這十二年中，蔡文姬思念家鄉，時常登上山頂，眺望東方，遙想中原。她按照匈奴民歌的節拍寫了《胡笳詩》，寄託思鄉之情，這就是著名的《胡笳十八拍》。

在這十二年中，中原的形勢也發生了很大的變化，曹操逐漸統一了北方，人民也漸漸安定下來，初步出現了一些興旺的景象。

曹操當時也十分推崇蔡邕的學問，聽説他的女兒流落到匈奴，十分同情，決定派陳留屯田都尉董祀攜帶重金去贖回蔡文姬。

董祀是蔡邕的學生，也是文姬的表弟。他到匈奴後，申明來意，匈奴單于和右賢王對曹操心存顧忌，又見有巨額贖金，當即答應。左賢王卻捨不得文姬歸漢，經董祀勸説，又説明了匈奴和漢朝和好的重要性，左賢王才答應讓文姬回去。

蔡文姬歸漢之後，繼承父親蔡邕的遺業，參與了《續漢書》的編撰。她的《胡笳十八拍》也在中原傳唱開來。

釋義　“蔡女胡笳”，用來表現女子思鄉哀怨之情，或用來形容彈奏的樂曲。

出處　南朝宋・范曄《後漢書・列女傳》：“興平中，天下喪亂，文姬為胡騎所獲，沒於南匈奴左賢王，在胡中十二年，生二子。曹操素與邕善，痛其無嗣，乃遣使者以金璧贖之，而重嫁於祀。”

輪扁斫輪

齊桓公平時喜愛讀書，政務空暇之時常手不釋卷。有一天，他正在堂上讀書，有一個叫輪扁的木匠在堂下製作車輪。輪扁用鑿子鑿好榫頭，將車輪的橫檔一根根很快地裝上去。

輪扁見桓公正全神貫注地看書，問桓公說：“請問大王讀的甚麼書？”

桓公回答說：“是聖人所寫的書。”

輪扁又問：“寫書的聖人還活着嗎？”

桓公說：“已經死了。”

輪扁笑着說：“這樣說來，大王所讀的，不過是古人留下來的糟粕罷了。”

桓公聽了，不由大怒，說：“我正讀得津津有味，你不過是一個木匠，怎能妄加評議，菲薄古人？你如能說出道理來，我就饒了你；如果講不出道理，我就處死你！”

輪扁毫無畏懼之色，不緊不慢地說：“大王不必動怒。小人說大王所讀的是古人的糟粕，是我從幾十年的木工生涯中推斷出來的。比如製作這車輪吧，如果慢慢吞吞，不用力氣，人舒服了，但車輪卻不堅固；如果動作很快，力氣用得很大，人很勞累，但車輪卻裝配得並不合規則。只有不快不慢，力氣用得不大不小，得心應手，才能製作出好的車輪來。

這種感覺，是無法描述的。我無法告訴我的兒子，我的兒子也無法從我這兒學到。所以我今年已經七十歲了，還親自來為大王造車，因為我即使把我的經驗教給我兒子，也不是精華，而是一些糟粕。而大王所讀的書，都是那些已死的古聖人寫的，他們已把自己的精華帶入了墳墓，不可能再留傳下來，那留下來的當然也只是糟粕了。”

齊桓公聽輪扁侃侃而談，講得似乎也很有道理，就沒有治他的罪。

釋義 “輪扁斫輪”，用來指長期實踐而技藝精湛的老手及其運用自如、得心應手的技藝。

出處 《莊子・天道》：“桓公讀書於堂上。輪扁斲輪於堂下。”

豎子成名

阮籍為晉代著名的名士，任性放達，把作為統治思想的儒家思想（名教）不放在眼裏，提出“越名教而任自然”。同時，貶低所謂的聖賢，提出“非湯、武而薄周、孔”。他從不講禮儀，整日飲酒，與名士放言玄談。

一次，阮籍與一批名士登臨廣武山（今河南滎陽縣東北），這裏是劉邦與項羽進行楚漢戰爭的舊戰場。廣武有東西二城，當時劉邦據西城，項羽據東城，相互對峙。

因劉邦、項羽皆出身低微，不通文墨，正如後人所說“劉項原來不讀書”。心高氣傲的阮籍登上廣武山，放眼廣武城，聯想到劉、項當年的征戰，又回想自己懷才不遇、無所施展的現實，不禁感歎說：“世上沒有英雄，就讓豎子（庸人）成名了！”

釋義 “豎子成名”，用來感歎生不逢時，抑鬱不得志；也指小人得志。

出處 唐・房玄齡等《晉書・阮籍傳》：“（阮籍）嘗登廣武，觀楚漢戰處，歎曰：‘時無英雄，使豎子成名。’”

蝗不入境

西漢末南陽（今屬河南）卓茂，幼年苦讀詩書，精通曆算，由通經而入仕，平帝時為密縣（今屬河南）令。王莽攝政，卓茂因病被免職回歸鄉里。東漢建立以後，光武帝劉秀認為卓茂在王莽朝沒有做官，有氣節，對他重加表彰，徵為師傅，並封他為褒德侯。

卓茂深受孔孟仁愛禮義的薰染，任地方官期間，勤於政事，尤其愛惜民力，待民寬厚，百姓對他也很尊重。相傳在河南期間，周邊二十餘縣都有蝗災，但蝗蟲就是不入密縣，太守不相信竟有此事，派手下人到密縣察看，果真如此，於是深為歎服。

據史籍記載，這種事例不僅見於卓茂一人。東漢時期，魯莽為中牟（今屬河南）令，宋均為九江（今屬江西）令，雖然周邊深受蝗災，而他們治地蝗不入境，百姓殷實。

這些記載未必皆有其事，目的是為了突出儒家的仁政思想，地方官行仁政，蝗蟲都不侵害。但也反應了一個基本事實：如果地方官勤政愛民，百姓也能執行官府命令，即使遇到蝗災這樣的自然災害，也能避免災害，或將損失減到最低限度。

釋義 "蝗不入境"，用來稱頌地方官吏的政績。

出處 南朝宋・范曄《後漢書・卓魯魏劉列傳》："平帝時，天下大蝗，河南二十餘縣皆被其災，獨不入密縣界。督郵言之，太守不信，自出案行，見乃服焉。"

樂羊斷織

東漢時，河南有個人叫樂羊子，他的妻子非常賢惠，深明事理，品德端正，在她的勸導、影響之下，樂羊子終於有所成就。

一次，樂羊子在回家的路上拾得別人遺失的一塊金子，他興沖沖地跑回家，告訴他的妻子，以為她也會高興，並誇獎他。誰知妻子不但沒有誇獎他，反而批評他，說："作為一個君子，不應拾物求利，得不義之財是不應該的，因為這玷污了自己的德行。"樂羊子若有所悟，遂將金子扔到田野之中。

樂羊子賦閒在家，過着平淡如水的生活。其妻對樂羊子說："長期在家是沒有出息的，也不會有甚麼作為。人要想有所作為只能靠讀書，讀書多的人才能被人尊重。"在家讀書干擾太多，難以做到專心致志，於是她勸樂羊子遠離家鄉，外出專心求學。

不料，一年之後，樂羊子因思家心切，回到家中。其妻正在織布，布已織出一段，她隨手取刀將織機上的線割斷，布就無法再織了，而且已織出的部分也沒有甚麼用處。其妻以此勸誡樂羊子，織布不能中途而輟，那樣只會前功盡棄；讀書與織布同出一理，絕不能半途而廢。樂羊子被其妻的所作所為羞得無地自容，隨即外出求學，七年不歸，終成學業。

釋義 “樂羊斷織”，用來比喻做事尤其是讀書不能半途而廢，要持之以恆。

出處 南朝宋・范曄《後漢書・列女傳》：“羊子大慚，乃捐金於野，而遠尋師學。一年來歸，妻跪問其故，羊子曰：‘久行懷思，無它異也。’妻乃引刀趨機而言曰：‘此織生自蠶繭，成於機杼，一絲而累，以至於寸，累寸不已，遂成丈匹。今若斷斯織也，則捐失成功，稽廢時月。夫子積學，當日知其所亡，以就懿德。若中道而歸，何異斷斯織乎？’”

衛玠羊車

晉代的衛玠，又名叔寶。衛玠小時候生得十分漂亮、可愛，在人羣中一眼就能顯示出與眾不同。

衛玠五歲的時候，有一次他乘着羊拉的車在洛陽城玩耍。消息傳出，引起了眾人的圍觀。小衛玠的丰姿玉態讓圍觀的人們欽羨不已。

“那是誰家的孩子？”有人喊。

“長得多像玉做的人啊？”有人驚歎。

於是，大家都稱衛玠為“璧（玉）人”。

衛玠漸漸長大了。成年以後，更加風神異秀。他每到一個地方，人們聽說後都爭相出來圍着看。由於慕名圍觀的人太多，常常圍得像牆一樣，衛玠每次出行都要費很大的力氣才行。

衛玠雖然長得十分漂亮，但身體卻十分瘦弱。他博覽羣書，本來就很勞累，再加上人們這樣圍觀，又耗費了他許多體力和精力，他終於累得病倒了，最後治不好，死去了。

人們都說，衛玠是被看死的。

釋義 “衛玠羊車”，用來形容男子儀容俊美，也用以比喻人年幼時長得十分可愛。

出處 南朝宋・劉義慶《世說新語・容止》：“衛玠從豫章至下都，人久聞其名，觀者如堵牆。玠先有羸疾，體不堪勞，遂成病而死。時人謂‘看殺衛玠’。”

魯女憂葵

春秋時，魯國漆室地方有個姑娘，已過了嫁人的年齡，但還沒有嫁人。當時，魯國的國君是魯穆公，穆公已經年老，但太子還很幼小；而且穆公辦事十分糊塗，太子則是個低能兒。這個老姑娘聽說這些情況後，非常擔憂。

有一天，她靠在大門口的柱子上唱歌，來發洩自己心中的悲傷情緒。她的歌唱得非常好，歌聲淒慘感人，過路的人聽了，也都不由自主地悲傷起來。

她的一個鄰居大娘平常和這姑娘比較要好，問她說：“你的歌聲為甚麼這麼悲慘？是不是年齡大了，擔心嫁不出去？讓我來給你找個婆家吧！”

姑娘長長地歎息一聲，說：“唉！我本來以為你是個很有見識的人，現在看來並不是這樣。我難道是因為嫁不出去才這麼悲哀嗎？我是擔憂國君年老，太子幼小，這樣下去，我們的國家就危險了啊！”

鄰居老大娘聽了，不由大笑，說：“原來你竟為這事才這麼悲傷嗎？可這是魯國大夫們考慮的事呀！跟我們這種平民百姓的女人又有甚麼關係呢？”

這個姑娘說：“怎麼會沒有關係呢？舉例來說吧。從前，有個客人來到我家借宿，我很擔心菜園中的冬葵（古代的一種主要蔬菜），你一定認為我的擔憂是多餘的，因為客人和冬葵沒甚麼關係，對嗎？”

“是的。沒甚麼關係。”老大娘說。

“可是，那客人是騎着馬來的，並把馬拴在菜園裏，不料馬韁繩斷了。那馬在菜園裏到處亂奔，把菜園中的冬葵全踩爛了，害得我整整一個冬天沒冬葵吃。怎麼能說客人和冬葵沒關係呢？又怎麼能說我的擔心是多餘的呢？”

姑娘接着說：“現在魯國國君年老昏庸，太子年幼笨拙，政治一天天腐敗，沒多少時候，就會有禍亂。而一旦發生禍亂，國君臣子受辱，老百姓就要遭到禍殃，又怎麼會和我們無關呢？所以，我才對此憂心忡忡呀！”

老大娘說：“你說得很對！這樣看來，你的擔憂確實是很有道理的。”

過了幾年，外國入侵，魯國連年陷入戰亂，男子都上前線去打仗，女子們也受到戰亂的影響，生活苦不堪言，魯女的擔憂變成了現實。

釋義 “魯女憂葵”，用來形容女子對國家大事的憂慮和關心；有時也表示女大當嫁。

出處 西漢・劉向《列女傳・魯漆室女》：“漆室女曰：‘不然，非子所知也。昔晉客舍吾家，繫馬園中。馬佚馳走，踐吾葵，使我終歲不食葵……。今魯君老悖，太子少愚，愚偽日起。夫魯國有患者，君臣父子皆被其辱，禍及眾庶，婦人獨安所避乎！吾甚憂之。子乃曰婦人無與者，何哉！’”

劉伶病酒

劉伶是東晉時著名的“竹林七賢”之一，他曾經做過建威參軍等小官，後來因為不滿現實政治而隱居山林。劉伶人長得不高，相貌也很難看。他平生最愛喝酒，喝起酒來，往往一醉方休。平時，他常駕着車，帶着酒，沒有目的地到處亂跑。他讓一個僕人拿着鋤頭跟在後面，吩咐他說：“如果我醉死了，你就隨地把我埋掉好了。”

有一天，劉伶從外面回家，大發酒癮，大叫大喊，要妻子快點拿酒給他喝。妻子看到他嗜酒如命的樣子，實在忍不住了，氣得把家中的酒全部倒掉，把酒壺、酒盅等器具也全部摔得粉碎，哭着勸他說：

“你喝酒喝得太過分了，再這樣喝下去你的命也要沒了，以後不能再喝了！”

劉伶一看苗頭不對，眉頭一皺，計上心來，説：“夫人講得有理。我也一直想戒酒，但下不了決心，你今天備一些酒肉，在神像面前供一供，我也好向神起誓斷酒。”

“好，那就這樣辦。”妻子破涕為笑道。

於是，妻子向鄰居借來好酒，又燒了幾樣好菜，畢恭畢敬地供在神像前，並讓劉伶跪在神像前發誓戒酒。劉伶無可奈何，裝模作樣地跪下，口中唸唸有詞。妻子見了，以為他真的在發誓，喜滋滋地離開了。

劉伶一見妻子離開，大聲唸道：“天生劉伶，以酒為名；一飲一斛，五斗解醒，婦人之言，慎不可聽！”説完，他拿起酒壺，夾起肉，把神像前的供品吃得一乾二淨，那壺好酒喝得一點不剩。等妻子回來，他已經醉倒在地上了。

釋義 “劉伶病酒”，用來形容嗜酒成癖，縱酒過度或吃醉了酒。

出處 南朝宋・劉義慶《世説新語・任誕》：“劉伶病酒，渴甚，從婦求酒。婦捐酒毀器，涕泣諫曰：‘君飲太過，非攝生之道，必宜斷之！’伶曰：‘甚善。我不能自禁，唯當祝鬼神自誓斷之耳！便可具酒肉。’婦曰：‘敬聞命。’供酒肉於神前，請伶祝示。伶跪而祝曰：‘天生劉伶，以酒為名，一飲一斛，五斗解酲。婦人之言，慎不可聽！’便引酒進肉，隗然已醉矣。”

劉阮上天台

東漢明帝年間，越地剡縣（今浙江嵊縣西南）有兩個年輕人，一個叫劉晨，一個叫阮肇，兩人都長得十分英俊瀟灑。當時，剡縣境內有座天台山，山上有懸崖、峭壁、飛瀑等名勝，盛產杉木、柑桔、藥材，尤其是山上有幾種珍貴的藥材——靈芝、何首烏、人參等，常常吸引一些人到深山探寶。

劉晨和阮肇便是上山探寶之人中的兩個。一天，他倆結伴上山，經過一番東尋西找，果然採集到了珍貴的靈芝和人參。但是，他們在深山中迷了路，怎麼也找不到下山的路了。他倆在山中轉悠了很久，天色漸晚，飢寒交迫。突然，他們看到不遠處的山頭上有一棵桃樹，樹上結滿了誘人的桃子，便爬上那座山頭，採摘桃子充飢。

他倆正狼吞虎嚥地吃桃子，忽然聽到身後傳來一陣“吃吃”的笑聲。回頭一看，只見兩位美麗非凡的仙女站在他們的身後，身旁還有幾個丫環模樣的女子。二位仙女見了劉晨和阮肇，彷彿本來就認識的一樣，笑着說：“劉郎、阮郎，我倆等你們到這兒來，已經等得很久了，你們今天終於來了。”

劉晨和阮肇早就聽說天台山中有仙女的事，知道他們遇上仙女了，不由得十分高興。於是，兩位仙女把劉晨和阮肇邀入自己的仙居，命侍女準備了豐盛的酒宴，請他倆入席。席上的菜餚都是人間所沒有的，酒也是味道醇美無比的仙釀。酒席一直延續到深夜。兩仙女各自請劉晨、阮肇入帳共眠。兩人見自己能和仙女同牀共枕，萬分欣喜，從此便在仙女的家中住了下來。

一晃過了半年，兩人雖然感到十分快樂，但不免想起自己的父母兄弟。仙女知道兩人的心思，也知道緣分已盡，便問：“劉郎、阮郎，你倆大概想家了吧？”劉晨、阮肇承認了，便向仙女依依不捨地告辭，仙女也並不挽留。於是，他倆找到原來上山的路，回到了自己的家鄉。可是，兩人的家中雖然房屋依舊，卻已傳了七代，沒有人認得他們了。

釋義 “劉阮上天台”，用來指凡人遇仙；有時也用來形容男子受到美女的青睞。

出處 南朝宋·劉義慶《幽明錄》：“阮肇共入天台山取穀皮，迷不得返，經十三日，糧食乏盡，飢餒殆死。遙望山上有一桃樹，大有子實，各噉數枚，而飢止體充。……溪邊有二女子，姿質妙絕，晨肇既不識之，緣二女便呼其姓，如似有舊，乃相見忻喜。……既出，親舊零落，邑屋改異，無復相識。問訊得七世孫，傳聞上世入山，迷不得歸。”

劉備失箸

東漢建安三年（198 年），劉備兵敗於呂布。他無路可走，只得去投靠"挾天子以令諸侯"的丞相曹操。曹操知道劉備是皇親，便把他引薦給漢獻帝，漢獻帝派人查了家譜，得知劉備是中山靖王的後代，還比自己長一輩，便尊他為皇叔，封左將軍。

劉備知道曹操雖然把自己推薦給獻帝，但肯定有所猜忌，便施出韜晦之計，每天在後園種菜，親自挑水澆灌。關羽和張飛見了都很不理解，問道："大哥，你為甚麼不留心天下大事，卻種起菜來？"劉備說："我難道是種菜的人嗎？我是要使曹操感到我胸無大志，解除對我的戒心呀！"

當時，漢獻帝因曹操弄權，國家大事自己做不得主，心中十分不滿，總想奪回權力，除掉曹操。一天，漢獻帝給自己的丈人、車騎將軍董承下了一道誅殺曹操的密詔。董承和幾個心腹一起商量後，認為劉備很重義氣，又是皇叔，可以請他相助。於是，董承把劉備請到家裏，給他看了密詔。起初，劉備未置可否，意在觀望考慮。

一天，曹操把劉備邀進後園的一座亭子，喝酒聊天。曹操吩咐端上酒菜，和劉備邊喝邊聊。聊着聊着，聊到天下大勢和四方豪傑上去了。曹操向劉備說："你到過的地方很多，遇到的人也不少。你說說，誰是當今天下的英雄？"劉備說："淮南袁術，兵多糧足；河北袁紹，虎踞冀州，他倆都可算是當世的英雄了。"曹操笑着說："袁術已是墳裏的枯骨，而袁紹好謀無斷，都不能算是甚麼英雄。"劉備又說了荊州劉表、江東孫策等人，曹操都搖頭否認。劉備見了，問道："那丞相認為誰是英雄呢？"曹操舉起酒杯，望着劉備說："當今天下英雄，就是你和我兩個人罷了。"

劉備聽曹操說自己是英雄，擔心自己的志向被曹操看穿，嚇得魂也出了竅，不由得打了一個寒顫，連手裏的筷子也掉到了地上。他剛想去拾筷，突然，滿天烏雲的空中，"呼喇喇"一聲響雷，慌得他連湯勺也失手落地。

在這緊要關頭，劉備靈機一動，藉着雷響，拾起筷子和湯勺，故作羞愧地說："這雷響得可怕，把我的筷子和湯勺都震落了。"這樣一來，就把他害怕曹操的驚慌勁兒瞞了過去。

這件事過去以後，劉備深感曹操是自己的最大對手，便下決心參與到董承等人誅殺曹操的計劃之中。

釋義 “劉備失箸”，用來指受驚後舉止失措的神態。

出處 西晉・陳壽《三國志・蜀書・先主傳》：“是時曹公從容謂先主曰：‘今天下英雄，唯使君與操耳。本初之徒，不足數也。’先主方食，失匕箸，遂與承及長水校尉种輯、將軍吳子蘭、王子服等同謀。”

褒女惑周

西周末年，周幽王非常寵愛一個名叫褒姒的美貌女子。不久，褒姒生了一個男孩，起名伯服，於是周幽王對她更是恩寵有加。

只是這褒姒生性不喜歡笑，整天沒有笑容，幽王覺得美中不足，他雖然變着法子想讓她笑，可是褒姒總是不笑，周幽王為此很傷腦筋。

一次，褒姒跟隨周幽王來到烽火台遊玩。原來，周幽王準備有烽火和大鼓，一旦有外敵入侵，即刻舉烽火報警，諸侯們見到烽火，就馬上從四面八方率兵前來救援。

褒姒不明白烽火台有何用處，周幽王就告訴了她，褒姒聽了，說：“真能這樣嗎？”周幽王為了讓妃子相信，更為了讓她高興，竟命令點燃烽火。不多時，烽煙升起，大鼓擂響，然後，各路諸侯果然都率兵前來救援。可是，到了都城，卻被告知並沒有敵寇來犯。諸侯們只得帶了軍隊又回去。

褒姒看到了諸侯們的大軍來而復回、一片混亂的樣子，覺得很好笑，於是開顏大笑。周幽王非常高興，想不到點了烽火就可以讓褒姒開心，於是為了她又幾次舉起烽火。

諸侯們連連上當，頗有怨言。後來，看到烽火也不相信了，都以為幽王在開玩笑，只是為了討好褒姒而已。

周幽王寵愛褒姒和幼子伯服，竟不顧大臣們反對，廢了原來的妻子申后和太子宜臼。立褒姒為后，伯服為太子。申后的父親是天子重臣申侯，聽到這個消息，異常震怒，於是就聯合了西方外族犬戎來攻打幽王的都城。

緊急之中，幽王舉烽火召諸侯來救，但是誰也沒有來。幽王帶着褒姒和伯服，慌忙中逃到驪山腳下，被犬戎兵抓住。犬戎把幽王殺死，將褒姒擄走，並把周朝王宮的財寶也搶走了。西周到周幽王就滅亡了。

釋義 "褒女惑周"，用來形容女色惑亂亡國。

出處 西漢・司馬遷《史記・周本紀》："褒姒不好笑，幽王欲其笑萬方，故不笑。幽王為烽燧。大鼓，有寇至則舉烽火。諸侯悉至，至而無寇，褒姒乃大笑。幽王悅之，為數舉烽火。其後不信，諸侯益亦不至。"

羯鼓催花

唐玄宗通曉音律，常在梨園教梨園弟子演奏音樂。他還愛擊羯鼓。羯是北方的一個少數民族，羯鼓為該民族的樂器，節奏激越、高亢，聲音清脆、悅耳。

二月初的一個早晨，因是早春季節，尚有些許寒意。時值連日春雨之後天氣放晴，天空碧藍如洗，空氣清新宜人，內庭中柳樹剛長出鵝黃的嫩芽，杏花含苞欲放。玄宗梳洗完畢，見此情景，不禁興致大發，高興地說："面對如此良辰美景，不好好欣賞一番也太可惜了。"

左右聽玄宗話，皆欲備酒，以為玄宗要品酒賞春。只有高力士深解其意，知道玄宗要擊鼓，命人取來羯鼓，玄宗於是面對亭台，架好羯鼓，演奏自己所作的《春光好》曲子，神采飛揚，怡然自得。

誰知曲子奏完之後，柳芽、杏花都已綻開，在朝陽之下更顯嫵媚。玄宗更加得意，指着柳芽、杏花，對身旁的嬪妃、宮女說："就此一件事，不稱我為'天公'行嗎？"

釋義 "羯鼓催花"，用來形容音樂高妙感人。

出處 唐・南卓《羯鼓錄》："嘗遇二月初，詰旦巾櫛方畢，時當宿雨初晴，景色明麗，小殿內庭，柳杏將吐，睹而歎曰：'對此景物，豈得不為它判斷之乎！'左右相目，將命備酒，獨高力士遣取羯鼓。上旋命之臨軒縱擊一曲，曲名《春光好》。（上自製也）神思自得。及顧柳杏，皆已發折，上指而笑謂嬪御曰：'此一事不喚我作天公，可乎？'嬪御侍官，皆呼萬歲。"

鄰女分光

春秋時，齊國東海郡的不少農家女子都以織麻為業。她們不但白天織，晚上也繼續操勞。有個名叫徐吾的女子，家中十分貧窮，晚上，她和鄰居李吾等幾個女子一起湊集蠟燭，在燭光下織麻。由於徐吾家中最窮，所以她湊出的蠟燭最少。

這樣日復一日，與徐吾一起在晚上織麻的有些女子心理不平衡了，她們在背後議論說："我們出的蠟燭都一樣多，可徐吾為甚麼拿出的蠟燭比我們少得多？""是呀！她和我們一樣織這麼多的時間，可她沾大家的光太多了。"李吾說："那我們以後不要她來就是了。"大家聽了，都一致同意。

晚上，等大家到齊後，李吾對徐吾說："從明天起，你不要再來和我們一起織麻了。"徐吾感到很突然，問："這是為甚麼？"李吾說："大家認為你出的蠟燭不夠數，沾了大家的光。"

徐吾聽了，十分傷感地說："眾家姐妹，你們怎能說出這樣令人傷心的話？我家裏窮，出的蠟燭不夠數，所以每天第一個來，把房間打掃乾淨；最後一個走，再把房間收拾一遍。每天織麻，我都自覺地坐在離燭光最遠、光線最暗的地方。在這房間中，多一個人燭光不會暗，少一個人燭光也不會更亮。你們為甚麼那麼吝嗇，不肯把那多餘的燭光分一點給我呢？希望你們別趕走我，我會一輩子記住你們的恩德的。"

李吾等人聽了徐吾發自肺腑的一席話，都不由有些羞愧。於是，她們決定不再因徐吾出的蠟燭少而趕走她，仍照常讓她和大家一起織麻。

釋義 "鄰女分光"，用來形容希望得到別人的幫助。

出處 西漢・劉向《列女傳》卷六："齊女徐吾者，齊東海上貧婦人也。與鄰婦李吾之屬會燭，相從夜績。徐吾最貧，而燭數不屬。李吾謂其屬曰：'徐吾燭數不屬，請無與夜也。'徐吾曰：……夫一室之中，益一人，燭不為暗，損一人，燭不為明，何愛東壁之餘光，不使貧妾得蒙見哀之？"

鄰女窺牆

戰國時，楚襄王手下有個文學侍臣名叫宋玉，他是當時著名的辭賦家，寫下了《風賦》、《高唐賦》等著名辭賦，受到楚國貴族階層的讚賞和推崇。

由於宋玉有才華，楚襄王對他十分器重。不料引起另一侍臣登徒子的妒忌。登徒子是個善於察言觀色，獻媚阿諛之徒，很受襄王寵信。他怕宋玉奪了自己的寵，便對襄王說："宋玉容貌漂亮，說話動聽，但他生性十分好色，請大王不要讓他隨便在後宮進出，否則日子一久，難保不出問題。"

過了幾天，襄王見到宋玉，便問他："登徒子說你十分好色，有這樣的事嗎？"

"大王，這是登徒子對我的誣衊。我的容貌是上天所賜。說話動聽，是老師所教。他說我好色，完全是無中生有！其實要說好色，登徒子才是一個好色的傢伙。"宋玉從容回答說。

"你憑甚麼這樣說呢？"楚王問。

宋玉答道："大王，我家東鄰有位絕色少女，長得美若天仙，迷住了一大批官家子弟；但這位少女登牆偷看了我三年，我卻絲毫沒有動心。而他登徒子呢，不要說看到絕色少女了，就是像他妻子那樣長得蓬頭豁嘴，一身疥癬的醜女人，他也愛，並跟她生了五個孩子，你想，他是不是好色呢？"

楚襄王聽了宋玉的話，忍不住大笑了起來。從此，他再也不聽登徒子的讒言了。

釋義 "鄰女窺牆"，用來描寫女子對男子的傾心愛慕，也用來描寫對美好事物的渴求。

出處 楚·宋玉《登徒子好色賦》："玉曰：'天下之佳人莫若楚國，楚國之麗者莫若臣里，臣里之美者莫若臣東家之子。……然此女登牆窺臣三年，至今未許也。登徒子則不然：其妻蓬頭攣耳，齞唇曆齒，旁行踽僂，又疥且痔。登徒子悅之，使有五子。王孰察之，誰為好色者矣。'"

鄭玄詩婢

東漢經學大師鄭玄博學多識，在儒學經典的註釋訓詁上取得很高成就。他勤於治學，家中完全是書香氣氛，不僅子女讀書，婢女也讀書，對《詩經》等儒學經典非常熟稔。

有一次，一婢女做事不合鄭玄之意。鄭玄對別人要求嚴格，且不留情面，就要責打那位婢女。婢女也不甘示弱，與鄭玄爭辯，鄭玄一怒之下讓人把婢女拉到泥地裏，以示懲罰。

不一會兒，另一位婢女經過，看到這種情景，出口成章，用《詩經》中的一句詩問說："胡為乎泥中？"(意為：你為甚麼在泥中呢？)

這位婢女也以《詩經》中的詩句作答："薄言往想，逢彼之怒。"(意為：我分辯的時候，正逢上他發怒。)

兩位婢女以《詩經》中的句子作這種情景式對話，可見對《詩經》熟悉的程度。

釋義 "鄭玄詩婢"，用來形容詩禮傳家，家風儒雅。

出處 南朝宋·劉義慶《世說新語·文學》："鄭玄家奴婢皆讀書。嘗使一婢，不稱旨，將撻之；方自陳說，玄怒，使人曳着泥中。須臾復有一婢來，問曰：'胡為乎泥中？'答曰：'薄言往愬，逢彼之怒。'"

潘妃金蓮

公元498年七月，南朝齊高帝蕭鸞死後，太子蕭寶卷即位為君。這年，他年方十七歲。

蕭寶卷是個少年昏君，他沉湎酒色，不理朝政。他手下的奸臣茹法珍、梅蟲兒投其所好，為他廣選美女。有一個姓潘的妓女，長得貌若天仙，妖艷無比，也被選中。蕭寶卷和她一夜歡會，神魂顛倒，不久便封她為貴妃。

潘妃是個窮奢極慾之人，但蕭寶卷貴為天子，當然樣樣都能滿足她的要求。有時甚至為了表示對她的恩寵，出遊時讓潘妃乘車走在前面，自己騎了駿馬跟隨在後，而奔走一陣渴了，他還下馬親自把茶水送到潘妃面前。

公元 500 年 8 月，蕭寶卷和潘妃等出外夜遊，宮中不幸失火，燒毀了三千多間宮殿。但蕭寶卷不以為意，立即下令重建。同時，他為討得潘妃歡心，特地為她另造了神仙、水壽、玉壽等三座宮殿，裝飾得比一般宮殿華麗得多。

更有甚者，蕭寶卷又下令在潘妃宮中正殿的地面貼滿蓮花狀的金磚，令潘妃慢慢地一步一步走。潘妃的三寸小腳慢慢移動，腳下的蓮花熠熠生輝。蕭寶卷在一旁觀賞潘妃美妙的步姿，讚美説：“美極了！你每走一步，步步都生出一朵蓮花！”

蕭寶卷如此驕奢淫逸，國運當然不會長久。他在位只有三年。公元 501 年，雍州刺史蕭衍在襄陽起兵，進攻都城建康，城中禁衛軍與蕭衍裏應外合，將蕭寶卷殺死。

此後不久，蕭衍將茹法珍、梅蟲兒等奸臣一齊處死，獨獨對潘妃不忍殺戮，意欲留作姬妾。他特地為這事與領軍王茂商量。王茂説：“這尤物是齊朝滅亡的禍水。如果留在宮中，必定會招致朝野的非議。”

蕭衍聽了這話，權衡得失，不得已只好下令將潘妃縊死。這個得寵於一時、步步生蓮花的尤物，就這樣結束了她的一生。

釋義 “潘妃金蓮”，用來形容美人的小腳；或稱譽美人步態的佳美；亦用來指稱美人。

出處 唐・李延壽《南史・廢帝東昏侯本紀》：“拜潘氏為貴妃，乘卧輿，帝騎馬從後。……性急暴，所作便欲速成，造殿未施梁桷，便於地畫之，唯須宏麗，不知精密。酷不別畫，但取絢矐而已。又鑿金為蓮華以帖地，令潘妃行其上，曰：'此步步生蓮華也。'"

潘岳貌美

潘岳，字安仁，他出生在文學世家，從小就聰明絕頂，被鄉里稱為奇童，長大後，更是才華出眾，步高一時，寫了大量的詩賦，與當時著名的文學家陸機齊名，有"陸才如海，潘才如江"之譽。

潘岳是當時出名的美男子，英俊瀟灑，風流倜儻，因此很得當時京城少女的青睞，成為她們心目中的偶像。後來古小說中描寫青年男子美貌，往往用"貌若潘安"來形容，這個潘安指的就是潘岳。

在京城洛陽時，他二十二歲時就做了司空府的屬吏，寫出了《籍田賦》等著名詩賦。他年少名高，加上他的英俊外表，每當他佩了長劍，乘車到洛陽郊外去遊玩時，總有一大羣官宦小姐聞風而去。她們用自己的車把潘岳圍起來，不讓他前行。不少少女為了表達她們對潘岳的愛慕之心，便往他的車上投擲各種鮮果，使他應接不暇。

潘岳對此也洋洋自得，和少女們一起戲耍遊玩，盡興而歸。這樣，潘岳每次出遊，都有一大羣追隨的少女，真可謂情場得意。

然而，情場得意給他帶來的是官場失意，有人說他舉止輕浮，不堪大任，因此十年中沒有得到升遷。到三十二歲時，才出任小小的河陽縣令。後來靠奉承賈皇后的姪子賈謐，才當上了黃門侍郎。

但阿諛權貴的人是不會有甚麼好下場的，潘岳最後死在他家中的小吏孫秀手中。這孫秀原是潘岳父親潘芘手下的一名小吏，潘岳身為少爺，曾鞭笞過他數次。不久，西晉王室爆發"八王之亂"，趙王司馬倫當了宰相，孫秀投靠司馬倫，當上了中書令。孫秀挾恨報復，誣陷潘岳是亂黨，將其殺害。

潘岳雖在歷史上以貌美著稱，其文學作品也評價不低，但其人品低下，最後死於仇人孫秀之手，並不值得人同情。

釋義 "潘岳貌美"或"貌若潘安"，用來形容美男子。

出處 唐・房玄齡等《晉書・潘岳傳》："岳美姿儀，辭藻絕麗，尤善為哀誄之文。少時常挾彈出洛陽道，婦人遇之者，皆聯手縈繞，投之以果，遂滿車而歸。"

駑馬戀棧

曹爽是三國時魏國的大將軍，手中握有重權，統率三軍，魏王曹芳封他為武安侯，給予特殊的榮譽。

正始十年時，曹芳出京城去高平陵參拜，曹爽兄弟隨同前往。早有謀朝篡位之心的宣王司馬懿趁此機會發動兵變。他先指揮軍隊佔領了武器庫，封鎖城門，然後將軍隊屯駐在洛水浮橋，假稱皇太后的詔令，命曹爽交出手中的大權，速來投降。

曹爽接到了司馬懿的信，十分着急，不知如何是好。大司農桓範聽說司馬懿起兵的事兒，假傳聖旨，打開平昌門，出城去尋找曹爽，為他出謀劃策。

桓範是一個很有謀略的人，分析問題切中要害。司馬懿聽說他奔赴曹爽處後很着急，怕他給曹爽出些奇謀妙策對付自己。於是召來了手下的謀士蔣濟，憂心忡忡地說："蔣先生，我聽說桓範到了曹爽軍中。他是一個智囊啊！對我們不利，您有甚麼對付他的妙計嗎？"

蔣濟手搖摺扇，微微一笑，說："您不必為此事擔心，桓範雖然有智謀，但是駑馬（劣馬）只知道貪戀馬棚中的那點草料，曹爽一定不會採納他的計謀。"

果然不出蔣濟所料，曹爽對桓範的建議猶豫不決。桓範勸說曹爽將曹芳挾持到許昌，在許昌招集勤王之師，對付司馬懿。曹氏兄弟未置可否。

桓範又說："現在的形勢下，你們兄弟想當貧賤的百姓都不行了。俗話說，匹夫持有一個人質，還希望在危險時以人質換自己性命。況且你們和天子在一起，挾天子以令諸侯，發佈命令誰敢不聽？誰敢不應和？"

曹爽兄弟仍不採納桓範的建議。侍中許允、尚書陳泰等人給曹爽出謀劃策，讓他早日投降司馬懿，向他請罪，或許可以留下性命。曹爽最終聽取了他們的意見，給司馬懿寫信表示願意領罪請死，聽命於宣王的差遣。

司馬懿得知曹爽沒用桓範的計策，願歸降自己，十分高興。為顯示自己的寬宏大度，赦免了曹爽兄弟之罪。但從此以後，司馬氏獨掌魏國大權，魏國已離滅亡不遠了。

釋義 "駑馬戀棧"，用來形容人貪戀安樂、祿位。

出處 西晉・陳壽《三國志・魏書・曹爽傳》："桓範出赴爽，宣王謂蔣濟曰：'智囊往矣。'濟曰：'範則智矣，駑馬戀棧豆，爽必不能用也。'"

墮淚碑

羊祜是西晉初年的一員大將。當時，蜀國已經滅亡，但東吳的力量還比較強大。晉武帝為了滅掉吳國，派羊祜以尚書左僕射的身份鎮守襄陽，統領荊州的一切事務。

當時剛值戰亂以後，老百姓的生活十分困難。羊祜到了襄陽以後，大力發展生產，使老百姓能夠豐衣足食；大力興辦學校，使平民子弟能夠上學讀書。這些措施很得民心，羊祜也受到襄陽百姓的愛戴。

在地理上，襄陽和東吳邊境接壤。跟羊祜軍隊相對峙的是東吳鎮軍大將軍陸抗的軍隊。羊祜用道義爭取東吳軍心民心，他每次跟陸抗交戰，一定按照約定的日子，決不偷襲，決不佈置埋伏。行軍時經過東吳地界，士兵割了稻穀當口糧，必須向他報告吃了多少糧食，他便派人拿絹折價賠償。

有時候，他和眾將官一起出去打獵，一定鄭重其事地囑咐他們只准在自己的地界內。有時碰巧東吳將士也在對面打獵，雙方各不相犯。如果有受傷的動物從東吳境內奔過來被逮住，他一定下令送還給對方。

即使東吳士兵過境擄掠被逮住，他也不為難他們。願意投降的，他便接受他們投降；不願意投降的，規勸一番便放他們回去。

羊祜的所作所為給東吳的士兵和老百姓留下了深刻印象，這樣過了一段時間，兩國的邊境逐步安定下來，出現了你不犯我，我不犯你，和睦相處的局面。

邊境安定以後，羊祜把巡邏和放哨的士兵減去一部分，讓他們開墾了八百多頃土地。他到襄陽上任的時候，軍營裏的糧食還不夠吃一百天，士兵們開墾的土地生產糧食以後，儲糧逐漸增多，三年以後，軍中的儲糧已夠吃十年了。

襄陽城南有個風景勝地峴山，東臨漢水，十分秀麗。羊祜很喜歡遊山玩水，常常率領幕僚登上峴山，詠頌山水之美。

羊祜在襄陽一共鎮守了十年，他的生活十分儉樸，家中沒有餘財，連他收入的俸祿，也經常散賞給軍士。他死後，襄陽軍民非常悲痛。他們為了紀念羊祜，在峴山上造了一座羊祜廟，立了塊石碑。一年四季，前來祭祀的人絡繹不絕，人們望着石碑，追憶羊祜，無不痛哭流涕。

接任鎮守襄陽的度支尚書杜預是羊祜向晉武帝推薦的，他看到襄陽軍民如此懷念和愛戴羊祜，便給這塊石碑起名為“墮淚碑”。

釋義 “墮淚碑”，用來稱頌官員卓著的政績，表示懷念之情；或者泛寫傷心落淚。

出處 唐・房玄齡等《晉書・羊祜傳》：“襄陽人思祜常遊於峴山，遂建廟立碑，四時祭之。往來人見其碑文者，無不流涕，故名為‘墮淚碑’。”

墮甑不顧

郭泰是東漢末年的名士，太學生的首領。他一生不願做官，但在讀書人中有着崇高的威望，甚至他的一舉一動也成了讀書人的楷模。

有一次，郭泰在路上遇到下雨，他沒帶傘，雨水把他的頭巾淋濕了，一隻帽角耷拉下來。他滿不在乎，以後便戴着這頂一隻角高一隻角低的頭巾。萬沒想到一般的名士看到他戴着這樣一頂頭巾，也故意把頭巾的一隻角壓低，還把這種頭巾稱為“林宗巾”(郭泰字林宗）。

有一天，郭泰外出散步，只見前面有個人肩膀上挑着一根棒，棒上掛着一隻煮飯的砂鍋，一晃一晃地走着，樣子很古怪。郭泰跟在後面，打量着他是怎樣一個人。忽然聽到“啪”的一聲，那隻砂鍋掉在地下，摔成了碎片。那個人好像沒有察覺，頭也不回，仍然一晃一晃地朝前走。

郭泰覺得很奇怪，跑上去告訴他說：“朋友，你的砂鍋掉了！”

那個人好像沒事一樣地說：“我知道。”

“那你為甚麼不回頭看看呢？”郭泰問。

“砂鍋已經碎了，還看它幹甚麼！”那人回答。

郭泰覺得這個人很有決斷，心中很欽佩，就跟他攀談起來。他才知道這個人是鉅鹿人，名叫孟敏，書也讀得不少。郭泰勸他到大學去遊學。孟敏受到了郭泰的鼓勵，也進了太學，十年後也成了名士。

釋義 “墮甑不顧”，用來表示錯誤已經造成，後悔也沒有甚麼益處；或者形容事情已經過去，不值得再加注意；也可用來稱讚人的灑脫大度。

出處 南朝宋・范曄《後漢書・郭太傳》：“（孟敏）客居太原。荷甑墮地，不顧而去。林宗見而問其意。對曰：‘甑以破矣，視之何益？’”

緹縈上書

西漢文帝時，齊國臨淄地方有個讀書人，名叫淳于意。他年輕時喜愛學醫，拜同鄉名醫陽慶為老師，得到了古代醫學家傳下來的治病的方法，醫術十分高明，在當時很有名氣。過了好多年，淳于意做了太倉縣的縣令。他也算是個清官，可他有個毛病，一向自由散漫，不願意受甚麼拘束，所以辭了官職，仍舊去做醫生。看病的人實在太多了，而他又喜歡出外遊玩，也不管病人多少，反正看了半天病，下午就出去了。

一天，一個大商人家裏的姨太太病了，請淳于意醫治。那女人吃了藥不見好轉，過了幾天死了。大商人就告淳于意庸醫殺人。於是，當地官吏便判他肉刑。根據當時的法律，肉刑有臉上刺字、割掉鼻子、砍去一足等三種。因為淳于意做過縣令，還必須押解到都城長安去接受刑罰。

淳于意沒有兒子，只有五個女兒。當差役押他去長安時，五個女兒跟在後面哭個不停。淳于意看了她們一眼，歎着氣說：“唉！生女不生男，有了急難，一個有用處的也沒有。”

姑娘們耷拉着腦袋直哭。那個最小的女兒緹縈又傷心又氣憤，她想：“為甚麼女兒就沒有用處呢？難道我不能替父親做點事嗎？”於是，她堅決要跟着父親同往長安，代父受刑。差役們沒有辦法，只得同意她一同前去。

緹縈到了長安，要求入宮去見漢文帝。管宮門的人不讓她進去，她就寫了一封請願書，請管宮門的人代呈給漢文帝。

她在請願書上說：“我叫緹縈，是太倉縣令淳于意的小女兒。我父親做官的時候，當地的老百姓都說他是個清官。如今他被控告犯了罪，要受肉刑的處分。我不想為父親辯護他究竟有罪沒罪，但我替他傷心，也替所有受肉刑的人傷心。一個人臉上刺了字，永遠見不得人；割了鼻子，永遠也安不上去；腳斷了，也無法再接上。以後他要改過自新，也沒有辦法了。我願意一輩子做官府的奴婢，來贖父親的罪，好讓他有一個改過自新的機會。”

漢文帝看了緹縈的請願書，很受感動，於是下令赦免了淳于意，並且下命令廢除了肉刑。就這樣，緹縈不但幫助了自己的父親，也替天下人做了一件好事情。

釋義 “緹縈上書”，用來形容女子具有孝心，能夠救護父母。

出處 西漢・司馬遷《史記・扁鵲列傳》：“文帝四年中，人上書言意，以刑罪當傳西之長安。意有五女，隨而泣。意怒，罵曰：‘生子不生男，緩急無可使者！’於是少女緹縈傷父之言，乃隨父西。上書曰：‘妾父為吏，齊中稱其廉平，今坐法當刑。妾切痛死者不可復生而刑者不可復續，雖欲改過自新，其道莫由，終不可得。妾原入身為官婢，以贖父刑罪，使得改行自新也。’書聞，上悲其意，此歲中亦除肉刑法。”

緣木求魚

孟子，是戰國時著名的思想家。

有一天，孟子來見齊宣王。齊宣王接見了孟子，二人旋即開始交談。

孟子說："大王，現在，您心中最大的願望是甚麼呢，能講給我聽聽嗎？"

齊宣王笑了一笑，沒有回答。

孟子明白了，接着說："是為了甘美的食物不夠吃嗎？是為了輕暖的衣服不夠穿嗎？是為了嬌艷的美女不夠看嗎？是為了美妙的音樂不夠聽嗎？或者，是為了阿諛奉承的近臣不夠使喚？這些，我想你的各位臣子都會滿足您的。難道，您真的就是為了這些嗎？"

"不，"齊宣王忙說："不是為了這些。"

孟子說："那麼，您最大的慾望就是很明白的了。您想擴張國土，使秦、楚等國都向您稱臣納貢；您自己做天下盟主，並統領四方。"

孟子一針見血，直言點到了齊宣王的心裏，齊宣王沒有說話，算是默認了。

"但是，"孟子看了齊宣王一眼，用譏諷的語氣接着說，"以您目前的所作所為，來謀求實現您的這種慾望，就好像是爬到樹上去捉魚一樣。"

釋義 "緣木求魚"，用來比喻方向、方法不對，目的根本無法達到。

出處 《孟子・梁惠王上》："（孟子）曰：'然則王之所大欲可知已。欲辟土地，朝秦、楚，蒞中國而撫四夷也。以若所為，求若所欲，猶緣木而求魚也。'"

操舂舉案

後漢時有個名士叫梁鴻，他年輕時曾在太學裏研究儒家經典，完成學業後回到家鄉扶風，靠種田維持日常生活。梁鴻的家鄉也有不少富貴之家，仰慕梁鴻高尚的節操，想把女兒嫁給他，但都被梁鴻回絕了。

同縣有一個孟財主，他的女兒長得又黑又醜，力氣大得能舉起石臼。孟女雖不美貌，但家中很有錢，因此也有不少人來提親。孟女卻都不願意，一直到三十歲仍然未嫁。孟財主問她到底要找個甚麼樣的人，她說："我要嫁就嫁梁鴻那樣的賢士。"

孟財主便託人去向梁鴻傳達女兒的心意，梁鴻聽了，便挽媒提親，女方自然一口答應。

孟女準備了布衣、麻鞋，以及紡織用的器具作嫁妝。到了成親那日，孟女卻未能免俗，穿上綢衣，梳妝打扮一番，嫁到梁家。

梁鴻一看她的打扮，整整七天沒理她。孟女跪在牀前問道："我聽說您注重節操，拒絕過好幾個女子，我們情投意合，才結成夫妻。今天您這樣疏遠我，請告訴我理由。"

梁鴻答道："我想找的是能甘於貧困的伴侶，你現在如此打扮，我怎敢親近？"

孟女回答說："夫子願意這麼生活，我早作了準備，您何必為這個操心呢？"於是，她進內室更換了粗布衣服，摘去了首飾，改梳了貧女的髮式，出來見梁鴻。

梁鴻一見大喜，說："這才是我梁鴻的妻子，可以同甘共苦的人。"當即為她起名叫孟光。

幾個月後，梁鴻怕有人舉薦他出去做官，夫妻倆搬到霸陵山隱居，不久又遷到齊地。後來兩人又一起到吳地，住在當地大地主皐伯通家，靠給人舂米為生。

皐伯通看見孟光為梁鴻上飯時，總是恭敬地，將小飯桌舉得跟眉毛一樣高，大為驚訝，說："梁鴻是個僱工，能讓妻子對他這麼恭敬，一定不是個平凡的莊稼人。"

於是，皐伯通不再讓梁鴻當僱工，讓他安心讀書寫作。直至梁鴻死去，孟光才帶着兒子回扶風老家去。

釋義　"操舂舉案"，用來表示夫妻互敬，妻賢知禮。

出處　東漢・劉珍《東觀漢記・梁鴻》："梁鴻適吳，依大家皐伯通廡下，為人賃舂。每歸，妻為具食，不敢於鴻前仰視，舉案齊眉。伯通異之，曰：'彼傭賃能使妻敬之如此，非凡人也。'"

遼家白頭

古時，中國東北遼東（今遼寧省東部和南部）一帶的農戶十分喜歡養豬。這裏的豬體圓膘壯，渾身墨黑，十分惹人喜愛。因此人們都把豬稱為黑豬。有一天，有一家農戶出了一件奇事，引起了轟動。

原來，這家農戶的一頭母豬生了八頭豬崽子，七頭豬崽子渾身黑色，沒有甚麼異樣，但其中有一頭身子是黑的，頭卻是白的。村民們對此議論紛紛，認為這一定是一頭極為珍貴的異獸，應該把牠進貢給皇帝。

這進貢的重任當然地落到了白頭豬主人的頭上，主人便把白頭豬裝在背簍中，長途跋涉，千里迢迢地向都城咸陽而去。走到了河東（今山西一帶）時，一天，他在一個農戶家歇宿，主人問他進京幹甚麼，他如實說了。這主人看了他的白頭豬，哈哈大笑說："一隻白頭豬，有甚麼稀罕。不用說白頭豬，我們這裏全身白的豬也多着呢！"主人將他帶往自己養的豬欄。豬欄中有十幾隻豬，果然有好幾隻豬全身都是白的。

白頭豬的主人滿臉羞慚，便不再往京城，告辭了農戶回到家鄉。村裏人見他又把白頭豬背了回來，紛紛詢問他怎麼回事，他說："河東白色的豬很多，我們的見識真是太少了，害我白白走了這麼多路。"

釋義 "遼豕白頭"，用來表示因見識淺薄而羞慚；或者形容少見多怪。

出處 南朝梁・蕭統《昭明文選・朱浮〈與彭寵書〉》："往時遼東有豕，生子白頭，異而獻之。行至河東，見羣豕皆白，懷慚而還。"

遼東鶴

傳説古時候有個人名叫丁令威，他是遼東人，年輕時愛讀《莊子》，喜歡研習道術。有一天，丁令威外出遊玩，和靈虛山的靈虛道長不期而遇。他看到靈虛道長鶴髮童顏，宛如神仙下凡，便上前拜見，誠心誠意地説："道長，您一定是個有道之人，請您收我做徒弟吧！"靈虛道長朝丁令威打量了一下，見他還有些根基，而且十分誠心，便欣然同意，説："好！我收你為徒，你跟我回靈虛山去學道吧！"丁令威高興極了，行了拜師禮，便跟靈虛道長來到靈虛山靈虛道觀學道。他苦心修行，過了一千年，終於得道成仙。

這樣又過了一些日子，丁令威忽然思念起家鄉來，於是，他化成一隻白鶴，飛回遼東。他停在城門的華表柱前，看到城郭依舊，而城裏的人已全不認識了，不由十分感歎。

這時，一個少年路過，看到華表柱上停着一隻白鶴，便拿起弓，搭上箭，想把白鶴射下來。白鶴見了，振翅而飛，牠在空中徘徊，口吐人語："有鳥有鳥丁令威，去家千年今始歸。城郭如故人民非，何不學仙塚壘壘。"説完，白鶴衝天而起，向高空飛去，一會兒便飛得無影無蹤了。

釋義 "遼東鶴"，用來寫久別重歸，慨歎人世的變遷，表達離開家鄉的人對鄉土的思戀。

出處 南朝・佚名《搜神後記》："丁令威，本遼東人，學道於靈虛山。後化鶴歸遼，集城門華表柱。時有少年，舉弓欲射之。鶴乃飛，徘徊空中而言曰：'有鳥有鳥丁令威，去家千年今始歸。城郭如故人民非，何不學仙塚壘壘。'遂高上衝天。"

霓裳羽衣曲

唐代開元年間，中秋月夜，天地萬物沐浴在月亮的清輝中，顯得格外清幽。唐玄宗站在宮中的樓台上，手扶欄杆，欣賞着澄淨溫柔的明月，陷入了無限的暇思中。

這時，方士羅公遠走過來，輕聲問道："陛下是否願意到月中遊覽一番？"

唐玄宗點點頭，卻又歎道："可惜沒有仙術助我登月。"

"陛下不必擔心，我自有道理。"説着，羅公遠取出枴杖向空中擲去，只見銀光一閃，枴杖頓時化成了一座銀色的大橋，放着耀眼的青光。

羅公遠請玄宗一同登月。行走了約數十里路後，突然面前光彩奪目，寒氣逼人，原來到了月宮。玄宗正在納悶，不知來到了甚麼地方。羅公遠説："陛下，我們已經到了月宮，請您去遊覽吧！"説着，攙扶着玄宗走進月宮。一道道奪目的銀光圍繞在二人周圍，仙氣飄渺。玄宗留連忘返，不住地嘖嘖讚歎月宮的奇妙。

突然，從前方傳來一陣陣美妙的樂曲聲，時而鏗鏘有力、清脆悦耳，有如兵器相碰發出的叮噹聲；時而哀婉低迴，好像多情的女子在低聲傾訴着一個悲涼感人的故事。玄宗陶醉在其中，忘記了走路。

羅公遠看到此景，輕輕叫了聲陛下，打斷了玄宗的沉思。玄宗問道："這是甚麼地方發出的聲音？"在前面。"羅公遠領着玄宗繼續往前走。一會兒，來到了一個寬敞的大廳。廳內有幾百個仙女，都是天姿國色，異常俊美。她們身穿白色紗衣，翩翩起舞。隨着舞步的蹁躚，衣裙上的襟帶飄揚，越發顯得美麗。旁邊有幾十位身着白衣的仙女敲打着樂器，奏着那美妙的樂曲。

"這是甚麼曲調？"玄宗問。

一個仙女回答："是霓裳羽衣曲。"

玄宗一向有音樂天賦，他暗自記下了樂譜，然後返回。過了橋後，回首再望，橋已經消失了。

到了宮中，玄宗立即召見樂宮，按他記下的聲調譜寫了《霓裳羽衣曲》。譜完後，他召來楊貴妃，和他一起編成了《霓裳羽衣》舞。

當然，這只是一個美麗的神話傳説。根據史書記載，相傳此曲為開元中西涼節度使楊敬述所獻，初名《婆羅門曲》，經玄宗潤色並作歌詞，後改成此名。

釋義 "霓裳羽衣曲"，用來指精美的音樂、舞曲。

出處 北宋・李昉等《太平廣記》卷二十二錄《逸史》："約行數十里，精光奪目，寒色侵人，遂至大城闕。公遠曰：'此月宮也。'見仙女數百，皆素練寬衣，舞於廣庭。玄宗問曰：'此何曲也？'曰：'霓裳羽衣也。'玄宗密記其聲調，遂回，卻顧其橋，隨步而滅。且召伶官，依其聲調作霓裳羽衣曲。"

盧前王後

在中國的文學史中，王勃、楊炯、盧照鄰、駱賓王被稱為"初唐四傑"。王勃從小才思敏捷，六歲便能寫文章，沛王李賢很賞識他，聘他為王府侍讀。由於他才華卓著，特別是他二十五歲時路過洪州，在都督閻伯嶼辦的宴會上，寫下了千古傳誦的佳作《滕王閣序》，文中"落霞與孤鶩齊飛，秋水共長天一色"這樣的名句，為當世的名士所推崇，所以在"王楊盧駱"四傑的排名中名列首位。

然而，四傑中處於"盧前王後"的楊炯對此很不滿意。楊炯成名也很早，他十二歲就能作詩，被譽為神童，並躋身長安士林。他的邊塞詩寫得很有氣勢，受到人們的高度讚揚。楊炯一向對比自己年長的盧照鄰十分敬佩，而對與自己同齡的王勃則有些瞧不起，因此對"王楊盧駱"的排名耿耿於懷，揚言說："我對自己的名字排在盧照鄰之前感到慚愧，但對排在王勃之後感到羞恥！"

但這僅是楊炯"文人相輕"的一時之見。不久，王勃不幸在赴交趾(今越南)探父途中溺死，楊炯在收集和閱讀了王勃的全部詩文後改變了自己的看法。他在為王勃詩文集作的序中，對王勃作了極高的評價，稱讚王勃"神機若助，日新其業，西南洪筆，咸出其詞，每有一文，海內驚瞻"，並承認王勃之名排在他的前面是當之無愧的，自己確實不如王勃。

釋義 "盧前王後"，用來表示排列的名次或指同為詩文之友。

出處 五代・劉昫等《舊唐書・楊炯傳》："炯與王勃、盧照鄰、駱賓王以文詞齊名，海內稱為王楊盧駱，亦號為'四傑'。炯聞之，謂人曰：'吾愧在盧前，恥居王後。'當時議者，亦以為然。"

黔婁安貧

黔婁是戰國時齊國的高士，為人正直，不貪圖富貴享樂，受到人們的尊敬。

黔婁死後，曾子前往他家弔唁。黔婁的妻子接待了曾子，把他引到廳堂上弔唁。曾子看見黔婁的屍體放在窗戶下面，頭枕坯塊，身下鋪着蓆子，蓋的是布被，不能把頭腳全蓋上，蓋上頭就露出腳，蓋上腳又露出頭。

曾子十分感慨，心想這樣一個德高望重的賢士，死後竟落得如此淒涼，很為黔婁惋惜。於是對他妻子說："先生一世英名，生活卻這麼貧寒，可歎呀！這被子正着蓋不全，斜着蓋就能全蓋上了。"

黔婁的妻子聽了曾子的話，說："斜着蓋有餘，但不如正着蓋不全。先生因為堅守正道，不向邪惡低頭，才落到這步田地。活着不邪，死了讓他斜着蓋被，有悖先生的為人。"

曾子無言以對，滴下了幾行熱淚，哭着問："先生去也，有甚麼謚號嗎？"

黔婁的妻子回答說："謚號是康。"

曾子感到費解，不知為甚麼謚號為康，問："先生在世時，吃的飯不能使腹中感覺到吃飽，穿的衣服不能遮蔽身體，死後沒有大被子蓋住全部身子，致使手腳露在外面，祭品中沒有酒肉。他生前得不到安樂，死後沒有榮耀，為甚麼還謚為康呢？"

黔婁的妻子淡然地回答道："您這話說得不對了。從前國君想讓先生執政，擔任國家的丞相，先生推辭不願去做官，這說明他顯貴有餘。國君曾經賜給他三十鍾粟，先生又推辭不接受，這說明他富足有餘。先生心甘情願地吃粗茶淡飯，居貧守賤。他不因為貧困而憂愁，不因為富貴而歡喜。他追求仁得到仁，追求義得到義，這樣淡然地對待世間的一切，安然地度過自己的一生，死後謚號為康，不是正合適嗎？"

聽了黔婁妻子的一番話，曾子感慨萬分，對黔婁更加敬佩，同時也暗暗稱讚他的妻子。曾子說道："只有黔婁先生這樣的人，才有這樣的妻子呀！"

釋義 "黔婁安貧"，用來指安貧樂道的隱士、讀書人。

出處 西漢·劉向《列女傳》："魯黔婁先生死，曾子與門人往弔之。……其妻曰：'昔先生君嘗欲授之政，以為國相，辭而不為，是有餘貴也。君嘗賜之粟三十鍾，先生辭而不受，是有餘富也。彼先生者，甘天下之淡味，安天下之卑位。不戚戚於貧賤，不忻忻於富貴。求仁而得仁，求義而得義。其謚為康，不亦宜乎！'曾子曰：'唯斯人也而有斯婦。'君子謂黔婁妻為樂貧行道。"

錦屏射雀

北周武帝時，上柱國竇毅有個美麗聰慧的女兒。由於竇毅的妻子是北周武帝的姐姐襄陽長公主，所以她小時候經常跟隨母親進宮去看望做了皇帝的舅舅。周武帝見這個外甥女長着一頭秀髮，聰明伶俐，讀起書來過目不忘，就把她留在宮中撫養。

過了若干年，竇氏長成一個亭亭玉立的少女。當時，在周武帝的后妃中，有一個突厥貴族的女兒，周武帝很不喜歡她。竇氏見了，就找了個機會，悄悄對周武帝說："舅舅，如今四方邊境不靖，突厥的力量非常強大。請舅舅不要從個人的好惡出發，要好好安撫、關愛突厥后妃，以國家的利益為重。我們只要得到突厥的幫助，那麼就不怕江南、關東等地的勢力來和我們作對了。"

周武帝聽了，感到她說得非常對，便採納了她的意見，改變了對突厥后妃的態度。

竇毅知道這件事情後，對妻子說："我們的女兒見識如此不凡，真了不起！"

襄陽長公主聽了，也高興地說："真想不到！"

竇毅又說："我們這女兒才貌雙全，可不能輕易許配給人，應當給他找個英俊有為的青年。"

襄陽長公主說："如今天下很不太平，我看還是給她找個武藝出眾的丈夫吧！"

"我也這樣想。"竇毅說。

夫妻倆商議決定後，竇毅就命人在屏風上畫了兩隻孔雀。凡是前來向他女兒求婚的，竇毅就讓人給他兩支箭，要他站在百步之外，將箭射向孔雀。如果有誰兩箭都射中孔雀的眼睛，誰就能中選，成為竇家的乘龍快婿。

當時，得到消息後前來求婚的青年公子確實不少，前前後後有好幾十個，但他們都武藝低微，沒有一個人能射中兩隻孔雀的眼睛。結果，他們都只能失意地走了。

後來，上柱國大將軍李仁的公子李淵來了。李淵拿起弓，連發兩箭，每箭各中一隻孔雀的眼睛，在場的人都不由大聲喝彩。

竇毅見了，非常高興，就把女兒嫁給了李淵。這個李淵就是後來大唐的開國皇帝唐高祖，竇氏也在大唐立國後被封為皇后。唐太宗李世民，以及建成、元吉、元霸，都是她所生的兒子。

釋義 "錦屏射雀"，用來形容箭術高明；有時也用來形容挑選女婿或求婚。

出處 北宋・歐陽修、宋祁等《新唐書・太穆竇皇后傳》："毅常謂主曰：'此女有奇相，且識不凡，何可妄與人？'因畫二孔雀屏間，請婚者使射二矢，陰約中目則許之。射者閱數十，皆不合。高祖最後射，中各一目，遂歸於帝。"

磨穿鐵硯

五代後晉時，有個讀書人名叫桑維翰。他人長得很醜，身材短而臉特長。他常常自己照着鏡子自我欣賞，說："七尺長的身軀還不如一尺長的臉。"

他志向很大，立志要考取進士。第一次去應試時，他的文章寫得非常好，但主考官非常迷信，他見桑維翰姓"桑"，就對旁邊的人說："這個考生怎麼會姓桑呢？"

其他閱卷的官員不知道主考官為甚麼這樣問，都露出一副疑惑的神色，主考官接着說："'桑'和'喪'同音，'喪亡'、'喪事'、'治喪'，這多麼不吉利。所以這個人文章寫得再好，也不能錄為進士。"於是，桑維翰就失去了錄取進士的資格。

不久，有人把這件事告訴給了桑維翰。桑維翰十分憤怒，說：“我一定要寫一篇文章，來為‘桑’字正名。”於是，桑維翰特地寫了一篇《日出扶桑賦》。賦中說，我國古代時，東方有一棵巨大的神木，名叫扶桑。日出扶桑，是說太陽就是從扶桑那兒升起的。既然連太陽升起的地方都跟“桑”字有關，那麼姓桑又有甚麼不吉利呢？

他的幾個好朋友勸他，說可以通過別的途徑做官，桑維翰搖搖頭說：“我的志向已定，非考取進士不可！”

他為了表示自己的決心，就請鐵匠為他鑄造了一塊鐵硯，並拿給熟人們看，說：“除非這鐵硯磨穿了，我才改用其他途徑。”過了兩年，桑維翰終於考上了進士，成為後晉的著名官員。

釋義 “磨穿鐵硯”，用來形容人刻苦勤學或意志堅定。

出處 北宋・歐陽修《新五代史・桑維翰傳》：“初舉進士，主司惡其姓，以‘桑’、‘喪’同音。人有勸其不必舉進士，可以從佗求仕者，維翰慨然，乃著《日出扶桑賦》以見志。又鑄鐵硯以示人曰：‘硯弊則改而佗仕。’卒以進士及第。晉高祖辟為河陽節度掌書記，其後常以自從。”

龍伯釣鼇

傳說在遙遠的上古時代，東方有一個叫做歸墟的無邊無際的大壑，壑中有岱輿、員嶠、方丈、瀛洲、蓬萊五座大山，每座山方圓九千里，山上住着神仙。可是，這五座大山在涯無邊際的歸墟中，就像五個漂忽不定的活動島嶼，潮水一來，便漂來盪去，沒有定蹤。山上的神仙們感到這樣很不方便，便去向天帝訴苦。

天帝聽了，擔心有朝一日這五座山會漂到北極的大壑中沉沒，神仙們便會沒地方住，於是他吩咐北海之神禺強說：“你去用十五隻巨鼇（巨龜），讓每三隻巨鼇頂住一座山，別再讓那些山漂來盪去！”禺強接受了天帝的命令，用巨鼇把岱輿等五座山頂住。從此，五座山便不再隨潮水漂流了。

那時候，歸墟附近有個龍伯國，龍伯國的居民都是頂天立地的巨人，他們聽說歸墟中有巨鼇，便拿了釣竿，前去釣鼇。他們先在岱輿和員嶠兩座山下放下釣餌，沒多少時間，便把頂住岱輿和員嶠的六隻大鼇都釣走了。這樣一來，岱輿和員嶠兩座大山都失去了支撐，又隨着潮水漂流起來。最後，兩座大山漂到北極，沉沒在北極浩淼的大洋之中。

原來居住在岱輿和員嶠兩座山上的神仙流離失所，紛紛去向天帝告狀。天帝知道後，大為震怒，便罰龍伯的子孫一代一代慢慢變得矮小，並且把他們流放到了終年不見陽光的北冥之地。

岱輿、員嶠兩座山上的神仙，後來都搬到瀛洲、蓬萊、方丈三座山上去住。這三座山，便是傳說中著名的三座仙山，秦始皇、漢武帝等都曾派人去那兒尋求長生不老的仙藥，但最終都沒找到。

釋義 “龍伯釣鼇”，用來比喻非凡的事業；“釣鼇客”來比喻胸襟豪放、抱負遠大的人物。

出處 《列子・湯問》：“五山之根無所連着，常隨潮波上下往還，不得暫峙焉。仙聖毒之，訴之於帝。帝恐流於西極，失羣仙聖之居，乃命禺強使巨鼇十五舉首而戴之。”

龍陽泣魚

戰國時，魏國國君十分寵愛龍陽君。龍陽君很有心計，他看到魏王寵愛自己以後，原來被魏王寵愛的幾個妃子都受到冷落，不由想到，如果魏王今後再物色到新歡，一定也會冷落自己。於是，她決定想個辦法說服魏王，使自己永遠保持尊寵的地位。

一天，魏王和龍陽君一起乘船釣魚。沒多久，龍陽君便釣到十多條魚，而且一條比一條大，魏王見了，非常高興。可龍陽君卻收起釣竿，把較小的魚一條條丟回河裏，當只剩下一條最大的魚時，龍陽君便嚶嚶地哭了起來。魏王十分奇怪，上前問：

“你怎麼啦？有甚麼不舒服嗎？”

“沒有，我沒甚麼不舒服。”龍陽君說。

魏王聽了，更奇怪了，問：“那你為甚麼哭？”

“不為甚麼，就為這些釣到的魚。”龍陽君回答。

魏王更糊塗了，問："你快說呀，到底是怎麼回事？"

龍陽君擦乾眼淚說："我剛開始釣到魚的時候，儘管那魚很小，但卻很開心。過一會釣到大的，就感到前面釣到的小魚不稀罕了。後來釣到最大的，就把前面釣到的小魚都拋棄掉了。"

魏王聽了，大笑着說："拋掉就拋掉，有甚麼可惜，更沒有甚麼可以值得傷心的呀！"

龍陽君仍鬱鬱寡歡地說："大王，我現在蒙你寵愛，可以一直陪伴你。但我想，我不過是大王釣到的一條魚罷了。萬一以後大王寵愛別人了，恐怕就會像我拋棄釣到的小魚一樣拋棄我。我想到這兒，怎麼能不傷心落淚呢？"

魏王若有所思了一會，笑着說："你過慮了。我決不是一個喜新厭舊的人，你放心好了，我一定會讓你滿意的。"

於是，魏王回宮以後，當天就向全國發佈了一道命令，說："今後誰再敢向我進獻美女，一律滅族。"從此以後，沒有人再敢向魏王進獻美女，龍陽君的地位也就鞏固下來，一直受到魏王的寵倖。

釋義 "龍陽泣魚"，多被用來表達移情別戀，恩移寵衰，不再受到寵倖或重用的苦衷。

出處 《戰國策・魏策四》："魏王與龍陽君共船而釣，龍陽君得十餘魚而涕下。"

龍盤虎踞

東漢末年，曹操、劉備、孫權三個政治集團割據稱雄，彼此征伐。他們三家都想消滅異己，以武力統一中國，戰爭連年不斷。

公元 208 年，曹操揮麾南指，圖謀統一天下。此時，荊州牧劉表已經病故，他的兒子劉琮向曹操投降，獻出了軍事和經濟價值都很重要的荊州。此前暫駐於荊州的劉備在撤軍途中被曹操擊敗，力量大為削弱。聯合孫權抵抗曹操，成了劉備集團當時唯一出路。

曹操打敗了劉備，奪取了荊州以後，就率領大軍八十餘萬，號稱百萬，浩浩蕩蕩地從江陵沿江東下，想一舉掃平江東。他很自信，以如此強大的兵力，必定能夠擊敗孫權，消滅江東割據勢力。

面對曹操優勢兵力的進攻，究竟採取甚麼樣的對策，孫權集團內部意見很不一致。以文臣張昭為首的一派，認為曹操兵強馬壯，如今又新破荊州，鋭氣正盛，憑東吳之實力肯定抵擋不住，所以主張不戰而降。而以魯肅、周瑜、黃蓋為首的一些人則認為，東吳地勢險固，有訓練有素的十萬精兵，且曹兵遠道而來，早已疲憊，正是強弩之末，堅決主張抵抗。

這時，劉備派軍師諸葛亮出使江東，商討聯兵抗曹大計。諸葛亮在魯肅的陪同下得以觀看建鄴（今南京）山川形勢，感歎道："鍾山像龍一樣盤卧在城的東邊，石頭城像虎一樣蹲踞在西邊，這真是帝王居住的地方啊！"

見魯肅聽此言後頗有自得之意，諸葛亮手撚鬍鬚，意味深長地説："曹賊已駐軍江北，虎視眈眈，江東危如累卵，可惜你們主公仍然猶豫不決，拿不定主意。如果不抵抗曹軍，這帝王之都就要拱手讓予別人了。"魯肅點頭稱是，極為佩服諸葛亮的深邃眼光。他們共同商定了聯盟抗敵的戰略方針，同去會見屯兵柴桑（今江西九江）的孫權。

諸葛亮到柴桑見到孫權後，向他指陳了當時的嚴峻形勢，以其三寸不爛之舌，終於説服了孫權，促成了孫劉聯盟，在赤壁之戰中擊敗了曹操，迫使曹操退回北方，無力南圖，從而奠定了三國鼎立的局面。

釋義 "龍盤虎踞"，用來比喻帝都地勢雄峻（多指南京）。

出處 北宋・李昉《太平御覽》卷一五六引《吳錄》："先亂時童謠云：'寧飲建業水，不食武昌魚；寧歸建業死，不就武昌居。'乃遷都建業。（案：《吳錄》劉備曾使諸葛亮至京，因睹秣陵山阜。歎曰：鍾山龍盤，石頭虎踞，此帝王之宅。）"

蕭史弄玉

秦國有位青年叫蕭史。蕭史修成道術，有一手絕技：吹簫。他吹簫音韻悠揚，美妙動聽。孔雀、白鶴聽到他的簫聲，都紛紛飛到院子裏來聽。

秦穆公有個女兒叫弄玉。弄玉十分美貌，而且喜歡聽簫。秦穆公就常常請蕭史來宮中吹簫給弄玉聽。後來，弄玉又拜蕭史為師，跟他學吹簫。

蕭史和弄玉在日常相處中漸漸產生了感情。秦穆公就把弄玉嫁給了蕭史。蕭史、弄玉二人歡天喜地地結為夫婦後，每天以簫聲為伴，恩愛不已。

蕭史、弄玉就這樣非常愉快地過了幾年。他們吹簫的聲音，聽起來好似鳳的鳴叫聲那麼婉轉清亮。鳳和凰聽到了，都飛到他們的屋裏來。秦穆公知道了，命人建造了鳳台。建好後，蕭史、弄玉夫婦就搬過來住。

又過了幾年。一天，二人在簫聲之中，分別乘着鳳和凰，飄然飛上天去了。

釋義 “蕭史弄玉”中的“蕭史”被用來指稱情郎、佳婿；而“弄玉”用來比喻仙子、公主、美女等；“鳳簫”用於形容吹奏樂器。

出處 西漢·劉向《列仙傳》：“蕭史善吹簫，作鸞鳳之響。秦穆公有女弄玉，善吹簫，公以妻之，遂教弄玉作鳳鳴。居十數年，鳳凰來止。公為作鳳台，夫婦止其上。數年，弄玉乘鳳，蕭史乘龍去。”

韓憑相思

戰國時期，宋康王的一個僕從名叫韓憑，其妻子十分美麗。宋康王對她垂涎三尺，憑其權威將她奪走。韓憑深愛自己的妻子，對康王奪妻非常仇恨。康王知道後很惱怒，把韓憑抓起來，並罰他做築城的苦役，目的是將他折磨死。韓憑不堪忍受，只能以死抗議，含憤自殺。

韓憑自殺後，他的妻子柔腸寸斷，但在康王面前又不能表現出來，只能強作歡顏，內心痛苦萬分，只想一死。她暗地裏找來陳腐的布做成衣服。一次，康王帶她同登青陵台，台很高，韓憑妻乘人不備縱身跳下台去，左右人急忙拽住她的衣服，誰知衣服一拉便碎，根本無法拉住韓憑妻。衣服的碎片化成繽紛的蝴蝶，韓憑妻在蝴蝶飛舞之中終於自盡。

韓憑妻的衣帶內藏有遺書說：“大王要我活下來，我卻願意一死了之，死後希望能與韓憑合葬一處。”康王惱羞成怒，不按遺書辦，把韓憑妻分葬在不遠的另一塊地方，兩個墳頭相望，並惡毒地說：“你們夫婦倆既然這麼相愛，如果你們的墳塚能夠合起來，我不阻攔。”

誰知一夜之間，兩座墳頭各長出一棵梓樹來，且長勢極快，十餘日就有合抱之粗。兩棵樹相向彎曲，併合於一處，樹根纏在一起，樹枝也交叉重疊。大樹之上有雌雄兩隻鴛鴦，從早到晚從不分離，交頸悲鳴，聲音悲切感人。

韓憑夫妻堅貞不渝的愛情，正應了“在天願作比翼鳥，在地願為連理枝”的俗語。這則故事一方面是對韓憑夫妻愛情的歌頌，另一方面是對康王淫威的撻伐。宋國人哀憐韓憑夫妻，將樹稱為“相思樹”。

釋義　“韓憑相思”，用來表現男女堅貞不渝的愛情；也用以借指蝴蝶、鴛鴦。

出處　東晉・干寶《搜神記》：“宿昔之間，便有大梓木生於二塚之端，旬日而大盈抱。屈體相就，根交於下，枝錯於上。又有鴛鴦雌雄各一，恆棲樹上，晨夕不去，交頸悲鳴，音聲感人。宋人哀之，遂號其木曰相思樹。”

檄愈頭風

三國時期的魏國人陳琳，才華橫溢，文筆精美。陳琳曾是袁紹的部下，寫過討伐曹操的檄文。袁紹兵敗後，曹操沒治陳琳之罪，反而很賞識他的才能，把他留在軍中，專門負責起草文書奏章。

曹操素有頭疼的毛病，久治不癒。這天，他的老病又發作了，躺在牀上痛苦不堪。恰在這時，陳琳來了，送一篇剛剛寫好的檄文來給曹操過目。

曹操的衛士將陳琳攔在帳外，告訴他，主公的頭疼病正在發作，不能理事，要陳琳改天再來。

陳琳聽説曹操生病，也打算回去。但因公事緊急，陳琳堅持要馬上送。衛士拗不過他，只好照辦。

收到陳琳的檄文後，曹操仍然卧在牀上，忍着劇烈的頭疼讀陳琳剛剛送來的文章。讀着讀着，曹操臉上痛苦的表情漸漸消失了。不一會，曹操竟然一下子坐了起來。

衛士慌了，連忙上前扶住曹操，勸他，頭疼得厲害還是躺下休息為好。曹操卻拒絕了衛士的要求。他兩眼發亮，滿面喜色，手揚着陳琳的文章，説："我的頭不疼了，它治好了我的病！"

陳琳曾多次獲得厚賞，並升任為門下督。

釋義　"檄愈頭風"，用來稱讚文章美妙。

出處　西晉·陳壽《三國志·魏書·陳琳傳》："琳作諸書及檄，草成呈太祖，太祖先苦頭風，是日疾發，卧讀琳所作，翕然而起曰：'此愈我病。'"

轅下駒

漢武帝時，太皇太后竇氏死後，丞相、魏其侯竇嬰也失了勢。漢武帝拜王太后的同母異父兄弟、武安侯田蚡為丞相。

原先，田蚡在竇嬰手下做事時，像條狗一樣搖尾乞憐；但他當了丞相後，頤指氣使，威風不可一世。一批趨炎附勢的人也見風使舵，投靠了田蚡。但正直的將軍灌夫不買田蚡的賬，在一次田蚡舉行的宴會上，仗着酒意，大罵了一通，鬧得宴會不歡而散。

田蚡向漢武帝告了灌夫一狀，要殺灌夫；而竇嬰則上書為灌夫辯護，認為灌夫喝醉了酒，得罪了田蚡，但罪不至死。於是，第二天，漢武帝召集大臣們在東朝廷議案。田蚡和竇嬰仍各執己見。漢武帝徵詢其他大臣的意見。

御史大夫韓安國和主爵都尉汲黯支持竇嬰，認為灌夫在平定七國之亂時立過大功，身受數十處傷仍奮勇殺敵，是個壯士。因喝醉了酒亂罵一通，定不了死罪。

內史鄭當時起先也支持竇嬰，但後來他見田蚡惡狠狠地瞪他，他又支持田蚡，說灌夫該殺。

漢武帝責備鄭當時說："你前言不搭後語，反覆無常，畏縮得像車轅下的小馬一樣。我真想先把你殺了！"

漢武帝一生氣，退了朝，到後宮向王太后報告。王太后當然支持田蚡，向漢武帝發了一通脾氣。不久，灌夫便被田蚡判了死罪，全家抄斬。竇嬰後來也遭田蚡誣害而死。

"轅下駒"，用來形容人畏縮不前，膽小如鼠。

出處 西漢・司馬遷《史記・魏其武安侯列傳》："於是上問朝臣：'兩人孰是？'內史鄭當時是魏其，後不敢堅對。餘皆莫敢對。上怒內史曰：'公平生數言魏其、武安長短，今日廷論，局趣效轅下駒，吾並斬若屬矣。'"

擊壤歌

中國原始社會末期，在黃河流域的部落聯盟中，曾經先後出現過三位著名首領——堯、舜、禹。

堯，陶唐氏，傳説是黃帝的後代。儘管他有着高尚的品德和豐富的經驗，並處於部落聯盟的領袖地位，但他處理事情，仍然遵循古老的民主傳統，十分謙遜，因此非常受人尊敬。

相傳有一年，堯獨自出外巡遊，一路上，他所見到的，無論是白髮蒼蒼的老人，還是乳臭未乾的兒童，一個個笑容滿面，無憂無慮，到處呈現出一派太平盛世的大好景象。

在一個村口的空地上，只見幾個老者正在怡然自得地玩"擊壤"的遊戲。"壤"是長方形的木塊，所謂"擊壤"，就是把一塊木塊豎在地上，用另一塊木塊去擊倒它，誰擊倒的次數多，誰就算獲勝。

堯站在一旁看了起來，只見一個花白頭髮的老者在地上豎了木塊，然後退後約三十步遠，再用另一塊木塊擲去。他沒有擲中，另一個年紀稍輕的老者便接着拋擲。這樣，幾位老者你上我下，玩得十分帶勁。

這時，有個人路過，感歎地説："我們的首領堯是多麼偉大啊！是他實行了德政，才使大家過上了這樣舒心的日子！"幾位老者聽到過路人的感歎，不以為然地發出一陣大笑，那花白頭髮的老者一邊笑，一邊唱道："太陽出來啊我耕作，太陽落山啊我休息。掘井飲水，耕田吃飯，堯的德政和我們有甚麼相干？"其餘幾位老者也大聲應和。那個過路人聽他們講得似乎也有道理，不由啞口無言，默默地走了。

堯在一旁聽了他們的應答，知道老百姓的生活十分安定愉快，心中感到很踏實，他不想給幾位老者説明治國之道正在於此，便也悄悄地離開了。

釋義 "擊壤歌"多被用來描寫太平盛世的歡樂景象，表示對統治者政績的頌揚；用"擊壤翁"指處於太平盛世，無憂無慮的勞動者。

出處 東漢・王充《論衡・藝增》："有年五十擊壤於路者，觀者曰：'大哉，堯德乎！'擊壤者曰：'吾日出而作，日入而息，鑿井而飲，耕田而食，堯何等力！'"

臨池學書

張芝是東漢時期的書法家，又名張伯英。他練字非常刻苦。在他家的附近有一個池塘，池塘邊有一塊平整的大石頭，這正是他多年來練習書法的地方。

當時"蔡侯紙"剛剛發明，市場上很少有賣。因此張芝只得以布代紙，把外衣脱下來，鋪在石頭上，提筆在衣服上書寫起來。他就這樣不停地寫着，眼看整件衣服上已被寫得密密麻麻了。他突然想起把衣服寫成這樣可能會遭到父母的責怪。怎麼辦呢？正在這時，一位正在洗衣的姑娘使他受到了啟發。他馬上把寫滿字的衣服浸到水裏，洗起來。

張芝回到了家，母親發現他的衣服變成了灰色，於是問他是怎麼回事。他無法瞞過父母，只得把緣由告訴了他們。出乎意料的是，父母不但沒有因此而責備他，反倒表揚了他。父母都非常支持他練字，母親想出了一個辦法：及時把寫過字的衣服放到熱水裏煮，漂白一下，這樣衣服就不會變色了。

就這樣，在父母的支持和鼓勵下，張芝更加刻苦地練習書法，練就了一手非常好的章草體。但他並不因此而沾沾自喜，他決心在章草體的基礎上創造出更新，更好的字體。

一日夜晚，他漫步在月光下面的長江沿岸，受到大自然美景的啟發，他趕忙回到家，揮毫盡情地書寫起來，一氣呵成。於是張芝所嚮往的那種字體誕生了，這便是"今草"。

這種嶄新的字體，一筆而成，偶有不連，而血脈不斷。從那以後，張芝就被稱為我國書法史上第一個"草聖"。

釋義　"臨池學書"，用來指刻苦學習書法。

出處　南朝宋・范曄《後漢書・張芝傳》："尤好草書，學崔、杜之法，家之衣帛，必書而後練。臨池學書，水為之黑。"

鮫人泣珠

相傳在我國南方的大海中，有一種鮫人。鮫人的外形與人差不多，但他們的背上長着和魚一樣的鱗，身後拖着一條尾巴，能夠像魚一樣在水中居住和生活。

鮫人有兩項特殊的技能，一是善於紡絲織絹，二是他們的眼淚能夠化成珍珠。鮫人織成的絹十分精細，薄得像蟬的翅膀一樣，色彩好，光澤足，無論誰見了都會愛不釋手，是一種最高級的絲織品。後人所說的"鮫綃"就是由此而來的。

鮫人的眼淚雖然能夠化成珍珠，但他們卻不輕易哭泣。他們在水中住得久了，上岸來到臨海的人家借宿的時候，如果沿海的住戶家中備有織機，他們就會主動地替住戶織絹。他們織的時候非常勤奮，速度也比一般織絹的姑娘快得多，往往只要三四天，便可織好一疋絹。住戶們拿着絹去賣掉，就可以賣到一大筆錢。因此，沿海的居民們家家備有織機，等待鮫人前來投宿。

鮫人在住戶家中住了幾天，便會想念自己海中的家，向主人告辭回海中去。這時，主人只要拿一個盤子，熱情地為他送行，並說一些互道珍重的話，鮫人便會忍不住熱淚盈眶，那落在盤中的滴滴淚水，便化成一顆顆晶瑩的珍珠。等到盛滿一盤，鮫人便把珍珠贈送主人，回身躍進大海，消失在海水中。

釋義 “鮫人泣珠”，用來形容淚滴如珠；用“鮫綃”指輕薄的紗絹。

出處 西晉·張華《博物志》卷二：“南海外有鮫人，水居如魚，不廢織績，其眼能泣珠。”

謝公屐

謝靈運是東晉名將謝玄的孫子，因為他小時候寄養在外，所以族裏人稱他為客兒，世人稱他為謝客。東晉時，他襲封康樂公，因此人們又稱他為謝康樂。

東晉滅亡後，到了南朝宋時，他曾經擔任永嘉太守、侍中、臨川內史等職。他是當時著名的詩人，是中國文學史上山水詩一派的創始人，所寫山水詩大都描寫會稽、永嘉、廬山等地的山水名勝，對自然景物的刻畫細緻入微，有很高的藝術價值。

謝靈運一度移居會稽，經常在會稽遊山玩水。有一次，他帶人到南山遊玩。南山山高林密，他便帶了幾百個人，手執斧頭，一面砍樹劈藤，一邊登攀上山。當他們登上山頂，從另一側下山時，沒想到山的另一側已不屬會稽郡管轄。鄰郡太守聽說南山上發現一批手執利斧的強盜，急忙率軍前來收剿。不料等他迎到半山，才知道竟是謝靈運率人遊山，不由大笑。

謝靈運在永嘉太守任上，遊山玩水更是常事。永嘉所屬的雁盪山，是個著名的風景區，山上多懸崖奇峰，有一百二十峰、六十一岩、四十六洞、十三瀑等，著名的勝蹟有靈峰、大龍湫、靈岩、雁湖等。雁盪山的所有名勝古蹟都曾留下謝靈運的足跡。

謝靈運在登山遊覽的時候，常常穿着木拖鞋。這種木拖鞋前後腳掌上都有特製的木齒，以防山路打滑。謝靈運上山時，就把木屐前掌的木齒卸掉，下山時則裝上前掌的木齒，把後掌的木齒卸掉。這樣走山路，既輕鬆，又可以防止打滑，真是妙不可言。

他的朋友和隨從見了，便也紛紛仿效。傳出去後，當地的老百姓上山，也全都穿這種木屐了。因為這種木屐是謝靈運發明的，因此人們便稱之為“謝公屐”。

釋義 “謝公屐”，用來指木拖鞋，或用來形容登山遊玩。

出處 南朝梁·沈約《宋書·謝靈運傳》：“靈運因父祖之資，生業甚厚。奴僮既眾，義故門生數百，鑿山浚湖，功役無已。尋山陟嶺，必造幽峻，岩嶂千重，莫不備盡。登躡常着木履，上山則去前齒，下山去其後齒。”

謝道韞詠絮

謝道韞是東晉時的女詩人，她是當時宰相謝安的姪女，安西將軍謝無奕的女兒，左將軍王凝之的妻子。謝道韞長得聰明美麗，又十分好學，對詩歌有特別的興趣，研讀過《詩經》和東漢鄭玄著的《毛詩箋》。

有一年的冬日，彤雲密佈，朔風凜冽，雪花兒一星半點地飄落下來。謝安這天心中很高興，在家中備了酒菜，請姪女道韞和小名叫胡兒的姪子謝朗一起喝酒賞雪。

謝安和姪子、姪女一邊飲酒，一邊談詩講文，十分高興。不一會，風漸漸地停了下來，而雪卻越下越大，給園中的花草樹木、亭台樓閣都披上了一身銀裝。

謝安見了這少見的雪景，詩興大發，欣然對姪子、姪女說：“大雪紛飛，不能無詩。我們來詠雪聯句怎麼樣？”

“好！叔叔吟第一句，我們接下去。”道韞也興致勃勃地說。

“好！我先說：白雪紛紛何所似？”

姪子也很有文才，聽了以後，略一思索，便接吟道：“撒鹽空中差可擬。”

謝安聽了，點了點頭，認為還可以。

這時，謝道韞忽然想起春天的柳絮，脱口說：“未若柳絮因風起！”

謝安聽了，不禁高興地笑了，連聲稱讚姪女這一詩句接得好極了，真可謂才思敏捷，比喻生動。

釋義 “謝道韞詠絮”，用來讚揚善於吟詠的女子，或者指她的才華。

出處 南朝宋・劉義慶《世說新語・言語》：“謝太傅寒雪日內集，與兒女講論文義。俄而雪驟，公欣然曰：‘白雪紛紛何所似？’兄子胡兒曰：‘撒鹽空中差可擬。’兄女曰：‘未若柳絮因風起。’公大笑樂。即公大兄無奕女，左將軍王凝之妻也。”

甑塵釜魚

東漢後期，宦官、外戚專權，把皇帝視為掌中玩物，隨意廢立，弄得東漢後期的皇帝都短命而終。宦官、外戚把持朝政，遍結黨羽，爪牙遍天下，在這種形勢下，士人的政治出路被堵塞了。漢代原本實行察舉制，有賢良、方正等，士人通過讀經走入仕途，但宦官、外戚專權，導致察舉制度的徹底破壞，必然激起士人的不滿與抗爭。

漢代的士人是受孔、孟儒家原始思想薰陶的，十分注重氣節，寧為玉碎，不為瓦全。在當時的政治形勢下，士人有兩種取向：要麼與宦官、外戚堅決鬥爭，萬死不辭，如李膺、范滂等人；要麼隱逸山林，保全名節。

范丹屬於後一類。他字史雲，曾做萊蕪長。因宦官大肆鎮壓士人，引起“黨錮之禍”，范丹棄官而去，生活失去了依靠。范丹帶着家室，自給自足，生計極為艱難，居處的地方極為簡陋。更為嚴重的是，全家經常斷糧，數日揭不開鍋。

當時人對他這種氣節很欽佩，作了兩句歌謠說：“甑中生塵范史雲，釜中生魚范萊蕪。”甑、釜皆為炊食之具，以生塵、生魚形容長期不用，可見生活的艱難。

釋義 “甑塵釜魚”，用來形容人貧寒，以至斷炊。

出處 南朝宋・范曄《後漢書・獨行列傳・范冉》："桓帝時，以冉為萊蕪長，遭母憂，不到官。……遭黨人禁錮，遂推鹿車，載妻子，捃拾自資。或寓息客廬，或依宿樹廕。如此十餘年，乃結草室而居焉。所止單陋，有時糧粒盡，窮居自若，言貌無改。閭里歌之曰：'甑中生塵范史雲，釜中生魚范萊蕪。'"

營門射戟

三國初期，軍閥混戰。當時，劉備羽毛未豐，兵微將寡，連安身之地也被猛將呂布搶去，只得屯駐小沛。

淮南的軍閥袁術一向深恨劉備，聽說劉備駐紮在無險可守的小沛，便派大將紀靈領兵三萬，攻擊劉備，想一舉殲滅劉備。劉備自知抵擋不住紀靈的三萬大軍，便向在徐州的呂布求救。於是，呂布立即率軍前去救援劉備。

呂布來到小沛，駐營城外，攔阻紀靈攻城，並分頭派人請劉備和紀靈到他營地飲宴。

劉備和紀靈來到呂布大營，呂布設宴請他倆渴酒。劉備和紀靈心中都有些忐忑，不知呂布葫蘆中賣的是甚麼藥，只得默默喝酒。

席間，呂布起身對紀靈說："劉備是我的兄弟。兄弟間雖有爭吵，但兄弟還是兄弟。現在將軍奉命攻打我兄弟，我不能不前來相救。我一向不喜歡兵戎相見，所以想請你們化干戈為玉帛，大家還是友好相處為上。"

呂布將自己所用的一支方天畫戟取起，吩咐中軍官在營門百步開外插定，說："現在我演示一下我的箭藝。如果我一箭射中戟上的紅纓，你們兩家罷兵。若射不中，你們便可開戰。"

劉備知道呂布必能射中，一口答應。紀靈不相信呂布的箭術有如此高明，並知道自己若不答應，自己決打不過呂布，也只得答應。於是，呂布挽弓搭箭，"颼"的一箭射去，正中紅纓。兩旁的將士見了，不由齊聲喝彩。

呂布哈哈大笑，說："此乃天意，你們各自收兵吧！"呂布又各敬劉備、紀靈一大杯酒，宴會結束。紀靈見呂布武藝如此高強，知道有呂布幫助劉備，這仗無法打贏，便只好收兵回去。

釋義 “營門射戟”，用來形容卓越非凡的箭術；也形容運用某種非常手段，促使對立的雙方和解。

出處 南朝宋・范曄《後漢書・呂布傳》：“乃令軍候植戟於營門，布彎弓顧曰：‘諸君觀布射小支，中者當各解兵，不中可留決鬥。’布即一發，正中戟支。”

濠上觀魚

戰國時，名家的代表人物惠施和道家的代表人物莊周是好朋友，兩人都是知識淵博、才華橫溢的學者，而且均愛好論辯。因此，兩人在一起的時候，經常爭得面紅耳赤。

有一天，莊周和惠施一起到濠水（在今安徽鳳陽附近）邊閒遊。他們登上拱形的石橋，迎着拂面的春風，眺望着兩岸美麗的景色，心中感到十分愉快。

忽然，莊周停下腳步，伏在橋欄上向河面望去，只見好多魚在水中悠閒自在地游來游去，便對惠施說：“你看，這些魚游得那麼從容，牠們是多麼快樂呀！”

惠施聽了，又引起了論辯的興趣，反問說：“你不是魚，怎麼知道魚的快樂呢？”

莊周自然不甘示弱，回答說：“你不是我，怎麼曉得我不知道魚的快樂呢？”

惠施彷彿抓住了莊周話中的漏洞，嘿嘿地笑了兩聲說：“對，我不是你，當然不了解你心裏是怎麼想的；那麼照此推理，你不是魚，肯定也不知道魚的快活囉！”

莊周回答說：“你聽我從頭講。剛才你問我‘你怎麼知道魚快樂’時，是已經曉得我知道魚快樂才問的。因此，你的辯駁就已失去了意義。現在我可以告訴你，因為我站在濠梁上很快樂，所以知道魚很快樂，難道你的感覺不是這樣嗎？”

惠施聽了，只得笑着認輸。

釋義 “濠上觀魚”，用來形容寄情物外，逍遙快樂的思想感情。

出處 《莊子・秋水》：莊子與惠子遊於濠梁之上。莊子曰：“鯈魚出游從容，是魚之樂也。”惠子曰：“子非魚，安知魚之樂？”莊子曰：“子非我，安知我不知魚之樂？”惠子曰：“我非子，固不知子矣；子固非魚也，子之不知魚之樂，全矣。”莊子曰：“請循其本。子曰‘汝安知魚樂’云者，既已知吾知之而問我，我知之濠上也。”

避世金馬門

金馬門是指漢朝宦者官署的大門，因為門旁有一對銅馬，所以稱為“金馬門”。

漢武帝時，東方朔任這一官署的郎官，經常在漢武帝身邊侍候。由於他見聞廣博，又能說會道，而且言語詼諧，漢武帝每次與他談話，都十分愉快。

漢武帝很喜歡他，認為其他幾個郎官都不如他，常賜他與自己一同進膳。吃完了飯，東方朔會把桌上剩下的肉食藏在懷裏帶走，常弄得衣服上油跡斑斑。

此外，漢武帝還常常賜他錦帛。每次接受賞賜，東方朔都雙手高舉過頭走出宮去。而這些賞賜之物他也不派別的用場，專門用來娶長安城裏美貌的女子為妻。

可是這些女子沒有一個能與他過得長久，東方朔總是過了一年，就將她拋棄，另外再娶一個。他的錢財全部花在這些女子身上，他也不當回事。東方朔的行為如此怪誕，以至於漢武帝身邊的郎官們都叫他“狂人”。

有一次在宴飲聚會上，東方朔一邊喝酒，邊手舞足蹈。

有人對他說：“你為甚麼總是與別人不一樣呢？怪不得大家叫你狂人。”

東方朔說：“古人避世隱居，是住在深山曠野裏的，所謂‘小隱隱於野’。而‘大隱隱於朝’說的就是我這樣的人。”

說着，東方朔放下酒杯，彎下腰手按在地上唱道：

“沉淪在俗世啊，避世金馬門，既然在宮殿中可以避世保全自己，何必到深山中去住草房啊！”

釋義　“避世金馬門”，用來形容雖在朝廷做官但消極避世的人。

出處　西漢・司馬遷《史記・滑稽列傳》：“朔行殿中，郎謂之曰：‘人皆以先生為狂。’朔曰：‘如朔等，所謂避世於朝廷間者也。古之人，乃避世於深山中。’時坐席中，酒酣，據地歌曰：‘陸沉於俗，避世金馬門。宮殿中可以避世全身，何必深山之中，蒿廬之下。’”

避債台

東周末年，周朝王室日漸衰微。最後一個君主周赧王，既無權又無錢，實際上已是傀儡。他名義上雖仍是天子，但土地被諸侯侵奪，管轄的幾十個縣的地盤，還不如列國中一個最小的諸侯。而且這幾十個縣還由東、西兩位周公分管着，他一點兒實權也沒有。

當時，秦國已非常強大，想滅掉六國，六國只有聯合抗秦才是生路。楚王派使者向周赧王稟報，請他以周天子的名義，下令約會六國一起出兵伐秦。周赧王深恨秦國不把他這個天子放在眼裏，一口答應楚王的請求，立刻用天子的名義，令楚國約同六國聯合出兵。

同時，周赧王還讓西周公拼湊了一支六千人的軍隊，參與六國討伐秦國的軍事行動。可是周赧王太窮了，根本沒有錢，無法支付軍隊的給養、糧餉。無奈之下，他只好向國內的地主、富商們借錢，並立下字據，説好打完仗，連本帶利一起歸還。

借到了錢，周公的軍隊便開拔到了伊闕，在那兒駐紮，等候各國的軍隊到齊。誰知等了足足三個月，只有楚國和燕國派來了軍隊。這樣，聯兵攻秦的計劃就成了泡影。所似，仗沒有打，錢卻已花光了。

當西周公撤回軍隊後，那些債權人便拿着周赧王的借據跑到宮門口去要債。他們大吵大鬧，周赧王無法還債，只好跑到宮中一座高台上躲避起來。這座高台就被人稱為“避債台”。

釋義　“避債台”，用來形容欠債、躲債。亦用“債台高築”來形容欠債數目龐大。

出處 東漢・班固《漢書・諸侯王表序》："自幽、平之後，日以陵夷，至虖厄阸區河洛之間，分為二周，有逃責之台，被竊鐵之言。然天下謂之共主，強大弗之敢傾。歷載八百餘年，數極德盡，既於王赧，降為庶人，用天年終。"

孺子牛

春秋時，齊景公是一個在位時間很長的國君。他一共有六個兒子，但他最喜愛的是小兒子晏孺子。

晏孺子是齊景公的寵妃鬻妃所生，長得聰明伶俐，活潑可愛。已到花甲之年的齊景公經常和孺子一起玩樂，做遊戲，孺子要他幹甚麼，他就幹甚麼。

有一次，孺子要齊景公裝作一條牛讓他牽着玩，齊景公立即讓人拿來一根繩子，把繩子的一頭用牙齒咬住，把繩子的另一頭讓孺子牽着。孺子高興極了，他便像牧童一樣，牽着"牛"猛跑起來，齊景公也裝着牛叫在後面跟着跑。跑着跑着，孺子一不留神，突然一跤跌倒。齊景公沒有防備，咬着繩子的門牙竟被拽掉一顆，頓時滿嘴鮮血直流。

孺子"哇"的一聲大哭起來。齊景公顧不得自己，上前把孺子拉到自己懷裏，說："孺子乖，孺子不哭，爸爸不痛！"

過了一會，孺子不哭了，景公又陪着孺子玩起了別的遊戲。

釋義 "孺子牛"，用來形容疼愛子女，甘願為他們服務；或者用來比喻甘願作羣眾的公僕。

出處 春秋・左丘明《左傳・哀公六年》："鮑子曰：'汝忘君之為孺子牛而折其齒乎？而背之也！'"

騎鯨捉月

李白，字太白，是唐代著名的大詩人。唐玄宗時，經賀知章、吳筠等人推薦，任翰林院供奉。李白為人豪放不羈，蔑視權貴，遭到權臣的忌恨。玄宗聽信讒言，把李白貶出京城。被貶之後，李白浪跡江湖，終日以飲酒作詩為樂。他遊歷祖國的名山大川，寫出了一首首獨具特色的詩。他的詩想像豐富，語言豪放，氣勢雄偉，深受人們喜愛。

當時，侍御史崔宗之也被貶官，居住在金陵。他很仰慕李白的為人，喜愛李白的詩，於是兩人常常一起遊玩、宴飲，詩酒唱和。

一個月高風清的夜晚，藍黑色的天幕上鑲着許多顆耀眼的繁星，如同一粒粒寶石，閃着青光。半圓的月亮安詳地俯看大地，淡淡的青輝灑滿人間，籠罩着大地。一陣輕風吹來，使人神清氣爽。靜寂的天籟中不時傳來幾聲蛙鳴。

李白和崔宗之在這月夜相約，藉着月光登上了湖邊的小舟，由採石向金陵行駛。夜靜更深，小舟在湖中慢慢前行。李白和崔宗之擺好酒菜，飲酒賦詩。李白穿着御賜的錦袍，在月光的映襯下更顯得飄灑俊逸，他在舟中縱情談笑，旁若無人，借詩抒發自己豪放的情懷，借酒消去官場不得志的抑鬱。他們盡情地享受着，陶醉在這美妙的境界中。

酒飲到酣暢的時候，李白走出船艙，站到船頭，欣賞月景。明月依舊安詳地照着大地，照着平靜的湖面。湖中映出月亮的影子，澄靜可愛。由於小舟行過，湖水泛起微波，月影被擊碎，若有若無。

李白這時已有幾分醉意，看到水中的月亮隱去，顧不得許多，猛然跳入湖中去捉水中的月亮，被水淹死。後人將他葬到採石。

這是一個民間傳說，也有人說李白平生喜愛謝家青山，埋葬在那裏，採石只是一個空墳。還有人說，李白乘舟飲酒，酒醉時觀賞水景，看到水中有一條大鯨魚游來，就跳到水裏，騎在鯨魚背上升天而去。杜甫有一首詩說：若逢李白騎鯨魚，道甫問訊今如何？

釋義 "騎鯨捉月"，用來形容詩人文士縱情詩酒，瀟灑豪放；以"騎鯨"等婉指文人死。

出處 五代・王定保《唐摭言》："(李白)着宮錦袍遊採石江中，傲然自得，旁若無人，因醉入水捉月而死。"

騎鶴上揚州

唐朝初年，張令能、李約、趙皎然、盧傑四個少年同在主人家做客。張、趙、李三人看到盧傑衣着寒酸，不屑與他為伍，自顧高談闊論，把他冷落在一旁。

主人知道盧傑才能出眾，很替他不平，上前說："你們幾位都是人中之傑，一定各自胸懷大志，能請你們各自說說自己的志向嗎？"

張令能想了一想說："我聽說揚州乃繁華之地，倘若他年得志，能做揚州刺史，方才不負我平生所學！"

主人聽了說："張兄想做揚州刺史，志向不小。不錯！不錯！李、趙兩兄，請說說你們的志向！"

李約說："我可不願意做甚麼官，如果他年得志，能積聚家資十萬貫，我的心願足矣！"

趙皎然說："我既不願做官，也不願發財，如果能修仙得道，騎鶴上天，才稱平生之願。"

主人聽了，又說："李兄想做財主，趙兄想做仙人。不錯！不錯！盧兄，你也說說你的志向，怎麼樣？"

盧傑很能領會主人的意圖，他看了看張、李、趙三位，說："我麼，腰纏十萬貫，騎鶴上揚州！"

釋義 "騎鶴上揚州"，用來指做官、發財、成仙三者兼而有之，或者形容得意之事及得意之志。

出處 南朝梁・殷芸《殷芸小說》卷六："有客相從，各言所志：或原為揚州刺史，或原多貲財，或原騎鶴上升，其一人曰：'腰纏十萬貫，騎鶴上揚州。'欲兼三者。"

覆巢無完卵

孔融（153–208 年），東漢末人，孔子後代。曾參與鎮壓黃巾軍起義，屢為黃巾軍所敗。孔融文才很高，好結交士人，為著名的"建安七子"之一。

年幼的孔融就顯示出非凡的才華，思維敏捷，善於言詞。十歲時隨其父到洛陽，當時李膺（字元禮）為司隸校尉，敢於與宦官鬥爭，名望很高，士人以與他結交為榮，稱為“登龍門”。

孔融對其門人說：“我是你家主人的親戚。”這樣得以見李膺。李膺說：“你與我是甚麼樣的親戚關係呢？”孔融回答說：“我的祖先孔子與你的祖先老子（李耳）有師兄弟之誼，所以我們兩家是世交。”李膺聽了暗暗稱奇，歎服這位少年的才氣。

孔融有兩個兒子，也有其父的風範。孔融好飲酒，白天飲酒不知不覺睡着了。其子分別為六歲和五歲，幼子偷喝其父置於牀頭的酒，長子責備幼子說：“你見了父親怎麼不拜呢？”幼子回答說：“偷的時候，哪裏還顧得上講究禮節。”

正因才高與嗜酒，使孔融招致殺身之禍。孔融傲才恃物，目空一切，又放浪形骸，終日飲酒。曹操下了禁酒令，本是針對東漢末社會生產凋弊、糧食緊缺的狀況而採取的一項措施，但遭到孔融的激烈反對，於是曹操就不會放過他了。

孔融被衙役拘捕，與他有關的人都很害怕，惟有他的兩個兒子一切如故，下棋遊玩，泰然自若，這時兩子分別為九歲和八歲。孔融對前來拘捕他的差役說：“我希望自己的罪自己承擔，不要禍及我的兒子。”這時他的兒子不慌不忙地對父親說：“你見過覆巢之下有完卵嗎？”果然，不久二子都被拘捕殺害。

釋義 “覆巢無完卵”這，用來指由於主人的遭禍，全體或全家也一同遭難。

出處 南朝宋・劉義慶《世說新語・語言》：“孔融被收，中外惶怖。時融兒大者九歲，小者八歲。二兒故琢釘戲，了無遽容。融謂使者曰：‘冀罪止於身，二兒可得全不？’兒徐進曰：‘大人豈見覆巢之下，復有完卵乎？’尋亦收至。”

豐城劍氣

相傳西晉初年，中書令（相當於宰相）張華精通天文之學。一天，他夜觀天象，看到在二十八星宿的斗宿和牛宿之間，出現了一道紫氣。根據他的推測，這紫氣是世間珍寶輝映所致。

張華知道豫章人雷煥對天文學也很有造詣，並精通陰陽八卦以及地輿風水之術，便把雷煥請來共同研究。雷煥細觀天象，同意張華的看法，並指出這是劍氣所致，寶劍的所在位置應在豫章郡的豐城一帶。

張華聽了，大為高興，說："我派你去豐城，秘密尋訪寶劍，不知你可願意？"

"好的。"雷煥回答說。

於是，張華便任命雷煥為豐城縣令。雷煥到任以後。經過一番勘察，判定寶劍埋在縣監獄的地下，便秘密派人挖掘，掘地四丈多後，掘地人發現了一隻玉匣，玉匣外籠罩着一片紫光。雷煥非常高興，忙讓掘地人將玉匣取上來。他打開玉匣一看，匣中是兩柄稀世奇劍，一柄上刻着"龍泉"兩字，另一柄上刻着"太阿"兩字。

雷煥用紅泥將劍拭淨，只見劍刃寒光逼人，鋒利無比。雷煥又取來兩把普通鐵劍相試，"龍泉劍"和"太阿劍"都毫不費力地把鐵劍削為兩段，真可謂是削鐵如泥。他入夜再觀天象，斗牛之間的紫氣已消失無蹤了。

雷煥知道這兩柄劍係春秋時歐冶子和干將所鑄，確是稀世珍品，便派使者將"龍泉劍"入京送給張華，將"太阿劍"自己留用。

張華得到了"龍泉劍"，珍愛異常。但數年之後，西晉發生了"八王之亂"，張華在戰亂中被趙王司馬倫所殺，"龍泉劍"也從此失落，不知所在。而雷煥所有的"太阿劍"在他死後傳給了他兒子雷華。雷華一次前往福建南平，在延平津乘船時失手將劍掉落深不可測的江水中，"太阿劍"從此也失去了蹤影。

釋義 "豐城劍氣"，用來形容人的聲望才華或物的靈光寶氣，用"豐城劍"來泛指世間的寶劍。

出處 唐·房玄齡等《晉書·張華傳》："煥曰：'僕察之久矣，唯斗牛之間頗異氣……寶劍之精，上徹於天耳……在豫章豐城。'"

魏公笏

魏暮是唐文宗時的文人，他的祖先魏徵，是唐太宗時的名相，因敢於上諫而著稱，被封為文貞公。

得到魏暮，唐文宗十分興奮。他對宰相說："太宗得到魏徵，能補政事缺漏，輔佐朝政；今天我看魏暮，與魏徵相似。想來當我有甚麼不妥做法的時候，他一定能盡力勸阻。我是無法取得貞觀之治那樣的偉績的，只求盡可能做到沒有過失。現在授予魏暮右補闕之職。"

唐文宗又問魏暮："你家裏還有甚麼圖書嗎？"

魏暮答道："家中的書已經都沒有了，只有先文貞公的笏還在。"

笏，是古代大臣在上朝時拿着的細長板子，上面可以記事，多用玉、象牙或竹製成。

文宗聽了，就命將魏文貞公的笏取來。

鄭覃恰好在場，便說："取笏有甚麼用，關鍵的是人，而不是笏。"

唐文宗聽了鄭覃的話，大為不悅，說："你一點都不懂。古代人常常思念召伯在甘棠樹下治事，是睹物思人，現在我當然不是要笏。"

釋義 "魏公笏"，用來形容家世榮顯。

出處 五代·劉昫等《舊唐書·魏暮傳》："暮曰：'家書悉無，惟有文貞公笏在。'文宗令進來。鄭覃在側曰：'在人不在笏。'文宗曰：'卿渾未曉。但甘棠之義，非要笏也。'"

簞瓢陋巷

春秋末期著名的思想家、教育家孔子，號稱有"三千弟子、七十二賢人"。在七十二個得意門生中，顏回是最受孔子喜愛和器重的學生。

顏回，字子淵，魯國人，比孔子小三十歲。他的家中很窮，只有一點薄田可賴以為生。但是他安貧樂道，好學不倦，每天讀書直到深夜。他的生活起居非常簡樸，住在一條簡陋的小巷裏，每天吃一小筐飯，喝一皿瓢水，卻從不為此擔憂。在孔門弟子中，顏回以品德高尚而著稱，因而深受孔子的讚許。

顏回對孔子非常尊敬，對孔子的教導，不僅反覆揣摩領會，並且身體力行，知過即改。孔子曾經說："自從我收了顏回這個學生。其他的學生對我也更尊敬了。"由此可見顏回在孔門弟子中的表率作用。

有一次，孔子帶了幾個學生周遊列國之後，回到曲阜。孔子對顏回說："顏回，你看，在列國都有做官的機會，你家中貧窮，為甚麼不去求個一官半職呢？"

顏回答道："學生有些薄田，吃用已經夠了；跟從老師學到道德學問，我就很快樂，何必去做官呢？"

孔子聽後，感歎地對其他學生說："顏回的品質是多麼高尚啊！他用一個小竹筐吃飯，用一個瓜瓢喝水，住在那個偏僻簡陋的小巷子裏，別人都忍受不了那種窮苦的生活，他卻始終很樂觀，顏回真是一個賢德的人呀！"

但是，貧困的生活損害了顏回的健康。他才二十九歲時，頭髮已經白了，而且過早地離開了人世。孔子歎息顏回這樣一個勤奮好學的弟子，不幸短命而死，哭得非常傷心。

釋義 "簞瓢陋巷"，用來形容讀書人生活清苦，但安貧樂道。

出處 《論語・雍也》："子曰：'賢哉，回也！一簞食，一瓢飲，在陋巷，人不堪其憂，回也不改其樂。賢哉，回也！'"

翻覆手

陸賈是漢朝有名的辯士。他原是楚國人，漢初曾隨漢高祖劉邦平定天下，因為他能言善辯，常奉命出使諸侯做說客。

漢高祖劉邦平定中原以後，百廢待興，一時還沒有力量顧及少數民族聚居的邊遠地區。

當時，秦朝舊將、龍川令尉他率軍平定了南越（今廣東廣西一帶）之後，自稱南越王。漢高祖為安撫邊境，就派陸賈出使南越，賜給尉他南越王印信，要求尉他歸附漢朝。

陸賈來到南越。尉他見了，對陸賈十分傲慢無禮。

陸賈不以為意，說："您是中原人，您的祖先親人的墳墓都在冀州。現在您想憑區區南越這一小塊地盤與大漢天子抗衡，您將大禍臨頭了！您想一想，秦朝滅亡後，漢楚相爭，漢王劉邦僅用五年時間，逼得楚霸王項羽自刎垓下，平定海內，這並非是漢王一人之力，實在是天意如此。現在大漢天子聽說您在南越稱王，他手下的將相們都非常氣憤，一致認為應當調遣軍隊來消滅你。

只是天子為人仁慈，顧念百姓們經歷了長期戰亂，所以暫時壓住眾議，派我來此，授給您南越王的印憑，並與您通使往來，這是仁至義盡的做法，我勸您接受印信，向大漢天子北面稱臣。

相反，如你向大漢天子逞強，那他必將掘燒你的祖墳，殺盡你的全族，並派大軍前來征剿，滅掉南越，這簡直如同手翻覆一下那麼容易。”

尉他聽了，幡然醒悟，起身謝罪，表示願意向大漢稱臣。就這樣，陸賈以三寸不爛之舌，成就了收服南越王的大功。

釋義 “翻覆手”，用來形容做事輕易；也用以形容反覆無常，耍弄手腕。

出處 西漢・司馬遷《史記・酈生陸賈列傳》：“陸生因進說他曰：‘……君王宜郊迎，北面稱臣，乃欲以新造未集之越，屈彊於此。漢誠聞之，掘燒王先人塚，夷滅宗族，使一偏將將十萬眾臨越，則越殺王降漢，如反覆手耳。’”

雞肋尊拳

劉伶是西晉時著名的“竹林七賢”之一，他身材矮小，容貌醜陋。但學識淵博，才華橫溢，性格十分豪爽，在當時的讀書人中很有聲望。

劉伶曾擔任過建威參軍的官職。晉武帝泰始初年，他被罷免了官職，從此放浪形骸，不問世事，以酒自醉，曾寫有著名的《酒德頌》。由於長期嗜酒，本來瘦弱的他變得骨瘦如柴，渾身只剩皮包骨頭，看上去似乎一陣風就可以把他吹倒。

有一次，他在一家酒店裏喝酒。由於喝得太多，有點醉了，就同一個酒徒發生爭吵。那酒徒是個五大三粗的漢子，爭了幾句，便捋起袖子，準備毆打劉伶。劉伶知道自己決不是這酒徒的對手，便神色自若地拉開自己的衣襟，露出瘦骨嶙峋的胸脯，慢吞吞地說："朋友，我這一爿雞肋，怎能經受你的拳頭呢？"那酒徒被劉伶這麼一說，又朝劉伶的胸脯看了一眼，胸中的那股氣很快洩掉了，哈哈一笑，收回了拳頭。

釋義 "雞肋尊拳"，用來表示身體瘦弱，不堪一擊。

出處 唐・房玄齡等《晉書・劉伶傳》："嘗醉與俗人相忤，其人攘袂奮拳而往。伶徐曰：'雞肋不足以安尊拳。'其人笑而止。伶雖陶兀昏放，而機應不差。"

謫仙人

李白是唐代傑出的詩人，他的幼年在蜀地（今四川）度過。蜀地雄奇秀麗的山水陶冶了他的情思，成為他詩歌創作的源泉，奠定了他浪漫的風格。他志向遠大，不局限於一隅之地，翻越險峻的蜀道來到京師長安。

剛到長安，李白住在館舍裏。當時詩名遠揚的太子賓客秘書監賀知章，久聞李白的詩名，前來館舍看望他。

賀知章見李白後，被李白秀麗的姿容吸引住了，讚不絕口，認為他是非常之人。接着，賀知章提出看李白寫的詩，李白把過蜀道時寫就的《蜀道難》拿給他看。賀知章更被這首詩的氣勢及神奇的想像鎮住了，邊讀邊讚賞，大有相見恨晚之感。詩未讀完，賀知章說這樣的詩絕非常人所能為，稱李白為"謫仙人"，即從天上下來的仙人。可見對李白評價之高。

賀知章初見李白，就把他引為知音。因身上未帶銀兩，於是他解下腰間金龜，拉着李白到酒店換酒喝。二人開懷暢飲，一醉方休。賀知章是當世知名詩人，又在朝廷任官，一般人想結交也結交不上。李白得到賀知章的如此厚待，他的詩就更出名了。

不久，賀知章又讀到李白的新作《烏棲曲》，歎賞不已，興奮地說："這詩真可以感動鬼神了。"

釋義 "謫仙人"，用來指李白；也用以泛指瀟灑飄逸、才華橫溢的詩人、作家。

出處 唐・孟棨《本事詩・高逸》："李太白初自蜀至京師，舍於逆旅。賀監知章聞其名，首訪之。既奇其姿，復請所為文。出《蜀道難》以示之。讀未竟，稱歎者數四，號為'謫仙'，解金龜換酒，與傾盡醉。"

顏回拾塵

顏回是孔子七十二個得意門生中的一個，曾經好幾次得到孔子的表揚，認為他是一個賢者。

有一年，孔子在周遊列國時，和他的弟子們一起被亂軍圍困在陳國和蔡國之間，一連七天沒能吃上飯，大家都餓得受不了。有一個叫子貢的弟子非常勇敢，他帶了一些財物，設法衝出重圍，買回了一石米。孔子十分高興，立刻吩咐顏回和仲由兩名弟子到一間土屋裏去做飯。

不一會，飯做好了。顏回在打開鍋蓋時，由於土屋中灰塵太多，屋頂上的灰塵飄落，竟落入了飯中，把一些飯弄髒了。顏回不捨得把這些弄髒的飯丟掉，就用手撈起來吃了。子貢在井邊望見了這一幕，他以為顏回是在偷飯吃，心中很不高興，就跑到老師孔子那裏告狀。

子貢問孔子說："老師，有仁義、講廉潔的人，在窮困潦倒的時候，會不會改變自己的志節呢？"

孔子回答說："一個人如果改變了志節，那他哪裏談得上甚麼仁義和廉潔呢？而一個有仁義、講廉潔的人，不管在甚麼情況下，都不會改變自己的志向和節操的。"

子貢又說："老師一向稱讚顏回是個講仁義的人，我想他應該不會改變自己的志節的，對嗎？"

孔子說："應該是的。"

子貢說："如果他燒好了飯，連老師你也還沒吃，他先撈飯吃，這算不算改變志節呢？”

孔子回答：“當然算。”

於是，子貢把剛才看到顏回撈飯吃的情況告訴了孔子。孔子想了一想，說：“子貢，我相信你講的話是真實的，但我相信顏回有仁有義也不是一天了，我想他不大會做改變志節的事，這裏面可能別有原因，讓我來問他一問吧！”

於是，孔子把顏回叫過來，對他說：“昨夜我夢見了祖先，他們大概是來保佑我的，你把剛燒好的飯裝一些來，讓我先祭奠一下祖先，然後開飯。”

顏回回答說：“在飯剛燒好的時候，屋頂上的灰塵掉進了飯中，把一些飯弄髒了。我覺得把髒飯丟掉很可惜，就把它吃了。這飯既已弄髒，我又吃過，不能再祭祀祖先了。”

孔子高興地說：“既然如此，今天就不祭祀了，飯已燒好，你去把飯裝出來，大家都餓壞了，快一些吃飯吧！”

顏回去小土屋拿飯了。孔子回頭對子貢等弟子說：“我相信顏回，不是從今天才開始的呀！”從此，大家都佩服顏回了。

釋義 “顏回拾塵”，用來形容賢士受到猜疑，蒙受冤屈。

出處 《孔子家語・在厄》：“顏回仲由炊之於壞屋之下，有埃墨墮飯中，顏回取而食之，子貢自井望見之，不悅，以為竊食也。……子貢以所飯告孔子。召顏回曰：‘……子炊而進飯，吾將進焉。’對曰：‘向有埃墨墮飯中，欲置之則不潔，欲棄之則可惜，回即食之，不可祭也。’孔子曰：‘然乎，吾亦食之。’顏回出，孔子顧謂二三子曰：‘吾之信回也，非待今日也。’二三子由此乃服之。”

斷袖分桃

西漢時有個人叫董賢，在太子身邊做個小官。他長相清秀並且喜歡修飾自己，很注意自己的儀表。

有一次，他跟隨太子進宮，站在大殿下等候的時候被漢哀帝看見。漢哀帝很喜歡他，把他帶進宮中。董賢由此成為哀帝的男寵，被拜為黃門郎。哀帝出行要董賢陪同乘車，回宮要董賢隨侍左右，經常給他大筆賞賜，董賢成了朝廷中最得寵的人。

有一次，哀帝與董賢一起午睡，哀帝先醒，正想起身，發現自己的衣袖被董賢壓住了。哀帝見董賢還沒醒，不忍驚動他，就悄悄地把袖子剪斷，方才起身。

另外，春秋時衛靈公也有個男寵名叫彌子暇。有一次彌子暇母親病了，家裏讓人連夜來告訴他，彌子暇就駕着衛靈公的馬車跑回家去看望母親。

按當時衛國的法律，未經允許偷駕國君御用馬車的人將處以砍腳的刑罰。但衛靈公知道後不僅不加罪於他，反而稱讚道："這個人真是難得的孝子啊！為了去看望母親，竟然連砍腳的刑罰都不顧了。"

又有一天，衛靈公帶着彌子暇同遊果園。彌子暇拿起一個桃子，吃了一半覺得味道不錯，就遞給衛靈公說："這個桃子味道很好，給您嚐嚐。"

衛靈公說："這是愛我啊，為了讓我吃到美味的桃子，就不顧自己，真是與我親密無間啊。"

釋義　"斷袖分桃"，用來指受帝王貴人寵愛的男寵。

出處　東漢・班固《漢書・佞倖傳・董賢傳》："常與上臥起。嘗晝寢，偏藉上袖，上欲起，賢未覺，不欲動賢，乃斷袖而起。"《韓非子・說難》："與君遊於果園，食桃而甘，不盡，以其半啗君，君曰：'愛我哉，忘其口味，以啗寡人。'"

攀轅臥轍

後漢的侯霸，字君房，是河南密地人。他出身於官宦家庭，生活富足，受到良好的家庭教育。

侯霸為人正直，相貌端正，不怒自威，令人敬畏。年少的時候就喜好讀書，從師於九江太守房元，學習《春秋》。成帝時，擔任太子舍人一職。

王莽當大司馬時，侯霸曾擔任隨縣縣令，由於政績卓著，侯霸又升遷為臨淮太守。他勤勤懇懇地辦理政事，清正廉潔，人們有口皆碑。他親自勸農民辛勤耕種，減免沉重的賦稅，減輕百姓負擔，操練兵士，固城自保，以免遭賊寇侵擾。幾年內，將臨淮郡治理得很好。王莽篡位作亂時，侯霸固守，保全了一郡。

公元 23 年，更始將軍劉玄稱帝繼承漢統，曾派使者來徵調侯霸，百姓們扶老攜幼，哭作一團。他們攔住了使者的車馬，有的人還卧在路上，請求說："侯君待我們如再生父母，為百姓辦了許多好事，我們不忍與他離別，請讓侯君再留一年吧！"

使者考慮到侯霸走後，臨淮必亂，就沒有強迫他。恰好更始皇帝兵敗，道路又不通，侯霸就沒有離開臨淮。

光武帝劉秀建立東漢政權後，侯霸歸順了光武帝，被任命為尚書令，後官至大司徒，封為關內侯。

釋義 "攀轅卧轍"，用來稱頌地方官吏的政績。

出處 南朝宋・范曄《後漢書・侯霸列傳》："為淮平大尹，政理有能名。及王莽之敗，霸保固自守，卒全一郡。更始元年，遣使徵霸，百姓老弱相攜號哭，遮使者車，或當道而卧。皆曰：'願乞侯君復留期年。'"

蠅附驥尾

伯夷、叔齊是古代孤竹君的兩個兒子。孤竹君偏愛叔齊，打算立叔齊為國君。

後來，孤竹君死了。那時，按照規矩，應該是長子繼承王位。因此，叔齊決意要把君位讓給哥哥伯夷。

伯夷說："你做國君，是父親的命令，怎麼能隨便更改呢？"伯夷於是離家出走，好讓弟弟安心繼承王位。但弟弟叔齊見哥哥為王位的事這樣恭謙，便也堅決不肯繼承王位，也出逃了。兄弟二人後來都到了周文王那裏。

當時周文王去世了，周文王的兒子周武王載着父親的靈牌，率兵去攻打荒淫殘暴的商紂。伯夷、叔齊聽說此事，攔住周武王的馬，勸道："父親去世沒安葬就去發動戰爭，這是不孝順；作為臣子去討伐君主，這是不仁義。"

周武王沒有聽從伯夷和叔齊的勸告，率軍滅了商紂，建立了周朝。

天下太平了。但伯夷、叔齊覺得他們弟兄倆曾阻止過周武王伐紂，現在如果再靠周朝奉養，則是一種恥辱。因此弟兄倆堅決不願吃周朝的糧食，而隱居在首陽山，靠採野菜充飢。直到最後死在那裏。

孔子十分讚賞伯夷、叔齊的氣節和清高。司馬遷認為，伯夷、叔齊雖然賢且有德，但只有得到孔子的讚揚，他們才更加名聲顯揚，傳於後世。正如顏回雖然好學，但只有像蒼蠅附在馬尾一樣從師於孔子，才能聲譽增長。平民百姓要想出名，不依附那些德高望重的人，怎麼能行呢！

釋義 "蠅附驥尾"，用來比喻因追隨名人而揚名受益。

出處 西漢・司馬遷《史記・伯夷列傳》："伯夷、叔齊雖賢，得夫子而名益彰。顏淵雖篤學，附驥尾而行益顯。岩穴之士，趣舍有時若此，類名堙滅而不稱，悲夫！閭巷之人，欲砥行立名者，非附青雲之士，惡能施於後世哉？"

鯤鵬展翅

傳說北海有一種魚，名叫鯤，其體形龐大無比，有幾千里長。鯤變成鳥即為鵬，鵬同樣非常龐大，其脊背長達幾千里。當鵬展翅奮飛的時候，場面極為壯觀，翅膀大得像垂在天邊的雲。

這隻大鳥在海水翻騰之時向南海飛去，南海是天池所在。鵬飛南海時，兩翼拍擊水面，行三千里後才乘風飛向九萬里的高空，然後憑藉六月的大風南飛。

當鵬背負青天、昂揚南飛之時，蟬與小鳥譏笑地說："我從地上飛起，有時能飛過榆樹、檀樹，但有時飛不過，落在地上就是了，何必一定要衝上九萬里的高空飛向南海呢？"

鸚雀也跟着嘲笑說："鵬要飛到哪裏去呢？我騰躍而起，飛到幾丈高就落下來，在蓬蒿之間飛來飛去，是最自由快活的，幹嗎要飛那麼遠呢？”

莊子以大鵬與小鳥作對比，強調自由、超脱的重要。“至人”、“真人”就如同鯤鵬那樣，自由翱翔，超凡脱俗，而蓬間雀之類目光短淺，還自得其樂，這是很悲哀的。

釋義 “鯤鵬展翅”，用來表示奮發有為、抱負遠大、大展宏圖等，也用以形容宏偉的氣象。

出處 《莊子・逍遙遊》：“北冥有魚，其名為鯤。鯤之大，不知其幾千里也。化而為鳥，其名為鵬。鵬之背，不知其幾千里也；怒而飛，其翼若垂天之雲。”

癡頑老子

馮道，字可道，五代時瀛州景城（今河北交河東北）人，自號長樂老。馮道在後梁和後唐的爭戰時，起先只是一個小小的參軍。但他憑着自己的一套官場技巧，一步步地往上爬。到後唐明宗時，他被明宗拜為宰相。後晉滅了後唐，馮道又擔任了後晉的宰相。

不久，契丹滅了後晉。馮道又投降了契丹，去朝見契丹的國王耶律德光。耶律德光責備馮道說：“你在晉朝的官做得不好，為甚麼沒有好好地侍奉我？”馮道聽了，一句話也回答不出。

耶律德光又責問說：“我滅了後晉，你為甚麼又來朝見我？”

馮道若無其事地說：“我沒有城，也沒有兵，孑然一身，為甚麼不敢來朝見呢？”

耶律德光譏諷地說：“你這個老東西，你說說你是個甚麼樣的老東西？”

馮道厚顏無恥地回答說：“我無德無才，是個癡頑老子。”

“癡頑老子”的意思是既癡呆又頑固的老東西。耶律德光聽了很高興，就讓他擔任了太傅的職務。

不久，契丹改稱遼國，退回了北方。河東節度使劉知遠在晉陽稱帝，建立後漢，馮道又在後漢擔任了太師之職。後周太祖郭威滅漢後，他又在後周當了太師。

縱觀馮道的一生，他歷仕五個朝代，一直是高官厚祿，憑着他的厚臉皮，自稱為“長樂老”，過着“長樂”的生活，真是個不知廉恥的老東西。

釋義 “癡頑老子”，用來形容沒有氣節、不講廉恥的官僚。

出處 北宋·歐陽修《新五代史·馮道傳》：“契丹滅晉，道又事契丹，朝耶律德光於京師。德光責道事晉無狀，道不能對。又問曰：‘何以來朝？’對曰：‘無城無兵，安敢不來。’德光誚之曰：‘爾是何等老子？’對曰：‘無才無德癡頑老子。’”

關西孔子

楊震，字伯起，是東漢弘農華陰（地處函谷關以西，故稱關西）人。他學識淵博，性格方正，疾惡如仇，到五十歲時方出仕為官，歷任荊州刺史、東萊太守等職，安帝時官至太僕。當時，東漢王朝政治極為黑暗，貪污橫行，腐敗墮落，宦官、外戚交替專權，皇帝都由他們廢立，楊震在混濁的社會中盡力保持自己的清白。

有一次，楊震赴任，途經昌邑（今屬山東），當年由他所推舉的茂才（秀才）王密恰為昌邑令，為報答他的推薦之恩，特地在深更半夜拿了十斤金給楊震。楊震說：“我了解你的為人才薦舉了你，你現在怎麼反而不了解我呢？”王密說：“現在夜已深，沒有人知道我來看你。”楊震說：“天知、神知、我知、你知，怎麼說會沒有人知道呢？”王密慚愧地悻悻而去。

因為楊震廉潔奉公，他的家人都粗茶淡飯，安步當車，生活極為儉樸。有人勸楊震為子孫考慮，置些產業傳給後代，他回答說：“人稱我為清白吏，我以這樣美好的名聲傳給後代，不是很豐厚的財富嗎？”

面對社會的動盪和民不聊生，怨聲載道的局面。楊震屢次上疏，要求整頓吏治、賑濟災民。為此，他觸犯了當權的宦官，七十餘歲時被逼飲鴆（毒藥）而死。臨死前，他對兒孫說：“為國而死，是為人臣者的本分，讓我死不瞑目的是奸臣干政。我死後以雜木為棺，布單裹屍就夠了，不歸祖墳，也不設祭祀。”

楊震的經學造詣及道德品行都足稱楷模，在當時士人中聲望很高，人們稱讚他為：“關西孔子楊伯起。”把他與孔子相提並論，可見對他的敬重。

釋義 “關西孔子”，用來指人學識淵博，品行高尚。

出處 南朝宋・范曄《後漢書・楊震傳》：“楊震少好學，受《歐陽尚書》於太常桓郁，明經博覽，無不窮究。諸儒為之語曰：‘關西孔子楊伯起。’”

蘇秦六印

戰國之時，諸侯國間征戰不休，一批讀書人憑藉自己的如簧之舌，遊說諸侯，指點當時的政治局勢，同時藉此獲得高官厚祿，這批人被稱為“策士”。蘇秦、張儀都是當時著名的策士。

當時的天下形勢，決定了策士分為兩派，即“合縱”派與“連橫”派。秦處函谷關以西，原本落後，但善用關東六國的人才，尤其經商鞅變法以後，勢力迅速膨脹起來，懷有統一天下之心。這樣，天下局勢發生了變化，即秦與關東六國間的對抗。針對這種情況，一部分策士為秦出謀劃策，認為秦聯合東面的任意一國就可對付其餘國家，稱為“連橫”；而另一部分策士為關東六國考慮，認為東面六國只要聯合起來，集中力量，就可對付秦國，稱為“合縱”。張儀是連橫派的代表人物，而蘇秦則是合縱派的代表人物。

說服東面六國合縱對秦絕非易事。為此，蘇秦廣觀博覽，讀書非常刻苦，“頭懸樑，錐刺股”即是說他讀書刻苦的典故。他在六國間穿梭遊說，終於說動了六國國君，使六國聯合起來。蘇秦為“縱約長”，即合縱的總負責者，同時兼六國的丞相，佩六國的相印，成為一時風雲人物。他到趙國見趙王時，一路上車馬聲喧，旌旗飛揚，所經之國的諸侯都以王侯之禮接送。途經洛陽時，連周顯王也吩咐清掃道路，不敢怠慢。但數年後，“合縱”失敗，蘇秦死於齊國。

釋義 “蘇秦六印”，用來指榮任要職。

出處 西漢·司馬遷《史記·蘇秦列傳》：“於是六國從合而並力焉。蘇秦為縱約長，並相六國。北報趙王，乃行過洛陽，車騎輜重，諸侯各發使送之甚眾，疑於王者。周顯王聞之恐懼，除道，使人郊勞。”

矍鑠翁

馬援是東漢初年著名將領。他不僅在破隗囂、建立東漢王朝過程中立下了汗馬功勞，而且為東漢王朝南部邊疆的穩定與鞏固屢建功勳。他一生雖然沒有得到高官厚祿，但卻並不計較，只想為國效力。

當時，在長江中游地區的少數民族因屢屢遭受朝廷的不公正待遇，比如賦稅繁重、頻繁地遷移等，舉兵與朝廷對抗。朝廷派威武將軍劉尚前去鎮壓，結果被打得大敗，全軍覆沒，劉尚戰死。

在這種形勢下，馬援不顧六十二歲的高齡，向光武帝主動請纓，願帶兵南行，為朝廷效力。光武帝感到馬援雖是一員戰將，但畢竟年老，不同往昔，於是猶豫不決。

馬援看出光武帝的心思，對皇帝說：“我雖然年歲大了，但仍能披甲上馬，臨陣決戰。”

光武帝只好讓馬援試一試。馬援果然英勇不減當年，躍身上馬，利索地坐在馬鞍上，並左顧右盼，靈活自如，顯示自己仍可征戰。

光武帝笑着說：“矍鑠哉，是翁也！”意思是說：這老翁真有精神啊！於是派馬援出征，馬援果不辱使命。

釋義 “矍鑠翁”，用來表示人老，但壯心不已，念念不忘建功立業；也用來形容老人精神狀態好，心態年輕。

出處 南朝宋·范曄《後漢書·馬援傳》：“二十四年，武威將軍劉尚擊武陵五溪蠻夷，深入，軍沒，援因復請行。時年六十二，帝愍其老，未許之。援自請曰：‘臣尚能披甲上馬。’

帝令試之。援據鞍顧眄，以示可用。帝笑曰：'矍鑠哉是翁也！'"

懸車告老

漢代，薛廣德在朝中做御史大夫，為安邦定國立下了汗馬功勞。

但歲月不饒人，薛廣德年齡越來越大了，身體也漸漸不如從前。他自感為日不多，倍加想念家鄉，便向皇帝呈交了辭呈，請求批准告老還鄉。

皇帝同意了薛廣德的懇切請求。臨行時，皇帝念薛廣德多年的功勞，決定賜給他四匹馬拉的車子一部、黃金六十斤，作為對他的獎賞。薛廣德接了聖旨，衣錦還鄉。

薛廣德的老家在沛郡。得知朝中御史大夫即將還鄉的消息，家族眾人奔走相告，都盼着見到他。沛郡太守得到了消息，親自趕到郡界來迎接。

在花團錦簇，一片歡呼聲中，薛廣德前簇後擁，回到了闊別多年的家鄉。沛郡的人們無不以擁有薛廣德這樣德高望重的朝廷重臣而感到榮耀。他們把皇帝賜給薛廣德的車子高高地懸掛起來展示，以傳給子孫後代作紀念。

釋義 "懸車告老"，用來指官員告老還鄉。

出處 東漢・班固《漢書・薛廣德傳》："（廣德）東歸沛，太守迎之界上。沛以為榮，懸其安車傳子孫。"

懸虱而射

飛衛，是古代著名的射箭能手。紀昌聞聽飛衛神射手的大名，請求飛衛教他射箭。

飛衛對紀昌説："你得先學會不眨眼睛，下一步才能學射箭。"

紀昌回到家裏，仰臥在其妻子的織布機下面，眼睛盯着織布機腳踏的牽板，練習不眨眼。兩年過去了，紀昌能夠做到即使用錐子扎他的眼睛，他也能眼睛不眨了。

紀呂又找到飛衛，告訴他，自己已經學會了不眨眼睛了，現在請求飛衛教他射箭。

但飛衛卻說："僅僅能做到不眨眼睛，這還不夠，你還必須學會看東西才行。"

"看東西誰不會？"紀昌不解地問。

飛衛解釋說："對於善於射箭的人來說，會看東西，指的是能把小的看成大的，把不清楚的看成明顯的。等你學會了這個，再來找我。"

紀昌回家，捉了個蝨子，用牛毛拴起來，掛在窗前，一天到晚地去看。十幾天後，這用細牛毛拴着的小小蝨子開始漸漸變大。三年以後，紀昌看那蝨子，就覺得像車輪一樣；再看別的東西，都像小山一般。

紀昌再去找飛衛，把自己練習的情況告訴他。

飛衛說："現在你可以射箭了。"

紀昌回家拿起弓箭，向窗前的蝨子射去。那箭正中蝨子的中心，而拴蝨子的牛毛卻沒斷。

釋義 "懸蝨而射"，用來形容目光敏銳或技藝精湛。

出處 《列子・湯問》："昌以氂懸蝨於牖，南面而望之。旬日之間，浸大也，三年之後，如車輪焉。以睹餘物，皆丘山也。"

蘭亭會

晉穆帝永和九年（353 年）三月初三那天，王羲之與謝安、孫綽等文士騷客四十一人相約，來到會稽郡山陰縣（今浙江省紹興市）附近的蘭亭集會。

蘭亭那裏有一條曲折的小溪，溪水旁安置着許多小杌，小杌上放着筆墨紙硯和一些菜餚。四十多人就坐在溪水旁，讓僕人把羽觴（酒杯）斟滿酒，輕輕地浮放在水面上。那羽觴就隨着流水，曲曲彎彎地向下淌去。羽觴停在誰面前，誰就得把酒飲下去；也可在羽觴流過面前時，自己拿起來飲。不過，飲完酒必須吟詩一首；詩作不成，要受罰飲酒。這就是“流觴曲水”。這種飲宴遊樂式的集會，顯然很符合這班文人雅士的身份和愛好。

大家歡聚了一天，最後數了數，共寫了三十七首詩。為了紀念這次集會，便囑託王羲之把詩彙集起來。王羲之很快把這三十七首詩彙集起來，編成一個集子，取名為《蘭亭集》。自己又寫了一篇序，並且用鼠鬚筆寫在蠶繭紙上，這就是後來成為稀世之寶的《蘭亭集序》。序文的內容，當然與蘭亭會有關，但也引發了一些議論和感慨，能夠使讀者有所聯想。大概的意思是這樣的：

永和九年三月初三那天，在會稽郡山陰縣的蘭亭集會。為了修褉（古代民俗，三月三日到水邊嬉遊，以便驅除不祥），眾多賢才都匯聚到這裏。

蘭亭附近有崇山峻嶺，茂密的樹林和高聳的綠竹，又有清流急水。大家列坐上在曲水之旁，雖然沒有管弦合奏的盛況，只是飲酒賦詩，也足以令人暢敘胸懷。

這天天氣晴朗，春風和煦，仰觀宇宙的廣闊，俯視萬物的繁盛，縱目遊觀，舒展胸懷，盡情地享受視聽的樂趣，使人感到快慰。

人們彼此親近交往，很快便度過了一生。有的人喜歡將自己的胸懷抱負在屋子裏與人交談；有的人則寄託於外物，生活狂放不羈。雖然他們或內或外的取捨千差萬別，好靜好動的性格各不相同，但當他們遇到可喜的事情，得意於一時，感到欣然自足時，都會忘記衰老即將要到來之事。等到對已獲取的東西發生厭倦，感情隨着事物的變化而變化，又不免會引發無限的感慨。以往所得到的歡欣，很快就成為歷史的陳跡，人們尚且不能不為之感念傷懷，更何況人的一生長短取決於自然，而終究要歸結於窮盡呢！古人說：“死生是件大事。”這怎麼能不讓人痛心啊！

每當看到前人所發感慨的原因，其緣由竟像一張符契那樣一致，總難免要在前人的文章面前嗟歎一番，不過心裏卻不明白這是怎麼回事。我當然知道把死和生混為一談是虛誕的，把長壽與夭亡等量齊觀是荒謬的，後人看待今人，也就像今人看待前人，這正是事情的可悲之處。所以我要列出到會者的姓名，錄下他們所作的詩篇。即使時代變了，事情不同了，但觸發人們情懷的原因，無疑會是相通的。後人閱讀這些詩篇，也會由此引發同樣的感慨吧。

《蘭亭集序》是一篇對人生充滿深情的序文。它情調激越，感情真摯，真實地反映了蘭亭集會的情景和詩人們的深情。

釋義 “蘭亭會”多用來比喻高朋聚首、飲宴遊樂。

出處 唐・房玄齡等《晉書・王羲之傳》：“會稽有佳山水，名士多居之，謝安未仕時亦居焉。孫綽、李充、許詢、支遁等皆以文義冠世，並築室東土，與羲之同好。嘗與同志宴集於會稽山陰之蘭亭，羲之自為之序以申其志。”

鷂死懷中

有人獻給唐太宗一隻鷂鷹。這隻鷂鷹毛色光亮、神態俊異，眼睛裏透露着冷峻的光芒，看上去十分威猛，彷彿是上天的寵物降到了人間。唐太宗對這隻鷂鷹十分喜歡，幾乎愛不釋手，整天把牠架在自己的胳膊上，左瞧右看也看不夠。

大臣見唐太宗如此鍾愛這隻鷂鷹，都擔心他會玩物喪志，由此而耽誤政事。但他們又都知道唐太宗的脾氣，害怕惹火燒身而不敢直言勸唐太宗。

有一天，唐太宗正在興致勃勃地逗鷂鷹玩，侍衛通報魏徵來了。魏徵是唐太宗的重臣。此人無私無畏，對唐太宗敢於直言相諫。因此，唐太宗很敬重他。

聽說魏徵來了，唐太宗怕他看見自己在玩鷂鷹，就想把鷂鷹藏起來。可是，着急之中又找不到可藏的地方。這時，魏徵已經進來了，唐太宗就慌忙將鷂鷹塞進懷裏。

魏徵已經看到了唐太宗的動作。但他裝作甚麼也沒看見，只是一本正經地要和唐太宗談事。唐太宗只好裝作無事，與魏徵攀談起來。

魏徵侃侃而談，講的都是古代帝王因貪圖玩樂而不理朝政，結果誤國誤民，導致滅亡的事。魏徵滔滔不絕，而唐太宗擔心着懷裏的鷂鷹，但又不便說出來，也不好打斷魏徵的話，只好跟着應和下去。過了好長時間，魏徵終於講完了，起身告辭。

等到魏徵走了，唐太宗連忙解開衣衫，取出懷中的鷂鷹。但由於時間過長，這隻可愛的鷂鷹已經被悶死了。

釋義 “鷂死懷中”，用來比喻君王納諫。

出處 北宋・李昉《太平御覽》卷九二六：“太宗得鷂，絕俊異，私自臂之。望見鄭公魏徵，乃藏於懷。公知之，遂前白事，因語古帝王逸豫，微以諷諫，語久，帝惜鷂且死，而素嚴敬徵，欲盡其言，徵語不時盡，鷂死懷中。”

爛蒸葫蘆

唐穆宗時，有個為官清廉的宰相名叫鄭餘慶。他雖身居高位，但生活非常儉樸。鄭餘慶身為宰相，俸祿當然不低，但他卻家無餘財。因為他把大部分俸祿都分給了親戚和族人，或者用來接濟別人了，而他自己始終過着非常儉樸的生活。

有一天，鄭餘慶竟然向一些親朋好友發出邀請，請他們到他家中吃飯。親朋好友們都十分驚訝，因為鄭餘慶德高望重，卻極難得請客。他的親朋好友中有不少也是朝廷官員，為了表示對鄭餘慶的尊敬，他們都很早來到了鄭餘慶的家中。

鄭餘慶吩咐僕人給每位來客倒了一杯清茶，便熱情地陪大家坐着閒談。快到吃午飯時，鄭餘慶對一個僕人說：“你去吩咐廚子，一定要去毛、蒸爛，不能拗折頸項！”客人們以為一定不是蒸鵝，就是蒸鴨。大家飢腸轆轆，以為一定能好好地吃一頓。

不一會，僕人在每個客人的面前都放上一隻盆子，倒入新鮮噴香的醬醋。香味撲鼻，更引起了大家的食慾。誰知過了一會，僕人端出飯菜，每人面前都是一碗米飯，一個蒸熟的葫蘆。這時，客人們才明白，“去毛、蒸爛”的不是鵝、鴨，而是一個葫蘆。

鄭餘慶客氣地對大家說：“請！請！”並帶頭津津有味地吃了起來。客人們不好意思，也只好把那蒸爛的葫蘆吃了下去。

釋義 “爛蒸葫蘆”，用來形容生活儉樸；有時也用來形容飯菜粗劣。

出處　唐・盧言《盧氏雜說》："鄭餘慶召親朋，呼左右曰：處分廚家，爛蒸去毛，莫拗折項。諸人以謂蒸鵝鴨，良久就食，每人前粟米飯一盂，爛蒸葫蘆一枚。"

顧曲周郎

三國時期吳國的著名將領周瑜，足智多謀，風流倜儻，古典文學名著《三國演義》對他的形象進行了細緻的描繪與刻畫。

周瑜還精通音樂，對當世流行的曲譜耳熟能詳，並能伴着樂曲的節拍舞劍。每次宴飲時，樂人所彈的曲子有誤，他一聽就能聽出來，而且聽出後必回過頭去看（顧）演奏的人，以至當時人們稱他為"顧曲周郎"。

釋義　"顧曲周郎"，形容音樂造詣之高。也用來指稱歌曲評論家、內行人"。

出處　西晉・陳壽《三國志・吳書・周瑜傳》："瑜少精意於音樂，雖三爵之後，其有闕誤，瑜必知之，知之必顧，故時人謠曰：'曲有誤，周郎顧。'"

鷗鳥忘機

從前，有一個住在海邊的漁夫，他每天一大早就扛着漁網，駕着一條小船到海上打魚。

清晨的海洋一片寂靜，初升的陽光灑在碧波翻滾的海面上，波光粼粼。藍天中有幾隻鷗鳥在海面上下盤旋，不時地撲進水中，抓起一條條小魚。

這時，恰好過來一羣魚，漁夫的這一網滿載而歸，漁網中盡是白花花的魚兒在撲騰，引得在空中的鷗鳥不停地歡叫着，向漁船俯衝而來。

漁夫覺得這些鳥兒十分有趣，就把大魚挑出來，放在船艙裏，小的魚就扔在船頭上，任那些鳥兒啄食。從那以後，每逢漁夫到海上打魚，就有一羣鷗鳥在他的頭上盤旋。鷗鳥越聚越多，最多時有一百多隻。牠們不時落到船上，等着漁夫扔小魚給牠們吃。

時間一長，漁夫和鷗鳥之間有了深厚的感情。只要漁夫一出現，鷗鳥們就落到他身邊，拍打着翅膀，“咭咭”叫着表示歡迎。漁夫用手去撫摸牠們的時候，鷗鳥們也不躲閃，還用嘴吻着漁夫的手。

漁夫的父親聽說兒子和鷗鳥們玩得很熟，就對兒子說：“我聽說那些鷗鳥都會跟你玩，你想辦法去捉兩隻來，讓我也玩玩。”漁夫開始不答應，但經不住老父的一再要求，只得勉強答應了。

第二天，當漁夫再次出海時，那些鷗鳥只在他頭上盤旋，一隻也不落到船上來。漁夫覺得非常奇怪：難道這些鷗鳥這麼通人性，知道我今天要捉牠們嗎？

釋義　“鷗鳥忘機”，用來比喻淳樸無雜念的人及其無所猜忌的真誠相處，多用於描寫超脫塵俗、忘身物外、傾心山水的田園隱逸生活。

出處　《列子・黃帝》：“海上之人有好鷗鳥者，每旦之海上，從鷗鳥遊，鷗鳥之至者百往而不止。其父曰：吾聞鷗鳥皆從汝遊，汝取來，吾玩之。明日之海上，鷗鳥舞而無下也。”

鑄錯

唐朝末年，唐僖宗已無法控制全國的局勢。各地的節度使（地方最高軍政長官）形成一個個割據勢力。他們勾心鬥角，爭城奪地，你想吃掉我，我也想吃掉你。

當時，魏博節度使羅紹威佔據着魏州等六個州郡，實力不算小。但是，他卻整天憂心忡忡。為甚麼呢？因為他手下有一支不聽指揮但卻又非常慓悍驕橫的衛隊。他怕有朝一日衛隊會起來造反，把他殺掉，再擁立新的元帥。

他決心除去這個隱患，就派自己的親信臧廷範去見親家、梁王朱全忠，要朱全忠協助他翦滅手下的衛隊。

朱全忠原名朱溫，是黃巢起義軍的一個將領，後來他又叛變投降，反過來鎮壓了黃巢起義，被唐僖宗封為宣武節度使，賜名全忠，不久又被封為梁王。

朱全忠見了臧廷範，答應出兵幫助羅紹威消滅異己。這時，正巧朱全忠的女兒死了，朱全忠就以給女兒辦喪事為由，讓士兵把兵器藏在箱籠裏，開到魏州；而羅紹威則把衛隊放在倉庫中的武器、盔甲弄壞，趁衛隊不備，裏外夾擊，把衛隊全部消滅。

朱全忠幫助羅紹威翦滅衛隊後，便把帶來的部隊駐紮在魏州，儼然成了魏州的主人。他以統帥的身份到處巡察，又用平亂的名義四處橫行。而他軍隊的糧餉卻要羅紹威負責供給。只半年光景，羅紹威就殺掉了七十萬隻牛羊，供給了一百多萬兩餉銀，結果將魏州的積蓄全部用光。

羅紹威雖然利用朱全忠清除了身邊的隱患，卻又引狼入室，等於把魏州拱手讓給了朱全忠。他因此非常後悔，歎息地說："就是把魏博六州四十三縣的鐵聚在一塊兒，也不能像我這樣鑄成大錯呀！"

釋義 "鑄錯"，用來形容造成重大錯誤，或者指犯的錯誤十分重大。

出處 北宋・司馬光《資治通鑒・唐昭宗天祐三年》："紹威悔之，謂人曰：'合六州四十三縣鐵，不能為此錯也！'"

麟閣畫像

麟閣即麒麟閣，漢代長安未央宮中的閣名，相傳為漢武帝獲麒麟時所造。

西漢武帝時期，天下安定，國力鼎盛。內部，漢初分封的諸侯王國被削弱殆盡，中央集權得到進一步加強。經過漢初幾十年的休養生息，社會經濟得以恢復和發展，社會財富急劇增加；外部，連年對匈奴用兵，迫使匈奴分化瓦解，北部邊疆的威脅得以解除。此外，與邊疆其他民族的關係也得到妥善解決。

武帝去世後，繼位者為昭帝、宣帝。宣帝甘露三年（公元前 51

年），為紀念功臣名將，在麒麟閣為十一位大臣畫像，如霍光、張安世等。著名的愛國者蘇武也為其中之一。同時，註明每人的官爵、姓名。既為紀念他們，同時也為後人樹立典範，讓後人以他們為榜樣，對漢王朝盡忠效力。

釋義 “麟閣畫像”，用來指人建功立業，名標青史。

出處 東漢・班固《漢書・蘇武傳》：“甘露三年，單于始入朝。上思股肱之美，乃圖畫其人於麒麟閣，法其形貌，署其官爵、姓名。……皆有功德，知名當世，是以表而揚之，明著中興輔佐，列於方叔、召虎、仲山甫焉。凡十一人，皆有傳。”

鹽車病驥

楚國人汗明有一天與春申君閒談。

“您知道千里馬的故事嗎？”汗明問。

春申君搖搖頭。

汗明說：“千里馬的主人不識馬，竟把千里馬當作普通的馬。那千里馬已經老了，但其主人仍讓其拉着沉重的鹽車上太行山。千里馬非常吃力，蹄子和膝蓋蜷曲了，尾巴和皮膚都潰爛了，流出的腐汁與周身的汗水一起滴在了路上。但儘管如此，走到中途也只能在山道上掙扎，爬不上大坡了。”

“後來呢？”春申君屏息凝神地聽着，為千里馬的命運擔憂起來，忍不住插問。

汗明接着講下去：“正在千里馬苦苦掙扎的時候，伯樂來了。伯樂一眼就看出面前這匹倍受折磨的老馬是一匹難得的千里馬。見這麼寶貴的馬竟然受到如此待遇，伯樂不禁心疼得流下淚來。伯樂撫着千里馬痛哭了一陣，然後脫下自己的衣服披在千里馬的身上。那千里馬終於遇見了知音，便俯仰悲鳴，其聲音如金石撞擊一般，清脆嘹亮，直衝雲天。”

“千里馬巧遇知己，被伯樂感動了。”春申君說。

“對呀！”汗明接着春申君的話說：“我在您這兒也屈居很久了，您有沒有想到讓我也為您長鳴呢？”

釋義 “鹽車病驥”，用來比喻賢才被埋沒、壓制。

出處 《戰國策・楚策四》：“夫驥之齒至矣，服鹽車而上太行。蹄申膝折，尾湛胕潰，漉汁灑地，白汗交流，中阪遷延，負轅不能上。伯樂遭之，下車攀而哭之，解紵衣以冪之。”

靈椿丹桂

五代時燕山漁陽人竇禹鈞以擅長詞賦，學識廣博聞名。他在後周初拜戶部郎中，顯德年間，又升太常少卿、右諫議大夫。他的官職屢升，又頗富才學，因此對兒輩影響很大。他的五個兒子個個都出類拔萃。

大兒子竇儀才華出眾，十五歲就能寫出一手好文章。後晉天福中，考中進士。歷任滑、陝、孟、鄆四鎮的從事。後漢初年，被召為右補闕、禮部員外郎。後周初，改任倉部員外郎。不久，又被召為翰林學士。周太祖郭威遊幸南御莊時，大宴羣臣，席間賜給竇儀紫金魚袋，以示恩寵。後來，竇儀又任駕部郎中、給事中等職務，聲名顯赫。

竇儀的四個弟弟竇儼、竇侃、竇偁、竇僖也同樣博學多才、儀容俊美、風度翩翩。繼竇儀之後，四人相繼登科。史籍中記載，竇侃在後漢乾祐初年及第，官至起居郎。竇僖於後周廣順初年及第，官至左補闕。儼、偁二人也出任高官。

竇禹鈞生病後，竇儀上表請求辭官，回家照顧父親。周世宗親自撫慰，親手封好金丹，賜給竇禹鈞。竇禹鈞死後，到洛陽安葬，周世宗下詔賜錢三十萬，米麥三百斛。可見竇氏一家的榮寵之深。

當時名臣馮道和竇禹鈞關係友好，對他的五個兒子極為讚賞，曾經寫過一首詩，贈給他們。其中“靈椿一株老，丹桂五枝芳”一句，被當時的士人廣為傳誦。人們都以竇氏五兄弟為學習的楷模，稱他們為“竇氏五龍”。《三字經》裏也有“竇燕山，有義方，教五子，名俱揚。”的句子。

釋義 “靈椿丹桂”，多用來稱誦父子均為傑出人才。

出處 元・脫脫等《宋史・竇儀傳》：“儀學問優博，風度峻整。弟儼、侃、偁、僖，皆相繼登科。馮道與禹鈞有舊，嘗贈詩，有‘靈椿一株老，丹桂五枝芳’之句，縉紳多諷誦之，當時號為竇氏五龍。”

蠻觸相爭

戰國初期，各諸侯國之間的關係時好時壞。有一個時期，齊威王和魏惠王簽訂了盟約，規定雙方互不侵犯，兩國的關係良好。

可是過了不久，齊威王卻違反盟約，派遣軍隊騷擾魏國的邊境城鎮。魏惠王勃然大怒，準備立即發兵伐齊。

魏國的大臣季子勸諫惠王說：“要建造十丈高的城牆，已經建造了七丈高，如果因為幾塊牆磚有點小毛病而推翻它，豈不是太可惜了嗎？魏、齊兩國友好相處已七年了，如果因為邊境出了點小問題而大動干戈，破壞友好睦鄰的關係，那不是太可惜了嗎？望大王一定珍惜和齊國的友好關係。”

魏惠王聽了，一時拿不定主意，就去向一位名叫戴晉人的賢人請教。戴晉人說：“大王，有一種爬行動物叫蝸牛，你知道嗎？”

惠王說：“知道，那不就是頭上長着一對觸角的小爬蟲嗎？”

“不錯。但大王可能不知道，在蝸牛的這對觸角上，兩邊各是一個國家，左角中的是觸氏國，右角中的是蠻氏國。這兩個國家之間的關係很緊張，經常互相攻戰。雙方都死了好幾萬人，有時候觸國獲勝，有時候蠻國獲勝，不是我佔你的土地，就是你獲我的財寶……”

惠王聽了，不禁笑着打斷他的話，說：“先生，你在說神話故事吧？世界上哪有這麼小的國家呀！”

戴晉人說：“是嗎？在大王眼裏，蠻、觸兩國簡直小得可憐。然而大王為甚麼不想一想，我們人類居住的地方，同天地宇宙相比較，也是小得可憐。我們魏國只是據有那小得可憐之地中的極小一部分，而魏國都城大梁是魏地中的極小一部分，而大王只是大梁幾十萬人中的一個。這樣說來，大王在天地宇宙間的地位，同觸國和蠻國國王相比，有甚麼兩樣嗎？”

惠王怔了好久，説：“如此看來，確實沒有甚麼兩樣。”

“既然如此，魏、齊兩國如果開戰，和蠻觸之爭又有甚麼區別呢？”

魏惠王聽了，茅塞頓開，立即下令魏國的軍隊在邊境不要和齊軍發生衝突，同時派使者到齊國去，尋求和平解決邊境問題。這時，齊威王也打聽到了戴晉人對魏惠王説的一番話，自知理虧，熱情地接待了魏國使者。齊、魏兩國又暫時恢復了友好關係。

釋義 “蠻觸相爭”，形容斤斤計較，所爭的利益十分微小。

出處 《莊子·則陽》：“戴晉人曰：‘有所謂蝸者，君知之乎？’曰：‘然。’‘有國於蝸之左角者，曰觸氏；有國於蝸之右角者，曰蠻氏。時相與爭地而戰，伏屍數萬，逐北旬有五日而後反。’”